岩 波 文 庫

30-143-5

太　平　記

（五）

兵藤裕己校注

岩 波 書 店

凡例

一、本書の底本には、京都の龍安寺所蔵(京都国立博物館寄託)の西源院本『太平記』を使用した。西源院本は、応永年間(十五世紀初め)の書写、大永・天文年間(十六世紀前半)の転写とされる『太平記』の古写本である(本書・第四分冊「解説」参照)。

一、西源院本は、昭和四年(一九二九)の火災で焼損しているが(第三十八―四十巻は焼失)、東京大学史料編纂所に、大正八年(一九一九)制作の影写本がある。本文の作成にさいして、龍安寺所蔵本、東京大学史料編纂所蔵影写本を用い、影写本の翻刻である鷲尾順敬校訂『西源院本太平記』(刀江書院、一九三六年)、影写本の影印である黒田彰・岡田美穂編『軍記物語研究叢書』第一―三巻(クレス出版、二〇〇五年)を参照した。

一、本文は読みやすさを考え、つぎのような操作を行なった。

1　章段名は、底本によったが、本文中の章段名と目録のそれとが異なるときは、本文中の章段名を採用した(一部例外はある)。また、「并」「付」「同」によって複数の内容をあわせ持つ章段は、支障がないかぎり複数の章段にわけた(たとえば、第六巻の「楠出天王寺事并六波羅勢被討事同宇都宮寄天王寺事」は、「楠天王寺に出づる事」「六波羅勢討たるる事」「宇都宮天王寺に寄する事」の三章段にわけた)。なお、各章段には、アラビア数字で章段番号を付けた。

2　本文には、段落を立て、句読点を補い、会話の部分は適宜「　」を付した。

3　底本は、漢字・片仮名交じりで書かれているが、漢字・平仮名交じりに改めた。

4　仮名づかいは、歴史的仮名づかいで統一し、助動詞の「ん」「む」の混在は、用例の多い「ん」に統一した。底本にある「ゝ」「ゞ」「〱」等の繰り返し記号(踊り字)は用いず、仮名を繰り返して表記した。なお、仮名の誤写は適宜改めた(アとナ、カとヤ、スとヌ、ソとヲ、など)。

5　漢字の旧字体・俗字体は、原則として新字体・正字体または通行の字体に改めた。また、誤字や当て字は、適宜改めた(接家→摂家、震襟→宸襟、など)。なお、用字の混用は、一般的な用字で統一したものがある(芳野→吉野、宇津宮→宇都宮、打死→討死、城責め→城攻め、など)。

6　漢字の送り仮名は、今日一般的な送り仮名の付け方に従った。振り仮名は、現代仮名づかいによって、校注者が施した。

7　漢文表記の箇所は、漢字仮名交じり文に読みくだした。返り点などの読みは、可能なかぎり底本の読みを尊重したが、誤読と思われる箇所は、他本を参照して改めた。

8　底本に頻出する漢字で、仮名に改めたものがある(有→あり、此→この、然り→しかり、為→ため、我→われ、など)。また、仮名に漢字をあてたものもある。

9　底本の脱字・脱文と思われる箇所は、他本を参照して、(　)を付して補った。使用した本は、神田本、玄玖本、神宮徴古館本、簗田本、天正本、梵舜本、流布本などである。

一、校注にさいしては、岡見正雄、釜田喜三郎、後藤丹治、鈴木登美恵、高橋貞一、長谷川端、増田欣、山下宏明の諸氏をはじめとする先学の研究を参照させていただいた。また、藤本正行(武具研究)、川合康三(中国古典学)両氏からご教示をえた。ここに記して感謝申し上げる。

目　次

第三十一巻

第三十二巻

第三十三巻

第三十四巻

第三十五巻

第三十六巻

付　録

地図

全巻目次

第一巻

第二巻

第三巻

第四巻

第五巻

第六巻

（以上、第一分冊）

第十巻

第十一巻

第十二巻

第十三巻

第十四巻

第十五巻

(以上、第二分冊)

第十六巻

第十七巻

第十八巻

第十九巻

第二十巻

第二十五巻

第二十六巻

第二十七巻

第二十八巻

第二十九巻

（以上、第四分冊）

第三十巻

第三十一巻

第三十二巻

第三十三巻

第三十四巻

第三十五巻

第三十六巻

（以上、第五分冊）

第三十七巻

第三十八巻

第三十九巻

第四十巻

(以上、第六分冊)

太平記 第三十巻

第三十巻　梗概

観応《かんのう》二年(一三五一)二月に高師直《こうのもろなお》・師泰《もろやす》らが討たれ、足利尊氏《あしかがたかうじ》・義詮《よしあきら》と恵源《えげん》(足利直義《ただよし》)は気まずい再会をした。京では高師直らの葬儀が行われたが、その頃、将軍方の大名は領国へ下って合戦の用意をし、赤松則祐《あかまつそくゆう》は、南朝の興良親王《おきよししんのう》(護良親王《もりよししんのう》の子)を奉じて西国の成敗を司った。足利兄弟の不和の原因は、恵源に義詮を討つように説いた南家の儒者藤《ふじ》原有範《わらのありのり》の讒言であった。不穏な情勢のなか、七月三十日、恵源は越前の敦賀《つるが》へ落ち、八月十八日、尊氏は、恵源追討の宣旨を得て近江へ下った。近江の八相山《はっそうやま》合戦で敗れた恵源は、十月、越前を発って鎌倉へ入った。尊氏は、再度、恵源追討の宣旨を得て鎌倉へ向かったが、その間、京が手薄となり、留守をまもる足利義詮は南朝方と和睦した(正平の一統)。十一月、駿河の薩埵《さった》山《やま》に陣を取った尊氏を恵源方が包囲した。十二月十九日、尊氏方の宇都宮氏綱《うつのみやうじつな》が、上野国那和《なわ》の合戦で桃井直常《もものいただつね》軍を破り、薩埵山の後攻めをすると、恵源方の包囲軍は敗走した。観応三年正月六日、恵源は降伏して鎌倉に入り、二月二十六日に死去した。恵源の死は毒殺とうわさされた。この頃、北朝の公卿は賀名生《あのう》に参候させられ、二月、南朝の後村上帝《ごむらかみてい》は、賀名生を出て、住吉社、つづいて石清水八幡《いわしみずはちまん》に行幸した。閏二月二十日、南朝方は京へ攻め寄せ、細川頼春《ほそかわよりはる》を戦死させた。京を占領した南朝方は、北畠親房《きたばたけちかふさ》、顕能《あきよし》父子が政務を執り、北朝の三種の神器を押収し、光厳院《こうごんいん》・光明院《こうみょういん》・崇光《すこう》帝《てい》・直仁親王《なおひとしんのう》らを賀名生へ連行した。尊胤法親王《そんいんほっしんのう》は、金剛山《こんごうせん》の麓に幽閉された。

将軍《しょうぐん》御兄弟《ごきょうだい》和睦《わぼく》の事 1

[1]志《こころざし》合《がっ》する則《とき》は、胡越《こえつ》も地を隔《へだ》てず。況《いわ》んや、[2]同じく父母の懐抱《かいほう》を出でて、浮沈《ふちん》をともにし、[3]一日も咫尺《しせき》を離れざる連枝《れんし》兄弟の御中《おんなか》なり。一旦[4]師直《もろなお》、師泰《もろやす》等が不義を罰するまでにてこそあれ、何事にか骨肉を離るる心あるべきとて、[5]将軍と[6]高倉《たかくら》殿《どの》と、[7]御合体《ごがってい》ありければ、則ち将軍は播磨《はりま》より帰洛《きらく》し給へば、[8]宰相中将義詮《さいしょうちゅうじょうよしあきら》は丹波《たんば》の[9]石龕《いわや》より上洛《しょうらく》し、錦小路殿《にしきのこうじどの》は[10]八幡《やわた》より入洛《じゅらく》し給ふ。三人やがて[11]会合《かいごう》し給ひて[12]一献《いっこん》の礼ありけれども、[13]この間の確執《かくしつ》、さすが片腹痛《かたはらいた》き心地して、互ひに言《こと》少《ば》なく、[14]無《ぶ》興《きょう》げにて帰られける。

高倉殿は、[15]元来《もとより》仁者《じんしゃ》の行《こう》を借《か》つて、世の譏《そし》りを憚《はばか》る人なりければ、[16]いつしかやがて天下の政《まつりごと》を執《と》つて、威を振るふべきと

1

1　「意合する則は、胡越も昆弟たり」(文選・鄒陽・獄中にて上書し自ら明かす)。胡越は、中国の北方の胡と、南方の越で、遠く離れていること。疎遠なことのたとえ。
2　同じ父母の保護下に育ち、世の浮沈をともにし。足利尊氏と直義は、同母兄弟(母は、上杉頼重の娘清子)。
3　いつも身近にいた血のつながった兄弟の仲。
4　将軍執事の高師直とその弟師泰の悪行は、第二十一巻・8、第二十七巻・2、3など。
5　足利尊氏。
6　足利直義。三条坊門高倉に住んだので高倉殿、のちに錦小路に住んで錦小路

て、その[17]機を出だされねども、世の人の重んじ仰ぎ奉る事、日来《ひごろ》に増さりて、その[18]被官《ひかん》の族《やから》、事に触れて[19]気色《きしょく》ばまずと云ふ事なし。車馬《しゃば》門前に立《た》ち連《つら》なつて、出入《しゅつにゅう》身を側《そば》め、賓客堂上《ひんかくとうしょう》に群集《くんじゅ》して、[20]揖譲《ゆうじょう》の礼を慎《つつし》めり。かくの如くめでたき事のみある中にも、高倉殿《たかくらどの》の最愛の[21]一子、今年四つになり給ひけるが、[22]今月二十六日に俄《にわ》かに失《う》せ給ひにければ、母堂《ぼどう》を初め奉つて、万人《ばんにん》、「好《よ》き源家《げんけ》の大将を失ひ奉る事よ」と歎《なげ》き合《あ》へり。

下火仏事《あこぶつじ》の事　2

さても、西国《さいごく》、東国《とうごく》の合戦、符《わりふ》を合はせたる如く同時に起こりて、師直《もろなお》兄弟父子の頸《くび》、皆京都に上《のぼ》りければ、[1]等持寺《とうじじ》の長老[2]別源《べつげん》、葬礼を取《と》り営《いとな》みて、[3]下火の仏事をし給ひける。

[4]昨夜《さくや》春園《しゅんえん》に風雨暴《あら》し

殿と呼ばれる。
7 和議。
8 尊氏の嫡子。
9 兵庫県丹波市山南（さんなん）町岩屋の石龕寺（せきがんじ）。岩屋寺とも。第二十九巻・4、参照。
10 石清水八幡宮。京都府八幡市。直義が陣を構えていた。
11 すぐさま。
12 小宴を催しての挨拶。
13 この程の確執に、そうはいっても気がおけて。
14 気まずそうに。
15 以前から仁者の行いに倣って、世人の非難を受けないようにしていたので。
16 早晩政務を執って、威を振るうにちがいない。
17 政務を執る気配。
18 家来。
19 得意になって意気ごまないということはなかった。

枝に[5]和《か》して吹き落とす棣棠花《ていとうか》

と云ふ句のありけるを聞いて、皆人感涙《みなひとかんるい》をぞ流しける。この二十余年、[6]執事《しつじ》の被官《ひかん》に身を寄せて、恩顧《おんこ》に誇る人、幾千万ぞ。昨日まで、烏帽子《えぼし》の折り、[7]衣紋《えもん》の撓《た》め様《よう》をまねても、「これこそ執事の中《うち》の人よ」とて、世に重んぜられん事を求めしに、今日は、いつしか引き替へて、貌《かたち》を窶《やつ》し、[8]面《おもて》を側《そば》めても、「すはや、御敵方《おんてきがた》の者よ」とて、人に知られん事を怖《お》ぢ恐《おそ》る。「[9]用ゐる則《とき》は鼠《ねずみ》も虎《とら》となり、用ゐざる則は虎も鼠となる」と云ひ置きし、[10]東方朔《とうぼうさく》が虎鼠《こそ》の論、誠《まこと》に当たれる一言《いちごん》なり。

怨霊《おんりょう》人《ひと》を驚《おどろ》かす事　3

将軍兄弟こそ、誠《まこと》に[1]繊芥《せんかい》の隔《へだ》てもなく、和睦《わぼく》の体《てい》にて所存もなくおはしけれ、[2]その門葉《もんよう》にあつて、[3]附鳳《ふほう》の勢ひを貪《むさぼ》り、攀龍《はんりょう》

20　へりくだって敬意を表した(論語・八佾)。
21　如意王。母は、渋川貞頼の娘。第二十六巻・2。
22　観応二年(一三五一)二月。

2

1　天正本に、真如寺の長老とあるのが正しい。真如寺は、京都市北区等持院北町にあり、足利直義、高師直の庇護を受け、夢窓疎石を二世開山とした臨済宗寺院。等持寺(等持院)は、足利尊氏が夢窓疎石を開山とし、足利氏の菩提寺とした臨済宗寺院(北区等持院北町)。
2　別源円旨(べつげんえんし)。曹洞宗の僧。真如寺、建仁寺の住持となり、詩文にすぐれた。
3　火葬の時に、導師が遺

の望みを期《ご》する族《やから》は、人の時を得たるを見ては猜《そね》み、已れが威を失へるを顧《かえり》みては、憤《いきどお》りを含まずと云ふ事なし。

されば、[4]石塔《いしどう》、上杉《うえすぎ》、桃井《もものい》は、様々《さまざま》の讒《ざん》[5]を構へて、将軍に付き随ひ奉る人々を失はばやと思ひ、[6]仁木《にき》、細川《ほそかわ》、土岐《とき》、佐々木《ささき》は、種々《しゅじゅ》の謀《はかりごと》を廻《めぐ》らして、[7]錦小路殿《にしきのこうじどの》にまた人もなげに翔《ふるま》ふ者どもを亡《ほろぼ》さばやとぞ工《たく》みける。[8]天魔波旬《てんまはじゅん》は、かかる処《ところ》を伺《うかが》ふ物なれば、いかなる天狗《てんぐ》どもの態《わざ》にてかありけん、夜にだに入《い》りければ、いづくより馳《は》せ寄《よ》るとも知らぬ兵ども、五百騎、三百騎、[9]鹿谷《ししのたに》、北白河《きたしらかわ》、阿弥陀峯《あみだがみね》、紫野《むらさきの》の辺に集まつて、勢揃《せいぞろ》へをする事度々《どど》に及ぶ。これを聞いて、将軍方の人は、「あはや、高倉殿《たかくらどの》より寄せらるるは」とて、肝を冷やし、高倉殿方の人は、[10]「いかさま将軍より討手《うって》を向けらるらん」とて、用心を致す。

禍《わざわ》ひ利欲より起こつて、止《や》む事《こと》を得ざれば、つひに已れが分《ぶん》[11]国《こく》に下《くだ》つて、本意《ほい》を達せんとや思ひけん、[12]仁木《にき》左京大夫頼章《さきょうのだいぶよりあき》は、

骸に点火する儀式(禅語)。

4 昨夜は春の庭に風雨が烈しかった。過日の戦乱をたとえたもの。

5 風雨にさらされ、にわうめの花が散ってしまった。「棣棠」は「常棣(にわうめ)」に同じで、兄弟(師直・師泰)を寓する。「常棣の華、鄂韡韡(いい)ならず、凡そ今の人兄弟に如くは無し」(詩経・小雅・常棣)。

6 高師直。建武三年(一三三六)から観応二年(一三五一)まで執事職。

7 着物の着様。

8 顔をそむけていても。

9 用い方によって鼠も虎になり、虎も鼠になる(文選・東方朔・客の難に答ふ)。

10 中国、前漢の文人。字は曼倩(まんせい)。武帝に仕え、風刺を巧みとした。

病《やまい》と称して[13]有馬《ありま》の湯《ゆ》へ下《くだ》る。舎弟[14]右馬権助義長《うまのごんのすけよしなが》は、伊勢《いせ》へ下る。[15]細川刑部大輔《ほそかわぎょうぶのたいふ》頼春《よりはる》は、讃岐《さぬき》へ下る。[16]佐々木佐渡判官入道《ささきさどのほうがんにゅうどう》道誉《どうよ》は、近江《おうみ》へ、[17]赤松筑前守貞範《あかまつちくぜんのかみさだのり》、甥の[18]弥次郎師範《やじろうもろのり》、舎弟[19]信濃五郎《しなののごろう》は、播磨《はりま》へ逃げ下る。[20]土岐刑部少輔頼康《ときぎょうぶのしょうよりやす》は、憚《はばか》る気色《しょく》もなく、白昼《はくちゅう》に都を立つて、三百余騎、ひたすら合戦の用意にて、美濃国《みののくに》へぞ下りける。

大塔若宮赤松《おおとうのわかみやあかまつ》へ御下《おんくだ》りの事 4

[1]赤松帥律師《あかまつそつのりっし》則祐《そくゆう》は、初めより上洛《しょうらく》せで、[2]赤松に居《い》たりけるが、[3]吉野殿《よしのどの》より、兵部卿親王《ひょうぶきょうのしんのう》の[4]若宮《わかみや》を、大将に申し下しまゐらせて、西国《さいごく》の[5]成敗《せいばい》を司《つかさど》り、近国《きんごく》の勢《せい》を集めて、[6]吉野、十津川《とつがわ》、[7]和田《わだ》、楠《くすのき》と[8]牒《ちょう》し合《あ》はせ、すでに都へ攻《せ》め上《のぼ》るなんど聞こえければ、また天下三つに分かれて、合戦止《や》む時《とき》あらじと、世の人

3

1　こまかい塵ほどの小さい隔て。
2　尊氏または直義の門流。
3　鳳凰や龍の勢いに便乗して出世を願う者たち。
4　直義党の武将。
5　人をおとしいれることをたくらんで。
6　反直義党の武将。
7　足利直義の近くで傍若無人にふるまう者たち。
8　仏法を妨げる欲界第六天の魔王。
9　京都市左京区鹿ヶ谷、同区北白川、東山区今熊野阿弥陀ヶ峯町、北区紫野。
10　きっと。
11　領地とする国。
12　義勝の子。高師直の没後に執事(管領)となる。
13　兵庫県神戸市北区の有馬温泉。

安き心もなかりけり。

高倉殿京都退去《たかくらどのきょうとたいきょ》の事　5

[1]観応《かんのう》二年七月晦日《つごもり》に、[2]石塔入道《いしどうにゅうどう》、[3]桃井右馬権守直常《もものいうまのごんのかみただつね》二人《にん》、[4]高倉殿へ参つて申しけるは、「仁木《にき》、細川《ほそかわ》、土岐《とき》、佐々木《ささき》、皆己れが国々へ逃げ下つて、謀叛《むほん》を起こし候ふなる。これも[5]いかさま、将軍の御意《ぎょい》を請《う》け候ふか、[6]宰相中将殿《さいしょうちゅうじょうどの》の[7]御教書《みきょうじょ》を以て勢《せい》を催《もよお》すかにてぞ候ふらん。また、[8]赤松律師《あかまつりっし》が大塔《おおとう》の若宮《わかみや》を申し下して、宮方《みやがた》を仕《つかまつ》ると聞こえ候ふも、実《まこと》は、事を宮方に寄せて勢を催して後《のち》、宰相中将殿へ参らんとぞ存じ候ふらん。御《おん》勢《ぜい》も少なく、[9]御用意も無沙汰《ぶさた》にて都に御座《ござ》候はん事は、いかがとこそ存じ候へ。ただ今夜《こよい》夜に紛《まぎ》れ、[10]小《さ》竹峯越《さのみねごえ》に北国《ほっこく》の方《かた》へ御下り候ひて、[11]木目《きのめ》、[12]荒血《あらち》の中山《なかやま》を差《さ》し塞《ふさ》がれ候はば、越前《えちぜん》に[13]修《しゅ》

14　仁木義長。義勝の子。伊勢守護。
15　公頼の子。阿波・伊予守護。
16　俗名高氏。近江の大名。若狭・上総などの守護。南北朝内乱を智略で勝ち抜き、また諸芸に秀でたばさら大名として有名。
17　円心(則村)の次男。
18　範資(円心の長男)の子。
19　範資の子、直頼。「赤松系図」では、師範の兄。
20　頼清の子。美濃守護。

4

1　円心の三男。この観応擾乱時に、一時期南朝方として活動。
2　兵庫県赤穂郡上郡町赤松。赤松氏の本拠地。
3　吉野の朝廷。南朝。
4　護良(もりよし)親王の皇子、興良(おきよし)親王。

理大夫《りのだいぶ》高経《たかつね》、加賀《かが》に富樫介《とがしのすけ》[14]、能登《のと》に吉見《よしみ》[15]、信濃《しなの》に諏訪下宮《すわしものみや》[16]の祝部《はふり》、皆二心《ふたごころ》なき御方《みかた》にて候へば、この国々へいかなる敵か足をも踏み入れ候ふべき。甲斐国《かいのくに》と越中《えっちゅう》とは、われらすでに分国《ぶんこく》にて相交はる敵候はねば、かたがた御心安《おんこころやす》かるべきにて候ふ。先《ま》づ北国へ御下り候ひて、東国《とうごく》、西国《さいごく》へ御教書を成し下され候はんに、誰《たれ》か応じ申さぬ者候ふべき」と、また予儀《よぎ》[17]もなく申しければ、禅門[18]、少しの思案もなく、「さらば、やがて下るべし」とて、取る物も取りあへず、御前《おんまえ》にあり合うたる人々ばかりを召し具して、七月晦日《つごもり》の夜《や》半《はん》ばかりに、小竹峯越に落ち給ふ。騒がしかりし有様なり。

　これを聞いて、御内《みうち》[19]の者は申すに及ばず、外様《とざま》の大名、国々の守護、四十余ヶ所の篝火《かがり》[20]、三百余人の在京人《ざいきょうにん》[21]、畿内近国《きないきんごく》、九州よりこの間《あいだ》上り集まりたる軍勢ども、われもわれもと迹《あと》を追ひて落ち行きける程に、今は公家被官《くげひかん》[22]の者より外《ほか》は、京中に人

5 政務・軍事。
6 吉野(奈良県吉野郡吉野町)、十津川(同郡十津川村)の土豪。
7 楠正成や弟(和田)正氏の一族。
8 連絡をとりあって。

5

1 南朝の正平六年(一三五一)。
2 義房。頼房の父。駿河・伊豆守護。
3 貞頼の子。越中守護。
4 恵源(足利直義)。
5 きっと。
6 尊氏の子、義詮。
7 将軍の発給する文書。
8 則祐。
9 戦闘の準備もなくて。
10 京都市左京区大原から比叡山横川の北、篠峯(ささのみね)を越え、滋賀県大津市仰木・堅田方面へ出る道。

ありとも更《さら》に見えざりけり。

夜《よ》明けければ、宰相中将殿《さいしょうちゅうじょうどの》、将軍の御屋形《おんやかた》へ参られて、「今夜《こよい》、京中のひしめき、ただ事にあらずと覚えて候へば、案の如く、高倉禅門《たかくらぜんもん》北国《ほっこく》の方《かた》へ落ちて候ふと申すなる。落ち行きける兵ども、大勢《おおぜい》にて候ふなれば、もし立ち帰つて、寄する事もや候はんずらん」と申されければ、将軍、ちとも騒ぎ給はず、「運は天にあり。何の用心をかすべき」とて、[23]褒貶《ほうへん》の短冊《たんざく》取り出だし、心閑《しず》かに詠吟《えいぎん》して、[24]打《う》ち嘯《うそぶ》いてぞおはしける。

殷《いん》の紂王《ちゅうおう》の事、并《ならびに》太公望《たいこうぼう》の事　6

高倉殿《たかくらどの》、すでに越前国《えちぜんのくに》[1]敦賀《つるが》の津におはして、[2]着到《ちゃくとう》を付けられたるに、初めは一万三千騎ありける勢《せい》、日々に数《かず》増さりて、六万余騎と註《しる》せり。この時、もしこの大勢を率《そっ》して京都へ寄せ

11　福井県南条郡南越前町と敦賀市の間の鉢伏山の木ノ芽峠。北陸道の要地。
12　滋賀県高島市マキノ町海津と福井県敦賀市の間の山。愛発山とも。
13　斯波高経。尾張足利家。越前守護。
14　氏春。加賀守護。
15　氏頼。能登守護。
16　諏訪大社下社の神官。
17　余儀なく。異議をさしはさむ余地もなく。
18　恵源(直義)。貞和五年(一三四九)出家。
19　御内は、足利一族。外様は、それ以外の武将。
20　京都の四十八か所に置かれた篝屋(番所)で警固にあたった武士たち。
21　上洛して京都の警固に当たった武士たち。
22　公家の家来の侍。
23　その場で各人が詠んだ

たりしかば、将軍、宰相中将殿も、戦ふまでもおはすまじかりしを、[3]そぞろなる長僉議《ながせんぎ》、[4]道にも立たぬなま才学に時移りて、数日《すじつ》は徒《いたず》らに過ぎにけり。

そもこれは誰《たれ》が意見によつて、高倉殿は、かやうに兄弟、叔父《おじ》、甥《おい》の間に合戦をばしながら、[5]さすが無道《ぶとう》を誅《ちゅう》して世を鎮めんとし給ふぞと尋ぬれば、[6]禅律《ぜんりつ》の奉行《ぶぎょう》にて召し使はれける[7]南家《なんけ》の儒者《じゅしゃ》[8]藤少納言有範《とうしょうなごんありのり》が、[9]よりより申しける儀を用ゐ給ひける故《ゆえ》とぞ承《うけたまわ》る。

「[10]昔、殷《いん》の帝《みかど》[11]武乙《ぶいつ》と申しし王、位に即《つ》いて、悪を好むこと頻《しき》りなり。「われ天子として、[12]一天四海《いってんしかい》を掌《たなごころ》に握ると云へども、なほ日月《じつげつ》の明闇《めいあん》を心にまかせず、雨風《あめかぜ》の荒く劇《はげ》しき事を留《とど》め得《え》ぬこそ安からね」とて、いかにもして天を亡ぼさばやとぞたくまれける。先《ま》づ木を以て人を作りて、これを天神《てんじん》と名づけて、帝自らこれと[13]博奕《ばくえき》をなす。神真《まこと》の神ならず、人代《か》はつて賽《さい》を打

歌を批評し合う歌合せの短冊。
24　口ずさんで。

6

1　福井県敦賀市。
2　軍勢の来着を記す帳簿。
3　無意味な長評定。
4　方策も立たない半可通の兵法の学識。
5　とはいえ道に背いた者を誅罰して。
6　禅宗・律宗寺院を統制した幕府の役職。
7　藤原四家の一。平安末以後、儒者を多く出した。
8　藤範(「建武式目」の起草者の一人)の子。
9　折々。
10　以下の話は、「史記」殷本紀を典拠とする。
11　庚丁(こうてい)の子。紂王の曾祖父。
12　天下のすべて。

ち、石を使ふ博奕《ばくえき》なれば、帝、などか勝ち給はざらん。勝ち給へば、「天負けたり」とて、木にて作れる神形《かみがた》を、手足を切り、頸《くび》を刎《は》ね、[14]打擲蹂躪《ちょうちゃくじゅうりん》して、[15]獄門《ごくもん》にこれを曝《さら》しけり。また、革の嚢《ふくろ》を為《つく》り、人の血を入れて、これを高き木の梢《こずえ》に懸けて、天を射ると号して射るに、血出でて地にそそくことおびたたし。かやうの悪行、身に余りければ、武乙《ぶいつ》、[16]河渭《かい》に猟《かり》し給ひける時、俄《にわ》かに雷《いかずち》落ち懸かり、御身を分々《つだつだ》に引き裂いてぞ捨てたりける。

その後《のち》、[17]御孫の小子《しょうし》、帝位に即《つ》き給ふ。これを殷《いん》の[18]紂王《ちゅうおう》とぞ申しける。紂王、[19]人となり給ひて後《のち》、智は[20]諫《いさ》めを距《ふせ》いで、是非の端《はし》を飾るに足り、力は人に過ぎて、手づから猛獣を拉《とりひし》ぐに難《かた》しと([21]せず。人臣《じんしん》に矜《ほこ》るに、能を以てし、天下に高ぶるに、声を以てせしかば、「[22]人皆《みな》己れが下より)出でたり」とて、[23]諫諍《かんそう》の臣をも置かれず、[24]先聖《せんせい》の法にも順《したが》はれず、[25]妲己《だっき》と云へる美人を

13 ばくち。
14 殴り踏みにじる。
15 獄舎の門。
16 黄河と渭水(陝西省を東流し、黄河に注ぐ河)の間。
17 武乙の曾孫が紂王。小子は末子。
18 殷王朝最後の王。夏の桀王と並ぶ悪王。
19 成人する。
20 すぐれた智恵は、臣下の諫めを拒んで悪行を飾るに十分であり。「知は以て諫めを距《ふ》(せ)ぐに足り、言は以て非を飾るに足り」(史記・殷本紀)。
21 流布本により補う。
22 世の人は皆自分より劣った者だ。
23 主君を諫める良臣。
24 昔の聖人が作った掟。
25 紂王の寵妃。

愛して、万事《ばんじ》ただこれが申すままに付き給ひしかば、罪なくして死を賜《たま》ふ者多く、忠あれども[26]禄《ろく》を蒙《こうぶ》る人少なし。[27]鉅鹿《きょろく》と云ふ処《ところ》に、廻《まわ》り[28]三十里の倉を造り、米穀《べいこく》を積み余し、[29]朝歌《ちょうか》と云ふ郷《ごう》に、高さ[30]三十丈の台を立て、銭貨《せんか》を積み満てり。

また、[31]沙丘《しゃきゅう》に、廻《まわ》り一千里の[32]苑台《えんだい》を造りて、酒を湛《たた》へて池とし、肉を懸けて林とす。その中に、若く清らかなる男三百人、みめ貌《かたち》勝《すぐ》れたる女三百人を裸になして、相逐《あいお》うて婚婬《こんいん》をなさしむ。酒の池には、[33]龍頭鷁首《りょうどうげきしゅ》の船を浮かべて、[34]長夜《ちょうや》の酔《え》ひをなし、肉の林には、[35]北里《ほくり》の舞《まい》、新婬《しんいん》の楽《がく》を奏して、[36]不退《ふたい》の娯《たの》しみを尽《つ》くす。天上の娯楽快楽《ごらくけらく》も、これには及ばじとぞ見えたりける。

或る時、后《きさき》妲己、[37]南庭《なんてい》の花の夕ばえを詠じて、寂寞《せきばく》として立ち給ふ。紂王、これを見るに堪《た》へずして、「何事か、御心《みこころ》に飽《あ》かぬ事の侍る」と問ひ給へば、妲己、「あはれ、[38]炮烙《ほうらく》の法とやらんを見ばやと思ふぞ、心に叶《かな》はぬ事に侍る」と宣《のたま》ひければ、

26 褒美。
27 河北省の地。
28 一里は、日本の約六町(約六五〇メートル)。
29 河南省北部の地。紂王が都を置いた。
30 一丈は約三メートル。
31 離宮の名。
32 庭園と見晴らし台。底本「花台」を改める。
33 船首に龍の頭、鷁(げき＝想像上の鳥)の首を彫刻したものを付けた二艘一対の御座船。
34 夜を徹しての。
35 底本「北里之舞新ニシテ婬之楽ヲ…」。他本により改める。「師涓をして、新淫声、北里の舞、靡靡(びび)の楽を作らしむ」(史記・殷本紀)。
36 尽きることのない。
37 宮殿の前庭。
38 火あぶりの刑。「史記」

紂王《ちゅうおう》、「安き程の事なり」とて、やがて[39]南庭《なんてい》に炮烙《ほうらく》を建て、后の見物にぞなされける。それ炮烙の法と申すは、五丈の銅《あかがね》の柱を二本、東西に立てて、上に鉄《くろがね》の縄《つな》を張り、下に炭の燠《おき》を[40]鑊湯《かくとう》炉《ろ》壇《たん》の如くに起こして、罪人の背に石を負はせ、官人戈《ほこ》を取つて、罪人を柱の上に責《せ》め上《のぼ》せ、鉄の縄を渡る時、罪人気力疲れて炉壇の中に落ち入り、灰燼《かいじん》となりて焦がれ死ぬ。[41]焼熱大焼《しょうねつだいしょう》熱《ねつ》の苦患《くげん》を移せる刑なれば、炮烙の法とは名づけたり。后、これを見て、類《たぐ》ひなき事に興じ給ひければ、[42]野人村老《やじんそんろう》、日ごとに子を殺され、親を失ひて、泣き悲しむ声止《や》む時《とき》なし。

この時、[43]周《しゅう》の文王《ぶんおう》、未だ西伯《せいはく》にておはしけるが、ひそかにこれを見て、「人の悲しみ、世の譏《そし》り、天下の乱となりぬ」と歎《なげ》き給ひけるを、[44]崇侯虎《すうこうこ》と云ひける者聞いて、殷《いん》の紂王にぞ告げたりける。紂王、大きに怒つて、[45]則ち西伯を囚《とら》へ、[46]美里《ゆうり》の獄舎《ごくしゃ》に押《お》し籠《こ》め奉る。西伯が臣閎夭《こうよう》と云ひける人、沙金《しゃきん》三千両、[47]大《だい》

には、人民・諸侯の背く者に紂王が刑罰を重くし、「炮烙の法」を設けたとある。刑の具体的内容や妲己との関連は、劉向「列女伝」以下の説話的な発展。

39 ただちに。

40 地獄の罪人を責める鍋の煮え湯と炉の真っ赤に燃える炭火。炉壇は炉炭が正しい。

41 八大地獄のうち第六・第七の地獄。

42 農民や村の古老。

43 武王の父で、聖天子とされる。西伯は、殷から与えられた称。

44 西伯の言動を紂王に密告した人物。この前後は「史記」に近い。

45 即座に。

46 河南省北部の湯陰県にあった殷の獄舎。

47 西域にあった国。

寃《えん》の馬百疋《びき》、嬋妍幽艶《せんけんゆうえん》[48]なる女百人をそろへて、紂王に奉つて、囚はれを請ひ受けければ、紂王、元来色《もとよりいろ》に婬《いん》し宝を好むこと、後《のち》の禍《わざわ》ひをも顧《かえり》みざれば、「この一つを以ても、西伯を許すに足りぬべし。況んや、その多きなるをや」と、心飽《あ》くまで悦《よろこ》びて、則ち西伯をぞ許しける。

　西伯、故郷に帰り、わが命の生きたる事をば、さしも悦び給はず、ただ炮烙の罪に逢うて、咎《とが》なき民どもが、毎日毎夜に十人、二十人焼き殺さるる事、わが身に当たれる苦《く》の如く、あはれに悲しく思《おぼ》しければ、洛西の地三百里を紂王の后に献じて、炮烙の刑を止《とど》められんことを請《こ》はれける。后も、同じく欲に染《し》む心深くおはしければ、則ち洛西の地に替へて、炮烙の刑を止められ、剰《あまっさ》へ感悦《かんえつ》なほこれにも足らざりけるにや、弓矢斧鉞《ふえつ》[49]を賜《たまわ》つて、天下の権を執《と》り武を収むる官を授け給ひけるは、ただ龍《りょう》[50]の水を得て、雲上《うんしょう》に上がるに異ならず。

48　あでやかで美しい。

49　おのとまさかり。将軍のしるしの武器。

50　「龍の水をえたるが如く、虎の山に靠(よりかか)るに似たり」(禅林句集)。

その後《のち》、西伯《せいはく》、[51]渭浜《いひん》の陽《きた》に[52]田《かり》せんとし給ひけるに、[53]史編《しへん》と云ふ卜人《ぼくじん》、占《うらな》うて申しけるは、「今日の獲物《えもの》、(熊にあらず、)羆《ひぐま》にもあらず。天、君に師を与ふべし」とぞ占ひける。西伯、大きに悦《よろこ》びて、潔斎《けっさい》し給ふ事七日、渭水《いすい》の陽に出でて見給ふに、[54]太公望《たいこうぼう》が、[55]半蓑《はんさ》の煙雨《えんう》水冷《すさま》じうして釣りを垂るる事、人に替はれるあり。「これ、則ち史編が占ふ処《ところ》なり」とて、車の右に乗せて帰り給ふ。則ち[56]武宣王《ぶせんおう》と仰ぎて、文王《ぶんおう》、これに師とし仕《つか》ふること疎《おろそ》かならず。つひにこの太公望の謀《はかりごと》によつて、西伯、徳を行ひしかば、その子武王《ぶおう》の世に当たつて、天下の人、皆殷《みないん》を背《そむ》いて周《しゅう》に帰《き》せしかば、武王つひに天下を取つて、子孫永く八百余年を保ちたりき。

　古への事を引いて今の世を見候ふに、ただ[57]羽林相公《うりんしょうこう》の婬乱《いんらん》、頗《すこぶ》る紂王《ちゅうおう》が無道《ぶとう》に相似《あいに》たり。君《きみ》、仁を行はせ給ひて、これを亡ぼされんに、何の子細《しさい》か候ふべき」と、[58]禅門をば文王の徳に比《たくら》

51　渭水の北岸。「陽」は北。川は低いゆえに北岸が日なた(陽)になる。底本「陽(ミナ)」を改める。
52　「田」は、野に人手を配して一斉に押していく狩り。田猟。
53　「史」は、太史(天文暦数と歴史を司る官)。「編」は、名。
54　呂尚(りょしょう)の号。太公(先君)が望んだ聖人の意。文王に見いだされ、武王の軍師として周の建国に大功があった。兵法書「六韜(りくとう)」の作者とされる。
55　短い蓑を来て煙るような雨に濡れながら釣り糸を垂れる。
56　流布本「武成王」が正しい。底本・玄玖本同じ。太公望の封号。
57　宰相中将義詮。羽林・相公(宰相)は、近衛府・参

べ、わが身を太公望に准《なぞら》へて、折節《おりふし》に付けて申しけるを、信ぜられけるこそ愚かなれ。さればとて、禅門の行迹《こうせき》、[59]泰伯《たいはく》が有徳の甥文王に譲りし仁にもあらず。また、[60]周公《しゅうこう》の無道《ぶとう》の兄管叔《かんしゅく》を討ちし義にもあらず。[61]権道覇業《けんどうはぎょう》、両《ふた》つながら欠けたる人とぞ見えたりける。

賀茂社《かものやしろ》鳴動《めいどう》の事、同《おなじく》江州《ごうしゅう》八相山《はっそうやま》合戦《かっせん》の事　7

[1]同じき八月十八日に、征夷将軍《せいいしょうぐん》源《げん》二位《にい》大納言《だいなごん》尊氏卿《たかうじきょう》、高倉《たかくら》入道左兵衛督《にゅうどうさひょうえのかみ》追罰《ついばつ》の宣旨《せんじ》を賜《たまわ》つて、近江国《おうみのくに》に下着《げちゃく》して、[2]鏡《かがみ》の宿《しゅく》に陣を取る。都を立ちしまでは、その勢《せい》わづかに三百騎にも足らざりけるが、[3]佐々木佐渡判官入道道誉《ささきさどのほうがんにゅうどうどうよ》、子息[4]近江守秀綱《おうみのかみひでつな》は、当国の勢三千余騎を率《そっ》して馳《は》せ参《まい》る。[5]仁木右馬権守義長《にきうまのごんのかみよしなが》は、伊賀《いが》、伊勢《いせ》の兵四千余騎を率して馳せ参る。[6]土岐刑部《ときぎょうぶの》

議の唐名。
58 恵源(足利直義)。
59 文王の伯父で、世継ぎを弟の季歴(文王の父)に譲った聖人。呉の始祖とされ、呉太伯とも。
60 周公旦。文王の子で、武王の弟。武王の死後、兄管叔が殷の武庚(紂王の子)を擁して叛した乱を平定し、成王(武王の子)の治世を助けた。孔子と並ぶ聖人とされる。
61 権道(仁徳に叶わない便宜的な道義)と覇業(徳ではなく武力で支配すること)。

7
1 観応二年(一三五一)。
2 滋賀県蒲生郡竜王町鏡。
3 俗名高氏。若狭・上総などの守護。
4 道誉の嫡男。

少輔頼康《しょうよりやす》は、美濃国《みののくに》の勢《せい》二千余騎を率《そっ》して馳《は》せ参《まい》りける間、その勢程なく一万余騎に及ぶ。今はいかなる大敵と戦ふとも、勢の不足とは見えざりけり。

さる程に、高倉入道左兵衛督《たかくらにゅうどうさひょうえのかみ》は、[7]石塔《いしどう》、畠山《はたけやま》、桃井《もものい》三人を大将として、おのおの二万余騎の勢を差し添へ、同じき九月七日、近江国《おうみのくに》へ打ち出でて、[8]八相山《はっそうやま》に陣を取る。両陣堅く守つて、未だ戦ひを決せず。

その日の[9]未刻《ひつじのこく》に、都には、[10]鴨《かも》の糺《ただす》の神殿、鳴動《めいどう》する事やや久しうして、[11]鏑矢《かぶらや》天を鳴《な》り響《ひび》かし、[12]丑寅《うしとら》の方を指して去りぬとぞ奏聞《そうもん》しける。「これは[13]いかさま、将軍兄弟の合戦に、吉凶を示さるる怪異にてぞあるらん」と諸人推量しけるが、はたして翌日《つぎのひ》[14]午刻《うまのこく》に、佐々木佐渡判官入道《ささきさどのほうがんにゅうどう》が手に[15]多賀将監《たがのしょうげん》と、[16]秋山新蔵人《あきやましんくろうど》と、[17]楚忽《そこつ》の合戦し出だして、秋山忽《たちま》ちに討たれにければ、桃井、大きに怒つて、重ねて戦ふべき由《よし》を申しけれども、自余

5 義勝の子。伊勢・伊賀守護。
6 頼清の子。美濃守護。
7 石堂義房、畠山国清、桃井直常。
8 滋賀県長浜市中野町にある虎御前山の南尾根。
9 午後二時頃。
10 京都市北区の下賀茂神社。
11 中が空洞の蕪の形をした鏃で、飛ぶときに音を発する矢。
12 北東。
13 きっと。
14 正午頃。
15 滋賀県犬上郡多賀町に住んだ武士。佐々木道誉の家来。
16 光政。桃井配下の武士。
17 軽はずみな。

の大将に異儀あつて、結句越前国《えちぜんのくに》へ引つ返す。

恵《え》源《げん》禅《ぜん》閤《こう》関《かん》東《とう》下《げ》向《こう》の事　8

その後《のち》、[1]畠山阿波将監国清《はたけやまあわのしょうげんくにきよ》、頻《しき》りに「御兄弟、ただ御中直《おんなかなお》り候ひて、天下の政務を、[2]宰相中将殿《さいしょうちゅうじょうどの》に持《たも》たせまゐらせられ候へかし」と申しけるを、[3]禅門《ぜんもん》、許容し給はざりければ、国清、大きに怒つて、己れが勢七百余騎を引き分けて、将軍の御《み》方《かた》へぞ参りける。

この外《ほか》、縁を尋ねて降人《こうにん》になり、五騎、十騎、打ち連れ打ち連れ将軍へと参りける間、「かくては、越前に御座《ござ》候はん事は、叶《かな》ひ候ふまじ」と、桃井《もものい》頻りに勧め申しければ、十月八日、高《たか》倉禅門《くらぜんもん》、また越前を立つて、北陸道《ほくろくどう》を打ち通り、鎌倉《かまくら》へぞ下り給ひける。

8

1　家国の子。紀伊・和泉守護。底本「清国」を改める。

2　義詮。

3　恵源(直義)。

那和《なわ》軍《いくさ》の事 9

将軍は、八相山《はっそうやま》の合戦に打ち勝つて、やがて[1]上洛《しょうらく》し給ひたりけるを、十月二十三日、また直義入道《ただよしにゅうどう》を誅罰《ちゅうばつ》すべきの由《よし》、重ねて[2]宣旨《せんじ》をなされければ、翌日《つぎのひ》、やがて都を立つて、鎌倉《かまくら》へ下《くだ》り給ふ。「[3]ひたすら洛中に勢《せい》を貽《のこ》さざらんも、南方の敵に隙《ひま》を窺《うかが》はれつべし」とて、宰相中将義詮朝臣《さいしょうちゅうじょうよしあきらあそん》をば、都の守護にぞ留《とど》められける。

将軍、すでに駿河国《するがのくに》に着き給ひけれども、遠江《とおとうみ》より東、并《なら》びに北国《ほっこく》の勢《せい》ども、早や悉《ことごと》く高倉殿《たかくらどの》へ馳《は》せ付《つ》いてければ、将軍へは、はかばかしき勢も参らず。「かくては、左右《そう》なく鎌倉へ寄せんこと、叶《かな》ひ難《がた》し。暫《しばら》く先《ま》づ要害《ようがい》に陣を取つてこそ、勢を[4]催《もよお》さめ」とて、十一月晦日《つごもり》、駿河国[5]薩埵山《さったやま》に打ち上がりて、東

9
1 ただちに。
2 帝の命令書。
3 まったく。
4 軍勢を招集しよう。
5 静岡市清水区興津井上町と清水区由比西倉沢の間の山。

北に陣を張り給ふ。相順《あいしたが》ふ勢には、仁木《にき》左京大夫《さきょうのだいぶ》頼章《よりあき》、舎弟右《う》馬権守《まのごんのかみ》義長《よしなが》、畠山《はたけやま》阿波守《あわのかみ》国清《くにきよ》兄弟四人、[6]今川入道心省《いまがわにゅうどうしんせい》、子息[7]伊予守《いよのかみ》、[8]千葉介《ちばのすけ》、[9]武田陸奥守《たけだむつのかみ》、[10]長井《ながい》、同じき治部少輔《じぶのしょう》、[11]二階堂信濃入道《にかいどうしなののにゅうどう》、同じき山城判官《やましろのほうがん》、その勢、わづかに三千騎には過ぎざりけり。

さる程に、将軍すでに薩埵山に陣を取つて、[12]宇都宮《うつのみや》が馳《は》せ参《まい》るを待ち給ふ由《よし》聞こえければ、高倉禅門《たかくらぜんもん》、「先づ宇都宮へ討手《うって》を下《くだ》さでは、難儀なるべし」とて、桃井播磨守直常《もものいはりまのかみただつね》に、[13]長尾新《ながおしん》左衛門《ざえもん》、並びに[14]北陸道《ほくろくどう》七ヶ国の勢を付けて一万余騎、上野国《こうずけのくに》へ差し向けらる。

高倉禅門も、同じき日鎌倉を立つて、薩埵山へ向かひ給ふ。一方には、[15]上杉民部大輔《うえすぎみんぶのたいふ》憲顕《のりあき》を大手の大将として、二十万余騎、[16]由井《ゆい》、蒲原《かんばら》へ向けらる。一方には、[17]石塔入道《いしどうにゅうどう》、子息右馬頭《うまのかみ》頼《より》房《ふさ》を搦手《からめて》の大将として、十万余騎、[18]宇都部佐《うつぶさ》へ廻《まわ》つて押し寄す

6 俗名範国。基氏の子。遠江・駿河守護。
7 貞世。法名了俊。
8 氏胤。貞胤の子。
9 「園太暦」に「武田伊豆守」。信武。信宗の子。
10 他本「長井兄弟」。治部少輔は、時春。時千の子。
11 行朝。法名行珍。貞綱の子。山城判官は不詳。
12 伊予守氏綱。公綱の子。
13 景泰。景忠の子。上杉の家来。
14 若狭・越前・加賀・能登・越中・越後・佐渡の七か国。
15 憲房の子。父の没後、上杉の家督を継ぐ。足利尊氏・直義兄弟の従兄弟。
16 静岡市清水区由比、清水区蒲原。
17 義房。頼茂の子。
18 富士宮市内房(うつぶさ)。

る。高倉禅門《たかくらぜんもん》は、寄手《よせて》の惣大将なれば、[19]宗徒《むねと》の勢《せい》十万余騎を順《したが》へて、未だ[20]伊豆《いず》の府《こう》にぞひかへらる。

かの薩埵山《さったやま》と申すは、三方は[21]嶮岨《けんそ》にて、谷深く切れ、一方は海にて、岸高く峙《そばだ》てり。敵たとひ何百万騎ありとも、近《ちか》づき難《がた》しとは見えながら、取り巻く寄手は五十万騎、防くべき兵三千余騎、しかも馬疲れ、糧《かて》乏しければ、いつまでかその山に怺《こら》ふべきと、あはれなるやうに覚えて、掌《たなごころ》に入れたる心地しければ、急に攻め落とさんともせず、ただ千重万重《せんちょうばんちょう》に取り巻きたるばかりにて、未だ[22]矢軍《やいくさ》をだにもせざりけり。

さる程に、宇都宮伊予守《うつのみやいよのかみ》は、[23]薬師寺《やくしじ》入道元可《にゅうどうげんか》が勧めによつて、かねてより将軍に志《こころざし》を存じければ、高武蔵守師直《こうのむさしのかみもろなお》が一族に、[24]三戸七郎《みとのしちろう》と云ひける人の、その辺に忍んで居たりけるを、大将に取り立てて、薩埵山の[25]後攻《ごづ》めをせんと企てける処《ところ》に、人に先《せん》をせられじとや思ひけん、上野国《こうずけのくに》の住人[26]大胡《おおご》、山上《やまかみ》の一

19 主だった。
20 伊豆の国府。三島市。
21 道がけわしいこと。
22 互いに矢を射合って戦うこと。
23 公義。松岡城落城後に出家。第二十九巻・10、参照。
24 高師親。師澄の子、師冬の猶子。鎌倉の高師冬が討たれた時に姿を隠した。第二十九巻・11、参照。
25 城攻めをする敵を背後から攻める援軍。
26 大胡は群馬県前橋市大胡町、山上は桐生市新里町に住んだ武士。

族ども、新田《にった》の[27]大島《おおしま》を大将に取り立てて五百余騎、薩埵山の後攻めのためとて、[28]笠懸《かさがけ》の原《はら》へ打ち出でたり。[29]長尾《ながお》孫六《まごろく》、同じき平三《へいぞう》、百余騎にて、上野国警固《けいご》のために、かねてより[30]世良田《せらだ》に居たりけるが、これを聞いて、聞くと均《ひと》しく笠懸の原へ押し寄せ、敵に一矢をも射させず、[31]抜き連れて懸け立てける程に、新田の大島が五百余騎、十方に懸け散らされて、行方《ゆくえ》知らずになりにけり。

宇都宮、これを聞いて、この人[32]憖《なまじ》ひなる事仕出だして、敵に[33]気を付けつる事よと、興醒《きょうざ》めて思ひけれども、それによるべからずと、気を取り直して、十二月十五日、宇都宮を立つて、薩埵山へぞ急ぎける。相伴ふ勢には、[34]氏家太宰少弐周綱《うじいえだざいのしょうにちかつな》、同じき下総守《しもうさのかみ》、同じき三河守《みかわのかみ》、同じき備中守《びっちゅうのかみ》、同じき遠江守《とおとうみのかみ》、[35]芳《は》賀《が》伊賀守貞綱《いがのかみさだつな》、同じき肥後守《ひごのかみ》、[36]紀党《きのとう》には、[37]猿子《ましこ》出雲守《いずものかみ》、薬師寺《やくしじ》次郎左衛門《じろうざえもん》入道元可《にゅうどうげんか》、舎弟修理進義夏《しゅりのしんよしなつ》、同じき勘解由左衛門《かげゆざえもん》

27　大島義政。太田市大島町に住んだ新田一族。
28　みどり市笠懸町。
29　不詳。長尾の一門。
30　太田市世良田町。
31　いっせいに太刀を抜いて。
32　中途半端なこと。
33　士気を上げさせた。
34　氏家は、栃木県さくら市氏家に住んだ宇都宮一族。周綱は公宗の子。下総守は貞朝（重基の子）、三河守は綱元（周綱の子）、備中守は綱経（貞朝の弟）、遠江守は忠朝（貞朝の子）。
35　栃木県芳賀郡に住んだ清原姓の武士。禅可（高名）の子。「伊賀守公頼」（第三十四巻・8）とも。
36　清党とともに宇都宮配下の紀姓の党の武士。
37　貞正。芳賀郡益子町に住んだ。

義春《よしはる》、同じき掃部助助義《かもんのすけすけよし》、武蔵国《むさしのくに》の住人[38]猪俣兵庫入道《いのまたひょうごのにゅうどう》、[39]安保《あぶ》信濃守《しなののかみ》、[40]岡部新左衛門《おかべしんざえもん》、子息出羽守《でわのかみ》、都合その勢《せい》千五百余騎、十六日の[41]午刻《うまのこく》に、下野国《しもつけのくに》[42]天命《てんみょう》の宿《しゅく》に打ち出でたり。

この日、[43]佐野《さの》、春日《かすが》の一族等《ら》、五百余騎にて馳《は》せ付《つ》きける間、兵皆勇《いさ》み進《すす》んで、夜明くれば、桃井《もものい》が勢には目をも懸けず打ち通つて、ただ[44]薩埵山《さったやま》へ懸からんと評定《ひょうじょう》しける処《ところ》に、大将に取り立てたる三戸七郎《みとのしちろう》、俄《にわ》かに物狂ひになつて、自害して死ににけり。これを見て、門出《かどで》悪《あ》しとや思ひけん、道々にて馳せ付きつる勢ども、一騎も残らず落ち失せて、初め宇都宮《うつのみや》にて一味同心せし勢ばかりになりければ、わづかに七百騎にも足らざりけり。

かくてはいかがあるべきと、諸人、気を失ひけるを、薬師寺《やくしじ》入道《にゅうどう》、暫《しば》く思案して、「[45]吉凶は糾《あざな》へる索《なわ》の如しと云へり。これはいかさま、[46]宇都宮大明神《うつのみやのだいみょうじん》、大将を[47]氏子《うじこ》に授け給はんために、かかる事は出で来るものなり。暫《しば》くも御逗留《ごとうりゅう》あるべからず」と

38　武蔵七党の猪俣党の武士。埼玉県児玉郡美里町猪俣。
39　泰規。武蔵七党の丹党の武士。秩父市阿保町。
40　猪俣党の武士。深谷市岡部。
41　正午頃。
42　栃木県佐野市天明(てんみょう)町。
43　佐野市に住んだ秀郷流藤原氏の武士。春日は不詳(他本「佐貫」)。
44　薩埵山の将軍方へ馳せ加わろうと。
45　吉凶は縒り合わせた縄のように交互にやってくる。「吉凶は糾へる纆(なわ)の如く、憂喜は相紛繞す」(文選・孫楚・征西の官属の陟陽侯に送りしとき作れる詩)。糾へる纆は、縒り縄。
46　宇都宮市馬場通にある宇都宮二荒山(ふたあらやま)神社。

申しければ、諸人、げにもと気を直して、路《みち》に少しの滞《とどこお》りもなく、[48]引つ懸け引つ懸け打つ程に、同じき十九日の午刻《うまのこく》には、[49]戸祢川《ねがわ》を打ち渡つて、[50]那和《なわ》の庄《しょう》に着きにけり。

ここにて、跡に立つたる[51]馬煙《うまけぶり》を、馳せ付く勢かと見れば、さはあらで、桃井播磨守《もものいはりまのかみ》、長尾新左衛門尉《ながおしんざえもんのじょう》、一万余騎にて、跡に付いて押し寄せたり。宇都宮、「さらば、陣を張つて戦へ」とて、小溝《こみぞ》の流れたるを前に当てて、平々《へいへい》としたる野中《のなか》に、紀《き》清両党《せいりょうとう》七百余騎は、大手に向かつて北の端《はし》にひかへ、氏家太《うじいえだ》宰少弐《ざいのしょうに》は二百余騎、中の手にてひかへ、薬師寺入道兄弟が勢五百余騎は、搦手《からめて》に対して南の端にひかへたり。

両陣互ひに相待ちて、[52]半時《はんとき》ばかりを移す処に、桃井が勢七千余騎、時《とき》の音《こえ》を揚《あ》げて、半《なか》ば宇都宮に打つて懸かる。長尾左衛門が勢三千余騎、[53]魚鱗《ぎょりん》に連なりて、薬師寺に打つて懸かる。長《なが》尾孫六《おまごろく》、同じき平三《へいぞう》、二人《ににん》が勢五百余騎は、皆馬より飛んで下

下野国一宮。
47　宇都宮氏のこと。
48　馬をしきりに駆けさせて鞭打つうちに。
49　利根川。
50　群馬県伊勢崎市堀口町の辺。
51　馬が蹴立てる土煙。
52　約一時間ほど。
53　先端を細くして敵陣を突破する鱗形の陣形。

り、徒立《かちだち》になつて、[54]射向《いむけ》の袖をかざし、太刀《たち》、長刀《なぎなた》の鋒《きっさき》を揃へ、しづしづと小跳《こおど》りして、氏家《うじいえ》が陣へ打つて懸かる。飽くまで広き平野《ひらの》の、馬の足に懸かる草木の一本もなき処《ところ》にて、敵御方《みかた》一万二千余騎、[55]東に開《あら》け、西に靡《なび》きて、追つつ返しつ、半時ばかり戦うたるに、長尾孫六《ながおまごろく》が[56]折立一揆《おりたついっき》の勢《せい》五百人、縦横に懸け悩まされて、一人も残らず討たれにければ、桃井《もものい》も長尾左衛門《ながおさえもん》も、叶《かな》はじとや思ひけん、十方に分かれて落ちて行く。軍畢《いくさおわ》りて四、五ヶ月の後《のち》までも、戦場二、三里が間は、草羶《なまぐさ》うして、血は原《げん》野《や》に淋《そそ》き、地嵬《うずたか》うして、尸路径《かばねろけい》に横たはれり。

これのみならず、[57]吉江中務《よしえなかつかさ》が、武蔵国《むさしのくに》の守護代《しゅごだい》にて勢を集めて居たりけるに、那和《なわ》の合戦と同じき日に、[58]津山弾正左衛門《つやまだんじょうざえもん》、同じき新左衛門《しんざえもん》、并《なら》びに[59]野与《のよ》の一党に寄せられて、忽《たちま》ちに討たれにければ、今は武蔵、上野《こうずけ》両国の間に、敵と云ふ者一人もなくなつて、宇都宮《うつのみや》に付く勢、二万余騎になりにけり。

54 鎧の左側の袖。
55 東へ退き、西へ寄せて。
56 不詳。底本「ヲリ立一揆」。神宮徴古館本「折一揆」。一揆は、一味同心の武士集団。
57 新潟市南区吉江出身の武士。
58 不詳。
59 武蔵七党の一の野与党。

薩埵《さった》山合戦《やまかっせん》の事 10

宇都宮、すでに所々《しょしょ》の合戦に打ち勝つて、[1]後攻《ごづ》めに廻《まわ》る由《よし》、薩埵山の寄手《よせて》の方《かた》へ聞こえければ、諸軍勢、皆《みな》一同に、「あはれ、後攻めの勢の付かぬ前《さき》に、薩埵山を攻め落とされ候へかし」と申しけれども、[2]傾《かたぶ》く運にや引かれけん、桃井も上杉《うえすぎ》も、かつて許容せざりければ、余りに身を揉《も》うで、[3]児玉党《こだまとう》三千余騎、極《きわ》めて[4]嶮《さが》しき[5]桜野《さくらの》より、薩埵山へぞ寄せたりける。

この坂をば、[6]今川上総守《いまがわかずさのかみ》、[7]南部《なんぶ》の一族、[8]羽切遠江守《はきりとおとうみのかみ》、三百余騎にて堅めたりけるが、坂中《さかなか》に、一段高き所のありけるを[9]切り払つて、[10]石弓《いしゆみ》を多く張つたりける間、一度にばつと切つて落とす大石《たいせき》どもに、前陣《せんじん》の寄手《よせて》数百人、[11]楯板《たていた》ながら打《う》ち拉《ひし》がれて、矢庭《やにわ》に死する者数を知らず。後陣《ごじん》はこれに[12]色めきて、少し引き

10

1 城攻めの寄手を背後から攻める軍勢。
2 傾いた運勢に引きずられたのか。
3 武蔵七党の一。
4 けわしい。
5 静岡市清水区由比の地。
6 範氏。範国の子。
7 山梨県南巨摩郡南部町に住んだ武田一族。
8 南巨摩郡身延町波木井に住んだ南部の支族。
9 草木を切り払って。
10 石を落としかける装置。
11 楯の板とともに。
12 浮き足だって。

色に見えける処《ところ》へ、南部《なんぶ》、羽切《はきり》、抜き連れて[13]懸かりける間、[14]大《おお》類《るい》弾正《だんじょう》、[15]富田《とみた》以下《いげ》、宗徒《むねと》の児玉党《こだまとう》十七人、一所《いっしょ》にて皆討たれにけり。

この陣の合戦は、たとひかやうなりとも、五十万騎に余りたる陣々の寄手《よせて》ども、同時に攻《せ》め上《のぼ》らんともせず、「今に落つべき城を、[16]高名顔《こうみょうがお》に合戦して、討たれたるはかなさよ」と、面々に咲《わら》ひ嘲《あざけ》りける、心の程こそあさましけれ。

さる程に、同じき二十七日、後攻《ごづ》めの勢《せい》三万余騎、[17]足柄山《あしがらやま》の敵を追つ散らして、[18]竹下《たけのした》に陣を取る。[19]小山判官《おやまほうがん》も、宇都宮《うつのみや》に力を合はせて七百余騎、同じき日に[20]古宇都《こうづ》に着きければ、焼《た》き続《つづ》けたる篝火《かがりび》の数、おびたたしく見えける間、大手《おおて》搦手《からめて》五十万騎の寄手ども、暫《しばら》くも怺《こら》へず、十方へ落ちて行く。

[21]仁木越後守《にきえちごのかみ》、やがて勝《かつ》に乗つて三百余騎、引く勢を追つ立て追つ立て、伊豆《いず》の府《こう》まで押し寄せける間、[22]高倉禅門《たかくらぜんもん》、一支へも

13 いっせいに刀を抜いて。
14 群馬県高崎市中大類町に住んだ武士。
15 埼玉県大里郡寄居町富田に住んだ武士。
16 手柄をあげようと合戦して討たれたことの愚かしさよ。
17 神奈川県南足柄市と静岡県駿東郡小山町との境の足柄峠。
18 静岡県駿東郡小山町竹之下。足柄路の要所。
19 氏政。秀朝の子、朝氏の弟。下野の豪族。
20 神奈川県小田原市国府津。
21 義長。
22 恵源(直義)。

支へず引いて、[23]北条《ほうじょう》へぞ落ち給ひける。[24]上杉民部大輔《うえすぎみんぶのたいふ》、[25]長尾《ながお》左《さ》衛門《えもん》が勢は二万余騎、信濃《しなの》を志して落ちけるを、[26]千葉介《ちばのすけ》が一族ども五百余騎、[27]早河尻《はやかわじり》にて討《う》ち留《とど》めんとしけるが、落ち行く大《おお》勢《ぜい》に取り籠められて、一人も残らず討たれにけり。さてこそ、この道開けて、心安く上杉も長尾左衛門も、信濃国へぞ落ちたりける。

高倉禅門は、余りに[28]気を失ひて、北条にもなほたまり得で、[29]伊豆《いず》の御山《おやま》へ引いて、大息つきておはしけるが、「忍んで、いづちへも[30]一《ひと》まど落ちてやみる、自害をやする」と、案《あん》じ煩《わずら》ひ給ひける処に、また和睦《わぼく》の義ありて、将軍より様々《さまざま》御文《おんふみ》を遣《つか》はされ、畠山安房守国清《はたけやまあわのかみくにきよ》、仁木武蔵守頼章《にきむさしのかみよりあき》、舎弟越後守義長《えちごのかみよしなが》を御迎ひに進《まいら》せられたりければ、今の命の捨《す》て難《がた》さに、後《のち》の恥をや忘れ給ひけん、禅門、降人《こうにん》になつて、将軍に打ち連れ奉り、[31]正月六日の夜に入りて、鎌倉《かまくら》へぞ帰り入り給ひける。

23 伊豆国田方郡北条（静岡県伊豆の国市寺家の一帯）。
24 憲顕。
25 景泰。
26 氏胤。
27 芦ノ湖に源を発し、小田原市で相模湾に注ぐ早川の河口。
28 気力。
29 静岡県熱海市伊豆山の伊豆山神社。
30 ひとまず。
31 北朝の観応三年（一三五二）。

恵源《え》禅《げん》門《ぜんもん》逝去《せいきょ》の事　11

かかりし後《のち》は、高倉殿《たかくらどの》に付《つ》き順《したが》ひ奉る侍《さぶらい》、一人《いちにん》もなし。籠《ろう》[1]の如く(なる)屋形の、荒れて久しきに、警固《けいご》の武士を居《す》ゑられて、事に触れたる悲しみのみ耳に満ちて、心を傷《いた》ましめければ、今は浮世《うきよ》の中に長らへても、[2]よしや命を何にかはせんと思ふべき。わが身さへ用なき物に歎《なげ》き給ひけるが、幾程《いくほど》なく、その年[3]観応二年癸巳二月二十六日に、忽《たちま》ちに死去し給ひにけり。俄《にわ》かに[4]黄疸《おうだん》と云ふ病《やまい》に犯《おか》されて、はかなくならせ給ひぬと、よそには披露《ひろう》ありながら、実《まこと》は[5]鴆《ちん》に犯《おか》されて、逝去《せいきょ》し給ひけるとぞささやきける。

[6]去々年の秋は、師直《もろなお》、上杉《うえすぎ》、畠山《はたけやま》を亡ぼし、[7]去年の春は、禅門、師直、師泰《もろやす》以下《いげ》を誅《ちゅう》せらる。今年の春は、禅門また、怨敵《おんてき》のために毒を呑みて、失せ給ひけるこそあはれなれ。「[8]三過門《さんかもん》

11

1　牢。

2　たとえ命があっても何になろう。

3　底本割注。ただし観応三年(一三五二)壬辰が正しい。

4　肝臓の障害で皮膚が黄色くなる病。

5　中国南方にいる鴆という鳥から採れる猛毒。日本ではヒ素などをさして鴆毒と呼んだ。

6　師直が上杉・畠山を討ったのは、貞和五年(一三四九)。三年前が正しい。

7　足利直義(恵源)が師直を討ったのは、観応二年二月二十六日。

8　蘇東坡「永楽を過ぐれば文長老已に卒す」の詩句。「三たび門を過ぐる間に老い病み死す、一たび指を弾

間《かん》の老病死《ろうびょうし》、一弾指頃《いちだんしきょう》の去来今《きょらいこん》」[9]（とも、かやうの事をや申すべき。因果《いんが》歴然《れきぜん》の理《ことわ》りは）、いまに始めぬ事なれども、三年《みとせ》の中《うち》に日を替へず、酬《むく》ひけるこそ不思議なれ。[10]

吉野殿《よしのどの》と義詮朝臣《よしあきらあそん》と御和睦《おんわぼく》の事　12

足利宰相中将義詮朝臣《あしかがさいしょうちゅうじょうよしあきらあそん》は、[1]将軍鎌倉《かまくら》へ下り給ひし時、京都の守護代《しゅごだい》に残されておはしけるが、関東の合戦の[2]左右《そう》は未だ聞こえず、京都は以《もっ》ての外《ほか》に無勢《ぶぜい》なり。かくては、[3]いかさま和《わ》田《だ》、楠《くすのき》に寄せられて、[4]云《い》ひ甲斐《がい》なく都を落とされぬと思《おぼ》しければ、一旦事を謀《はか》つて、暫《しば》く洛中を[5]無為《ぶい》ならしめんために、[6]吉野《よしの》殿《どの》へ使者を立てて、「今より後《のち》は、御治世《ごちせい》の御事《おんこと》と、[7]国衙《こくが》の郷《ごう》保《ほう》、並《なら》びに[8]本家領家年来進止《ほんけりょうけとしごろしんじ》の地に於ては、武家、一向その[9]綺《いろ》ひを止《や》むべきにて候ふ。ただ[10]承久《じょうきゅう》以後新補《しんぽ》の率法《りっぽう》、並びに

く頃（あいだ）の去来今」。三度門を過ぎる間に、老い病みそして死ぬ。一度指をはじくだけの短い間に、過去・未来・現在の三世がある。
9　他本により補う。
10　流布本・梵舜本は、このあと、恵源の末路を罪の報いとする教訓的な論評がつづく。

12
1　本巻・9、参照。
2　勝敗。　3　必ずや。
4　ふがいなく。
5　何事もなく平穏なこと。
6　吉野の後村上帝。
7　国衙（国府の役所）が支配する土地。
8　本家（名義上の所有者）領家（実質上の管理者）が長年支配する荘園。
9　干渉すること。
10　承久の乱後に置かれた

国々の守護職《しゅごしき》、地頭《じとう》御家人《ごけにん》の[11]所帯《しょたい》を、武家の成敗《せいばい》に許されて、君臣和睦《わぼく》の恩恵を施《ほどこ》され候はば、武臣[12]七徳《しちとく》の干戈《かんか》を収めて、[13]聖主万歳《せいしゅばんぜい》の宝祚《ほうそ》を仰ぎ申し候ふべし」と、頻《しき》りに奏聞《そうもん》をぞ経《へ》られける。

これによつて、諸卿僉議《しょきょうせんぎ》あつて、「前《さき》に直義入道《ただよしにゅうどう》、[14]和与《わよ》の由《よし》を申して、言《ことば》の下に変じぬ。これもまた偽つて申す条、子細《しさい》なしと云へども、[15]謀《はかりごと》の一途《いちず》たれば、義詮《よしあきら》が申す旨《むね》に任《まか》せられて、帝都還幸《ていとかんこう》の儀を促《うなが》し、義詮をば、畿内近国《きないきんごく》の勢《せい》を以て退治し、[16]高氏《たかうじ》をば、義貞《よしさだ》が子どもに仰せ付けて追罰《ついばつ》せられんに、何の子細かあるべき」とて、[17]再往《さいおう》の御問答にも及ばず、「御合体《ごがってい》の事、子細あらじ」とぞ仰せ出だされける。

諸卿《しょきょう》参《まい》らるる事　13

地頭の得分のきまり。
11 所領。
12 七徳は、兵をおさめ、民を安心させ、人々を平和にするなど、武の七つの効用(春秋左氏伝・宣公十二年、白居易・七徳の舞)。干戈は武器。
13 後村上帝の末永い帝位。
14 和解すること。
15 謀略の一つの方法。
16 尊氏の改名以前の名。
17 くり返し。

13
1 北朝方に仕えた公卿達。
2 南朝方。当時賀名生(あのう=奈良県五條市西吉野町)に皇居があった。
3 現職。　4 道平の子。
5 基嗣の子。
6 長通の子。村上源氏。
7 長隆の子。
8 実忠の子。

互ひに偽る道とは、誰《たれ》かは知るべきなれば、この間、[1]持明院《じみょういん》殿方《どのがた》に拝趨《はいすう》せられける諸卿、皆[2]賀名生殿《あのうどの》へ参ぜらる。

先《ま》づ、[3]当職《とうしょく》の公卿《くぎょう》には、[4]二条関白太政大臣良基公《にじょうかんぱくだじょうだいじんよしもとこう》、[5]近衛《このえ》右《う》大《だい》臣道嗣《じんみちつぐ》公、[6]久我《こが》内大臣右大将通相《ないだいじんうだいしょうみちすけ》公、[7]葉室《はむろ》大納言《だいな》長光《ごんながみつ》、[8]三条《さんじょう》大納言《だいな》公忠《ごんきんただ》、[9]鷹司《たかつかさ》大納言左大将冬通《だいなごんさだいしょうふゆみち》、[10]洞院《とういん》大納言《だいな》実夏《ごんさねなつ》、[11]三条《さんじょう》大納言《だいな》実継《ごんさねつぐ》、[12]今小路《いまこうじ》大納言《だいな》良冬《ごんよしふゆ》、[13]西園寺《さいおんじ》大納言《だいな》実俊《ごんさねとし》、[14]松殿《まつどの》大納《だいな》言忠嗣《ごんただつぐ》、[15]裏築地《うらつじ》大納言《だいな》忠季《ごんただすえ》、[16]大炊御門《おおいみかど》中納言家信《ちゅうなごんいえのぶ》、[17]四条《しじょう》中納言《ちゅうなごん》隆持《たかもち》、[18]菊亭《きくてい》中納言公直《ちゅうなごんきんなお》、[19]二条《にじょう》中納言師良《ちゅうなごんもろよし》、[20]花山院《かさんのいん》中納言兼定《ちゅうなごんかねさだ》、[21]葉室《はむろ》中納言公定《ちゅうなごんきんさだ》、[22]万里小路《までのこうじ》中納言仲房《ちゅうなごんなかふさ》、[23]徳大寺《とくだいじ》中納言実時《ちゅうなごんさねとき》、[24]二条宰相為明《にじょうさいしょうためあきら》、[25]勘解由小路《かでのこうじ》(左《さ》)大弁兼綱《だいべんかねつな》、[26]三条宰相公豊《さんじょうさいしょうきんとよ》、[27]坊城《ぼうじょう》右大弁経方《だいべんつねかた》、[28]日野宰相教光《ひののさいしょうのりみつ》、殿上には、[29]左中弁時光《さちゅうべんときみつ》日野、[30]右中弁隆家《うちゅうべんたかいえ》、[31]右中弁保光《うちゅうべんやすみつ》、[32]権右中弁親顕《ごんのうちゅうべんちかあき》、[33]左少弁忠光《さしょうべんただみつ》、[34]右少《うしょう》弁信兼《べんのぶかね》、[35]勘解由次官行知《かげゆのじかんゆきとも》、[36]右兵衛佐嗣房《うひょうえのすけつぐふさ》、この外《ほか》、[37]先官《せんかん》の公卿、[38]非参議《ひさんぎ》、[39]七弁八史《しちべんはっし》、五位六位、乃至《ないし》[40]三門跡《さんもんぜき》の貫首《かんじゅ》、諸[41]院家《いんげ》

9 師平の子。
10 公賢の子。
11 公秀の子。
12 二条兼基の子。道平の弟。 13 公宗の子。
14 通輔の子。
15 正親町(おおぎまち)公蔭の子。
16 冬氏の子。
17 底本「隆時」を改める。隆有の子。
18 今出川実尹(さねただ)の子。
19 良基の子。
20 長定の子。
21 他本「長顕」。長隆の子。 22 季房の子。
23 公清の子。 24 為藤の子。 25 公業の子。
26 実継の子。
27 坊城(勧修寺〈かじゅうじ〉)経顕の子。
28 資明の子。
29 日野資名の子。
30 四条隆蔭の子。
31 日野資明の子。

の僧綱《そうごう》、[42]禅律《ぜんりつ》の長老《ちょうろう》、寺社の別当神主《べっとうかんぬし》に至るまで、われ前《さき》にと馳《は》せ参《まい》りける間、さしもあさましくいやしげなる賀名生《あのう》の山中、花の如くに隠映《いんえい》して、いかなる[43]辻堂《つじどう》、[44]温室《おんしつ》、風呂《ふろ》にも、幔幕《まんまく》を引かぬ所はなし。

今参候《さんこう》する諸卿《しょきょう》の叙位《じょい》転任《てんにん》は、悉《ことごと》く持明院殿《じみょういんどの》よりなされたる官途《かんど》なればとて、おのおの[45]一級一官《いっきゅういっかん》を貶《へん》せられけるに、[46]三条《さんじょう》源大納言通冬卿《げんだいなごんみちふゆきょう》と、[47]御子左中納言為定《みこひだりちゅうなごんためさだ》ばかりは、本《もと》の官位に復せられける。これは、吉野殿《よしのどの》へ内々[48]音信《いんしん》を申されしによつてなり。

准后禅門《じゅごうぜんもん》の事 14

京都より参仕せられたる月卿雲客《げっけいうんかく》をば、降参《こうさん》の人とて官職を落とされ、山中祇候《さんちゅうしこう》の公卿殿上人《くぎょうてんじょうびと》をば、多年の労功《ろうこう》あればとて、

32 平親時の子。
33 日野資明の子。
34 平範高の子。
35 安居院(あぐい)行兼の子。
36 万里小路仲房の子。
37 辞任するまで任じられていた官職。公卿は、太政大臣・左右大臣、大・中納言、参議および三位以上の貴族。
38 三位以上で、参議でない公卿。
39 太政官の書記官。
40 延暦寺の三門跡寺(梶井・青蓮院・妙法院)。
41 門跡に次ぐ格式の寺院。僧綱は僧官。
42 禅宗・律宗寺院の住持。
43 道ばたの仏堂。
44 浴室。
45 官位を一つ落とし。
46 中院通顕の子。村上源氏。 47 二条為通の子。
48 たより。

超涯不次《ちょうがいふじ》[1]の賞を行はれける間、窮達《きゅうたつ》[2]忽《たちま》ちに地を易《か》へたり。古《いにし》へ三位殿《さんみどの》[3]の御局《みつぼね》と申ししは、今天子[4]の母后《ぼこう》にておはしませば、院号蒙《こうぶ》らせ給ひて、新待賢門院《しんたいけんもんいん》とぞ申しける。

北畠入道源大納言《きたばたけにゅうどうげんだいなごん》[5]は、准后[6]の宣旨《せんじ》を蒙つて、花付け鈴付けたる大童子《おおどうじ》[7]を召し具し、輦車《れんしゃ》[8]に駕《が》して宮中を出入《しゅつにゅう》すべき粧《よそお》ひ、天下の耳目《じぼく》を驚かせり。この人は、故奥州国司顕家卿《おうしゅうのこくしあきいえきょう》[9]の父、今皇后《こうごう》[10]の厳君《げんくん》にておはすれば、武功《ぶこう》と云ひ、花族《かしょく》[11]と云ひ、申すに及ばぬ処《ところ》なれども、竹園摂家《ちくえんせっけ》[12]の外《ほか》に、未だ准后の宣旨を下されたる例なし。平相国清盛入道《へいしょうこくきよもりにゅうどう》の、出家の後《のち》、准后の宣旨を蒙りたりしは、皇后の父たるのみにあらず、安徳天皇《あんとくてんのう》[13]の外祖たり。また、忠盛《ただもり》が子とは名づけながら、まさしく白河院《しらかわいん》[14]の御《み》子《こ》なりしかば、花族も栄達も、かたがた今の例には引《ひ》き難《がた》し。

日野僧正頼意《ひののそうじょうらいい》[15]は、東寺《とうじ》[16]の長者《ちょうじゃ》、醍醐《だいご》の座主《ざす》に補《ふ》せられて、仁和寺《にんなじ》の諸院家《いんげ》[17]を兼ねたり。

14

1 分際を超えて順序を乱す褒賞。 2 困窮と栄達。
3 阿野公廉の娘、廉子。
4 後村上帝。
5 俗名親房。村上源氏。
6 三后に准じた待遇。
7 童髪（わらわがみ）の従者。
8 てぐるま。輿をつけた車で、ながえを腰の辺に当てて引く。その車に乗ったまま宮中への出入を許された威勢。
9 親房の長男。建武五年（一三三八）五月戦死。
10 親房の娘顕子。厳君は、父の敬称。
11 摂関家につぐ、大臣・太政大臣に登り得る高貴な家柄。底本「花色」。
12 皇族と摂関家。
13 母は、平清盛の娘徳子。
14 底本「後白河院」。他

[18]大塔《おおとう》の僧正忠雲《そうじょうちゅううん》は、[19]梨本《なしもと》、大塔の両門跡《りょうもんぜき》を兼ねて、鎌倉《かまくら》の[20]大《おお》御堂《みどう》、[21]天王寺《てんのうじ》の別当職《べっとうしょく》に補《ふ》せらる。

この外《ほか》、山中伺候《さんちゅうしこう》の人々、[22]名家《めいか》は清華《せいが》を超え、[23]庶子《しょし》は嫡家《ちゃくけ》を越えて、官職[24]雅意《がい》に任せたり。もし今の如くにて、天下定《しず》まらば、歎《なげ》く人は多くして、悦《よろこ》ぶ者は少なかるべし。[25]元弘一統《げんこういっとう》の政道《せいどう》、かくの如くにて乱れしを、取つて誡《いまし》めとせざりける、心の程こそ愚かなれ。

貢馬《くめ》の事 15

憂かりし[1]正平《しょうへい》六年の年晩《く》れて、[2]あらたまの春立ちぬれども、皇居なほ山中なれば、[3]白馬《あおうま》、[4]踏歌《とうか》の節会《せちえ》なんどは行はれず。[5]寅時《とらのとき》の四方拝《しほうはい》、三日の[6]月奏《がっそう》ばかりあつて、[7]七日の御修法《みしほ》をば、[8]文観上人《もんかんしょうにん》承つて、帝都の[9]真言院《しんごんいん》にて行はる。

本により改める。清盛を白河院の落胤とする説は「平家物語」巻六「祇園女御」。
15 仁和寺護持院の僧。
16 東寺と醍醐寺の住持。
17 院家の住持。院家は、大寺に付属する子院で、とくに皇室や摂関家など貴種出身者を院主とする院家を、門跡という。
18 中院光忠の子。村上源氏。千種忠顕の従兄弟。
19 梶井門跡円徳院(今の三千院)。大塔は、天台宗梶井門跡の一派で、法勝寺大塔付近に門室があった。
20 神奈川県鎌倉市大御堂ヶ谷(やつ)にあった勝長寿院。
21 四天王寺。大阪市天王寺区。
22 大納言を上限とする家。清華は大臣家。
23 側室腹の子。

十五日過ぎければ、武家より、[10]貢馬十疋《びき》、沙金《しゃきん》三千両奏進《そうしん》す。この外《ほか》、[11]別進《べっしん》の馬三十疋、[12]巻絹《まきぎぬ》三百疋、沙金五百両、女院《にょういん》、皇后《こう》、[13]三公九卿《さんこうきゅうけい》、漏《も》るる方《かた》なく引《ひ》き進《まいら》す。

二月二十六日、主上《しゅしょう》、すでに山中《さんちゅう》を御出《ぎょしゅつ》あつて、[14]用輿《ようよ》を先《ま》づ[15]東条《とうじょう》へ促《うなが》さる。[16]剣璽《けんじ》の役人ばかりこそ、衣冠《いかん》正しく供奉《ぐぶ》せられけれ。その外の[17]月卿雲客《げっけいうんかく》、[18]衛府《えふ》諸司《しょし》の尉《じょう》、皆甲冑《かっちゅう》を帯《たい》して、[19]前騎《ぜんき》後乗《こうじょう》に相順《あいしたが》ふ。

東条に一夜御逗留《ごとうりゅう》あつて、翌日《つぎのひ》、やがて[20]住吉《すみよし》へ行幸なれば、和田《わだ》、楠《くすのき》、[21]槙野《まきの》、[22]三輪《みわ》、[23]湯浅入道《ゆあさにゅうどう》、[24]山本判官《やまもとほうがん》、[25]熊野《くまの》の八庄司《はっしょうじ》、[26]吉野《よしの》十八郷《ごう》の兵《つわもの》、七千余騎にて、路次《ろし》を警固《けいご》仕《つかまつ》る。皇居は、当社の神主[27]津守国夏《つもりくになつ》が宿所《しゅくしょ》を、俄《にわ》かに造替《ぞうたい》してぞ臨幸《りんこう》なし奉りける。国夏、則ち上階《しょうかい》して従三位《じゅさんみ》になる。先例未だなき殿上《てんじょう》の交はり、時に取つての面目《めんぼく》なり。

24　わがまま。
25　元弘三年(一三三三)。の公家一統の政治。第十二巻・1、参照。

15

1　北朝の観応二年(一三五一)。　2　春の枕詞。
3　正月七日、帝が紫宸殿で白馬を見る儀式。
4　正月十四日の男踏歌と十六日の女踏歌。
5　午前四時頃に帝が天地四方の神を拝する儀式。
6　諸臣の出仕日数を奏上する儀式。
7　正月八日から七日間宮中で行う国家安泰の修法。
8　後醍醐帝に信任された真言僧。
9　宮中の密教道場。
10　貢ぎ物として奉る馬。
11　特別に進上する馬。
12　巻いた絹布。

住吉《すみよし》の松《まつ》折《お》るる事　16

住吉に臨幸《りんこう》なつて、三日に当たりける日、社頭[1]に一つの不思議あり。勅使《ちょくし》、神馬《じんめ》を献《たてま》つて、奉幣《ほうへい》を捧げたりける時、風吹かざるに、斎垣《いがき》[2]の前なる大松《おおまつ》一本、中より折れて、南に向かつて倒れたり。勅使、驚きて子細《しさい》を奏聞《そうもん》しければ、伝奏吉田《てんそうよしだ》[3]中納言《ちゅうなごん》時房《ときふさ》、「妖《よう》[4]は徳に勝たず」とて、さしも驚き給はず。

伊達三位有雅《だてのさんみゆうが》[5]が武者所《むしゃどころ》[6]に候ひけるが、この事を聞いて、「あなあさましや。この度《たび》の臨幸《りんこう》に、君、都へ還幸《かんこう》ならん事はあり難《がた》し。昔、殷《いん》の帝《みかど》太戊《たいぼ》[7]の時、世の傾《かたぶ》かんずる兆《しるし》を呈《あらわ》して、庭前に、桑穀《そうこく》[8]の木一夜《いちや》に生《お》ひて、二十余丈[9]にはびこれり。帝太戊、懼《おそ》れて伊陟《いちょく》[10]に問ひ給ふ。伊陟が申さく、「臣聞く、妖は徳に勝たず。君の政《まつりごと》闕《か》くることあるによつて、天この兆《しるし》を降《くだ》すもの

13 三大臣と公卿。
14 腰輿。長柄を手で腰のあたりまで持ち上げて運ぶ、貴人の乗用の輿。
15 大阪府富田林市の東部。楠氏の本拠地。
16 三種の神器の剣と玉。
17 公卿殿上人。
18 武官と文官の役人。
19 腰輿の前と後の騎馬。
20 住吉大社。大阪市住吉区。
21 奈良県五條市の武士。
22 大神(おおみわ)神社の神官。
23 法名定仏。和歌山県有田郡湯浅町の武士。
24 熊野の武士。
25 熊野山中の土豪八氏。
26 大和国(奈良県)吉野郡全域の呼称。
27 国冬の子。

16

1 社殿の前。

なり。君早く徳を修し給へ」と申す。帝、則ち諫《いさ》めに順《したが》つて政《まつりごと》を正《ただ》し、民を撫《な》で、賢《けん》を招き、[11]佞《ねい》を退け給ひしかば、この桑穀の木、一夜に枯れて、露霜《つゆしも》の如くに消え失せたりき。かやうに[12]聖徳《せいとく》を行ひてこそ、妖をば消す事なれ。今の御政《おんまつりごと》に於て、その徳何事なればか、妖は徳に勝たずとは伝奏の申さるるやらん。心得難《こころえがた》き[13]才覚《さいがく》かな」と、眉《まゆ》を顰《ひそ》めてぞ申しける。

その夜、いかなる[14]鳴呼《おこ》の者かしたりけん、この松を押《お》し削《けず》りて、一首の古歌を、翻案《ほんあん》してぞ書きたりける。

[15]君が代の短かかるべきためしにやかねてぞ折れし住吉の松

住吉に十八日御逗留あつて、閏《うるう》二月十五日、[16]天王寺《てんのうじ》へ行幸なる。この時、[17]伊勢国司《いせのこくし》中院右衛門督顕能《なかのいんうえもんのかみあきよし》、伊賀《いが》、伊勢の勢《せい》三千余騎を率《そっ》して、馳《は》せ参《まい》る。

同じき十九日、[18]八幡《やわた》へ行幸なりて、[19]田中法印《たなかほういん》が坊を皇居になさる。[20]赤井《あかい》、[21]大渡《おおわたり》に関を居《す》ゑて、兵山上山下《さんじょうさんげ》に充満したれば、

2　神社の垣根。
3　定房の子。伝奏は、奏請を帝にとりつぐ役職。
4　「史記」殷本紀の句。
5　後醍醐帝の側近。
6　皇居を警固する武士の詰め所。
7　帝太庚の子、帝雍己(ようき)の弟。
8　底本「桑穀(チカ)」。梶の木。「史記」には、桑と穀(こうぞ)がだき合って生えたとある。
9　一丈は、約三メートル。「史記」に、「大いさ拱なり」(両手でひとかこみする大きさ)とある。
10　殷の宰相。湯王の臣伊尹の子で、賢人として知られる。　11　邪な臣。
12　帝の徳治。　13　学識。
14　ふとどき者。
15　「君が代の久しかるべきためしにや神も植ゑけん

「ひたすら合戦の御用意なり」と、洛中の聞こえ穏やかならず。

和田《わだ》楠《くすのき》京都《きょうと》軍《いくさ》の事　17

これによつて、義詮朝臣《よしあきらあそん》、法勝寺《1ほっしょうじ》の恵鎮上人《2えちんしょうにん》を使ひにて、「臣、不臣《3ふしん》の罪を謝《しゃ》して、勅免《4ちょくめん》を蒙《こうぶ》るべき由《よし》申し入れ候ふの処《ところ》、照臨《5しょうりん》すでに下情《かじょう》を恵まれて、上下和睦《わぼく》の義、事定まつて候ひぬる上は、何事の御用心か候ふべきに、和田、楠以下《いげ》の官軍等《ら》、ひたすら合戦の企てある由承《うけたまわ》り及び候ふ。いかやうの子細《しさい》にて候ふやらん」と申されたりければ、主上《しゅしょう》、直《じき》に上人に御対面ありて、「天下未だ恐懼《きょうく》を懐《いだ》く間、ただ非常を誡《いまし》めんために、官軍を召し具せらると云へども、君臣《くんしん》すでに和睦の上は、更《さら》に異変の儀あるべからず。たとひ讒者《6ざんしゃ》の説ありとも、胡越《7こえつ》の心を存ぜずは、太平の基《もとい》たるべし」と、勅答《ちょくとう》ありてぞ返されける。

住吉の松」(詞花和歌集・読み人しらず)の翻案。
16 四天王寺。大阪市天王寺区。
17 北畠親房の子。顕家の弟。北畠家は村上源氏中院流。
18 石清水八幡宮のある男山。京都府八幡市。
19 定清。石清水八幡別当。
20 赤井河原。京都市伏見区羽束師(はつかし)から淀の桂川西岸の地。
21 淀の大渡。桂川・宇治川・木津川の合流点一帯。

17
1 京都市左京区岡崎法勝寺町にあった天台宗寺院。康永元年(一三四二)に炎上。第二十一巻・4、参照。
2 円観とも。後醍醐帝の帰依を受けた天台僧。法勝寺再建の大勧進をつとめた。

「[8]綸言《りんげん》すでにかくの如し。[9]児女《じじょ》の説何《なん》ぞ用ゐる処ならん」とて、義詮朝臣を始めとして、京中の軍勢、今出し抜かるるとは夢にも知らざれば、油断して皆居《みない》たる処に、同じき二十日の[10]辰刻《たつのこく》に、中院右衛門督顕能《なかのいんうえもんのかみあきよし》、三千余騎にて[11]鳥羽《とば》より押し寄せて、[12]東寺《とうじ》の南、[13]羅城門《らしょうもん》の東西にして、旗の手[14]を解《と》く。[15]千種少将顕経《ちくさしょうしょうあきつね》五百余騎、丹波路《たんばじ》の[16]唐櫃越《からとごえ》より押し寄せて、[17]西七条《にししちじょう》に火を上ぐる。和田、楠、槙野《まきの》、三輪《みわ》、[18]越智《おち》、[19]神宮寺《じんぐうじ》は、その勢《せい》都合五千余騎、宵より桂川《かつらがわ》を打ち渡つて、まだ[20]篠目《しののめ》の明けぬ間《ま》に、[21]七条大宮《しちじょうおおみや》の南北七、八町に村立《むらだ》つて、時の声をぞ揚げたりける。東寺、大宮の時の声、[22]七条口《しちじょうぐち》の煙を見て、「すはや、楠寄せたり」と、京中の貴賤上下、周章《あわ》て騒ぐ事斜《なの》めならず。

さる程に、[23]細川陸奥守顕氏《ほそかわむつのかみあきうじ》は、[24]千本《せんぼん》に宿《しゅく》して居たりけるが、遥《はる》かに西七条の煙を見て、先《ま》づ東寺へ馳《は》せ寄《よ》らんとて、わづかに百四、五十騎にて、[25]西《にし》の朱雀《しゅしゃか》を下《くだ》りに打ちけるが、七条大宮《しちじょうおおみや》

3　臣下としての道を守らなかった罪。
4　勅命により許されること。
5　帝のお心が下々の思いをくみ取って下さり。
6　讒言する者。
7　疎遠の心を抱かないならば。胡は中国の北方、越は南方で、疎遠なこと。
8　帝のお言葉。
9　女子供の噂など信ずるには及ばない。
10　午前八時頃。
11　京都市南区上鳥羽。
12　教王護国寺。南区九条町。
13　京の中央の朱雀大路の南端、羅城門の跡地。
14　旗を竿に結びつける緒。
15　忠顕の子。村上源氏。
16　西京区下山田から京都府亀岡市篠町へ至る道。山陰道の間道的役割を果たし

にひかへたる楠《くすのき》が勢《せい》に取り籠められて、顕氏《あきうじ》の甥 [26]細川八郎《ほそかわのはちろう》、矢庭《やにわ》に討たれにけり。その外《ほか》、相順《あいしたが》ふ兵ども、残り少なに討たれにければ、顕氏、主従八騎になりて、若狭《わかさ》を指して落ちて行く。

細川讃岐守討死《ほそかわさぬきのかみうちじに》の事 18

[1]細川讃岐守頼春《ほそかわさぬきのかみよりはる》は、時の[2]侍所《さぶらいどころ》なりければ、東寺《とうじ》辺へ打ち出でて、勢を集めんとて、手勢《てぜい》三百騎ばかりにて、これも大宮《おおみや》を下りに打ちけるが、六条《ろくじょう》辺にて、敵の旗を見て、「[3]着到《ちゃくとう》も勢揃《せいぞろ》へも、今は入《い》らぬ処《ところ》なり。[4]なにさま先《ま》づ、ここなる敵を一散《ひとち》らし散らさでは、いづくへか行くべき」とて、三千余騎ひかへたる和田《わだ》、楠が(勢に)相向《あいむ》かふ。

楠が兵、かねての[5]巧《たく》みあつて、[6]一枚楯《いちまいだて》の中の算《さん》を繁《しげ》く打つて、

た。

17 朱雀大路より西の七条大路。

18 奈良県高市郡高取町越智に住んだ武士。大和源氏。

19 楠の一族。

20 夜の明けないうちに。

21 七条大路と西大宮大路の交差する地。そこに南北七、八町にわたって群がり立って。一町は、約一〇九メートル。

22 京都七口の一。七条大路の西端。

23 頼貞の子。

24 上京区の今出川町から北区の船岡山西南麓にかけての地。千本釈迦堂(大報恩寺)などがある。

25 朱雀大路(現在の千本通り)をいう。それを南へ下って馬を走らせた。

26 不詳。

梯《かけはし》の如くに拵《こしら》へたりければ、[7]在家《ざいけ》の垣《かき》に打ち懸け打ち懸け、[8]究竟《くっきょう》の射手《いて》三百余人、家の上に登つて、目の下なる敵を差《さ》し下《お》ろして散々《さんざん》に射ける間《あいだ》、面《おもて》を向くべき様《よう》もなくて、進みかねたる処を見て、和田、楠五百余騎、轡《くつばみ》を並べてぞ懸けたりける。

讃岐守が三百余騎、左右へさつと懸《か》け隔《へだ》てられて、また取つて返さんとする処に、讃岐守が乗つたる馬、敵の打つ太刀に驚いて、[9]弓杖《ゆんづえ》三杖ばかりぞ飛んだりける。飛ぶ時鞍《くら》に余《あま》されて、真倒《まっさかさま》にどうと落つる。[10]やがて敵三騎落ち合ひて、起こしも立てず切りけるを、讃岐守、寝ながら二人の敵の[11]諸膝薙《もろひざな》いで切《き》り居《す》ゑ、起き上がらんとする処を、和田が郎等《ろうどう》走り懸かり、鑓《やり》の柄《え》を取り延べて喉笛（突いて）突き倒す。倒るる処に落ち合ひて、頸《くび》を和田に取られにけり和田その時十六歳。

18

1　公頼の子。
2　御家人の統制・検断にあたる役職（侍所）の長官（所司）。執事（管領）と並ぶ幕府の重職。
3　軍勢の来着を記す名簿。
4　ともあれ先ず。
5　工夫。
6　一枚板の楯。算は、楯を補強するため裏に打ち付ける横木。
7　民家の塀。
8　強弓の。
9　弓の長さの三倍ほどの距離。
10　すぐさま。
11　両膝。

義詮朝臣江州没落《よしあきらあそんごうしゅうぼつらく》の事 19

細川讃岐守《ほそかわさぬきのかみ》[1]は討たれぬ。陸奥守《むつのかみ》[2]はいづちとも知らず落ち行きぬ。今は重ねて戦ふべき兵なければ、宰相中将義詮朝臣《さいしょうちゅうじょうよしあきらあそん》、わづかに百四、五十騎にて、近江《おうみ》を指して落ち給ふ。

儀峨《ぎが》[3]、高山《たかやま》の源氏ども[4]、かねて相図《あいず》を定めて、勢多《せた》[5]の橋《はし》をば焼き落としぬ。船はこなたに一艘もなし。山門《さんもん》[6]へも大慈院法印《だいじいんのほういん》[7]を天王寺《てんのうじ》より遣《つか》はされて、山法師《やまほうし》[8]皆 君《きみ》[9]の御方《みかた》になりぬと聞こえつれば、「落ち行く所を幸ひと、勢多へも定めて懸かるらん。ただ都にて討死《うちじに》をすべかりつるものを。きたなくここまで落ちもて来て、尸《かばね》を湖水の底に沈め、名を外都《がいと》[10]の土に埋《うず》まん事、心憂かるべき恥辱《ちじょく》かな」と、後悔せぬ人もなかりけり。敵の旗見えば腹を切らんとて、義詮朝臣を始めとして、鎧をば皆脱《ぬ》ぎ置《お》

19

1　頼春。
2　細川顕氏。
3　儀峨、高山は、滋賀県甲賀市水口町。
4　近江に住んだ清和源氏の山本一族。かつて六波羅探題に仕え、一族の多くが近江番場で自害した。第九巻・7、参照。
5　琵琶湖の南端、瀬田川にかかる橋。大津市瀬田。
6　比叡山延暦寺。
7　大塔の僧正忠雲の弟、任憲。
8　山門の僧。
9　後村上帝。
10　都から離れた地。

き、腰[11]の刀ばかりにて、白沙《しらす》の上に皆並《な》み居《い》給ふ。

ここに、相模国《さがみのくに》の住人[12]曾我左衛門《そがのさえもん》と云ひける者、水練《すいれん》の達者なりければ、向かひの岸に泳ぎ付いて、小舟のありけるを一艘、自ら櫓《ろ》を押して漕ぎ寄する。大将を始めとして、先《ま》づ[13]宗徒《むねと》の人々二十余人、一艘に込み乗つて、川の向かひに付き給ふ。その後《のち》、また小舟三艘求め出だして、百五十騎の兵ども、悉《ことごと》く皆渡してけり。これまでも、なほ敵の追つて懸かる事なければ、捨てたる馬、[14]物具《もののぐ》も、次第次第に渡しはてて、舟踏み返し、突き流して、「今こそ生きたる命よ」と、手を打つて、どつとぞ笑はれける。

大将[15]事故《ことゆえ》なく、[16]佐渡判官入道《さどのほうがんにゅうどう》が計らひとして、近江の[17]四十《しじゅう》九《く》院《いん》におはする由《よし》聞こえければ、[18]土岐頼康《ときよりやす》、[19]大高伊予守《だいこういよのかみ》、[20]東《ひがし》坂本《さかもと》へ落ちたりけるが、船に乗つて馳《は》せ参《まい》る。佐々木《ささき》の一党は申すに及ばず、美濃《みの》、尾張《おわり》、伊勢《いせ》、遠江《とおとうみ》の勢《せい》ども、われもわれ

11　腰の帯にさす鍔（つば）のない短刀。切腹に用いる。
12　神奈川県小田原市曾我に住んだ武士。
13　主だった諸将。
14　鎧・兜などの武具。
15　無事に。
16　佐々木道誉。この「佐渡判官入道が計らひとして」の一句、他本にない。
17　滋賀県犬上郡豊郷町四十九院。
18　頼清の子。美濃・尾張守護。
19　重成。高一族。
20　比叡山の東麓。大津市坂本。

もと馳《は》せ参《まい》りける程に、中将殿、また大勢《おおぜい》を得て、山陽《せんよう》、山陰《せんおん》に[21]牒《ちょう》し合《あ》はせ、都を攻めんと議し給ふ。

三種神器《さんじゅのじんぎ》閣《さしお》かるる事　20

敵は都を落ちたれども、[1]吉野《よしの》の帝《みかど》は洛中へ臨幸《りんこう》ならず。ただ[2]北畠入道准后《きたばたけにゅうどうじゅごう》、顕能卿《あきよしきょう》父子ばかり、京都におはして、諸事の[3]成敗《せいばい》を司《つかさど》り給ふ。その外《ほか》の[4]月卿雲客《げっけいうんかく》は、主上《しゅしょう》の御座《ぎょざ》に付いて、なほ[5]八幡《やわた》にぞ祗候《しこう》し給ひける。

[6]同じき二十三日、[7]中院中将具忠《なかのいんちゅうじょうともただ》を勅使《ちょくし》にて、都の内裏《だいり》におはします[8]三種の神器を、吉野の主上へ渡し奉る。「これは、[9]先帝山門《さんもん》より武家へ御出《おんい》でありし時、[10]あるもあらぬ物を取り替へて、[11]持明院殿《じみょういんどの》へ渡されたりし物なれ」とて、[12]璽《しるし》の箱をば捨てられ、宝剣《ほうけん》と[13]内侍所《ないしどころ》をば、近習《きんじゅ》の雲客に下されて、[14]衛府《えふ》の太刀、

21 連絡をとりあって。

20

1 後村上帝。
2 北畠親房とその子顕能。
3 政務や軍事の処置。
4 公卿殿上人。
5 京都府八幡市の石清水八幡宮。ここを皇居にしていた。本巻・16、参照。
6 閏二月。
7 具光の子。忠雲の甥。村上源氏。
8 皇位継承のしるしの玉・剣・鏡の三つの宝器。
9 建武三年(一三三六)十月。後醍醐帝が比叡山を下りて足利尊氏に降伏した時。第十七巻・17、参照。
10 にせ物。
11 光明帝。
12 神璽を納める箱。
13 神鏡。
14 六衛府の武官の太刀。

[15]装束《しょうぞく》の鏡にぞなさる。

「げにも誠《まこと》の三種の神器にてはなけれども、すでに[16]三度大嘗《だいじょう》会《え》に逢うて、毎日の[17]御神拝《ごじんぱい》、[18]清暑堂《せいしょどう》の御神楽《みかぐら》、二十余年になりぬれば、神霊もなどかなかるべき。[19]余りに恐れなく凡俗《ぼんぞく》の器《うつわ》になされぬる事、いかがあるべからん」と、申す族《やから》も多かりけり。

主上《しゅしょう》上皇《しょうこう》吉野《よしの》遷幸《せんこう》の事　21

同じき二十七日、北畠《きたばたけ》右衛門督《うえもんのかみ》顕能《あきよし》、兵五百余騎を率《そっ》して[1]持明院殿へ参じ、先《ま》づその辺の辻々門々《つじつじかどかど》を堅めさせければ、「すはや、武士どもが参りて、[2]院《いん》、内《うち》を失ひまゐらせんとするは」とて、[3]女院《にょういん》、[4]皇后《こうごう》は、御心《みこころ》をまどはして臥し沈ませ給ひ、[5]内侍《ないし》、[6]上童《うえわらわ》、[7]上臈女房《じょうろうにょうぼう》なんどは、行方も知らず逃げふためきて、ここかしこに立ちさまよふ。

15　装束を整えるための鏡。
16　北朝の三代(光厳・光明・崇光帝)の大嘗会。
17　清涼殿の石灰(いしばい)の壇で、天皇が毎朝伊勢神宮・内侍所を拝礼する儀式。
18　大嘗会の後に大内裏の豊楽院正殿、豊楽殿北の清暑堂で奏される神楽。
19　底本「大嘗会余リニ」。他本により改める。

21

1　西洞院大路の北の末(京都市上京区安楽小路町)にあった藤原基頼の邸で、後深草帝が譲位後に御所として以来、その皇統(持明院統)の里内裏・仙洞御所とされた。
2　上皇と帝。
3　広義門院寧子。光厳・光明院の母。
4　崇光帝の典侍、資子

顕能卿《あきよしきょう》、穏《おだ》やかに西の小門《こもん》より参りて、[8]四条大納言隆蔭卿《しじょうだいなごんたかかげきょう》を以て、「世の静まり候はん程、皇居を[9]南山《なんざん》に移しまゐらすべしとの[10]勅定《ちょくじょう》にて候ふ」と奏せられければ、[11]両院、主上《しゅしょう》、宮々、[12]皆あきれさせ給へるばかりにて、とかくの御言《みことば》にも及ばず。ただ御涙《おんなみだ》にのみ打ちしほれさせ給ひて、[13]羅穀《らこく》の御袂《おんたもと》絞るばかりになりにけり。

やや暫《しばら》くあつて、[14]新院《しんいん》、御涙を押さへて仰せられけるは、「天下乱に向かふ後《のち》、わづかに帝位を踏むと云へども、叡慮《えいりょ》より起こりたる事ならねば、一事《いちじ》も世の政《まつりごと》を心に任《まか》せず。[15]北辰《ほくしん》光消えて、[16]中夏《ちゅうか》道暗き時なれば、ともに[17]椿葉《ちんよう》の陰《かげ》にもより、遠く[18]花山《かさん》の跡をも追はばやとこそ思《おぼ》し召《め》しつれども、それも叶《かな》はぬ折節《おりふし》の憂さ、[19]豈《あ》に叡察《えいさつ》なからんや。今、[20]天運図《てんうんと》に膺《あた》りて、万《ばん》人《にん》望みを達する時至れり。[21]乾臨曲《けんりんま》げて恩免《おんめん》を蒙《こうぶ》らば、速やかに釈門《しゃくもん》の徒となりて、[22]辺都《へんと》に幽居《ゆうきょ》を占《し》めんと思ふ。この一事《いちじ》重ね

（庭田重資の娘）をさすか。栄仁（よしひと）親王の母。
5 後宮の内侍司の女官。
6 帝の側近く仕える少年・少女。
7 身分の高い女官。
8 隆政の子。
9 南方の吉野一帯の山。
10 帝（後村上）の仰せ。
11 光厳院、光明院、崇光帝、直仁（なおひと）親王ら。
12 呆然となさる。
13 薄絹と縮緬（ちりめん）の衣。
14 光明院。
15 北斗七星。天子の位をさす。
16 国の中央（京都をさす）に道理の行われない時分。
17 底本「秦嶺」を改める。「徳はこれ北辰、椿葉の影再び改まる」（新撰朗詠集・帝王）。「椿」は、長寿の霊木。その陰に寄るとは、隠居。

て奏達《そうたつ》あるべし」と仰せ出だされけれども、顕能、[23]再往《さいおう》の勅答《ちょくとう》に及ばず、「すでに[24]綸命《りんめい》を蒙《こうぶ》る上は、[25]押さへてはいかが奏聞《そうもん》を経《へ》候ふべき」とて、御車《みくるま》を二両差し寄せ、「時刻移り候ふ」と急げば、[26]本院《ほんいん》、新院、主上、[27]東宮《とうぐう》、御同車《ごどうしゃ》ありて、南の門より出御《しゅつぎょ》なる。

　さらでだに、霞める花の木《こ》の間《ま》の月、これや限りの御涙に、常よりもなほおぼろげなり。女院、(皇)后は、御簾《みす》の中《うち》、几帳《きちょう》の影に臥し沈ませ給へば、ここの[28]馬道《めどう》裏、かしこの局《つぼね》には、声もつつまず啼《な》き悲《かな》しむ。御車暁《あかつき》の月に輾《きし》りて、東洞院《ひがしのとういん》を下りに過ぐれば、故郷の梢《こずえ》漸《ようや》く幽《かす》かにして、[29]東嶺《とうれい》に響《ひび》く鐘の声、[30]明け行く雲に横たはる。

　東寺《とうじ》までは、月卿雲客《げっけいうんかく》あまた供奉《ぐぶ》せられたりけれども、叶ふまじき由《よし》を、顕能、申されければ、[31]三条中将実音《さんじょうちゅうじょうさねとし》、[32]典薬頭《てんやくのかみ》ばかりを召し具せられて、見馴《みな》れぬ兵に打ち囲まれ、[33]鳥羽《とば》まで

18 花山法皇。若くして出家し、各地に修行した。
19 どうか帝(後村上)にお察しいただきたい。
20 天運が南朝方の思いどおりにめぐって。
21 帝(後村上)のご判断。
22 都の外れで隠居しよう。
23 重ねての帝の返答。
24 帝の命令。
25 強いて。
26 光厳院。
27 直仁親王。
28 殿舎と殿舎をつなぐ長廊下。底本「面道」を改める。
29 京都の東山。
30 明けてゆく空に雲がたなびいているの意か。諸本同じ。
31 公秀の子。
32 宮中で医薬・医療に当たった役所の長官。
33 京都市南区上鳥羽。

御幸《ごこう》なりたれば、夜は早やほのぼのと明けはて、またここに御《み》車《くるま》を止《と》めて、[34]あやしげなる網代輿《あじろこし》に召し替へさせ、日を経て、吉野《よしの》の奥、[35]賀名生《あのう》と云ふ処《ところ》へ御幸なし奉る。

この辺の民どもが、わが君とて仰ぎ奉る吉野の帝《みかど》の皇居だにも、[36]黒木《くろき》の柱、竹の[37]垂木《たるき》、囲ふ[38]垣尾《かきお》の暫《しば》しだに、住まれぬべくもなき宿りなり。況《いわ》んや、敵のために囚《とら》はれて、配所《はいしょ》の如くなる御栖居《おんすまい》なれば、年経て傾《かたぶ》きける[39]庵室《あんじつ》の、軒《のき》を受けたる杉の板《いた》屋《や》、[40]目も合はぬ夜《よ》の寂しさを、事問ふ雨の音までも、御袖を濡らす便りなり。[41]衆籟《しゅうらい》暁に興《おこ》つて、月庭前《ていぜん》の松に懸かり、群源《ぐんげん》暮《ゆうべ》に叩《たた》いて、風[42]磵庭《かんてい》の雲を送る。[43]「よそにて聞きし棲《す》み憂《う》さは、数《かず》にもあらぬ深山《みやま》かな」と、主上《しゅしょう》、上皇《しょうこう》、いつとなく御仰《おんおお》せ出《い》ださるるたびごとに、御涙の乾く隙《ひま》もなし。

34 みすぼらしい、屋形に網代(薄い板や竹を編んだもの)を張った輿。
35 奈良県五條市西吉野町。
36 木の皮を削らないままの丸太。
37 棟から軒へ渡す木。
38 垣穂(垣に同じ)。柴と暫しを掛ける。
39 粗末な仮の家。
40 板屋の板の合わせ目と「目も合はぬ」(眠れない)を掛ける。
41 「衆籟暁に興つて林の頂老いたり、群源暮に叩いて谷の心寒し」(和漢朗詠集・山)。衆籟は、風で木々の枝が鳴ること。群源は、多くの沢の源流。
42 谷底。磵は、谷川。
43 遠くで聞いていた話など物の数ではない深山の住み憂さよ。

梶井宮南山幽閉《かじいのみやなんざんゆうへい》の御事　22

[1]梶井二品親王《かじいのにほんしんのう》は、この時、天台座主《てんだいざす》にておはしけるが、同じく召し取られさせ給ひて、[2]金剛山《こんごうせん》の麓にぞおはしける。

この宮は本院の御弟、[3]慈覚《じかく》の嫡流《ちゃくりゅう》にて、三度《みたび》天台座主にならせ給ひしかば、門跡《もんぜき》の富貴《ふっき》双《なら》びなくして、御門徒の群集《くんじゅ》雲の如し。[4]獅子《しし》、[5]田楽《でんがく》を召されて、日夜《にちや》に舞ひ歌はせ、[6]茶飲み、連歌《れんが》師《し》を集めて、朝夕《ちょうせき》に遊《あそ》び興《きょう》ぜさせ給ひしかば、世の譏《そし》り、山門《さんもん》の訴へは止《や》む時《とき》なかりしかども、御心《みこころ》の中《うち》の楽しみは類《たぐ》ひあらじと見えたりしに、今引き替へたる配所《はいしょ》の御棲居《おんすまい》、山深く里遠くして、鳥の声だにも幽《かす》かなるに、[7]御力者《おんりきしゃ》一人より外《ほか》は召《め》し仕《つか》はるる人もなし。

[8]隙《ひま》あらはなる柴の庵《いお》に、袖を片敷く苔筵《こけむしろ》、露は枕に結べども、

22

1　尊胤法親王。光厳・光明院の弟。
2　大阪府と奈良県境にある金剛山地の主峰。
3　第三代天台座主、円仁の諡(おくりな)。梨本(梶井)門跡は最澄、円仁の法流を嗣ぐ。
4　獅子舞。
5　曲芸的な舞に演劇的要素をあわせ持つ芸能。南北朝期に盛行した。
6　本茶(栂尾または宇治で産した茶)と非茶(栂尾・宇治以外で産した茶)を言い当てる闘茶の遊び。
7　力仕事などの雑役に従う法師。
8　隙間の多い。

都に帰る夢はなしと、御心《みこころ》を傷《いた》ましめ給ふに付けても、仏種《ぶっしゅ》[9]は縁より起こる事なれば、よしや、[10]世の中かくても終《つい》に果てなば、三千の頂《いただき》の名を捨てて、ひたすら桑門《そうもん》[12]の世を捨て人となりなんと、思《おぼ》し召《め》しけるこそあはれなれ。[11]

天下もし皇統[13]に定まつて、世も閑《しず》かならば、御遁世《ごとんせい》の御有様《おんありさま》も末通りぬべし。もしまた武家強《つよ》りて、南方《なんぽう》の官軍打ち負けば、[14]失ひ奉る事もいかさまありぬべしと、思し召しつづくる時にこそ、[15]さしも浮世《うきよ》をこのままにて、やがてもさらば静まれかしと、還《かえ》つて御祈念《ごきねん》も深かりけり。

9　成仏の因は機縁により起こることなので。「仏種は縁より起こる」（法華経・方便品）。
10　ままよ、天下がこのまま南朝の世で終わってしまうなら。
11　比叡山延暦寺の衆徒三千の頂点、天台座主。
12　出家者。
13　南朝の皇統。
14　自分が殺されることもきっとあるに違いない。
15　そのようにも俗世のことはこのまま南朝の世で、早くこれで静まればよい。

太平記 第三十一巻

第三十一巻　梗概

観応《かんのう》三年(一三五二)閏二月、新田義宗《にったよしむね》・義興《よしおき》・脇屋義治《わきやよしはる》が上野《こうずけ》で挙兵した。鎌倉にいた足利尊氏《あしかがたかうじ》は、閏二月二十日、武蔵小手指原《むさしこてさしはら》の合戦に敗れて石浜《いしはま》に退いたが、義興・義治が畠山《はたけやま》と仁木《にき》の軍に敗れ、義宗も笛吹峠《うすいとうげ》へ退却した。だが、石塔義房《いしどうよしふさ》の援軍を得た義興・義治は、同月二十三日、鎌倉を攻めて鎌倉公方足利基氏《あしかがもとうじ》を石浜へ敗走させた。二十五日、石浜を出た尊氏は、宗良親王《むねよししんのう》を大将とする義宗軍を笛吹峠に破り、その敗戦を知った義興・義治は、尊氏の大軍をまえに鎌倉を退却した。足利義詮《あしかがよしあきら》は、南朝軍に京を占拠され、近江に退去していたが、関東での尊氏の勝利の知らせに、三月十一日、近江を発って京へ向かい、十七日、東寺に本陣を置いた。京を退いた南朝軍が石清水八幡宮に陣を取ると、二十四日、足利軍は八幡《やわた》を包囲した。八幡一帯での攻防戦が続くなか、宮方では、五月三日、法性寺康長《ほっしょうじやすなが》が細川の陣営に夜討ちをかけ、また和田・楠を八幡の後攻《ごづ》めのために河内へ遣わすなどしたが、同月十一日、後村上帝《ごむらかみてい》は八幡を退去した。法性寺康長の防戦で、帝は無事河内の東条へ落ちたが、その折、四条隆資《しじょうたかすけ》らが戦死した。それ以前に、児島高徳《こじまたかのり》(出家して児島備前入道)が東国、北国へ下って宮方再興の義兵を募り、それに応じて越後の新田義宗、駿河の石塔義房、信濃の宗良親王らが京へ向かったが、途中、八幡の南朝軍が落ちたとの知らせが入り、それぞれ撤退を余儀なくされた。

武蔵小手指原軍《むさしこてさしはらいくさ》の事 1

[1]吉野殿《よしのどの》と武家と御合体《ごがってい》ありつる程こそ、都鄙《とひ》暫《しばら》く閑《しず》かなりけるが、御合体忽《たちま》ちに破れて、合戦に及びし後《のち》は、[2]畿内《きない》、洛中《らくちゅう》、わづかに[3]王化《おうか》に随ふと云へども、[4]四夷《しい》八蛮《はちばん》は、なほ[5]武威《ぶい》に属《しょく》する者多かりけり。これによつて、[6]諸国七道《しょこくしちどう》の兵、かれを討ち、これを随へんと互ひに威を立つる間、合戦止《や》む時《とき》なし。

世すでに[7]闘諍堅固《とうじょうけんご》になりぬれば、これならずとも、閑かなるまじき理《ことわ》りなれども、元弘建武《げんこうけんむ》の後《のち》より、天下久しく乱れて、一日《いちじつ》も未だ治まらず。されば、心あるも心なきも、[8]いかなる山の奥もがな、身の隠《かく》れ家《が》にせましと、[9]求めぬ方《かた》もなけれども、いづくも同じ憂き世なれば、[10]厳子陵《げんしりょう》が釣台《ちょうだい》も、脚《あし》を伸ぶるに水冷《すさま》じく、[11]鄭太尉《ていたいい》が幽栖《ゆうせい》も、薪《たきぎ》を担ふに山嶮《さが》し。いかなる[12]一業所《いちごうしょ》

1

1　吉野の後村上帝と京の足利義詮との一時的な講和。
2　京周辺の山城・大和・摂津・河内・和泉の五か国。
3　朝廷(南朝)の政。
4　中国で四方八方の異民族をさす語。ここは、地方の武士たち。
5　武家の威勢に従う。
6　日本全土をさす。
7　仏滅後の二千五百年を五つに区分した最後の五百年で、争いが絶えない世をいう。
8　どんな山奥の住まいでもあればよい、身の隠れ家にしたいものだ。
9　くまなく探したが。
10　中国後漢の人、厳光。字は子陵。幼時に光武帝と共に学び、のちに帝が登用しようとすると身を隠し、

感《かん》にや、かかる世に生まれ逢ひて、或いは13餓鬼道《がきどう》の苦《く》を生きながら請《う》け、或いは14修羅道《しゅらどう》の奴《やっこ》と死せざる先になりぬらんと、歎《なげ》かぬ人はなかりけり。

この時、新田《にった》左中将《さちゅうじょう》義貞《よしさだ》の嫡子15左兵衛佐義興《さひょうえのすけよしおき》、次男16武蔵《むさしの》少将《しょうしょう》義宗《よしむね》、甥17左衛門佐義治《さえもんのすけよしはる》三人、武蔵《むさし》、上野《こうずけ》、信濃《しなの》、越後《えちご》の間に、在所《ざいしょ》を定めず身を蔵《かく》して、時を得《え》ば義兵を起こさんと企て居たりける処《ところ》へ、18吉野殿《よしのどの》の未だ住吉《すみよし》に御座《ぎょざ》ありし時、19由良《ゆら》新左衛門入道信阿《しんざえもんにゅうどうしんあ》を勅使《ちょくし》にして、「南方《なんぽう》と義詮《よしあきら》と合体《がってい》の事は、暫時《ざんじ》の智謀《ちぼう》なり。20聞く処によつて、節《せつ》に迷ひ、時を過ごすべからず。早く義兵を起こして、21高氏《たかうじ》を追討し、22宸襟《しんきん》を休め奉るべし」とぞ仰せ下されける。

信阿、急ぎ東国《とうごく》に下つて、三人の人々に逢うて、事の子細《しさい》を相触《あいふ》れける間、「さらば、23やがて勢《せい》を相催《あいもよお》せ」とて、24廻文《かいぶん》を以て25東《とう》八ヶ国を触《ふ》れ廻《まわ》るに、同心の族《やから》八百人に及ぶ。中にも、26石

厳陵瀬で釣りをして暮らした(後漢書・逸民列伝)。「厳陵瀬(げんりょうらい)の水、なほ漢聘の初めより涇渭(けいい)たり」(和漢朗詠集・丞相)。

11 後漢の人、鄭弘。仙人に矢を返した報いで谷風が吹き、薪を運ぶ仕事が楽になった(後漢書・鄭弘伝)。「朝には南暮(ゆうべ)には北、鄭太尉が渓(たに)の風人に知られたり」(和漢朗詠集・丞相)。

12 前世の同じ業により同じ果を受けること。

13 衆生が死後に赴く六道(六種の世界)の一。飢渇に苦しむ地獄。

14 六道の一。闘諍の絶えない世界。

15 義貞の次子。

16 義貞の第三子。武蔵守、左近衛少将。

17 義貞の弟脇屋義助の子。

塔四郎入道《どうしろうにゅうどう》は、近年[27]高倉恵源禅門《たかくらえげんぜんもん》に属《しょく》して、[28]薩埵山《さったやま》の合戦に打ち負け、甲斐《かい》なき命ばかりを助けられて鎌倉《かまくら》にありけるが、大将に憑《たの》みたる高倉禅門は、毒害《どくがい》せられぬ。[29]われとは事を発《おこ》し得ず、あはれ、謀叛《むほん》を発す人のあれかし、与力《よりき》せんと思ひける処に、新田兵衛佐、同じき武蔵少将のもとより内々状《ないないじょう》を通じて、事《こと》の由《よし》を知らせたりければ、[30]流れに棹《さお》さすと悦《よろこ》びて、やがて同心しぬ。

また、[31]三浦介《みうらのすけ》、[32]葦名判官《あしなほうがん》、[33]二階堂下野次郎《にかいどうしもつけのじろう》、[34]小俣少輔次郎《おまたしょうのじろう》も、高倉禅門方にて、薩埵山の合戦に打ち負けしかば、降人《こうにん》になつて命を継《つ》いだれども、人の見る処、世の聞く所、口惜しきものかな、あはれ、謀叛を起こさばやと思ひける処に、新田武蔵守、同じき左衛門佐の方より、憑《たの》み思《おも》ふ由申したりければ、願ふ所の幸ひかなと悦びて、[35]則ち与力してけり。

この人々、ひそかに[36]扇谷《おうぎがやつ》に寄り合うて評定《ひょうじょう》しけるは、「新田

18 観応三年（一三五二）二月。第三十巻・15、16、参照。
19 群馬県太田市由良町の武士。新田の家来。
20 合体（和睦）の噂を聞いて忠義のいくさをためらい。
21 後醍醐帝の偏諱（へんき）を許される以前の足利尊氏の前名。
22 帝の心。
23 ただちに。
24 挙兵を促す回状。
25 関東の八か国。相模・武蔵・安房・上総・下総・常陸・上野・下野。
26 義房。頼茂の子。
27 足利直義。
28 第三十巻・10、参照。
29 自分から進んでは事を起こすことができず。
30 物事が思い通りに進むと喜んで、ただちに同意した。

の人々、旗を挙げて上野国《こうずけのくに》に起こり、武蔵国《むさしのくに》へ打ち越ゆると聞こえば、将軍は定めて鎌倉《かまくら》にては(よも)待ち給はじ。関戸《せきど》[37]、入間《いるま》川《がわ》[38]の辺に出で合うてぞ、防き給はんずらん。われら五、六人が勢《せい》、何となくとも二、三千騎はあらんずらん。将軍、戦場に打ち出で給はんずる時、わざと馬廻《うままわ》り[39]にひかへて、合戦すでに半《なか》ばならんずる最中、将軍を真中《まんなか》に取《と》り籠《こ》め奉り、一人も残さず打ち取つて後《のち》に、御陣へは参り候ふべし」と、新田《にった》の人々の方《かた》へ相図《あいず》を堅く定めて、石塔入道《いしどうにゅうどう》、三浦介《みうらのすけ》、小俣《おまた》、葦名《あしな》は、なほも皆鎌倉にこそ居《い》たりけれ。

諸方の相図[40]、事定まりければ、新田少将義宗《にったしょうしょうよしむね》、左兵衛佐《さひょうえのすけ》(義興《よしおき》[41]、左衛門佐《さえもんのすけ》)義治《よしはる》、閏《うるう》[42]二月八日、先《ま》づ手勢《てぜい》八百余騎にて、西上野《にしこうずけ》に打ち出でらる。これを聞いて、国々より馳《は》せ参《まい》りける当家、他門の人々は、誰々《たれたれ》ぞ。

先づ一族[43]には、江田《えだ》、大館《おおたち》、堀口《ほりぐち》、藪塚《やぶづか》[44]、額田《ぬかだ》、羽川《はねかわ》、岩松《いわまつ》、

31 高通。高継の子。
32 三浦一族の武士。
33 下野守時元の子か。
34 義弘。仲義の子。栃木県足利市小俣町に住んだ足利一族。 35 即座に。
36 神奈川県鎌倉市扇ガ谷。
37 東京都多摩市関戸。
38 埼玉県入間郡名栗村(現、飯能市)に源を発し、入間市、狭山市を流れ、東京都墨田区の墨田の渡で、古利根川すなわち隅田川に合流。
39 大将の馬の周囲を警固する武士。
40 前もっての取り決め。
41 神田本により補う。
42 観応三年(一三五二)。
43 新田氏の一族。外様は、それ以外の武士。
44 不詳。
45 貞宗か。秦宗の子。
46 景光の子。 47 不詳。

田中《たなか》、青龍寺《しょうりゅうじ》、小幡《おばた》、大井田《おいだ》、一井《いちのい》、世良田《せらだ》、籠守沢《こもりざわ》。外様《とざま》には、[45]宇都宮三河三郎《うつのみやみかわのさぶろう》、[46]天野《あまの》民部大夫《みんぶのたいふ》政貞《まささだ》、[47]三浦近江守《みうらおうみのかみ》、[48]南木十郎《なんぼくのじゅうろう》、西木七郎《さいぼくのしちろう》、[49]酒匂左衛門《さかわさえもん》、[50]中金《なかかね》、松田《まつだ》、川村《かわむら》、大森《おおもり》、葛山《かずらやま》、勝代《かつしろ》、蓮沼《はすぬま》、小磯《こいそ》、大磯《おおいそ》、酒間《さかま》、山下《やました》、鎌倉、出縄《でなわ》、梶原《かじわら》、四宮《しのみや》、三宮《さんのみや》、南西《なんざい》、高田《たかだ》、中村《なかむら》、[51]児玉党《こだまとう》には、浅羽《あさば》、四方田《よもた》、庄《しょう》、桜井《さくらい》、若児玉《わかこだま》、[52]丹党《たんのとう》には、安保《あぶ》信濃守《しなののかみ》、子息修理亮《しゅりのすけ》、舎弟六郎左衛門《ろくろうざえもん》、加治《かじ》豊後守《ぶんごのかみ》、同じき丹内左衛門《たんないざえもん》、勅使川原《てしがわら》丹七郎《たんのしちろう》、[53]西党《にしとう》には熊谷《くまがい》、太山《おおやま》、平山《ひらやま》、私市《きさい》、[54]村山《むらやま》、横山党《よこやまとう》、猪俣党《いのまたとう》、都合その勢十万余騎、所々《しょしょ》に火を懸けて、武蔵国へ打ち越ゆる。

武蔵、上野より早馬《はやうま》打つて鎌倉へ急を告ぐる事、[55]櫛《くし》の歯《は》を引くが如し。「さて、敵の勢はいか程かあるぞ」と問へば、「二十万騎には劣り候はじ」とぞ答へける。仁木《にき》、畠山《はたけやま》の人々、これを聞いて、「さては、[56]ゆゆしき大事《だいじ》ごさんなれ。鎌倉中の勢、千騎にまさらずと覚ゆる。国々の軍勢はたとひ参るとも、今の

48 南木・西木は、群馬県甘楽郡に住んだ武士。
49 神奈川県小田原市に住んだ武士。
50 中金は、不詳。松田・川村は、神奈川県足柄上郡に住んだ波多野氏族。大森・葛山は、静岡県裾野市に住んだ武士。勝代は、不詳。蓮沼は、埼玉県深谷市に住んだ猪俣党。小磯・大磯は、神奈川県中郡大磯町、酒間・山下は、平塚市に住んだ武士。鎌倉は、桓武平氏鎌倉氏族（大庭・梶原・保野など）。出縄は、大磯町、四宮は、平塚市、三宮は伊勢原市に住んだ。南西は、不詳。高田は、横浜市、中村は、埼玉県秩父市に住んだ武士。
51 武蔵七党の一。浅羽は、埼玉県坂戸市、四方田・庄は、本庄市、若児玉は、行

用には立《た》ち難《がた》し。千騎に足らぬ御勢《おんぜい》を以て、敵の二十万騎を防かん事は、叶《かな》ふべしとも覚え候はず。ただ先《ま》づ安房《あわ》、上総《かずさ》へ開[57]かせ給ひて、御勢を付けて後《のち》、御合戦こそ候はめ」と申されけるを、将軍、つくづくと聞き給ひて、「軍《いくさ》の習ひ、落ちて後《のち》利ある事、千に一つの事なり。勢《せい》を催《もよお》さんために、安房、上総へ落ちなば、武蔵《むさし》、相模《さがみ》、上野《こうずけ》、下野《しもつけ》の者ども、たとひ尊氏《たかうじ》に志《こころざし》ありとも、敵に隔《へだ》てられて、御方《みかた》になる事あるべからず。また、尊氏鎌倉《かまくら》を落ちたりと聞こえば、諸国に敵になる者多かるべし。されば、今度に於ては、たとひ小勢《こぜい》なりとも、鎌倉を打ち出でて、敵を道に待つて戦ひを決せんには如《し》かじ」とて、閏《うるう》二月十六日の早旦[58]《そうたん》に、将軍、わづかに五百余騎の勢を率《そっ》し、敵の行き合はんずる所までと、武蔵国へ下り給ふ。

　鎌倉より追つ付き奉る人々には、畠山上総介[59]《はたけやまかずさのすけ》、子息伊豆守《いずのかみ》、同じき阿波守[60]《あわのかみ》、舎弟尾張守《おわりのかみ》、その弟大夫将監《たいふしょうげん》、その次式部大夫《しきぶのたいふ》、

田市に住んだ児玉党。桜井は、不詳。
52　武蔵七党の一。安保信濃守は、光泰の子泰規。埼玉県秩父市阿保町。加治は、飯能市、勅使川原は、児玉郡上里町に住んだ丹党。
53　武蔵七党の一。熊谷は、熊谷市、太山は、他本「太田」(北埼玉郡)、平山は、東京都日野市、私市は、埼玉県大里郡の武士。
54　村山・横山・猪俣は、それぞれ武蔵七党。
55　櫛の歯を削るようだ。頻繁なことのたとえ。
56　はなはだしい一大事。
57　退却なさって。
58　早朝。
59　高国。時国の子。ただし前年(観応二年)死去。伊豆守は不詳。
60　国清。家国の子。尾張守は義深、大夫将監は清義、

[61]仁木《にき》兵部大輔《ひょうぶのたいふ》、舎弟越後守《えちごのかみ》、三男修理亮《しゅりのすけ》、[62]岩松式部大夫《いわまつしきぶのたいふ》、[63]大《おお》島讃岐守《しまさぬきのかみ》、[64]石塔《いしどう》右馬頭《うまのかみ》、[65]今川五郎入道《いまがわごろうにゅうどう》、同じき式部大夫《しきぶのたいふ》、[66]田中《たなかの》三郎《さぶろう》、[67]大高伊予守《だいこういよのかみ》、[68]高《こうの》土佐《とさ》修理亮《しゅりのすけ》、[69]大平安芸守《おおひらあきのかみ》、同じき出羽《でわの》守《かみ》、[70]宇津木平三《うつぎへいぞう》、[71]宍戸安芸守《ししどあきのかみ》、[72]結城判官《ゆうきほうがん》、[73]曾我《そが》兵庫助《ひょうごのすけ》、[74]梶原《かじわら》弾正忠《だんじょうのちゅう》、[75]二階堂丹後三郎左衛門《にかいどうたんごのさぶろうざえもん》、[76]饗庭命鶴丸《あいばみょうつるまる》、[77]和泉筑前守《いずみちくぜんのかみ》、[78]長井大膳大夫《ながいだいぜんのだいぶ》、同じき備前守《びぜんのかみ》、同じき治部少輔《じぶのしょう》、子息左近将《さこんのしょう》監《げん》(なり)。元《もと》より陰謀《いんぼう》ありしかば、石塔入道《いしどうにゅうどう》、三浦介《みうらのすけ》、小俣《おまた》少輔次郎《しょうのじろう》、葦名判官《あしなほうがん》、二階堂下野次郎《にかいどうしもつけのじろう》、その勢三千余騎は、他《た》の勢を交へず、将軍の馬の前後に透《す》き間《ま》もなくぞ[79]打つたりける。

[80]久米川《くめがわ》に一日逗留《とうりゅう》し給へば、新田《にった》、岩松《いわまつ》、大島讃岐守《おおしまさぬきのかみ》、[81]河越《かわごえ》弾正少弼《だんじょうのしょうひつ》、同じき上野介《こうずけのすけ》、同じき[82]唐子十郎左衛門《からこじゅうろうざえもん》、[83]佐竹《さたけ》、[84]江戸遠江守《えどとおとうみのかみ》、同じき下野守《しもつけのかみ》、同じき上野介、同じき修理亮《しゅりのすけ》、[85]高坂兵部大輔《こうさかひょうぶのたいふ》、同じき下野守、同じき下総守《しもうさのかみ》、同じき掃部助《かもんのすけ》、

式部大輔は国熙。
61 頼章。義勝の子。越後守は義長、修理亮は義氏。
62 岩松は足利一門。血縁・所領から新田氏族を称した。式部大夫は不詳。
63 義政。新田一族。
64 義基。義房の子。
65 範国。式部大夫は頼基。基氏の子。
66 不詳。新田一族か。
67 重成。高一族。
68 師有か。師秋の子。
69 惟家。高一族。出羽守は義尚。
70 宇津木は、梶原一門。
71 常陸国茨城郡宍戸荘(茨城県笠間市)の武士。
72 親朝。宗広の子。
73 神奈川県小田原市曾我の武士。
74 第二十九巻・9の小清水合戦で討死。
75 高貞。行貞の子。

[86]戸島《としま》弾正左衛門《だんじょうざえもん》、同じき兵庫助《ひょうごのすけ》、[87]土屋《つちや》備前前司《びぜんのぜんじ》、同じき修理亮《しゅりのすけ》、同じき出雲守《いずものかみ》、同じき肥後守《ひごのかみ》、[88]土肥《とひ》次郎兵衛入道《じろうびょうえにゅうどう》、子息掃部助《かもんのすけ》、舎弟甲斐守《かいのかみ》、同じき三郎左衛門《さぶろうざえもん》、[89]二宮《にのみや》但馬守《たじまのかみ》、同じき伊豆守《いずのかみ》、同じき近江守《おうみのかみ》、同じき河内守《かわちのかみ》、曾我《そが》周防守《すおうのかみ》、同じき三河守《みかわのかみ》、同じき上野介《こうずけのすけ》、子息兵庫助、[90]渋谷《しぶや》木工左衛門《もくざえもん》、同じき石見守《いわみのかみ》、[91]海老名《えびな》四郎左衛門《しろうざえもん》、子息信濃守《しなののかみ》、舎弟修理亮、[92]小早川《こばいかわ》刑部大夫《ぎょうぶのたいふ》、同じき勘解由左衛門《かげゆざえもん》、[93]豊島《としま》因幡守《いなばのかみ》、[94]狩野介《かののすけ》、[95]那須《なす》遠江守《とおとうみのかみ》、[96]本間《ほんま》四郎左衛門《しろうざえもん》、[97]鹿島《かしま》越前守《えちぜんのかみ》、[98]島田《しまだ》備前守《びぜんのかみ》、[99]浄法寺《じょうほうじ》左近大夫《さこんのたいふ》、[100]白塩《しらしお》下総守《しもうさのかみ》、[101]高山《たかやま》越前守《えちぜんのかみ》、[102]小林《こばやし》右馬助《うまのすけ》、[103]瓦葺《かわらぶき》出羽守《でわのかみ》、[104]見田《みた》常陸守《ひたちのかみ》、[105]古屋《ふるや》民部大夫《みんぶのたいふ》、[106]長峯《ながみね》石見守《いわみのかみ》、都合その勢《せい》八万余騎、将軍の陣へ馳《は》せ参《まい》る。

すでに明日《あす》、[107]矢合はせと定められたりけるその夜、石塔四郎《いしどうしろう》入道《にゅうどう》、三浦介《みうらのすけ》を[108]呼《よ》び除《の》けて囁《ささや》きけるは、「合戦は、すでに明日《あす》と定められたり。この間謀《はか》りつる事を、子息にて候ふ[109]右馬頭《うまのかみ》に、

76　氏直。尊氏の側近。
77　不詳。
78　広秀。貞秀の子。治部少輔は時春。
79　馬を鞭打って行く。
80　東京都東村山市。
81　直重。相模守護。桓武平氏秩父氏族。平一揆の旗頭。以下は、桓武平氏の武士。
82　埼玉県東松山市に住んだ河越一族。
83　他本なし。
84　桓武平氏秩父氏族。
85　武蔵七党の児玉党。東松山市に住んだ。
86　玄玖本・流布本「豊島」。武蔵国豊島郡の武士。桓武平氏秩父氏族。
87　神奈川県平塚市に住んだ武士。
88　足柄下郡湯河原町土肥（いと）の武士。
89　中郡二宮町。

かつて知らせ候はぬ間、この者、[110]一定《いちじょう》一人残《のこ》り止《とど》まつて、将軍に討たれまゐらせつと覚え候ふ。一家の中を引き分けて、義《ぎ》卒《そつ》に与《くみ》し、老年の頭《こうべ》に冑《かぶと》を戴《いただ》くも、もし望みを達せば、(後)栄《こうえい》を子孫にや残すと存ずるゆゑなり。されば、この事を告げ知らせて、心得させばやと存ずるは、いかが候ふべき」と、問はせければ、三浦、[111]「げにも、これ程の事を告げまゐらせざらんは、後悔あるべしと覚え候ふ。急ぎ知らせまゐらせ給ひ候へ」と申しける間、石塔禅門《いしどうぜんもん》、子息右馬頭を呼びて、「われ薩埵山《さったやま》の合戦に打ち負けて、今降人《こうにん》の如くなれば、仁木《にき》、細川《ほそかわら》等に押《お》し居《す》ゑられて、人数《ひとかず》ならぬ有様も、御辺《ごへん》も定めて遺恨《いこん》にぞ思ふらん。されば、明日の合戦に、三浦、葦名判官《あしなほうがん》、二階堂《にかいどう》の人々と[112]引き合うて、合戦の最中、将軍を討ち奉り、家の運を一戦の間に開かんと思ふなり。相構へてその旨《むね》を心得て、[113]わが旗の趣《おもむき》に順《したが》はるべし」と云はれければ、右馬頭、大きに気色《きしょく》を損じて、

90　大和市渋谷に住んだ。
91　武蔵七党の横山党。海老名市に住んだ。
92　土肥の一族。
93　豊島郡の武士か。後出、第三十八巻・8。玄玖本・流布本「豊田」。
94　伊豆国田方郡狩野荘(静岡県伊豆の国市)に住んだ武士。
95　栃木県那須郡。
96　横山党。神奈川県厚木市に住んだ。
97　茨城県鹿嶋市。
98　埼玉県坂戸市島田。
99　群馬県藤岡市浄法寺に住んだ。
100　藤岡市藤岡字白塩。
101　群馬県多野郡に住んだ。
102　高山党。藤岡市に住んだ。
103　埼玉県上尾市瓦葺。
104　東京都港区三田。
105　流布本「古尾谷」。

「弓矢の道、二心《ふたごころ》あるを以て恥とす。人の事は知らず。それがしに於ては、深く[114]憑《たの》まれまゐらせたる身にて候へば、[115]背矢《うしろや》射て名を後代《こうだい》に失はんとは、えこそ申し候ふまじけれ。兄弟父子の合戦、古《いにし》へより今に至るまで、なき事にても候はず。[116]いかさま三浦介《みうらのすけ》、葦名判官《あしなほうがん》が隠謀の事、将軍に告げ申さざらんは、大《だい》なる不忠なるべし。父子の恩義、すでに絶《た》え候ひぬる上は、[117]今《こん》生《じょう》の見参《げんざん》は、これを限りと思《おぼ》し召《め》し候へ」と、顔を赤め、腹を立てて、則ち将軍の御陣へぞ参られける。

父の禅門《ぜんもん》、大きに興《きょう》を醒《さ》まして、急ぎ三浦がもとに行きて、「父の子を思ふ如く、子は父を思はぬものにて候ひけり。この事、右馬頭《うまのかみ》に知らせずは、敵の中に一人残りて、討たれもやせんずらんと思ふ悲しさに、告げ知らせて候へば、以《もっ》ての外《ほか》に気《き》色《しょく》を損じて、この事、将軍に告げ申さでは叶《かな》ふまじと申して、帰り候ひつるはいかに。この者が気色、よも告げ申さぬ事は候

106 山梨県都留市に住んだ。
107 戦闘開始の合図に、互いに鏑矢(かぶらや)を射合う儀礼。
108 (軍勢の中から)傍らへ呼び出して。
109 義基。義房の子。
110 必ずや。
111 おっしゃる通り。
112 しめし合わせて。
113 私の指図どおり行動なさい。
114 私は将軍に深く頼られる身ですから。
115 裏切って背後から射る矢。
116 なんとしても。
117 この世でお目にかかるのは。

はじ。いかさま、やがて討手《うって》を向けられぬと覚え候ふ。[118]いざさせ給へ。今夜《こよい》われらが勢《せい》を引き分けて、関戸《せきど》より武蔵野《むさしの》へ廻《まわ》つて、新田《にった》の人々と一つになり、明日の合戦を致し候はん」と宣ひければ、[119]多日《たじつ》の謀《はかりごと》忽《たちま》ちに顕《あらわ》れて、却《かえ》つて身の禍《わざわ》ひになりぬと恐怖《きょうふ》して、三浦、葦名、二階堂《にかいどう》、手勢《てぜい》三千余騎を引き分け、寄手《よせて》の勢に加はらんと、関戸へ廻りて落ちて行く。これぞ早や、将軍の御運《ごうん》の尽《つ》きぬしるしなる。

三浦が相図《あいず》の相違したるをば、[120]新田武蔵守《にったむさしのかみ》、夢にも知るべきならねば、時刻よくなりぬと急ぎて、明くれば、閏《うるう》二月二十日の[121]辰刻《たつのこく》に、武蔵の[122]小手指原《こてさしはら》へ打《う》ち臨《のぞ》み給ふ。

一方の大将には、新田武蔵守義宗《よしむね》五万余騎、白旗《しらはた》、[123]中黒《なかぐろ》、打《うち》輪《わ》の旗《はた》は児玉党《こだまとう》、坂東平氏《ばんどうへいし》は[124]赤符一揆《あかじるしいっき》を五手《いつて》に分けて、五ヶ所に陣をぞ取りたりける。一方には、新田左兵衛佐義興《にったさひょうえのすけよしおき》を大将にて、その勢都合二万余騎、[125]鳩酸草《かたばみ》、[126]鷹羽《たかのは》、一文字《いちもんじ》、[127]十五夜《じゅうごや》の

118　さあいらっしゃい。
119　日数をかけた企て。
120　義宗。
121　午前八時頃。
122　埼玉県所沢市の西部。
123　円の中に横線を一本引いた新田の紋。児玉党の紋は団扇。
124　赤い笠符（かさじるし＝敵味方を区別する布きれ）をつけた一味同心の武士集団。
125　カタバミの葉を模様にした紋。
126　鷹の羽を模様にした紋。
127　満月のように引き絞った弓の形の紋。それを旗印にした武士集団。

月弓一揆《つきゆみいっき》、[128]引いて(はひとり)も帰らじものをと、これを五手《いつて》に[129]一揆して、四方[130]六里にひかへたり。一方には、脇屋左衛門佐義治《わきやさえもんのすけよしはる》を大将にて三万余騎、大旗《おおはた》、小旗《こはた》、[131]下濃《すそご》の旗、[132]鍬形一揆《くわがたいっき》、母衣一揆《ほろいっき》、これも五ヶ所に陣を張り、射手《いて》をば左右に進ませて、[133]懸手《かけて》は後ろにひかへたり。

敵小手指原《こてさしはら》にありと聞こえければ、将軍も、十万余騎を五手に分けて、[134]中道《なかのみち》よりぞ寄せられける。

先陣は、[135]平一揆《へいいっき》三万余騎、[136]小手《こて》の袋、[137]四幅袴《よのはかま》、旗、笠符《かさじるし》に至るまで、一色《いっしき》に皆赤かりければ、殊更光《ことさらひか》り耀《かかや》きてぞ見えたりける。二陣は、[138]八文字一揆《はちもんじいっき》二万余騎、[139]練貫《ねりぬき》の笠符に、八文字を書いたる白旗《しらはた》を差したりけるが、敵にも白旗ありと聞いて、俄《にわ》かに短く切つたりける。三陣は、時を得たる[140]花一揆《はないっき》、饗庭命鶴丸《あいばみょうつるまる》を大将として六千余騎、[141]萌黄《もよぎ》、火威《ひおどし》、紫綾《むらさきあや》、卯花《うのはな》の妻取《つまど》りたる鎧に、薄紅《うすくれない》の笠符を付け、梅花《ばいか》を一枝《ひとえだ》折つて、冑《かぶと》の[142]真向《まっこう》

128 弓を引くと退く意の引くを掛けた。
129 おのおの行動をともにして。
130 一里は、六町(約六五〇メートル)。
131 下に行くほど濃く染めた旗。
132 兜に鍬形(兜正面の角の形をした飾り)をつけた一団と、同じ色の母衣(矢を防ぐために背負う袋状の布)の一団。
133 騎馬武者。
134 鎌倉街道の一。鎌倉から大船、二俣川、荏田を経て、武蔵府中に至る。
135 桓武平氏の同族的一揆。
136 肩先から腕を覆う鎧の付属具。
137 前二幅、後二幅で仕立てた細身の袴。
138 「八」の字を旗印にした一味同心の武士集団。

に差したれば、四方《よも》の嵐《あらし》に吹き返し、鎧の袖にや匂ふらん。四陣は、白旗一揆《しらはたいっき》とて三万余騎、[143]二引両《ふたつひきりょう》の旗の下、将軍を守護し奉つて、[144]御内《みうち》の老者《ろうしゃ》、国大名《くにだいみょう》、閑《しず》かに馬をひかへたり。五陣は、仁木《にき》兵部大輔《ひょうぶのたいふ》頼章《よりあき》、舎弟越後守《えちごのかみ》義長《よしなが》、三男修理亮《しゅりのすけ》義氏《よしうじ》、畠山上総介《はたけやまかずさのすけ》父子二人《ににん》、同じき阿波守《あわのかみ》兄弟四人、その勢《せい》三千余騎、わざと笠符をも付けず、旗をも差さず、遥《はる》かの余所《よそ》に引《ひ》き除《の》いて、馬より下《お》りてぞ居たりける。これは、両方大勢《おおぜい》の合戦なれば、十度、二十度、懸け合はせ懸け合はせ戦はんに、敵も御方《みかた》も気を屈し、疲れぬ事あるべからず。その時、[145]荒手《あらて》に代はつて、敵の大将のひかへたらんずる処《ところ》を見澄《みす》まして、夜討《ようち》にせんがためなり。

さる程に、新田《にった》足利《あしかが》両家の軍勢二十万騎、小手指原に打《う》ち臨《のぞ》んで、敵三声《みこえ》[146]時を作れば、御方も三声時の声を合はす。上《かみ》は[147]三十三天までも響《ひび》き、下《しも》は[148]金輪際《こんりんざい》までも聞こゆらんとおびたたし。

139　光沢のある上質の絹布。
140　桜の花を笠符にした一揆。
141　鎧の縅毛が、萌黄色(薄青色)、緋色、紫の綾織り、白一色のへりだけに色を配した鎧。
142　兜の正面、額の部分。
143　円に横線を二本引いた足利の紋。底本「一ツ引両」を改める。
144　足利一門の長老と、一国以上を有する大名。
145　新手。ひかえの新しい軍勢。
146　鬨(とき)の声。
147　仏教で世界の中心にあるという須弥山(しゅみせん)の頂にある忉利天のこと。帝釈天が住む。
148　大地の最深部。大地を支える金輪が水輪と接する所。

先《ま》づ一番に、新田《にった》左兵衛佐《さひょうえのすけ》が二万余騎と、平一揆《へいいっき》三万騎と懸け合はせて、追つつ返しつ、合うつ分かれつ、[149]半時《はんとき》ばかり戦うて、左右へさつと引《ひ》き除《の》いたれば、両方に討たるる者八百余人、疵《きず》を蒙《こうぶ》る者は、未だ数ふるに遑《いとま》あらず。

二番に、脇屋《わきや》左《さ》衛門佐《えもんのすけ》が二万余騎、八文字《はちもんじ》一揆《いっき》が二万七千余騎と、東西より[150]相懸《あいが》かりに懸かつて、一所《いっしょ》にさつと入り乱れ、火を散らして戦ふに、[151]汗馬《かんば》の馳《は》せ違《ちが》ふ音、太刀の鍔音《つばおと》、天に光り、地に響《ひび》いて、或いは引つ組んで頸《くび》を取るもあり、取らるるもあり、或いは[152]弓手《ゆんで》馬手《めて》に相付けて、切つて落とすもあり、落とさるるもあり。血は馬の蹄《ひづめ》に蹴《け》上《あ》げられて、紅葉《もみじ》にそそく雨の如く、[153]尸《かばね》は野径《やけい》に横たはつて尺寸《せきすん》も余さず。追《お》ひ靡《なび》け、懸け立てられ、七、八度が程戦うて、東西へさつと分かれたれば、敵御方《みかた》に討たるる者、また五百人に及べり。

三番に、饗庭《あいば》命鶴丸《みょうつるまる》、先懸《さきが》けて、花一揆《はないっき》六千余騎にて進ん

149 約一時間ほど。

150 互いに正面から迎え打って。

151 疾駆して汗をかく馬。

152 左側右側。

153 死体は野の道に横たわってわずかの地も残さない。

だり。新田《にった》武蔵守《むさしのかみ》、これを見て、「花一揆を散らさんためには、児玉党《こだまとう》を向くるべし。打輪《うちわ》の旗《はた》は、風を含める物なり」とて、児玉党七千余騎を差し向けらる。花一揆、皆《みな》若武者なれば、思慮もなく敵に懸かりて、一戦《ひとたたか》ひ戦ふとぞ見えし、児玉党七千余騎に揉み立てられて、一返しも返さず、ばつと引く。[154]自余《じよ》の一揆は、懸くる時は一手《ひとて》になつて懸かり、引く時は左右へさつと分かれて、荒手《あらて》を入れ替へさすればこそ、[155]後陣《ごじん》は操《さわ》がで懸け違《ちが》ふれ、これは、その[156]軍立《いくさだち》甲斐《かい》なくして、将軍の後ろにひかへおはしける陣の真中《まんなか》へ、こぼれ落ちて引く間、荒手はこれに蹴立てられて進み得ず、敵は気に乗つて、[157]勝時《かつどき》を作り懸け作り懸け、攻め立てて追つ懸くる。

「かくては叶《かな》ふまじ。ちと引き退いて、一度に返せ」と云ふ程こそありけれ、将軍の十万余騎、[158]直引《ひたひ》きに引き立つて、かつて後ろを顧《かえり》みず。新田武蔵守義宗《よしむね》、旗より先に進んで、「天下

154　そのほかの。
155　後方の軍勢はあわてずに交替で攻めたのだが。
156　軍勢の構え。
157　勝鬨（かちどき）。
158　ひたすら浮き足って退却して。

のためには朝敵《ちょうてき》なり。わがためには親の敵《かたき》なり。ただ今、尊氏《たかうじ》が頸《くび》を取つて軍門に晒《さら》さずは、いづれの時をか期《ご》すべき」とて、自余の敵どもの南北へ分かれて引くをば、少しも目に懸けず、ただ二引両《ふたつひきりょう》の大旗の引くに付いて、いづくまでもと追つ懸け給ふ。引く勢《せい》も策《むち》を上げ、追ふ兵も懸け足を出《い》だせば、小手指原《こてさしはら》より石浜《いしはま》[159]までは、坂東道《ばんどうみち》すでに四十六里、片時《へんし》が間にぞ追つつきたる。

将軍、石浜川[160]を打ち渡り給ひける時は、すでに腹を切らんとて、鎧の上帯《うわおび》[161]切つて抛《な》げ捨《す》て、高紐弛《たかひもはず》[162]さんとし給ひけるを、近《きん》[163]習《じゅう》の侍ども、二千余騎返し合はせて、追つ懸くる敵の川中まで渡し懸けたると、引つ組み引つ組み討死《うちじに》しけるその間に、将軍、急《きゅう》を遁《のが》れて、向かひの岸へ懸け上がり給ふ。

落ち行く敵は三万余騎、追(つ懸く)る勢は五百余騎、川向かひの岸高くして、屏風《びょうぶ》を立てたる如くなるに、数万騎の敵、返

159 武蔵国豊島郡石浜(東京都台東区今戸の辺)。隅田川に面し、浅草のやや上流の河岸。武蔵・下総の国境の要衝。
160 隅田川。
161 鎧の胴を締める白帯。
162 鎧の胴を肩で吊る紐。
163 側近。

し合はせて、ここを前途《せんど》と支へたり。日すでに[164]酉《とり》の下がりになつて、淵瀬《ふちせ》も見え分かねば、新田武蔵守義宗《にったむさしのかみよしむね》、継《つづ》いて渡すに及ばず。跡より続く御方《みかた》はなし、安からぬものかなと、牙《きば》を噛うで、本《もと》の陣《じん》へと引つ返さる。これぞまた、将軍の御運の強き所なる。

新田兵衛佐義興《にったひょうえのすけよしおき》と脇屋左衛門佐義治《わきやさえもんのすけよしはる》とは、一所《いっしょ》になつて、白旗一揆《しらはたいっき》が二、三万騎にて北に分かれて引きけるを、「これぞ将軍にておはすらん。いづくまでも追つつめて討たん」とて、[165]五十余町追つ懸けて行く処《ところ》に、降参の者どもが、馬より下《お》り、おのおの対面して[166]色代《しきだい》しける程に、これに[167]あひしらはんと、所々《しょしょ》にて馬をひかへ、会釈《えしゃく》し給ひける間、軍勢皆北《に》ぐるを追うて、東西へ隔《へだ》たりぬ。義興と義治と、わづかに三百余騎になつてぞおはしける。

仁木《にき》、畠山《はたけやま》、元来《もとより》かやうの処を伺《うかが》うて、未だ一戦《ひといくさ》をもせず、

164 午後六時過ぎ。
165 一町は、約一〇九メートル。
166 挨拶。
167 相手をしようと。

馬をも休めて葦原《あしはら》の中に隠れて居たりけるが、これを見て、「末々の源氏、国々の[168]付《つ》き勢《ぜい》をば、何千騎討つても何かせん。あはれ、幸ひかな。天の与へたる処《ところ》かな」と悦《よろこ》びて、その勢《せい》三千余騎、ただ一手《ひとて》になつて押し寄せたり。敵大勢《おおぜい》なれば、定めて[169]鶴翼《かくよく》に開いてぞ取《と》り籠《こ》めんずらんと推量して、義興《よしおき》、義治《よしはる》、[170]魚鱗《ぎょりん》に連《つら》なりて轡《くつばみ》を並べ、敵の中を破《わ》らんと見繕《みつくろ》ふ処に、仁《に》木越後守義長《きえちごのかみよしなが》、これを見て、「敵の馬の立《た》て様《よう》、軍立《いくさだち》、尋常《よのつね》の[171]葉武者《はむしゃ》にあらず。小勢《こぜい》なればとて、侮《あなど》つて中を破《わ》らるな。一《いっ》所《しょ》に馬を打ち寄せて、敵懸かるとも、懸け合はすな。前後に常に目をくばりて、大将と覚《おぼ》しき敵あらば、組んで落ちて、首を取れ。葉武者懸からば、射て落とせ。敵に力を尽《つ》くさせよ。御《み》方《かた》少しも[172]漂《ただよ》はずは、無勢《ぶぜい》に多勢《たぜい》勝たざらんや」と、委細《いさい》に[173]手立《てだ》てを成敗《せいばい》して、一所に勢をぞ囲ませたる。

案に違はず、義興、義治、目の前にひかへて[174]欺《あさむ》く敵に怺《こら》へか

168 駆り集めた軍勢。

169 鶴が翼を広げたように、左右に大きく開いて敵を包囲する陣形。

170 先端を細くして敵陣を突破する鱗形の陣形。

171 取るに足らない武士。雑兵。

172 たじろがなければ、小勢の敵に大勢の味方が勝利しないことがあろうか。

173 作戦を取り決めて。

174 (こちらを無勢と)侮る敵。

ねて、三百余騎を一手《ひとて》になし、敵の真中《まんなか》を懸《か》け破《わ》つて、[175]蛛手《くもで》、[176]十文字《じゅうもんじ》に懸け立てんと喚《おめ》いて懸かりけれども、仁木、畠山《はたけやま》、ちとも[177]轟《とどろ》かず、「中を破《わ》らるな。敵に[178]気を尽くさせよ」と下知《げじ》して、いよいよ馬を立て寄せ、透《す》き間《ま》もなくひかへたれば、面《おもて》にある兵ばかり、互ひに討たれ手負うて、陣をばちとも[179]はたらかず。誘《おび》いてさつと引けども、追うても更《さら》に懸からず。裏へ通りて戦へども、面《おもて》はちとも騒がず。東へ廻《まわ》れども、西は閑《しず》まり、北へ廻れども、南はかつて轟《とどろ》かず。懸け寄れば、打《う》ち違《ちが》へ、組んで落つれば、落ち重なる。千《ち》度百度《たびももたび》懸くれども、[180]強陣《ごうじん》勢《いきお》ひ堅くして、大将退く事なければ、義興、義治、気疲れて、東を指して落ちて行く。

　二十余町落ち延びて、誰《たれ》か討たれたると数ふるに、三百余騎ありつる兵、百余騎討たれて、二百余騎ぞ残りける。義興は、冑《かぶと》の[181]錣《しころ》、袖の[182]三の板切り落とされて、[183]小手《こて》の余り、[184]髄当《すねあて》のはづ

175　八方に駆けめぐること。
176　縦横に動きまわるさま。
177　動揺せず。
178　気力。
179　動かさない。
180　堅固に守っている陣。
181　兜の左右・後方に垂れて首を守る防具。
182　六、七枚の板から成る鎧の袖の三枚目の板。
183　籠手(肩先きから腕を覆いつつむ防具)からはみでた部分。
184　すねを覆い保護する防具からはみでた部分。

れに、薄手《うすで》三ヶ所負はれたり。義治《よしはる》は、太刀打ち折れ、[185]草摺《くさずり》の横縫《よこぬい》皆《みな》突き切れて、威毛《おどしげ》ばかり続いたるに、[186]鍬形《くわがた》両方切り落とされて、甲《かぶと》の[187]星《ほし》少々削られたり。太刀は鍔本《つばもと》より打ち折れぬ。[188]中間《ちゅうげん》に持たせたる長刀《なぎなた》を、取つて持たれたりけるが、[189]峰《みね》は[190]簓《ささら》の如く切られ、歯本《はもと》は鋸《のこぎり》のやうに折れたりける。馬は三ヶ所まで切られたりけるが、下《お》りて乗り替へ給へば、倒れてやがて死ににけり。両大将、かくの如く自ら戦うて疵《きず》を被《こうぶ》る上は、それ以下《いげ》の兵ども、痛手《いたで》を負ひ、切り疵の二、三ヶ所負はぬ者は稀《まれ》なり。

[191]新田《にった》武蔵守《むさしのかみ》、「将軍をば討ち漏らしぬ、今日はすでに日暮れぬれば、勢《せい》を集めて、やがて明日《あす》、石浜《いしはま》へ寄せん」とて、小手《こて》指原《さしはら》へ打ち帰り、「[192]兵衛佐殿《ひょうえのすけどの》は、いづくにかひかへ給へる」と、行き合ふ兵どもに問ひ給へば、「兵衛佐殿と[193]脇屋殿《わきやどの》とは、一所にひかへて御渡り候ひつるが、仁木《にき》、畠山殿《はたけやまどの》に打ち負けて、東

185　鎧の胴から垂れて下半身を覆う防具。横縫は、草摺の板を綴じる紐。威毛は、鎧をつづる紐。
186　金属製の板を角の形にした兜正面の飾り。
187　兜の鉢に打ち付けた鋲。
188　侍と小者の中間の者。
189　刀の刃の背。
190　のこぎり状の刻み目をつけた棒を摺りあわせる楽器。
191　新田義宗。
192　新田義興。
193　脇屋義治。

の方《かた》へ落ちさせ給ひ候ひつるなり」とぞ答へける。「さて、ここに見えたる篝《かがり》は、敵か御方《みかた》か」と問ひ給へば、「いや、この辺に御方は一騎も候ふまじ。これは、仁木殿兄弟の勢、白旗一揆《しらはたいっき》の者どもが焼《た》いたる篝にて候ふ。小勢《こぜい》にてこの辺に御座《ござ》候はん事は、いかがと覚え候へば、夜に紛《まぎ》れて、急ぎ[194]笛吹峠《うすいとうげ》の方《かた》へ打ち越えさせ給ひ候ひて、越後《えちご》、信濃《しなの》の勢を待《ま》ち調《そろ》へられ候ひて後《のち》、重ねて御合戦候へかし」と申しければ、武蔵守、暫《しばら》く思案して、「げにも、この儀謂《い》はれたり」とて、「笛吹峠へはいづくぞ」と問ひ問ひ、夜中に落ち給ふ。

194　埼玉県比企郡鳩山町と比企郡嵐山町の境にある峠。笛吹（ふえふき）峠とも。

義興義治鎌倉軍《よしおきよしはるかまくらいくさ》の事　2

[1]新田《にった》左兵衛佐《さひょうえのすけ》、脇屋《わきや》左衛門《さえもん》二人《ににん》は、わづかに二百余騎に討ちなされて、[2]武蔵守には離れぬ、御方の勢どもはいづちへか落ち

2
1　新田義興と脇屋義治。
2　新田義宗。

ぬらんと、澳《おき》[3]にも付かず、磯にも離れたる心地して、皆馬より下《お》り居《い》て休まれけるが、「この勢《せい》にて上野《こうずけ》へも帰り得じ。落ちて行くべき方もなし。とても討死《うちじに》すべき命なれば、鎌倉《かまくら》へ打ち入つて、足利左馬頭基氏《あしかがさまのかみもとうじ》[4]に逢うて、命を失はばや」と宣《のたま》へば、諸人皆《みな》この儀に同《どう》じて、ひたすら討死と志《こころざ》し、思ひ思ひの母衣《ほろ》懸けて、鎌倉へとぞ趣《おもむ》かれける。

夜半《やはん》過ぐる程に、関戸《せきど》[5]を過ぎ給ひけるに、勢の程五、六千騎もあるらんと覚えて、西を指して下《くだ》る勢に行き合ひ給ふ。これは、搦手《からめて》に廻る勢にてぞあるらん。さては、鎌倉まで行き着かで、関戸にて尸《かばね》をば留《とど》むべきにてありけりと、面々に思ひ定めて、一所《いっしょ》に馬を懸け寄せ、「これは、誰殿《たれどの》の勢にて渡り候ふや」と問ひければ、「これは、石塔入道殿《いしどうにゅうどうどの》[6]、三浦介殿《みうらのすけどの》[7]の、新田殿《にったどの》へ御参り候ふなり」とぞ答へける。義興《よしおき》、義治《よしはる》、手を打つて、こはいかにと、悦《よろこ》び給ふ事限りなし。ただ魯陽《ろよう》[8]が朽骨二度《きゅうこつふたたび》連なつ

3 中途半端な気持ちがして。
4 鎌倉公方、足利基氏。尊氏の次男。「逢うて」は、合戦して。
5 東京都多摩市関戸。
6 石塔義房。
7 三浦高通。
8 魯陽が韓と戦う最中に日が暮れ、矛を挙げて日を三舎(夕刻)に招き返した故事(淮南子・覧冥訓)。「朽骨二度連なつて」は不詳。「韓遘(構)」は「与レ韓構

て、韓遘《かんこう》と戦ひを致せし時、日を三舎《さんしゃ》に復《かえ》しし悦びも、これには過ぎじとぞ覚えける。

[9]やがてこの勢と打ち連れ、[10]かめ川に着きて、鎌倉の様《よう》を問ひ給へば、「鎌倉には、将軍の御子息左馬頭基氏を警固《けいご》し奉つて、[11]南遠江守《みなみとおとうみのかみ》、安房《あわ》、上総《かずさ》の勢、三千余騎にて、[12]形勢坂《けわいざか》、小袋坂《こぶくろざか》切り塞いで、用心きびしく見え候ひしが、昨日《きのう》の朝、敵三浦《みうら》にありと聞いて、打ち散らさんとて向かはれ候ひしかども、虚事《そらごと》にてありけりとて、ただ今、鎌倉へ打ち帰らせ給ひて候ふなり」とぞ語りける。「さては、[13]ただ今の合戦ごさんなれ。ここにて軍《いくさ》の用意をせよ」とて、[14]兵粮《ひょうろう》をつかひ、馬に糠《ぬか》飼わせて、三千余騎を二手《ふたて》に分け、[15]鶴岡《つるがおか》へ[16]旗差《はたさし》少々遣《つか》はして、[17]大御堂《おおみどう》の上より、真下《まっくだ》りにぞ押し寄せたる。

鎌倉勢は、ただ今三浦より打ち帰つて、未だ馬の鞍をも下ろさず、鎧の上帯《うわおび》をも解かぬ程なれば、[18]若宮小路《わかみやこうじ》へ打ち出でて、

レ難」(淮南子・覧冥訓)の誤読。前出、第二十六巻・9。

9　すぐさま。

10　神奈川県横浜市神奈川区。

11　宗継。惟宗の子。高一族。

12　形勢坂(化粧坂)は、鎌倉市扇ガ谷と佐助を結ぶ切通し。小袋坂(巨福呂坂)は、鎌倉市雪ノ下から山之内へ出る切通し。ともに鎌倉七口の一。

13　すぐさまの。

14　食事をとり、馬にまぐさを食わせて。

15　鎌倉市の鶴岡八幡宮。

16　旗持ちの兵。

17　勝長寿院。頼朝が父義朝の菩提を弔うために建立し、鎌倉市雪ノ下の大御堂ヶ谷(やつ)にあった。

18　鎌倉の中央を通る鶴岡八幡宮の参道。

ただ一所《いっしょ》にひかへたり。[19]小俣少輔次郎《おまたしょうのじろう》をば、今日の軍奉行《いくさぶぎょう》と今《け》朝《さ》より定められたりければ、手勢《てぜい》七十三騎引《ひ》き勝《すぐ》りて、敵の村《むら》立《だ》つてひかへたる中へ、つと懸け入り、火を散らして切り乱す。三浦《みうら》、葦名《あしな》、二階堂《にかいどう》の兵ども、案内は知りたり、馬は未だ疲れず、ここの[20]谷《やつ》、かしこの小路《こうじ》より、おつと喚《おめ》いては懸け入り、さつと懸け破つては裏へ抜け、谷々《やつやつ》、小路小路に、入り乱れてぞ戦うたる。

兵衛佐義興《ひょうえのすけよしおき》は、[21]浜面《はまおもて》の在家《ざいけ》のはづれにて、敵三騎切つて落として、大勢《おおぜい》の中をつと懸け抜ける処《ところ》にて、[22]小手《こて》の手覆《たおおい》を切り流さるる太刀《たち》に、手綱《たづな》の[23]まがりをづむと切られ、[24]弓手《ゆんで》の片手綱《かたたづな》、土に下がりて馬の足に踏まれける。太刀をば左の脇に挟《はさ》み、[25]鐙《あぶみ》の鼻に下がり、左右の手綱を、取り合はせて結ばれけるを、敵三騎、よい隙《ひま》かなと馳《は》せ寄《よ》せて、甲《かぶと》の鉢《はち》、[26]総角付《あげまきつ》け、三打《みう》ち四打《よう》ち、したたかに切りけれども、義興、ちとも騒がず、閑《しず》か

19 小俣義弘。

20 谷あいに開けた地。

21 浜に面した民家。

22 鎧の籠手(腕全体を覆いつつむ防具)の手の甲を覆う部分。

23 手縄の真ん中の部分。

24 左手の片方の手綱。

25 鐙(鞍から下げて足を乗せる馬具)の先の方に身をかがめ。

26 鎧の背中の揚巻結びの飾り紐をつけた部分。

に手縄を結びて、鞍壺《くらつぼ》[27]に直り給へば、三騎の敵、ばつと馬を懸《か》け除《の》け、「あはれ、大剛《だいこう》[28]の武者や」と、高声《こうしょう》に二声《ふたこえ》三《み》声《こえ》感じて、御方《みかた》の勢《せい》にぞ馳《は》せ付《つ》きける。

塔辻《とうのつじ》[29]の合戦難儀《なんぎ》なりと見えければ、脇屋左衛門《わきやさえもん》と少輔次郎と、一手《ひとて》になつて二百余騎、喚《おめ》いて懸けられけるに、南遠江守《みなみとおとうみのかみ》、懸け立てられて、旗を巻いて引き退く。これを見て、谷口谷口《やつぐちやつぐち》[30]に戦ひける兵ども、十方へ落ち散りける間、一所《いっしょ》に打ち寄する事は叶《かな》はずして、百騎、二百騎、思ひ思ひに落ちて行く。されども、三浦、石塔《いしどう》が兵ども、余りに戦ひくたびれて、さまで敵を追はざりければ、南遠江守は、今日の戦ひに討ち漏らされ、左馬頭《さまのかみ》を具足し奉り、石浜《いしはま》を指して落ちられけり。

新田左兵衛佐《にったさひょうえのすけ》、脇屋左衛門佐、二月二十三日の鎌倉《かまくら》の軍《いくさ》に打ち勝つてこそ、会稽《かいけい》[31]の恥を雪《すす》ぐのみにあらず、両大将と仰がれて、暫《しば》く八ヶ国[32]の成敗《せいばい》に居《きょ》せられけれ。

27　鞍の前輪と後輪(わしず)の間、腰を下ろす部分。
28　たいへんな武勇の武者よ。
29　鎌倉市小町の宝戒寺(旧北条屋敷)の南。
30　谷(やつ)の入り口。
31　雪辱を果たすこと。会稽山の戦いで呉王夫差に敗れて辱めを受けた越王勾践が、二十余年後に呉を滅ぼした故事による(史記・越王勾践世家、第四巻・5)。
32　関東八か国の政務を司った。

笛吹崇軍《うすいとうげいくさ》の事　3

[1]新田《にった》武蔵守《むさしのかみ》、[2]将軍の御運に退後《たいご》して、石浜《いしはま》の合戦に本意《ほい》を達せざりしかば、武蔵国《むさしのくに》を前になし、越後《えちご》、信濃《しなの》を後ろに当てて、笛吹崇に陣を取ってぞおはしける。

これを聞いて、[3]大井田《おいだ》式部大輔《しきぶのたいふ》、[4]上杉民部大輔《うえすぎみんぶのたいふ》、子息兵庫《ひょうごの》助《すけ》、[5]中条入道《ちゅうじょうにゅうどう》、子息佐渡守《さどのかみ》、[6]田中修理亮《たなかしゅりのすけ》、[7]堀口近江守《ほりぐちおうみのかみ》、[8]羽川《はねかわ》越中守《えっちゅうのかみ》、[9]荻遠江守《おぎとおとうみのかみ》、[10]坂和左衛門四郎《さかわさえもんのしろう》、屋沢八郎《やざわのはちろう》、風間信濃《かざましなのの》入道《にゅうどう》、舎弟村岡三郎《むらおかのさぶろう》、[11]堀口兵庫助《ほりぐちひょうごのすけ》、蒲屋美濃守《かまやみののかみ》、[12]長尾左衛門《ながおさえもん》、舎弟弾正忠《だんじょうのちゅう》、[13]仁科兵庫頭《にしなひょうごのかみ》、高梨越前守《たかなしえちぜんのかみ》、[14]太田滝口《おおたのたきぐち》、[15]干雁左《ほしおさ》衛門大夫《えもんのたいふ》、[16]矢倉三郎《やぐらのさぶろう》、藤崎四郎《ふじさきのしろう》、瓶尻十郎《みかじりのじゅうろう》、五十嵐文四《いがらしぶんし》、文《ぶん》五《ご》、高橋大五郎《たかはしだいごろう》、同じき大三郎《だいざぶろう》、[17]伴野十郎《とものじゅうろう》、繁野八郎《しげののはちろう》、根津小《ねづのこ》次郎《じろう》、舎弟修理亮《しゅりのすけ》、神家《じんけ》の一族三十三人、繁野の一族二十人、

3

1　義宗。
2　将軍尊氏の運の強さに遅れをとって。
3　氏経。経隆の子。新田一族。
4　憲顕。憲房の子。直義没後、南朝方となる。兵庫助は憲将。
5　新潟県長岡市中条に住んだ武士。
6　氏政。新田一族。
7　新田一族。名は不詳。
8　時房。新田一族。
9　不詳。
10　坂和(酒匂)は、神奈川県小田原市酒匂、屋沢は、長野県上田市、風間は、新潟県十日町市に住んだ武士。
11　堀口(神田本「堀」)・蒲屋は、不詳。
12　上杉の家来。桓武平氏鎌倉氏族。

都合その勢《せい》二万余騎、[18]先朝第五宮上野親王《せんちょうだいごのみやこうずけのみこ》を大将にて、新田武蔵守に力を合はせんと、笛吹崇へ打ち出づる。

将軍、また小手指原《こてさしはら》の合戦に事故《ことゆえ》なくして、石浜におはする由《よし》聞こえければ、[19]千葉介《ちばのすけ》、[20]小山判官《おやまほうがん》、[21]小田少将《おだしょうしょう》、[22]宇都宮伊予《うつのみやいよの》守《かみ》、[23]常陸大丞《ひたちのだいじょう》、[24]佐竹右馬助《さたけうまのすけ》、同じき刑部大輔《ぎょうぶのたいふ》、[25]白川少輔《しらかわのしょう》、結《ゆう》城《き》判官《ほうがん》、長沼判官《ながぬまほうがん》、[26]布留屋兵部大輔《ふるやひょうぶのたいふ》、土肥次郎兵衛入道《とひじろうびょうえにゅうどう》、土《つち》屋備前前司《やびぜんのぜんじ》、同じき修理亮、同じき出雲守《いずものかみ》、[27]下条小三郎《しもじょうこさぶろう》、二《にの》宮近江守《みやおうみのかみ》、同じき河内守《かわちのかみ》、同じき伊予守《いよのかみ》、同じき但馬守《たじまのかみ》、同じき能登守《のとのかみ》、曾我上野介《そがこうずけのすけ》、海老名四郎左衛門《えびなしろうざえもん》、本間《ほんま》、渋谷右馬《しぶやうまの》允《じょう》、曾我三河守《そがみかわのかみ》、同じき周防守《すおうのかみ》、同じき石見守《いわみのかみ》、[28]石浜上野介《いしはまこうずけのすけ》、[29]武田陸奥守《たけだむつのかみ》、子息安芸守《あきのかみ》、同じき薩摩守《さつまのかみ》、同じき弾正少弼《だんじょうのしょうひつ》、[30]小笠原《おがさわら》、坂西《ばんぜい》、一条三郎《いちじょうのさぶろう》、板垣三郎左衛門《いたがきさぶろうざえもん》、逸見美濃守《へんみみののかみ》、白洲上野介《しらすこうずけのすけ》、[31]天野三河守《あまのみかわのかみ》、同じき和泉守《いずみのかみ》、狩野介《かののすけ》、長峯勘解《ながみねかげ》由左衛門《ゆざえもん》、都合その勢八万余騎、将軍の陣へ馳《は》せ参《まい》る。

13　仁科は、長野県大町市、高梨は、須坂市に住んだ。
14　越後の武士。
15　不詳。神田本「千屋」、流布本「干屋(ホシヤ)」。
16　矢倉は、群馬県吾妻郡、藤崎は、山梨県大月市、瓶尻は、埼玉県熊谷市、五十嵐は、新潟県南蒲原郡に住んだ武士。高橋は、弥彦神社(新潟県西蒲原郡弥彦村)大宮司家。
17　伴野は、長野県佐久市、繁野(滋野)・根津(底本「祢津」、後出「根津」)は、東御市に住んだ武士。神家は、諏訪上社(諏訪市)の神主家。
18　後醍醐帝の皇子、妙法院宮宗良(むねよし)親王。第一巻・3では、第二宮。遠江・信濃を中心に東国各地を転戦していた。第二十一巻・7。

鎌倉《かまくら》には、義興《よしおき》、義治《よしはる》、七千余騎にて[32]着到《ちゃくとう》を付くると聞こえ、武蔵《むさし》には、新田義宗《にったよしむね》、上野《こうずけ》の上杉民部大輔《うえすぎみんぶのたいふ》、二万余騎にてひかへたりと聞こゆ。「いづくへか向かふべき」と、評定《ひょうじょう》ありけるが、「先《ま》づ[33]陣の老《ろう》せぬ先に、大敵に打ち勝ちなば、鎌倉の小勢《こぜい》は、戦はずとも退散すべし」と、[34]衆儀一途《しゅうぎいちず》に定まつて、将軍、同じき二月二十五日、石浜《いしはま》を立つて、[35]武蔵の府《こう》に着き給へば、甲斐源氏《かいげんじ》、武田陸奥守《たけだむつのかみ》、同じき刑部大輔《ぎょうぶのたいふ》、子息修理亮《しゅりのすけ》、武田《たけだ》上野介《こうずけのすけ》、同じき甲斐前司《かいのぜんじ》、同じき安芸守《あきのかみ》、同じき弾正少弼《だんじょうのしょうひつ》、舎弟薩摩守《さつまのかみ》、小笠原近江守《おがさわらおうみのかみ》、同じき三河守《みかわのかみ》、舎弟越前守《えちぜんのかみ》、一《いち》条四郎《じょうのしろう》、板垣四郎《いたがきのしろう》、逸見入道《へんみにゅうどう》、同じき美濃守《みののかみ》、舎弟下野守《しもつけのかみ》、[36]南部常陸守《なんぶひたちのかみ》、下山十郎左衛門《しもやまじゅうろうざえもん》、都合三千余騎にて馳《は》せ参《まい》る。

同じき二十八日、将軍、笛吹手向《うすいとうげ》へ押し寄せて、敵の陣を見給へば、小松生《お》ひ茂《しげ》りて、前に小川流れたる山の南を陣に取つて、峰には錦《にしき》の御旗《みはた》を打つ立て、麓《ふもと》には白旗《しらはた》、赤旗《あかはた》、[37]中黒《なかぐろ》、[38]棕《しゅ》

19 氏胤。貞胤の子。
20 氏政。秀朝の子。
21 治久。常陸の豪族。
22 氏綱。公綱の子。
23 高幹。桓武平氏。
24 義篤。刑部大輔は、師義。常陸の清和源氏。
25 白河結城氏だが、不詳。結城判官は、親朝。長沼は、結城一族。
26 布留屋(古屋)・土肥・土屋・二宮・曾我・海老名・本間・渋谷は、本巻・1に前出。
27 甲府市に住んだ武田一族。
28 武蔵国豊島郡石浜(東京都台東区今戸の辺)に住んだ武士。
29 信武。嫡男は信成(甲斐守護)、二男は氏政(刑部大輔、安芸守護)。弾正正弼は、四男直信。
30 小笠原・坂西・一条・

梠葉《ろのは》、[39]梶葉《かじのは》の紋書きたる旗ども、その数を知らず充《み》ち満《み》ちたり。

先づ一番に、[40]荒手《あらて》なり、[41]案内者なればとて、甲斐源氏、三千余騎にて押し寄せ、新田《にった》武蔵守《むさしのかみ》と戦ふ。これも、荒手の越後勢《えちごぜい》、三千余騎にて[42]相懸《あいが》かりに懸かりて、[43]半時《はんとき》ばかり戦ふに、逸見入道以下《いげ》、宗徒《むねと》の甲斐源氏ども、百余騎討たれて引き退く。

二番に、千葉《ちば》、宇都宮《うつのみや》、小山《おやま》、佐竹《さたけ》が勢《せい》、相集まつて七千余騎、上杉民部大輔が陣へ押し寄せて、入り乱れ入り乱れ戦ふに、信濃勢《しなのぜい》二百余騎討たれければ、寄手《よせて》も三百余騎討たれて、[44]相引《あいび》きに左右へさつと引けば、両陣入れ替へて追つつ返しつ、その日の[45]午刻《うまのこく》より酉刻《とりのこく》の終りまで、少しも休まず、隙《ひま》もなく終日《ひねもす》戦ひ暮らしてけり。

それ小勢を以て大敵《たいてき》に戦ふは、[46]鳥雲《ちょううん》の陣《じん》に如《し》くはなし。鳥雲の陣と申すは、後ろに山を当て、左右に水を堺ひて、敵を[47]平野《ひらの》に見下ろし、わが勢の程を敵に見せずして、[48]虎賁猛卒《こほんもうそつ》、替はる

板垣・逸見・白州は、甲斐・信濃の源氏。
31 天野、狩野は、伊豆の工藤一族。長峯は、不詳。
32 軍勢の来着の帳簿。
33 軍勢の疲れない(兵糧に窮しない)前に。
34 皆の意見が一つに決まって。
35 武蔵国府。東京都府中市。
36 南部・下山は、甲斐源氏、武田一族。
37 新田の紋。
38 富士大宮司家の紋。
39 諏訪祝(はふり)家の紋。
40 新手。まだ戦っていない新しい軍勢。
41 土地の地理に通じた者。
42 迎え討って押し寄せ。
43 約一時間ほど。
44 互いに退却して。
45 正午頃から午後七時頃まで。

替はる射手《いて》を進めて闘《たたか》ふものなり。この陣、幸ひに鳥雲《ちょううん》に当たれり。待つて戦はば、利あるべかりしを、武蔵守《むさしのかみ》、若武者なれば、毎度広《ひろ》みに懸け出でて、大勢《おおぜい》に取り巻かれける間、百度《ももたび》戦ひ、千度《ちたび》懸け破ると云へども、敵目に余る程の大勢なれば、新《にっ》田《た》、上杉《うえすぎ》、つひに打ち負けて、笛吹崇《うすいとうげ》へぞ引(き上が)りける。

中にも、上杉民部大輔《うえすぎみんぶのたいふ》が兵に、[49]長尾《ながお》弾正《だんじょう》、根津小次郎《ねづのこじろう》とて、大力《だいぢから》の[50]剛《こう》の者あり。今日の合戦に打ち負けぬる事、身一つの恥《ち》辱《じょく》なりと思ひければ、紛《まぎ》れて敵の陣へ馳《は》せ入《い》り、将軍を討ち奉らんと相謀《あいはか》つて、二人ながら、俄《にわ》かに[51]一引両《ひとつひきりょう》の笠験《かさじるし》を付け替へ、人に見知られじと、長尾は、乱れ髪を顔にさつと振り懸け、根津は、刀を以て己《おの》が額《ひたい》を突き切つて、血を面《おもて》に流し懸け、切つて落としたりつる敵の頸《くび》、鋒《きっさき》に貫き、[52]取付《とっつけ》に取り付けて、ただ二騎、将軍の陣へ馳せ入る。数万の軍勢、道[53]に横たはつて、「誰《た》が手の人ぞ」と問ひければ、「これは将軍の御内《みうち》の者どもに

46 兵法書の「六韜(りくとう)」豹韜にいう陣形。「鳥散じて雲合ふ」ごとき変幻自在の陣形。
47 平地。
48 勇猛な兵。虎賁は、中国周代の官名で、天子を護衛する武官(周礼・夏官)。
49 前出。長尾は、上杉の家来。根津は、長野県東御市祢津の武士。
50 強くて勇敢な者。
51 円に横線を一本引いた紋。中黒に同じ。新田の紋。笠じるしは、敵味方を識別する布きれ。
52 鞍の後輪(しずわ)に付けた紐。
53 道をふさいで。

て候ふが、新田の一族、[54]宗徒《むねと》の人々と、組み討ちに討つて候ふ間、[55]頸実検《くびじつけん》のために、将軍の御前へ参り候ふなり。開《あ》けて通され候へ」と高らかに呼ばはつて、[56]気色《きしょく》ばうで打ち通れば、「めでたう候ふ」と、感ずる人のみあつて、思《おも》ひ咎《とが》むる人はなし。

「将軍は、いづくに御渡り候ふやらん」と問へば、或る人、「あれにひかへさせ給ひて候ふなり」と、爪指《つまざ》して教ゆ。馬の上より延び上がりて見れば、相隔《あいへだ》たる事、[57]草鹿《くさじし》の垜《あずち》ばかりになりにけり。「あはれ、幸ひや。ただ一太刀《ひとたち》に切つて落とさんずるものを」と、二《に》人《にん》きつと[58]目《め》加《くわ》せして、なかなか馬をしづしづと歩ませける処《ところ》に、なほも将軍の御運や強かりけん、見知る人あつて、「そこに紛《まぎ》れて近づく武者は、長尾弾正、根津小次郎にて候ふぞ。近づいて欺《たばか》らるな」と呼ばはりければ、将軍に近づけ奉らじと、武蔵《むさし》、相模《さがみ》の兵ども三百余騎、中を隔《へだ》て、左右よりさつと馳《は》せ寄《よ》る。根津と長尾と、[59]支《し》度《たく》相違しぬと思ひけれ

54 主だった人々。
55 首を見て本人を確かめること。
56 気負いこんで。
57 板で鹿をかたどった弓の的。「垜」は、的の後ろの矢よけの土壇。的は、射手から二〇メートルほどの距離。
58 目で合図して、かえって馬をゆっくりと歩ませたが。
59 あらかじめ企てたこと。

ば、鋒《きっさき》に貫いたる頸《くび》を投げ捨て、乱れ髪振り上げて、大勢《おおぜい》の中を破《わ》つて通る。かれら二人《ににん》が鋒に廻る敵、一人《いちにん》として、[60]冑《かぶと》の鉢《はち》を胸板《むないた》まで真二《まっぷた》つに破《わ》り付《つ》けられ、[61]腰の番《つがい》を瓜切《うりき》りに胴切つて落とされぬはなかりけり。されども、敵は大勢なり、これらはただ二騎なり、十方より[62]矢衾《やぶすま》を作つて散々《さんざん》に射る間、叶《かな》はじとや思ひけん、「あはれ、運強き足利殿《あしかがどの》かな」と、高らかに[63]欺《あざむ》いて、しづしづと本《もと》の陣《じん》へぞ帰りにける。

　夜に入《い》れば、両陣ともに引き退いて、陣々に篝《かがり》を焼《た》いたるに、将軍の陣を見渡せば、四方[64]五、六里に及んで、[65]銀漢《ぎんかん》高く澄める夜に、星を連《つら》ねたるが如くなり。笛吹峠《うすいとうげ》を顧《かえり》みれば、月に消え行く蛍火《ほたるび》の、山影《やまかげ》に残るに異ならず。

　義宗《よしむね》、これを見給ひて、「終日《ひねもす》の合戦に、兵[66]若干《そこばく》討たれぬと云へども、これ程まで陣の透《す》くべしとは覚えぬに、篝火の数余りにさびしく見ゆるは、[67]いかさま(勢《せい》)の落ち行くと覚ゆるぞ。

60 兜の鉢から鎧の胸板(鎧の前面、最上部の板)まで。
61 腰の関節から瓜を切るようにまっぷたつに胴体を切って落とされぬ者はなかった。
62 矢を隙間なく射ること。
63 あざ笑って。
64 一里は、六町(約六五〇メートル)。
65 天の川。
66 大勢。
67 きっと。

道々に関を居ゑよ」とて、[68]栽田《うえだ》と[69]信濃路《しなのじ》に、きびしく関を居《す》ゑられたり。それ士卒将を疑ふ則《とき》は、利あらずと云ふ事あり。前には大敵勝《かつ》に乗って、後ろは御方《みかた》の国々なれば、「今夜《こよい》[70]一定《いちじょう》越後《えちご》、信濃へ引っ返さんずらんと、われを疑はぬ軍勢あるべからず。[71]舟を沈め、糧《かて》を捨てて、二度《ふたたび》帰らじと云ふ心を示すは、良将の謀《はかりごと》なり。皆《みな》馬の鞍《くら》を下ろし、鎧を脱《ぬ》いで、引くまじき気色《きしょく》を人に見せよ」とて、大将義宗、鎧脱ぎ給へば、士卒、悉《ことごと》く鞍を下ろして馬を休む。

宵《よい》の程は、兵皆《みな》心を取り静めて居たりけるが、夜半《やはん》ばかり、焼松《たいまつ》おびたたしく見えて、将軍へ大勢の付く勢ひ見えければ、明日の戦ひも叶はじとや思はれけん、上杉民部大輔《うえすぎみんぶのたいふ》、篝ばかりを焼《た》き捨《す》てて、信濃へ落ちにければ、新田武蔵守《にったむさしのかみ》も、力なくその暁《あかつき》、越後国へぞ落ちられける。

かかりし後は、ただ今まで新田、上杉に付《つ》き順《したが》ひつる武蔵《むさし》、

68　越後国魚沼郡上田荘(新潟県南魚沼市六日町)。
69　信濃への道筋、東山道。
70　必ずや。底本「一夜」を改める。
71　漢楚合戦の鉅鹿(きょろく)の戦いで項羽がとった作戦。「船を沈め、釜甑(ふそう)を破り、廬舎を焼き、三日の糧を持ち、以て士卒に死を必して一の還心無きを示す」(史記・項羽本紀)。

上野《こうずけ》の兵どもも、未だいづ方へも付《つ》かずして一合戦《ひとかっせん》の勝負を窺《うかが》ひ見つる上総《かずさ》、下総《しもうさ》の者ども、われ前《さき》にと、将軍へ馳《は》せ参《まい》りける程に、その勢《せい》、程なく百倍して、八十万騎になりにけり。

新田左兵衛佐義興《にったさひょうえのすけよしおき》、脇屋左衛門佐義治《わきやさえもんのすけよしはる》は、わづか六千余騎にて、なほ鎌倉《かまくら》におはしけるが、将軍すでに笛吹崇《うすいとうげ》の合戦に打ち勝つて、八ヶ国の勢を率《そっ》し、鎌倉へ寄せ給ふ由《よし》聞こえければ、義興も義治も、「ただ、ここにて討死《うちじに》にせん」と宣《のたま》ひけるを、[72]松田《まつだ》、川村《かわむら》の者ども、「われらが所領の内、[73]相模川《さがみがわ》の川上に[74]究《くっ》竟《きょう》の深山《みやま》候へば、ただそれへ先《ま》づ引き籠もらせ給ひて、京都の[75]御左右《おんそう》をも聞こし召し、越後《えちご》、信濃《しなの》の大将達へも[76]牒《ちょう》し合《あ》はせられて、天下の[77]機を得《え》、諸国の兵を集めてこそ、重ねて御合戦も候はめ」と、[78]よりより強ひて申しければ、義興、義治もろともに、三月四日、鎌倉を引いて、石塔《いしどう》、小俣《おまた》、二階堂《にかいどう》、葦名判《あしなほう》官《がん》、三浦介《みうらのすけ》、松田、川村、酒匂《さかわ》以下《いげ》、六千余騎の勢を率し、[79]古《こ》

72 松田と川村は、神奈川県足柄上郡に住んだ波多野氏族の武士。
73 神奈川県北部から平塚市・茅ヶ崎市の間を流れて相模湾に注ぐ。
74 うってつけの
75 情勢。
76 しめし合わせて。
77 好機。
78 しきりに強く申し上げたので。
79 小田原市国府津町。

4

1 観応三年(一三五二)閏二月。第三十巻・19、参照。
2 持明院統(北朝)の光厳院、光明院、崇光帝、直仁親王。第三十巻・21、参照。
3 奈良県五條市西吉野町。
4 後村上帝。
5 石清水八幡宮のある男山(京都府八幡市)。第三十

宇都山《うづやま》の奥にぞ籠《こ》もられける。

荒坂山合戦《あらさかやまかっせん》の事、并《ならびに》土岐悪五郎討死《ときあくごろううちじに》の事　4

都には、[1]去月《きょげつ》二十日の合戦に打ち負けて、足利宰相中将《あしかがさいしょうちゅうじょう》義詮朝臣《よしあきらあそん》は、近江国《おうみのくに》へ落ちられぬ。[2]持明院《じみょういん》の本院《ほんいん》、(新院《しんいん》)主上《しゅしょう》、東宮《とうぐう》は、皆囚《とら》はれさせ給ひて、[3]賀名生《あのう》の奥に遷幸《せんこう》なり、また[4]吉野《よしの》の主上は、なほ世を危ぶみて、[5]八幡《やわた》に御座《ぎょざ》あり。月卿《げっけい》雲客《うんかく》は、[6]西山《にしやま》、[7]東山《ひがしやま》、[8]吉峯《よしみね》、[9]鞍馬《くらま》の奥なんどに逃げ隠れておはすれば、花の都は荒れ果てて、[10]野干《やかん》の棲《すみ》かとなりにけり。桓武《かんむ》の聖代《せいだい》、この[11]四神相応《しじんそうおう》の地を撰んで、東山に[12]将軍塚《しょうぐんがづか》を築《つ》かれ、[13]艮《うしとら》の方《かた》に[14]天台山《てんだいさん》を立てて、[15]百王万代《ひゃくおうばんだい》の宝祚《ほうそ》を鎮《ちん》じ置《お》かれし勝地《しょうち》なれば、[16]後《ご》五百歳《ごひゃくさい》未来永々《みらいようよう》に至るまで、荒廃あらじとこそ覚えつるに、こはそもいかになりぬる世の中ぞやと、歎《なげ》かぬ人

巻・20、参照。
6　京都市西郊を南北に連なる山。嵐山、愛宕山など。
7　京都市東郊の如意ヶ岳を主峰とする山々。
8　京都市西京区大原野小塩町。天台宗善峯寺がある。
9　左京区鞍馬本町の鞍馬山。鞍馬寺(もと天台宗)がある。
10　狐。
11　東の青龍、南の朱雀、西の白虎、北の玄武の四神に適合する地相。東に川、南に沼沢、西に長道、北に丘陵のある地。
12　東山区華頂山頂の塚。桓武天皇が平安京鎮護のために八尺の将軍像を埋めたと伝える。
13　北東。鬼門。
14　比叡山延暦寺。
15　永遠に続く帝の位。
16　仏滅後の二千五百年を

もなかりけり。

義詮朝臣《よしあきらあそん》は、近江の[17]四十九院《しじゅうくいん》に遥々《はるばる》とおはしけれども、土岐《とき》、佐々木《ささき》が外《ほか》は、相順《あいしたが》ふ勢《せい》もなかりけるが、東国《とうごく》の合戦、将軍打ち勝ち給ひぬと聞こえて後《のち》より、勢の付《つ》くこと雲霞《うんか》の如し。さらば、[18]やがて京都へ寄せよとて、三月十一日、四十九院を立つて、二万余騎、先《ま》づ[19]伊木洲《いぎす》、[20]三大寺《さんだいじ》にして手を分かつ。或いは漫々たる湖上に、[21]山田《やまだ》、矢馬瀬《やばせ》を渡して、舟に棹《さお》をさす人もあり。或いは[22]渺々《びょうびょう》たる沙頭《しゃとう》に、[23]堅田《かただ》、高島《たかしま》の道を経て、駒に鞭《むち》打つ勢もあり。[24]旌旗水煙《せいきすいえん》に翻《ひるがえ》つて、龍蛇《りゅうじゃ》忽《たちま》ち天にあがり、[25]甲冑夕陽《かっちゅうせきよう》に耀《かかや》いて、星斗《せいと》則ち地に列《つら》なる。

宮方《みやがた》の大将[26]中院宰相中将具忠《なかのいんさいしょうちゅうじょうともただ》、千余騎にて、この勢を防かんために、東山《ひがしやま》にひかへられたりけるが、敵の大勢《おおぜい》なるを聞いて、戦ふとも叶《かな》はじとや思はれけん、敵の未だ近づかざる前《さき》に、八幡《やわた》の御陣へ引つ返さる。


五つに区分した最後の五百年。仏法がおとろえ、争いが絶えない世(闘諍堅固)をいう。
17 滋賀県犬上郡豊郷町四十九院。
18 ただちに。
19 草津市片岡町の印岐志呂神社の辺。
20 大津市三大寺。
21 草津市山田町。同矢橋(やばせ)町。
22 広々とした砂浜。
23 大津市堅田。高島市高島。
24 旗が水煙に翻るさまは、龍が天に昇るようであり。旌は、旗。
25 鎧兜が夕日に輝くさまは、星が大地に落ち連なったようだ。斗は、星。
26 具光の子。村上源氏。

同じき十五日、義詮朝臣、京都に発向《はっこう》して東山に陣を取れば、宮方の大将[27]北畠右衛門督顕能《きたばたけうえもんのかみあきよし》、都を去つて[28]淀《よど》、赤井《あかい》に陣を取る。同じき十七日、義詮朝臣、[29]下京《しもぎょう》に移つて[30]東寺《とうじ》に陣を取れば、顕能卿、淀を引いて八幡の山下《さんげ》に陣を取る。未だ戦はざる前《さき》に、宮方の大将、陣を去る事三ヶ度なれば、行末《ゆくすえ》とてもさぞあらんと、憑《たの》み少なうぞ見えたりける。さはありながら、八幡は究竟《くっきょう》の[31]用害《ようがい》なるに、赤井の橋を引いて、畿内の官軍、七千余騎にて楯籠《たてご》もりたり。

「三方《さんぼう》は大河《たいが》を隔《へだ》て、橋もなく、舟もなし。[32]宇治路《うじじ》を経て後ろへ向かはば、前後皆《みな》敵陣に挟《はさ》まりて、進退心安かるまじ。いかがすべき」と評定《ひょうじょう》ありて、東寺には、なほ国々の勢を待たれける処《ところ》に、[33]細川陸奥守《ほそかわむつのかみ》、四国の勢を率《そっ》して、三千余騎にて上洛《しょうらく》せらる。また、[34]赤松律師則祐《あかまつのりっしそくゆう》は、吉野殿《よしのどの》より[35]宮を一人《いちにん》申し下しまゐらせて、今までは宮方を仕《つかまつ》る由《よし》にてありけるが、これもい

27 親房の子。顕家の弟。底本「左衛門督」を改める。
28 京都市伏見区淀。赤井は、淀の北、桂川西岸の地。
29 京の南部。
30 南区九条町の教王護国寺。
31 要害。
32 京から宇治橋を経て奈良へ至る道。
33 顕氏。頼貞の子。讃岐守護。
34 円心(則村)の三男。
35 興良親王。護良親王の子。第三十巻・4、参照。

かが思案したりけん、俄《にわ》かに宮方《みやがた》を背《そむ》いて、京都へ馳《は》せ参《さん》じければ、義詮朝臣《よしあきらあそん》は、[36]龍の水を得《え》、虎の山に靠《よりかか》りしが如くになりて、勢ひ[37]京畿《けいき》を掩《おお》へり。

同じき三月二十四日、義詮朝臣、三万余騎の勢《せい》を率し、宇治《うじ》路《じ》を廻《まわ》つて[38]木津川《こづがわ》を打ち渡り、[39]洞峠《ほらがとうげ》に陣を取らんとす。[40](これは、[41]東条《とうじょう》の通路を塞ぎ、敵を兵糧に詰めんがためなり。八幡《やわた》よりここへは、)[42]和田五郎《わだのごろう》と[43]楠 次郎左衛門《くすのきじろうざえもん》とを向けられけるが、楠は今年二十三、和田五郎は十六、いづれも皆若武者なれば、思慮なき合戦をや致さんずらんと、諸卿《しょきょう》、悉《ことごと》く危ぶみ思はれけるに、和田五郎、参内《さんだい》して申しけるは、「親類兄弟、悉く度々《どど》の合戦に[44]身を捨てて、討死《うちじに》(仕《つかまつ》り)候ひ畢《おわ》んぬ。今日の合戦、また公私の一大事と存ずる事にて候ふ上は、[45]命を際《きわ》の合戦仕《つかまつ》つて、敵の大将を一人《いちにん》討ち取り候はずは、再び御前《おんまえ》へ帰り参る事候ふまじ」と、申し切つて罷《まか》り出《い》でければ、列座の

36 「龍の水をえたるが如く、虎の山に靠るに似たり」(禅林句集)。
37 畿内。山城・大和・河内・和泉・摂津の五か国。
38 鈴鹿山脈に発し、京都府木津川市を流れ、八幡市で淀川に合流する川。
39 山城と河内の境の峠。京都府八幡市八幡南山と大阪府枚方市高野道・長尾峠町との間。
40 神田本により補う。
41 大阪府富田林市の東部。楠氏の本拠地。
42 楠の一族。名は正氏(第三十四巻・3)。
43 正儀(まさのり)。正行の弟。
44 一身を投げ出して。
45 命の限り力をふりしぼっての合戦。

諸卿、国々の兵、あはれ、代々《だいだい》の勇士やと、先《ま》づ感ぜぬはなかりけり。

さる程に、和田、楠、紀伊国《きのくに》の勢三千余騎にて、[46]荒坂山《あらさかやま》へ打ち向かつて、ここを支へんとひかへたれば、[47]細川相模守清氏《ほそかわさがみのかみきようじ》、同じき陸奥守《むつのかみ》、[48]土岐悪五郎《ときあくごろう》、舎弟[49]大膳大夫《だいぜんのだいぶ》、六千余騎にて押し寄せたり。山路《やまじ》嶮《けわ》しくして、[50]岸高く峙《そばだ》つたれば、麓《ふもと》より皆《みな》[51]馬を踏み放ち踏み放ち、[52]蒙《かず》き連《つ》れてぞ上がりたりける。かかる軍《いくさ》に、元来《もとより》馴れたる大和《やまと》、河内《かわち》の者どもなれば、岩の影、岸の上に走り渡つて、散々《さんざん》に射ける間、面《おもて》に立つ土岐、細川が兵ども、[53]射《い》しらまされて進み得ず。

土岐悪五郎は、その比《ころ》、天下に名を知られたる大力《だいちから》の[54]早態《はやわざ》、[55]打物《うちもの》取つては達者なりければ、[56]卯花威《うのはなおどし》の鎧に、[57]大鍬形《おおくわがた》打つて、水色《みずいろ》の[58]笠璽《かさじるし》吹き流させ、[59]五尺六寸の大太刀《おおだち》抜いて、[60]射向《いむけ》の袖を振りかざして、遥《はる》かに遠き山路《やまじ》をただ一息《ひといき》に登らんと、[61]いか

46　八幡市美濃山荒坂。洞ヶ峠の東南。
47　和氏の子。若狭守護。陸奥守は、顕氏。頼貞の子。
48　頼里。頼清の子。
49　頼康。美濃・尾張守護。
50　がけ。
51　馬を乗り放しては。
52　楯をかざし連ねて。
53　矢を射られひるんで。
54　すばやい身ごなしの武芸。
55　太刀や長刀。
56　白一色の鎧。
57　大きな鍬形(金属製の板を角の形にしたもの)を兜正面の飾りに付けて。
58　敵味方を識別する布きれ。土岐の紋は、水色桔梗。
59　約一七〇センチ。
60　鎧の左の袖。
61　怒り狂った猪が突進するように。底本「獅子」。

り猪《じし》の懸かるやうに、莞爾《にっこ》と笑ひて登りけるを、和田五郎《わだのごろう》、あはれ、敵やと打ち見て、突きたる楯をがはと拋《な》げ捨《す》て、三尺五寸の小長刀《こなぎなた》、[62]茎短《くきみじ》かに取つて渡り合ふ。

ここに、細川相模守《ほそかわさがみのかみ》の郎従《ろうじゅう》に、[63]関左近将監《せきさこんのしょうげん》と云ひける兵、土《と》岐《き》が脇より、つと走り抜け、和田五郎に打つて懸かる。和田の郎従、これを見て、小松の影より走り出で、近々と寄つて、[64]十二束三伏《そくみつぶせ》、暫《しば》し堅めて放つ矢に、関将監、[65]から胴をくさ[66]目通しに射抜かれて、[67]小膝《こひざ》を突いてぞ臥したりける。土岐悪五郎《ときあくごろう》、走り寄りて、引き起こさんとしける処《ところ》を、また和田が郎等《ろうどう》、二の矢番《つが》ひて、悪五郎が[68]脇立《わいだて》の坪《つぼ》の板《いた》、[69]履巻《くつまき》責めて射込うだる。関将監、これを見て、今は助くべき人なしと思ひけるにや、[70]腰の刀を抜いて、腹を切らんとしけるを、悪五郎、「暫《しば》し自害なせそ。助けんずるぞ」とて、坪の板に射立てられたる矢を、脇立《わいだて》ながら引き切りて拋げ捨て、関将監を左の小脇に挟み、右の手

62 長刀の刃に近い柄を握って。
63 三重県亀山市関町に住んだ武士。
64 矢の長さ。束は、一握りで親指以外の指四本、伏は、指一本の幅。十二束を標準とした。
65 袖や草摺のない胴だけの防具。
66 不詳。
67 膝。「小」は接頭語。
68 鎧の胴の右脇の合わせ目に当てる防具。
69 沓巻(鏃の根を矢柄に差し込んで巻きしめた部分)まで深々と。
70 腰にさす鍔(つば)のない短刀。

にて、件《くだん》の大太刀を打ち振り打ち振り、近づく敵を打ち払うて、三町[71]ばかりぞ落ちたりける。

跡に付いて、どこまでどこまでと追ひ懸けける和田五郎も、吹返《ふきかえし》[72]を頸《くび》の骨へ懸けて射込まれたりければ、目に懸けたる[73]悪五郎を討ち延ばしつと、安からず思ひける処に、悪五郎が運や尽《つ》きにけん、夕立《ゆうだち》[74]に掘れたる片岸《かたぎし》を、ゆらりと越えけるに、岸[75]の額《ひたい》のあだ土、くわつと崩れて、薬研《やげん》[76]の底のやうなる処へ、悪五郎と関将監と、倒《さかさま》にどうと落ちたりける。和田五郎、走り寄つて、長刀の柄《え》を取り延べ、二人の敵を、忽《たちま》ちに起こしも立てず討ちにけり。

入り乱れたる軍《いくさ》の最中なれば、頸を取るまでもなし。悪五郎が引き切つて捨てたりつる脇立ばかりを取つて、討つたる証拠に備へ、身に射立てられたる矢少々折り懸けて、主上《しゅしょう》の御前《おんまえ》へ参り、合戦の体《てい》を奏し申せば、「初め言ひつる言《ことば》に少しも違《たが》は

71　一町は、約一〇九メートル。
72　兜の錣（しころ）の前面の左右に開いた部分。
73　ねらいをつけた。
74　夕立で土がうがたれた片岸（片方だけ切り立って崖になった所）。
75　崖のへりの、下が掘れた土。
76　漢方の製薬に用いる道具。舟形で中がくぼんだ形。

ず、大敵の一将を討ち取つて、数ヶ所《すかしょ》の疵《きず》を蒙《こうぶ》りながら、恙《つつが》なくして帰り参る条、前代未聞《ぜんだいみもん》の[77]高名《こうみょう》なり」と、[78]叡慮《えいりょ》更《さら》に浅からず。

八《や》幡《わた》攻《ぜ》めの事 5

土岐《とき》悪五郎《あくごろう》討たれて、官軍《かんぐん》利を得たりと云へども、寄手《よせて》、目に余る程の大勢《おおぜい》なれば、始終《しじゅう》この陣には怺《こら》へ難《がた》しとて、楠次《くすのきじ》郎左衛門《ろうざえもん》、夜に入りて八幡へ引つ返せば、翌朝《つぎのあさ》、敵やがて入り替はつて、荒坂山《あらさかやま》に陣を取る。

しかれども、官軍も懸からず、寄手も攻め寄らず、八幡を遠攻めにして、四、五日を経《ふ》る処《ところ》に、[1]山名右衛門佐師氏《やまなうえもんのすけもろうじ》、出雲《いずも》、因幡《いなば》、伯耆《ほうき》三ヶ国の勢《せい》を率《そっ》して上洛《しょうらく》す。路次《ろし》の遠きによつて、荒坂山の合戦にはづれたる事無念に思はれける間、直《すぐ》に八幡へ

77 手柄。
78 帝の感心。

5
1 時氏の嫡男。後に師義と改名。将軍方。

押し寄せて一軍《ひといくさ》せんと、淀《よど》より向かはれけるが、[2]法性寺左兵衛《ほっしょうじさひょうえの》督《かみ》、ここに陣を取つて、淀川の橋三間《さんげん》引き落とし、西の[3]橋爪《はしづめ》に[4]掻楯《かいだて》掻いて相待たれける間、橋を渡る事は叶《かな》はず。さらば、筏《いかだ》を作つて渡れとて、淀の[5]在家《ざいけ》を壊《こぼ》ちて、筏を組みたれば、五月の霖雨《ながあめ》に水増さりて押し流されぬ。

　数日《すじつ》あつて後《のち》、[6]淀の大明神《だいみょうじん》の前に浅瀬ありと聞き出だして、二千余騎一《ひと》手になし、流れを切つて打ち渡すに、法性寺左兵衛督ただ一騎、敵の馬の懸け上がる処にひかへて、敵三騎切つて落とし、[7]仰《の》りたる太刀を押し直して、しづしづと引いて返れば、山名が兵三千余騎、「よき大将とこそ見奉るに、きたなくも敵に後ろをば見せられ候ふものかな」とて、追つ懸けたり。「返すに難《かた》き事か」とて、兵衛督、取つて返しては、ばつと追つ散らし、返し合はせては、切つて落とし、淀の橋爪より[8]御山《おやま》まで、十七度までこそ返されけれ。されども、馬をも切られず、わが

2　康長。親康の子。宮方。
3　橋のたもと。
4　楯を並べて垣のようにすること。
5　民家。
6　もと、京都市伏見区淀水垂(よどみずたれ)町にあった与杼(よど)神社。淀姫明神をまつる。
7　曲がった太刀。
8　石清水八幡宮のある男山。

身も痛手《いたで》を負はざれば、袖の[9]菱縫《ひしぬい》、吹返《ふきかえし》に立つ所の矢、少々折り懸けて、御山《おやま》の陣へぞ返られける。山名《やまな》右衛門佐《うえもんのすけ》、[10]在薗院《ざいおんいん》に陣を取れば、[11]中院《なかのいん》右衛門督《えもんのかみ》、なほ[12]守堂口《もりどうぐち》に支へて防かんとす。

四月二十五日、四方の寄手《よせて》、同時に[13]牒《ちょう》し合《あ》はせて攻め戦ふに、顕能卿《あきよしきょう》の兵、伊賀《いが》、伊勢《いせ》の勢《せい》三千余騎にて、[14]薗殿口《そのどのぐち》に支へ戦ふ。和田《わだ》、楠《くすのき》、[15]湯浅《ゆあさ》、山本《やまもと》、和泉《いずみ》、河内《かわち》の軍勢、[16]佐羅科《さらしな》に支へて戦ふ。軍《いくさ》未だ半《なか》ばなる最中、[17]高橋《たかはし》の在家《ざいけ》より、俄《にわ》かに[18]神火《じんか》燃え出でて、魔風《まかぜ》十方に吹き懸けける程に、官軍、煙《けぶり》に咽《むせ》んで、防かんとするに叶《かな》はねば、皆八幡《やわた》の御山へ引き上がる。

四方の寄手二万余騎、則ち[19]洞崇《ほらがとうげ》へ打ち上がりて、土岐《とき》、佐々《ささ》木《き》、山名、赤松《あかまつ》、[20]松田《まつだ》、飽庭《あきば》、宮入道《みやのにゅうどう》、一勢《いちぜい》一勢《いちぜい》数十ヶ所に陣を取り、[21]鹿垣《ししがき》結うて、八幡山を五重《いつえ》六重《むえ》に取り巻きける。細川《ほそかわ》陸奥守《むつのかみ》(、同じき相模守《さがみのかみ》)は、[22]牧《まき》、葛葉《くずは》を打ち廻つて、八幡山の西の[23]尾崎《おさき》、[24]如法経塚《にょほうきょうづか》の上に陣を取つて、敵と堀一重《ひとえ》隔《へだ》ててぞ攻

9 鎧の袖の最上部、菱形に飾り綴じをした板。
10 京都府八幡市八幡在応寺にあった寺。財園院。
11 神田本・玄玖本・流布本等は「左兵衛督」(法性寺康長)。「中院右衛門督」は、北畠顕能。天正本は底本に同じ。
12 八幡市八幡森垣内(やわたもりがいと)の薬園寺(森堂)の入り口。
13 連絡を取り合って。
14 八幡市八幡源氏垣内(やわたげんじがいと)の法園寺(園寺)の入り口。
15 湯浅は、和歌山県有田郡湯浅町、山本は、熊野の武士。
16 八幡市西山足立(にしやまあだち)の足立寺(そくりゅうじ)の辺。男山の西麗、淀川を見おろす地。男山を背後から攻める要地。
17 八幡市八幡土井の辺。
18 神の下した火災。

めたりける。

細川《ほそかわ》の人々《ひとびと》夜討《ようち》せらるる事 6

五月三日、宮方《みやがた》の官軍七千余人が中より、夜討《ようち》に馴れたる兵八百人を勝《すぐ》りて、法性寺兵衛督《ほっしょうじひょうえのかみ》に付けらる。兵衛督、昼程よりこの勢をわが陣へ集めて、[1]笠璽《かさじるし》を一様《いちよう》に付けさせ、「誰《た》そと問はば、進《すすむ》と名乗るべし」と約束して、夜《よ》すでに[2]二、三更《こう》の程になりければ、[3]宿院《しゅくいん》の後ろを廻《まわ》つて、如法経塚へ押し寄せ、八百余人の兵ども、同音《どうおん》に時をどつと作る。

細川が兵三千余人、暗さは暗し、[4]分内《ぶんない》はなし、人[5]騒いで太刀をも抜き得ず、弓をも引き得ざりければ、[6]手負ひ、討たるる者数を知らず。遥《はる》かなる谷底へ、[7]人なだれをつかませて追ひ落とされければ、馬、[8]物具《もののぐ》を捨てたる事、幾千万とも知《し》り難《がた》し。

19 ただちに。
20 松田は、備前、飽庭は、備中、宮(兼信、法名道山)は、備後の武士。
21 鹿や猪よけの垣を戦場に使用したもの。
22 牧(真木)・葛葉は、大阪府枚方市内。
23 山の尾根が下がってくる先端。
24 八幡市橋本平野山。法華経を埋納した塚。

6
1 敵味方を識別する布きれ。鎧の袖や兜につける。
2 夜を五等分した二、三番目。午後十時頃から、零時頃。
3 石清水八幡の参詣者が泊まる宿坊。
4 土地の広さ。
5 あわてて。
6 負傷し、討ち取られる

[9]一陣破れなば、残党《ざんとう》全からじと見る処《ところ》に、土岐《とき》、佐々木《ささき》、山名《やまな》、赤松《あかまつ》が陣は、ちともはたらかず、鹿垣《ししがき》きびしく結ひ寄せて、用心堅く見えたれば、夜討に討つべき様《よう》もなく、打ち散らすべき[10]便りもなかりけり。「かくては、いつまでか怺《こら》ふべき。和田《わだ》、楠《くすのき》を河内国《かわちのくに》へ返して、[11]後攻《ごづ》めせさせよ」とて、かれら両人を、忍んで城より出だし、河内国へぞ遣《つか》はされける。

八幡《やわた》には、この後攻めを憑《たの》んで、今や今やと待ち給ふ処に、これをわが一大事と思ひ入れて[12]引き立つたる和田五郎《わだのごろう》、俄《にわ》かに病《やまい》出だして、幾程もなくて死ににけり。楠は、父にも似ず、兄にも替はりて、[13]心少し延びたる者なりければ、今日よ明日よと云ふばかりにて、主上《しゅしょう》の大敵に囲まれておはするを、いかがはせんとも、心に懸けざりけるこそうたてけれ。「[14]堯《ぎょう》の子、堯ならず、舜《しゅん》の子、舜に似ずとは云ひながら、この楠は、正成《まさしげ》が子なり。正行《まさつら》が弟なり。いつの程にか、親に替はり、兄にこれ

者。
7 人が雪崩のように倒れ落ちること。
8 鎧・兜などの武具。
9 先陣が敗れると、残りの軍勢も総くずれになる。
10 手だて。
11 (八幡を包囲する)敵を背後から攻めさせよ。
12 八幡を引いて河内へ発った。
13 心がやや優柔不断な者。
14 堯・舜は、中国古代の聖帝。すぐれた人物の子が必ずしもすぐれているとは限らない意。堯が自分の子に帝位を譲らなかった故事は、第三十二巻・9、参照。

まで劣るらん」と、謗《そし》らぬ人もなかりけり。

三月十五日より、軍《いくさ》始まりて、すでに五十余日に及べば、城中に早や兵粮《ひょうろう》尽きて、助けの兵を待つ方《かた》もなし。「[15]かくてはいかがあるべき」と、云ひささやく程こそあれ、[16]やがて人の気色《きしょく》替はつて、ただ落《お》ち支度《じたく》の外《ほか》は、する態《わざ》もなし。さる程に、これぞ[17]宗徒《むねと》の御用にも立ちぬべき伊勢《いせ》の[18]矢野下野守《やのしもつけのかみ》、熊野《くまの》の[19]湯川庄司《ゆかわのしょうじ》、東西の陣に幕を捨て、両勢三百余騎、降人《こうにん》になつて出でにけり。

八幡《やわた》落《お》つる事、并《ならびに》宮御討死《みやおんうちじに》の事、同《おなじく》公家達《くげたち》討たれ給《たま》ふ事 7

城の案内敵に知られなば、[1]落つるとも落ち得じ。さらば今夜《こよい》、主上を落としまゐらせよとて、五月十一日の夜半ばかりに、主上をば、[2]寮《りょう》の御《おん》(馬《うま》)に乗せまゐらせて、前後に兵ども打ち囲み、

15　これではどうしようもない。
16　すぐに人の態度は変わって。
17　大事の役にも立つはずの。
18　三重県度会郡玉城町矢野の武士。
19　紀伊国牟婁郡湯川荘(和歌山県田辺市中辺路町)の武士。

7
1　撤退しようにもできない。
2　宮中の馬寮で飼う馬。

[3]大和路《やまとじ》へ向かつて落ちさせ給へば、数万の御敵、前を要《よこぎ》り、跡に付いて、討《う》ち留《とど》めまゐらせんとす。[4]義によつて命を軽《かろ》んずる官軍ども、返し合はせては防き、打ち破つては落としまゐらするに、疵《きず》を蒙《こうぶ》り腹を切り、踏《ふ》み留《とど》まつて討死《うちじに》する者、三百人に及べり。

その中に、[5]宮一人《いちにん》、討たれさせ給ひぬ。[6]四条中納言隆資《しじょうちゅうなごんたかすけ》、[7]円《えん》明院大納言《みょういんだいなごん》、[8]三条中納言雅賢卿《さんじょうちゅうなごんまさかたきょう》も、討たれ給ひぬ。

主上《しゅしょう》は、軍勢に紛《まぎ》れさせ給はんために、山本判官《やまもとほうがん》が進《まいら》せたりける[9]黄糸《きいと》の鎧《よろい》を召して、[10]栗毛《くりげ》なる馬に召されたりけるを、[11]一宮弾正右衛門有重《いちのみやだんじょううえもんありしげ》、追つ懸けまゐらせて、「しかるべき大将とこそ見まゐらせ候ふに、きたなくも、敵に追つ立てられて、一度も返させ給はぬものかな」と呼ばはり懸けて、[12]弓杖《ゆんづえ》三杖《じょう》ばかり近づき奉る。法性寺左兵衛督《ほっしょうじさひょうえのかみ》、きつと顧みて、「にくい奴が云《い》ひ様《よう》かな。いで、己れに[13]手柄《てがら》の程見せん」とて、飛んで下《お》

3 京の五条口から伏見・木津を経て大和へ至る道。
4 忠義のため命をかえりみない官軍の兵たち。
5 石見宮(不詳)なる皇族が討死した(河野家譜)。
6 南朝の重臣。隆実の子。
7 一条内嗣。関白経通の子。
8 八幡合戦で、三条(滋野井)実勝が戦死したが、雅賢は不詳。
9 縅毛(おどしげ)が黄色の鎧。黄色は天子の礼服の色。
10 毛色が赤茶色の馬。
11 不詳。
12 弓の長さ三つの距離。
13 武勇の手並み。

り、四尺八寸の太刀を以て、冑《かぶと》の鉢を破《わ》れよ砕《くだ》けよとぞ打たれたる。さしもしたたかなる一宮、尻居《しりい》にどうと打《う》ち居《す》ゑられて、[14]目暮れ胆《きも》消しければ、暫《しば》く心を静めんと目を塞《ふさ》いで居たる間に、落ち延びさせ給ひにけり。

[15]木津川《こづがわ》の端《はた》を西へ沿うて、御馬を早めらるる処《ところ》に、備前《びぜん》の松田《だ》、備後《びんご》の宮入道《みやのにゅうどう》が兵ども、二、三百騎にて取《と》り籠《こ》め奉る。十方より雨の降る如く射る矢なれば、遁《のが》れさせ給ふべしとも見えざりけるが、未だ[16]天地《てんち》神明《しんめい》の御加護《ごかご》もありけるにや、御鎧の袖、[17]草摺《くさずり》に二筋《ふたすじ》当たりける矢も、[18]かつて裏を舁《か》かざりければ、玉《ぎょく》体恙《たいつつが》なかりけり。

法性寺左兵衛督、これまでもなほ放れまゐらせず、ただ一騎供奉《ぐぶ》したりけるが、跡より敵懸かれば、引つ返して追つ散らし、前を敵遮《さえぎ》れば、懸け破つて主上《しゅしょう》を落としまゐらせける処に、いづくとも知らぬ御方《みかた》の兵百騎ばかり、皆[19]中黒《なかぐろ》の笠符《かさじるし》付けて、

14　目がくらみ呆然となったので。

15　鈴鹿山脈に発し、京都府木津川市を流れ、八幡市で淀川に合流する川。

16　天地の神々。

17　鎧の胴に垂らして下半身を覆う防具。

18　まったく裏まで突き通さなかったので。

19　円の中に黒い横線を引いた新田の紋。

御馬の前後に候ひけるが、近づく敵を右往左往に追つ散らして、掻き消すやうに失せにければ、主上《しゅしょう》、その夜の明くる程に、[20]東《とう》条《じょう》へ落ち着かせ給ひにけり。

[21]内侍所《ないしどころ》の櫃《ひつ》をば、初め給はつて持ちたりける人が、田の中に捨てたりけるを、[22]伯耆《ほうき》太郎《たろう》左衛門《ざえもん》長生《ながたか》、着たる鎧を脱《ぬ》ぎ捨《す》てて、自ら荷担《かたん》し奉る。跡より追ふ敵ども、[23]蒔《ま》き捨《す》つるやうに射ける矢なれば、櫃の蓋《ふた》に当たる音、[24]板屋《いたや》を過ぐる急雨《むらさめ》の如し。されども、身には一筋《ひとすじ》も立たざりければ、長生、[25]とかくかかぐり付いて、賀名生《あのう》の御所へぞ参りける。多く矢ども櫃に当たりつれば、内侍所にも、矢や立たせ給ひたるらんと、[26]あさましくて、御櫃を見まゐらせたれば、矢の跡は十三までありけるが、わづかに薄き檜板《ひのきいた》を射通す矢の、一つもなかりけるこそ不思議なれ。

20 大阪府富田林市内の地。楠氏の本拠地。
21 神鏡。三種の神器の一。
22 名和長年の弟。甥とも。
23 まき散らすように。
24 板葺きの小屋に降り過ぎる夕立のようだ。
25 なんとかたどり着いて。
26 情けない思いで。

諸国《しょこく》後攻《ごづ》めの勢引《せいひ》つ返《かえ》す事 8

今度、謀《たばか》りて京都を攻められんために、先《ま》づ[1]住吉《すみよし》、天王寺《てんのうじ》へ行幸なりたりし時、[2]児島備前入道忠継《こじまびぜんのにゅうどうちゅうけい》も、召されて参りたりけるを、「これが一大事なれば、急ぎ東国《とうごく》、北国《ほっこく》に下つて、新《にっ》田義貞《たよしさだ》が甥《おい》、子どもに義兵《ぎへい》を興《おこ》させ、[3]小山《おやま》、宇都宮《うつのみや》以下《いげ》、[4]便宜《びんぎ》の大名を語らひて、[5]天下の大功《たいこう》を即時に致すやうに、智謀《ちぼう》を廻《めぐ》らせよ」と仰せ出だされければ、忠継、夜《よ》を日《ひ》に継《つ》いで関東に下《くだ》りたれば、東国の合戦、早や事散じて、新田義興《にったよしおき》、義治《よしはる》は、[6]河村城《かわむらのじょう》に楯籠《たてご》もり、武蔵守義宗《むさしのかみよしむね》は、越後国《えちごのくに》にぞ居たりける。

忠継、東国、北国に行きて、「君、すでに大敵に囲まれさせ給ひて、助けの兵は疲れぬ。[7]もし神龍《しんりょう》化して釣者《ちょうしゃ》のために捕《と》らはれさせ給ひなば、天下誰《たれ》がためにか争はん」と、義の重きに

8

1　大阪市住吉区の住吉大社。天王寺区の四天王寺。
2　児島高徳。忠継は、出家後の法名だが、神田本・玄玖本・流布本等は「志純」。底本(あるいは他本)の誤写も考えられる。
3　ともに下野の豪族。
4　都合のよい(南朝に心を寄せる)。
5　天下を一統する大業。
6　神奈川県足柄上郡山北町にあった。本巻・3に「古宇都(国府津)山の奥」に籠もったとある。
7　もし神龍が魚に化して賤しい釣り人に捕らえられたら(説苑・正諫)。もし帝が畏れ多くも足利方に捕らえられたら。

よつて、命の軽《かろ》かるべき謂《い》はれ申しければ、[8]小山四郎《おやまのしろう》、[9]宇都宮《うつのみや》少将入道《しょうしょうにゅうどう》も、[10]勅定《ちょくじょう》に随ひて、東国《とうごく》[11]静謐《せいひつ》の計略を運《めぐら》すべき由《よし》を約諾《やくだく》す。しかりと雖《いえど》も、義興《よしおき》、義治《よしはる》は、なほ東国に止《とど》まりて将軍と戦ひ、新田《にった》武蔵守義宗《むさしのかみよしむね》、[12]桃井播磨守直常《もものいはりまのかみただつね》、[13]上杉民部大輔《うえすぎみんぶのたいふ》、[14]吉良三郎《きらのさぶろう》、[15]石塔入道《いしどうにゅうどう》は、東海《とうかい》、北陸道《ほくろくどう》の勢《せい》を率《そっ》し、二手《ふたて》になつて上洛《しょうらく》し、八幡《やわた》の[16]後攻《ごづ》めを致して朝敵を千里の外に退くべしと、諸将の相図《あいず》を定めて、勅使を先立ててぞ上《のぼ》せける。

さる程に、新田武蔵守は、四月二十七日、越後《えちご》の[17]津張《つばり》を立つて、七千余騎、越中《えっちゅう》の[18]放生津《ほうじょうづ》へ付けば、桃井播磨守直常、三千余騎にて馳《は》せ加《くわ》はる。都合その勢一万余騎、五月十一日、前陣《せんじん》すでに能登国《のとのくに》へ発向す。吉良、石塔も、四月二十七日、駿河国《するがのくに》を立つて、路次《ろし》の軍勢を[19]駆《か》り催《もよお》し、六千余騎を率《そっ》し、五月十一日、先陣すでに美濃《みの》の[20]垂井《たるい》、赤坂《あかさか》に付きしかば、八幡に力を勠《あわ》せんと、遠篝《とおかがり》をぞ焼《た》いたりける。これのみならず、[21]信濃宮《しなののみや》も、

8　朝氏。秀朝の子。
9　公綱。貞綱の子。
10　帝の命令。
11　平定。
12　貞頼の子。足利直義に付き、南朝方となる。
13　憲顕。
14　満貞。満義の子。直義党。
15　義房。直義党。
16　城攻めの敵の背後をつく援軍。
17　新潟県十日町市妻有（つまり）町。
18　富山県射水市放生津町。
19　駆り立て動員し。
20　岐阜県不破郡垂井町。大垣市赤坂町。
21　宗良親王。本巻・3、参照。

[22]神《じん》、滋野《しげの》、伴野《ともの》、上杉《うえすぎ》、根津《ねづ》、仁科《にしな》以下《いげ》の軍勢を召し具して、同じき日に信濃を立たせ給ふ。伊予《いよ》には、[23]土居《どい》、得能《とくのう》、兵船《ひょうせん》七百余艘に取り乗つて、海上《かいしょう》より攻《せ》め上《のぼ》る。

東山《とうせん》、北陸《ほくろく》、四国、九州の官軍ども、皆《みな》同じき日にわが国々を立ちしかば、路次《ろし》の遠近によつて、たとひ五日、三日遅速《ちそく》はありとも、後攻めの勢こそ近づきたれと云ひ立つ程ならば、八幡の寄手《よせて》は皆退散すべかりしを、今四、五日を待ち付けずして、主上《しゅしょう》、八幡を落ちさせ給ひしかば、国々の官軍も、力を落としはてて、皆己《おの》が本国へぞ引つ返しける。これもただ、[24]天道《てんとう》時至《いた》らず、神慮《しんりょ》より事起こるゆゑとは云ひながら、[25]とすればかかり、かくすれば違ひもて行く、宮方《みやがた》の運の程こそ計られたれ。

22 以下(上杉以外)は、信濃の武士。前出、本巻・3。
23 ともに河野一族。
24 天運のめぐり合わせ。
25 ああすればこうなり、こうすれば違う具合に事が運ぶ宮方の不運の程が測り知られることであった。

太平記　第三十二巻

第三十二巻　梗概

崇光帝《すこうてい》が賀名生《あのう》へ連れ去られた北朝では、観応《かんのう》三年（一三五二）八月、後光厳帝《ごこうごんてい》が践祚《せんそ》し、九月に文和《ぶんな》と改元、十月に河原の御禊が行われたが、三種の神器のない即位だった。その頃、山名師氏《やまなもろうじ》（改名して師義《もろよし》）は佐々木道誉《ささきどうよ》と対立して伯耆《ほうき》へ帰り、父時氏《ときうじ》と謀叛を企てた。南朝と通じた山名は、翌文和二年六月、京へ攻め寄せた。足利義詮《あしかがよしあきら》は後光厳帝を奉じて東坂本へ退却し、また西山で兵を挙げた高師詮《こうのもろあきら》は、山名に攻められ自害した。義詮は東近江へ落ちたが、途中、堀口貞祐《ほりぐちさだすけ》に襲われ、佐々木秀綱《ささきひでつな》が戦死した。京を制圧した山名と南朝軍は、まもなく兵糧に窮して京を落ちた。関東の新田の叛乱を鎮圧した足利尊氏《あしかがたかうじ》が上洛し、勢いを得た義詮は、山名攻めのため播磨《はりま》へ下った。山名は足利直冬《あしかがただふゆ》を総大将とし、南朝から尊氏・義詮追討の綸旨を得て、京へ向かった。文和三年十二月、山名軍が京に迫り、尊氏は後光厳帝を奉じて近江へ落ちた。翌年正月、直冬と山名軍が京へ入り、越中の桃井直《もものいただ》常《つね》、越前の斯波高経《しばたかつね》も入京した。二月、近江の尊氏、播磨の義詮は京へ向かい、同月四日、山崎の西の神南《こうない》で、義詮軍と山名軍が激突した。山名軍は赤松一族の奮戦などで撃退されて京へ退いた。一進一退の戦闘が続くなか、東西を将軍方に塞がれた山名と南朝軍は、兵糧に窮し、三月十三日、石清水八幡へ退却した。八幡神にいくさの吉凶をうかがうと、父尊氏と戦う直冬の不孝を誡める神託が下り、直冬方の諸将はそれぞれ領国へ帰った。

芝宮御位《しばのみやみくらい》の事　1

　今度、吉野殿《よしのどの》[1]と将軍と御合体《ごがってい》の和睦《わぼく》破れて、合戦に及びし刻《きざみ》、持明院《じみょういん》の本院《ほんいん》[2]、新院《しんいん》、主上《しゅしょう》、東宮《とうぐう》、梶井二品親王《かじいのにほんしんのう》まで、皆南方《なんぽう》の敵に囚《とら》はれさせ給ひて、或いは南山《なんざん》[3]の奥、(或いは)金剛山《こんごうせん》[4]の麓《ふもと》に御座《ぎょざ》あれば、都には御在位《ございい》の君もおはしまさず、山門《さんもん》[5]には時の貫首《かんじゅ》も渡らせ給はず。この平安城《へいあんじょう》と比叡山《ひえいざん》と、同時に立つてすでに六[6]百余歳、一日も未だかかる不思議をば承《うけたまわ》り及《およ》ばず。これぞ誠《まこと》に末法《まっぽう》の世になりぬる験《しるし》よと、あさましかりし事どもなり。

　しかれども、天台座主《てんだいざす》には、梶井二品親王の御弟　承胤親王《じょういんしんのう》[7]をなし奉る。この宮は、二品親王の御振る舞ひに様《さま》替はつて、遊宴《ゆうえん》、奇物《きぶつ》をも愛せさせ給はず、行業不退《ぎょうごうふたい》[8]にして、ただわ[9]が

1

1　後村上帝と足利尊氏。
2　光厳院、光明院、崇光帝(光厳院皇子)、直仁親王(花園院皇子)、尊胤法親王(光厳・光明院の弟)。第三十巻・21、参照。
3　吉野の奥、賀名生(あのう)。奈良県五條市西吉野町。第三十巻・21、参照。
4　大阪府と奈良県境の金剛山地の主峰。第三十巻・22、参照。
5　比叡山延暦寺。貫首は、寺院の長、座主。
6　延暦十三年(七九四)の平安京遷都から文和二年(一三五三)まで五六〇年。
7　後伏見院皇子。尊胤の同母弟。
8　一途に修行に励み。
9　山門をさす。

山の興隆をのみ御心《みこころ》に懸けられたりければ、靡《なび》き奉らぬ衆徒《しゅと》もなかりけり。

さても、主上《しゅしょう》には誰《たれ》をか立てまゐらすべきと、尋ね求むる処《ところ》に、[10]本院《ほんいん》第二の御子《みこ》、[11]三条内大臣公秀公《さんじょうないだいじんきんひでこう》の御娘、後《のち》に[12]陽禄門院《ようろくもんいん》と申しし御腹《おんはら》に生まれさせ給ひたりしが、今年十五歳にならせ給ふを、[13]日野東宮権大夫保光《ひののとうぐうごんのだいぶやすみつ》に仰《おお》せて、賀名生《あのう》へ取り奉らんとせられけるが、とかくのしつらひに[14]滞《とどこお》つて、保光、京都に捨《す》て措《お》き奉りけるを、御位《みくらい》には即《つ》けまゐらせけるなり。

この宮をば、去年、[15]宣光門院《せんこうもんいん》の御計らひとして、[16]妙法院《みょうほういん》の門跡《もんぜき》へ御入室《ごにゅうしつ》あるべしとて、[17]すでに御出家あらんとしけるを、御外祖母《ごがいそぼ》[18]広義門院《こうぎもんいん》の女院《にょういん》より、内々《ないない》、[19]北斗堂《ほくとどう》の実算法印《じっさんほういん》に、御占《みうら》を問はせ給ひたりければ、王位の御相《おんそう》おはします由《よし》を、勘《かんが》へ申したりける間、寔《まこと》しからずとは思《おぼ》し召《め》しながら、御出家を留《とど》められて、[20]日野左大弁時光《ひののさだいべんときみつ》にぞ預《あず》け置《お》き奉られける。その翌年《つぎのとし》

10 光厳院第二皇子、弥仁(いやひと)親王。即位して、後光厳帝。芝宮は、芝禅尼(日野資名の後室)に養育されたことによる称。
11 実躬(さねみ)の子。
12 秀子。崇光・後光厳院の母。 13 資明の子。
14 支度。用意。
15 花園院妃、実子。正親町実明の娘。東宮直仁(なおひと)親王の母。弥仁親王の継母とするのはあわない。
16 延暦寺三門跡の一。
17 すんでのことに。
18 後伏見院妃、寧子(ねいし)。西園寺公衡女。光厳・光明院の母。
19 清水坂にあった寺。実算は、不詳。
20 資名の子。
21 一三五二年。正しくは八月十七日。
22 皇位を継ぐこと。

の[21]観応《かんのう》三年八月二十七日、俄《にわ》かに[22]践祚《せんそ》ありしかば、[23]兆前《ちょうぜん》の勘文《かんもん》、更《さら》に一事《いちじ》も違《たが》はずとて、実算法印、忽《たちま》ちに[24]若干《そこばく》の恩賞に預《あず》かり給ひけり。

神璽《しんじ》宝剣《ほうけん》無《な》くして御即位《ごそくい》例《れい》無《な》き事　2

同じき九月二十七日に、改元あつて文和《ぶんな》と号す。その年十月に、[1]河原《かわら》の御禊《おんはらい》あつて、翌年《つぎのとし》に、[2]大嘗会《だいじょうえ》を遂げ行はる。但し、[3]「三種《さんじゅ》の神器《じんぎ》おはしまさで、御即位の事は、いかがあるべからん」と、諸卿《しょきょう》の[4]異儀《いぎ》多かりけれども、武家、強《し》ひて申し沙汰せられける上は、「ただともかくも、その儀に随ふべし」とて、[5]大嘗《おおんべ》の祭りをば至されけるとぞ承《うけたまわ》る。

それ人代百王《にんだいひゃくおう》の初め、[6]彦波瀲武《ひこなみさのたけ》鸕鷀《うがや》草葺不合尊《ふきあわせずのみこと》の第四の王子、[7]神日本磐余彦尊《かんやまといわれひこのみこと》、大和国《やまとのくに》[8]畝火《うねび》橿原《かしわら》の宮《みや》におはして、[9]朝《あさ》

23　事前の占いの文。
24　多くの。

2
1　大嘗会に先立って新帝が鴨川の河原で行う禊ぎ。
2　新帝が即位後初めて行う新嘗会(十一月に新穀を神々に供える祭事)。一代に一度だけの盛儀。
3　皇位継承のしるしとなる三種の宝器。鏡・剣・玉。
4　異なる意見。異論。
5　大嘗(おおにえ)の音便。大嘗祭。
6　彦火火出見尊の子。地神の第五代。　7　神武帝。
8　奈良県橿原市。今、橿原神宮がある。
9　帝の政治。
10　第一巻冒頭に、後醍醐帝は神武帝より九十六代とある。以後、光厳、光明、崇光とつづいた九十九代。

政《まつりごと》を聞こし召したりしより以来《このかた》、わが君御宇事《あめがしたしろしめすこと》すでに[10]九十九代、三種《さんじゅ》の神器《じんぎ》おはしまさで、御位《みくらい》を続《つ》がせ給ふ事は、[11]未だその例を聞かず。[12]有職《ゆうそく》を立つる人々の[13]欺《あざむ》き合《あ》はぬはなかりけり。

帝都且《しばら》く徇《しず》まつて、御在位安泰《あんたい》なるに付けても、[14]先皇《せんおう》、両《りょう》院《いん》、梶井宮《かじいのみや》、敵に囚《とら》はれさせ給ひて、南山《なんざん》の奥に御座《ぎょざ》あれば、さこそ[15]叡襟《えいきん》を悩まさるらめと、この君、御心苦《おんこころぐる》しき事に思《おぼ》し召《め》されければ、武家へ内々《ないない》仰せ合はせられて、いかにもして南山より盗み出だし奉らんと、方便《てだて》を廻《めぐ》らされけれども、主上《しゅしょう》、両《りょう》上皇《しょうこう》は、警固《けいご》の兵密《きび》しくして、御出《ぎょしゅつ》あるべき様《よう》もなかりけり。遥《はる》かに程経て、梶井宮ばかりをぞ、金剛山《こんごうせん》の麓《ふもと》に御座ありけるを、警固仕《つかまつ》る[16]山人《やまうど》どもを語らひてぞ、盗み出だしまゐらせける。

[17]同じき年十二月二十八日、国母《こくぼ》陽禄門院《ようろくもんいん》、隠れさせ給ひにけ

11　三種の神器がそろわずに即位した前例に、後鳥羽帝(在位一一八三―九八)がある。　12　儀式・故実を家業とする公家。　13　非難しない者はなかった。
14　崇光帝、光厳・光明院、尊胤法親王。
15　帝・上皇の心。
16　山に住む者。
17　文和元年(一三五二)十一月二十八日が正しい。
18　帝の父母が死去した際の喪。　19　内裏と後宮。
20　文和二年。
21　後高倉院以来の院の御所。京都市上京区安楽小路町にあった。　22　火災。
23　仏法の滅ぶ宿縁で、帝都が衰亡するしるし。
24　後醍醐帝が馬術観覧のために建てた殿舎。第十三巻・1。　25　不詳。
26　恒明親王(亀山院皇子)

れば、天下[18]諒闇《りょうあん》の義にて、洛中に物《もの》の音《ね》も吹き鳴らさざる事、三月《みつき》に及び、[19]禁裡《きんり》椒庭《しょうてい》、ことさら物あはれなる折節《おりふし》なり。

[20]同じき二年二月四日、俄《にわ》かに失火《しっか》出で来て、院の御所[21]持明《じみょう》院殿《いんどの》焼けにけり。[22]回禄《かいろく》は、天災に依《よ》つて尋常《よのつね》にある事なれども、近年打《う》ち連《つづ》き、洛中の堂舎宮殿《どうしゃきゅうでん》、貽《のこ》りなく焼失《しょうしつ》なる事、ただ事とも覚えず、ただ[23]法滅《ほうめつ》の因縁《いんねん》、王城《おうじょう》の滅亡《めつぼう》とぞ見えたりける。

元弘建武《げんこうけんむ》の乱より降来《このかた》、回禄に逢ひぬる所々《しょしょ》を算《かぞ》ふれば、先《ま》づ内裏《だいり》の[24]馬場殿《ばばどの》、[25]准后《じゅごう》の御所、[26]式部卿親王《しきぶきょうのしんのう》の常盤院《ときわいん》、[27]兵部《ひょうぶ》卿宮《きょうのみや》の二条御所《にじょうのごしょ》、[28]宣光門院《せんこうもんいん》の女院《にょういん》の御旧宅、[29]城南離宮《せいなんのりきゅう》の鳥《と》羽殿《ばどの》、荒れて久しき[30]伏見殿《ふしみどの》、[31]十楽院《じゅうらくいん》、[32]梨本《なしのもと》、青蓮院《しょうれんいん》、妙法院《みょうほういん》、[33]白河殿《しらかわどの》、[34]大覚寺殿《だいかくじどの》の御旧跡、[35]洞院左府《とういんのさふ》の第宅《ていたく》、[36]吉田内府《よしだのだいふ》の北《きた》白川《しらかわ》、[37]近衛殿《このえどの》、[38]小坂殿《こさかどの》、[39]為世卿《ためよきょう》の和歌御所《わかのごしょ》、[40]三条大納言《さんじょうだいなごん》棲《す》み馴《な》れし毘沙門堂《びしゃもんどう》の旧第《きゅうてい》、[41]融大臣《とおるのおとど》の跡を慕ふ千種宰相《ちくささいしょう》の新亭。[42]雲客以下《うんかくいげ》の家々は、未だ数ふるに遑《いとま》あらず。[43]禁裏仙洞《きんりせんとう》、竹苑《ちくえん》

の邸、常磐井殿。
27　護良親王の御所。不詳。
28　花園院妃。前出、本巻・1。
29　白河院が鳥羽に建てた離宮。
30　後白河院の離宮。後嵯峨院以来、持明院統が伝領。
31　延暦寺の門跡寺。東山区粟田口にあった。
32　梨本、青蓮院、妙法院は、延暦寺三門跡。
33　白河院の造営した院の御所。左京区にあった。
34　後宇多法皇の旧跡。右京区嵯峨。大覚寺をさす。
35　洞院公賢の中園殿。
36　吉田定房。北白川の吉田に住んだ。
37　近衛大路北、烏丸小路西の近衛家邸。上京区にあった。
38　祇園社に近い妙法院門跡の邸。
39　二条為世。和歌所は、

椒房《しょうぼう》、[44]三台五門《さんたいごもん》の(曲)皐《きょくふ》以下《いげ》、すべて三十余ヶ所、この時に当たつて焼けにけり。

仏閣霊験《ぶっかくれいげん》の地には、[45]法勝寺《ほっしょうじ》、[46]法性寺《ほっしょうじ》、[47]清水寺《せいすいじ》、同じき[48]六僧坊《ろくそうぼう》、[49]長楽寺《ちょうらくじ》、[50]双林寺《そうりんじ》、[51]慶愛寺《けいあいじ》、[52]北霊山《きたりょうぜん》、西山《にしやま》の[53]谷堂《たにのどう》、宇治《うじ》の[54]宝蔵《ほうぞう》、[55]浄住寺《じょうじゅうじ》、六波羅《ろくはら》の[56]地蔵堂《じぞうどう》、[57]紫野《むらさきの》の寺、[58]東福寺《とうふくじ》、[59]雪村《せっそん》の塔頭《たっちゅう》大龍庵《だいりょうあん》、[60]夢窓国師《むそうこくし》の建てられし天龍寺《てんりゅうじ》に至るまで、[61]禅院律院《ぜんいんりついん》、[62]御祈禱所《ごきとうしょ》、二十余ヶ所の仏閣も、皆《みな》この時に焼けにけり。されば、東山《ひがしやま》、[63]西郊《にしのおか》、京、[64]白川《しらかわ》の在家《ざいけ》も列《つら》ならず、寺院も稀《まれ》なれば、盗賊巷《ちまた》に満ちて、[65]去来《きょらい》の道も心安からず。[66]貝鐘《ばいしょう》の声も幽《かす》かにして、[67]無明《むみょう》の眠《ねぶ》りも醒《さ》め難《がた》し。

山名《やまな》右《う》衛門佐《えもんのすけ》敵《てき》と為《な》る事　3

[1]山名《やまな》右《う》衛門佐師氏《えもんのすけもろうじ》は、今度の八幡《やわた》の合戦に功あつて、忠賞《ちゅうしょう》わ

五条室町にあった。
40　三条公忠。毘沙門堂は北区出雲路の地。
41　源融(嵯峨帝皇子)が建てた河原院の旧跡に造られた千種忠顕の邸。下京区。
42　殿上人。
43　内裏と上皇御所。竹苑は、皇族。椒房は、後宮。
44　三台は、太政大臣(または内大臣)と左右大臣。五門は、五摂家。曲阜は、公卿。
45　左京区岡崎法勝寺町にあった天台宗寺院。
46　東山区、九条通りの鴨川畔にあった天台宗寺院。
47　東山区清水の法相宗の寺。第二十七巻・8、参照。
48　清水寺の六つの僧坊。
49　東山区円山町の天台宗寺院(現在は時宗)。
50　東山区鷲尾町にある天台宗寺院。

れに増さる人あらじと思はれける間、先年[2]拝領《はいりょう》して当知行《とうちぎょう》なかりける若狭《わかさ》の[3]斎所今積《さいしょいまづみ》を、本《もと》の如く給ふべき由《よし》、[4]佐々木佐渡《ささきさどの》判官入道道誉《ほうがんにゅうどうどうよ》に属《しょく》して申し達せんために、日々にかの亭へ行かれけれども、「今日は、[5]連歌《れんが》の会、茶の会」、「ただ今は、[6]違《い》例《れい》の時分」なんど云ひて、一度も対面に及ばず。数刻《すこく》立たせ、昏《く》るるまで待たせて、徒《いたず》らにぞ帰しける。

右衛門佐、大きに腹を立てて、「[7]周公旦《しゅうこうたん》は、文王《ぶんおう》の子、武王《ぶおう》の弟たりしかども、髪を洗ふ時、訴人《そにん》来たれば、髪を握つて逢ひ、食する時、客至れば、[8]哺《ほ》を吐いて対面し給ひき。家貧しと云へども、われ、[9]苟《いやし》くも大樹《たいじゅ》の一門に列《つら》なる身なり。礼儀を存ぜば、[10]沓《くつ》を倒《さかさま》にしても庭に迎ひ、[11]袴《はかま》の腰を結《ゆ》ひ結《ゆ》ひも急いでこそ対面すべきに、この入道、かやうに無礼に翔《ふるま》ふこそ、返す返すも[12]遺恨《いこん》なれ。所詮《しょせん》、叶《かな》はぬ訴訟《そしょう》をすればこそ、[13]奉行頭人《ぶぎょうとうにん》をも諂《へつら》へ。今夜《こよい》の中《うち》に都を立つて伯耆《ほうき》へ下り、[14]やがて謀叛《むほん》を発《おこ》して、

51　景愛寺。上京区西五辻東町にあった京都尼五山の一。　52　東山区清閑寺霊山町にあった霊山寺。
53　西京区松室地家山にあった天台宗寺院、最福寺。
54　宇治の平等院にあった摂関家の宝蔵。
55　西京区山田開キ町にある真言律宗寺院。
56　東山区轆轤町の六波羅蜜寺に接した地蔵堂。
57　北区紫野にあった雲林院か。天台宗寺院。
58　東山区本町の臨済宗寺院。
59　臨済僧雪村友梅(せっそんゆうばい)が建仁寺(東山区小松町)内に建てた塔頭。
60　夢窓疎石が開山となった天龍寺(第二十五巻・2)。
61　禅宗と律宗の寺院。
62　朝廷の御祈禱寺。
63　桂川西岸の丘陵一帯。

天下を覆《くつがえ》して、われに無礼なりつる者に思ひ知らせんずるものを」とて、道誉《どうよ》が宿所《しゅくしょ》より返ると均《ひと》しく、15文和《ぶんな》元年八月二十六日の夜半に、主従八騎打ち連れて、伯耆《ほうき》を指して落ち行けば、相順《あいしたが》ひし兵七百余騎、跡を追うてぞ下りける。

右衛門佐《うえもんのすけ》、伯耆国に下着《げちゃく》して、京都の沙汰の次第、面目を失ひつる様《よう》を語り給ひければ、親父《しんぶ》左京大夫時氏《さきょうのだいぶときうじ》、大きに怒つて、やがて謀叛《むほん》を起こし、先《ま》づ、道誉が16小目代《しょうもくだい》にて17吉田《よしだ》肥前房《ひぜんぼう》、出雲国《いずものくに》にありけるを、追ひ出だして、事の子細《しさい》を相触《あいふ》れけるに、18富田《とんだ》を初めとして、19井田《いだ》、波多野《はだの》、矢部《やべ》、小幡《おばた》に至るまで、皆《みな》同意しければ、出雲、伯耆、隠岐《おき》、因幡《いなば》、四ヶ国即時に打ち随へてけり。

20さらば、やがて南方《なんぽう》へ牒送《ちょうそう》せよとて、吉野殿《よしのどの》へ奏聞《そうもん》を経《ふ》るに、「山陰道《せんおんどう》より攻《せ》め上《のぼ》らば、南方よりも、官軍を出だされて、同時に京都を攻めらるべし」と、仰せ出だされければ、時氏、大

64 京の北東部、鴨川以東の地。 65 往来。 66 祈禱の法螺貝や鐘。 67 煩悩。

3

1 時氏の嫡男。師義と改名。父時氏は山陰諸国を領国とし、四職家としての山名家の基礎を築く。 2 拝領したが実際に支配していなかった。 3 国府の税や官物を収納する税所(さいしょ)の領。今積は福井県小浜市内。 4 道誉(観応の擾乱で尊氏方として活躍)に頼んで。 5 道誉は、連歌・茶に通じた南北朝期の一級の文化人。 6 病気。 7 中国、周初の政治家。儒教で孔子と並ぶ聖人とされる。その吐哺握髪の故事は「史記」魯周公世家。

きに悦《よろこ》びて、やがて伯耆国を立つて、但馬《たじま》、丹後《たんご》の勢《せい》を引き具して、三千余騎、丹波路《たんばじ》を経て攻め上る。

[21]かねて相図《あいず》を差ししかば、南方より、[22]四条中納言《しじょうちゅうなごん》、[23]法性寺《はっしょうじ》兵衛督《ひょうえのかみ》、吉良《きら》、石塔《いしどう》、[24]赤松弾正少弼氏範《あかまつだんじょうのしょうひつうじのり》、楠《くすのき》、和田《わだ》、[25]原《はら》、蜂屋《はちや》、貴志《きし》、湯浅《ゆあさ》、和泉《いずみ》、河内《かわち》、大和《やまと》、紀伊国《きのくに》の兵ども、三千余騎を出だされければ、南は、[26]淀《よど》、鳥羽《とば》、赤井《あかい》、大渡《おおわたり》、西は[27]梅津《うめづ》、桂《かつら》の里《さと》、谷堂《たにのどう》、峯堂《みねのどう》、嵐山《あらしやま》、松尾《まつのお》まで、陣々に炷《た》いたる篝火《かがりび》、幾千万と云ふ数を知らず。

京都はこの時、余りに無勢《ぶぜい》なりければ、戦つて勝つ事を得《え》難《がた》しとや思はれけん、[28]主上《しゅしょう》をば、先づ山門《さんもん》の[29]東坂本《ひがしさかもと》へ行幸《ぎょうこう》なしまゐらせて、宰相中将義詮朝臣《さいしょうちゅうじょうよしあきらあそん》は、仁木《にき》、細川《ほそかわ》、土岐《とき》、佐々木《ささき》三千余騎を一所《いっしょ》に集め、[30]鹿谷《ししのたに》を後ろに当てて、敵遅《おそ》しと相待ちたる。

さる程に、文和二年癸巳《みずのとみ》六月九日[31]卯刻《うのこく》に、南方《なんぽう》の官軍、

8 口に入れた食物。
9 かりにも将軍(大樹は唐名)と同じ源氏一門に連なる身である。
10 あわてて沓を左右逆にはいてでも。
11 (急いではいた)袴の腰の紐を結びながらでも。
12 恨めしいことだ。
13 道誉は、訴訟を審理する引付衆(奉行)の頭人。
14 ただちに。
15 一三五二(観応三)年。
16 代官(目代)の下役。
17 俗名秀仲。佐々木一族。出雲守護となった道誉の家来で守護代。
18 島根県安来市広瀬町富田(とだ)の武士。
19 井田以下は、鳥取県八頭(やず)郡に住んだ武士。
20 それでは、すぐに南朝方と連絡をとれ。
21 前もっての取り決め。

吉良《きら》、石塔《いしどう》、赤松弾正少弼《あかまつだんじょうのしょうひつ》、和田《わだ》、楠《くすのき》、原《はら》、蜂屋《はちや》、[32]海東《かいとう》、三千余騎にて、八条《はちじょう》、九条《くじょう》の[33]在家《ざいけ》に火を懸けて、相図の煙を今やと待つ。山陰道《せんおんどう》の寄手《よせて》、山名伊豆守時氏《やまないずのかみときうじ》、子息右衛門佐師《うえもんのすけもろ》氏《うじ》、井田《いだ》、波多野《はだの》は五千余騎にて、梅津《うめづ》、桂《かつら》、[34]西七条《にししちじょう》に火を懸けて、相図の煙をぞ挙《あ》げたりける。両陣次第に近づいて進めども、京中には敵一人《いちにん》もなかりけり。

南方《なんぼう》、山陰道《せんおんどう》の兵、皆一所《いっしょ》に打ち寄せて、四条《しじょう》、五条《ごじょう》の河原に、轡《くつばみ》を並べてひかへたり。これより遥《はる》かに敵の陣を見遣《みや》れば、鹿谷《ししのたに》、[35]神楽岡《かぐらおか》に、家々の旗を翻《ひるがえ》して、[36]三目結《みつめゆい》の旗一流れ、先に進んで、[37]真如堂《しんにょどう》の前に下《お》り合《あ》うたり。敵皆《みな》山に寄り、木陰《こかげ》にひかへたれば、勢《せい》の多少も見え分かず。和田、楠は、[38]法勝寺《ほっしょうじ》の西《さい》門《もん》より打ち通つて、河原にひかへたりけるが、敵をおびき出《い》だして、勢の程を見んとて、射手《いて》の兵六百人、馬より下ろし、[39]持《もち》楯《だて》、畳楯《じょうだて》、突きしとみ突きしとみ、閑《しず》かに田の畦《あぜ》を歩ませ、次

22 隆俊。隆資の子。
23 康長。親康の子。
24 円心(則村)の子。兄達と対立して南朝方となる。
25 原・蜂屋は、美濃の土岐氏族の武士。貴志・湯浅は、和歌山県紀の川市貴志川町、有田郡湯浅町に住んだ武士。
26 いずれも京の南の地。京都市伏見区淀。南区上鳥羽。赤井は、淀の北の桂川西岸。大渡は、淀の下流の渡し。
27 京の西の地。右京区梅津。西京区桂。谷堂は西京区松室地家山の最福寺。峯堂は西京区御陵峰ヶ堂町の法華山寺。西京区嵐山。西京区松尾。
28 後光厳帝。
29 比叡山の東麓、滋賀県大津市坂本。
30 京都市左京区鹿ヶ谷。

第に相近づく。

　[40]佐々木《ささき》大夫《たいふ》判官《ほうがん》氏頼《うじより》崇永が事、その比《ころ》遁世《とんせい》にて西山《にしやま》辺に隠れ居たりける頃《あいだ》、舎弟[41]五郎《ごろう》右衛門尉《えもんのじょう》山内と号す、世務《せいむ》に代はつて国の権《けん》柄《へい》を把《と》りしかば、近江国《おうみのくに》の地頭《じとう》、御家人《ごけにん》、この手に属《しょく》して五百余騎ありけるが、楠が勢に招かれて、[42][43]胡簶《えびら》を敲《たた》き、時の声を揚げ、叫《おめ》いて懸かる。楠が勢、[44]陽《よう》に開いて陰《いん》に囲んで、散々《さんざん》に射る。射らるれども疲《ひる》まず、[45]錣《しころ》を傾《かたぶ》け、袖をかざし懸け入りけるを、山名が執事[46]小林右京亮《こばやしうきょうのすけ》、七百余騎にて横合ひに逢ふ。佐々木勢、余りに手痛く懸けられて、叶《かな》はじとや思ひけん、神楽岡へ引き上がる。

　宮方《みやがた》、手合はせの軍《いくさ》に打ち勝つて、[47]気を揚《あ》げ、勇《いさ》みに乗つて東の方《かた》を見たれば、土岐《とき》の[48]桔梗一揆《ききょういっき》、水色《みずいろ》の旗《はた》差し上げ、[49]大鍬《おおくわ》形《がた》を夕陽《せきよう》に耀《かかや》かし、[50]魚鱗《ぎょりん》に連なりて、六、七百騎が程ひかへたり。小林、なほも進んでこれに懸からんとしけるを、山名右衛

31　午前六時頃。

32　尾張(愛知県津島市)の武士。　33　民家。

34　朱雀大路より西側の七条大路。丹波路から京への入り口。

35　吉田山とも。左京区吉田神楽岡町。

36　括り染めの目結(めゆい)を三つ並べた紋。後出の佐々木(山内)信詮(のぶあきら)の紋か。流布本「四目結」。

37　左京区浄土寺真如町にある天台宗寺院。

38　左京区岡崎法勝寺町にあった天台宗寺院。

39　持楯は、携帯用の楯。畳楯は、面の広い大きい楯。「突きしとみ」は、楯を突き立てて防御のための覆いとすること。

40　佐々木(六角)時信の長男。法名崇永。近江守護。

41　佐々木(山内)信詮。

門佐、扇を挙げて招《まね》き留《とど》め、[51]荒手《あらて》の兵千余騎を引《ひ》き勝《すぐ》つて相近《あいちか》づく。土岐《とき》も山名《やまな》も、閑々《しずしず》と馬を歩ませけるが、近々となりければ、互ひに[52]諸鐙《もろあぶみ》を并《あわ》せて懸け入り、敵御方《みかた》一度にさつと交《まじ》り合《あ》ひ、[53]弓手《ゆんで》に合ひ、妻手《めて》に背《そむ》けて、[54]半時《はんとき》ばかり切り合うたるに、[55]馬煙虚空《うまけぶりこくう》に廻《まわ》り、[56]飇《つじかぜ》の微塵《みじん》を吹き立つるに異ならず。太刀の鐔音《つばおと》、時の声、百千《ひゃくせん》の雷《いかずち》の落ち掛かるやうに聞こへて、[57]すはや、宮方《みやがた》打ち勝ちぬと見えしかば、[58]鞍の上空《むな》しき放れ馬二、三百疋《ぴき》、東西に走り出でて、山名が兵の鋒《きっさき》に、頸《くび》を貫かぬは更《さら》になかりけり。

[59]細川相模守《ほそかわさがみのかみ》は、これ程に御方打ち負けたるを見ながら、少しも気を屈せず、なほ勇み進んでぞ見えたりける。吉良《きら》、石塔《いしどう》、[60]宇都宮民部少輔《うつのみやみんぶのしょう》、原《はら》、蜂屋《はちや》、海東《かいとう》、和田《わだ》、楠《くすのき》、皆荒手《あらて》なれば、三方より懸かり合うて、鴨川《かもがわ》を西へ追ひ渡し、真如堂《しんにょどう》の前を東へ追つ立て、時遷《うつ》るまでぞ戦ひたる。千騎が一騎になるまでも、

42 挑発されて。
43 箙(えびら)。腰に帯びる矢入れの籠。
44 軍勢を展開させて敵を取り囲んで。
45 錣(兜の左右・後方に垂れて首を守る防具)で首筋を覆い、鎧の袖をさしかざし。
46 重長。山名の重臣。本巻・12「小林民部丞」。
47 気勢を上げ勇みに勇んで。
48 水色桔梗の紋を旗印にした土岐氏族の武士集団。
49 鍬形は、金属の板を角の形にした兜正面の飾り。
50 先端を細くして敵陣を突破する魚鱗形の陣形。
51 新手。ひかえの新しい軍勢。
52 馬を全速力で駈ける動作。鐙は、足を乗せる馬具。
53 弓手は左。妻手(馬手)

引かじとこそ戦ひけれども、将軍の陣の旗の足も、馬の足も東に靡《なび》き、後ろの御方、[61]合遠《あいどお》になりければ、相模守つひに打ち負けて、これも[62]大嶽《おおだけ》へ引き上がる。

赤松弾正少弼氏範《あかまつだんじょうのしょうひつうじのり》、[63]打《う》ち籠《こ》みの軍《いくさ》を好まず、手勢五十余騎引《ひ》き勝《すぐ》つて、返す敵を、追つ立て追つ立て攻めけるが、あはれ、よき敵に逢はばやと思ひて、[64]北白川《きたしらかわ》を、今道《いまみち》へ向けて歩ませける処《ところ》に、[65]洗ひ皮の鎧の巳刻《みのこく》ばかりなるに、[66]龍頭《たつがしら》の甲《かぶと》の緒《お》をしめ、五尺余りの太刀二振《ふたふり》帯《は》いて、[67]鍔の渡り八寸ばかりなる鉞《まさかり》を、[68]手本《てもと》長く取り延べて、近づく敵あらば、ただ一打ちに打《う》ち拉《ひし》がんと、[69]尻目《しりめ》に敵を睨《にら》んで。閑《しず》かに打つて行く武者あり。赤松、遥《はる》かにこれを見て、あはれ、これは音に聞く[70]長山遠江《ながやまとおとうみ》頼基《よりもと》にてぞあるらん、組んで討たばやと思ひければ、諸鐙《もろあぶみ》を合はせ、跡に追つつき、「洗ひ皮の鎧は、長山殿と見るは[71]僻目《ひがめ》か。穢《きたな》し。敵に後ろを見するものかな」と言《ことば》を懸けられて、からか

は右。54 約一時間ほど。
55 馬が蹴立てる土煙。
56 竜巻が塵を捲き上げる。
57 それ、宮方が勝利した。
58 乗り手のいない放された馬。
59 清氏。和氏の子。若狭守護。
60 名は不詳。
61 距離が隔たること。
62 比叡山の主峰。
63 大勢での合戦。
64 左京区北白川。今道は、左京区修学院から雲母坂(きららざか)を経て比叡山へ登り、滋賀県大津市坂本へ至る道。
65 色染めをしない鹿のなめし皮で縅(おど)した鎧。巳刻は、おろし立て。
66 龍の頭を細工した兜正面の飾り。
67 「鍔」は、やいば。
68 柄の端を握って鉞を長く持って。69 横目。

らと打《う》ち咲《わら》ふ。「問ふは誰《た》そよ」。「赤松《あかまつ》弾正《だんじょうの》少弼《しょうひつ》氏範《うじのり》よ」。「さては、よき敵や。但し、件《くだん》の鉞《まさかり》を取り直し、一打《ひとう》ちに打《う》ち拉《ひし》がんこそ、[72]かわゆけれ」とて、甲《かぶと》の鉢《はち》を破《わ》れよ砕《くだ》けよと打ちける処《ところ》を、氏範、[73]太刀を平《ひら》めて打《う》ち背《そむ》け、鉞の柄《え》を左の小脇に挟んで、片手にて、えいやえいやとぞ曳《ひ》いたりける。引かれて、二疋《ひき》の馬間近《あいぢか》になりければ、互ひに太刀にては切り得ず、この鉞を奪ふ奪はれじと、挽《ひ》き合《あ》ひける程に、[74]鉄《くろがね》の蛭巻《ひるまき》したる樫《かし》の木《き》の柄《え》を、中よりづんと挽き切つて、手本は長山《ながやま》が手に残り、鉞は赤松が左の脇にぞ留《とど》まりける。長山、今まではわれに倍《まさ》る大力《だいぢから》はあらじと思ひけるが、赤松が勢ひに力を砕かれて、叶《かな》はじと思ひけん、馬を早めて落ち延びぬ。

氏範、大きに[75]牙噛《きばが》みをして、「[76]詮《せん》なき力態《ちからわざ》ゆゑに、組んで討つべかりつる長山を、討《う》ち泄《も》らしぬる事の猜《ねた》さよ。[77]よしよし、敵はいづれも同じ事、一人《いちにん》も亡ぼすに如《し》かず」とて、奪うて取

70 土岐頼清の弟。
71 見まちがいか。
72 気の毒だ。
73 太刀を横に構えて。
74 鉄を間隔をあけて巻いて補強した柄。
75 くやしがって。
76 意味のない力くらべ。
77 ままよ。

つたる鉞にて、逃ぐる敵を、追《お》つ攻《つ》め追つ攻め切《き》りけるに、甲の鉢を、[78]真向《まっこう》まで破《わ》り付《つ》けられぬと云ふ者なし。流るる血には、斧《おの》の柄《え》も朽つるばかりになりにけり。

土岐《とき》の桔梗一揆《ききょういっき》は、一所《いっしょ》にて九十七騎まで討たれぬ。佐々木《ささき》勢《ぜい》も、二十八騎討たれぬ。この外《ほか》、[79]粟飯原下総守《あいばらしもうさのかみ》も討たれぬ。[80]後藤筑前守貞重《ごとうちくぜんのかみさだしげ》も虜《いけど》られぬ。[81]宗徒《むねと》の兵数百人、或いは討たれ、或いは疵《きず》を被《こうぶ》つて、重ねて戦ふべしとも覚えざりければ、宰相中将義詮朝臣《さいしょうちゅうじょうよしあきらあそん》も、日晩《く》れて後《のち》、東坂本《ひがしさかもと》へ落ち着き給へり。

これまでも、なほ細川相模守清氏《ほそかわさがみのかみきようじ》は、敵に後ろを見せられず、人馬《じんば》に息を継《つ》がせて、われに同《どう》ずる御方《みかた》あらば、今一度戦はんと、[82]西坂本《にしさかもと》にひかへて、その夜はつひに落ち給はず。夜《よ》明けければ、宰相中将殿より使者を立てて、「重ねて合戦の評定《ひょうじょう》あるべし。先《ま》づ東坂本へ打ち越えられ候へ」と仰せられければ、こ

78　兜の額の部分。
79　清胤。氏光の子。千葉一族。
80　不詳。
81　主だった兵。
82　比叡山の西麓、左京区修学院の辺。

の上は清氏《きようじ》一人留《いちにんとど》まつても甲斐《かい》なしとて、東坂本《ひがしさかもと》へぞ参られける。

武蔵将監自害《むさしのしょうげんじがい》の事　4

この時、故武蔵守師直《むさしのかみもろなお》[1]が思ひ腹の子に、武蔵将監[2]と云ふ者、片田舎に隠れて居たりけるを、阿保肥前守忠実《あぶひぜんのかみただざね》[3]、荻野尾張守朝忠《おぎのおわりのかみともただ》[4]、取り立てて大将になし、丹波《たんば》、丹後《たんご》、但馬《たじま》三ヶ国の勢《せい》二千余騎を萃《あつ》めて、宰相中将殿《さいしょうちゅうじょうどの》に力を合はせんために、西山《にしやま》の吉峯《よしみね》[5]に陣を取つてぞ居たりける。

京都の大敵にだにたやすく打ち勝つて、勇《いさ》みに勇《いさ》うだる山名《やまな》が兵どもなれば、なじかは少しもためらうべき、武蔵将監が陣に焼《た》いたる篝火《かがりび》を見て、山名右衛門佐《やまなうえもんのすけ》、終夜《よもすがら》馬を早めて五百余騎、十二日の早旦《そうたん》[6]に押し寄せ、矢の一つをも射させず、抜き連[7]

4
1 高師直。「思ひ腹」は、側室。
2 高師詮《もろあきら》。
3 安保。武蔵七党の丹党の武士。埼玉県児玉郡に住んだ。
4 丹波（兵庫県丹波市）の武士。
5 京都市西京区大原野小塩町の善峯寺。
6 早朝。
7 いっせいに刀を抜いて。

れて切つて上がる。阿保、荻野が兵ども、余りに健《つよ》く攻め立てられて、一支《ひとささ》へも支へず、澗《たに》の底へ懸け落とされて、討たるる者数《かず》を知らず。希有《けう》にして逃げ延びたる者どもも、馬、物具《もののぐ》[8]を捨て、皆赤裸《あかはだか》にて落ち行きけり。見苦しかりし有様なり。

大将武蔵将監は、二町[9]ばかり落ち延びたりけるを、阿保と荻野と遐《はる》かに顧《かえり》みて、「今は叶《かな》はぬ処《ところ》にて候ふぞ。御自害候へ」と勧めけるを聞いて、馬上にして腹掻《か》き切り、倒《さかさま》に落ちて死ににけり。この首を把《と》らんとて、敵一所《いっしょ》に打ち寄せてひしめきけるに、沼田太郎《ぬまたのたろう》[10]、ただ一騎引つ返して討死《うちじに》す。その間に、阿保と荻野とは落ち延び、甲斐《かい》なき命助かりにけり。

堅田《かただ》合戦《かっせん》の事、并《ならびに》佐々木《ささき》近江守《おうみのかみ》秀綱《ひでつな》討死《うちじに》の事　5

義詮朝臣《よしあきらあそん》は、東坂本にて、国々の勢をも催《もよお》さんと議せられ

8　鎧・兜などの武具。
9　一町は、約一〇九メートル。
10　不詳。神田本「沼田小次郎」。玄玖本・流布本「沼田小太郎」。

5
1　大塔の僧正忠雲の弟、任憲。村上源氏。
2　比叡山上。
3　帝の輿。
4　良基。道平の子。
5　公秀の子。後光厳天皇の母陽禄門院秀子の兄。
6　公宗の子。
7　公蔭の子。

けるが、武蔵将監《むさしのしょうげん》討たれぬと聞いて、吉野《よしの》より[1]大慈院法印《だいじいんのほういん》を[2]山上《さんじょう》へ呼び寄せたりと聞こえければ、坂本《さかもと》を皇居になさん事悪《あ》しかるべしとて、同じき六月十三日、義詮朝臣《よしあきらあそん》、[3]龍駕《りょうが》を守護し奉つて、東近江《ひがしおうみ》へ落ち給ふ。

行幸《ぎょうこう》の供奉《ぐぶ》には、誰々《たれたれ》ぞ。[4]二条前関白左大臣《にじょうさきのかんぱくさだいじん》、[5]三条大納言《さんじょうだいなごん》実継《さねつぐ》、[6]西園寺大納言実俊《さいおんじだいなごんさねとし》、[7]正親町大納言忠季《おおぎまちだいなごんただすえ》裏築地とも云ふなり、[8]松殿大納言《まつどのだいなごん》忠嗣《ただつぐ》、[9]大炊御門中納言家信《おおいみかどちゅうなごんいえのぶ》、[10]四条中納言隆持《しじょうちゅうなごんたかもち》、[11]菊亭中納言《きくていちゅうなごん》公直《きんなお》、[12]花山院中納言兼定《かさんのいんちゅうなごんかねさだ》、[13]右大弁経方《うだいべんつねかた》、[14]右中弁俊冬《うちゅうべんとしふゆ》、[15]左中弁時光《さちゅうべんときみつ》、[16]勘解由次官行知《かげゆのじかんゆきとも》、[17]梶井二品親王《かじいのにほんしんのう》に至らせ給ふまで、[18]出世坊官一人《しゅっせぼうかんいちにん》も貽《のこ》さず召し具せられて、龍駕《りょうが》の次に、御輿《おんこし》を早めらる。

武士には、足利宰相中将《あしかがさいしょうちゅうじょう》義詮朝臣を大将にて、細川相模守清氏《ほそかわさがみのかみきようじ》、[19]尾張民部少輔《おわりみんぶのしょう》、舎弟左近将監《さこんのしょうげん》、同じき左京権大夫《さきょうごんのだいぶ》、[20]今川駿河守頼貞《いまがわするがのかみよりさだ》、同じき兵部大輔《ひょうぶのたいふ》助時《すけとき》、同じき左衛門入道《さえもんのにゅうどう》、[21]佐々木《ささき》近江守秀綱《おうみのかみひでつな》、同じき三郎左衛門《さぶろうざえもん》一円事なり方の、同じき[22]高屋四郎左衛《たかやしろうざえ》

8 通輔の子。
9 冬氏の子。
10 隆有の子。底本「隆時」を改める。
11 今出川実尹(さねただ)の子。
12 長定の子。
13 坊城(観修寺〈かじゅうじ〉)経顕の子。
14 坊城俊実の子。
15 日野資名の子。
16 安居院(あぐい)行兼の子。
17 尊胤法親王。
18 門跡寺に仕える清僧(肉食妻帯をしない僧)と、妻帯し帯刀する僧。
19 斯波高経の子。家長か。左近将監は氏頼、左京権大夫は氏経か。
20 頼基の子。助時は、東福寺僧玄基の子。左衛門入道は不詳。
21 佐々木(京極)道誉の子。三郎左衛門は、貞高(道誉の兄貞氏の子。この家系を

門入道《もんにゅうどう》、[23]熊谷小次郎直鎮《くまがいこじろうなおつね》、[24]土岐大膳大夫頼康《ときだいぜんのだいぶよりやす》、[25]佐々木山内五《やまのうちご》郎《ろう》右衛《え》門信詮《もんのぶあきら》、これらを宗徒《むねと》の侍として、都合その勢《せい》三千余騎、[26]和爾《わに》、堅田《かただ》の[27]浜道《はまみち》に、馬を早めてぞ落ちられける。

ここに、故[28]新田《にった》堀口美濃守貞満《ほりぐちみののかみさだみつ》の子息掃部助貞祐《かもんのすけさだすけ》が、この二、三年堅田に隠れて居たりけるが、和爾、堅田の[29]溢《あぶ》れ者《もの》どもを[30]語らうて、五百余人、[31]真野《まの》の浦《うら》に出で合うて、落ち行く敵を討《う》ち留《とど》めんとす。前には、[32]主上《しゅしょう》を擁護《おうご》し奉つて、梶井二品親王、御門徒の大衆《だいしゅ》召し具して落ちさせ給へば、主上、門主《もんしゅ》に[33]処《ところ》を置き奉つて、弓を引かず。後陣《ごじん》に、佐々木近江守秀綱が、一族《いちぞく》[34]若党《わかとう》引き具して、三百余騎にて通りけるを、掃部助が兵五百余人、東西より曳《ひ》つ裹《つつ》み、散々《さんざん》に射ける間、佐々木三郎左衛門、[35]箕浦次郎右衛門《みのうらじろうえもん》、吉田八郎左衛門《よしだはちろうざえもん》、今村五郎《いまむらのごろう》、一所《いっしょ》にて討たれにけり。

恃《たの》み切《き》つたる一族若党どもが[36]引き下がり、討死《うちじに》しけるを顧《かえり》み

「一円方」という)。
22 佐々木(高屋)高秋。道誉の弟貞満の子。
23 滋賀県長浜市に住んだ。熊谷直実の子孫。
24 美濃・尾張守護。
25 佐々木(六角)時信の子。氏頼の弟。
26 滋賀県大津市和邇。同堅田。
27 浜づたいの道。
28 貞義の子。堀口は、新田一族でも嫡流に近い。
29 無頼の徒。
30 説得して仲間に引き入れること。
31 大津市真野。
32 後光厳帝。
33 遠慮し申し上げて。
34 身分の低い若い侍。
35 箕浦、吉田、今村は、佐々木(京極)の家来。
36 行列の後方に下がって敵と戦い。

て、秀綱《ひでつな》、心憂き事に思ひければ、引つ返す。秀綱引つ返せば、高屋四郎左衛門《たかやしろうざえもん》、同じく馬の鼻を引つ返して、敵の中へ懸け入りける程に、歩立《かちだち》の敵に馬の諸膝薙《もろひざな》[37]がれて、落つる処《ところ》にて討たれにけり。迢《はる》かに落ち暢《の》びたる若党三十七人、返し合はせ返し合はせ、皆同じ所にて討たれにけり。

その夜《よ》は、塩津《しおづ》[38]に腰輿《ようよ》[39]を舁《か》き止《と》め(奉つ)て、卿相雲客《けいしょううんかく》[40]をも少し安めまゐらせんとせられけるを、塩津、開津《かいづ》[41]の者ども、軍勢かしこに一夜《いちや》も逗留《とうりゅう》せば、煩《わずら》[42]ひあるべしと思ひける間、ここの辻、かしこの山に取り上がりて、時[43]を作りける程に、且《しばら》くの逗留《とうりゅう》もなくして、主上《しゅしょう》、また腰輿に召されたれば、駕輿丁《かよちょう》[44]も皆逃げ失せて、御輿舁《おんこしか》きまゐらする者もなかりければ、細川相模《ほそかわさがみの》守清氏《かみきようじ》、馬より下りて歩立《かちだち》になり、鎧の上に主上を負ひまゐらせて、塩津の山をぞ越されける。子推《しすい》[45]が股《もも》の肉《にく》を切り、趙盾《ちょうとん》[46]が車の輪《わ》を資《たす》けしも、この忠には過ぎじとぞ見えし。

37 両膝を長刀で払われて。
38 長浜市西浅井町塩津浜。
39 轅(ながえ)を腰のあたりで持つ輿。
40 公卿殿上人。
41 高島市マキノ町海津。
42 自分たちが難儀するだろう。
43 鬨(とき)の声をあげたので。
44 輿を舁く下役人。
45 中国、春秋時代の晋の人。継母驪姫に疎まれて晋を脱出した重耳(後の文公)が飢えた時、自らの股肉を切って食わせた(荘子・盗跖)。
46 春秋時代の晋の大夫。霊公に命を狙われて逃げる途中、車の車輪が外れたのを、かつて趙盾に救われた霊輒(れいてつ)が、車軸を支えて助けた故事(春秋左氏伝・宣公二年)。

月卿雲客《げっけいうんかく》、或いは長汀《ちょうてい》[47]の月に策《むち》を打ち、或いは曲浦《きょくほ》の浪に棹《さお》さし給へば、「巴猿《はえん》[48]一たび叫んで、舟を明月峡《めいげつきょう》の口に繋《つな》ぐ、胡馬《こば》忽《たちま》ちに嘶《いば》うて、路を長沙磧《ちょうしゃせき》の中《うち》に失ふ」と、古人《こじん》[49]の書きし征路《せいろ》[50]の篇、今こそ思ひ知られたれ。これより東は、煩ひなかりしかば、美濃国《みののくに》垂井《たるい》[51]の宿《しゅく》の長者《ちょうじゃ》[52]が宿《やど》を皇居にて、義詮《よしあきら》以下《いげ》の官軍は、皆四辺《しへん》の山々里々に陣々を取つて、皇居を警固《けいご》し奉る。

山名時氏《やまなときうじ》京落《きょうお》ちの事　6

山名《やまな》右衛門佐師氏《うえもんのすけもろうじ》、都の敵たやすく（[1]攻め落として、心中の宿意一時《しゅくいいっし》に）解散《げさん》[2]しぬる心地して、喜悦《きえつ》の眉《まゆ》を開く事理《ことわ》りなり。勢付《せいつ》かば、やがて美濃へ発向《はっこう》して、宰相中将殿《さいしょうちゅうじょうどの》を攻め奉らんと議して、国々の軍勢を催《もよお》しけれども、催促に応ずる人もなし。剰《あまっさ》へ洛中には、吉野殿《よしのどの》より、四条少将《しじょうしょうしょう》[3]、成敗《せいばい》[4]の体《てい》にて

47 長く続くなぎさを照らす月の光の下で馬を駆り、曲がりくねった入り江の波に棹さし舟を漕がれたので。
48 「和漢朗詠集」山水。巴猿は、湖北省巴東県の巴峡にいる猿。その鳴き声が船旅の旅愁をさそった。明月峡は、巴東三峡の一。胡馬は、西域産の馬。長沙磧は、長く続く砂漠。「和漢朗詠集」は、黄沙磧（黄砂の砂漠）。
49 晩唐の詩人、公乗億。
50 旅の詩篇。
51 岐阜県不破郡垂井町。
52 遊女の長。

6
1 玄玖本により補う。
2 さっぱりとなくなってしまうこと。
3 隆俊。隆資の子。
4 政務のとりしきり。

措《お》かれたりける間、[5]毎事《まいじ》右衛門佐《うえもんのすけ》の計らひにもあらず、また知《ち》行《ぎょう》の所領《しょりょう》も近き処《ところ》になければ、出雲《いずも》、伯耆《ほうき》より上《のぼ》り萃《あつ》まりたりし勢《せい》ども、在京に[6]疲れて、漸々《ぜんぜん》に落《お》ち下《くだ》りける程に、山名《やまな》が兵、わづかに千騎にだにも足らざりけり。

「かくてはいかがせん。却《かえ》って敵に寄せられなば、われも都を落とされぬ」と、内々[7]仰天《ぎょうてん》せられける処に、宰相中将義《さいしょうちゅうじょうよし》詮《あきら》、近江《おうみ》、美濃《みの》、尾張《おわり》、三河《みかわ》、遠江《とおとうみ》、伊賀《いが》、伊勢《いせ》の勢を率《そっ》して、[8]宇治《うじ》、勢多《せた》より攻め上《のぼ》るとも聞こえ、また、[9]赤松《あかまつ》帥律師《そつのりっし》則《そく》祐《ゆう》、中国の勢を待ち連れて、七千余騎にて上洛《しょうらく》すとも聞こえければ、「四方の敵の近づかぬ先に、都を引き退け」とて、[10]数日《すじつ》の大功徒《いたず》らに、天下に時を得ざりしかば、四条少将《しじょうしょうしょう》は、官軍を率して南方《なんぽう》に帰り、山名伊豆守時氏《やまないずのかみときうじ》は、道々の敵を打ち払うて、伯耆国へぞ下《くだ》りける。

5　ことごとく。

6　兵糧が不足して。

7　狼狽していた折。

8　京都府宇治市の宇治川にかかる橋と、琵琶湖の南端の滋賀県大津市瀬田の瀬田川にかかる橋。

9　円心(則村)の三男。

10　この数日の大きな手柄が無駄になり、天下の時宜を得なかったので。

直冬《ただふゆ》と吉野殿《よしのどの》と合体《がってい》の事　7

新田《にった》左兵衛佐《さひょうえのすけ》義興《よしおき》は、[1]河村城《かわむらのじょう》を落ちぬ。脇屋《わきや》左衛門佐《さえもんのすけ》義治《よしはる》は、越後国《えちごのくに》へ越えて、[2]津張郡《つばりのこおり》蒲原《かんばら》に隠れ居たりと聞こえし後《のち》は、東国《とうごく》心安くなつて、今は用心の怖畏《ふい》もなしとて、将軍上《しょう》洛《らく》し給へば、京都、また大勢《おおぜい》になつて、畿内《きない》、山陰《せんおん》の敵ども今は恐るるに足らずと思へり。さらば、[3]やがて山名を攻めらるべしとて、宰相中将義詮《さいしょうちゅうじょうよしあきら》を先《ま》づ播磨国《はりまのくに》へ下されて、中国、四国の勢を催《もよお》さる。

山名伊豆守、これを聞いて、今度は大将を一人《いちにん》取り立てて合戦をせずは、われに勢の付く事あらじと思はれける間、[4]足利《あしかが》右兵衛佐直冬《ひょうえのすけただふゆ》の、九国《くこく》の者どもに背《そむ》き出《い》だされて、安芸《あき》、周防《すおう》の間に漂泊《ひょうはく》し給ひけるを、招《まね》き請《しょう》じ奉つて、惣大将《そうだいしょう》とぞ仰ぎけ

7
1　神奈川県足柄上郡山北町にあった。第三十一巻・8、参照。
2　新潟県十日町市妻有（つまり）町。
3　ただちに。
4　尊氏の側室の子。直義の養子となる。長門探題、鎮西探題。第二十七巻・7、参照。

る。但しこれも、将軍に対すれば、子として父を攻むる咎《とが》あり。帝王に対すれば、臣として君を悩まし奉る恐れあり。さらば、吉野殿《よしのどの》へ奏聞《そうもん》を経て、勅免《ちょくめん》[5]を蒙《こうぶ》り、宣旨《せんじ》によつて都を傾《かたぶ》け、将軍を殞《ほろ》ぼし奉らば、天の怒り、人の誹《そし》りもあるまじとて、即ち[6]、直冬《ただふゆ》のもとより、使者を吉野殿へ奉《まいら》せて、「尊氏卿《たかうじきょう》、義詮朝臣《よしあきらあそん》以下《いげ》の逆徒《ぎゃくと》退治すべきの由《よし》の綸旨《りんし》[7]を下《くだ》し賜《たまわ》つて、君の宸襟《しんきん》[8]を休め奉るべし」とぞ申したりける。伝奏《てんそう》[9]洞院右大将《とういんうだいしょう》、頻《しき》りに執《と》り申《もう》されければ、再往《さいおう》[10]の御沙汰《おんさた》までもなく、直冬が申し請《う》くる旨《むね》に任《まか》せて、則ち綸旨をぞなされける。

これを聞いて、始め遊和軒《ゆうかけん》[11]の朴翁《ぼくおう》、自《みずか》ら難《なん》じ申しけるは[12]、「直冬朝臣を以て大将として攻められん事は、一旦の謀《はかりごと》あるに似たれども、本意成就《ほいじょうじゅ》すべからず。その故《ゆえ》、如何《いかん》と云へば、

5 帝の赦し。宣旨は、帝の命令。
6 即座に。
7 帝の発給する文書。
8 帝の心。
9 実世。公賢の子で、南朝の重臣。伝奏は、奏請を帝に取り次ぐ役職。
10 くり返し議論するまでもなく。
11 「祐和軒亭叟」(梵舜本巻二十八奥書)とも称した玄恵法印のことか。玄恵は、天台の学僧、「太平記」の成立に関与したとされるが(難太平記)、第二十七巻・11に、その死が語られる。
12 以下の遊和軒朴翁の談話は、本巻・9の末まで続く。

獅子国《ししこく》の事　8

昔[1]、天竺《てんじく》に獅子国と云ふ国あり。この国の帝《みかど》、他国より后《きさき》を迎へ給ひけるに、[2]軽軒香車《けいけんこうしゃ》数百乗《じょう》、[3]侍衛《じえ》の官ども十万人、前後四、五十里支《ささ》へて、道をぞ送りまゐらせける。或る深山《しんざん》を通り給ひける時、[4]勇猛奮迅《ゆうもうふんじん》の獅子ども、幾千万と云ふ数を知らず、走り出でて、追つ詰め追つ詰め人を噉《く》ひける間、軽軒　[5]軸《よこがみ》折れて、馳《は》すれども遁《のが》れず。官軍矢を射《い》尽くして、防けども叶《かな》はず。大臣、公卿《くぎょう》、武士、僕従《ぼくじゅう》、上下三百万人、一人《いちにん》も残らず喰ひ殺されにけり。その後《のち》、この中に王たる獅子、かの后を口にくはへて、深山幽谷《しんざんゆうこく》の巌《いわお》の中に措《お》き奉つて、この獅子、容顔美麗《ようがんびれい》なる男に変じければ、后、この妻となり給ひて、年月をぞ送り給ひける。

8

1　以下は、「大唐西域記」巻十一「僧伽羅国」に見える話。

2　軽快な造りの良い車と美しい車。乗は、車を数える語。

3　護衛の役人。

4　激しく奮い立つこと。

5　車軸。

初めの程は、后《きさき》、かかる荒き獣《けだもの》の中に交《まじ》はりぬれば、われさへ畜類《ちくるい》の身となりぬる事の心憂さ、いかに命を長らへて、一日片時《へんし》も過ぎぬべしとも思《おぼ》し召《め》さざりけるが、苔深き巌は、変じて[6]玉楼金殿《ぎょくろうきんでん》となり、虎狼《ころう》[7]野干《やかん》は、自《おの》づから[8]卿相雲客《けいしょううんかく》となり、獅子は、化して[9]万乗《ばんじょう》の君《きみ》となつて、[10]玉扆《ぎょくい》の座《ざ》に粧《よそお》ひを堆《うずたか》くし、[11]衮龍《こんりょう》の御衣《ぎょい》に薫香《くんこう》を散ぜしかば、后、憂かりし御思ひも消え果てて、今は[12]連理《れんり》の枝の上に、[13]心の花の移ろはん色をつれなしと思し召す。かくて歳《とし》を歴《へ》ける程に、后、ただならずなり給ひて、一人の男子《なんし》を産み給へり。あはれみの懐《ふところ》の中に長《ひとと》なりて、年十五になりければ、面貌《みめかたち》の勝《すぐ》れたるのみにあらず、力《ちから》人に超えて、[14]いかなる太山《たいざん》をも脇挟《わきばさ》んで、北海《ほっかい》をも飛び超えぬべく見えたり。

　或る時、この子、母の后に向かつて申しける(は)、「われ、畜類の子たりと雖《いえど》も、母の恩徳《おんとく》を以て、人界《にんがい》に生《しょう》を受けり。后

6　美しい宮殿。
7　狐。
8　公卿殿上人。
9　天子。
10　玉座。
11　天子の衣服。
12　二本の木が枝で一つに繋がること。男女の仲の睦まじいたとえ。白居易「長恨歌」の語。
13　王の寵愛が衰えるのを悲しいと思われた。「色見えで移ろふものは世の中の人の心の花にぞありける」(古今和歌集・小野小町)。
14　不可能なことのたとえ。「太山を挟んで以て北海を超ゆ」(孟子・梁恵王上)。太山は山東省の泰山、北海は渤海湾。

は畜類の妻となり、われは子となりて候ふ事、[15]過去の宿業《しゅくごう》とは申しながら、心憂き事にて候はずや。ひそかにこの山を逃げ出ださせ給ひ候へ。われ負ひ奉つて、獅子国《ししこく》の王宮へ逃《に》げ籠《こ》もり、母を元の如く后の位に昇《のぼ》せ奉り、われも大臣の位に備はつて、畜類の[16]果《か》を離れ候はん」と、勧め申しければ、后、限りなく喜びて、獅子他の山へ行きたりける隙《ひま》に、后、太子に負はれて、百万里の山川《さんせん》を、[17]半時《はんとき》ばかりに逃《に》げ逝《さ》り、獅子国の都の内裏の中へぞ参り給ひける。帝《みかど》、限りなく悦《よろこ》び給ひて、やがて后の位に備へて、寵愛《ちょうあい》類《たぐ》ひなければ、後宮《こうきゅう》の[18]三千、[19]君が為に衣裳《いしょう》に薫《たきもの》すれども、君、蘭麝《らんじゃ》を聞《か》ぎながら、馨香《けいこう》なしと為《おも》へり。君が為に容色《ようしょく》を事とすれども、君、金翠《きんすい》を見《み》ながら、顔色なしと為《おも》へり。[20]新しき人来たつて、旧《ふる》き人棄てられぬ。眼裏《がんり》の荊《とげ》、掌《しょう》上《じょう》の華《はな》の如し。

さる程に、獅子、他の山より帰り来たつて、后を求むるに、

15　前世からの定められた因縁。
16　前世の宿因から生じた結果。
17　約一時間ほど。
18　すべての后妃。「後宮の佳麗三千人」(長恨歌)。
19　白居易「太行の路」の詩句(和漢朗詠集・恋、所収)による。蘭麝は、名香の名。馨香は、芳香。金翠は、黄金と翡翠。顔色は、容色に同じ。
20　「新しき人迎え来たって旧き人棄てらる、掌上の蓮花眼中の刺」(白居易・母、子に別る)。新しく迎えられた者は掌上の蓮花のように大事にされ、旧い者は眼裏のとげのように疎まれる。

后《きさき》おはせず。子も見えず。獅子、愕《おどろ》き騒《さわ》いで、化《ば》けたる形元《もと》の姿になつて、山を頽《くず》し、木を堀り倒して覓《もと》むれども得ず。さては人の住む里にぞおはすらんとて、獅子国《ししこく》へ走り出でて、奮迅《ふんじん》の力を出だして吠《ほ》え怒《いか》るに、いかなる鉄《くろがね》の城なりとも破れぬべう聞こえければ、[21]野人村老《やじんそんろう》、仿《おのの》き倒《たお》れて、死する者幾千万と云ふ数を知らず。未だ近く寄らざる里も、家を捨て、財《たから》を失ひて、他国へ逃げ去りける間、獅子国十万余里の中には、人一人《いちにん》もなかりけり。しかれども、この獅子、王位にや怖れけん、都の内へは未だ入《い》らで、ただ王宮近き傍《かたわ》らに来たつて、夜な夜な、地を掻いて吠え怒る。天に飛び上がり、吠えける間、大臣、公卿《くぎょう》、[22]利子《せっし》、[23]居士《こじ》、懼《おそ》れ仿《おのの》き倒《たお》れ臥《ふ》し、皆《みな》宮中へ逃げ籠《こ》もる。

時に、公卿僉議《くぎょうせんぎ》あつて、「この獅子を打ち殺したらん者には、大国を与ふべし」と、[24]綸言《りんげん》を出だして、道路に札を書いてぞ立てられける。かの獅子の子、札の面《おもて》を見て、さらば、子なりと

21　農民と村の老人。

22　インドの四姓のうち、婆羅門に次ぐ第二位、利帝利(クシャトリヤ)のこと。王族・武人をさす。

23　在俗の仏門の帰依者。富裕な者が多い。

24　帝の触れ。

もわが父の獅子を殺して、一国を賜《たまわ》らばやと思ひければ、尋常《よのつね》の人の力にて、千人しても控《ひ》きはたらかすまじき鉄《くろがね》の弓に、鉄の矢を拵《こしら》へ、鏃《やじり》に毒を塗りて、父の獅子をぞ相待ちける。

獅子、今は王宮へ入りて、国王、大臣を皆喰ひ殺さんと、龍尾道《りょうびどう》[25]の前を過ぎけるが、わが子の、毒の矢《や》を矯《は》[26]げて立ち向かひたるを見て、涙を流し、地に臥して申しけるは、「われ、年久しく相馴れ奉りし后と子とを失ひて、恋ひ悲しむ事限りなし。ゆえに、若干《そこばく》[27]の人を殺し、国土を殞《ほろ》ぼしつ。しかるに、后は王宮におはすれば、今生《こんじょう》にて二度《ふたたび》相見ん事あり難《がた》し。ただ、汝《なんじ》を一目見ん事、億々《おくおく》[28]の念力《ねんりき》放れず。たとひわれ命を失ふとも、更《さら》に悲しむ所にあらず。辻々に立てらるる処《ところ》の札を見るに、わ[29]が命を以て、一国の賞に封報《ほうほう》せられたり。しかれども、われを一矢《ひとや》に射殺さん者は、天下に、汝より外《ほか》はあるべからず。命を惜しみ、望みをなすことも、ただ子を思ふためなり。汝、国の

25　大極殿の前庭にある龍尾壇に登る石段。
26　弓につがえて。
27　大勢。
28　限りない妄執となって私から離れない。
29　私の命をとれば、褒賞として一国を報いるとある。

主《あるじ》となつて、栄華子孫に及ばば、わが命、全く惜しむべきにあらず。早くその弓矢を以て、われを害し、[30]封国《ほうこく》の賞《しょう》に預《あず》かれ」と、[31]黄《き》なる涙をはらはらと流し、「ここを射よ」とて、己れが口を開《あ》きてぞ伏したりける。

獅子は畜類なれども、子を思ふ心なほ深く、子は人倫の身なれども、親を思ふ道なかりければ、飽くまで引いて放つ矢を、獅子の喉へ射包《いこ》みたれば、四足《しそく》を上げ、地に臥して死ににけり。獅子の首を取つて、直《じき》に王宮へ参り、天子にこれを奉る。[32]一人《いちじん》を始めまゐらせて、国土の人民、喜《よろこ》び逢《あ》ふ事限りなし。[33]すでに宣旨《せんじ》をなして、その[34]封賞《ほうしょう》を定められし上は、子細《しさい》に覃《およ》ばず、獅子の子に封国を下し給ふべかりしを、また公卿僉議《くぎょうせんぎ》あつて、「[35]勅宣《ちょくせん》に随ふ事、その忠ありと雖《いえど》も、正《まさ》しき父を殺す罪軽《かろ》からず。[36]天命《てんめい》これを請《う》くべからず。但し、忠賞これを定められし事なれば、綸言変《りんげんへん》じ難《がた》し」とて、忠賞に擬せられける大国の[37]正《しょう》

30 一国を得る褒賞にあずかれ。
31 畜類が悲しんで流す涙。
32 天子。
33 もはや。
34 領地(封地)の褒賞。
35 帝の命令。
36 天の理法は決してこれを受け入れない。
37 租税と年貢。

税官物《ぜいかんもつ》、百年の間の得分《とくぶん》[38]を考へて海中に沈め、獅子の子をば、忽《たちま》ちに不返《ふへん》[39]の遠流《おんる》に処《しょ》せられけり。これは、父に孝なき事なり。

許由巣父《きょゆうそうふ》の事、同《おなじく》虞舜孝行《ぐしゅんこうこう》の事　9

また、漢朝《かんちょう》[1]の古《いにし》へ、帝堯《ていぎょう》[2]と申しける賢き帝《みかど》おはします。天子の位にまします事八十年、今は御歳《おんとし》すでに老いぬ。「誰《たれ》にか天下を譲るべき」と御尋ねありければ、大臣、皆諛《へつら》うて、「幸ひに皇子《おうじ》おはしまし候へば、丹朱《たんしゅ》[3]にこそ御《おん》譲り候はめ」とぞ申しける。その時、帝堯、「天下はこれ一人《いちにん》の天下にあらず。何を以てか、太子なればとて、万機《ばんき》[4]の政《まつりごと》に足らざらん者に位を譲つて、四海《しかい》[5]の民を苦しますべき」とて、皇子丹朱に位を授《さず》け給はず。

38　とりぶん。
39　二度と帰れない遠い流罪。

9
1　以下の虞舜孝行の話は、おもに「史記」五帝本紀による。
2　古代中国の伝説的な聖帝。五帝の四番目。
3　堯の子。
4　天子の政務。
5　天下。

さても、いづくにか賢人あるとて、[6]隠匿《いんとく》の者までも、ひそかに尋ね給ひける処《ところ》に、[7]箕山《きざん》と云ふ処に、許由《きょゆう》と申しける賢人、世を捨てて、[8]光を韜《つつ》みて、ただ苔深く松疲れたる巌《いわお》の上に、一つの瓢《ふくべ》を掛けて、[9]瀝々《れきれき》たる風の音に、[10]人間《じんかん》の夢を覚ましてぞ居たりける。帝堯《ていぎょう》、これを聞こし召して、即ち[11]勅宣《ちょくせん》を立てられて、御位《みくらい》を譲るべき由《よし》をぞ仰せられたりける。

許由、更《さら》に勅答を申さず。剰《あまっさ》へ、[12]松風渓水《しょうふうけいすい》の清き音を聞いて、爽《さわ》やかになりつる耳の、富貴尊栄《ふっきそんえい》の忌々《いまいま》しきを聞いて、汚《けが》れたる心地しければ、[13]潁川《えいせん》の水に耳を洗ひける程に、同じ山中に、身を捨てて居たりける[14]巣父《そうふ》と云ふ賢人、牛を牽《ひ》いて、この川に水を飼ひけるが、許由が耳を濯《あら》ふを見て、「何事に洗ふぞ」と問ひければ、許由、答へて曰はく、「帝堯、われに天下を譲らんと詔《みことのり》をしつる間、耳の穢《けが》れて覚ゆる程に、濯ふなり」とぞ答へける。巣父、頭《こうべ》を掻いて、「さればこそ、例よりも、こ

6　隠遁の者。
7　許由・巣父が隠棲した山。以下の話は、「史記」五帝本紀になく、「高子伝」上、「蒙求」許由一瓢、など。
8　徳を隠して。
9　風が水のしたたるような音をする形容。
10　俗世の迷いを醒まして。
11　帝の命令(勅宣)の使いを出して。
12　松の葉に吹く風と谷川のせせらぎ。
13　河南省の川。
14　堯の代の許由と並ぶ隠者。

の水の濁りて見えつるを、何故《なにゆえ》やらんと[15]おぼつかなく思うたれば、この事にてありけり。さやうに穢れたる耳を洗《あら》ひたる水をば、牛にも呑ますべき様《よう》なし」とて、牛を牽いてぞ帰りける。

帝堯、さては、誰《たれ》にか世を授《さず》くべきとて、借《たず》ね問《と》ひ覓《もと》め給ふに、[16]冀州《きしゅう》に、[17]虞舜《ぐしゅん》と云ふ賤しき人あり。その父[18]瞽叟《こそう》、盲《めし》ひて頑《かたく》なに、母は、[19]嚚《ひすかし》なり。弟《おとと》に象《しょう》と云ひける者、心をごり、飽くまで欲深くして、人の欺《あざけ》りをも顧《かえり》みず、身の禍《わざわ》ひをも知らざりけり。虞舜、父母を養はんために、[20]歴山《れきざん》に行きて耕《たがや》するに、歴山の人、畔《くろ》を譲り、雷沢《らいたく》に下《お》りて漁《すなど》りするに、雷沢の人、居《きょ》を譲る。河浜《かひん》にありて陶《すえもの》作るに、器《うつわもの》、皆[21]苦窳《ゆがみいしま》あらず。虞舜行きて居《お》る処、二年あれば村をなし、三年あれば都をなす。万人その徳を慕うて、四方より萃《あつ》まりしゆゑなり。

虞舜、年二十にして、孝行天下に聞こえしかば、帝堯、天下を虞舜に譲らんと思《おぼ》し召《め》す心あり。内外に付けて、その翔《ふるま》ひを

15 不審に。
16 河北省・山西省にわたる地。
17 古代中国の伝説的な聖帝、舜。その孝子説話は、「孝子伝」の巻頭に位置する。
18 「史記」五帝本紀では、瞽叟は、舜の母の死後、後妻をとって象をもうける。
19 心がねじけているさま。おこりっぽい。
20 以下、「…三年あれば都をなす」まで、「史記」の引用。歴山は不詳。雷沢は、歴山の近くにあった沢。河浜は、黄河のほとり。
21 ひずみがない。「いしま」は、陶器などの傷。

御覧ぜんと思《おぼ》し召《め》して、娥皇《がこう》、女英《じょえい》と申しける姫宮二人《ににん》を、虞《ぐ》舜《しゅん》に妻合《めあ》はせ給ふ。また、帝堯《ていぎょう》の太子九人おはしけるを、舜の臣として、その命《めい》にぞ順《したが》はせられける。堯の二人の女《むすめ》、[22]己れが高きを以て夫《おっと》に驕《おご》らざれば、虞舜の母に[23]嬪《よめづかい》する事、甚《はなは》だ違《たが》はず。また、九人の皇子、虞舜の臣として事《つか》ふる事、礼敬《れいけい》更《さら》に乱らず。帝堯、いよいよ悦《よろこ》びて、また虞舜に、[24]倉廩《そうりん》、牛羊《ぎゅうよう》、[25]絺《ち》衣《い》、琴《こと》一張《はり》を給ふ。

舜、かくの如く君に忠深く、父母に孝行ありしかども、母、思ひけるは、あはれ、弟の象《しょう》を世に立てばやと深く思ひける間、瞽叟《こそう》と母と象と三人、ひそかに謀《はか》り、舜を殺さんとする事度々《どど》なり。舜、これを知れども、父をも恨みず、母をも象をも怒らず、[26]孝悌《こうてい》の志《こころざし》、いよいよ慎《つつし》みて、ただ父母の心に違《たが》へる事を、天に仰ぎて悲しみにけり。

或る時、舜を廩《くら》の上に登せて、屋《いえ》を葺《ふ》かせける程に、母、下

22　自分の身分の高さゆえに夫を軽んじることがなかったので。
23　嫁として仕えること。
24　米倉。
25　葛糸で織った衣。
26　悌は、兄弟がむつまじいこと。

より火を付けて、虞舜を焼き殺さんとす。虞舜、二つの唐傘《からかさ》を張り、その柄《え》に取り付いて飛《と》び下《お》りて、死ぬる事あたはず。瞽叟、安からず思ひければ、象と謀つて、また虞舜を呼んで、井をぞ掘らせける。これは井すでに深くなりし時、上より土を下《おと》して、舜を殺さんためなりけり。[27]堅牢地神《けんろうじしん》も、孝行の志をあはれとや思し召しけん、井より上げける土の中に、半ば金《こがね》ぞ交《まじ》りける。父瞽叟、弟の象、欲に万事を忘れければ、土を揚ぐるたびごとに、これを諍《あらそ》ふ事限りなし。その間に、虞舜、傍《かたわ》らに匿《くぐ》り穴《あな》をぞ掘りたりける。井すでに深くなりぬる時に、瞽叟と象と、ともに土を下し、石を落として、虞舜を埋《うず》みければ、虞舜、ひそかに匿り穴より逃げ出でて、己れが宮へぞ帰りける。

　舜生きたりとは、父母も象も知らず。その財《たから》を分けけるに、牛羊と倉廩をば、父母に与へ、帝堯の二人の娘と琴一張をば、象、わが物にすべしと相計らふ。象、則ち琴を弾じて、二女を

27　大地の神。

愛せんために、舜《しゅん》の宮へ入りたれば、虞舜《ぐしゅん》、あへて死せず、二女[28]瑟《しつ》を調べ、舜は琴を奏して、[29]優然《ゆうぜん》としてぞ居たりける。象《しょう》、大きに愕然《おどろ》きて、「われ、虞舜すでに死しつらんと思ひて、[30]鬱陶《うっとう》し(つ)」と云ひて、誠《まこと》に忸怩《はじ》たる気色《きしょく》にてありければ、舜、琴を差し置いて、その弟たる言《ことば》を聞くが嬉《うれ》しさに、「汝《なんじ》、さぞ悲しく思ひつらん」とて、そぞろに涙を流しける。

かかりし後《のち》も、虞舜、いよいよ孝あつて、父母に事《つか》ふる道も懈《おこた》らず。弟を愛する心も浅からざつしかば、忠孝の徳の遠く顕《あらわ》れて、帝尭《ていぎょう》、つひに天下を譲り給へり。虞舜、天子の位を践《ふ》んで世を治め給ふ事、天に叶《かな》ひしかば、[31]五日《いつか》の風枝《えだ》を鳴らさず、十日《とおか》の雨壌《つちくれ》を破ることなし。国静かに、民豊かなりしかば、[32]四海《しかい》、その恩を仰いで、万歳《ばんぜい》の徳を称《しょう》せり。

されば、孔子《こうし》の釈に、「[33]忠臣を尋ぬるに、必ず孝子の門に於てす」と云へり。父のために不孝ならん人、豈《あ》に君のために忠

28 大型の琴。
29 悠然。
30 気がふさいでいた。
31 風雨が適度で世の中が平穏なこと。「風条(えだ)を鳴らさず、雨塊(つちくれ)を破らず。五日に一たび風ふき、十日に一たび雨ふる」(論衡・是応)。
32 天下は、善政の恩恵を受けて、帝の末長い治政を称えた。
33 「孔子曰はく、親に事(つか)ふるに孝あり、故に忠君に移すべし。ここを以て、

あらんや。天竺《てんじく》、震旦《しんだん》の古き跡を尋ぬるに、親のために道なければ、忠あれども刑《つみ》せらる。獅子国《ししこく》の例これなり。父のために孝あれば、賤《いや》しけれども賞せらる。虞舜の徳これなり。しかるに今、右兵衛佐直冬《うひょうえのすけただふゆ》は、父を亡ぼさんために、君の命《めい》を借らんとす。君、これを御許容あつて、大将の号を下さるる事、かたがた以て道にあらず。山名伊豆守《やまないずのかみ》、もしこの人を取り立てて大将とせば、天下[34]の大功を致さん事、更《さら》に成就《じょうじゅ》すべからず」[35]と、[36]亭叟《ていそう》が眉を嚬《ひそ》めて申しけるが、はたしてげにもと思ひ合はする事多かりけり。

直冬上洛《ただふゆしょうらく》の事　10

足利右兵衛佐直冬《あしかがうひょうえのすけただふゆ》を大将として、朝敵《ちょうてき》を退治《たいじ》すべき由《よし》、吉野《よしの》殿《どの》より[1]綸旨《りんし》をなされければ、山名伊豆守時氏《やまないずのかみときうじ》、子息右衛門佐師《うえもんのすけもろ》

忠臣を求むるに、必ず孝子の門に於てす」(後漢書・韋彪伝)。

34 天下の大事業。
35 ここまで、本巻・7末尾に始まる遊和軒朴翁の言。
36 「祐和軒亭叟」とも称した玄恵をさすか。本巻・7・注11、参照。

10
1 帝の発給する文書。

氏《うじ》、五千余騎の勢《せい》を率《そっ》して、文和《ぶんな》三年十二月十三日、伯耆国《ほうきのくに》を立ち給ふ。山陰《せんおん》咸《ことごと》く随ひ付いて、兵七千騎に及びければ、但馬国《たじまのくに》より、[2]杉原越《すぎはらごえ》に播磨《はりま》へ打つて出づ。

「先《ま》づ、宰相中将義詮《さいしょうちゅうじょうよしあきら》の、播磨の[3]鵤《いかるが》におはするを打つ散らすか、また、直《す》ぐに丹波路《たんばじ》へ懸かつて、[4]仁木左京大夫頼章《にきさきょうのだいぶよりあき》が[5]佐野城《さののじょう》に楯籠《たてご》もりて、道を支《ささ》へんとするをや打ち落とす」と評定《ひょうじょう》ありけるが、越中《えっちゅう》の[6]桃井播磨守直常《もものいはりまのかみただつね》、越前《えちぜん》の[7]修理大夫《しゅりのだいぶ》高《たか》経《つね》のもとより、飛脚《ひきゃく》同時に到来《とうらい》して、「ただ急ぎ京都を詰《つ》められ候へ。北国《ほっこく》の勢を引いて、同時に攻《せ》め上《のぼ》るべき」由《よし》を[8]牒《ちょう》せられければ、さらば、[9]夜《よ》を日《ひ》に継《つ》いで京都を攻むべしとて、山名《やまな》父子ともに、兵七千余騎にて丹波路を打ち通るに、仁木左京大夫、当国の守護として敵を支へんために在国したる上、今は将軍の[10]執事《しつじ》として勢ひ人に越えたれば、丹波国にて定めて火を散らす程の合戦、五度も十度もあらんずらんと覚えけるに、敵の

2　兵庫県多可郡多可町加美区杉原。丹波と播磨の国境。
3　揖保郡太子町鵤。
4　義勝の子。高師直没後に将軍の執事。丹波守護。
5　丹波市氷上町佐野にあった城。
6　貞頼の子。直義党・南朝方。
7　尾張足利家、斯波宗氏の子。新田義貞を討つが、尊氏との確執から直義党・南朝方につく(本巻・11)。のち幕府に帰参。
8　文書で連絡する。
9　昼夜兼行で。
10　将軍補佐の要職。

勇鋭《ゆうえい》を見て、戦うては[11]なかなか叶《かな》はじとや思はれけん、つひに矢の一つをも射ざりければ、敵の嘲《あざけ》りのみならず、天下の物咲《ものわら》ひとぞなりにける。

　都にありとある程の兵を、宰相中将殿に付けて播磨へ下《くだ》されぬ。また、遠国《おんごく》の勢は未だ上《のぼ》らず。将軍、わづかなる小勢《こぜい》にて山名が大勢《おおぜい》に打ち負けなば、天下を一時《いっし》に傾《かたぶ》けられぬと、思慮[12]かたがた深かりければ、直冬《ただふゆ》、すでに[13]大江山《おおいのやま》を越ゆると聞こえしかば、[14]正月十二日の暮れ程に、将軍、[15]主上《しゅしょう》を取り奉つて、近江国《おうみのくに》へ落ち給ふ。

　そもそもこの君、御位《みくらい》に即《つ》かせ給ひて後、未だ三年《みとせ》を過ぎず、[16]二度《ふたたび》都を落ちさせ給ひ、百官《ひゃっかん》皆他郷《たきょう》の雲にさまよひ給ふ。あさましかりし世の中なり。

　さる程に、[17]同じき十三日、直冬、都に入《い》り給へば、越中の[18]桃井、越前の[19]修理大夫も、三千余騎にて上洛《しょうらく》す。直冬、この七、

11　とうてい。
12　あれこれと。
13　丹波から山城(京)へ越える峠。京都市西京区大枝沓掛町と京都府亀岡市篠町の間。
14　文和三年(一三五四)十二月二十四日が正しい。
15　後光厳帝。
16　一度めは、文和二年六月。本巻・5。
17　史実としては、文和四年一月二十二日。
18　桃井直常。
19　斯波高経。

八年、[20]継母《けいぼ》の讒《ざん》によつて、かなたこなたに漂泊《ひょうはく》し給ひつるが、多年の[21]蟄懐一時《ちっかいいっし》に開けて、今、天下の武士に仰がれ給へば、ただ年に二度《ふたたび》花開《さ》きたる木の、その根の朽ちぬるをも知らず、[22]春風三月《しゅんぷうさんげつ》、一城《いちじょう》の人皆狂《きょう》せるに異ならず。

鬼丸鬼切《おにまるおにきり》の事　11

そもそも[1]豆州《ずしゅう》は、所領の事に付いて、宰相中将殿《さいしょうちゅうじょうどの》に恨みあり。[2]桃井播州《もものいばんしゅう》は、[3]故高倉殿《たかくらどの》に属《しょく》して、望みを達せざる憤《いきどお》りあれば、この両人、敵になり給ひぬる事は、少しその謂《い》はれあるべし。

尾張修理大夫高経《おわりしゅりのだいぶたかつね》は、忠戦自余《じよ》の一族に超《こ》えしに、[4]将軍も忠賞他《た》に異《こと》にして、世、その[5]仁《じん》を重んぜしかば、何事に恨みあるべしとも覚えざりしに、今度、敵になつて将軍を傾《かたぶ》けんとし給

20　まま母の讒言。直冬は、尊氏の側室の子。第二十七巻・7、参照。
21　不満。
22　(天下の武士が直冬を仰ぐのは)春の花が咲くわずかの期間、町中の人が遊び狂うのと同じだ。「花開き花落つること二十日、一城の人皆狂せるが若(ごと)し」(白居易・牡丹の芳〈はな〉)。

11
1　山名伊豆守時氏。
2　桃井播磨守直常。
3　足利直義。法名恵源。
4　将軍尊氏も忠義の恩賞を格別に与えて。
5　人物。

ふ事、何の遺恨ぞと、事の発《おこ》りを尋ぬれば、[6]先年、[7]越前足羽《えちぜんあすわ》の合戦の時、この高経、朝敵《ちょうてき》の惣大将《そうだいしょう》新田左中将義貞《にったさちゅうじょうよしさだ》を討つて、源平累代《げんぺいるいだい》の重宝《ちょうほう》、[8]鬼丸、[9]鬼切と云ふ二振《ふたふり》の太刀を取り給ひたりしを、将軍、「これは、末々《すえずえ》の源氏なんどの持つべき物にあらず。急ぎこれを登《のぼ》せらるべし。当家の重宝として、嫡流相伝《ちゃくりゅうそうでん》すべし」と、度々《どど》仰せられけるを、堅く惜しんで、「この二振の太刀は、[10]長崎《ながさき》の道場《どうじょう》に預《あず》け措《お》いて候ひしを、かの道場炎上の時、焼けて候ふ」とて、少し似たる太刀を二振取り替へ、焼け損じてぞ出だされける。この事、ありのままに京都へ聞こえければ、将軍、大きに怒つて、朝敵の大将を討ちたる忠功抜群《ちゅうこうばっくん》なりと云へども、さまでの恩賞をも行はれず。[11]事に触れて、面目《めんぼく》なき気色《きしょく》にてありける間、高経、これを憤りて、故高倉禅門《たかくらぜんもん》の謀叛《むほん》にも与《くみ》し、今、直冬《ただふゆ》の上洛《しょうらく》にも力を并《あわ》せて、攻《せ》め上《のぼ》り給ひたりとぞ聞こえし。

6　延元三年（一三三八）。第二十巻・10、参照。
7　福井県福井市足羽。
8　北条氏に伝来し、義貞の手に渡った名刀（第二十巻・11）。
9　義貞が北国落ちに際して日吉社に奉納したともいう。第十七巻・15。
10　福井県坂井市丸岡町長崎にある時宗寺院、往生院称念寺。新田義貞の墓所がある。第二十巻・11。
11　何かにつけて、体面をつぶすような態度だったので。

この鬼丸《おにまる》と申すは、[12]北条四郎時政《ほうじょうのしろうときまさ》、天下を把《と》つて四海《しかい》を鎮《しず》めし後《のち》、常に居給《い》ひける処《ところ》に、夢幻《ゆめまぼろし》に、夜な夜な小鬼《しょうき》来て、時政を侵《おか》さんとする事度々《どど》なり。修験《しゅげん》の行者《ぎょうじゃ》[13]加持《かじ》すれども、止《や》まず。[14]陰陽寮《おんようりょう》に封《ふう》ずれども、立ち去らず。剰《あまっさ》へ、これゆゑに時政病《やまい》を受けて、身心《しんしん》苦しむ事隙《ひま》なし。時政、或る夜の夢に、この太刀、一人の老翁《ろうおう》と変じて、「われ、常に汝《なんじ》を守護するゆゑに、かの妖怪《ようかい》の物を退けんとすれば、穢《けが》れたる人の手を以て[15]淬《にらぎ》刃の事なりを探りたりしによつて、さび身より出でて、抜けんとすれども協《かな》はず。早くかの妖怪の物を払はんと思はば、清《しょう》浄《じょう》ならん人をして、わが身のさびを拭《のご》はすべし」と委細に訓《おし》へて、老翁は、また本《もと》の太刀になりぬと見えたりける。

時政、[16]夙《つと》に起きて、不思議の思ひをなす。老翁の夢に示しつる如くに、[17]清浄の聖人《しょうにん》を請《しょう》じて、この太刀のさびを拭はせて、暫《しばら》く加持して、鞘《さや》には差さで、傍《かたわ》らの柱にぞ立てたりける。冬

12　鎌倉幕府初代執権。政子・義時の父。
13　密教の祈禱。
14　陰陽寮(天文・卜筮を司る役所)に封じ込めて祈っても。
15　焼き入れの時に出来る刃紋。探るは、触る。
16　早朝。
17　穢れのない(肉食妻帯をしない)僧。

の事なりければ、暖気《だんき》を内に籠《こ》めんとて、火鉢《ひばち》を置いたる台を見れば、銀《しろかね》を以て長《たけ》一尺ばかりなる小鬼を鋳《い》て、眼には水精《すいしょう》を入れ、歯には金《こがね》をぞ沈めたりける。時政、これを見て、この間、夜な夜な夢に来て見えつる鬼なり。質《すがた》さもこれに似たりつるものかなと、[18]化《おもかげ》あるやうにてまもり居たる処に、抜いて立てたる太刀、俄《にわ》かにがはと倒《たお》れ懸《か》かり、この火鉢の足なる鬼の首を、[19]懸けず切つてぞ落としける。真《まこと》にこの鬼や化《け》して人を悩ましけん、時政、忽《たちま》ちに心地直りて、その後《のち》よりは、鬼形《きぎょう》の物[20]かつて更《さら》に見えざりけり。

さてこそ、この太刀を鬼丸と名づけて、[21]高時《たかとき》の世に至るまで平氏《へいじ》の嫡家《ちゃくけ》に伝はつて、[22]相模入道《さがみのにゅうどう》、鎌倉《かまくら》の[23]東勝寺《とうしょうじ》にて自害に及びける時、この太刀を、相模入道の次男少名《おさなな》[24]亀寿《かめじゅ》に、家の重宝なればとて取らせて、信濃国《しなののくに》へ落ちて[25]諏訪《すわ》の祝部《はふり》を憑《たの》んで、[26]建武《けんむ》二年八月に、鎌倉の合戦に打ち負け、[27]諏訪《すわ》三河守《みかわのかみ》を始め

18　見覚えがある気がして見まもっていると。
19　たやすく。
20　けっして二度と現れなかった。
21　北条高時。
22　高時。
23　北条泰時が創建した臨済宗寺院。神奈川県鎌倉市小町にあった。第十巻・8、参照。
24　北条時行の幼名。
25　諏訪大社下社の神官。
26　一三三五年。北条時行が起こした中先代の乱。
27　名は頼重。

として、宗徒《むねと》の大名四十三人、[28]大御堂《おおみどう》の内に走り入り、頬《つら》の皮《かわ》を剝《は》ぎ自害したりし中に、この太刀ありければ、定めて相模次郎時行《さがみのじろうときゆき》もこの中に腹切つてぞあるらんと、人皆あはれに思《おも》ひ逢《あ》へり。その時、この太刀を取つて、新田殿《にったどの》に奉る。義貞《よしさだ》、斜《なの》めならず喜びて、「これぞ、聞こゆる平氏の家に伝へたる鬼丸《おにまる》と云ふ重宝《ちょうほう》なり」と、秘蔵して持つたりける剣《つるぎ》なり。これは奥州《おうしゅう》宮城郡《みやぎのこおり》の[29]府《こう》に、[30]三の真国《さねくに》と云ふ鍛冶《かじ》、三年精進潔済《しょうじんけっさい》して、七《なな》重《え》に注連《しめなわ》を引いて鍛《きた》うたる剣なり。

次に、鬼切《おにきり》と申すは、元《もと》は、清和源氏《せいわげんじ》の先祖、[31]摂津守頼光《つのかみらいこう》の太刀にてぞありける。[32]大和国宇多郡《やまとのくにうだのこおり》に、大きなる森あり。その陰《かげ》に、夜な夜な怪物《ばけもの》あつて、行《ゆ》き来《き》の人を取《と》り喰《く》らひ、牛馬《ぎゅうば》[33]六畜《ろくちく》を撮《つか》み裂《さ》く。頼光、これを聞いて、郎等《ろうどう》[34]渡部源五綱《わたなべのげんごつな》と云ひける者に、「かの怪物を、討つて奉《まいら》せよ」とて、秘蔵の太刀を賜《た》びてけり。綱、頼光の命《めい》を含んで、宇多郡に行き、甲冑《かっちゅう》

28 勝長寿院。源頼朝が父義朝の供養のために建立した寺院。神奈川県鎌倉市雪ノ下にあった。
29 宮城県多賀城市にあった陸奥国府。
30 不詳。
31 源満仲の長男。
32 奈良県宇陀郡。
33 六種の家畜。牛・馬・羊・犬・鶏・豚。
34 摂津国西成郡渡辺(大阪市)に住んだ。頼光四天王の一人。底本「渡部」だが、後出「渡辺」。

を帯《たい》し、夜な夜な森の影にして待ちたりける。この怪物、綱が勢ひにや恐れけん、あへて眼《まなこ》に遮《さえぎ》る事なし。

綱、さらば形を替へて謀《たばか》らんと思ひ、髪を解き乱し覆《おお》ひ、鬘《かつら》を懸けて、35金黒《かねぐろ》に36太眉《ふとまゆ》を作り、薄絹《うすぎぬ》を打ち37負《かず》きて、女の如く出で立ちて、朧月夜《おぼろづきよ》の明けぼのに、杜《もり》の下をぞ通りける。俄《にわ》かに虚空《こくう》掻き曇り、杜の上に、物立《た》ち翔《かけ》るやうに見えけるが、空より綱が鬢《びん》の髪《かみ》を攫《つか》んで、中《ちゅう》に取つてぞ上がりける。綱、件《くだん》の太刀を抜いて、虚空を払ひ切りにぞ切つたりける。雲の上に、あつと云ふ音《こえ》して、血の顔にさつと懸かりけるが、毛の生《お》ひたる手の、指三つありて熊の手の如くなるを、38二の腕より切つてぞ落としたりける。

綱、この手を取つて頼光に奉る。頼光、これを朱《しゅ》の唐櫃《からひつ》に収めて置かれける後《のち》、夜な夜な懼《おそ》ろしき夢をぞ見給ひける。39占夢《せんむ》の博士《はかせ》に問ひ給ひければ、七日《なぬか》が間の重き40慎《つつし》みとぞ、占ひ申し

35　お歯黒。
36　黛（まゆずみ）で太くかいた眉。
37　頭にかぶり。
38　肘から肩の間。
39　夢を占う陰陽師。
40　物忌み。災いを避けて一定期間家に籠もること。

ける。これによつて、頼光《らいこう》、堅く門戸《もんこ》を閉ぢて、七重《ななえ》の四目《しめ》[41]を曳《ひ》き、四方の門に、十二人の番衆《ばんしゅ》[42]を居《す》ゑ、宿居蟇目《とのいひきめ》[43]をぞ射させらる。

物忌《ものい》みすでに七日に満《まん》じける夜《よ》、河内国高安郡《かわちのくにたかやすのこおり》[44]より、頼光の母儀《ぼぎ》来たつて、門《かど》をぞ敲《たた》かせける。物忌《ものい》みの最中なりけれども、正《まさ》しき老母の、対面のためとて遠々《はるばる》と来たりたれば、力なく[45]門を開き、内へ入れ奉つて、珍《ちん》[46]を調《ととの》へ、酒を進め、様々《さまざま》の物語に覃《およ》びける時、頼光、至極《しごく》飲《の》み酔《え》ひて、この事をぞ語り出だされける。老母、持ちたる盃《さかずき》を前に差し置きて、「あな怖《おそ》ろしや。わがあたりの人も、この怪物《ばけもの》に多く取られて、子は親に先立ち、妻は夫に別れたる者、多く候ふぞや。さても、いかなる物にて候ふぞや。あはれ、その手を見ばや」と、所望《しょもう》せられければ、「安き程の事にて候ふ」とて、唐櫃《からひつ》の中より、件《くだん》の手を取り出だして、老母の前にぞ差し置き給ひける。

41 注連。しめ縄。
42 警固の番人。
43 夜に泊まりがけで番をし、魔除けの蟇目(大型の鏑矢)を射ること。
44 大阪府八尾市高安町。
45 やむをえず。
46 珍しい料理。
47 一丈は、約三メートル。
48 頭が牛の形をした鬼。
49 煙を戸外に出すため屋

母、これを取つて、且《しばら》く見る由《よし》しけるが、わが右の手の、臂《ひじ》より切れたるを差し出だして、「これは、わが手にて候ひける」と云ひて、差し合はせ、兀《たちま》ちに長二丈《たけ》47ばかりなる48牛鬼《うしおに》になつて、酌《しゃく》に立つたりける綱《つな》を、左の手に提《ひっさ》げて、天井の49煙出《けぶりだ》しより上がりけるを、頼光、件《くだん》の太刀を抜いて、牛鬼の頸《くび》を切つて落とす。その頸、頼光に懸かりけるを、太刀を逆手《さかて》に取り直して、合はせられければ、この頸、太刀の鋒《きっさき》を五寸喰《く》ひ切つて口に含みながら、頸はつひに地に落ちて、忽《たちま》ちに目をぞ塞ぎける。その50骸《むくろ》はなほ51破風《はふ》より蜚《と》び出《い》でて、曠《はる》かの天に昇りけり。

その比《ころ》、52修験《しゅげん》清浄《しょうじょう》の53横川《よかわ》都卒《とそつ》の僧都《そうず》54覚蓮《かくれん》を請じ奉り、55壇《だん》上《じょう》にこの太刀を立て、注連《しめ》を引き、七日加持《かじ》し給ひければ、鋒五寸折れたりける剣《つるぎ》に、天井《てんじょう》より56倶梨伽羅《くりから》下《お》り懸《か》かつて、鋒を口に含みければ、忽《たちま》ちに元の如く生《お》ひ出《い》でにけり。

この太刀、57多田満仲《ただのまんじゅう》が手に渡つて、信濃国《しなののくに》58戸蔵山《とがくしやま》にて、ま

根にあけた窓。上を小屋根で覆う。
50　胴体。
51　屋根の切り妻の三角形の部分。
52　修行して験力があり穢れのない清僧。
53　比叡山三塔の一、横川を、弥勒菩薩が修行する都卒天にたとえた言い方。
54　覚運が正しい。平安中期に比叡山横川にいた高名な学僧。
55　護摩壇の上。
56　不動明王の変化身。岩の上で剣に巻きついた黒龍が火焔につつまれ、剣を呑もうとしているさまに作られる。倶利伽羅龍王。
57　経基王の子、源満仲。摂津国多田に住んだ。清和源氏の祖。
58　戸隠山。長野市戸隠にある修験の霊場。

た鬼を切りたる事あり。これによつて、その名を鬼切《おにきり》と云ふなり。この太刀は、[59]伯耆国《ほうきのくに》会見郡《えみのこおり》に、[60]大原五郎大夫《おおはらごろうのたいふ》安綱《やすつな》と云ふ鍛《か》冶《じ》、[61]一心清浄《いっしんしょうじょう》の誠《まこと》を致し、鍛《きた》い出《い》だしたる剣なり。時の武将[62]田村将軍《たむらしょうぐん》にこれを奉る。これは[63]鈴河御前《すずかごぜん》と田村将軍と、鈴河《すずか》山《やま》にて剣合《つるぎあ》はせの剣これなり。その後《のち》、田村丸、[64]伊勢大神宮《いせだいじんぐう》へ参詣の時、大神宮より夢の告げを以て御所望《ごしょもう》あつて、御殿《ごてん》に納めらる。その後、摂津守頼光《つのかみらいこう》、大神宮参詣の時、御夢想あり、「汝《なんじ》にこの剣を与ふ。これを以て、子孫代々の家嫡《かちゃく》に伝へ、天下の守りたるべし」と示し給ひたる太刀なり。されば、源家《げんけ》にこれを執《しゅう》せらるるも、理《ことわ》りなり。次に、[65]渡辺党《わたなべとう》の家に、破風作《はふづく》りをせざるは、この故《ゆえ》なりと云々《うんぬん》。

神南合戦《こうないかっせん》の事　12

59　現在の鳥取県西伯郡の一部。
60　西伯郡伯耆町大原にいた刀工。
61　雑念を払い心を清浄にして真心をこめ。
62　坂上田村麿。桓武天皇の代に、征夷大将軍として蝦夷征伐に功があった。
63　三重県と滋賀県の境の鈴鹿山中にいたとされる女盗賊。
64　三重県伊勢市の皇大神宮。
65　摂津国西成郡渡辺(大阪市西成区)に住んだ嵯峨源氏の一流。渡辺綱を祖とする。

さる程に、将軍は、持明院《じみょういん》の主上《しゅしょう》[1]を守護し奉つて、近江《おうみ》の四《し》[2]十九院《じゅうくいん》へ落《お》ち留《とど》まり、宰相中将義詮朝臣《さいしょうちゅうじょうよしあきらあそん》は、西国《さいごく》より上洛《しょうらく》せん敵を支へんために、播磨国《はりまのくに》鵤《いかるが》[3]にかねて在庄《ざいしょう》し給ひたりと聞こえしかば、近江、美濃《みの》、尾張《おわり》、三河《みかわ》、遠江《とおとうみ》、伊賀《いが》、伊勢《いせ》の勢《せい》は、四十九院へ馳《は》せ参《まい》る。阿波《あわ》、讃岐《さぬき》、備前《びぜん》、備中《びっちゅう》、播磨、美作《みまさか》の勢は、鵤へ馳《は》せ参《さん》ず。

東西両陣の牒使《ちょうし》[4]、相図《あいず》の日を定めければ、将軍は、三万余騎の勢にて、二月四日、東坂本《ひがしさかもと》に着き給ふ。宰相中将義詮朝臣は、七千余騎にて、同じき日の早旦《そうたん》に、山崎《やまざき》[5]の西、神南[6]と云ふ宿《しゅく》の北に当たつて、高く岨《けわ》しき峰に陣を取り給ふ。

右兵衛佐直冬《うひょうえのすけただふゆ》も、初めは、大津《おおつ》、松本《まつもと》[7]の辺に馳《は》せ向《む》かつて合戦を致さんと議せられけるが、山門《さんもん》[8]、三井寺《みいでら》の衆徒《しゅと》、皆《みな》将軍に志《こころざし》を通じける由《よし》聞こえければ、ただ洛中にして東西の敵を受け、見繕《みつくろ》うて合戦をすべしとて、一手《ひとて》には、右兵衛佐直冬を大

12

1 後光厳帝。
2 滋賀県犬上郡豊郷町四十九院。
3 兵庫県揖保郡太子町鵤。
4 回状を持ち運ぶ使者。
5 京都府乙訓郡大山崎町。
6 大阪府高槻市神内。山崎とは淀川をはさんで西に位置する。
7 滋賀県大津市松本。
8 比叡山延暦寺、三井寺園城寺。

将として、尾張修理大夫《おわりしゅりのだいぶ》高経《たかつね》、子息[9]兵部少輔《ひょうぶのしょう》、桃井播磨守直《もものいはりまのかみただ》常《つね》、土岐《とき》、[10]原《はら》、蜂屋《はちや》を宗徒《むねと》の侍として五十三人、その勢《せい》都合六千余騎は、[11]東寺《とうじ》を[12]詰《つ》めの城に構へて、七条《しちじょう》より小路《こうじ》小路《こうじ》に充《み》ち満《み》ちたり。

一手《ひとて》には、[13]山名《やまな》伊豆守《いずのかみ》、子息右衛門佐《うえもんのすけ》を大将として、[14]井田《いだ》、波多野《はだの》、石原《いしはら》、足立《あだち》、河村《かわむら》、久世《くぜ》、海老名《えびな》和泉守《いずみのかみ》、吉田安芸守《よしだあきのかみ》、小幡《おばた》出羽守《でわのかみ》、楯又太郎《たてまたたろう》、加地《かじ》三郎左衛門《さぶろうざえもん》、後藤《ごとう》壱岐守《いきのかみ》、倭文修理亮《しとりしゅりのすけ》、長門《ながと》山城守《やましろのかみ》、土屋《つちや》、福頼《ふくより》、佐波《さわ》、宇多河《うたがわ》、野田《のだ》、首藤《すどう》、浅沼《あさぬま》、大庭《おおば》、福間《ふくま》、佐治《さじ》、毛利《もうり》因幡守《いなばのかみ》、佐渡《さど》但馬守《たじまのかみ》、塩見《しおみ》源太《げんた》、都合その勢五千余騎、前に深田《ふけだ》を充《あ》て、左に川を[15]境《さか》ひて、[16]淀《よど》、鳥羽《とば》、赤井《あかい》、大渡《おおわたり》に、引き分け引き分け陣をとる。

川より南には、[17]四条中納言《しじょうちゅうなごん》、[18]法性寺《ほっしょうじ》右衛門督《えもんのかみ》を大将として、吉良《きら》、石塔《いしどう》、原、蜂屋、[19]赤松弾正少弼《あかまつだんじょうのしょうひつ》、和田《わだ》、楠《くすのき》、[20]真木《まき》、佐和《さわ》、秋山《あきやま》、酒辺《さかべ》、野原《のはら》、宇屋《うや》、崎山《さきやま》、佐美《たすくび》、陶器《すえ》、岩郡《いわこり》、谷《たに》、

9 斯波氏頼。
10 原・蜂屋は、美濃の土岐氏族。
11 京都市南区九条町の教王護国寺。
12 最後の拠点となる城。本丸。
13 山名時氏と、師義(師氏)。
14 井田・波多野は因幡、石原は備後、足立・河村は伯耆、久世は美作、海老名は因幡の武士。吉田は神田本「吉岡」、因幡の武士。小幡は因幡、楯は備中、加地は備前、後藤・倭文は因幡、長門は安芸、土屋は伯耆、福頼は出雲、佐波は石見、宇多河(後出、歌河)は因幡、野田は周防、首藤は備後、浅沼は不詳。大庭は石見、福間・佐治は因幡、毛利は安芸、佐渡は不詳。塩見は因幡の武士。

河野辺《かわのべ》、福塚《ふくづか》、橋本《はしもと》を始めとして、吉野《よしの》の官軍三千余騎、[21]八幡《やわた》の山下《さんげ》に陣を取る。

山名右衛門佐、初めの程は、待《ま》ち軍《いくさ》にせんと議したりけるが、神南《こうない》の敵さまでの大勢《おおぜい》にてはなかりけりと見透《みす》かして、さらば、[22]先んずるに人を制するに利あるべしと、日来《ひごろ》の議を翻《ひるがえ》して、八幡にひかへたる和田、楠と一手《ひとて》になり、神南の宿《しゅく》に打ち寄り、[23]楯の板をしめし、馬の[24]腹帯《はるび》をしめ、二の[25]尾崎《おさき》よりぞ上げたりける。

一陣の西の尾崎をば、[26]赤松律師則祐《あかまつのりっしそくゆう》、子息[27]弥次郎師範《やじろうもろのり》、信《しな》濃五郎直頼《ののごろうただより》、彦五郎範実《ひこごろうのりざね》、肥前権守朝範《ひぜんごんのかみとものり》、并びに佐々木佐渡《ささきさどの》判官入道道誉《ほうがんにゅうどうどうよ》、都合二千余騎にて堅めたりけるが、嶮《けわ》しき山の習ひとして、[28]余所《よそ》は見えて、麓《ふもと》は更《さら》に見えざりければ、ただ今これより敵の上《のぼ》るべしとは思ひも寄らず、定めて敵は先《ま》づ大将の御陣へぞ懸けんずらんと、[29]徒《いたず》らに外目《よそめ》を仕《つか》うて見居《みい》たる処《ところ》

15　淀川。
16　京都の南の地。伏見区淀。南区上鳥羽。赤井は、伏見区羽束師(はつかし)から淀の北の桂川西岸の地。大渡は、淀の下流の渡し場。
17　隆俊。隆資の子。
18　康長。親康の子。
19　氏範。円心(則村)の子。
20　真木(槙野)・佐和・秋山は、大和国宇陀郡(奈良県宇陀市)、酒辺・野原は同宇智郡(五條市)の武士。宇屋は神田本「宇野」、宇智郡の武士。崎山は紀伊、佐美は大和、陶器は和泉の武士。岩郡・河野辺・福塚は河内、橋本は和泉の武士。谷は不詳。
21　石清水八幡宮のある男山(京都府八幡市)。
22　「先んずれば即ち人を制し、後るれば即ち人の制する所となる」(史記・項羽

に、山名《やまな》右衛門佐《うえもんのすけ》を先として、井田《いだ》、波多野《はだの》、足立《あだち》、石原《いしはら》、河村《かわむら》二千余騎、一陣に対して少し隔《へだ》たりける尾崎《おさき》へ同時に馬を懸け上げて、一度に時[30]をどつと作る。[31]分内狭《ぶんないせば》き両方の峰に、馬人《うまひと》身を側《そば》むる程に打ち寄せたれば、互ひに(射)違へたる[32]包《こ》み矢《や》、弛《はず》るるは一つもなければ、敵も御方《みかた》ももろともに、疵《きず》を蒙《こうぶ》る者数《かず》を知らず。

その中に、播磨国《はりまのくに》の住人に、[33]後藤三郎左衛門基明《ごとうさぶろうざえもんもとあきら》と云ひける者は、当国一の強弓《つよゆみ》の[34]手足《てだ》りなりければ、わざと甲《かぶと》を脱《ぬ》いで[35]高紐《たかひも》を弛《はず》し、[36]三人張りに、十四束三伏《そくみつぶせ》曳《ひ》きしぼり、真前《まっさき》に進む敵を射けるに、[37]楯も物具《もののぐ》も滞《た》まらねば、山名が兵ども、進みかねて、少し[38]白《しら》みてぞ見えたりける。

これを利にして、佐々木勢《ささきぜい》の中より、[39]一様《いちよう》に母衣《ほろ》懸けたる武者三人、[40]鹿垣《ししがき》を切つて押し破り、「近江国の住人[41]江見勘外由左衛門《えみかげゆざえもん》、箕浦四郎左衛門《みのうらしろうざえもん》、馬淵新左衛門《まぶちしんざえもん》、真前《まっさき》に懸けて、討死《うちじに》

本紀)。
23 楯の板を割れないように水で湿らすこと。
24 鞍を固定するため馬の腹にしめる帯。
25 山の尾根が下がってくる先端。
26 円心(則村)の三男。赤松の家督を嗣ぐ。
27 師範・直頼・範実・朝範は、範資(則祐の兄)の子で、のち則祐の猶子となる。
28 山から離れた処は見えても、山の麓は見えないので。
29 むだに遠くの方(大将義詮の陣)ばかり見ていたところ。
30 鬨(とき)の声。
31 地所。
32 いっせいに放つ矢。
33 兵庫県多可郡に住んだ武士。
34 腕利き。

仕《つかまつ》り候ふぞ。人に語つて、末代に名を留《とど》めよ」と名乗り懸けて、太刀の鋒《きっさき》を并《あわ》せ、三人小跳《こおど》りして進めば、左の方《かた》より、後藤三郎左衛門基明、42一宮弾正左衛門有種《いちのみやだんじょうざえもんありたね》、43粟原彦五郎《あいばらひこごろう》、海老《えび》名《な》新左衛門《しんざえもん》四人、高声《こうしょう》に名乗つて、「川を渡し、城へ切つて入る合戦なんどこそ、先懸《さきが》けは一人《いちにん》に定まれ。かやうの44広みの合戦は、敵と一番に討ち違へたるを以て先懸けとす。御方《みかた》に一人《いちにん》も死に残る人あらば、45証拠《しょうこ》に立ち給へ」と喚《よ》ばはりて、寄手《よせて》数万の大勢の中へ、ただ七人切つて入る。

山名右衛門佐、大音声《だいおんじょう》を揚げて、「御方に人はなきか。あれ討つて軍神《いくさがみ》に祭れ」と下知《げじ》し給へば、井田、波多野の46早《はや》り雄《お》の若武者二十余人、馬より飛び下り飛び下り、勇み勇んで47抜き連れて渡り合ふ。後ろには、数万の敵、「御方列《つつ》くぞ。引くな」と力を合はせて叫《おめ》き、前には、五十余人の者ども、さつと入り乱れて跳《おど》り懸《か》かり跳り懸かり切り合ふに、太刀の鐔音山彦《つばおとやまびこ》に響《ひび》

35　鎧の胴を肩で吊る紐。
36　三人がかりで張る強い弓に、十四束三伏の長い矢(束は一握りで、親指を除く指四本、伏は指一本の幅)。矢の長さは十二束を標準とした。
37　楯も鎧も耐えられないので。
38　気勢がなえて。
39　同じ色の母衣(矢を防ぐために背負う袋状の布)。
40　鹿や猪よけの垣を戦場に使用したもの。
41　江見は、赤松一族。箕浦は、滋賀県米原市箕浦、馬淵は、近江八幡市馬淵町に住んだ武士。
42　不詳。
43　底本「栗(イア)原」を改める。
44　広い場所。
45　先懸けの証人。
46　血気にはやった。

いて、暫《しばら》くも止《や》む時なければ、山岳《さんがく》頽《くず》れて川谷《せんこく》を埋《うず》むかとぞ聞こえける。

二陣の峰をば、[48]細川右馬頭《ほそかわうまのかみ》、同じき[49]伊予守《いよのかみ》を大将にて、阿波《あわ》、讃岐《さぬき》、備前《びぜん》、備中《びっちゅう》、備後《びんご》の兵ども、三千余騎にて堅めたり。これは殊更《ことさら》山嶮《けわ》しければ、敵、南よりよも上《あ》がらじと思ひける処《ところ》に、山名伊豆守《やまないずのかみ》を前《さき》として、[50]小林民部丞《こばやしみんぶのじょう》、和田《わだ》、楠《くすのき》、小幡《おばた》、大《おお》庭《ば》、浅沼《あさぬま》、和泉《いずみ》、河内《かわち》、但馬《たじま》、丹後《たんご》、因幡《いなば》の兵ども、五千余騎にて、さしも岨《けわ》しき山道を、[51]盤折《つづらお》りにぞ上げたりける。この陣は、前の嶮《けん》を頼んで、鹿垣《ししがき》一重《ひとえ》も架《ゆ》はざりけれ(ば)、両方時の声を合はせて、矢一筋《ひとすじ》射違ふる程こそあれ、やがて[52]打物《うちもの》になつて火を散らす。

先《ま》づ一番に敵に逢ひける四国勢の中に、[53]秋庭《あきば》兵庫助《ひょうごのすけ》兄弟三人、生夷四郎左衛門《いくいなしろうざえもん》が一族十二人、一足《ひとあし》も引かで討たれにけり。これを見て、[54]坂東《ばんどう》、坂西《ばんぜい》、藤家《とうけ》、橘家《きっけ》の者ども、少しあぐんで[55]

47　いっせいに刀を抜いて。

48　頼之。頼春の子。阿波・伊予守護。

49　繁氏。顕氏の子。讃岐守護。

50　重長。前出、本巻・3「小林右京亮」。

51　折れ曲がった道を通って上がった。

52　刀や槍の類。

53　岡山県高梁市に住んだ武士。「飽庭」とも。生夷は、不詳。

54　坂東・坂西は、徳島県板野郡に住んだ武士。藤家は、讃岐の藤原氏(羽床・詫間・香西など)、橘家は、讃岐の橘氏(寒川・三木など)。

55　ひるんで。

見えけるを、備前国《びぜんのくに》の住人[56]白魚三郎左衛門《すずきさぶろうざえもん》父子兄弟六人、入れ替へて戦ひけるが、連《つづ》く御方《みかた》なければ、これも一所にて皆《みな》討たれにけり。その後《のち》、この陣色めきて[57]、兵しどろに見えけるを、小林民部丞、[58]得《え》たり賢《かしこ》しと勝《かつ》に乗つて、[59]短兵急《たんぺいきゅう》に拉《とりひし》がんと、揉みに揉うで攻めける間、四国、中国の勢《せい》三千余騎、山より北へ[60]まくり落とされて、遥《はる》かに深き谷の底へ、[61]人なだれをつかせて重なり臥したれば、敵に逢うて討死《うちじに》する者は少しと云へども、己れが太刀、長刀《なぎなた》に貫《つらぬ》かれて死する兵数《かず》を知らず。

二陣の敵破れて、御方の進み勇める気色《きしょく》を見て、一陣の寄手《よせて》、なじかは気に乗らざらん、大将山名右衛門佐《やまなうえもんのすけ》、打物の鞘《さや》を弛《はず》して、真前《まっさき》に進《すす》み上《のぼ》れば、相順《あいしたが》ふ兵ども、[62]誰《たれ》かは少しも擬々《ぎぎ》すべき、われ先に敵に逢はんと、諍《あらそ》ひ進《すす》まずと云ふ者なし。

中にも、山名が郎等《ろうどう》に、[63]福間《ふくま》三郎左衛門《さぶろうざえもん》とて、名を得たる大《だい》力《ちから》のありけるが、七尺三寸の太刀、[64]だびら広に作りたるを、[65]鐔《つば》

56 備前の須々木。岡山市北区三野に住んだ。
57 浮き足だって、兵は隊列を乱して。
58 してやったりと。
59 刀剣(短兵)を振るって一気に。
60 追い落とされて。
61 大勢が雪崩のように崩れ落ちること。
62 誰が少しでも躊躇することがあろうか。
63 因幡の武士。
64 刀身の幅の広いこと。だびらは、だんびら。
65 鍔元から三尺は刃をつけず、その先を蛤様の貝鎬(かいしのぎ=刃と峰の間が貝のように丸みを帯びたもの)にした太刀。

本《もと》三尺ばかり措《お》いて蛤歯《はまぐりば》に掻き合はせ、[66]臥縄目《ふしなわめ》の大荒目《おおあらめ》の鎧に、[67]三鍬形《みつくわがた》打つたる(甲《かぶと》)に、この太刀を片手打ちの払ひ切りに切《き》つて上《のぼ》りけるに、太刀の歯に当たる敵は、胴中《どうなか》、両膝《もろひざ》、[68]懸けず切つて落とされ、太刀の鋒《きっさき》に中《あた》る兵は、或いは中《ちゅう》にづんと打ち上げられ、或いは後《しり》へにどうと打ち倒されて、血を吐いてこそ死ににけれ。

二陣の破れし後《のち》は、この陣の兵も、皆《みな》[69]色を損じて、惣大将宰《そうだいしょうさい》相中将殿《しょうちゅうじょうどの》の勢《せい》と一所にならんと、崩れ落ちて引《ひ》きける間、右衛門佐《うえもんのすけ》を始めとして、井田《いだ》、波多野《はだの》の者ども、「あますな、泄《も》らすな」と、喚《おめ》き叫《さけ》んで追つ懸けたり。

[70]赤松弥次郎《あかまつやじろう》、舎弟[71]五郎《ごろう》、同じき[72]彦五郎《ひこごろう》、三人引《ひ》き留《とど》まりて、「ここを返さで引く程ならば、誰かは一人《いちにん》も生き残るべき。命惜しくは、返せや殿原《とのばら》、返せや一揆《いっき》の人々」と、[73]恥ぢしめて詈《ののし》りけれども、踏《ふ》み止《とど》まる者なかりければ、[74]後藤三郎左衛門基明《ごとうさぶろうざえもんもとあきら》、

66　紺・薄青・白に染めた革紐を縄のようによりあわせて縅（おど）した鎧。大荒目は、鎧の札が大きく縅の目が粗いもの。

67　金属製の板を三本の角の形にした兜正面の飾り。

68　たやすく。

69　士気が衰えて。

70　師範。

71　直頼。

72　範実。

73　恥ずかしめて叱咤激励したが。

74　以下は、赤松の家来。小国・伊勢は不詳。魚住は、兵庫県明石市に住んだ赤松

同じき五郎《ごろう》、小国播磨守《おぐにはりまのかみ》、伊勢左衛門太郎《いせさえもんのたろう》、魚住大夫房《うおずみたいふぼう》、佐々《ささ》木《き》の手には、[75]疋田藤六《ひきたとうろく》、佐々木弾正忠《ささきだんじょうのちゅう》、同じき能登権守《のとのごんのかみ》、新屋入道《にいのやにゅうどう》、薦田弾正左衛門《こもだだんじょうざえもん》、河匂弥七《こうわやしち》、瓶尻兵庫助《みかじりひょうごのすけ》、粟生田《あおうだ》左衛門次郎《さえもんのじろう》、返し合はせ返し合はせ、処々《しょしょ》にて討たれにけり。

[76]河原兵庫亮重行《かわらひょうごのすけしげゆき》は、今度の軍《いくさ》に打ち負けば、必ず討死せんと、かねて思《おも》ひ儲《もう》けけるにや、敵のすでに寄せんとて、方々《ほうぼう》より打ち寄するを見て、「今日の合戦は、わが身一つの悦《よろこ》びかな。[77]元暦《げんりゃく》の古《いにし》へ、平家一谷《いちのたに》に籠《こ》もりしを攻めし時、一の木戸、[78]生《いく》田《た》の森《もり》の前にて、それがしが先祖河原太郎《かわらのたろう》、同じき次郎《じろう》が、城の木戸を乗《の》り超《こ》えて討死したりしも、二月なり。国も替はらず、月日も違《たが》はず、重行、同じく討死して、いよいよ先祖の高名《こうみょう》を顕《あらわ》さば、[79]冥途黄泉《めいどこうせん》の岐《ちまた》に行き合うても、さこそは悦び給はんずらめ」と、涙を流し申しけるが、云ひつる詞《ことば》に少しも違はず、数《す》万の敵の中へ、ただ一人《いちにん》懸け入つて、つひに討死にしけるこ

氏族。

75 以下は、佐々木の一門とその家来。疋田は利仁流藤原氏。佐々木弾正忠・能登権守は不詳。新屋は佐々木一族。薦田・河匂・瓶尻・粟生田は、武蔵出身の武士。

76 武蔵七党の私市(きさい)党出身の武士。播磨に住んだ。

77 元暦元年(一一八四)の一ノ谷合戦における河原兄弟の討死譚は、「平家物語」巻九「二度の懸け」で有名。

78 兵庫県神戸市中央区生田町の生田神社の森。

79 あの世へ赴く辻。

そあはれなれ。

赤松肥前守朝範《あかまつひぜんのかみとものり》は、この陣を破られぬる事、身独《ひと》りの恥と思ひければ、袖に付けたる笠符《かさじるし》[80]を引き隠して、敵の中に交《まじ》り入《い》つて、よき敵に打ち違へ死なんと伺《うかが》ひける処《ところ》に、山名右衛門佐《やまなうえもんのすけ》、「引《ひ》く敵に足滞《た》[81]めさすな。ただいづくまでも、追《お》つ攻《つ》め追つ攻め討て」と、兵を下知《げじ》して、弓手《ゆんで》[82]の方《かた》を通りけるを、朝範、きつと打ち見て、あはれ、敵やと思ひける間、走り懸かりて、右衛門佐が甲《かぶと》の鉢《はち》を、したたかにちやうど打つ。打たれて、錣《しころ》[83]を傾《かたぶ》けければ、山名が郎等《ろうどう》三人、中に隔《へだ》たりて、肥前守が甲を打ち落とす。その後《のち》、小鬢《こびん》[84]のはづれ、小耳の上、三太刀《みたち》まで切られにければ、流るる血に目暮れて[85]、朝範、犬居《いぬい》[86]にどうと臥せば、敵押さへて留《とど》めを差す。されども、この人、未だ死業《しにごう》[87]や来たらざりけん、敵、首をも取らざれば、軍《いくさ》散じてその後、草の影より生き出でて、助かりけるこそ不思議なれ。

80 敵味方を区別する布きれ。鎧の袖や兜につける。
81 足を休ませるな。
82 左側。
83 兜の左右・後方に垂れて首を守る防具。
84 鬢の端。「小」は接頭語。
85 目がくらみ。
86 四つんばい。
87 前世から定められた死の業報。

一陣、二陣、忽《たちま》ちに攻め破られて、寄手《よせて》、いよいよ勝《かつ》に乗りければ、峰々にひかへたる[88]国々の勢《せい》ども、未だ戦はざる先に、[89]捨《す》て鞭《むち》を打つて落ち行きける程に、[90]羽林相公《うりんしょうこう》の陣の辺には、わづかに勢百騎ばかりぞ残りける。これまでも、なほ佐渡判官《さどのほうがん》入道道誉《にゅうどうどうよ》、赤松律師則祐《あかまつのりっしそくゆう》、この御陣に踏《ふ》み留《とど》まつて、「いづくへか引き候ふべき。ただわれらが、御前《おんまえ》にて討死仕《うちじにつかまつ》り候はんを御覧じて、その後《のち》御自害候へ」と、[91]大将を請《おき》て奉つて、[92]帷幕《いばく》の内に並《な》み居《い》たり。この陣無勢《ぶぜい》にして、しかも羽林、佐々木《ささき》、赤松、未だここにありと、旗の[93]文《もん》にて見えたりければ、山名、大きに悦《よろこ》びて、六千余騎を一手《ひとて》になし、大将の陣へ打つて入る。勝ち誇りたる敵六千余騎に、負けはてたる御方《みかた》三百余人、たとひ心は武《たけ》くとも、戦ふべしとは見えざりけり。

山名が兵、勝時《かつどき》三声《みこえ》作つて後、われ先に敵の大将を討たんと、三百余人進んで、相近づく事二[94]町ばかりになりければ、赤松律

88 諸国から駆り集められた軍勢。
89 馬で全速力で逃げる動作。
90 宰相中将義詮。羽林は近衛府の武官の唐名、相公は、宰相(参議の唐名)の敬称。
91 大将に指図申し上げて。
92 陣幕。
93 紋。
94 一町は、約一〇九メートル。

師則祐、帷幕《いばく》をさつと打ち上げて、「天下の勝負、この軍《いくさ》にあらずや。いつのために命を惜しむべき。残《のこ》り止《とど》まる人々、一人《いちにん》もなく討死《うちじに》して、名を[95]後証《ごしょう》に留《とど》めよ」と下知《げじ》しければ、「承《うけたまわ》り候ふ」とて、[96]平塚次郎《ひらつかのじろう》、内藤与次郎《ないとうよじろう》、近藤大蔵丞《こんどうおおくらのじょう》、今村惣五郎《いまむらそうごろう》、湯浅新兵衛《ゆあさしんびょうえ》、大塩次郎《おおしおのじろう》、曾禰四郎左衛門《そねしろうざえもん》七人、御前《おんまえ》をばらばらと立つて、抜いて懸かる。敵に射手《いて》は一人《いちにん》もなし。連《つづ》く敵を、御方《みかた》の射手に射すくめさせて、七人の者ども、[97]足拍子を踏み、[98]えいや声を出だして、躍《おど》り懸《か》かり躍り懸かり、鐔元《つばもと》に火を散らし、鋒《きっさき》に血を淋《そそ》いで切つて廻《まわ》りけるに、山名《やまな》が先懸けの兵四人討たれて、十三人深手《ふかで》負ひければ、跡に立つたる二百余人、進みかねてぞ見えたりける。

　これを見て、[99]平井新左衛門景範《ひらいしんざえもんかげのり》、櫛橋三郎左衛門《くしはしさぶろうざえもん》、桜田四郎左衛門俊秀《さくらだしろうざえもんとしひで》、大野弾正忠《おおのだんじょうのちゅう》、「列《つづ》くぞ。引くな」と、御方の兵に力を付け、喚《おめ》いてぞ懸かりたりける。[100]かさに敵を受《う》けたる歩《かち》

95　後日の証拠。

96　以下は、赤松配下の播磨の武士。大塩は、兵庫県姫路市大塩町、曾禰は、高砂市曾根町に住んだ。

97　勢いよく地を蹴り。

98　元気を出すために発するかけ声。

99　赤松配下の武士。櫛橋は、伊朝(第二十九巻・10)。大野は、姫路市大野町に住んだ武士。

100　高い場所。

立《だち》の勢、[101]荒手《あらて》の馬武者《うまむしや》に懸け破られて、両方の谷へなだれて引くを見て、初め一陣、二陣にて打ち散らされつる播磨《はりま》、備中《びつちゆう》、四国、中国の兵ども、ここかしこより馳《は》せ来《き》たつて、忽《たちま》ち千余騎になりにけり。

山名右衛門佐《やまなうえもんのすけ》、跡なる勢《せい》を麾《さしまね》いて、なほ懸け入らんと見繕《みつくろ》ふ処《ところ》に、和泉《いずみ》、河内《かわち》の官軍ども、千余騎にてひかへたるが、何と云ふ儀もなく、崩れ落ちて引きける間、矢種《やだね》尽き、気疲れたる山名が勢、[102]弥《や》猛《たけ》に思へども叶《かな》はず、心ならず御方に引き立てられて、山崎《やまざき》を差して引いて行く。

敵返つて勝《かつ》に乗りしかば、嶺々《みねみね》磵々《たにだに》より、五百騎、三百騎、道を要《よこぎ》り、前を遮《さえぎ》つて、[103]蜘手《くもで》、十文字《じゆうもんじ》に懸け立つる。中にも、[104]内海十郎範秀《うつみのじゆうろうのりひで》は、逃ぐる敵に追ひすがうて、甲《かぶと》の鉢《はち》、鎧の[105]総《あげ》角《まき》を、切りつけ切りつけ行きけるが、鐔本《つばもと》より太刀をば打ち折りぬ。また、馬は疲れぬ。陸立《かちだち》になつてぞ立つたりける。弓手《ゆんで》

101　新手。ひかえの新しい軍勢。
102　ますます勇み立つが。
103　蜘蛛の足のように八方に、また十の文字のように縦横に。
104　愛知県知多郡南知多町内海に住んだ武士。土岐氏族。
105　鎧の背の揚巻結びの飾り紐をつけた部分。

の方《かた》をきつと見たれば、爽《さわ》やかに鎧うたる武者三騎、三引両《みつひきりょう》[106]の笠符《かさじるし》(付け)て馳《は》せ通《とお》りけるを、あはれ、敵やと打ち見て、馬の三頭《さんず》[107]に飛び乗り、敵と二人《ににん》、馬に乗つてぞ(馳《は》せ)下《くだ》りける。敵、これを御方《みかた》ぞと心得て、「誰にておはするぞ。手負《ておい》[108]ならば、わが腰に健《つよ》く抱《いだ》き付《つ》き給ふべし」と云ひければ、「悦《よろこ》び入《い》つて候ふ」と云ひも果てず、刀を抜いて、前なる敵の頸《くび》を掻き落とし、その馬に乗つて追うて行く。

　右衛門佐《うえもんのすけ》の兵ども、因幡《いなば》、伯耆《ほうき》を立ちしより、「今度は、必ず戦場にして尸《かばね》を曝《さら》さん」と、思《おも》ひ儲《もう》けたる者どもなれば、波《は》[109]多野《だの》美作守秀基《みまさかのかみひでもと》、子息修理亮氏秀《しゅりのすけうじひで》、同じき彦七入道正信《ひこしちにゅうどうまさのぶ》、同じき左近将監秀義《さこんのしょうげんひでよし》、同じき三郎貞秀《さぶろうさだひで》、同じき七郎左衛門時秀《しちろうざえもんときひで》、同じき孫八季秀《まごはちとしひで》、同じき小五郎秀俊《こごろうひでとし》、同じき孫六秀長《まごろくひでなが》、井田《いだ》次郎左衛門友泰《ろうざえもんともやす》、多賀谷《たがや》七郎左衛門《しちろうざえもん》、同じき大谷十郎《おおたにのじゅうろう》、同じき新《しん》左衛門《ざえもん》、同じき孫次郎《まごじろう》、同じき彦次郎《ひこじろう》、浅沼三郎《あさぬまのさぶろう》、同じき小四《こし》

106 円の中に横線を三本引く。

三引両

107 馬の背の尻の骨が高くなっている所。

108 負傷しているならば。

109 以下は、山名に従って上洛した山陰・中国地方の武士。前出。

郎《ろう》、藤山兵庫助《ふじやまひょうごのすけ》、土屋掃部亮《つちやかもんのすけ》、福頼新兵衛《ふくよりしんびょうえ》、石原左衛門三郎《いしはらさえもんのさぶろう》、竹中入道《たけなかにゅうどう》、河村左京亮《かわむらさきょうのすけ》、足立新左衛門《あだちしんざえもん》、久世八郎《くぜのはちろう》、河村隼人助《かわむらはやとのすけ》、野田兵庫允《のだひょうごのじょう》、火作久七郎《こつくりきゅうしちろう》、歌河左衛門次郎《うたがわさえもんのじろう》、佐渡弾正忠《さどだんじょうのちゅう》、大庭三郎左衛門《おおばさぶろうざえもん》、首藤次郎左衛門《すどうじろうざえもん》、敷美小五郎《しきみこごろう》、宗徒《むねと》の侍《さぶらい》八十四人、その一族郎従《ろうじゅう》二百六十三人、[110]返し合はせ返し合はせ、四、五町が内にて討たれにけり。

山名右衛門佐は、小林民部丞《こばやしみんぶのじょう》が跡にひかへて[111]防き矢射けるを、討たせじと七騎にて取つて返し、大勢《おおぜい》の中へ懸け入つて、火を散らして戦はれける程に、左の眼《まなこ》を[112]小耳《こみみ》の根へ切りつけられて、[113]目暮れ、肝《きも》消しければ、太刀を逆《さかさま》に突いて、少し心地を取り直さんとせられける処《ところ》に、雨の降るが如く射る矢、五筋《いつすじ》まで馬に立ちければ、小膝《こひざ》を折つてどうと臥す。臥せば、馬より下《お》り立《た》つて、鎧の[114]草摺畳《くさずりたた》み上げ、[115]腰の刀を抜いて、自害をせんとし給ひけるを、[116]河村弾正《かわむらだんじょう》、馳《は》せ寄《よ》せて、己れが馬に掻き乗せ、福間《ふくま》

110　くり返し引き返しては防ぎ戦い。
111　敵の追撃をくいとめる矢。
112　耳の付け根。「小」は接頭語。
113　目がくらみ、心も茫然となったので。
114　鎧の胴から垂れて下半身を覆う防具。
115　腰の帯にさす鍔(つば)のない短刀。
116　名は頼秀。伯耆国河村郡の武士。

三郎左衛門《さぶろうざえもん》、戦ひ疲れてとある岩の上に休んで居たりけるを招いて、右衛門佐《うえもんのすけ》の馬の口を引かせ、鞭《むち》をしとと充《あ》つれば、この馬先を急ぐ。

河村《かわむら》思ひけるは、われここを帰さでは、大将[117]延《の》び得《え》給はじ、いでいでさらば討死せんと思ひ、名乗りけるは、「山名右衛門佐殿に、一騎当千《いっきとうぜん》と思はれまゐらする河村弾正《かわむらだんじょう》とは、われなり。大将延ばし奉らんために、討死するなり。われと思はん人々、寄りて頼秀《よりひで》討つて、その後《のち》大将に懸かり奉れ」と云ふままに、三尺六寸ありけるかいらぎ[118]作りの太刀打ち振つて、[119]弓向《ゆむ》けの袖に差しかざし、片方は[120]山岸《やまぎし》、片方は谷、黒葛折《つづらお》りなる細路《ほそみち》に、濃紅《こきくれない》の[121]母衣《ほろ》懸けて、ただ一騎ひかへたり。勇み返りたる敵五十騎ばかり、われ先に討たんと懸かりけるに、河村、[122]千鳥足《ちどりあし》を踏んで散々《さんざん》に戦ふ。敵三騎切つて落とし、四人に手負はせ、われも鎧の端《はず》れあまた処疵《ところきず》を被《こうぶ》り、少しひるむ所に、長刀《なぎなた》を持つ

117 お逃げになることはできまい。

118 東南アジア原産の荒い鮫皮（鰔〈かいらぎ〉）で、柄や鞘を装飾した作り。

119 左側の鎧の袖。

120 がけ。

121 矢を防ぐために背負う袋状の布。

122 千鳥のように細かく足を移動して。

てつと寄り、髄当《すねあて》のはづれを薙《な》ぎたりければ、かなはで犬居《いぬい》にどうと臥す。敵あまた寄つて、押さへて首を取る。

右衛門佐は、乗り替への馬に乗り、少し人心地《ひとごこち》は付かれたれども、流るる血眼《まなこ》に入りて、東西も更《さら》に見えざりければ、「河村、河村」と喚《よ》び給ひければ、福間《ふくま》、申しけるは、「河村は、大将延《の》ばしまゐらせんとて、跡に留《とど》まり、討死仕《つかまつ》つて候ふ」とぞ申しける。「さらば、この馬の口を、敵の方《かた》へ引《ひ》き向《む》けよ。河村と一所に討死せん」と宣《のたま》ひければ、「こなたが敵の方《かた》にて候ふ」とて、[123]馬の口を折《お》り頭《がしら》に引き付け、[124]鑣《くつばみ》に取り付き、片手には、馬の下腹へ手を入れ、谷嶮《けわ》しとも云はず、[125]三町ばかり中《ちゅう》に提《ひっさ》げてぞ、御方《みかた》の勢《せい》に加はりける。その後《のち》、軍《いくさ》はなかりけり。

右衛門佐は、淀《よど》へ打ち帰つて、この軍《いくさ》に討たれつる者ども、名字《みょうじ》を一々に注《しる》して、因幡国《いなばのくに》[126]岩常谷《いわつねだに》の道場へ送り、[127]亡卒《ぼうそつ》の後《ご》

123 馬の頭を下向きにすること。
124 馬の口にかませる金具。
125 一町は、約一〇九メートル。
126 鳥取県岩美郡岩美町岩常にあった時宗の満願寺。
127 死んだ兵士。

生菩提《しょうぼだい》を弔《とぶら》はせられける。その中に、河村弾正忠《かわむらだんじょうのちゅう》、故《ことさ》らにわが命に替はつて討たれぬる者なればとて、梟《か》かりたる首を敵に乞ひ請け、空《むな》しき顔を一目見給ひ、涙を流し、掻《か》き口説《くど》き宣《のたま》ひけるは、「われ、この乱を起こして、天下を覆《くつがえ》さんとせしより、御辺《ごへん》はわれを以て父の如くに恃《たの》み、われは御辺を子の如くに思ひき。されば、戦場に莅《のぞ》むごとに、御辺生きば、われも生き、御辺討死《うちじに》せば、われも死なんとこそ契《ちぎ》りしに、人は義によつてわがために死に、われは命を助けられて、人のために生き残りたる面目《めんぼく》なさよ。苔の下、草の陰《かげ》にて、[128]さこそ契りし詞《ことば》の末の空しき事を思ふらん。[129]末《すえ》の露《つゆ》、本《もと》の雫《しずく》と送るとも、再会は必ず[130]安養《あんよう》の世界、[131]九品《くほん》の浄刹《じょうせつ》に」と、泣く泣く鬢《びん》を掻《か》き撫《な》で、落つる涙に袖を絞り給へば、その座に連なりける軍勢、皆袖を顔に当てぬはなかりけり。その後《のち》、[132]聖人《しょうにん》一人請《しょう》じまゐらせて、今まで秘蔵して乗られける[133]白瓦毛《しろかわらげ》の名馬に、[134]白鞍《しろくら》措《お》いて葬馬《そうば》に

128 さぞかし約束した言葉が空しくなったと思っているだろう。
129 「末の露本の雫や世の中の後れ先立つためしなるらん」(新古今和歌集・遍照)。
130 極楽世界。
131 九等に分かれた浄土。
132 時衆(時宗)の念仏聖。
133 白みがかった瓦毛(朽葉色を帯びた白毛で、たてがみと尾が黒)の馬。
134 銀で縁飾りをした鞍。

引かせ、135白太刀《しろたち》一振《ひとふり》、聖人に与へ、討死しける河村が後生菩提《ごしょうぼだい》を弔はれける、情けの程こそあり難《がた》けれ。

昔、唐《とう》の136太宗《たいそう》、戦ひに臨《のぞ》んで、戦士を重くせしに、血を含み、疵《きず》を吸ふのみにあらず、亡卒《ぼうそつ》の遺骸《いがい》をば、137帛《はく》を散らして収め給ひしも、かくやと覚えて、今更《いまさら》それもあはれなり。

東寺《とうじ》合戦《かっせん》の事　京軍と号す　13

昨《きのう》、神南《こうない》の合戦に、山名《やまな》打ち負け、本陣へ引つ返しぬと聞こえければ、将軍は、比叡山《ひえいざん》を下《お》り降《くだ》りて、三万余騎の勢《せい》を率《そっ》して、東山《ひがしやま》に陣を取り、仁木左京大夫頼章《にきさきょうのだいぶよりあき》は、丹波《たんば》、丹後《たんご》、但馬《たじま》の勢三千騎を順《したが》へて、嵐山《あらしやま》に取り上がる。

京より南、淀《よど》、鳥羽《とば》、赤井《あかい》、八幡《やわた》に到《いた》るまで、宮方《みやがた》の陣となる。東山、西山《にしやま》、山崎《やまざき》、1西岡《にしのおか》は、皆《みな》将軍方の陣となる。その中

135　銀細工で飾った太刀。
136　唐の第二代皇帝。「貞観政要」論仁惻に、太宗が兵士の亡骸を手厚く祭り、負傷した将軍の傷口を吸って、士卒を感激せしめたことが記される。白居易「七徳の舞」にも歌われる有名な故事。
137　幣帛を供えて祭られたのも。

13
1　桂川西岸の丘陵、京都市西京区桂、向日市、長岡京市の一帯。

にありとある神社仏閣は、宿所《しゅくしょ》の[2]掻楯《かいだて》のために壊《こぼ》たれ、山林竹《ちく》木《ぼく》は、薪《たきぎ》、[3]木《き》戸《ど》、逆木《さかもぎ》に切《き》り尽《つ》くさる。京中をば、敵横合《よこあ》ひに懸かる時、見透《みす》かすやうになさんとて、東山《ひがしやま》より寄せて日々《ひび》夜々《よよ》に焼き払ふ。[4]白川《しらかわ》をば、敵を雨露《あめつゆ》に打たさせて、人馬《じんば》に気を疲《つか》らかせとて、東寺《とうじ》より寄せて焼き払ふ。わづかに貽《のこ》る[5]竹苑《ちくえん》椒庭《しょうてい》、[6]里内裏《さとだいり》、[7]博陸摂籙《はくりくせつろく》、[8]蓮府槐門《れんぷかいもん》の宿所宿所《しゅくしょしゅくしょ》、皆門戸《もんこ》を閉ぢて人もなければ、[9]野干《やかん》の棲《す》み処《か》となりはてて、[10]荊棘扉《けいきょくとぼそ》を掩《おお》へり。

さる程に、[11]二月四日、細川相模守清氏《ほそかわさがみのかみきようじ》、千余騎にて[12]四条大宮《しじょうおおみや》へ押し寄せ、山陰《せんおん》、北陸道《ほくろくどう》の敵八百余騎と懸け合はせて、追つつ返しつ、終日《ひねもす》に闘ひ暮らして、左右へさつと引き退く処《ところ》に、紺糸の鎧に、紫の[13]母衣《ほろ》懸けて、[14]黒瓦毛《くろかわらげ》なる馬に、[15]厚総《あつぶさ》懸けて乗つたる武者の、年の程四十ばかりに見えたるが、ただ一騎、馬をしずしずと歩ませ寄せて、「今日の合戦に、進む時は、士卒

2 垣のように連ねる楯。
3 城柵。逆木は、棘のある木の枝で作る防御の柵。
4 京の北東部、鴨川以東の地。
5 皇族と後宮。
6 内裏の外に設けた仮皇居。
7 関白と摂政。
8 蓮府・槐門は、大臣。
9 狐。
10 いばら。
11 他本「二月八日」がよい。
12 四条大路と大宮大路の交点。
13 矢を防ぐために背負う袋状の布。
14 黒みがかった瓦毛(朽葉色を帯びた白毛で、たてがみと尾が黒)の馬。
15 馬の前後に回す紐(鞅〈むながい〉・鞦〈しりがい〉)につけた総飾り。

に先立つて進み、引《ひ》く時は、士卒に殿《おく》れて引かれつるは、いかさま細川相模殿にてぞおはすらん。声を聞いては、われを誰とは知り給はんずれども、日すでに夕陽《せきよう》になりぬれば、分明《ふんみょう》[16]に見分くる人もなくて、合はぬ敵にや逢はんずらんと存ずる間、事新しく名乗り申すなり。これは、今度北陸道打《う》ち順《したが》へて罷《まか》り上《のぼ》り候ふ、桃井播磨守直常《もものいはりまのかみただつね》にて候ふぞ。あはれ、相模殿に参り会うて、日比《ひごろ》承《うけたまわ》りし手柄《てがら》[17]の程をも見奉り、直常が太刀の金《かね》をも御覧候へかし」と、高声《こうしょう》に名乗り懸けて、馬を東頭《ひがしがしら》[18]に立ててぞひかへたる。元より相模守、少しも敵に言《ことば》を懸けられて滞《た》[19]まらぬ人なりければ、桃井と名乗るを聞いて、少しも擬々《ぎぎ》[20]せず、「あはれ、敵や。天下の勝負、ただわれとかれとが死生《ししょう》にあるべし」とて、これもただ一騎、馬を引つ返して歩ませ寄る。相《あい》近《ちか》になりければ、互ひに馬を懸け合はせ、組んで勝負を決せんと、手に手を取り組んで引き寄する。言《ことば》には似ず、桃井手弱《たよわ》く

16 はっきりと。

17 武勇の手並み。

18 馬の頭を東に向けること。

19 留まっておれない。

20 ためらわないで。底本「巍々」を改める。

覚えければ、甲《かぶと》を挽《ひ》き切《き》つて投げ棄て、鞍の[21]前輪《まえわ》に押《お》し充《あ》てて、首掻《か》き切《き》つてぞ差し上げたる。

　やがて相模守《さがみのかみ》の馬廻《うままわ》りの郎従《ろうじゅう》に、この首と母衣《ほろ》とを持たせて、将軍の御前《おんまえ》へ参り、「清氏《きようじ》こそ桃井播磨守《もものいはりまのかみ》を討つて候へ」とて、軍《いくさ》の様《よう》を申されければ、蠟燭《ろうそく》を燃《とぼ》して、これを見給ふに、年の程はさもと思ひながら、さすがそれとは見えず。田舎《いなか》に住みて早や多年になりぬれば、面替《おもが》はりしけるにや、不審にて、昨日《きのう》降人《こうにん》に出でたりける[22]八田《はった》左《さ》衛門《えもんの》太郎《たろう》を召され、「これをば、誰《たれ》が首とか見知りたる」と問はれければ、八田、この首を一目打ち見て、涙を流し申しけるは、「これは、越中国《えっちゅうのくに》の住人[23]二宮《にのみや》兵庫助《ひょうごのすけ》と申す者の首にて候ふ。去年、越前国《えちぜんのくに》[24]敦賀《つるが》に着いて候ひし時、この二宮、[25]気比《けひ》大明神《だいみょうじん》の御前《おんまえ》にて、「今度、京都の合戦に、仁木《にき》、細川《ほそかわ》の人々と見る程ならば、われ、桃井殿と名乗つて勝負を仕《つかまつ》るべし。もし偽り申さば、今生《こんじょう》にては永く弓矢

21　鞍の前の高くなった所。
22　不詳。
23　斯波配下の越中の武士。
24　福井県敦賀市。
25　敦賀市の気比神宮。越前国一宮。

の名を失ひ、後生《ごしょう》にては無間《むけん》[26]の業《ごう》を得《う》べし」と、一紙《いっし》の起請文《きしょうもん》[27]を書き、御宝前《ごほうぜん》の左の柱に押し、越中国の住人二宮兵庫と、年号月日まで書きて候ひしを、北陸道の軍勢見て通り候ひし事、その隠れなく候ひしが、はたして討死仕《うちじにつかまつ》りけるにて候ふ」と申しければ、その母衣を取り寄せて見給ふに、げにも、「越中国の住人二宮兵庫、尸《かばね》を戦場に晒《さら》し、名を末代に留《とど》めん」とぞ書きたりける。

昔の実盛《さねもり》[28]は、鬢鬚《びんひげ》を染めて敵に逢ふ。今の二宮は、名字《みょうじ》を易《か》へて命を捨つ。時代を隔《へだ》つと雖《いえど》も、その戦功、相同《あいおな》じ。「あはれ、剛《こう》の者かな。敵ながらも、生けて置かばや」と、惜しまぬ人こそなかりけれ。

次に、二月十五日の朝は、東山《ひがしやま》[29]の勢《せい》ども、上京《かみぎょう》へ打ち入《い》つて、兵粮《ひょうろう》を取る由《よし》聞こえければ、蹴散《けち》らさんとて、桃井兵部大輔《もものいひょうぶのたいふ》[30]、尾張左衛門佐《おわりさえもんのすけ》[31]、五百余騎にて、東寺《とうじ》を打ち出でて、一条《いちじょう》、二《に》

26　無間地獄に堕ちる果報。
27　神に誓いを立てる文。
28　斎藤別当実盛。平家が義仲軍に敗れた篠原合戦で、白髪を染めて出陣して討死した話が有名(平家物語巻七・実盛)。
29　将軍方の陣。
30　直信。直常の弟。
31　斯波氏頼。高経の子。

条《じょう》の間を、二手《ふたて》になつて打つて廻《まわ》る。これを見て、細川相模守《ほそかわさがみのかみ》清氏《きようじ》、[32]佐々木《ささき》黒田《くろだ》判官《ほうがん》、七百余騎にて東山《ひがしやま》より下《お》り降《くだ》り、尾張《おわり》左衛門佐《さえもんのすけ》が後陣《ごじん》に、[33]朝倉下野守《あさくらしもつけのかみ》が五十騎ばかりにて通りけるを、追ひ切つて討たんとて、[34]六条河原《ろくじょうがわら》より京中へ懸け入る。

朝倉は小勢《こぜい》なれば、よも怺《こら》へじと、細川の七百余騎、揉みに揉うで懸くる(に)、朝倉が五十余騎、少しも騒がず、馬を東《ひがし》頭《がしら》に立て直して、しずしずと敵を待ち懸けたり。細川、黒田、これを見て、悔《あなず》りにくしとや思ひけん、あはひ半町[35]ばかりになつて、馬を一足《ひとあし》にさつと懸け居《す》ゑて、同音《どうおん》に時《とき》を作る。朝倉、少しも[36]擬々《ぎぎ》せず、大勢《おおぜい》の中へつと懸け入つて、[37]馬煙《うまけぶり》を立てて切り合うたり。尾張左衛門佐、これを見て、「朝倉討たすな、続け」とて、三百余騎にて取つて返し、[38]六条東洞院《ろくじょうひがしのとういん》を(東へ)、烏丸《からすま》を西へ、追つつ返しつ、七、八度までぞ揉み合うたる。

細川毎度《まいど》追つ立てらるる体《てい》に見えければ、若狭国《わかさのくに》の住人[39]南《なん》

32 高満。宗満の子。道誉の従弟。
33 正景。斯波の被官。
34 六条大路東端の鴨川の河原。
35 五〇メートル余。
36 ためらわず。
37 馬が蹴立てる土煙。
38 六条大路と東洞院大路との交点。
39 甲斐源氏、武田一族。

部六郎《ぶのろくろう》とて、名誉の大力《だいぢから》のありけるが、ただ一騎、踏《ふ》み駐《とど》まつては戦ひ、返し合はせては切つて落とし、四方を払ひて戦ひけるに、左衛門佐の兵、次第に[40]野白《のじろ》になつて見えたりけり。その中に、[41]三村《みむら》、首藤左衛門尉《すどうさえもんのじょう》、後藤掃部助《ごとうかもんのすけ》、山門《さんもん》[42]西塔《さいとう》の法師金《こん》乗坊侍従《じょうぼうのじじゅう》とて、[43]手番《てつが》うたる兵あり。互ひにきつと[44]目加《めくわ》せをして、南部に組まんと相近づく。南部、からからと打ち咲《わら》ひ、「物々しの人々や。さらば、[45]いで胴切《どうぎ》つて、太刀の金《かね》の程見ん」とて、五尺六寸の太刀を、寔《まこと》に軽《かろ》げに打ち振つて、片手打ちに打たんとす。侍従、つと懸け寄つて、むずと組む。南部、元《もと》より大力なれば、侍従を取つて差し除《の》け、中《ちゅう》に提《ひっさ》げたれども、さすが[46]人飛礫《ひとつぶて》に打つ程は叶《かな》はず、太刀大きければ、手本《たもと》近くて切《き》り得ず、ただ押し殺さんとや思ひけん、[47]築地《ついじ》の腹に当てて、えいやえいやと押しけるに、己れが乗つたる馬、[48]尻居《しりい》にどうと倒れければ、南部も馬に放れ伏したり。さすが南部の力倍《まさ》りけれ

40　野に密集していた兵がまばらになって。
41　三村は備中、首藤は備後の武士。後藤も、山名配下の武士。
42　延暦寺三塔の一。金乗坊は不詳。
43　手勢で連れだった。
44　目で合図して。
45　さあ胴を真っ二つに切って、太刀の切れ味を確かめよう。
46　人を抱えて小石のように投げ飛ばすこと。
47　土塀の中央部。
48　しりもちをついて。

ば、侍従《じじゅう》を取つて押さへ、すでに首を掻かんとす。残り三騎、馬より飛び下り、南部《なんぶ》が上に乗り懸かり、両方より草摺《くさずり》畳《たた》み上《あ》げ、二刀《ふたかたな》、三刀《みかたな》差しければ、南部次第に弱りければ、首を掻《か》き落《お》としける。侍従を引き起せば、目、口、鼻より血を吐き、南部が首を鋒《きっさき》に貫《つらぬ》いて、馳《は》せ返《かえ》る。これにて軍《いくさ》は止《や》んで、敵御方《みかた》[49]相引《あいび》きに、京、白河《しらかわ》へぞ帰りける。

また、同じき日の[50]晩景《ばんけい》に、[51]仁木右京大夫義長《にきうきょうのだいぶよしなが》、[52]土岐《とき》大膳大《だいぜんのだい》夫《ぶ》頼康《よりやす》、その勢《せい》三千余騎にて[53]七条河原《しちじょうがわら》へ押し寄せ、桃井播磨《もものいはりまの》守直常《かみただつね》、赤松弾正少弼氏範《あかまつだんじょうのしょうひつうじのり》、原《はら》、蜂屋《はちや》、吉良《きら》、石塔《いしどう》、[54]海東《かいとう》、宇都宮《うつのみや》が勢、二千余騎と懸け合はせて、河原三町《ちょう》を東西へ、追つつ追はれつ戦ふ事、二十余ヶ度に覃《およ》べり。終日《ひねもす》、数刻《すこく》の合戦に、殊更《ことさら》桃井播磨守が兵ども、半ば過ぎて疵《きず》を蒙《こうぶ》りければ、荒《あら》手《て》を易《か》へて相資《あいたす》けんために、東寺《とうじ》の城へ引つ返しける程に、土《と》岐《き》の[55]桔梗一揆《ききょういっき》、[56]佐々木大夫判官入道崇永《ささきたいふほうがんにゅうどうそうえい》が勢に攻め立てられ

49 互いに退却して。
50 夕方。
51 義勝の子。頼章の弟。
52 頼清の子。美濃・尾張守護。
53 七条大路東端の鴨川の河原。
54 尾張(愛知県津島市)の武士。
55 水色桔梗の紋を旗印にした土岐氏族の武士団。
56 佐々木(六角)氏頼。近江守護。

て、返し合はする者は切つて落とされ、城へ引き籠もる勢は木戸、逆木《さかもぎ》に関《せ》かれて入《い》り得《え》ず。城中騒ぎひしめいて、「すはや、ただ今この城攻め落とされぬ」とぞ見えたりける。

　赤松弾正少弼氏範は、郎従《ろうじゅう》に[57]小牧五郎左衛門《こまきごろうざえもん》が痛手《いたで》を負うてありけるを、助けんと馬の上より手を引き歩ませけるを、右兵衛佐直冬《うひょうえのすけただふゆ》、高櫓《たかやぐら》より遥《はる》かに見給ひて、扇を上げて、「返して、御方を助けよ」と、二、三度まで示されける間、氏範、小牧五郎左衛門尉をかい掴《つか》んで、城戸《きど》の内へ投げ入れ、五尺七寸の太刀を打ち振つて、ただ一騎返し合はせ、馳せ並べ馳せ並べ切りければ、或いは[58]甲《かぶと》の鉢《はち》を胸板《むないた》まで破《わ》りつけられ、或いは胴中《どうなか》を[59]瓜切《うりき》りに切つて落とされける程に、さしも勇める桔梗一揆、佐々木の勢、叶《かな》はじとや思ひけん、七条河原へ引き退いて、その日の軍は果てにけり。

　三月十二日は、仁木、細川《ほそかわ》、土岐、佐々木、[60]佐竹《さたけ》、武田《たけだ》、小《お》

57　不詳。赤松の家来。

58　兜の鉢から鎧の胸板(鎧の前面、最上部の板)まで。

59　瓜を切るように真っ二つに。

60　佐竹は、常陸の清和源氏。武田・小笠原は、甲斐・信濃源氏。

笠原相萃《がさわらあいあつ》まつて七千余騎、[61]七条西洞院《しちじょうにしのとういん》へ押し寄せ、一手《ひとて》は但馬《たじま》、丹後《たんご》の敵と戦ひ、一手《ひとて》は尾張修理大夫《おわりしゅりのだいぶ》高経《たかつね》と戦ふ。この陣の寄手《よせて》千余騎、高経の五百余騎に戦ひ負けて、引き退きぬと騒ぎければ、鎌倉《かまくら》より登りたる勢《せい》の中に、取り分け[62]那須《なす》がもとへ将軍より使者を立てられて、「この陣の合戦に、御方《みかた》の手負《ておい》、死人《しにん》、数を知らず。軍勢疲れぬと覚ゆる。荒手《あらて》なれば、罷り向《まかりむ》かふべし」と仰せられければ、「[63]子細《しさい》に及び候はず」とて打つ立つ。

　合戦以前に、老母の方《かた》へ人を遣《つか》はして、「今度の合戦に、もし討死仕《うちじにつかまつ》つては、親に先立つ身となつて、草の陰《かげ》、苔の下にて、御歎《おんなげ》きあらんを見奉る事こそ、思《おも》ひ遣《や》るも悲しく存じ候へ」と、申《もう》し遣《つか》はしたりければ、老母、泣く泣く委細《いさい》の返事を書いて申し送り給ひけるは、「古《いにし》へより今に至るまで、武士の家に生まるる人、名を惜しんで、命を惜しまず。皆これ妻子に

61　七条大路と西洞院大路との交点。

62　資忠の子、資藤(那須系図)。那須資藤の戦死は、「源威集」下巻に詳しい。

63　承知しました(あれこれ言うまでもない)。

名残りを惜しみ、父母に別れを悲しむと云へども、ただ家を思ひ、名を恥づるゆゑに、惜しむべき命を捨つるものなり。始め[64]身体髪膚《しんたいはっぷ》をわれに受けて、毀《そこな》ひ傷《やぶ》らざりしかば、その孝すでになりぬ。また、身を立て、道を行うて、名を後《のち》の世に挙げば、これ孝の終りなり。されば、今度の合戦に、相構へて命を軽《かろ》くして、先祖の名を失ふべからず。これは、[65]元暦《げんりゃく》の古へ、那須与《なすのよ》一資高《いちすけたか》が、壇浦《だんのうら》の合戦に扇を射て、名を後代《こうだい》に揚げたりし時の母衣《ほろ》なり」とて、薄紅《うすくれない》の母衣を、錦《にしき》の袋に入れてぞ送りたりける。さらでだに、戦場に臨《のぞ》んで命を軽んずる那須なれば、老母に義を勧められて、いよいよ気を励《はげ》ましける処《ところ》に、将軍より[66]別して使者を立てられて、「この陣の軍《いくさ》破れて、難儀《なんぎ》に及ぶ上は、急ぎ向かはれ候へ」と仰せられける間、那須、[67]一儀《いちぎ》に逮《およ》ばず、御方の大勢《おおぜい》引き退いて、敵皆《みな》勇み進める陣の真中《まんなか》へ懸け入つて、兄弟三人、一族郎従《ろうじゅう》三十六騎、一足《ひとあし》も引かず、討死し

64　「身体髪膚これを父母に受く、敢へて毀傷せざるは孝の始めなり」(孝経)。

65　元暦二年(一一八五)、那須与一が屋島合戦の折、海上の扇の的を射抜いた有名な話(平家物語巻十一・那須与一)。

66　特に。

67　一言も意見を言わず。

けるこそあはれなれ。[68]

八《や》幡《わた》御《ご》託《たく》宣《せん》の事　**14**

京中の合戦は、かくの如く、数日《すじつ》、数百度《すひやくど》に覃《およ》び、[1]雌雄《しゆう》互ひに替はり、[2]安否《あんぴ》今にありと見えしかども、[3]仁《に》木《き》左京大夫《さきょうのだいぶ》頼章《よりあき》は、一度も桂川《かつらがわ》より東へ越え給はず。ただ嵐山《あらしやま》より遐《はる》かに直下《みおろ》し給ひて、御方《みかた》の勝ちげに見えける時は、伸《の》び上《あ》がつて悦《よろこ》び、負くるかと覚しき時は、[4]色を変じて、落《お》ち支度《じたく》の外《ほか》は他事《たじ》なし。備中《びっちゅう》の守護[5]秋庭《あきば》肥後守《ひごのかみ》、余りに見かねて、己れが手勢《てぜい》ばかり引き分けて、[6]毎度の合戦にはづれず。

されども、[7]大厦《たいか》は一木《いちぼく》の支へにあらず。山陰道《せんおんどう》は頼章の勢《せい》に塞《ふさ》がれ、山陽道《せんようどう》は義詮朝臣《よしあきらあそん》に囲まれ、東山《とうせん》、北陸《ほくろく》の両道は将軍の大勢《おおぜい》に塞がれて、今はわづかに[8]河内路《かわちじ》より外《ほか》は、通ひたる方《かた》

68　永和本・流布本・梵舜本は、那須が討死したあと、ここに、佐々木崇永と細川清氏らの戒光寺前での南軍との奮戦を語る。

14

1　勝敗。

2　天下の帰趨が今まさに決する。

3　将軍執事、丹波・丹後守護。本巻・13冒頭に嵐山に陣をはるとある。

4　うろたえて。

5　岡山県高梁市に住んだ武士。「飽庭」とも。文和年間の備中守護代。

6　毎回の戦闘に参加した。

7　大きな建物は一本の柱では支えられない(小勢の宮方ではいかんともしがたい)。

8　河内へ通じる街道。

もなかりければ、兵粮《ひょうろう》運送の路《みち》も絶えぬ。重ねて攻《せ》め上《のぼ》る助けの兵もなし。合戦は[9]牛角《ごかく》なれども、将軍の勢《せい》は日々に随つて重なる。かくては始終叶《しじゅうかな》はじとて、十二日の合戦果てける翌夜《つぎのよ》、右兵衛佐直冬《うひょうえのすけただふゆ》、国々の大将相共《あいとも》に、東寺《とうじ》、淀《よど》、鳥羽《とば》の陣を引いて、[10]八幡《やわた》、[11]住吉《すみよし》、[12]天王寺《てんのうじ》、[13]境《さかい》の浜へぞ落ちられける。

ここに、(落《お》ち)萃《あつ》まつて居たる勢を見れば、[14]先年、奥州国《おうしゅうのこく》司《し》顕家卿《あきいえきょう》の上《のぼ》られたりし勢に少しも劣らず、伊賀《いが》、伊勢《いせ》、和泉《いずみ》、紀伊国《きのくに》の勢ども、なほ馳《は》せ参《さん》ずべしと聞こえしかば、「暫《しばら》くこの勢を散らさぬ先に、今一合戦《ひとかっせん》あるべきか」など、諸大将、異見まちまちなりけるを、直冬朝臣、「[15]許否《きょひ》、凡慮《ぼんりょ》の及ぶ所にあらず。八幡の御宝前《ごほうぜん》にて御神楽《みかぐら》を奏し、託宣《たくせん》の言《ことば》に付いて、合戦の吉凶を知るべし」とて、様々《さまざま》の奉幣《ほうへい》を奉り、[16]蘋蘩《ひんぱん》を勧《すす》めて、則ち神の告げをぞ待たれける。

[17]社人《しゃじん》の打つ鼓《つづみ》の声、[18]貴禰《きね》が袖振る鈴の音、[19]冴《さ》え行《ゆ》く月に神さ

9　互角。
10　石清水八幡宮。京都府八幡市。
11　住吉大社。大阪市住吉区。
12　四天王寺。大阪市天王寺区。
13　大阪府堺市の海岸。
14　建武五年(南朝の延元三年＝一三三八)一月に、北畠顕家が奥州の大軍を率いて京に迫ったこと。第十九巻・8。
15　合戦の成否は人智では計り知れない。
16　浮き草と白よもぎ。神への供え物。
17　神官。
18　巫女。
19　しだいに澄んでゆく月とともに神々しさが増して。

びて、聞く人、信心を傾《かたぶ》けたり。[20]託宣《たくせん》の神子《みこ》、啓白《けいびゃく》の句、言巧《ことば》みに玉《たま》を吐いて、様々《さまざま》の事を申しけるが、殊更《ことさら》取り分け一首の歌、身にしみ肝《きも》に銘ず。

[21]たらちねのおやまを守る神なればこの手向《たむけ》をば受くるもの
かは

と、一首の神歌《かみうた》を、掐《く》り返《かえ》し掐り返し四、五返歌ひて、その後《のち》、神は上がらせ給ひけり。諸大将、これを聞いて、「さては、この兵衛佐殿《ひょうえのすけどの》を大将にて将軍と戦はん事、[22]向後《きょうこう》も叶《かな》ふまじ」とて、東山《とうせん》、北陸《ほくろく》の勢《せい》、駒に策《むち》打つて馳《は》せ帰《かえ》り、山陰《せんおん》、西海《さいかい》の兵は、船に帆を挙《あ》げて落ちて行く。

誠《まこと》に[23]征罰《せいばつ》の法、合戦は士卒にありと雖《いえど》も、雌雄《しゆう》は大将によるものなり。されば、[24]周《しゅう》の武王《ぶおう》は、木主《もくしゅ》を作つて殷《いん》の代《よ》を傾《かたぶ》け、[25]漢《かん》の高祖《こうそ》は、義帝《ぎてい》を尊《たっと》びて秦国《しんこく》を殞《ほろ》ぼしし事、旧記に載する処《ところ》、誰《たれ》かこれを知らざる。直冬《ただふゆ》これ何人《なんびと》ぞや。子を大将として、

20 託宣する巫女が唱える神への願いの言葉は、玉を連ねたように美しく。
21 源氏の棟梁である親(尊氏)を守る神なので、親を攻める子(直冬)の願いを聞き届けられようか。親と御山、子のと此のを掛ける。
22 今後。
23 朝敵を征伐する方法。
24 周の武王が、父文王の木主(位牌)を車に乗せて殷の征伐を行った故事(史記・周本紀)。
25 項羽の叔父項梁が、楚の懐王の孫を取り立てて義帝としたが、項羽は邪魔になった義帝を殺し、高祖はそのことを項羽の罪状として上げた(史記・項羽本紀)。第二十八巻・9、参照。

父を攻むるに、天、豈《あ》に許す事あらんやと、始め[26]遊和軒《ゆうかけん》の亭叟《ていそう》が、天竺《てんじく》、震旦《しんだん》の例を引いて、「今度宮方《みやがた》勝つ事、難《かた》かるべし」と、眉を嚬《ひそ》めて申しけるも、げに理《ことわ》りなりと、今こそ思ひ知られたれ。

東寺《とうじ》落ちの翌日《つぎのひ》に、東寺の門に立てたりける歌に云はく、

[27]とにかくに取り立てにける石塔《いしとう》も九重《くじゅう》よりしてまた落ちにけり

[28]深き海高き山名《やまな》と憑《たの》むなよ昔もさりし人とこそ聞け

[29]唐橋《からはし》や塩《しお》の小路《こうじ》の焼けしにぞ桃井殿《もものいどの》は鬼味噌《おにみそ》をする

26　玄恵法印か。本巻・7—9、参照。

27　なんとか立てた石の塔婆も、九重からまた崩れ落ちた。直冬を大将に取り立てた石塔だが、都(九重〈ここのえ〉)からまた没落してしまった。

28　深い海、高い山と山名をあてにするな。これまでも都から逃げ出した者だから。去りしと然(さ)りしを掛ける。

29　唐橋(東寺の西)や塩小路(東寺の北)が焼けたのは、桃井殿が鬼味噌を擂(す)る(作る)からだ。鬼味噌は、辛子・塩を加えて作る焼き味噌。

太平記　第三十三巻

第三十三巻　梗概

延文《えんぶん》二年(一三五七)二月、吉野に囚われていた光厳院《こうごんいん》・光明院《こうみょういん》・崇光院《すこういん》らは赦されて帰洛した。その頃、院の御所の役人だった者が、妻子とともに丹波に流浪し、川に身を投げるという出来事があった。日々の暮らしにも事欠く公家を尻目に、庄園を押領した武家方の大名達は、豪奢な遊宴の日々を楽しんでいた。翌延文三年四月二十九日、足利尊氏《あしかがたかうじ》が五十四歳の生涯を終え、従一位左大臣を追贈された。十一月、肥後の菊池武光《きくちたけみつ》は、日向《ひゅうが》の畠山直顕《はたけやまただあき》の討伐に向かい、翌年三月、三俣城《みまたのじょう》を攻め落とした。つづく七月、菊池は懐良《かねよし》親王《しんのう》を大将として、太宰府の少弐頼尚《しょうによりひさ》の討伐に向かった。六月、京から菊池征伐に下向した細川繁氏《ほそかわしげうじ》は、途中の讃岐で、崇徳院《すとくいん》の霊の祟りで怪死した。七月、菊池軍は筑後で少弐軍と対陣し、八月十六日から十七日、筑後川一帯で激しい戦闘が行われた。少弐軍は多数の戦死者を出して太宰府に撤退したが、菊池軍も損害が大きく肥後へ退いた。その頃、越後にいた新田義興《にったよしおき》が関東に入った。義興の探索に手を焼いた鎌倉公方の執権畠山道誓《はたけやまどうせい》は、片沢右京亮《かたざわうきょうのすけ》に義興をだまし討ちするように命じた。義興に取り入った片沢は、九月、月見の宴にことよせて謀殺を企てたが失敗した。十月十日、同族の江戸遠江守《えどとおとうみのかみ》らと謀った片沢は、義興を多摩川の矢口の渡におびき出し、渡し舟を沈めてだまし討ちに成功した。江戸遠江守は恩賞の領地をもらって領地へ下る途中、矢口の渡で義興の怨霊に襲われて落馬し、七日間苦しんで死んだ。里人は社を建てて義興の亡魂を祀った。

三上皇《さんしょうこう》吉野《よしの》より御出《おんいで》の事 1

足利《あしかが》右兵衛佐《うひょうえのすけ》直冬《ただふゆ》、尾張修理大夫《おわりしゅりのだいぶ》高経《たかつね》、山名《やまな》伊豆守《いずのかみ》時氏《ときうじ》、桃井《もものい》播磨守《はりまのかみ》直常《ただつね》以下《いげ》の宮方《みやがた》、今度、諸国より攻《せ》め上《のぼ》つて、東寺《とうじ》、神南《こうない》、度々《どど》の合戦に打ち負けしかば、皆己れが国々に逃《に》げ下《くだ》つて、なほこの[1]素懐《そかい》を達せん事を謀《はか》る。これによつて、洛中は今[2]静謐《せいひつ》の体《てい》なれども、遠国《おんごく》はなほも閑《しず》かならで、[3]戈《ほこ》を荷《にな》ひ、(糧《かて》を)裹《つつ》むこと隙《ひま》なし。

持明院《じみょういん》の[4]本院《ほんいん》、新院《しんいん》、上皇は、皆[5]去々年の春、南方《なんぼう》へ囚《とら》はれさせ給ひて、[6]賀名生《あのう》の奥に押《お》し籠《こ》められておはしけるを、[7]とても都に[8]芝宮《しばのみや》すでに御位《みくらい》に即《つ》かせ給ひぬる上は、敵の傷《いた》むべき処《ところ》にあらず、また、山中の御栖居《おんすまい》も余りに御いたはしければとて、[9]延文《えんぶん》二年の二月に、皆《みな》賀名生の山中より出だし奉り、都へ還《かん》

1

1　かねての望み。
2　世の中が穏やかに治まっている状態。
3　武器や兵糧を用意すること。
4　光厳院、光明院、崇光院。
5　文和元年(一三五二)に賀名生へ移された。第三十巻・21、参照。
6　奈良県五條市西吉野町。
7　あれこれしても。
8　光厳院第二皇子、弥仁(いやひと)親王。即位して、後光厳帝。芝宮は、芝禅尼(日野資名の後室)に養育されたことによる称。
9　一三五七年。
10　後伏見院。光厳院・光明院の父。
11　京都市伏見区桃山町に

幸《こう》なし奉る。

上皇《しょうこう》は、[10]故院の栖《す》み荒《あ》らさせ給ひし[11]伏見殿《ふしみどの》に移らせ給ひて御《ぎょ》座《ざ》あり。参《まい》り仕《つかうまつ》る[12]月卿雲客《げっけいうんかく》、一人《いちにん》もなし。庭には草生《お》ひ繁《しげ》り、踏み分けたる道もなく、軒《のき》には苔《こけ》深くして、月さへ疎《うと》くなりにけり。

本院《ほんいん》、新院《しんいん》両所は、ともに[13]夢窓国師《むそうこくし》の御弟子《おんでし》にならせ給ひて御出家ありけるが、本院は、嵯峨《さが》の奥、[14]小倉山《おぐらやま》の麓《ふもと》に幽《かす》かなる御庵《おんいおり》を結ばれ、新院は、伏見の[15]大光明寺《だいこうみょうじ》にぞ御座ありける。[16]いづれにも、物さびしくて[17]人目《ひとめ》枯れたる御栖居《おんすまい》、[18]申すもなかなか疎《おろ》かなり。

かの[19]悉達太子《しっだたいし》は、浄飯王《じょうぼんおう》の位《くらい》を捨てて、[20]檀特山《だんどくせん》に分け入り、[21]善施太子《ぜんせたいし》は、鳩留国《くるこく》の翁《おきな》に身を与へて、[22]檀施《だんせ》の行《ぎょう》を修《しゅ》し給ふ。これは、[23]十千《じっせん》の国を并《あわ》せたる十六[24]の大国を保ち給ひし王位なれども、[25](捨つるとなれば、)その位、[26]一塵《いちじん》よりもなほ軽《かろ》し。況《いわ》ん

あった持明院統の院の御所。
12 公卿殿上人。
13 夢窓疎石。臨済宗の高僧。後醍醐帝追善のために建立された天龍寺の開山。
14 右京区嵯峨にある山。
15 伏見殿の近くにあった臨済宗寺院。
16 どなたにおいても。
17 訪ねる人のない。
18 言葉に言い表わせないほどだ。
19 釈迦が出家前、浄飯王(迦毘羅衛〈かびらえ〉国の王)の王子だった時の名。
20 釈迦が修行した山。
21 釈迦の前生、須大拏(しゅだな)太子の漢訳の名。布施を好んで檀特山に捨てられた太子は、二人の子を鳩留国の老人に乞われて、喜んで与えた(須大拏経)。
22 布施の行。
23 千の十倍で、きわめて

や、わが国は[27]粟散辺地《ぞくさんへんち》の境《さかい》なり。たとひ天下を一統[28]にして、[29]無《ぶ》為《い》の化《か》に誇らせ給ふとも、かの大国の人と并《なら》ぶるに、千億にしてその一にも及《およ》び難《がた》し。かやうの理《ことわ》りを思《おぼ》し召《め》し知《し》らせ給ひて、[30]憂きを便りに捨てはてさせ給ひぬる世なれば、御身《おんみ》も軽く、御《み》心《こころ》もまた閑《しず》かにて、[31]半間《はんかん》の雲、一榻《いっとう》の月、[32]禅余《ぜんよ》の御友《おんとも》となりにけり。

飢《き》人身《にんみ》を投《な》ぐる事　2

この二十余年の兵乱《ひょうらん》に、[1]禁裏《きんり》仙洞《せんとう》、[2]竹園椒房《ちくえんしょうぼう》を始めとして、公卿殿上人《くぎょうてんじょうびと》、諸司《しょし》百官《ひゃっかん》の宿所《しゅくしょ》、多く焼亡《しょうぼう》して、今は十が二、三残りたりしを、また今度の東寺《とうじ》合戦《かっせん》に、地を払ひて、京、白河《しらかわ》の武士の屋形の外《ほか》は、[3]在家《ざいけ》の一宇《いちう》も列《つら》かず。[4]離々《りり》たる原上《げんしょう》の草、累々《るいるい》たる白骨叢《はっこつくさむら》に纏《まと》はれて、ありし都の跡も見えずなりにけ

数の多い意。底本・神田本・玄玖本・流布本等の「十善」(十善戒の意)は誤写。梵舜本・天正本に「十千」とある。
24 古代インドにあったという十六の大国。
25 他本により補う。底本の脱落か、他本の後補かは不明。 26 一つの塵(ちり)。
27 辺土にある粟粒を散らしたような小さな国。
28 統一。
29 世がおのずと平和に治まる徳のある治世。
30 世の憂さを機縁として、捨て果てた俗世なので。
31 部屋の半ばまで入る雲と、寝台(榻)にさす月光。
32 仏道修行の余暇。

2
1 内裏と院の御所。
2 皇族の御所と後宮。

れば、[5]蓮府《れんぷ》槐門《かいもん》の貴族、[6]なま上達部《かんだちめ》、[7]上﨟女房《じょうろうにょうぼう》達に至るまで、或いは遠国《おんごく》に落《お》ち下《くだ》つて、[8]田夫野人《でんぶやじん》の賤《いや》しきに身を寄せ、或いは[9]片田舎《かたいなか》に立ち忍んで、[10]桑《くわ》の門《かど》、竹の扉《とぼそ》に栖《す》み侘《わ》び給へば、[11]夜《よる》の衣《ころも》薄くして、暁《あかつき》の霜冷《しもすさま》じく、[12]朝餉《あさげ》の煙絶《けぶりた》えて後《のち》、首陽《しゅよう》に死する人多し。

中にもあはれに聞こえしは、或る御所《ごしょ》の[13]上北面《しょうほくめん》に、[14]兵部《ひょうぶの》少輔《しょう》なにがしとかや云ひける者、日来《ひごろ》は富《と》み盛《さか》えて、楽しみ身に余り(けるが)、この乱に、財宝は皆《みな》取り散らされ、[15]従類眷《じゅうるいけん》属《ぞく》はいづちともなく落ち失せて、ただ七歳になる女子《にょし》、九つになる男子《なんし》、年比相馴《としごろあいな》れし女房、三人ばかりぞ身に添ひける。都の中《うち》には、身を置くべき[16]草の便りもなくて、[17]道路に袖を広げん事もさすがなれば、思ひの余りに、女房は娘の手を引き、夫《おっと》は子の手を引いて、泣く泣く丹波《たんば》の方《かた》へぞ落ち行きける。誰《たれ》を憑《たの》むとしもなく、いづくへ落ちつくべしとも覚えず、[18]四、

3　民家が一軒も並ばない。
4　繁茂した野原の草(白居易・古原の草を賦し得たり送別)。
5　蓮府・槐門ともに大臣の唐名。
6　若い未熟な公卿。
7　身分の高い女官。
8　農民。
9　辺鄙な田舎。
10　僧坊や庵。
11　夜着が薄く、明け方の霜はひえびえとして。
12　朝食を炊く煙も途絶えて後は、餓死する人も多かった。首陽は、周の武王を諫めて隠棲した伯夷・叔斉兄弟が餓死した山の名(史記・伯夷列伝)。
13　院の御所の北面に詰める四位・五位の役人。
14　軍事を司る兵部省(太政官八省の一)の三等官。従五位下相当。

五町行きては、野原の露に袖を片敷《かたし》いて泣き明かし、一足《ひとあし》歩みては、木の下草《したくさ》にひれ臥して泣き暗《く》らす。ただ[19]夢地《ゆめじ》をたどる心地して、十日ばかりに、丹波国 [20]井原《いはら》の岩屋《いわや》の前に流れたる、[21]思出川《おもいでがわ》と云ふ所に行き至りぬ。

都を出でしより、道に落ちたる栗柿《くりかき》なんどを拾うて、わづかに命を継《つ》ぎしかば、身も余りにくたびれ、足も萎《な》へぬとて、母、少《おさな》き者、皆《みな》岸の端《はた》に倒れて居たりければ、兵部少輔、余りに見かねて、とある家の、[22]さりぬべき人の所と見えたる内へ行きて、[23]中門《ちゅうもん》の前にたたずみ、[24]疲《つか》れ乞《ご》ひをぞしたりける。暫くあつて、内より[25]けしかる侍《さぶらい》、[26]中間《ちゅうげん》十余人走り出でて、「用心の最中、[27]なまばうたる人の疲れ乞ひは、夜討《ようち》、強盗《ごうとう》の[28]案内見る者か。しからずは、宮方《みやがた》の[29]廻文《かいぶん》を以て廻《まわ》る人にてぞあるらん。誡《いまし》め置《お》いて嗷問《ごうもん》せよ」とて、手取り足取り打《う》ち縛《しば》り、[30]上げつ下ろしつ、[31]二《ふた》時《とき》ばかりぞ責めたりける。

15 従者や家来。
16 少しばかりの縁故もなくて。
17 往来で物乞いすること。
18 一町は、約一〇九メートル。
19 夢の中の道。
20 兵庫県丹波市山南(さんなん)町岩屋にある石龕寺(せきがんじ)。岩屋寺とも。
21 加古川の上流。
22 有力者と思われる人。
23 表門から主殿へ至る間の門。
24 飢え疲れての物乞い。
25 身なりの悪くない。
26 侍と小者の中間の者。
27 うさんくさい。
28 様子をうかがう。
29 めぐらし文。回状。
30 体を吊り上げたり下ろしたりして。
31 約四時間ほど。

女房、少《おさな》き者、かかる事とは思ひ(も)寄らず、川の端《はた》に疲れ臥して、今や今やと待《ま》ち居《い》たる処《ところ》に、道を過ぐる人の、[32]行きやすらひて、「あなあはれや。[33]京家《きょうけ》の人かと覚しき人を、怪《あや》しき者かなとて、四十ばかりなりつるを、あれなる家に取らへて、上げつ下ろしつ責めつるが、今は責め殺してぞあるらん」と申しけるを聞いて、この女房、少き者、「今は誰《たれ》に手を引かれ、誰を憑《たの》みてか、暫《しばら》く命をも助かるべき。後《おく》れて死なば、冥途《めいど》の旅に独《ひと》り迷ふも、憂かるべし」と、声々に泣き悲しみて、母、二人の少き者、互ひに手に手を取り組み、思出川《おもいでがわ》の深き淵《ふち》に、身を擲《な》げけるこそ悲しけれ。

兵部少輔《ひょうぶのしょう》は、いかに責め問ひけれども、元来咎《もとよりとが》なければ落[34]ちざりける間、さらば許せとて、許されぬ。兵部少輔は、なほもこれにこりず、妻子の飢ゑたるが悲しさに、またとある所の[35]在家《ざいけ》に行きて、[36]菓《このみ》なんど乞ひ集めて、先の川端《かわばた》へ行きて見る

32 足を休めて。
33 公家に仕える人。
34 白状しなかったので。
35 民家。
36 果実。

に、母、少き者どもが履《は》きたりける小鞋《こわらじ》、杖《つえ》なんどはあつて、その人はなし。「こはいかになりぬる事ぞや」と、周章《あわ》て騒ぎ、求《もと》め歩《あり》く程に、[37]渡《わたり》より少し下《しも》なる[38]井堰《いせき》に、怪しき物ありけるを、立ち寄つて見たれば、母、二人の子の、手に手を組んで流れ懸かりたり。取り上げて泣き悲しめども、身も冷《ひ》えはて、色も早や替はりてければ、兵部少輔、女房を背に掻《か》き負《お》ひ、二人の子を前に抱《いだ》いて、また本《もと》の淵《ふち》に飛び入り、ともに空《むな》しくなりにけり。

今に至るまで、[39]心なき野人村老《やじんそんろう》、[40]ゆかりも知らぬ行客旅人《こうかくりょじん》までも、この川を過ぐる時、あはれなる事に聞き伝へて、涙を流さぬ人はなかりけり。[41]その近きあたりの在地の人、[42]これを取り上げて悲歎し、近き里の僧、[43]比丘尼《びくに》、その数を知らず群集《くんじゅ》し給ひて、[44]下火念誦《あこねんじゅ》して、[45]荼毘《だび》の次第悉《ことごと》く取り行ひければ、なかなか云ふばかりなし。これもげに[46]夫婦の契《ちぎ》り、理《ことわ》り過ぎてあは

37　渡し場。
38　川の流れをせき止めた所。
39　物の道理も知らない（身分の賤しい）農民や村の老人。
40　縁もゆかりもない通りすがりの旅人。
41　以下六行は、底本の独自本文。
42　親子四人の遺骸を川から取り上げて。
43　尼僧。
44　下火は、禅宗で火葬の時に偈《げ》を唱える作法。念誦は、経文を唱えること。
45　火葬。
46　まことに（偕老同穴という）夫婦の絆の深さが、ひとかたならず心を打ったので。

れを催《もよお》しければ、人皆涙を流し、感に堪へずして、かくの如きの弔《とぶら》ひも、実《まこと》にあはれに覚えたり。

武家《ぶけ》の人富貴《ひとふっき》の事　3

公家《くげ》の人は、かやうに窮困《きゅうこん》して、溝壑《こうがく》[1]に塡《み》ち、道路に迷ひけれども、武家の族《やから》は、富貴日来《ひごろ》に百倍せり。身には錦繡《きんしゅう》[2]を纏《まと》ひ、食には八珍《はっちん》[3]をなす。前代相州禅門《せんだいそうしゅうぜんもん》[4]の天下を成敗《せいばい》[5]せし程は、諸国の守護《しゅご》[6]、大犯《だいぼん》[7]三ヶ条の検断《けんだん》の外は綺《いろ》[8]ふことなかりしに、今は、大小の事ただ守護の計らひにて、一円《いちえん》[9]の成敗を雅意《がい》[10]に任《まか》せしかば、地頭《じとう》[11]、御家人《ごけにん》を、郎従《ろうじゅう》の如くし、寺社《じしゃ》、本所《ほんしょ》[12]の諸領を、兵粮《ひょうろう》の料所《りょうしょ》[13]と号して管領《かんれい》[14]す。その権威、ただ古《いにし》への六波羅《ろくはら》[15]、九州《きゅうしゅう》の探題《たんだい》の如し。

また、都[16]には、国々の大名、并《なら》びに執事《しつじ》[17]、侍所《さぶらいどころ》[18]、頭人《とうにん》[19]、

3
1 溝にはまり、道に迷ってのたれ死んでしまう。
2 錦(色糸で模様を織りだした絹織物)や刺繡のある美しい服。
3 八種の珍味。贅沢な食。
4 北条高時。前代(先代)は、当代の足利幕府に対して、北条氏の鎌倉幕府。
5 政治を執り行なうこと。
6 国ごとに置かれ、諸国の検断にあたる御家人。
7 源頼朝が定めた守護の三つの権限。大番役の催促(御家人を京都に出向させ、御所の警備にあたらせること)、謀叛の鎮圧、殺害人の捕縛。
8 手出しする。
9 一国の全ての政務。
10 勝手放題にする。
11 荘園・国衙領に置かれ、徴税・治安維持に当たった

[20]評定衆《ひょうじょうしゅう》、[21]奉行《ぶぎょう》、[22]寄人《よりうど》以下《いげ》の公人《くにん》ども、衆を結んで茶の会をしけるに、異国《いこく》本朝《ほんちょう》の重宝《ちょうほう》を集め、[23]百座《ひゃくざ》の粧《かざ》りをして、皆[24]曲《きょく》録《ろく》の上に豹虎《ひょうとら》の皮を敷いて並《な》み居《い》たれば、ただ[25]百福荘厳《ひゃくふくしょうごん》の床《ゆか》に、[26]千仏《せんぶつ》の光を並べて座し給へるに異ならず。「異国の諸侯は、遊宴をなす時、食膳方丈《しょくぜんほうじょう》とて、座の廻り[27]四方一丈《じょう》に珍物《ちんぶつ》を備へり。それに劣るべからず」とて、[28]面《おもて》五尺の広折敷《ひろおしき》を、十枚並べて、[29]十番菜《じゅうばんさい》の点心《てんじん》百種、[30]五味《ごみ》の魚鳥《ぎょちょう》、甘酸《かんさん》の菓子《かし》、色々様々《さまざま》に置き並べたり。

食後に、[31]旨酒《ししゅ》三献《さんこん》過ぎて、[32]茶の懸物《かけもの》百物《ひゃくぶつ》、百の外《ほか》に、また[33]前引《まえひき》の置物《おきもの》しけるに、初度《しょど》の[34]頭人《とうにん》は、[35]奥染物《おくのそめもの》おのおの百づつ、六十三人が前に積む。第二の頭人は、色々の[36]小袖《こそで》十重《とかさね》づつ置く。第三番の頭人は、[37]沈《じん》のほた[38]百両づつに、[39]麝香《じゃこう》の臍《ほぞ》三つづつ副《そ》へて置く。四番の頭人は、[40]ただ今威《おど》し立《た》てぬる鎧一縮《しゅく》に、[41]梅花皮《かいらぎ》懸けたる白太刀《しろたち》、金作《こがねづく》りの刀に、おのおの虎皮の[42]燧袋《ひうちぶくろ》を下げ

御家人。御家人は、将軍と主従関係にある武士。
12　荘園領主の公家。
13　兵糧を調達する所領。
14　支配。
15　京・九州の政務や軍事を司った鎌倉幕府の役所。
16　流布本・梵舜本・天正本等「都には、佐々木佐渡判官入道道誉を始めとして、在京の大名、衆を結んで…」。神田本・玄玖本、底本に同じ。
17　将軍補佐の要職。
18　御家人の統制・軍事を司る役所の長(所司)。
19　訴訟審理などの政務にあたる引付衆の長。
20　政務を合議する高官。
21　引付衆。
22　政所や侍所の職員。公人は、役人。
23　百か所の飾り付け。
24　寺院の法会等で用いら

て、[43]一様《いちよう》にこそ引きたりけれ。以後の頭人《とうにん》二十余人、われ人に増さらんと、様《さま》を替へ数を副《そ》へて、山の如くに積《つ》み重《かさ》ぬ。その費《つい》え幾千万ぞ。これをもせめて取つて帰らば、[44]互ひにこれを以て、かれに替へたる物どもなるべし。供《とも》に連れたる[45]遁世者《とんせいしゃ》、見物のために集まる[46]田楽童《でんがくわらわ》、傾城《けいせい》、白拍子《しらびょうし》なんどに皆取りくれて、手を空《そら》にして帰りしかば、[47]窮民孤独《きゅうみんこどく》の飢ゑを資《たす》くるにもあらず、また供仏施僧《くぶつせそう》の[48]檀施《だんせ》にもあらず、ただ金《こがね》を泥に捨て、玉《たま》を淵《ふち》に沈めたるに相同《あいおな》じ。

　この茶事《ちゃじ》過ぎて後《のち》、また[49]博奕《ばくえき》をして遊びけるに、[50]一立《ひとた》てに十貫づつ立てければ、一夜《いちや》の勝負に、五、六千貫負くる人のみあつて、百貫とも勝つ人は更《さら》になし。これも田楽、[51]猿楽《さるがく》、傾城、白拍子に賦《くば》り捨《す》てけるゆゑなり。

　そもそもこの大名達、[52]長者《ちょうじゃ》の果報《かほう》あつて、地より財《たから》が涌《わ》きけるか、天より宝が降りけるか。降るにもあらず、涌くにもあら

れる椅子。

25　仏の三十二相が、それぞれ百の福徳でめでたく飾り立てられていること。本来仏像にいう。

26　過去・現在・未来の三劫にそれぞれ現れる千人の仏。

27　一丈(約三メートル)四方。

28　幅が約一・五メートルの大きな食台。

29　十種類のおかず。

30　甘・辛・酸・苦・鹹の五種の(すべての)味。

31　うまい酒。三献は九盃。

32　本茶(栂尾や宇治で産した茶)と非茶(栂尾・宇治以外で産した茶)を言い当てる闘茶の賭物。

33　客の前に置く引出物。

34　闘茶の世話人。

35　奥州産の摺り衣。

36　筒袖の衣。

ず、ただ寺社本所の所領を押さへて取り、[53]訴論人《そろんにん》の賄賂《まいない》を集めたるものなり。古《いにし》への公人《くにん》たる人は、聊《いささ》かも勝負に碁《ご》、双六《すごろく》だにも打たず。ましてや況《いわ》んや、博奕なんどは人のするをだにこそ禁《いまし》めしに、万事の沙汰《さた》を閣《さしお》いて、訴人《そにん》来たれば、「ただ今、[54]七八《しちは》に打ち懸かつて候ふ」と云ひて、対面に及ばず。人の歎《なげ》きをも知らず、世の嘲《あざけ》りをも顧みず、[55]長時《ちょうじ》に遊び狂ひけるは、前代未聞《ぜんだいみもん》の[56]曲事《くせごと》なり。

将軍《しょうぐん》御逝去《せいきょ》の事 4

[1]延文《えんぶん》三年四月二十日、征夷将軍尊氏卿《せいいしょうぐんたかうじきょう》の背《せなか》に、[2]癰瘡《ようそう》出でて、心地《ここち》例ならずなり給ひければ、[3]本道《ほんどう》、[4]外経《げきょう》の医師ども数十人参り集まつて、[5]倉公《そうこう》、[6]華佗《かだ》が術を尽《つ》くし、[7]君臣佐使《くんしんさし》の薬を施《ほどこ》ししかども、その験《しるし》なし。[8]陰陽頭《おんようのかみ》、諸寺の高僧集まつて、[9]鬼見《きけん》、

37 沈香(香木)の切れ端。
38 一両は、約一五グラム。
39 麝香鹿のへそ付近の分泌物から取れる香。
40 作りたての鎧一揃い。
41 鮫皮(鰄《かいらぎ》)で飾った銀細工の太刀や金細工の刀。
42 火打ち石を入れる袋。
43 全員に引出物をした。
44 互いに自分の物を相手の物と交換したことになる。
45 時衆などの同朋衆。
46 田楽を演じる稚児。傾城は、遊女。白拍子は、白拍子舞をする遊女の一類。
47 窮迫した者や身寄りのない者。 48 布施。
49 双六・碁などの賭け事。
50 一勝負。一貫は、銭一千文。
51 能狂言役者。
52 大金持ちになる前世の因縁。
53 訴訟の原告と被告。

[10]泰山府君《たいさんぶくん》、[11]星供《ほしく》、冥道供《みょうどうく》、[12]薬師《やくし》の十二神将《しんしょう》の法、[13]不動《ふどう》の六月《むつき》延命法《えんめいほう》、様々《さまざま》の祈りを致しけれども、病《やまい》日に随つて重うして、同じき二十九日夜半ばかりに、年五十四と申すに、つひに逝去《せいきょ》し給ひけり。[14]さらぬ別れの悲しさを、惜《お》しみ慕《した》ひ奉るのみにあらず、「かくては、天下の乱出《い》で来《き》ぬべし」とて、世の人歎《なげ》き悲《かな》しむ事限りなし。

中《なか》一日あつて、[15]等持院《とうじいん》に葬《ほうむ》り奉る。[16]鎖龕《さがん》は、天龍寺《てんりゅうじ》の[17]龍山《りょうざん》和尚《おしょう》、[18]起龕《きがん》は、南禅寺《なんぜんじ》の[19]平田和尚《へいでんおしょう》、[20]奠茶《てんちゃ》は、建仁寺《けんにんじ》の[21]無徳和尚《むとくおしょう》、[22]奠湯《てんとう》は、東福寺《とうふくじ》の[23]監翁和尚《かんおうおしょう》、[24]下火《あこ》は、等持院《とうじいん》の[25]東陵和尚《とうりょうおしょう》にてぞおはしける。

あはれなるかな、武将に備はつて[26]二十五年、向かふ処《ところ》は順《したが》ふと云へども、[27]無明《むみょう》の敵の来たるをば、防くにその兵なし。悲しいかな、天下を収めて六十余州、命《めい》に随ふ者多しと雖《いえど》も、[28]有為《うい》の境《さかい》を辞するには、伴《ともな》ひ行《ゆ》く人もなし。身は忽《たちま》ちに化《か》して、[29]暮《ぼ》

54 有り金すべてを賭けた勝負。
55 常時。いつまでも。
56 けしからぬ事。

4

1 一三五八年。
2 腫瘍。
3 漢方でいう内科。
4 外科。
5 前漢の斉の名医(史記・扁鵲倉公列伝)。
6 魏の曹操の侍医となった後漢の名医。
7 主薬から補助薬(佐使)への順序(君・臣・佐使)。
8 陰陽寮の長官。
9 鬼気(けき)の祭。悪鬼の祟りを祓い除く祈禱。
10 中国の泰山に住むという人の寿命を司る神。
11 星祭。密教で北斗七星や九曜を祭る修法。冥道供は、閻魔王などを祭る修法。

天数片《てんすへん》の煙《けぶり》と立《た》ち上《のぼ》り、骨は空《むな》しく留《とど》まつて、[30]卵塔一拈《らんとういちねん》の塵《ちり》となりにけり。

[31]五旬《ごじゅん》過ぎければ、[32]左中弁忠光朝臣《さちゅうべんただみつあそん》を勅使《ちょくし》にて、従一位《じゅいちい》左《さ》大臣《だいじん》の官を贈らる。宰相中将義詮朝臣《さいしょうちゅうじょうよしあきらあそん》、宣旨《せんじ》を啓《ひら》いて、三度礼せられ、涙を押さへて、

[33]帰るべき路《みち》しなければ位山《くらいやま》昇るにつけて濡るる袖かな

と詠ぜられけるを、勅使も、あはれなる事に聞いて、ありのままに奏聞《そうもん》したりければ、[34]君、限りなく叡感《えいかん》あつて、[35]新千載集《しんせんざいしゅう》を撰ばるるに、委細《いさい》の[36]事書《ことがき》を載せて、哀傷《あいしょう》の部にぞ入れられける。

5 新待賢門院御《しんたいけんもんいんお》隠《かく》れの事、付《つけたり》 梶井宮御《かじいのみやお》隠《かく》れの事

[1]同じき卯月《うづき》十八日、吉野《よしの》の[2]新待賢門院の女院《にょういん》、隠れさせ給ひぬ。一方《いっぽう》の[3]国母《こくぼ》にておはしませば、[4]一人《いちじん》を始め奉りて、百官、

12　薬師如来の眷属十二神将を祭る修法。
13　不動明王に六か月の延命を祈る修法。
14　避けられぬ死別。「世の中にさらぬ別れのなくもがな千代もと祈る人の子のため」(伊勢物語八十四段)。
15　足利尊氏が夢窓疎石を開山として建立した臨済宗寺院で、足利氏の菩提寺。京都市北区等持院北町。
16　遺骸を納め、棺のふたを閉じる儀式。
17　龍山徳見(りょうざんとっけん)。一山一寧の門人。天龍寺五世。
18　棺を墓所へ送り出す儀式。　19　平田慈均(へいでんじきん)。南禅寺二十四世。
20　霊前に茶を供える儀式。
21　無涯仁浩(むがいにんこう)か。建仁寺三十四世。
22　霊前に湯を供える儀式。
23　鑑翁士昭(かんおうししょう)。東福

皆[5]椒房《しょうぼう》の月に涙を落とし、[6]掖庭《えきてい》の露《つゆ》に思ひを摧《くだ》く。

また、[7]同じき年の五月二日、[8]梶井二品法親王《かじいのにほんほっしんのう》、御隠れありければ、[9]山門《さんもん》の悲歎《ひたん》、[10]竹苑《ちくえん》の御歎《おんなげ》き、更《さら》に類《たぐ》ひなかりけり。洛中《らくちゅう》、山上《さんじょう》、南方《なんぽう》、打ち続きたる哀傷《あいしょう》に、[11]蘭省露《らんしょうつゆ》深く、[12]柳営煙《りゅうえいけぶり》暗くして、[13]台嶺《たいれい》の雲の色悲し。

細川式部大輔《ほそかわしきぶのたいふ》霊死《れいし》の事　6

この年の春、[1]筑紫《つくし》の探題《たんだい》にて、将軍より置かれたる[2]一色左京大夫直氏《いっしきさきょうのだいぶなおうじ》、[3]菊池《きくち》肥後守武光《ひごのかみたけみつ》に打ち負けて、京都へ上《のぼ》られければ、[4]少弐《しょうに》、大友《おおとも》、島津《しまづ》、松浦《まつら》、阿蘇《あそ》、草野《くさの》に至るまで、皆宮方に順《したが》ひ靡《なび》きて、[5]筑紫九国《つくしくこく》の内には、ただ[6]畠山治部大輔《はたけやまじぶのたいふ》、日向《ひゅうが》の[7]六笠城《むかさのじょう》に籠もりたるばかりぞ、将軍方とては残りける。これを無沙汰《ぶさた》に閣《さしお》かば、将軍の逝去《せいきょ》に力を得て、菊池いかさま[8]都

寺二十九世。
24　火葬の火を点ずる儀式。
25　元の渡来僧、東陵永璵（とうりょうえいよ）。
26　暦応元年（一三三八）に征夷大将軍に任じられたから、この年まで二十年。
27　煩悩世界の生老病死の苦しみ。　28　この世。
29　夕空になびく数条の火葬の煙。
30　卵形の石造りの墓に埋められる一握りの遺灰。
31　五十日。
32　日野資明の子。
33　この世に帰る道がないので、官位が上ったのにつけて、袖が涙で濡れることよ。「新千載和歌集」哀傷。
34　後光厳帝。
35　第十八番目の勅撰和歌集。後光厳帝の下命、二条為定の撰で、延文四年（一三五九）成立。　36　詞書。

へ攻《せ》め上《のぼ》りぬと覚ゆる。天下の一大事なりとて、急ぎ細川陸奥守顕氏《ほそかわむつのかみあきうじ》の子息式部大輔[9]を、伊予守《いよのかみ》になして、九国の大将にぞ下されける。

この人、先《ま》づ讃岐国《さぬきのくに》へ下《くだ》つて、兵船《ひょうせん》をそろへ、軍勢を集める程に、延文《えんぶん》[10]四年六月二日より、俄《にわ》かに病付《やまい》いて、物狂《ものぐる》[11]ひになりたりけるが、自ら口走りて、「われ崇徳院《すとくいん》[12]の御領《ごりょう》[13]を落として、軍勢の兵粮料所《ひょうろうりょうしょ》[14]に充《あ》て行《おこな》ひしによつて、重き病を受けたり。天の責め、八万四千の毛孔《けあな》に入《い》りて、五臓六腑《ごぞうろっぷ》[15]に余る間、清き風に向かへども、盛りなる炎の如く、冷水を飲めども、涌《わ》き返《かえ》る湯の如し。あら熱《あつ》や、堪《た》へ難《がた》や、これいかにせん」と悲しみ叫んで、悶絶僻地《もんぜつびゃくじ》[16]しければ、医師《くすし》、陰陽師《おんようじ》、看病《かんびょう》の者ども、近づかんとするに、臥したるあたり四、五間《けん》[17]の中《うち》は、猛火《みょうか》の盛りに燃えたるやうに熱くして、更《さら》に近づく人もなかりけり。

病付《やまい》いて七日に当たりける卯刻《うのこく》[18]に、黄なる旗一流《ひとなが》れ差して、

5

1 文脈から延文三年となるが、史実は延文四年四月二十九日。卯月は、四月。
2 阿野廉子。後醍醐帝の妃で、後村上帝の母。
3 帝の母。
4 帝。
5 皇后の御所。
6 後宮。
7 史実は、延文四年。
8 尊胤法親王。光厳・光明院の弟。
9 比叡山延暦寺。
10 皇族。
11 皇后の宮殿。
12 京の将軍の御所。
13 比叡山。

6

1 九州探題。筑紫は筑前・筑後だが、広く九州の称。

鎧うたる兵千騎ばかり、三方より同時に、時[19]の声を揚げて押し寄せたり。誰《たれ》とは知らず、敵寄せたりと心得て、この間馳《は》せ集《あつ》まつたる兵ども五百余人、[20]大庭《おおにわ》に走り出でて、散々《さんざん》に射る。矢《や》種尽《だねつ》きければ、[21]打物《うちもの》になつて、追つつ返しつ、[22]半時《はんとき》ばかりぞ戦うたる。[23]搦手《からめて》より寄せける敵かと覚えて、[24]紅《くれない》の母衣《ほろ》懸けたる武者十余騎、大将細川伊予守《ほそかわいよのかみ》が頸《くび》と、家人《けにん》[25]行吉掃部亮《ゆきよしかもんのすけ》が頸とを取つて、鋒《きっさき》に貫いて、「悪《にく》しと思ふ者どもをば、皆討ち取つたるぞ。これ見よや、兵ども」とて、二つの頸を差し上げたれば、大手の敵七百余騎、勝時《かつどき》を三声《みこえ》どつと作つて、帰るを見れば、この寄手《よせて》、天に上《のぼ》り雲に乗つて、[26]白峯《しらみね》の方《かた》へぞ飛び去りける。

変化《へんげ》の兵帰り去れば、これを防きつる者ども、討たれぬと見えつる人も死なず、[27]手負《ておい》と見つるも恙《つつが》なし。ただ、「いかなる不思議ぞ」と、互ひに問ひて、暫《しばら》くあれば、伊予守も行吉も、同時にはかなくなりにけり。怖《おそ》ろしかりし事どもなり。

2 範氏の子。足利一族。
3 武時の子。
4 少弐は筑前、大友は豊後、島津は薩摩・大隅の大名。松浦は、肥前の海岸地方に住んだ武士団。阿蘇は、阿蘇大宮司家。草野は、松浦党。
5 九州。
6 直顕。宗義の子。日向守護。
7 宮崎市高岡町小山田にあった。穆佐(むかさ)城。
8 必ずや。
9 繁氏。讃岐守護。
10 一三五九年。
11 狂気。
12 保元の乱で讃岐に流されて死去。後世、怨霊の祟りが恐れられた。
13 崇徳院の白峰陵を管理する白峯寺(香川県坂出市青海町)の寺領。
14 兵糧をまかなう所領。

菊池《きくち》軍《いくさ》の事　7

少弐《しょうに》、大友《おおとも》は、菊池に九国《くこく》を打《う》ち順《したが》へられて、その[1]成敗《せいばい》に随《したが》ふ事、安からず思ひければ、[2]細川伊予守の下向《げこう》を待つて旗を揚げんと企《くわだ》てけるが、伊予守、崇徳院《すとくいん》の御霊《ごりょう》に罰せられて妖死《ようし》しぬと聞こえてければ、[3]力を失ひて機を落とす。

かかる処《ところ》に、畠山治部大輔《はたけやまじぶのたいふ》未だ宮方《みやがた》に随はで、楯籠《たてご》もりたる六笠城《むかさのじょう》を攻めんとて、菊池肥後守武光《きくちひごのかみたけみつ》、五千余騎にて、十一月十七日、肥後国《ひごのくに》を立つて日向国《ひゅうがのくに》へぞ向かひける。その路四日路《みちよっかじ》が間、山を越え川を渡つて、行く前《さき》は嶮岨《けんそ》、跡は難所《なんしょ》にてぞありける。

少弐、大友も、菊池が催促に応じて、豊後国中《ぶんごのくになか》に打つ立ちて勢揃《せいぞろ》へしけるが、これこそよき時かなと思ひければ、菊池を日

15　すべての内臓。
16　もだえ苦しんでころげまわること。
17　一間は、柱と柱の間の距離、約一・八メートル。
18　午前六時頃。
19　鬨(とき)の声。
20　主殿の前庭。
21　太刀や槍など。
22　約一時間ほど。
23　大手(正面)に対して側面・背後をつく軍勢。
24　矢を防ぐために背負う袋状の布。
25　不詳。
26　崇徳院の白峯陵のある白峯山。
27　負傷者。

7
1　差配。
2　繁氏。
3　士気を失った。

向国へやり過ごして後《のち》、大友刑部大輔《おおともぎょうぶのたいふ》氏時《うじとき》[4]、旗を挙げて、豊《ぶん》後《ご》の高崎城《たかさきのじょう》[5]に取り上がる。宇都宮大和前司《うつのみややまとのぜんじ》[6]は、川を前にして豊前《ぶぜん》の路を塞ぎ、肥前刑部大輔《ひぜんぎょうぶのたいふ》[7]は、山を後ろに当てて筑後《ちくご》の路をぞ塞ぎける。菊池《きくち》、すでに前後の大敵に籠《こ》められて、いづくへか行き、いづくへか引くべき。ただ籠《こ》の中《うち》の鳥、網代《あじろ》[8]の魚《うお》の如しと、あはれまぬ人もなかりけり。

菊池は、この二十余年が間、筑紫《つくし》九国《くこく》の者どもが軍立《いくさだち》[9]、手柄《てがら》の程を、敵に請《う》け、御方《みかた》になして、よく知りすかしたれば、後ろに、敵旗を挙げ、道を塞ぎたりと聞こえけれども、あへて事ともせざりけり。三月十日より、矢合[10]はせして、畠山治部大輔《はたけやまじぶのたいふ》の子息民部少輔《みんぶのしょう》[11]が籠もりたる三俣城《みまたのじょう》[12]を、夜昼十七日が中《うち》に攻め落として、敵を討つ事三百余人に及べり。

畠山父子、憑《たの》み切《き》つたる三俣城を落とされて、叶《かな》はじとや思ひけん、攻《つ》[13]めの城にもたまらずして、深山《みやま》の奥に引《ひ》き籠《こ》もりけ

4 貞宗の子。豊後守護。
5 大分市高崎の高崎山にあった城。
6 福岡県東部・大分県北部に住んだ豊前宇都宮氏族。
7 少弐氏族か。名は泰親（後出）。
8 川の瀬に杭を打ち並べ、狭めた出口に簀（す）をつけて魚を捕るしかけ。
9 合戦のやり方や、武勇の手並みの程。
10 合戦の始めに、双方が矢（鏑矢）を射交わす儀礼。
11 重隆（参考太平記）。
12 宮崎県北諸県郡三股町にあった城。
13 最後の拠点となる城。本丸。

れば、菊池、今はこれまでぞとて、肥後国《ひごのくに》へ引つ返すに、跡を塞ぎし大敵ども、あへて戦ふ事なければ、矢の一つをも射ずして、己れが館《たち》へぞ帰りにける。

これまでは、未だ太宰少弐《だざいのしょうに》[14]、阿蘇大宮司《あそのだいぐうじ》[15]、宮方《みやがた》を背《そむ》く気色《きしょく》なかりければ、かれらに牒《ちょう》[16]し合《あ》はせて、菊池、五千余騎を率《そっ》し、大友を退治《たいじ》せんために、豊後国へ打ち向かふ比《ころ》、太宰少弐、俄《にわ》かに心替はりして、太宰府《だざいふ》[17]にして旗を挙げければ、阿蘇大宮司、これに与《くみ》して、菊池が跡を塞がんと、小国《おぐに》[18]と云ふ処《ところ》に九ヶ所の城を構へて、菊池を一人も討《う》ち洩《も》らさじと企《くわだ》てける。

菊池、兵粮《ひょうろう》運送の路《みち》を止《と》められて、豊後へ寄する事も叶はず、また太宰府へ向かはん事も難儀《なんぎ》なりければ、先《ま》づわが肥後国へ引つ返してこそ、用心をも廻《めぐ》らさめとて、菊池へ引つ返しけるが、阿蘇大宮司が構へたる九ヶ所の城、一々に攻め落として通るに、阿蘇大宮司、憑《たの》み切《き》つたる手の者ども三百余人討たれに

14　少弐頼尚。貞経の子。
15　惟村。父惟澄、弟惟武は南朝方。
16　文書で連絡を取り合って。
17　福岡県太宰府市。
18　熊本県阿蘇郡小国町。底本「小田」を改める。

ければ、敵の通路《つうろ》を止《と》むるまでは思ひ寄らず、わが身の命希有《けう》にして助かりてこそ、落ち行きけれ。

同じき四年七月に、[19]征西将軍宮《せいせいしょうぐんのみや》を大将として、新田《にった》の一族、菊池《きくち》の一類、太宰府《だざいふ》へ寄せんと聞こえしかば、陣を取つて敵を待たんとて、大将には、太宰筑後守頼尚《だざいちくごのかみよりひさ》、子息筑後《ちくご》新少弐頼高《しんしょうによりたか》、甥太宰越後守頼泰《だざいえちごのかみよりやす》、[20]窪能登太郎泰助《くぼのとのたろうやすすけ》、[21]肥前刑部大輔泰親《ひぜんぎょうぶのたいふやすちか》、[22]太宰出雲守頼光《だざいいずものかみよりみつ》、山井三郎惟則《やまのいのさぶろうこれのり》、饗場左衛門蔵人重高《あいばさえもんのくろうどしげたか》、言同《ごんどう》左衛門大夫《さえもんのたいふ》行盛《ゆきもり》、[23]宗右馬小太郎《そううまのこたろう》、[24]草壁六郎《くさかべのろくろう》、木綿左近将監《こわたさこんのしょうげん》、西河兵庫助《にしかわひょうごのすけ》、牛糞刑部大輔《うしくそぎょうぶのたいふ》、[25]松浦党《まつらとう》には、佐志将監《さししょうげん》、田平《たひら》左衛門蔵人《さえもんのくろうど》、[26]千葉右京大夫《ちばうきょうのだいぶ》、[27]草野筑後守《くさのちくごのかみ》、子息肥後守《ひごのかみ》、高木《たかぎ》肥前守《ひぜんのかみ》、綾部修理亮《あやべしゅりのすけ》、藤木三郎《ふじきのさぶろう》、横内次郎《よこうちのじろう》、高田対馬守《たかだつしまのかみ》、同じき長門守《ながとのかみ》、[28]宇都宮大和前司《うつのみややまとのぜんじ》、同じき山田越中守《やまだえっちゅうのかみ》、[29]山賀筑前守《やまがちくぜんのかみ》、三原《みはら》、秋月《あきづき》の一族、[30]島津上総入道《しまづかずさのにゅうどう》、[31]渋谷播磨守《しぶやはりまのかみ》、本間十郎《ほんまのじゅうろう》、土屋六郎《つちやのろくろう》、松田弾正少弼《まつだだんじょうのしょうひつ》、川尻備後入道《かわじりびんごのにゅうどう》、詫磨三郎《たくまのさぶろう》、鹿子木三郎《かのこぎのさぶろう》、

19 懐良(かねよし)親王。後醍醐帝皇子。前出、第二十一巻・7。

20 窪は、少弐氏族。

21 前出。底本「肥後」を改める。

22 太宰・山井は少弐氏族。饗場は少弐の家来。言同(権藤)は熊本市に住んだ武士。

23 対馬・筑前などに住んだ武士。惟宗氏。

24 草壁は福岡県柳川市・みやま市、木綿・西河は不詳、牛糞は鹿児島県伊佐市大口に住んだ武士。

25 肥前国松浦郡(佐賀県・長崎県の北部)に住んだ松浦氏族。佐志は佐賀県唐津市、田平は長崎県平戸市に住んだ。

26 胤基。下総から肥前小城郡に移り住んだ肥前千葉氏。

これらを[32]宗徒《むねと》の侍《さぶらい》として、都合その勢《せい》六万余騎、[33]杜《もり》の渡《わたり》を前に当てて、[34]味坂《あじさか》の庄《しょう》に陣を取る。

宮方《みやがた》には、先帝第六[35]の皇子を大将として、相従ふ兵ども、先《ま》づ公家《くげ》には、第六宮征西将軍《だいろくのみやせいせいしょうぐん》、[36]洞院権大納言《とういんごんのだいなごん》、北畠源中納言《きたばたけのげんちゅうなごん》、竹林院三位中将《ちくりんいんさんみのちゅうじょう》、春日中納言《かすがちゅうなごん》、花山院四位少将《かさんのいんしいのしょうしょう》、土御門《つちみかど》右少将《うしょうしょう》、坊城三位《ぼうじょうのさんみ》、葉室左衛門督《はむろさえもんのかみ》、日野左少弁《ひののさしょうべん》、高《たか》(辻《つじの》)二位《にい》、九条大外記《くじょうだいげき》、子息主水頭《もんどのかみ》。新田の一族には、[37]岩松相模守《いわまつさがみのかみ》、世良田《せらだ》大膳大夫《だいぜんのだいぶ》、田中弾正大弼《たなかだんじょうのだいひつ》、桃井右京大夫《もものいうきょうのだいぶ》、江田丹後守《えだたんごのかみ》、山名《やまな》因幡権守《いなばのごんのかみ》、堀口三郎《ほりぐちのさぶろう》、里見十郎《さとみのじゅうろう》。侍大将《さぶらいだいしょう》には、菊池肥後守《きくちひごのかみ》武光《たけみつ》、子息肥後次郎武家《ひごのじろうたけいえ》、甥肥後小次郎武信《ひごのこじろうたけのぶ》、同じき孫次郎《まごじろう》武明《たけあき》、[38]赤星掃部助武世《あかほしかもんのすけたけよ》、城越前守《じょうのえちぜんのかみ》、賀屋兵部大輔《かやひょうぶのたいふ》、見参岡《みさおか》三河守《みかわのかみ》、庄美作守《しょうのみまさかのかみ》、国分次郎《こくぶんのじろう》、故[39]伯耆守《ほうきのかみ》の次男名和伯耆権守《なわほうきのごんのかみ》長秋《ながあき》、三男修理亮《しゅりのすけ》、[40]宇都宮刑部丞《うつのみやぎょうぶのじょう》、千葉式部大輔《ちばしきぶのたいふ》、[41]白石三河入道《しらいしみかわのにゅうどう》、岸島刑部大輔《きしじまぎょうぶのたいふ》、大村弾正少弼《おおむらだんじょうのしょうひつ》、太宰権少弐《だざいごんのしょうに》、宇《う》

27　草野は松浦氏族。高木は佐賀市、綾部は佐賀県三養基郡、藤木は肥前、高田は豊前の武士。横内は清和源氏。
28　豊前宇都宮氏。
29　山賀は福岡県遠賀郡、三原は小郡市、秋月は朝倉市甘木に住んだ武士。
30　貞久。薩摩・大隅守護。
31　渋谷・本間・土屋・松田は、相模出身で九州に移り住んだ。川尻・詫魔(託麻)は熊本市、鹿子木は福岡県久留米市に住んだ武士。
32　主だった侍。
33　久留米市宮ノ陣町大杜の筑後川の渡し。
34　小郡市南部から久留米市北部にかけての地。鯵坂庄。
35　懐良親王。
36　公季または実守か。北畠は、信親か。以下、懐良

都宮《つのみや》壱《い》岐守《きのかみ》、[42]大野《おおの》式部大夫《しきぶのたいふ》、派《みなまた》讃岐守《さぬきのかみ》、溝口《みぞぐち》丹後守《たんごのかみ》、牛糞越《うしくそえち》前権守《ぜんのごんのかみ》、波多野《はだの》三郎《さぶろう》、河辺《かわのべ》次郎太郎《じろうたろう》、稲佐《いなさ》治部大輔《じぶのたいふ》、谷山右《たにやまう》馬助《まのすけ》、渋谷《しぶや》三河守《みかわのかみ》、同じき修理亮《しゅりのすけ》、[43]島津《しまづ》上総四郎《かずさのしろう》、野中郷司《のなかのごうし》、[44]斉所助《さいしょのすけ》、畠山民部少輔《はたけやまみんぶのしょう》、伊藤摂津守《いとうせっつのかみ》、[45]絹脇播磨守《きぬわきはりまのかみ》、土持十《つちもちのじゅう》郎《ろう》、藍田《あいだ》筑前守《ちくぜんのかみ》、これらを宗徒《むねと》の兵として、その勢《せい》都合八千余騎、[46]高良山《こうらさん》、[47]柳坂《やなぎさか》、[48]御名場山《みなはやま》、三ヶ所に陣をぞ取つたりける。

同じき七月十九日に、菊池《きくち》、先《ま》づ己れが手勢《てぜい》五千余騎にて、[49]筑後川《ちくごがわ》を打ち渡し、少弐《しょうに》が陣へ押し寄する。少弐、いかが思ひけん、ここにては一矢《ひとや》も射ず、[50]三十余町引き退いて、[51]大原《おおはら》に陣を取る。菊池、続いて攻めんとしけるが、その間に、深き沼あつて、細道一つありけるを、敵三所《みところ》掘り切つて、橋を渡したりければ、寄すべき様《よう》もなかりけり。

両陣わづかに隔《へだ》たつて、旗の[52]文《もん》かすかに見ゆる程なりければ、菊池は、わざと少弐を恥《は》ぢしめんために、[53]金銀にて月日を打つ

親王に従って九州に下った公家の名は、不詳。
37 岩松・桃井は足利一族、ほかは新田一族。
38 赤星・城・賀屋・見参岡・庄は、肥後の菊池一族。国分は、肥前の武士。
39 名和長年。名和一族は当時、伯耆から肥後八代に拠点を移した。
40 豊前宇都宮氏、貞邦か。千葉は、肥前千葉氏の胤泰。
41 白石・大村は、肥前の武士。岸島は不詳。
42 大野は肥前、派(水俣)は肥後、溝口は筑後、稲佐は肥前、谷山は薩摩の武士。波多野・渋谷は相模から移り住んだ武士。
43 貞久の子か。
44 不詳。斉所(税所)は大隅の豪族。
45 絹脇は肥後、土持は日向の武士。藍田は不詳。

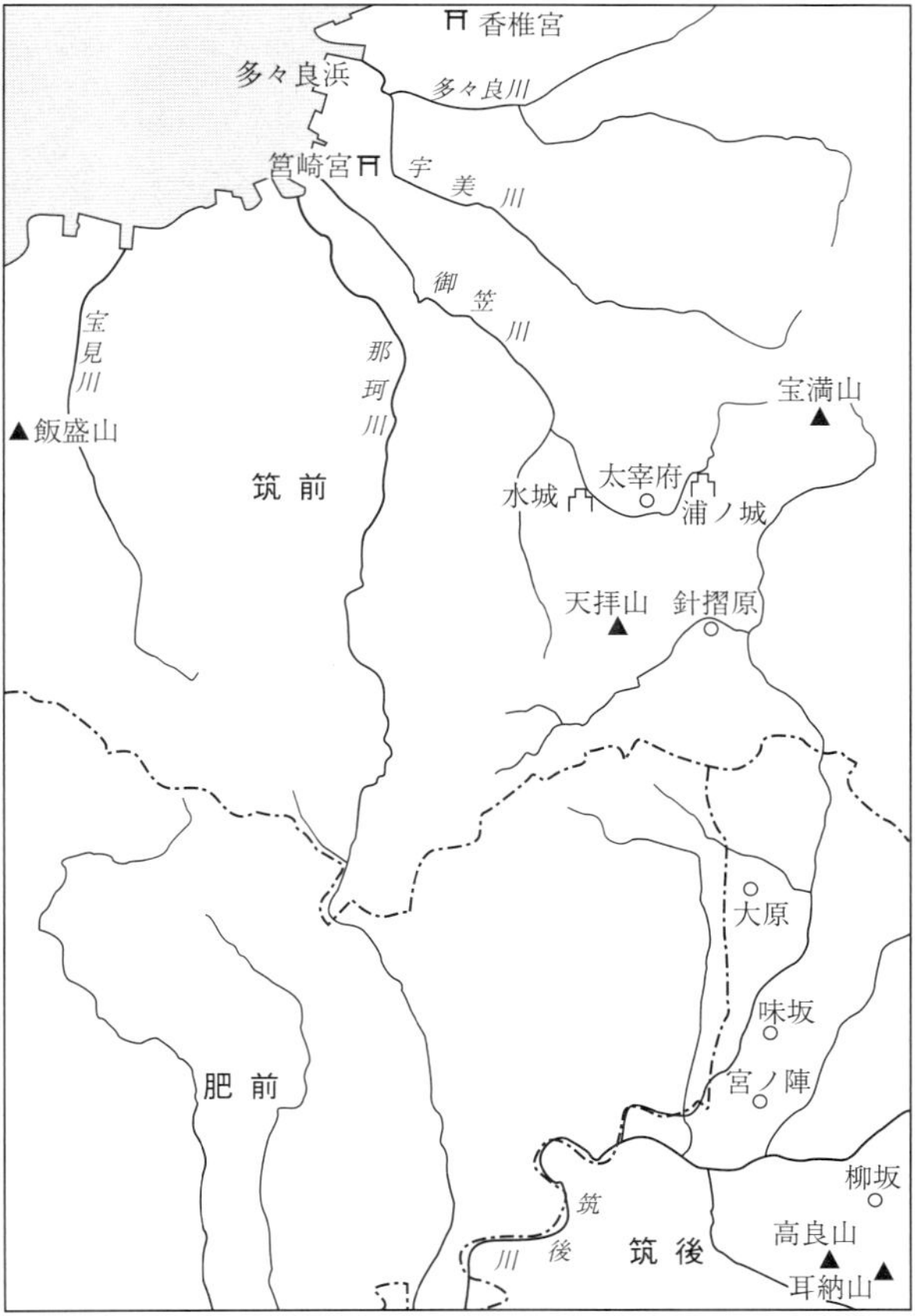
香椎宮
多々良浜
多々良川
筥崎宮
宇美川
御笠川
宝見川
那珂川
飯盛山
筑前
宝満山
太宰府
水城
浦ノ城
天拝山
針摺原
大原
味坂
宮ノ陣
肥前
柳坂
高良山
耳納山
筑後川
筑後

太宰府周辺図

て付けたる旗の蝉本《せみもと》に、一紙《いっし》の起請文《きしょうもん》[54]をぞ押したりける。これは去年[55]、太宰少弐《だざいのしょうに》、古浦城《ふるうらのじょう》[56]にて、すでに一色宮内大輔《いっしきくないのたいふ》[57]に討たれんとせしを、菊池《きくち》肥後守《ひごのかみ》、大勢《おおぜい》を以て後攻《ごづ》[58]めをして、少弐を助けたりしかば、少弐、悦《よろこ》びに堪《た》へず、「今より後《のち》、子孫七代に至るまで、菊池の人々に向かつて弓を引き、矢を放つ事あるべからず」と、熊野《くまの》の牛王《ごおう》[59]の裏を翻《ひるがえ》し、血を絞りて書きたりし起請なれば、今、情けなく心替はりしたるうたてさ[60]を、且《かつう》は天に訴へ、且《かつう》は人に知らしめんためなりけり。

八月十六日の夜半《やはん》ばかりに、菊池、先《ま》づ夜討《ようち》に馴れたる兵を三百人勝《すぐ》りて、山を経《へ》、水を渡つて、搦手《からめて》へ廻《まわ》す。宗徒の兵七千余騎をば、三手《みて》に作つて、筑後川《ちくごがわ》の端《はた》に沿《そ》うて、川音《かわおと》に紛《まぎ》れ押し寄する。大手《おおて》の寄手《よせて》、今は近づくらんと覚えける程に、搦手の兵三百余人、敵の陣へ抜け入つて三所《みところ》に時の声を上げ、十方に走り散つて、陣々へ矢を射懸けて、後ろへ抜けてぞひかへ

46 久留米市御井(み)町。高良大社がある。
47 久留米市山本町豊田。
48 高良山の東の耳納(みのう)山。久留米市高良内町。
49 筑後平野を流れる大河。
50 一町は、約一〇九メートル。
51 小郡市大保。
52 紋。
53 官軍であることを示す錦旗。蝉本は、旗竿の先端の滑車をつける部分。
54 神に誓いを立てる文書。
55 正しくは、文和二年(一三五三)のこと。
56 少弐の居城。浦ノ城。福岡県太宰府市連歌屋。
57 範氏。九州探題。
58 城攻めの敵を背後から攻めること。
59 熊野三山で発行する「牛王宝印」と記した護符紙。その裏面を起請文の料

たる。[61]分内狭《ぶんないせば》き処《ところ》に、六万余騎の勢、[62]沓《くつ》の子《こ》を打つたるやうに[63]役所を作り並べたれば、時の声に驚いて、いづれを敵と見分けたる事もなく、[64](ここに寄せ合はせ、かしこに懸け合ひて、をめき叫び、追つつ返しつ同士《どし》討《う》ちをする事数刻なりしかば、少《しょう》弐《に》が憑《たの》み)切つたる兵三百余人、[65]友討《ともうち》に討たれけり。

敵陣騒ぎ乱れて、夜すでに明けければ、一番に、菊池次郎《きくちのじろう》、件《くだん》の起請の旗を進ませて、千余騎にて破《わ》つて入る。少弐が嫡子太宰新少弐頼高《だざいのしんしょうによりたか》、忽《たち》ちに打ち負けて、引つ返し引つ返し戦ひけるが、敵に組まれて討たれにけり。これを見て、[66]浅井《あさい》但馬将《たじまのしょう》監胤信《げんたねのぶ》、筑後新左衛門《ちくごのしんざえもん》、窪能登守《くぼのとのかみ》、肥前刑部大輔《ひぜんのぎょうぶのたいふ》、百余騎にて取つて返し、近づく敵に引つ組み引つ組み、差し違へて死にければ、菊池が方にも、菊池孫次郎武明《きくちまごじろうたけあき》、賀屋兵部大輔《かやひょうぶのたいふ》、見参《みさ》岡三河守《おかみかわのかみ》、庄美作守《しょうのみまさかのかみ》、宇都宮刑部丞《うつのみやぎょうぶのじょう》、国分次郎以下《こくぶのじろういげ》、宗徒の兵八十三人、一所《いっしょ》にて討たれにけり。少弐が一陣の勢は、大将

紙に用いた。
60 情けなさ。
61 地所。
62 沓の底の鋲を打ったように、びっしりと。
63 兵の詰め所。陣屋。
64 神田本等により補う。
65 同士討ち。
66 以下は、少弐の一族・家来。

の新少弐《しんしょうに》を討たせて引き退けば、菊池《きくち》が前陣《せんじん》は、67汗馬《かんば》を休めてひかへたり。

二番に、菊池が甥肥後小次郎武信《ひごのこじろうたけのぶ》、赤星掃部助武世《あかほしかもんのすけたけよ》、二千余騎にて進めば、少弐《しょうに》が68次男太宰越後守頼泰《だざいえちごのかみよりやす》、并びに太宰出雲守《だざいいずものかみ》、二万余騎にて相向かふ。始めは、百騎づつ出で合ひて戦ひけるが、後《のち》には、敵御方《みかた》二万余騎、さつと入り乱れて、ここに別れ、かしこに合ひ、69半時《はんとき》ばかりぞ戦うたる。組んで落つれば、落ち重なり、切つて落とせば、頸《くび》を取る。戦ひ未だ決せざるに、少弐が方《かた》には、赤星掃部助を討つて、悦《よろこ》び勇《いさ》んで引つ返せば、菊池が方には、70(太宰越後守を虜《いけど》つて勝時《かちどき》を上げてぞ喜びける。この時また、宮方《みやがた》に)、71結城右馬頭《ゆうきうまのかみ》、加藤大夫判官《かとうたいふほうがん》、藍田筑前《あいだちくぜんの》入道《にゅうどう》、熊谷豊後守《くまがいぶんごのかみ》、三栗屋十郎《みくりやのじゅうろう》、太宰修理亮《だざいしゅりのすけ》、松浦丹後守《まつらたんごのかみ》、同じき出雲守《いずものかみ》、熊谷民部大輔《くまがいみんぶのたいふ》以下《いげ》、宗徒の兵三百余人、討死《うちじに》しければ、将軍方には、72饗場左衛門蔵人《あいばさえもんのくろうど》、言同左衛門大夫《ごんどうさえもんのたいふ》、山井三《やまのいのさぶ》

67 疾駆して汗をかいた馬。
68 前出「甥」とある。
69 約一時間。
70 神田本等により補う。
71 以下は、菊池配下の武士。
72 以下は、少弐配下の武士。

郎《ろう》、宗右馬小太郎《そううまのこたろう》、木綿左近将監《こわたさこんのしょうげん》、西河兵庫助《にしかわひょうごのすけ》、草壁六郎以《くさかべのろくろうい》下《げ》、憑《たの》み切《き》つたる兵七百余人討たれにけり。

三番に、宮の御勢《おんぜい》、新田《にった》の一族、菊池肥後守《きくちひごのかみ》一手《ひとて》になつて三千余騎、敵の中を分けて、[73]蜘手《くもで》、十文字《じゅうもんじ》に懸け散らさんと、喚《おめ》いて懸かるに、少弐、松浦、草壁、山賀《やまが》、島津《しまづ》、渋谷《しぶや》の兵ども二万余騎、左右へさつと分かれて、散々《さんざん》に射る。宮の御勢、射立てられて引く時、宮、三ヶ処まで深手《ふかで》を負はせ給ひければ、日野左少弁《ひののさしょうべん》、坊城三位《ぼうじょうのさんみ》、洞院権大納言《とういんごんのだいなごん》、[74]春日大納言《かすがだいなごん》、土御門《つちみかど》右少将《うしょうしょう》、高《たか》(辻《つじの》)二位《にい》、葉室左衛門督《はむろさえもんのかみ》に至るまで、宮を落とし奉らんと、踏《ふ》み留《とど》まつて討たれ給ふ。これを見て、新田の一族三十二人、その勢《せい》千余騎、[75]横合ひに逢うて、[76]会釈《えしゃく》もなく引つ組んで落ち、[77]打ち違へて死に、命を限りに戦ひけるに、世良田大膳《せらだだいぜんの》大夫《だいぶ》、田中弾正大弼《たなかだんじょうのだいひつ》、岩松相模守《いわまつさがみのかみ》、桃井右京大夫《もものいうきょうのだいぶ》、堀口三郎《ほりぐちのさぶろう》、江田丹後守《えだたんごのかみ》、山名因幡《やまないなばの》(権《ごんの》)守《かみ》、敵に組まれて討たれにけり。

73　蜘蛛の足のように八方に、十文字のように縦横に。
74　前出「春日中納言」。諸本同じ。
75　側面から攻め寄せて。
76　だしぬけに(名乗りもせず)。
77　(刀などを)打って差し違えて。

菊池《きくち》肥後守武光《ひごのかみたけみつ》、子息肥後次郎《ひごのじろう》、宮の[78]御手《おんて》負《お》はせ給ふのみならず、月卿雲客《げっけいうんかく》、新田《にった》の一族達の[79]若干《そこばく》討たれ給ひぬるを見て、「いつのために惜しむべき命ぞや。日来《ひごろ》の契約違へずは、われに伴ふ兵ども、一人も残らず討死《うちじに》せよ」と励《はげ》まして、真前《まっさき》に懸けて入る。敵これを見知りたりければ、射て落とさんとて、鏃《やじり》を揃《そろ》へて雨の降る如く射けれども、菊池が着たる鎧は、この合戦の料《りょう》に、[80]三人張《ばり》の精兵《せいびょう》に革《かわ》を一枚づつ射させて通らぬ革を、[81]一枚交《ま》ぜに拵《こしら》へて威《おど》したれば、いかなる精兵が射けれども、[82]裏掻《か》く矢一つもなかりけり。馬は射られて倒るれども、乗手《のりて》は疵《きず》を被《こうぶ》らねば、乗り替へては、懸け入り懸け入り、十七度まで懸けけるに、菊池、冑《かぶと》を打ち落とされて、[83]小鬢《こびん》を二太刀《ふたたち》まで切られたり。[84]すはや、討たれぬと見えけるが、[85]少弐武藤新左衛門《しょうにむとうしんざえもん》と押し並べて、組んで落ち、その頸《くび》を取つて鋒《きっさき》に貫き、冑を取つて打ち着て、敵の馬に乗り替へ、(また)敵の中へ破《わ》つて入

78 手傷を負われただけでなく。
79 大勢。
80 三人がかりで張る強弓を射る兵。
81 鉄の札(さね)に皮の札を一枚置きに交ぜて縅(おど)した鎧。
82 鎧の裏まで突き通す。
83 こめかみ。
84 あわや。
85 貞頼の子、高経か。武藤は、少弐の本姓。

る。

今朝《こんちょう》の卯刻《うのこく》[86]より酉《とり》の下《さ》がりまで、一息《ひと》もつかず戦ひけるに、少弐が方《かた》に、新少弐《しんしょうに》[87]を始めとして一族二十三人、憑《たの》み切《き》つたる郎従《ろうじゅう》四百余人、その外《ほか》の軍勢三千二百二十六人まで討たれにければ、少弐、今は叶《かな》はじとや思ひけん、太宰府《だざいふ》へ引き退いて、宝満嶽《ほうまんがたけ》[88]へ引き上がる。菊池も、勝《か》ち軍《いくさ》したれども、討たれたる人を数へたれば、千八百十一人と注《しる》したりける間、「続いて敵も懸からず。暫《しばら》く手負《ておい》[89]を助けてこそ、また合戦をも致さめ」とて、肥後国《ひごのくに》へ引つ返す。その後《のち》は、敵も御方《みかた》も、皆己れが領知の国々に楯籠《たてご》もりて、なかなか[90]軍《いくさ》はなかりけり。

新田《にった》左兵衛佐《さひょうえのすけ》義興《よしおき》自害《じがい》の事　8

将軍逝去《せいきょ》あつて後《のち》、筑紫《つくし》はかやうに乱れぬと云へども、東国《とうごく》

86 午前六時頃から午後六時過ぎまで。
87 頼高。
88 太宰府の東北に位置する宝満山。一帯は、少弐の本拠地。
89 負傷者。
90 容易には。

は未だ静かなり。

ここに、故新田《にった》左中将《さちゅうじょう》義貞《よしさだ》の次男左兵衛佐《さひょうえのすけ》義興《よしおき》、その弟武蔵少将《むさしのしょうしょう》義宗《よしむね》、故脇屋《わきや》刑部卿《ぎょうぶきょう》義助《よしすけ》の子息左衛門佐《さえもんのすけ》義治《よしはる》三人、[1]この三、四年が間、越後国《えちごのくに》に城郭《じょうかく》を構へ、半国《はんごく》ばかり打ち随へて居たりけるが、武蔵《むさし》、上野《こうずけ》の者どもが中より、二心《ふたごころ》なき由《よし》の[2]連署《れんじょ》の起請《きしょう》を書いて、「両三人の御中《おんなか》に、一人《いちにん》東国へ御越し候へ。大将にし奉つて、[3]義兵《ぎへい》を挙げ候はん」とぞ申したりける。

義宗、義治二人《ににん》は、思慮深き人どもなりければ、この比《ころ》の人の心、[4]左右《そう》なく憑《たの》み難《がた》しとて、許容せられず。義興は、忠功人《ひと》に勝《すぐ》れたらん事を、いつも心に懸けて思はれければ、[5]是非の遠《えん》慮《りょ》を廻《めぐ》らさるるまでもなく、わづかに郎従《ろうじゅう》百人ばかり、行き連れたる旅人の如く見せて、ひそかに武蔵国へぞ越えられける。

元来《もとより》[6]張本《ちょうぼん》の輩《ともがら》は申すに及ばず、古《いにし》へ新田義貞に忠功ありし族《やから》、今[7]畠山入道道誓《はたけやまにゅうどうどうせい》に恨みを含む兵、ひそかに音信《いんしん》を通じ、

8

1 第三十一巻・8、第三十二巻・7、参照。
2 神に誓いを立てる起請文に連名で署名して。
3 正義の兵。
4 たやすくは。
5 良し悪しの深い思慮。
6 謀叛の首謀者たち。
7 俗名国清。家国の子。鎌倉公方足利基氏の執事。

頻《しき》りに媚《こび》を入れて、催促《さいそく》に随ふべき由《よし》を申す者多かりければ、義興、今は身を寄する処《ところ》の多くなつて、[8](上野、武蔵両国の間に、その勢ひまた漸《ようや》く萌《きざ》せり)。

[9]天に耳なしと云へども、これを聞くに、人を以てする事なれば、互ひに隠密《おんみつ》しけれども、兄は弟に語り、子は親に知らせける間、この事、程なく東国の[10]管領左馬頭基氏朝臣《かんれいさまのかみもとうじあそん》の[11]執権《しっけん》、畠山入道道誓に聞こえてけり。畠山、これを聞きしより、あへて寝食を安くせず。在処《ざいしょ》を尋ね聞いて、大勢《おおぜい》差し遣《つか》はせば、国の内[12]通計《つうげ》して、行方《ゆくえ》を知るべからず。また、小勢《こぜい》を以て討たんとすれば、義興、更《さら》に事ともせず、蹴散《けち》らしては道を通り、打ち破つては囲みを出で、[13]千変万化《せんぺんばんか》、かつて人の態《わざ》にあらずと申しける間、今はすべき様《よう》なしと、手に余りてぞ覚えける。

さてもこの事いかがすべきと、畠山入道、寝つ起きつ夜昼《よるひる》案じ居たりけるに、或る夜、ひそかに[14]片沢右京亮《かたざわうきょうのすけ》を近づけて、

8　他本により補う。
9　天に耳はないといっても、隠し事は人の耳に伝わるものなので。
10　鎌倉公方、足利基氏。義詮の弟。
11　執事に同じ。公方補佐の要職。
12　知れ渡って。
13　自在に出没すること。
14　不詳。他本「竹沢」。後出、桓武平氏秩父流の江戸氏の同族とある。

「御辺《ごへん》は、先年[15]、武蔵野《むさしの》の合戦に、かの義興《よしおき》の手に属《しょく》して忠ありしかば、義興も、定めてその旧好《きゅうこう》[16]を忘れじとぞ思はるらん。されば、この人を猷《たばか》つて討たんずる事は、御辺に過ぎたる人あるべからず。いかなる謀《はかりごと》をも運《めぐ》らして、義興を討つて、左馬《さまの》頭《かみ》(殿《どの》)の見参《げんざん》に入れ給はば、恩賞は宜《よろ》しく請《こ》ふによるべし」とぞ語らはれける。片沢《かたざわ》、元来《もとより》欲心熾盛《よくしんしじょう》[17]にして、人の嘲《あざけ》りをも顧《かえり》みず、古《いにし》への好《よし》みをも思はず、情けなき者[18]なりければ、かつ[19]て一儀《いちぎ》をも申さず、「さ候はば、兵衛佐殿《ひょうえのすけどの》の疑ひを散じて、相《あい》近《ちか》づき候はんために、それがし、わざと御制法《ごせいほう》[20]候はんずる事を仕《つかまつ》つて、御勘気《ごかんき》を蒙《こうぶ》り、御内《みうち》を罷《まか》り出《い》でたる体《てい》にて、本国へ罷《まか》り下《くだ》つて後《のち》、この人に取り寄り候ふべし」と、よくよく相謀《あいはか》つて、己れが宿所《しゅくしょ》へぞ帰りける。

かねて謀《はか》りつる事なれば、片沢、翌日《つぎのひ》より、宿々《しゅくじゅく》[21]の傾城《けいせい》どもを数十人呼び寄せて、遊び戯れ舞ひ歌ふ。これのみならず、

15 北朝の観応三年(一三五二)閏二月、武蔵小手指原・笛吹峠の合戦。第三十一巻・1、3。
16 昔のよしみ。
17 貪欲な心が盛んなこと。
18 人の情をもたない者。
19 まったく異議を申すことなく。
20 わざと禁令を破って、お怒りを受け。
21 宿場宿場の遊女。

相伴ふ傍輩《ほうばい》どもを相集めて、様々《さまざま》の博奕《ばくえき》を夜昼十余日までぞしたりける。或る人、これを畠山《はたけやま》に告げ知らせければ、畠山、大きに偽り怒つて、「制法を乱る罪科《ざいか》、一つにあらず。[22]この時、緩《ゆる》に沙汰《さた》を致さば、向後狼藉絶《きょうこうろうぜきた》ゆべからず」とて、[23]則ち片沢が[24]所帯《しょたい》を没収《もっしゅ》して、その身を追放せしめ(て)けり。片沢、一言《いちごん》の陳謝《ちんしゃ》にも及ばず、「あな事々《ことごと》し。[25]左馬頭(殿)に仕《つか》はれぬ侍《さぶらい》は、身一つは過ぎぬか」と、飽くまで[26]広言《こうげん》吐き散らして、己れが在所へぞ帰りにける。

居《お》ること数日《すじつ》あつて、片沢、ひそかに新田左兵衛佐殿《にったさひょうえのすけどの》へ人を奉《まい》せて申しけるは、「親にて候ひし入道、新田殿の御手《おんて》に属《しょく》し、[27]元弘《げんこう》の鎌倉《かまくら》の合戦に忠を抽《ぬき》んで候ひき。それがしまた、先年武蔵野の合戦の時、御方《みかた》に参つて忠戦を致し候ひし条、思《おぼ》し召し忘《わす》れ候はじ。その後《のち》は、[28]世の転変度《てんぺんど》々に及んで、御座《ぎょざ》の処《ところ》をも存知《ぞんち》仕《つかまつ》り候はぬ間、力なく一旦《いったんま》先づ命を助かつて、御代《みよ》を

22　いま寛大に処置すれば、今後みだりがわしいふるまいが絶えるはずがない。
23　ただちに。
24　所領・財産。
25　左馬頭殿(基氏)に召し使われない侍だからといって、一人で生きられぬことがあろうか。
26　減らず口。
27　元弘三年(一三三三)五月の鎌倉合戦。第十巻・8。
28　時勢の移り変わり。

待ち候はんために、畠山禅門《はたけやまぜんもん》に属《しょく》して候ひつるが、[29]心中の趣《おもむき》、気色《きしょく》に顕《あらわ》るるによつて、さしたる罪科とも覚え候はぬ事に、[30]一《いっ》所懸命《しょけんめい》の地を没収《もっしゅ》され、[31]結句《けっく》、討たるべしなんど沙汰《さた》に及び候ふ間、則ち、[32]武蔵《むさし》の御陣を逃げ出で候ひて、当時は深山幽谷《しんざんゆうこく》に隠《かく》れ居《い》たる体《てい》にて候ふ。それがしがこの間の不義をだに、御免《ごめん》あるべきにて候はば、御内《みうち》に奉公の身となり候ひて、自然《しぜん》の御《おん》大事《だいじ》には、御命《おんいのち》に替はりまゐらせ候ふべし」と、懇《ねんご》ろにぞ申し入れたりける。

左兵衛佐《さひょうえのすけ》、これを聞き給ひて、暫《しばら》くは、申す処実《ところまこと》しからずとて見参《げんざん》をもし給はず、まして密儀《みつぎ》なんど知らせらるる事もなければ、片沢《かたざわ》、なほも心中の偽《いつわ》りなき処を顕《あらわ》さんとて、京都へ人を上《のぼ》せ、或る宮の御所《ごしょ》より、少将殿《しょうしょうどの》と申す[33]上臈女房《じょうろうにょうぼう》の、歳《とし》十六、七ばかりなりけるが、容色誠《ようしょくまこと》に濃《こま》やかに類《たぐ》ひなく、[34]心ざま優《ゆう》にやさしくおはしけるを、とかく申《もう》し下《くだ》して、先《ま》づ己れが[35]養《よう》

29　心中の考えが態度に表れて。
30　武士が命がけで守る大切な領地。
31　あげくのはて。
32　この当時(文和二年〈一三五三〉から約六年間)、足利基氏は鎌倉を離れ、関東平定のため武蔵国入間郡の入間川御陣(入間御所とも)に長期間在陣していた。
33　高貴な宮仕えの女性。
34　気だてが優雅で上品でいらっしゃる人を。
35　養子として育てる貴人の子。

君《くん》にし奉り、[36]御介錯《ごかいしゃく》の女房達に至るまで様々《さまざま》に仕立てて、ひそかに左兵衛佐殿の方《かた》へぞ出だしたりける。

義興《よしおき》、元来《もとより》色を好む心深かりければ、世に類《たぐ》ひなく情けを籠《こ》め給ひて、一夜《ひとよ》の程の隔《へだ》ても、千代《ちよ》を経《ふ》る心地して、常《つね》の隠《かく》れ家《が》を替へんともし給はず、少し[37]ひたたけなる式《しき》にて、[38]その方様《かたざま》の草のゆかりまでも、心置くべき事とは露《つゆ》ばかりも思ひ給はず。誠《まこと》に[39]褒姒《ほうじ》一度《ひとたび》笑みて、幽王《ゆうおう》国を傾《かたぶ》け、[40]玉妃《ぎょくひ》傍らに媚《こ》びて、玄宗《げんそう》世を失ひ給ひしも、かくやと思ひ知られたり。されば、[41]太公望《たいこうぼう》の秘書《ひしょ》の奥書《おくがき》に、[42]「利を好む者には、財を与へてこれを迷はし、色を好む者には、美女を与へてこれを惑《まど》はす」と、敵を謀《はか》る道を教へしを、知らざりけるこそ愚かなれ。

かくて、片沢、奉公の[43]志《こころざし》切《せつ》なる由《よし》を申しけるに、[44]武衛《ぶえい》、早や心打ち解けて見参《げんざん》し給ふ。やがて片沢、兵衛佐殿に、鞍置いたる馬三疋、ただ今威《おど》し立てたる鎧三両、召し替への料とて

36　お世話係。
37　つつしみをなくした状態で。
38　その女の縁故の者までも、警戒すべき者とは全く思わない。
39　周の十二代の王、幽王の寵姫。褒姒を喜ばせるために、たびたび偽りの烽火をあげた幽王が、外敵の犬戎に攻められて殺された故事(史記・周本紀)。
40　楊貴妃のこと。唐の六代皇帝玄宗が楊貴妃を寵愛したことが、安禄山の乱のきっかけとされる(長恨歌、長恨歌伝)。
41　周の文王に見いだされ、武王に仕えた軍師。兵法書「六韜」の著者と伝える。
42　「六韜」武韜・文伐に、「其の淫楽を輔けて、以て其の志を広くし、厚く珠玉を賄(まい)ひ、娯(のた)しまし

引《ひ》き進《まいら》す。これのみならず、越後《えちご》より付《つ》き纏《まと》ひ奉つて、ここかしこに隠れ居たる兵どもに、皆[45]一献《いっこん》の勧め濃《こま》やかにして、馬、[46]物具《もののぐ》、衣裳《いしょう》、太刀、刀に至るまで、[47]種々《しゅしゅ》に随つて洩《も》らさずこれを引きける間、兵衛佐殿《ひょうえのすけどの》も、片沢《かたざわ》を他《た》に異なる思ひをなし、傍輩《ほうばい》どもも、皆これに過ぎたる[48]御要人《ごようにん》あるべからずと、悦《よろこ》ばぬ者はなかりけり。かやうに、朝夕《ちょうせき》宮仕への労を積み、昼夜二《ちゅうやふた》心《ごころ》なき志《こころざし》を顕《あらわ》して、半年ばかりになりにければ、武衛《ぶえい》、今は何事に付けても心を置き給はず、謀叛《むほん》の計略、[49]与力《よりき》の人数《にんじゅ》、一《いち》事《じ》も残さず、心底《しんてい》を尽《つ》くして知らせられけるこそあさましけれ。

[50]九月十三夜は、暮天《ぼてん》雲晴れて、[51]月も名に負ふ夜《よ》を顕《あらわ》しぬと見えければ、今夜《こよい》、明月《めいげつ》の会に事を寄せて、佐殿《すけどの》をわが館《たち》へ入れ奉り、酒宴の砌《みぎり》にて討ち奉らんと議して、二心なき一族若党《わかとう》三百余人催《もよお》し集《あつ》め、わが館のあたりにぞ籠《こ》め置《お》きける。日暮れければ、片沢、急ぎ武衛に参りて、「今夜は明月の夜にて候へば、

むるに美人を以てし…」とある。
43 底本「忠功」は誤写。他本により改める。
44 兵衛佐義興をさす。武衛は、兵衛府の唐名。
45 酒宴。
46 鎧・兜などの武具。
47 相手の身分に応じて。
48 役に立つ家臣。
49 味方する者の数。
50 八月十五夜に対して「後の月」と呼び、名月の夜とする。
51 九月十三夜の名月の名にふさわしい月夜となる。

恐れながら私《わたくし》の[52]松門茅屋《しょうもんぼうおく》に御入《おんい》り候ひて、草深き月の夜をも御覧候へかし。御内《みうち》の人々をも慰め申し候はんために、[53]白拍子《しらびょうし》少々召し寄せて候ふ」と申しければ、興《きょう》ある遊びありぬと、面々皆《みな》悦びて、[54]やがて鞍置かせ、馬引き出だし、郎従《ろうじゅう》召し集めて、すでに打ち出でんとし給ひける処《ところ》に、少将《しょうしょう》の御局《みつぼね》よりとて、佐殿へ御文《おんふみ》あり。披《ひら》いて見給へば、「過ぎぬる夜、[55]御事《おこと》を悪《あ》し様《ざま》に夢に見まゐらせて候ひつる程に、ひそかに[56]夢説《ゆめとき》に問ひて候へば、「重き御慎《おんつつし》みにて候ふ。七日が間、門内《もんない》を御出《おんい》であるべからず」と申し候ふなり。よくよく御慎み候ふべし」と申されたりければ、武衛、これを見給ひて、[57]執事《しつじ》伊井《いい》弾正《だんじょう》を近づけ、「いかがあるべき」と問ひ給へば、伊井弾正、「凶《きょう》を聞いて、慎まずと云ふ事や候ふべき。ただ今夜の御遊びをば止《とど》めらるべし」と申しければ、佐殿、げにもと思ひ給ひければ、俄《にわ》かに[58]風《ふう》気《き》の心地ありとて、片沢をぞ帰られける。

52　松を門の代わりにした茅葺きの粗末な家。自分の家の謙称。拙宅。
53　白拍子舞をする遊女の一類。
54　すぐに。
55　あなた様。
56　夢の吉凶を占う者。
57　家老。伊井は、静岡県浜松市北区引佐（いなさ）町に住んだ武士。
58　風邪。

片沢《かたざわ》、今夜《こよい》の企《くわだ》て案に相違して、安からず思ひけるが、「そもそも武衛《ぶえい》の、少将《しょうしょう》の局《つぼね》の文を御覧じて止《とど》まり給ひつるは、[59]いかさまわが企てを内々推《ないないすい》されて、告げ申されたるものなり。この女性《にょしょう》を生けて置いては叶《かな》ふまじ」とて、翌日《つぎのひ》、ひそかに少将の局を差し殺して、堀の中《うち》にぞ沈めける。都をば打ち続きたる世の乱れに、荒れのみ増さる宮の中《うち》に、年経て栖《す》みし人々も、秋の木《こ》の葉《は》の散《ち》り散《ぢ》りに、己《おの》が様々《さまざま》なりしかば、憑《たの》む影なくなりはてて、[60]身を浮き草の寄《よ》る辺《べ》とは、この片沢をこそ憑み給ひしに、何故《なにゆえ》と思ひ分きたる方もなく、[61]見てだに心消えぬべき秋の霜の下に臥して、深き淵の底に沈められ給ひける、今はの際《きわ》こそ悲しけれ。

その後《のち》、武衛より御局《みつぼね》へ御消息《みしょうそく》ありけれども、片沢申しけるは、「[62]この間の御違例《ごいれい》」とぞ申しける。武衛、「いかさまにも返事のなきは、片沢が心に違《たが》ふ事あつて、御局へ申さぬやらん。

59　きっと。

60　寄る辺ないわが身の上をつらく(憂く)思い、浮き草のように身を寄せた片沢を頼りにしたのに。「わびぬれば身をうき草の根を絶えて誘ふ水あらばいなんとぞ思ふ」(古今和歌集・小野小町)。

61　見ただけでも心が消え入りそうな鋭い刃にかかって。「秋の霜」は、鋭い刀剣の意。「雄剣腰に在り、抜けばすなわち秋の霜三尺」(和漢朗詠集・将軍)。

62　ここ暫く御病気です。

いかにしても片沢が心に違はじ」と、思《おぼ》し召《め》すこそ御運の極めなれ。

その後《のち》より、片沢、わが力にてはなほ討ち得じと思ひければ、畠山《はたけやま》が方《かた》へ使ひを立てて、「左兵衛佐殿《さひょうえのすけどの》の隠《かく》れ居《い》られて候ふ処《ところ》をば、委《くわ》しく存知《ぞんち》仕《つかまつ》って候へども、小勢《こぜい》にては討《う》ち洩《も》らしぬと覚え候ふ。急ぎ一族にて候ふ[63]江戸《えど》遠江守《とおとうみのかみ》と、同じき下野守《しもつけのかみ》とを下され候へ。かれらとよくよく評定《ひょうじょう》して、討ち奉り候はん」とぞ申したりける。畠山大夫入道《はたけやまたいふにゅうどう》、大きに悦《よろこ》びて、やがて江戸遠江守と、その甥下野守とを下されけり。「討手《うって》を向けられば、兵衛佐伝へ聞いて、在所を替へて隠るる事もこそあらん」とて、江戸伯父甥《おじおい》が所領、[64]稲毛《いなげ》の庄《しょう》十二郷《ごう》を[65]闕所《けっしょ》になして、則ち[66]給人《きゅうにん》をぞ付けられける。江戸伯父甥、[67]大きに(偽り)腹立《ふくりゅう》して、やがて稲毛の庄へ馳《は》せ下《くだ》り、給人を追ひ出だして城郭《じょうかく》を構へ、一族以下《いげ》の兵五百余人招き集めて、「ただ畠山殿に向かひ

63　武蔵国豊島郡江戸に住んだ桓武平氏秩父流。

64　武蔵国橘樹郡稲毛庄。神奈川県川崎市中原区・高津区の一帯。

65　領地を没収すること。

66　幕府や領主から土地を給付される者。

67　大いに怒ったふりをして。

一矢《ひとや》射て、討死《うちじに》せん」とぞ詈《ののし》りける。

程経て後、江戸《えど》遠江守《とおとうみのかみ》、片沢右京亮《かたざわうきょうのすけ》を縁に取つて、兵衛《ひょうえ》佐殿《のすけどの》へ申しけるは、「畠山殿《はたけやまどの》に故《ゆえ》なく懸命の地を没収《もっしゅ》せられて、伯父甥《おじおい》ともに、[68]牢籠《ろうろう》の身と罷《まか》りなり候ふ間、力なく志《こころざし》あらんずる一族ども引率《いんそつ》して、[69]鎌倉殿《かまくらどの》の御陣に馳《は》せ向《む》かひ、畠山殿に向かつて一矢《ひとや》射んずるにて候ふ。但し、しかるべき大将を一人《いちにん》仰ぎ奉らでは、勢《せい》の付く事あるまじきにて候へば、武衛《ぶえい》を大将に憑《たの》みまゐらせんずるにて候ふ。先《ま》づ忍んで鎌倉《かまくら》へ御越し候へ。鎌倉中に当家の一族、いかに候ふとも二、三千騎も候はんずれば、その勢《せい》を付けて相模国《さがみのくに》を打ち随へ、東《とう》八ヶ国を押[70]して、天下を覆《くつがえ》す謀《はかりごと》を運《めぐ》らし候はん」と、実《まこと》にたやすげにぞ申したりける。さしも志《こころざし》深き片沢が取[71]り申す事なれば、疑ふべき所にあらずとて、則ち武蔵《むさし》、上野《こうずけ》、常陸《ひたち》、下総《しもうさ》の間に[72]内々《ないない》与《よ》力《りき》する兵どもに、事の由《よし》を相触《あいふ》れ、十月十日の暁《あかつき》に、兵衛佐殿、

68　領地を失い落ちぶれた身。
69　鎌倉公方、足利基氏の入間川御陣。
70　平定して。
71　取り次いで申す。
72　ひそかに味方する兵。
73　東京都大田区矢口にあ

忍んで先《ま》づ鎌倉へとぞ急がれける。

江戸、片沢、かねて支度《したく》したりし事なれば、[73]矢口《やぐち》の渡《わたり》の舟の底を、二ヶ所剔《え》り貫《ぬ》いて[74]のみを差し、渡の向かひには、宵《よい》より江戸伯父甥、[75]直物具《ひたもののぐ》にて三百余騎、木の影、岩の下に隠《かく》れ居《い》て、[76]「余る所あらば、討《う》ち留《と》めよ」と用意したり。跡には、片沢右京亮、[77]究竟《くっきょう》の射手《いて》百五十人勝《すぐ》りて、取つて帰されば、[78]遠矢《とおや》に射殺さんと工《たく》みたり。「大勢《おおぜい》にて道を御通り候はば、人の見咎《みとが》め奉る事もあるべし」とて、兵衛佐の郎従《ろうじゅう》どもをば、かねて皆[79]抜け抜けに鎌倉へ遣《つか》はしたりければ、相《あい》残つて武衛に付《つ》き纏《まと》ひ奉る人々には、[80]世良田右馬助《せらだうまのすけ》、伊井弾正忠《いいだんじょうのちゅう》、大島周防守《おおしますおうのかみ》、土肥《とひ》三郎左衛門尉《さぶろうざえもんのじょう》、市川五郎《いちかわのごろう》、由良兵庫助《ゆらひょうごのすけ》、同じき新左衛門尉《しんざえもんのじょう》、南瀬口六郎《みなせぐちのろくろう》、わづかにこれらばかりを打ち連れて、更《さら》に他の人をば交《まじ》へず、のみを差したる舟にこみ乗つて、矢口の渡を押し出だす。これを[81]三途《さんず》の大河《たいが》と、思ひ寄らぬぞあはれなる。[82]つら

った多摩川の渡し。
74　船底に設けた排水用の穴にさしこみ、必要に応じて抜きはずしする栓。
75　すべての兵が完全武装すること。
76　相手が逃げることがあるなら。
77　強弓の射手。
78　遠くから射る矢。
79　一人また一人と抜け出てゆくさま。
80　世良田・大島は、新田一族。土肥は、相模(神奈川県湯河原町)の武士。市川は、武田一族。由良は、上野(群馬県太田市)の武士。南瀬口(底本「大瀬口」。後出・他本「南瀬口」に改める)は、不詳。
81　死者が渡る冥途の川。罪の深浅により三つの渡瀬があるから三途という。
82　よくよく。

つらこれを喩《たと》ふれば、[83]無常《むじょう》の虎に追はれて[84]煩悩《ぼんのう》の大河を渡れば、[85]三毒《さんどく》の大蛇《だいじゃ》浮かび出でて、これを呑まんと舌を暢《の》べ、その飡《さん》害《がい》を遁《のが》れんと、[86]岸の額《ひたい》の根無し草に命を懸けて取り付いたれば、[87]黒白二つの鼠《ねずみ》がその草の根をかぶるなる、無常の喩へに異ならず。

この矢口《やぐち》の渡《わたり》と申すは、[88]面《おもて》四町《ちょう》に余りて、波逆巻《さかま》いて底深し。渡守《わたしもり》すでに櫓《ろ》を押して、川の半ばを渡る時、取りはづしたる由《よし》にて、櫓棹《ろさお》を川に落とし入れ、二つののみを同時に抜き、二人の[89]水手《かこ》同様に川にがはがはと飛《と》び入《い》つて、[90]うぶに入りて逃げ去る。これを見て、向かひの岸より、兵四、五百騎懸け出でて、[91]時《とき》をどつと作れば、跡より時を合はせて、「愚かなる人々かな。欺《たばか》るとは知らざるか。あれを見よ」とて、咲《わら》ひ叫《さけ》びけり。

さる程に、水、舟に涌《わ》き入《い》りて、腰中《こしなか》ばかりになりける時、伊井《いい》弾正《だんじょう》、兵衛佐殿《ひょうえのすけどの》を抱き奉り、中《ちゅう》に差し上げたれば、武衛《ぶえい》、

83 虎のように恐ろしい無常(死)。
84 心身を悩ませる妄念を大河にたとえる。
85 貪欲・瞋恚・愚痴の三つの煩悩を大蛇にたとえる。
86 「身を観ずれば岸の額に根を離れたる草」(和漢朗詠集・無常)。岸の額は、岸のつき出た所。
87 命の危うさのたとえ。「仏説譬喩経」等の譬喩譚。猛獣(無常)から逃れ、井戸に隠れて木の根につかまっていると、木の根を黒白二匹の鼠(月日の譬喩)がかじる。
88 川幅。一町は、約一〇九メートル。
89 漕ぎ手。
90 水の底をはって。「水の底をはふをうふとなつく」(名語記)。
91 鬨(とき)の声。

「安からぬものかな。日本一《にっぽんいち》の[92]不当人《ふとうじん》どもに誑《たばか》られつる事よ。[93]七生《しちしょう》までも、汝《なんじ》らがためにこの恨みを報ずべきものを」と怒つて、腰の刀を抜き、左の脇より右のあばら骨まで、掻き廻し掻き廻し、二刀《ふたかたな》まで切り給ふ。伊井弾正、その腸《はらわた》を引き切つて、川中《かわなか》へ投げ入れ、己れが喉笛《のどぶえ》、二刀掻き切つて、自ら[94]髪束《こうづか》を摑《つか》み、己れが頸《くび》を後ろへ折り付くる。その音、二町ばかりぞ聞こえける。

世良田右馬助《せらだうまのすけ》と大島周防守《おおしますおうのかみ》とは二人《ににん》、刀を[95]柄口《つかぐち》まで突き違へて、引つ組んで川中へ飛び入る。由良兵庫助《ゆらひょうごのすけ》、同じき新左衛門《しんざえもん》は、船の[96]艫《とも》に立ち上がり、刀を逆手《さかて》に取り直して、己れが頸を掻き落とす。土肥三郎左衛門《とひさぶろうざえもん》、南瀬口六郎《みなせぐちのろくろう》、市川五郎《いちかわのごろう》三人は、おのおの袴《はかま》の[97]腰《こし》引きちぎりて裸《あかはだか》になり、太刀を口にくわへて川中へ飛び入りけるが、水の底を潜《くぐ》つて、向かひの岸へかき上がり、敵五百騎が中へ走り入つて、[98]半時《はんとき》ばかり切り合ひけるが、

92　道に背く行いをする者。無道人（ぶとうじん）。
93　七生の「七」は、六道輪廻を超える数で、未来永却の意。
94　髻（もとどり）。髪を頭の上で束ねたところ。
95　刀身の根本。
96　船尾。
97　腰ひも。
98　約一時間ほど。

敵五人討ち取つて、十三人に手負はせて、同じ枕に討たれにけり。

その後《のち》、[99]水練《すいれん》を入れて、兵衛佐《ひょうえのすけ》、并《なら》びに自害、討死《うちじに》の首、酒に浸して、江戸《えど》遠江守《とおとうみのかみ》、同じき下野守《しもつけのかみ》、片沢右京亮《かたざわうきょうのすけ》、五百余騎にて、鎌倉《かまくら》の左馬頭殿《さまのかみどの》のおはする武蔵《むさし》の[100]入間川《いるまがわ》の陣へ馳《は》せ参《まい》る。畠山禅門《はたけやまぜんもん》、[101]斜《なの》めならず悦《よろこ》びて、[102]小俣少輔次郎《おまたしょうのじろう》、[103]松田《まつだ》、河村《かわむら》を呼《よ》び出《い》だして、これを見せらるるに、「子細《しさい》なき兵衛佐殿にておはし候ひけり」とて、この三、四年が先、数日《すじつ》相馴《あいな》れ奉りし事ども申し出だして、皆涙を流しければ、見る人、悦びの中に涙を添へて、ともに袖をぞ濡らしける。

この義興《よしおき》と申すは、故新田左中将義貞《にったさちゅうじょうよしさだ》の[104]落胤腹《らくいんばら》の子なり。兄[105]越後守義顕《えちごのかみよしあき》が討たれし後も、親父《しんぷ》、なほこれを嫡子には立てず、三男武蔵守義宗《むさしのかみよしむね》を、六歳の時より[106]昇殿《しょうでん》せさせて時めきしかば、義興、あるにもあらぬ孤《みなしご》にて、上野国《こうずけのくに》に居たりしを、[107]奥《おう》

99 泳ぎの上手な者。
100 入間川御陣。埼玉県狭山市入間川。
101 非常に喜こんで。
102 義弘。仲義の子。栃木県足利市小俣町に住んだ足利一族。武蔵野・鎌倉合戦で新田方として戦う(第三十一巻)。
103 松田・河村は、神奈川県足柄上郡に住んだ波多野氏族。笛吹峠合戦の後、義興を河村城に迎えた(第三十一巻・3)。
104 正妻以外の身分の低い女性から生まれた子。庶子。
105 義貞の長男。建武四年(一三三七)越前金崎(かねがさき)城で自害(第十八巻・9)。
106 宮中に出入りさせて、もてはやしたので。
107 北畠顕家の奥州勢が鎌

州国司《しゅうのこくし》顕家卿《あきいえきょう》、奥州より鎌倉へ攻《せ》め上《のぼ》りし時、[108]義貞に志《こころざし》ある武蔵、上野の者ども、この義興を大将に立て奉つて、三万余騎を率《そつ》して奥州国司に力を合はせ、鎌倉を攻め落として吉野《よしの》へ参りたりしかば、[109]先帝、叡覧あつて、「誠《まこと》に武勇の器用なり。尤《もっと》も義貞が家を興すべき者なり」とて、童名徳寿丸《わらわなとくじゅまる》と申ししを、御前《おんまえ》にて元服《げんぷく》せさせられて、新田左兵衛佐義興とぞ召されける。

器量人に勝《すぐ》れ、武勇飽くまで早かりければ、[110]正平《しょうへい》七年の武蔵野の合戦、鎌倉の軍《いくさ》にも、大敵を破り、[111]万卒《ばんそつ》に当たる事、古《こ》今《きん》未だ聞かざる処《ところ》多し。[112]その身を側《そば》めて、ただ二、三人、武蔵、上野の間に隠《かく》れ居《い》給ひし時、宇都宮《うつのみや》の[113]清党《せいのとう》が三百余騎にて取り籠《こ》めたりしも、討ち得ず。その振る舞ひ、恰《あた》か天を翔《かけ》り、地を潜《くぐ》るかと怪しき程の勇者なりしかば、鎌倉の左馬頭殿も、京都の[114]宰相中将殿《さいしょうちゅうじょうどの》も、安き心地おはせざりつるに、運命窮《きわ》まりて、[115]短才庸愚《たんさいようぐ》の者どもに欺《たばか》られ、水に溺《おぼ》れ討たれ給ひしかば、

倉を攻略したのは、建武四年十二月。
108　第十九巻・7、参照。
109　後醍醐帝。
110　北朝の観応三年（一三五二）。
111　大軍に立ち向かう事。
112　敵から身を隠して。
113　宇都宮配下の清原姓の党の武士団。
114　足利義詮。
115　才がとぼしく凡庸で愚か者。

江戸《えど》、片沢《かたざわ》が忠功抜群《ちゅうこうばっくん》なりとて、則ち数ヶ所《すかしょ》の恩賞をぞ給はりける。

「あはれ、弓箭《ゆみや》の面目《めんぼく》や」と、これを羨《うらや》む人もあり。または、「[116]喩《たと》へば、この忠を以て恩賞を預《あず》からん事を思ひ、欲に耽《ふけ》つてかやうの振る舞ひを致しける者なり。同じく敵を謀《はか》る事は多しと雖《いえど》も、これは濺《きたな》き事なり」と、[117]爪弾《つまはじ》きをする人も多かりけり。

江戸《えど》遠江《とおとうみの》守《かみ》の事 9

片沢をば、なほ[1]謀《む》叛《ほん》与《よ》同《どう》の者どもを委細《いさい》に尋ねらるべしとて、御陣に留《とど》め置《お》かる。江戸二人《ににん》をば、暇《いとま》給びて、恩賞の地へぞ下《くだ》されける。

江戸遠江守、[2]喜《き》悦《えつ》の眉《まゆ》を開いて、則ち拝領《はいりょう》の地へ下りけるが、矢口《やぐち》の渡《わたり》に下り居《お》て、渡の舟を待ち居《い》たるに、兵衛佐殿《ひょうえのすけどの》を渡し

116　手っ取り早くいえば、この種の忠功で恩賞を得たいと思い、欲心にかられて、こうした(非道な)振る舞いをした者である。
117　人を非難する仕草。

9
1　謀叛に味方する者達。
2　喜んで晴れやかな顔で。

し時、江戸が語らひを得て、のみを抜いて舟を沈めたりし渡守《わたしもり》、江戸が恩賞給はつて下ると聞き、種々《しゅしゅ》の(酒)肴《さかな》を用意して、迎ひの舟をぞ漕ぎ出だしける。この舟すでに川中《かわなか》を過ぎける時、俄《にわ》かに天掻《か》き曇《くも》つて、雷《いかずち》鳴り、磯山嵐《いそやまあらし》[3]吹き落ちて、白浪《しらなみ》舟を飄《ひらめ》かす。渡守周章《あわ》て、漕ぎもどさんと櫓《ろ》をかいて、舟を直しけるが、逆巻《さかま》く波に打ち返され、水手《かこ》[4]またも浮き上がらず。

「これただ事にあらず、いかさま[5]義興《よしおき》の怨霊にや」と、江戸叔父《おじ》甥《おい》、川端《かわばた》より引つ返し、余《よ》の所をこそ渡らめとて、これより二十余町[6]ある上《かみ》の瀬《せ》へ、馬を早めて打ちける程に、電光《でんこう》行く先にひらめいて、雷《いかずち》上に鳴《な》り霆《はた》めく[7]。在家《ざいけ》[8]は遠し、日は暮れぬ。ただ今、神に蹴殺《けころ》されぬと思ひければ、「兵衛佐殿、御助け候へ」と、手を合はせ、虚空《こくう》を拝《はい》してぞ逃げたりける。

とある山の麓《ふもと》なる辻堂《つじどう》[9]を目に懸け、あれまでと馬をあをりける[10]処《ところ》に、黒雲《くろくも》一村《ひとむら》江戸が後ろに下がりて、雷電《らいでん》耳の上に鳴り霆

3　海辺の山から吹き下ろす嵐。
4　漕ぎ手。
5　きっと。
6　一町は、約一〇九メートル。
7　鳴りとどろく。
8　民家。
9　道ばたの仏堂。
10　馬を疾駆させたところ。

めきける間、余りの鬼《おそ》ろしさに、後ろをきつと見返つたれば、新田左兵衛佐義興《にったさひょうえのすけよしおき》、[11]火威《ひおどし》の鎧に、龍頭《たつがしら》の甲《かぶと》を着、[12]白栗毛《しらくりげ》なる馬の、額《ひたい》に角《つの》の生《お》ひたるに乗り、[13]間《あい》の鞭《むち》を打つて、江戸《えど》を[14]弓手《ゆんで》の物になし、[15]鐙《あぶみ》の鼻に落《お》ち降《さが》りて、渡り七、八寸ばかりある[16]鴈俣《かりまた》を以て、[17]胛《かいがね》より乳《ち》の下へ、[18]懸けずつと射通さるると思うて、江戸遠江守《えどとおとうみのかみ》、馬より倒《さかさま》に落ちにけり。やがて血を吐いて、[19]悶《もん》絶躃地《ぜつびゃくじ》しけるを、輿《こし》に乗せて、[20]江戸郷《えどのごう》へ舁《か》き付《つ》けたれば、七日の間足手を[21]あがいて、水に溺《おぼ》れたる真似《まね》をして、「あら堪《た》へ難《がた》や、堪へ難や。参り候ふ人はなきか。これ助けよ」と、叫び死にに(死に)けり。

[22]有為無常《ういむじょう》の世の習ひ、明日を知らぬ命の中《うち》に、わづかの欲に耽《ふけ》り、[23]情けなき事ども工《たく》み出《い》だし振る舞ひし事、月を隔《へだ》てず、[24]因果歴然《いんがれきぜん》として忽《たちま》ちに身につきぬる事、これまた未来永劫《みらいえいごう》の[25]業障《ごうしょう》なり。その家に生まれて[26]箕裘《ききゅう》を続《つ》ぎ、弓箭《きゅうせん》を取るは、世

11 緋色の糸で縅《どお》した鎧に、龍の頭の前立物(兜正面の飾り)をつけた兜。
12 白みがかった栗毛(赤茶色)の馬。
13 弓を射る前に打つ鞭。
14 弓を射るのに都合のよい弓側(左側)の的。
15 鐙(足を乗せる馬具)の先端にからだを傾けて。
16 鏑矢の先に二股に開いた鏃をつけた矢。
17 肩胛骨。
18 たやすく。
19 悶え苦しんで、ころげまわるのを。
20 武蔵国豊島郡江戸郷(東京都千代田区)の江戸氏の本領。
21 ばたばたさせて。
22 因縁によって成る生滅変化するこの世の習い。以下六行は、底本と流布本のみの独自本文。

俗の法なれば力なし。ゆめゆめ人は、かやうの[27]思《おも》ひの外《ほか》なる事を好み、振る舞ふ事あるべからず。

また、その翌夜《つぎのよ》の夢に、畠山大夫《はたけやまたいふ》入道《にゅうどう》見給ひけるは、黒雲《くろくも》の中に、大鼓《たいこ》を打つて時を作る声しける間、何者の寄《よ》せ来《く》るやらんと怪しくて、音する方《かた》を遥《はる》かに見遣《みや》りたれば、新田左兵衛佐義興、[28]長《たけ》二丈ばかりなる[29]牛鬼《うしおに》になつて、[30]牛頭《ごず》、馬頭《めず》の阿防羅《あぼうら》刹《せつ》どもを、前後に[31]その数を随へ、[32]火の車を引いて、[33]左馬頭殿《さまのかみどの》のおはする陣中《じんちゅう》へ入《い》ると覚えて、胸打ち騒いで夢醒《さ》めぬ。禅門《ぜんもん》、[34]「夙《つと》に起きて、「かかる不思議の夢をこそ見て候ひつれ」と、語り給ひける言《ことば》未だ終らざるに、俄《にわ》かに雷火《らいか》落ち懸かつて、入間《いるま》川《がわ》の在家《ざいけ》三百余宇、堂舎仏閣《どうしゃぶっかく》数十ヶ所、一時《いっし》に灰燼《かいじん》となりにけり。

これのみならず、義興の亡び給ひし矢口《やぐち》の渡《わたり》に、夜な夜な光り物出で来て、往来の人を悩ましける間、近き里の[35]野人村老《やじんそんろう》集

23 人の情をもたない。
24 犯した悪行の報いがはっきり現れて。
25 成仏の妨げとなる悪業。
26 父祖代々の仕事を継ぎ。
27 もってのほかの(非道な)事。
28 一丈は、約三メートル。
29 頭が牛の形の鬼。
30 頭が牛や馬の形をした地獄の獄卒。
31 大勢を随え。
32 地獄からの迎えの車。
33 足利基氏の入間川の陣。
34 早朝。
35 農夫や村の老人。

まつて、義興《よしおき》の亡霊《ぼうれい》を[36]一社《いっしゃ》の神に崇《あが》め、[37]常盤堅盤《ときわかきわ》の祭礼、今に至るまでも絶《た》えずとぞ承《うけたまわ》る。

36 東京都大田区矢口に新田神社がある。
37 永久不変の祭祀。

太平記 第三十四巻

第三十四巻　梗概

延文《えんぶん》三年（一三五八）十二月八日、足利義詮《あしかがよしあきら》は征夷大将軍に任じられ、宣旨の受け取り役は佐々木秀詮《ささきひであきら》がつとめた。翌延文四年十一月、畠山道誓《はたけやまどうせい》の東国勢が京に入り、南朝では、皇居を河内の天野山金剛寺から観心寺に移した。十二月、将軍義詮が南朝攻めに出発し、南朝は赤坂・平石《ひらいわ》・八尾《やお》・龍泉寺《りゅうせんじ》に城を構えた。延文五年二月、将軍方は、金剛山《こんごうせん》の北西の津々山《つづやま》に布陣した。四月、畠山義深《はたけやまよしふか》らが四条隆俊《しじょうたかとし》の籠もる紀伊の龍門寺城を攻め、芳賀《はが》公頼《きんより》の奮戦で落城させた。同月十二日、住吉大社の楠の大木が折れるという凶事があった。二十五日、護良親王《もりよししんのう》の子興良親王《おきよししんのう》が、将軍方に内通して賀名生《あのう》の内裏を焼き、銀嶽《しろかねがたけ》の合戦で二条師基《にじょうもろもと》に攻められ、奈良へ落ちるという事件があった。閏四月二十九日、南朝方の龍泉寺城が、土岐の桔梗一揆《ききょういっき》の攻撃で落ち、同日、平石城が今川範氏《いまがわのりうじ》・佐々木崇永《ささきそうえい》らの攻撃で落ちた。五月、将軍方は楠・和田の籠もる赤坂城を攻め、和田は夜討ちをしかけて奮戦したが、金剛山に退いた。この頃、南朝の上北面の公家某が、出家の暇乞いに後醍醐《ごだいご》帝《てい》の陵墓に参り、世のなりゆきを嘆いてまどろむと、夢に、後醍醐帝が日野俊基《ひのとしもと》・資朝《すけとも》を伴って現れ、俊基らは、楠正成《くすのきまさしげ》などの宮方の怨霊に命じて仁木義長《にきよしなが》・細川清氏《ほそかわきようじ》・畠山道誓らを亡ぼす手はずをととのえたと帝に報告する。そのしるしか、五月二十一日、将軍義詮は南朝攻めの兵を引いて帰洛し、南朝の人々は、仁木・細川・畠山らがいずれ亡ぶこともあるかと期待した。

宰相《さいしょう》中将《ちゅうじょう》殿《どの》将軍《しょうぐん》宣旨《せんじ》を賜《たまわ》る事　1

1延文《えんぶん》三年卯月《うづき》二十九日薨《こう》じ給ひし足利《あしかが》征夷将軍《せいいしょうぐん》尊氏《たかうじ》は、贈左《ぞうさ》大臣《だいじん》までなり給ふ。

世の危ふき事、2深淵《しんえん》に臨《のぞ》んで薄氷《はくひょう》を踏むが如くにして、天下今に3反覆《はんぷく》しぬと見えける処《ところ》に、これぞ誠《まこと》に、武家の棟梁《とうりょう》ともなりぬべき4器用と見えし新田《にった》左兵衛佐《さひょうえのすけ》義興《よしおき》は、武蔵国《むさしのくに》にて討たれぬ。去年まで筑紫《つくし》九国《くこく》を打《う》ち順《したが》へたりし5菊池《きくち》肥後守《ひごのかみ》武光《たけみつ》も、また少弐《しょうに》、大友《おおとも》が翻《ひるがえ》つて敵になりし後《のち》は、勢《せい》少なくなりぬと聞こえしかば、宮方《みやがた》の人々は、6月を望むに暁《あかつき》の雲に逢へるが如く、7あらまほしき末に思ひあつて、心に叶《かな》はぬ世の憂《う》さを歎《なげ》きければ、将軍方の武士どもは、8樹《うえき》を移して春の花を見たるが如く、危ふき中に9待つ事多くして、今は何事かあるべきと、悦《よろこ》ばぬ人

1

1　一三五八年（南朝の正平十三年）。卯月は、四月。
2　「戦々兢々、深淵に臨むが如く、薄氷を履むが如し」（詩経・小雅・小旻）。
3　ひっくり返ること。
4　すぐれた才能のある人。
5　武時の子。
6　秋の月を眺めていると夜明けの雲に邪魔されたように。「秋の月を見るに暁の雲にあへるがごとし」（古今和歌集・仮名序）。
7　願っていたことの結末に物思いがあって。
8　植えかえた木が花をつけたように。心配ごとが解消されるたとえ。
9　期待する事。

もなかりけり。

同じき年十二月八日、宰相中将義詮朝臣《さいしょうちゅうじょうよしあきらあそん》、征夷将軍《せいいしょうぐん》になり給ふ。[10]日野左中弁時光《ひののさちゅうべんときみつ》を勅使《ちょくし》にて、宣旨《せんじ》を下されければ、[11]佐々木太郎判官秀詮《ささきたろうほうがんひであきら》を以て、宣旨を請《う》け取《と》り奉る。天下の武《ぶ》功《こう》に於ては申すに及ばずと云へども、相続《あいつ》いで二代、忽《たちま》ちに将軍の位に備はり給ふ、めでたかりし世の規《ためし》なり。

[12]そもそもこの比《ころ》、将軍家に於て、われに勝《まさ》りたる忠の者あらじと、[13]臂《ただむき》を振るふ輩《ともがら》多き中に、秀詮、宣旨を請け取り奉る面《めん》目《ぼく》身に余る。その故《ゆえ》を聞けば、祖父佐渡判官入道道誉《さどのほうがんにゅうどうどうよ》、去《さ》んぬる元弘《げんこう》の始め、[14]相模入道《さがみのにゅうどう》が振る舞ひ悪逆無道《あくぎゃくぶとう》にして、武運すでに傾《かたぶ》くべき時到りぬとや見たりけん、「平家を討つて、[15]代《よ》を知り給へ」と、頻《しき》りに将軍を進め申せしが、はたして[16]六波羅《ろくはら》、尊氏卿《たかうじきょう》のために亡《ほろ》びき。

しかれども、[17]四海《しかい》なほ乱れて二十余年、その間に、名を高く

10 資名の子。
11 道誉の孫。秀綱の子。
12 以下、本巻末尾まで二十行分、神田本・玄玖本・梁田本・梵舜本等なし。流布本、底本に同じ。
13 威勢をふるう。
14 北条高時。
15 天下をお取りなさい。
16 元弘三年(一三三三)五月、近江国番馬で六波羅探題の一行が自害。第九巻・7。
17 天下。

せし武士ども、宮方《みやがた》に参りてはまた将軍方に降《くだ》り、[18]高倉禅門《たかくらぜんもん》に属《しょく》するかと見れば、[19]右兵衛佐直冬《うひょうえのすけただふゆ》に与力《よりき》し、身を[20]一偏《いっぺん》に決せず。道誉、将軍方にして、親類大略討死《うちじに》す。中にも、秀詮が父源三《げんぞう》判官秀綱《ほうがんひでつな》、去んぬる[21]文和《ぶんな》二年六月に、[22]山名伊豆守《やまないずのかみ》が謀叛《むほん》によって、[23]主上《しゅしょう》、帝都《ていと》を去らせおはしまして、[24]北路《こしじ》の雲に迷はせ給ふ。ここに[25]新田掃部助《にったかもんのすけ》、山名が謀叛に[26]節《せつ》を得て、[27]堅田《かただ》の浦《うら》にして君を襲ひ奉る時、秀綱、返し合はせ命を軽《かろ》んず。その間に、主上延びさせおはします事、ひとへに秀綱が武功に依《よ》れり。その忠、他《た》に異なりとて、秀詮を撰び出ださるとぞ聞こえし。これは[28]建《けん》久《きゅう》の古《いにし》へ、鎌倉右兵衛佐頼朝朝臣《かまくらうひょうえのすけよりともあそん》、武将に備はり給ひし時、鶴《つるが》岡《おか》の八幡宮《はちまんぐう》にて、三浦荒次郎《みうらのあらじろう》、宣旨を請け取り奉りし例かとぞ見えし。

18 尊氏の弟、直義。法名恵源。
19 尊氏の妾腹の子。叔父直義の養子。
20 一方にかたよること。
21 一三五三年。第三十二巻・5、参照。
22 時氏。
23 後光厳帝。
24 越路。北陸道。
25 堀口貞満の子、貞祐。
26 折(時節)を得て。
27 滋賀県大津市堅田。
28 建久三年(一一九二)七月、源頼朝が鶴岡八幡宮で征夷大将軍の宣旨を受けたとき、治承四年(一一八〇)の挙兵で戦死した三浦義明の子、荒次郎義澄を宣旨の受け取り役とした先例(吾妻鏡)。「平家物語」巻八・征夷将軍院宣は、寿永二年(一一八三)十月のこととする。

畠山《はたけやま》道誓《どうせい》禅門《ぜんもん》上洛《しょうらく》の事　2

思ひの外《ほか》に世の中の閑《しづ》かなるについても、両雄は必ず争ふと云ふ習ひなれば、[1]鎌倉《かまくら》の左馬頭《さまのかみ》と、宰相中将《さいしょうちゅうじょう》との御中《おんなか》、[2]いかさま不快なる事出《い》で来《き》ぬと、人皆《みな》危ふく思へり。

これを聞いて、[3]畠山道誓禅門、左馬頭に向かつて申されけるは、「[4]故左大臣殿《さだいじんどの》御《ご》早逝《そうせい》の後《のち》、天下の人皆、[5]連枝《れんし》の御中《おんなか》、[6]始終《しじゅう》いかさま御不快の御事《おんこと》候ひぬと、怪しみ思ひて候ふなる。昔、漢《かん》の高祖《こうそ》崩御《ほうぎょ》なりて後《のち》、[7]呂氏《りょし》と[8]劉氏《りゅうし》と、互ひに心を置き合ひて、世の中また乱れんとしけるを、高祖の旧臣[9]周勃《しゅうぼつ》、[10]樊噲《はんかい》等、兵を集め、勢《せい》を并《あわ》せて、[11]則ち世を治めたりとこそ承《うけたまわ》り及《およ》び候へ。道誓、誠《まこと》に[12]不肖《ふしょう》の身にて候へども、且《しばら》く大将の号を[13]御免《ごめん》あるべきにて候はば、東国《とうごく》の勢を引率《いんそつ》し、京都へ罷《まか》り上《のぼ》り、南方《なんぽう》へ発《はっ》

2

1 鎌倉公方足利基氏(義詮の弟)と、将軍義詮。

2 必ずや不和が生じると、人々はみな不安に思っていた。

3 俗名国清。家国の子。鎌倉公方基氏の執事。

4 足利尊氏。

5 兄弟(義詮と基氏)。

6 将来必ずや。

7 高祖の后、呂太后の一族。

8 漢の王族。

9 高祖の臣。呂氏の乱を陳平とともに鎮圧した(史記・絳侯周勃世家)。

10 高祖の臣で、武勇の士。ここは陳平の誤り。

11 たちまち。

12 未熟者。謙称。

13 公方様のお許し。

向《こう》し、和田《わだ》、楠《くすのき》を攻め落とし、天下を[14]一時《いっし》に定《しず》めて、宰相中将殿の御疑ひを散《さん》じ候はばや」と申されければ、左馬頭、「この[15]儀、誠にしかるべし」とて、「早く[16]東《とう》八ヶ国の勢を催《もよお》して、南方の敵に発向すべし」とぞ宣《のたま》ひける。

畠山、元来《もとより》上に[17]公儀《こうぎ》を借《か》つて、下に私の権威を貪《むさぼ》らんと思へる心根《こころね》ありければ、先《ま》づ大名どものもとに行き向かひ、未だ功あらざるに、[18]忠賞《ちゅうしょう》の厚からん事を約し、未だ親しまざるに、交《まじ》はりの久しからん事を語らふ。[19]一日も己れを剋《せ》めて礼に復する時は、天下仁《じん》に帰する習ひなれば、東八ヶ国の大名小名、一《いち》人《にん》も残らず皆[20]催促《さいそく》にぞ順《したが》ひける。

この上は暫く(も)猶予《ゆうよ》あるべからずとて、[21]延文《えんぶん》四年十月八日、畠山入道、武蔵《むさし》の[22]入間《いるま》川《がわ》を立つて上洛《しょうらく》するに、相順ふ人々は、舎弟[23]尾張守《おわりのかみ》、同じき式部大輔《しきぶのたいふ》、外様には、[24]武田《たけだ》刑部大輔《ぎょうぶのたいふ》、同じき弾正少弼《だんじょうのしょうひつ》、同じき信濃守《しなののかみ》、[25]逸見《へんみ》美濃入道《みののにゅうどう》、同じき刑部《ぎょうぶの》

14　たちまちのうちに。
15　意見。
16　関東八か国。相模・武蔵・安房・上総・下総・常陸・上野・下野。
17　鎌倉公方の威光。
18　忠義の恩賞。
19　「一日も己れを克(せ)めて礼に服するときは、天下仁に帰す」(論語・顔淵)。一日でも身を慎んで礼に叶えば、天下は帰服する。
20　軍勢の召集。
21　一三五九年。
22　埼玉県狭山市入間川の足利基氏の陣所。第三十三巻・8、参照。
23　畠山義深(よしふか)。式部大輔(底本「式部少輔」を改める)は、国熙(くにひろ)。
24　氏信。信武の子。弾正少弼は、直信(氏信の弟)。信濃守は、義武か。
25　逸見は、武田一族。

少輔《しょう》、同じき掃部助《かもんのすけ》、[26]武田《たけだ》左京亮《さきょうのすけ》、[27]佐竹《さたけ》刑部大輔《ぎょうぶのたいふ》、[28]河越《かわごえ》弾《だん》正少弼《じょうのしょうひつ》、[29]戸島因幡入道《としまいなばのにゅうどう》、白塩入道《しらしおにゅうどう》、土屋修理亮《つちやしゅりのすけ》、同じき備前《びぜんの》入道《にゅうどう》、[30]長井治部少輔入道《ながいじぶのしょうにゅうどう》、[31]結城入道《ゆうきにゅうどう》、難波掃部助《なんばかもんのすけ》、[32]小田讃岐守《おださぬきのかみ》、[33]小山《おやま》の一族十三人、[34]宇都宮芳賀兵衛入道禅可《うつのみやはがひょうえのにゅうどうぜんか》、子息伊賀守《いがのかみ》、[35]高根沢備中守《たかねざわびっちゅうのかみ》、同じき一族十一人、これらを宗徒《むねと》の大名として、[36]坂東《ばんどう》の八平氏《はちへいし》、[37]武蔵《むさし》の七党《しちとう》、[38]紀清両党《きせいりょうとう》、伊豆《いず》、駿河《するが》、三河《みかわ》、遠江《とおとうみ》の勢を加へて、都合二十万七千余騎と聞こえしかば、前後七十里を支へて、[39]櫛《くし》の歯《は》を立てたるが如し。

路次《ろし》に二十日余りの逗留《とうりゅう》あつて、京着《きょうちゃく》は、十一月二十八日の[40]午刻《うまのこく》と聞こえしかば、摂政関白《せっしょうかんぱく》、[41]月卿雲客《げっけいうんかく》を始めとして、公家武家の貴賤上下《きせんじょうげ》、[42]四宮河原《しのみやがわら》より[43]粟田口《あわたぐち》まで、桟敷《さじき》を打ち続け、車馬《しゃば》を立て並べ、見物の衆群《ぐん》をなす。げにも聞きしに違《たが》はず、天下久しく[44]武家一統《ぶけいっとう》となつて、富貴《ふっき》に誇りし武士どもが、これを晴《はれ》と出で立つたれば、馬、[45]物具《もののぐ》、衣裳《いしょう》、太刀、刀、金銀を延

26 不詳。
27 師義。常陸の清和源氏。
28 直重。相模守護。
29 戸島(豊島)は武蔵国豊島郡に住んだ桓武平氏秩父流。白塩は群馬県藤岡市藤岡字白塩、土屋は神奈川県平塚市に住んだ。
30 時春。大江氏族。
31 直光。下総結城氏。
32 尊朝。治久の子。
33 小山氏政の一族。
34 俗名高名。高久の子。清党の旗頭。伊賀守は、貞綱(第三十巻・9)、公綱(本巻・8)とも。
35 栃木県塩谷郡高根沢町に住んだ。
36 関東に勢力を張った桓武平氏末流の武士団。
37 武蔵国の七つの同族的武士団。
38 宇都宮氏配下の紀姓・清原姓の党の武士団。

べ、[46]綾羅《りょうら》を飾らずと云ふ事なし。

中にも、河越弾正少弼《かわごえだんじょうのしょうひつ》は、余りに風情《ふぜい》を好んで、引き馬[47]三十疋、[48]白鞍《しろくら》置いて引かせけるに、濃紫《こむらさき》、薄紅《うすくれない》、[49]萌黄《もよぎ》、水色《みずいろ》、[50]豹文《ひょうもん》、色々に馬の毛を染めて、皆[51]舎人《とねり》八人に引かせたり。その外《ほか》の大名ども、一勢一勢《いちぜいいちぜい》引き分けて、或いは同じ毛の鎧着て、五百騎、千騎打つもあり、或いは五尺、六尺の[52]白太刀《しろたち》に、虎皮《とらがわ》の[53]尻鞘《しりざや》引つ籠《こ》み、一様《いちよう》に二振《ふたふり》帯き副《そ》へて、百騎、二百騎打つもあり。ただ、[54]孟嘗君《もうしょうくん》が客《きゃく》悉《ことごと》く珠《たま》の履《くつ》を帯《お》びて、春信《しゅんしん》が富をあ[55]ざむきしも、かくやと覚えて目を驚かす。

和田《わだ》楠《くすのき》軍《いくさ》評定《ひょうじょう》の事　3

この比《ころ》、[1]吉野《よしの》の新帝《しんてい》は、河内《かわち》の[2]天野《あまの》と云ふ処《ところ》を皇居にて御座《ぎょざ》ありければ、[3]楠《くすのき》左馬頭《さまのかみ》正儀《まさのり》、[4]和田《わだ》和泉守《いずみのかみ》正氏《まさうじ》、天野殿に参り

39　びっしりと並ぶさま。
40　正午頃。
41　公卿殿上人。
42　山科にあった宿場(京都市山科区四ノ宮川原町)。
43　東山区粟田口。東海・東山道方面から京都への入り口。
44　武家が支配する世。
45　鎧・兜などの武具。
46　綾絹と薄絹。
47　行列に引き連れる馬。
48　銀で縁飾りした鞍。
49　黄色がかった緑色。
50　豹の斑紋。
51　馬の口取りの従者。
52　銀細工で飾った太刀。
53　鞘を覆う毛皮の袋。
54　中国、戦国時代の斉の宰相だが、ここは春申君の誤り(諸本同じ)。楚の宰相春申君のもとへ、趙の平原君が威を誇示して着飾った使者を送った。春申君は三

て奏聞《そうもん》しけるは、「畠山入道《はたけやまにゅうどう》、東《とう》八ヶ国の勢《せい》を率《そっ》して二十万騎、すでに京都に着いて候ふなる。山陽道《せんようどう》は播磨《はりま》を限り、山陰道《せんおんどう》は丹波《たんば》を境ひて、東海《とうかい》、東山《とうせん》、南海《なんかい》、北陸道《ほくろくどう》の兵、数を尽《つ》くして上洛仕《しょうらくつかまつ》つて候ふなれば、敵の勢は、定めて雲霞《うんか》の如くにぞ候ふらん。但し、合戦に於ては、[5]決定御方《けつじょうみかた》の勝ちとこそ[6]了簡《りょうけん》仕つて候へ。その謂《い》はれは、軍《いくさ》は三つの謀《はかりごと》候ふべし。謂《いわゆる》[7]天の時、地の利、人の和《か》にて候ふ。この内一つも違《たが》ふ時は、勢ありと雖《いえど》も、勝つ事を得ずとこそ見えて候へ。

先《ま》づ天の時に付いて勘《かんが》へ候へば、明年より[8]大将軍《たいしょうぐん》西にあつて、東よりは三年塞《ふさ》がりたる方《かた》にて候ふに、畠山、[9]冬至《とうじ》以後東国を立つて罷《まか》り上《のぼ》りて候ふ。すでに天の時に違《たが》ひ候はずや。次に地の利に付いて案じ候ふに、御方の陣、後ろは深山《しんざん》に連《つづ》いて、敵案内《あんない》を知らず。前には[10]大河《たいが》流れて、わづかなる橋一つを路《みち》とせり。しかれば、[11]元弘《げんこう》の千剣破《ちはや》の合戦はなかなか申すに及ばず、

千の食客に真珠を飾りにした履(くつ)をはかせて対面させたので、趙の使者は恥じ入った故事(史記・春申君列伝、蒙求・春申珠履)。

55 あざ笑った。

3

1 後村上帝。

2 天野山金剛寺(大阪府河内長野市天野町)の皇居。

3 正成の子。正行の弟。

4 流布本「正武」。神田本・玄玖本、底本に同じ。

5 必ずや。

6 考えております。

7 「天の時は地の利に如かず、地の利は人の和に如かず」(孟子・公孫丑下)。

8 陰陽道でいう八将軍の一。この神のいる方角は三年の方塞がりとされた。

9 冬至は暦の起点。

10 天野山金剛寺の東を流

その後建武《のちけんむ》の乱より以来《このかた》、[12]細川帯刀《ほそかわたてわき》、同じき[13]陸奥守顕氏《むつのかみあきうじ》、[14]山名《やまな》伊豆守時氏《いずのかみときうじ》、[15]高武蔵守師直《こうのむさしのかみもろなお》、同じき越後守師泰《えちごのかみもろやす》、今の畠山入道に至るまですでに六ヶ度、この処《ところ》へ寄せ、猛威《もうい》を振るひ戦ひを挑《いど》みしに、敵の軍《いくさ》つひに利あらず、或いは尸《かばね》を[16]河南《かなん》の路《みち》に曝《さら》し、或いは名を敗北の陣に失ひ候ひき。これ当山[17]形勝《けいしょう》の地、[18]要害《ようがい》の便りを得たるゆゑにて候はずや。次に人の和《か》に付いて思案を廻《めぐ》らし候ふに、今度畠山が上洛は、ただ勢ひを公儀《こうぎ》に借《か》つて、忠賞《ちゅうしょう》を私《わたくし》に貪《むさぼ》らんとの志《こころざし》にて候ふなる。仁木《にき》、細川《ほそかわ》の一族どもも、かれが権威を猜《そね》み、土岐《とき》、佐々木《ささき》も、その忠賞を嫉《ねた》み候ふ由《よし》聞こえ候ふ。これまた、人心《じんしん》の和《か》せぬ所にて候はずや。天地人《てんちじん》の三徳《さんとく》三つながら違《たが》ひ候はば、たとひ敵、百万の衆を并《あわ》せて寄せ候ふとも、恐るるに足らぬ所にて候ふべし。

但し、今の皇居は余りに[19]浅間《あさま》なる処《ところ》にて候へば、[20]金剛山《こんごうせん》の奥に[21]観心寺《かんしんじ》と申す処へ御座《ぎょざ》を移しまゐらせ候ひて、正儀《まさのり》、正氏等《まさうじら》

れる石川。
11　元弘三年(一三三三)の楠正成の千剣破城合戦(第七巻・3)。
12　直俊。頼貞の子。貞和四年(一三四八)の四条縄手合戦で戦死。
13　頼貞の子。直俊の兄。貞和三年の藤井寺合戦で楠正行に敗れる(第二十六巻・3)
14　政氏の子。貞和三年に住吉合戦で楠正行に敗れる(第二十六巻・6)。
15　弟師泰とともに四条縄手合戦で楠正行を破り、吉野を焼き討ちした(第二十六巻・10)。
16　南河内郡河南町。
17　地勢にすぐれた地。
18　敵を防ぐに便利な地。
19　奥深くない防御に適さない地形。　20　大阪府と奈良県境の金剛山地の主峰。

は、和泉《いずみ》、河内《かわち》の勢《せい》を相伴ひ、千剣破《ちはや》、金剛山《こんごうせん》に引き籠もり、[22]龍泉《りゅうせん》、[23]石川《いしかわ》の辺に懸け出で懸け出で、日々夜々に相戦ひ、[24]湯浅《ゆあさ》、山本《やまもと》、[25]生地《おうち》、贄河《にえかわ》、野上《のがみ》、山東《さんとう》の兵等《ら》をば、紀伊国《きのくに》の守護代[26]塩谷《しおや》中務《なかつかさ》に付けて、龍門《りゅうもん》[27]最初峯《さいしょがみね》に陣を張らせ、紀伊川《きのかわ》[28]かぶろの辺に、[29]野伏《のぶし》を出だして、[30]開き合はせ詰め合はせ、息をも続《つ》がせず戦はしめんに、究《きわ》めて短気《たんき》なる坂東勢《ばんどうぜい》ども、[31]などか退屈《たいくつ》せで候ふべき」と、事もなげに申しければ、主上《しゅしょう》を始めまゐらせて、[32]近侍《きんじ》の月卿雲客《げっけいうんかく》に至るまで、皆憑《たの》もしげにぞ思《おぼ》し召《め》しける。

諸卿分散《しょきょうぶんさん》の事　4

さらば、[1]やがて観心寺《かんしんじ》へ皇居を移さるべしとて、[2]臨幸《りんこう》なるに、「無用ならんずる人々をば、召し具せさせ給ふべからず」と申

21 金剛山の西麓(河内長野市寺元)にある真言宗寺院。 22 富田林市龍泉。
23 金剛山の西麓を流れる。
24 湯浅は、紀伊国在田郡湯浅荘、山本は、熊野の武士。
25 流布本「恩地」。河内の武士。贄河・野上・山東は、紀伊の武士。
26 和歌山市塩ノ谷の武士。
27 和歌山県紀の川市にある龍門山(紀の川の南、東西に連なる龍門山系の主峰)の西方の峰。
28 橋本市学文路(かむろ)。
29 武装した農民や山民。
30 後退して戦い前進して戦い。 31 どうして嫌気がささずにおれようか。
32 側仕えの公卿殿上人。

4
1 すぐさま。 2 行幸。

しける間、げにもとて、[3]伝奏《てんそう》の上卿《しょうけい》両三人、[4]奉行《ぶぎょう》の職事《しきじ》一両輩、[5]護持僧《ごじそう》二人、[6]衛府《えふ》の官四、五人ばかりを召し具せられて、「この外《ほか》は、いづちへも暫《しばら》く落ち忍んで、御敵《おんてき》退散の時を待つべし」とて、摂政関白《せっしょうかんぱく》、太政大臣《だじょうだいじん》、左右の大将、大中納言《だいちゅうなごん》、[7]七弁《しちべん》八史《はっし》、五位六位、後宮《こうきゅう》の美人、[8]なま上達部《かんだちめ》、[9]内侍《ないし》、[10]更衣《こうい》、[11]上《じょう》臈女房《ろうにょうぼう》、[12]出世房官《しゅっせぼうかん》に至るまで、或いは高野《こうや》、[13]粉河《こかわ》、[14]天野《あまの》、吉野《よしの》、[15]十津川《とつがわ》の方《かた》に落ち行きて、あさましげなる山賤《やまがつ》どもに、憂き身を寄する人もあり、或いは[16]志賀《しが》の古郷《ふるさと》、奈良の都、(京)白河《しらかわ》に立ち帰り、敵陣の中に紛《まぎ》れ居《い》て、魂《たましい》を消す人もあり。

[17]「諸苦所因《しょくしょいん》、貪欲為本《とんよくいほん》」と、如来の金言《きんげん》、今更《いまさら》に思ひ知るこそあはれなれ。

3　取り次ぎの上席の公卿。
4　事務を司る蔵人。
5　帝の安泰を祈る僧。
6　宮中警固の役人。
7　七人の弁官(太政官の書記官)と、八人の記録官。
8　若輩の公卿。
9　内侍所に仕える女官。
10　帝の寝所に仕える女官。
11　身分の高い女官。
12　門跡に仕える清僧と妻帯僧。
13　和歌山県紀ノ川市粉河の粉河寺。
14　和歌山県伊都郡かつらぎ町上天野、下天野。高野山の別所。他本「天川」(奈良県吉野郡天川村)。
15　奈良県吉野郡十津川村。
16　天智帝の近江大津京のあった滋賀県大津市滋賀里。
17　「法華経」譬喩品の偈。「諸《もろ》の苦の因とする所は、貪欲を本と為す」。

新将軍南方進発《しんしょうぐんなんぽうしんぱつ》の事　5

さる程に、足利《あしかが》の新征夷大将軍義詮朝臣《しんせいいたいしょうぐんよしあきらあそん》、延文《えんぶん》[1]四年十二月二十三日、都を立ち、南方の大手《おおて》へ向かひ給ふ。相順《あいしたが》ふ人々は、先《ま》づ一族には、細川相模守清氏《ほそかわさがみのかみきようじ》[2]、舎弟左近大夫将監《さこんのたいふしょうげん》、同じき兵《ひょう》部大輔《ぶのたいふ》、同じき掃部亮《かもんのすけ》、同じき兵部少輔《ひょうぶのしょう》、尾張左衛門佐《おわりさえもんのすけ》[3]、仁木《にき》[4]右京大夫義長《うきょうのだいぶよしなが》、舎弟弾正少弼《だんじょうのしょうひつ》、同じき右馬助《うまのすけ》、一色左京大《いっしきさきょうのだい》[5]夫《ぶ》、今川上総介《いまがわかずさのすけ》[6]、子息右馬助《うまのすけ》、同じき伊予守《いよのかみ》、他家には、土岐《とき》[7]大膳大夫入道善忠《だいぜんのだいぶにゅうどうぜんちゅう》、舎弟出羽入道《でわのにゅうどう》、同じき美濃入道《みののにゅうどう》、同じき宮内少輔直氏《くないのしょうなおうじ》、籠守沢美濃守《こもりざわみののかみ》[8]、高山伊賀守《たかやまいがのかみ》[9]、折兵庫助《おりひょうごのすけ》、猿子左《ましこさ》京亮《きょうのすけ》、原駿河守《はらするがのかみ》[10]、蜂屋近江守《はちやおうみのかみ》、同じき左馬助義行《さまのすけよしゆき》、今峯《いまみね》駿河守《するがのかみ》、舟木兵庫助《ふなきひょうごのすけ》、明智下野入道《あけちしもつけのにゅうどう》、戸山遠江守《とやまとおとうみのかみ》、同じき修《しゅ》理亮頼雄《りのすけよりお》、同じき出羽守頼世《でわのかみよりよ》、飛騨伊豆入道《ひだいずのにゅうどう》、戸山刑部少輔《とやまぎょうぶのしょう》

5

1　一三五九年。

2　和氏の子。左近大夫将監は、家氏。兵部大輔は、業氏(顕氏の子)。掃部亮は、師氏(公頼の子。和氏の弟)。兵部少輔は、氏春(師氏の子)。

3　斯波氏頼。高経の子。

4　義勝の子。弾正少弼は、頼勝。右馬助は、満長(義長の子)。

5　直氏。範氏の子。

6　範氏。範国の子。右馬助は、氏家。伊予守は、貞世(範氏の弟)。

7　俗名頼康。美濃・尾張守護。出羽入道は、頼雄。美濃入道は、頼忠。直氏は、頼康の弟。

8　神田本・流布本「小宇津」。不詳。土岐一族か。

9　高山・折(小里)・猿子

頼越《よりこえ》、[11]佐々木《ささき》判官《ほうがん》入道《にゅうどう》崇永《そうえい》、同じき山内判官《やまのうちほうがん》、[12]河野《こうの》の一族五人、[13]赤松筑前《あかまつちくぜんの》入道世貞《にゅうどうせいてい》、同じき帥律師《そつのりっし》則祐《そくゆう》、甥の大夫《たいふ》判官光範《ほうがんみつのり》、舎弟信濃五郎《しなののごろう》直頼《ただより》、同じき彦五郎《ひこごろう》範実《のりざね》、[14]諏訪《すわ》信濃守《しなののかみ》、根津《ねづの》小次郎《こじろう》、[15]長尾《ながお》弾正《だんじょう》左衛門尉《さえもんのじょう》、朝倉《あさくら》弾正忠《だんじょうのちゅう》、これらを[16]宗徒《むねと》の侍《さぶらい》として、都合その勢《せい》七万余騎、[17]大島《おおしま》、[18]渡辺《わたなべ》、[19]尼崎《あまがさき》、[20]鳴尾《なるお》、[21]西宮《にしのみや》に居余りて、堂社までも充満したり。

[22]搦手《からめて》の大将、畠山大夫《はたけやまたいふ》入道道誓《にゅうどうどうせい》は、東《とう》八ヶ国の勢二十万騎を引率《いんそつ》して、翌日《つぎのひ》の[23]辰刻《たつのこく》に都を立つて、[24]八幡《やわた》の山下《さんげ》、[25]牧《まき》、[26]片野《かたの》に陣を取る。これは、大手の勢渡辺《わたなべ》の橋《はし》を懸けん時、もし川に[27]支《ささ》へて戦はば、[28]左良々《さらら》、[29]伊駒《いこま》の道を経て、敵を中に[30]籠《こ》めんとなり。

赤松判官光範《あかまつほうがんみつのり》は、摂津国《つのくに》の守護にて、敵陣半ばわが[31]領知《りょうち》を籠《こ》めたれば、人より先に渡辺に五百騎にて打ち寄せ、川舟《かわぶね》百余艘取り寄せて、川の面《おもて》二町余りに引き置き、櫂《かい》をゆり立て、[32]舫《もやい》を

は、美濃の土岐一族。
10 底本「厚東」。他本により改める。原・蜂屋・今峯・舟木・明智・戸山(外山)・飛騨(肥田)は、土岐の桔梗一揆。
11 俗名氏頼。近江守護。山内判官は、信詮(氏頼の弟)。　12 伊予の豪族。
13 俗名貞範。円心(則村)の次男。則祐は、円心の三男。光範・直頼・範実は、範資(円心の長男)の子。
14 諏訪神社上社の社家。根津は、長野県東御市祢津に住んだ武士。
15 長尾は、上杉の家来。朝倉は、但馬出身の武士。
16 主だった侍。
17 兵庫県尼崎市大島。
18 摂津国西成郡渡辺(大阪市の淀川の河口一帯)。
19 尼崎市の南部。
20 西宮市鳴尾町。

入れて、上に[33]冠木《かぶき》を入れたれば、人馬《じんば》千騎打ち並んで渡れども、かつて危ふからず。「和田《わだ》、楠《くすのき》、いかさまここに向かつてぞ、手痛き一合戦《ひとかっせん》をもせんずらん」と思ひけれども、深き謀《はかりごと》やありけん、敵、あへて川を支へんとはせざりければ、大手《おおて》搦手《からめて》三十万騎、同じき日に、川より南へ打ち越え、天王寺《てんのうじ》、[34]安部野《あべの》、住吉《すみよし》の[35]遠里小野《おりおの》に陣を取る。

　されども、なほ大将義詮朝臣《よしあきらあそん》は、川を越え給はず、尼崎《あまがさき》に[36]轅門《えんもん》を堅くしておはすれば、赤松筑前入道世貞《あかまつちくぜんのにゅうどうせいてい》、同じき帥《そつの》律師則祐《りっしそくゆう》は、大島《おおしま》に打ち散つて、[37]斥候《せきこう》の備へを全うし、仁木《にき》右《う》京大夫《きょうのだいぶ》義長《よしなが》は、三千余騎を一処《いっしょ》に集め、西宮《にしのみや》に陣を取つて、「先陣もし戦ひ負けば、[38]荒手《あらて》になつて入れ替へ、天下の功をさながらわれ一人《いちにん》の高名《こうみょう》に称美《しょうび》せ（られ）ん」とぞ議せられける。

　南方《なんぼう》の兵の[39]軍立《いくさだち》、始めは坂東《ばんどう》の大勢《おおぜい》の程を伝へ聞いて、「城に籠もつて戦はば、取り巻かれて、つひに攻め落とされずと云

21　西宮市社家町の西宮神社。
22　大手（正面をつく軍勢）に対して、側面・背後をつく軍勢。
23　午前八時頃。
24　石清水八幡宮のある男山（京都府八幡市）。
25　大阪府枚方市内。
26　交野市。
27　敵が淀川を前にして防戦すれば。
28　四條畷市内。
29　大阪府と奈良県境の生駒山の西麓の道。
30　取り囲もう。
31　所領の地。
32　舟を繋ぎとめる綱。
33　舟の上に渡す横板。
34　天王寺と住吉大社の間の地。大阪市阿倍野区。
35　住吉大社の南。住吉区遠里小野。
36　陣営の門。

ふ事あるべからず。ただ深山幽谷《しんざんゆうこく》に走り散つて、敵に在所《ざいしょ》を知られず、前にあるかとせば、後ろへ抜け、馬に乗るかとすれば、[40]野臥《のぶし》になつて、[41]在々所々《ざいざいしょしょ》にて戦はんに、敵頻《しき》りに懸からば、難所に引き入れて返し合はせ、引つ返さば、跡に付いて追つ懸け、[42]野軍《のいくさ》に敵を[43]老《つか》らかいて、[44]雌雄《しゆう》を決すべし」と議したりけるが、東国の勢《せい》ども、思ふに似ず、左右《そう》なく敵陣へ懸け入らんともせず、ここに日を経《へ》、かしこに月を送りける間、「さらば、こなたも前に陣を張り、城を後ろに構へて合戦を致せ」とて、和田、楠は、俄《にわ》かに[45]赤坂城《あかさかのじょう》を拵《こしら》へて、三百余騎にて楯籠《たてご》もる。[46]福塚《ふくづか》、河辺《かわのべ》、佐良々《さらら》、当木《あてき》、岩郡《いわこり》、橋本判官以下《はしもとほうがんいげ》の兵は、[47]平《ひら》石《いわ》に城を構へて、五百余騎にて楯籠もる。[48]槙尾《まきのお》、酒辺《さかべ》、故折《ふるおり》、野原《のはら》、宇野《うの》、崎山《さきやま》、佐和《さわ》、秋山以下《あきやまいげ》の兵は、[49]八尾城《やおのじょう》を取《と》り繕《つくろ》うて、八百余騎にて楯籠もる。この外《ほか》、大和《やまと》、河内《かわち》、[50]宇多《うだ》、宇智《うち》郡《のこおり》の兵千余騎をば、[51]龍泉峯《りゅうせんがみね》に塀[52]を塗り、櫓《やぐら》を掻かせて、見[53]

37　敵を偵察するつとめ。
38　新手。ひかえの新しい軍勢。
39　作戦。
40　歩兵のゲリラ。
41　ここかしこ。
42　ゲリラ戦。
43　疲れさせて。
44　勝敗を決しよう。
45　大阪府南河内郡千早赤阪村に作った城。
46　福塚・河辺・佐良々・岩郡は、河内の武士。当木・橋本は、和泉の武士。
47　南河内郡河南町平石(ひらいし)。金剛山地の西麓。
48　槙尾(槙野)・佐和・秋山は、大和国宇陀郡(奈良県宇陀市)の武士。酒辺・野原・宇野は、同宇智郡(五條市)の武士。故折は、河内の武士か。崎山は、紀伊の武士。
49　大阪府八尾市にあった。

せ勢になしてぞ置きたりける。

軍勢《ぐんぜい》狼藉《ろうぜき》の事　6

[1]同じき二月十三日、後陣《ごじん》の勢《せい》二万余騎を、住吉《すみよし》、天王寺《てんのうじ》に入れ替へさせて、後ろを心安く踏まへさせ、先陣の勢二十万騎は、金剛山《こんごうせん》の[2]乾《いぬい》に当たる[3]津々山《つづやま》に打ち上がつて、陣を取る、敵御方《みかた》、その[4]あはひ[5]五十余町を隔《へだ》てたり。

互ひに時を待つて、未だ戦はざる処《ところ》に、[6]丹気《たんげ》、俣野《またの》、誉田《こんだ》、酒匂《さかわ》、水速《みずはや》、湯浅太郎《ゆあさのたろう》、貴志《きし》の一族、五百余騎、弓を伏せ、甲《かぶと》を解《ぬ》いで降人《こうにん》に出でたりければ、津々山の人々、皆勇《いさ》み訇《ののし》りて、「さればこそ、敵早《はや》弱りにけり。和田《わだ》、楠《くすのき》、幾程《いくほど》か怺《こら》ふべき」と思はぬ人もなかりけり。されども、未だ騎馬の兵懸け合ひて、勝負をする程の合戦はなし。ただ両陣互ひに野伏《のぶし》を出《い》だし合《あ》は

50　大和国宇陀郡、同宇智郡。
51　富田林市龍泉の嶽山(だけやま)山頂付近にあった城。その中腹に龍泉寺があった。
52　城柵を作り。
53　大勢のように見せかけた軍勢。

6
1　神田本・流布本同じ。玄玖本・簗田本「同五年」が正しい。
2　北西。
3　大阪府富田林市廿山(つづやま)。
4　あいだ。
5　一町は、約一〇九メートル。
6　丹気(丹下)・俣野・誉田・酒匂・水速は、河内の武士。湯浅・貴志は、紀伊の武士。

せて、矢軍《やいくさ》をする事隙《ひま》なし。元来《もとより》敵は物馴れて、御方は案内を知らねば、毎度の合戦に、寄手《よせて》の手負ひ討たる[7]る事数《かず》を知らず。「かくては、ただ和田、楠がかねて謀《はか》りし案[8]の内に落とされたる事よ」と云ひながら、止《や》む事《こと》を得ざりける。

始めの程こそ、大将の禁制《きんぜい》をも用ひけれ、兵次第に疲[9]れければ、神社仏閣に乱れ入つて、[10]戸帳《とちょう》を下ろし、神宝《じんぽう》を奪ひ合ふ。狼藉手に余つて、制止に拘《かか》はらざりければ、後《のち》は獅子《しし》、駒犬《こまいぬ》を打《う》ち破《わ》つて薪《たきぎ》とし、仏像、経論《きょうろん》を売つて魚を買ふ。前代未聞の悪行《あくぎょう》なり。

[11]先年、高越後守師泰《こうのえちごのかみもろやす》が、[12]石川河原《いしかわがわら》に陣を取つて、楠を詰めて居たりし時、[13]不当不善《ぶとうふぜん》の兵ども、塔[14]の九輪《くりん》を切り下ろして、鋳師《いもじ》に商《あきな》ひ、鍋《なべ》、[15]鑵子《かんす》に鋳《い》たりし事をこそ、不[16]思議の罪業《ざいごう》かなと聞きしに、これはなほそれに百倍せり。あさましとも云ふは疎《おろ》かなり。「[17]不善を顕明《けんめい》の中《うち》に為《な》せば、人得《え》てこれを誅《ちゅう》す。不

7　負傷し討ち取られる。
8　計略にはまったことよ。
9　飢え疲れたので。
10　斗帳。神仏の像の前に掛けるとばり。
11　貞和四年(一三四八)。第二十七巻・3、参照。
12　富田林市東部を流れる石川の河原。
13　無道不善。道にはずれ邪な。
14　塔の最頂部に立てる九重の金具の輪。
15　茶の湯を沸かす釜。
16　想像を絶した悪行。
17　「荘子」庚桑楚の句。人が見ている前で不善を働けば人が罰し、人が見ていないときは、鬼神が罰する。

善を幽暗《ゆうあん》の中に為せば、鬼《おに》得てこれを誅《ちゅう》すと云へり。師泰《もろやす》すでに、これを以て誡《いまし》めとせず。[18]後車《こうしゃ》の危ふきこと近きにあり。「今度の合戦、はかばかしからじと覚ゆる」と、ささやく人も多かりけり。

紀州《きしゅう》龍門山軍《りゅうもんざんいくさ》の事 7

[1]四条中納言隆俊《しじょうちゅうなごんたかとし》は、紀伊国《きのくに》の勢《せい》三千余騎を率《そっ》して、紀伊国[2]最初峯《さいしょがみね》に陣を取つておはする由《よし》聞こえければ、同じき[3]卯月《うづき》三日、畠山入道《はたけやまにゅうどう》が舎弟[4]尾張守《おわりのかみ》を大将にて、[5]白旗一揆《しらはたいっき》、[6]諏訪《すわ》の祝部《はふり》、[7]千葉《ちば》の一族、[8]杉原《すぎはら》が一類、かれこれ都合三万余騎を、最初峯へ差し向けらる。

この勢、[9]則ち敵陣に相対《あいたい》したる[10]和佐山《わさやま》に打ち上がつて、三日まで進まず。先《ま》づ己れが陣を堅め、後《のち》に寄せんとする勢ひを見

18　前車の轍を踏む恐れ。

7
1　隆資の子。南朝方の大将。
2　龍門山(和歌山県紀の川市)の西の峰。
3　四月。
4　義深。道誓の弟。
5　武蔵七党の武士が作った一揆(小領主が一味同心した武士団)。
6　諏訪大社下社の神官。
7　下総の豪族。
8　畠山の家来。
9　ただちに。
10　和歌山市禰宜の紀ノ川南岸にある高積(たかつみ)山・城ヶ峯(じょうがみね)などの山並み。城ヶ峯の頂上に城があった。

京都
瀬多
近江
播磨
摂津
武庫川
淀川
八幡
宇治
木津川
山城
鷲峰山
笠置寺
笠置山
木津
神崎
湊川
尼崎
天王寺
住吉大社
大和川
河内
石川
宇陀
津々山
大和
赤坂城
獄山
龍泉寺城
金剛山
吉野川
和泉
千剣破城
観心寺
蔵王堂
天野
銀峯山
粉川
賀名生
金峰神社
紀ノ川
天川
山上ヶ岳
吹上
和佐山
最初ヶ峯
龍門山
高野山
中津川
伯母子岳
釈迦ヶ岳
藤白
蕪坂
阿瀬川城
芋瀬
湯川庄
小原
湯浅
有田川
紀伊
十津川
鹿瀬
由良
日高川
本宮

紀伊国関係図

せて、屏《へい》を塗り、櫓《やぐら》を掻きける間、これをたばからんために、宮方の侍大将《さぶらいだいしょう》[11]塩谷《しおや》中務《なかつかさ》、その兵を引き具して、最初峯《さいしょがみね》を引き退いて、龍門山《りゅうもんざん》にぞ籠もりける。畠山が[12]執事《しつじ》遊佐《ゆさ》勘解由左衛門尉《かげゆざえもんのじょう》、これを見て、「[13]すはや、敵は引きけるぞ。いづくまでも追つ懸けて討て」とて、取る物も取りあへず馳《は》せ向《む》かふ。楯をも用意せず、手分けの沙汰《さた》もなく、勝《かつ》に乗る処《ところ》はさる事なれども、[14]事《こと》の体《てい》余りにあはただしく見えたりける。

かの龍門山と申すは、[15](山)龍頷《りゅうがん》に重なつて、路羊腸《みちようちょう》を遶《めぐ》らしたり。峰々は[16]松柏《しょうはく》深ければ、嵐も時の[17]声を添《そ》へ、下には小篠《おざさ》繁《しげ》りつつ、露《つゆ》に馬の蹄《ひづめ》を立てかねたり。されども、麓《ふもと》までは下《お》り合《あ》ふ敵なければ、勇む心を力にして、坂中《さかなか》までは懸け上げつ。[18]一壇少《いちだんち》と平らなる処に馬を休めて、息を続《つ》がんと弓杖《ゆんづえ》にすがり、太刀を逆《さかさま》に突く処に、軽々《かろがろ》としたる[19]一枚楯《いちまいだて》に、[20]靫《うつぼ》引つつけたる野伏《のぶし》ども千余人、東西の[21]尾崎《おさき》へ立ち渡つて、雨の降る如

11 和歌山市塩ノ谷の武士。紀伊守護代。
12 家老。遊佐は、河内に住んだ畠山の家来。
13 それ。
14 軍勢の配置。
15 山は龍のあごの下の鱗のように重なり、路は羊の腸のように長く曲がりくねっている。底本「龍巌」を改める。
16 松・柏などの高木。
17 鬨(とき)の声。
18 一段。
19 一枚板の軽便な楯。
20 靫(矢入れの筒状の道具)を背中や腰につけた。
21 山の尾根が下がってくる先端。

く散々《さんざん》に射る。三万余騎の兵どもが、わづかなる谷底へ[22]沓の子《くつこ》を打つたるやうにひかへたり。その中へ、[23]差し下ろして射包《いこ》む矢なれば、人にはづるるは馬に当たり、馬にはづるる矢は人に当たる。一矢《ひとや》に二人は射らるれども、[24]はづるるあだ矢は更《さら》になし。

進んで懸け散らさんとすれば、南北の谷、深く絶《た》えて、橋らでは道もなし。いかがせんと、背《せなか》をくぐめて、「引きやする、引かでやある」と見る処に、[25]黄瓦《きかわら》なる馬の太く逞《たくま》しきに、紺糸《こんいと》の鎧の、[26]未だ巳時《みのとき》なるを着たる武者、濃紅《こきくれない》の[27]母衣《ほろ》懸けて、五尺三寸ありける大長刀《おおなぎなた》の真中《まんなか》取つて、馬の[28]平頸《ひらくび》に引つ側《そば》め、「塩谷中務」と名乗つて、真先《まっさき》に進めば、[29]野上《のがみ》、山東《さんとう》、貴志《きし》、湯浅《ゆあさ》、山本《やまもと》、生地《おうち》、贄河《にえかわ》、志宇津《しうつ》、童《かぶろ》の兵二千余騎、大山《たいざん》も崩れ、鳴雷《なるかみ》の落ち懸かる如く、喚《おめ》き叫《さけ》んでぞ懸けたりける。

敵を遥《はる》かの[30]かさに受けて、[31]引き心地付いたる兵どもなれば、

22　沓底の鋲のようにびっしりと。
23　高い所から下をねらって射る矢。
24　むだな矢。
25　黄色がかった瓦毛(朽ち葉色を帯びた白毛で、たてがみと尾が黒い馬)。
26　まだおろし立ての鎧。
27　矢を防ぐために背負う袋状の布。
28　長刀を馬の平頸(たてがみの下の平らな部分)に引き付けて持ち。
29　いずれも紀伊・河内の宮方の武士。
30　高い場所。
31　逃げ腰になった兵。

なじかは一支《ひとささ》へも支ふべき。手負《ておい》を助けんともせず、親子の討たるるを顧《かえり》みず、馬、物具《もののぐ》[32]を脱《ぬ》ぎ捨《す》て、さしも嶮《けわ》しき篠原《ささはら》を、滑るともなく、込《ころ》ぶともなく、三十余町ぞ逃げたりける。塩谷《しおや》は余り深く長追ひして、馬に矢三筋《みすじ》立ち、鑓《やり》にて二処《ふたところ》突かれければ、馬の足を立てかねて、嶮岨《けんそ》なる処《ところ》より真逆様《まっさかさま》に込びければ、塩谷も、五丈《じょう》[33]ばかりなる岩崎《いわさき》[34]より、下へ抛《な》げられければ、[35]落ちつくよりして、目暮れ、東西に迷ふ。起き上がらんとしける処を、踏《ふ》み留《とど》まる敵、あまた寄つて、物具のはづれ、内甲《うちかぶと》[36]散々《さんざん》に包《こ》みければ、続く御方《みかた》はなし、塩谷つひに討たれにけり。

半時《はんとき》[37]ばかりの合戦に、生取《いけどり》六十七人、討たるる者二百七十三人とぞ聞こえし。その外《ほか》、捨てたる物具、弓矢、太刀、刀は、幾千万と云ふ数を知らず。その中に、遊佐勘解由左衛門《ゆさかげゆざえもん》が、今度の上洛《しょうらく》の時、天下の人に目を驚かさせんとて、金《こがね》[38]百両を以て作つたりし三尺八寸の太刀もあり。日本第一の太刀と聞こえた

32　鎧・兜などの武具。
33　一丈は、約三メートル。
34　崖の先端。
35　落ちたとたんに、目がくらみ、東西がわからなくなる。
36　兜の内側、額のあたりを散々突いたので。
37　約一時間ほど。
38　一両は、約一五—二〇グラム。

る根津小次郎《ねづのこじろう》[39]が六尺三寸の丸柄《まるづか》[40]の太刀も、捨てたりけり。されば、大勢《おおぜい》も大力《だいぢから》も、高名《こうみょう》[41]も不覚《ふかく》も、時の運によるものなり。

この根津小次郎は、自讃《じさん》[42]に常に申しけるは、「坂東《ばんどう》八ヶ国に弓矢を取る人、懸け合ひ[43]の時、根津と知らで懸け合はせて、太刀を打ち違《ちが》へんは知らず、これは根津よと知りたらん者、われに太刀打ちつけんと思ふ人は、恐らくは覚えず」と申す程の大力の剛《こう》の者《もの》[44]なれども、さしたる事もせで、力[45]のある甲斐《かい》には、人より先に逃げたりけり。

紀州《きしゅう》二度目《にどめ》合戦《かっせん》の事　8

紀伊国《きのくに》の軍《いくさ》に、寄手《よせて》若干《そこばく》[1]討たれて、今は和佐山《わさやま》[2]の陣にも、御方怺《みかたこら》へ難《がた》しと告げたりければ、津々山《つづやま》[3]の勢《せい》も、尼崎《あまがさき》[4]の大将《たいしょう》も、興《きょう》を醒《さ》[5]まし、色を失ふ。されども、仁木右京大夫《にきうきょうのだいぶ》[6]一人《いちにん》は、

39　長野県東御市祢津に住んだ武士。
40　柄の握りの丸い太刀か。
41　手柄も失態も。
42　自慢。
43　正面からぶつかり合う戦い。
44　きわめて強く勇敢な者。
45　なまじっか力のあるおかげで。

8
1　大勢。
2　畠山義深の陣。
3　畠山道誓の軍勢。
4　足利義詮。
5　勇ましい気分をそがれ、顔色をなくした。
6　義長。侍所頭人。伊勢・伊賀・三河などの守護。

「あらをかしや。あはれ、同じくは津々山《つづやま》、天王寺《てんのうじ》、住吉《すみよし》の勢《せい》ども、皆追つ散らされて、裸になつて逃げよかし。興《きよう》ある見物せん」とて、[7]ゑつぼに入りてぞ咲《わら》はれける。これをば、御方《みかた》とや云ふべき、敵とや申すべき、心得難《こころえがた》き所存なり。

紀伊路《きのじ》の[8]向かひ陣、追ひ落とされなば、津々山、[9]とても怺《こら》へ難《がた》し、さらば、敵の懸からぬ先に、[10]荒手《あらて》の勢を付《つ》け添《そ》へて、[11]尾《お》張守《わりのかみ》に力を付けよとて、同じき四月十一日に、[12]畠山式部大輔《はたけやましきぶのたいふ》、[13]今川伊予守《いまがわいよのかみ》、[14]細川左近将監《ほそかわさこんのしょうげん》、[15]芳賀伊賀守《はがいがのかみ》、佐々木《ささき》の[16]黄一揆《きいっき》、土岐《とき》の[17]桔梗一揆《ききょういっき》、都合その勢七千余騎、重ねて紀伊路へぞ向けられける。

中にも、[18]芳賀兵衛入道禅可《はがひょうえにゅうどうぜんか》は、わが身は天王寺《てんのうじ》に留《とど》められて、嫡子の伊賀守公頼《いがのかみきんより》を紀伊路へ向けけるが、二、三里が程打ち送つて、涙を流して申しけるは、「東国《とうごく》に、名ある武士多しと雖《いえど》も、弓矢の道に於ては、[19]人に指をさされぬは、ただわれら

7 大いに面白がって。
8 敵城に向かい合ってとる陣。
9 どうあっても。
10 新手。ひかえの新しい軍勢。
11 畠山義深。
12 国熙。道誓・義深の弟。
13 貞世。範国の子。遠江守護。
14 家氏。清氏の弟。
15 公頼(後出)。貞綱とも(第三十巻・9)。禅可の子。
16 佐々木(京極)道誉配下の黄旗一揆。
17 水色桔梗の紋を旗印とする土岐氏族の一揆。土岐直氏(頼康の弟)の配下。
18 俗名高名。清党の旗頭。
19 人から非難されないのは。

が一党のみなり。御方《みかた》の大勢《おおぜい》、先度《せんど》の合戦に打ち負けて、敵に[20]気を付けぬれば、今度の軍《いくさ》は、いよいよ手痛からんと知るべし。もし合戦し違《ちが》へて、引つ返しなば、敵に力を付くるのみならず、殊更《ことさらに》仁木《にき》右京大夫《うきょうのだいぶ》に笑はれん事、われ一人《いちにん》の恥と存ずるなり。されば、この軍《いくさ》に敵を追ひ落とさずは、生きて二度《ふたたび》われに面《おもて》を向かふべからず。これは、[21]円覚寺《えんがくじ》の長老《ちょうろう》より[22]持《たも》ち奉りたりし御《おん》袈裟《けさ》なり。[23]母衣《ほろ》に懸けて、[24]後世《ごせ》の悪業《あくごう》を助かれ」とて、懐《ふところ》より、[25]九帖《くじょう》の袈裟を取り出だして、泣く泣く公頼に与ふれば、公頼は[26]庭訓《ていきん》を請《う》けて後《のち》、今生《こんじょう》にての恩顔《おんがん》は、これこそ限りなるらめと、名残り惜しげなる気色《きしょく》にて、泣く泣く左右へ別れける。恩愛の(道)深ければ、いかなる鳥獣《ちょうじゅう》も、子を悲しむ心浅からず。況《いわ》んや人倫《じんりん》に於てをや。況んや一子に於てをや。されども、弓矢の道なれば、禅可最愛の子に向かつて、ただ討死《うちじに》せよと勧めける、心の中《うち》こそあはれなれ。

20　気勢をつけたので。

21　神奈川県鎌倉市山ノ内にある臨済宗寺院。鎌倉五山の第二。長老は、住持。

22　いただいた。

23　矢を防ぐために背負う袋状の布。

24　来世で悪道に堕ちる罪業を軽くせよ。

25　布を九幅、横につづり合わせて作った袈裟。晴れの法会に用いる大衣(だい)の一。

26　父親の教訓。

四条中納言隆俊《しじょうちゅうなごんたかとし》は、重ねて大勢《おおぜい》の懸かる由《よし》を聞き給ひて、「なほ本《もと》の陣《じん》にてや戦ふ。[27]平場《ひらば》に進んでや懸け合はする」と、評定《ひょうじょう》ありける処《ところ》に、[28]湯川庄司《ゆかわのしょうじ》、心替はりして後ろに旗を挙げ、熊野《くまの》の道より寄するとも[29]披露《ひろう》し、舟をそろへて[30]田辺《たなべ》より上がるとも聞こえければ、この陣かくてはいかがあるべきと、案《あん》じ煩《わずら》ひておはしけるを見て、[31]大手《おおて》一の木戸《きど》を堅めたる大和《やまと》の[32]越智《おち》、降人《こうにん》になつて芳賀伊賀守《はがいがのかみ》が方《かた》へぞ出でたりける。

さらでも武《たけ》き[33]清党《せいのとう》、かねて禅可《ぜんか》に義を勧められ、今また越智に力を付けられて、[34]なじかは少しもたまるべき、龍門《りゅうもん》の麓《ふもと》へ押し寄すると均《ひと》しく、楯をもつかず、矢の一つをも射ず、互ひに[35]抜き連れて攻《せ》め上《のぼ》りける程に、さしもの聞こえし生地《おうち》、贄河《にえかわ》、貴志《きし》、湯浅《ゆあさ》、[36]田辺別当《たなべのべっとう》、山本判官《やまもとほうがん》、少しも支へ得ず、龍門の陣を落とされて、[37]阿瀬川《あぜがわ》の城へぞ籠もりける。

「[38]あはれ、さりとも、塩谷中務《しおやなかつかさ》がある程ならば、同じく引く

27 平地。
28 紀伊国牟婁郡湯川荘（和歌山県田辺市中辺路町）に住んだ武士。
29 しらせがあり。
30 和歌山県田辺市。
31 正面の第一の城門。
32 奈良県高市郡高取町越智に住んだ武士。大和源氏。
33 芳賀を旗頭とする清原姓の党の武士団。
34 どうして少しも滞ることがあろう。
35 いっせいに太刀を抜き連ねて。
36 和歌山県田辺市東陽の闘鶏神社を本拠とした熊野別当。山本判官は、熊野の武士。
37 底本「畔川」。有田郡有田川町清水にあった城。
38 以下四行は、底本の独自本文。

とも、恥ある合戦一軍《ひといくさ》して、御方《みかた》討たるるとも、敵をも若干《そこばく》亡ばさぬ事あらじ」と、御方の軍勢云ひければ、一騎当千《いっきとうぜん》の兵とは、かかる者をや云ふべからんと、思はぬ人はなかりけり。

芳賀伊賀守、二度目の軍《いくさ》に先度の恥を洗《すす》いでこそ、紀州《きしゅう》の討手《うって》、皆津《みなつ》々《づ》山《やま》の陣へ帰りけれ。

住吉《すみよし》の楠《くすのき》折《お》るる事　9

四条中納言隆俊卿、龍門山《りゅうもんざん》の軍《いくさ》に打ち負けて、阿瀬川へ落ちぬと聞こえければ、吉野《よしの》の主上《しゅしょう》を始めまゐらせて、龍顔《りょうがん》[1]に咫尺《しせき》し奉る月卿雲客《げっけいうんかく》、神《たましい》を失ひ、胆《きも》を消し給ふ処《ところ》に、住吉の神主津守国久《つもりくにひさ》[2]、ひそかに勘文《かんもん》[3]を以て申しけるは、「今月十二日の午《うま》[4]刻《のこく》に、当社の神殿鳴動《めいどう》[5]する事やや久し。その後《のち》、庭前《ていぜん》の楠、風吹かざるに中より折れて、神殿[6]に倒れ懸かる。しかれども、

9
1 帝のお側近くにお仕えする公卿殿上人。
2 神田本「国量」。国夏の子。津守は、住吉大社(大阪府住吉区)の社家。
3 占いを記した文書。
4 正午頃。
5 神殿などが異変を知らせて鳴りどよむこと。
6 社殿。

枝繁《しげ》く、地に支へて横たはるゆゑに、社壇は恙《つつが》なし」とぞ奏し申しける。

諸卿《しょきょう》、この密奏[7]《みっそう》を聞いて、「神殿の鳴動、凶《きょう》を示し給ふ条疑ひなし。今、官軍の棟梁《とうりょう》たる楠《くすのき》倒れなば、誰《たれ》か擁護《おうご》し奉るべき。事皆《みな》不吉の表事[8]《ひょうじ》たり」と、ささやき[9]相《そう》しけるを、大塔[10]《おおとう》の忠《ちゅう》雲僧正《うんそうじょう》、聞きもあへず申されけるは、「好事[11]《こうじ》も無きには如《し》かずと申す事候へば、ましてこの事、吉事なるべしとは申《もう》し難《がた》し。但し、吉凶を告げ給へば、天未だ捨て給はざるものなり。

その故《ゆえ》は、後漢《ごかん》の光武[12]《こうぶ》の昔、庭前なる槐木[13]《かいぼく》の、高さ二十丈[14]に余りたるが、風吹かざるに根より抜けて、倒《さかさま》にぞ立つたりける。諸臣相《あい》見て、皆怖《お》ぢ恐《おそ》れけるを、光武、天の告げを悦《よろこ》びて、貧しき民に財《ざい》を省[15]《はぶ》き、余れるを以て足らざるを助け給ひければ、この槐《かい》、一夜にまた本《もと》の如くなつて、一葉《いちよう》もかつて枯れざりけり。

7 密々の奏上。
8 前兆。
9 小声で占いをしたのを。
10 中院光忠の子。千種忠顕の従兄弟。大塔は、梶井門跡の一門流。
11 好い事でも、何も起こらないのには劣るといいますから。「碧巌録」第八十六則の句。
12 光武帝ではなく、後漢十二代の孝霊帝が正しい(後漢書・五行志)。
13 槐(えんじゅ)の木。
14 一丈は、約三メートル。
15 分かち与え。
16 九六一―九六四年。村上帝の年号。
17 日吉山王上七社の一、三宮(本地は普賢菩薩)の鎮座する八王子山の林。
18 日吉山王上七社の一。本地は地蔵菩薩。しばしば神託を下す神。

また、わが朝には、[16]応和《おうわ》の年の末、比叡山《ひえいざん》の[17]三宮林《さんのみやばやし》に、数千本の松枯《か》れ凋《しぼ》んで、霜《しも》を陵《しの》ぐ緑の色、皆黄葉《こうよう》になりにけり。三千の衆徒《しゅと》、大きに驚いて、[18]十禅師《じゅうぜんじ》に参り、おのおの[19]自受法楽《じじゅほうらく》の法施《ほっせ》を奉り、「[20]先相《せんそう》何事ぞ」と、祈請《きせい》を凝《こ》らさしめけるに、一人の[21]神巫《かんなぎ》、俄《にわ》かに物(に)狂ひ出でて託《たく》しけるは、「われに[22]七《しち》社権現《しゃごんげん》乗《の》り居《い》させ給へり。われ内には[23]円宗《えんしゅう》の教法を守りて、[24]化《け》縁《えん》を[25]三千の衆徒に結び、外には国家の安全を致して、利益《りやく》を[26]六十余州に垂《た》る。しかれども今、衆徒の振る舞ひ一つとして神慮《しんりょ》に叶《かな》はず。[27]兵杖《ひょうじょう》を横たへて法衣《ほうえ》を汚《けが》し、甲冑《かっちゅう》を帯して[28]社頭《しゃとう》に往来す。嗚呼《ああ》、今より後《のち》、[29]三諦即是《さんたいそくぜ》の春の花、誰《たれ》が袂《たもと》にか薫《にお》はん。[30]四曼不離《しまんふり》の秋の月、いづれが所をか照らすべき。この上は、われ当山《とうざん》の麓《ふもと》に跡を垂《た》れても、何かせん。ただ速やかに[31]法性《ほっしょう》寂光《じゃくこう》の都へこそ帰らめ。ただ耳に留《とど》まる事とては、[32]常行三昧《じょうぎょうざんまい》の念仏の声、なほも心に飽かぬは、[33]一乗講讃《いちじょうこうさん》の論議の声」と、

19 悟りの境地の楽しみを説く経文を読誦し。
20 前兆。
21 神子(みこ)。
22 日吉山王七社の神。
23 天台宗。
24 衆生を教え導く機縁。底本「結縁」。他本により改める。
25 比叡山の全ての僧徒。
26 日本全国。
27 武器。
28 日吉大社の境内。
29 天台宗で説く空・仮・中の三つの真理が本来一体のものであること。
30 天台密教で説く四種の曼荼羅がたがいに不即不離の関係にあること。
31 仏法の光りに包まれた浄土。
32 念仏を唱えながら阿弥陀仏の像の廻りを歩く修行。
33 法華経を読誦し、その

泣く泣く託宣《たくせん》しけるが、額より汗を流して、物付《ものつ》きは則ち醒《さ》めにけり。大衆《だいしゅ》、これに驚いて、34聖真子《しょうしんじ》の御前《おんまえ》にて、常行三昧《じょうぎょうざんまい》の念仏を唱へ、35止観院《しかんいん》の外陣《げじん》にて、一乗講讃《いちじょうこうさん》の36竪儀《りゅうぎ》を取り行ふ。これによつて、神慮も忽《たちま》ちに休まりけるにや、月に叫ぶ37峡《こう》猿《えん》の声も、暁《あかつき》の枕を濡《うるお》し、霜《しも》を頂《いただ》く林松《りんしょう》も、その色本《もと》の緑になりにけり。

その後《のち》、38住吉大明神《すみよしだいみょうじん》の、四海《しかい》の凶賊《きょうぞく》を静め給ひし御託宣《ごたくせん》に曰はく、「39天慶《てんぎょう》に凶徒《きょうと》を誅《ちゅう》せし昔、われを大将軍と為《な》して、山王《さんのう》を副将軍と為す。40康平《こうへい》に逆党《ぎゃくとう》を静めし時、山王を大将軍と為して、41(われを副将軍と為す)。山王は、鎮《とこしな》へに42一乗の法味《ほうみ》に飽き給ふ。ゆゑに勢力《せいりき》われに勝《すぐ》る」と云々《うんぬん》。

かれを以て、これを思ふに、43叡慮《えいりょ》徳に趣《おもむ》き、四海の民を安穏《あんのん》ならしめんと思《おぼ》し召《め》す大願《たいがん》を発《おこ》し、法味を以て神力《しんりき》を添へられ候はば、朝敵《ちょうてき》は却《かえ》つて御方《みかた》になり、禍《わざわ》ひ転じて幸ひに帰せん事、

教えを論議問答する声。
34 日吉山王上七社の一。本地は阿弥陀如来。
35 延暦寺の根本中堂、一乗止観院。外陣は、仏像を安置する内陣の外側。
36 論議問答。
37 谷間の猿。「巴峡秋深く、五夜の哀猿月に叫ぶ」(和漢朗詠集・猿)。
38 大阪市住吉区の住吉大社。
39 天慶年間(九三八―九四七)に鎮定された平将門の乱と藤原純友の乱。
40 康平年間(一〇五八―六五)に鎮定された安倍貞任・宗任の乱(前九年の役)。
41 他本により補う。
42 法華経読誦の声に満足する。
43 帝のお考えが徳を専らとし。
44 ただちに。

疑ふ所にあらず」と申されければ、群臣悉《ことごと》くこの旨《むね》に順《したが》ひ、君も限りなく叡信《えいしん》を凝《こ》らさせ給ひて、[44]やがて[45]住吉四所《すみよししょ》の大明神、日吉山王七社《ひよしさんのうしちしゃ》の権現を勧請《かんじょう》し奉つて、[46]座冷《ざさ》まさずの御行法《ごぎょうぼう》を、百日が間行はせらる。

主上《しゅしょう》、毎朝《まいちょう》に御行水《ごぎょうずい》を召し、[47]玉体《ぎょくたい》を地に投げて、[48]除災与楽《じょさいよらく》の御祈誓《ごきせい》に、身の毛もよだつばかりなれば、[49]堅牢地神《けんろうじしん》もこれを感《かん》応《のう》し、神明仏陀《しんめいぶつだ》もなどか擁護《おうご》の手を廻《めぐ》らされざらんと、[50]信心肝《しんじんきも》に銘《めい》じけり。

銀嵩合戦《しろかねがたけかっせん》の事　10

この比《ころ》、吉野《よしの》の[1]将軍宮《しょうぐんのみや》と申すは、[2]故大塔宮兵部卿親王《おおとうのみやひょうぶきょうのしんのう》の御子《みこ》にてぞおはしける。御幼稚《ごようち》の時より、文武《ぶんぶ》二つの道、いづれも達して見えさせ給ひしかば、この宮ぞ誠《まこと》に[3]四海の逆浪《げきろう》を

45　底筒之男命（そこつつのおのみこと）・中（なか）筒之男尊・表（うわ）筒之男命・神功皇后の、住吉四神。
46　昼夜にわたり座を離れずに修法すること。
47　帝のお体を地に投げ出す五体投地の礼をなされて。
48　災いを除き楽を与える祈禱。
49　仏典の説く大地の神。
50　底本「神心」を改める。神仏の力への信仰が心にきざみこまれた。

10
1　興良親王。
2　護良親王。
3　天下の乱。

も静められて、[4]旧主先皇《きゅうしゅせんおう》の御追念《ごついねん》をも休めまゐらせらるべき御器量《ごきりょう》にておはしませとて、[5]吉野《よしの》の新帝登極《とうきょく》の後《のち》、[6]則ち宣下《せんげ》せられて、征夷将軍《せいいしょうぐん》の位《くらい》になし奉り、去《い》んじ[7]正平《しょうへい》七年に、[8]赤松《あかまつの》律師則祐《りっしそくゆう》、暫《しば》く事を謀《はか》つて宮方《みやがた》へ参ぜし時、この宮を大将に申し下しまゐらせたりしが、則祐忽《たちま》ちに変じて、また武家に参ぜしかば、宮は心ならず京へ登《のぼ》らせ給ひて、[9]召人《めしうど》の如くにて御座《ぎょざ》ありしを、(但馬《たじまの》)国《くに》の者ども、盗み出だし奉つて、[10]高山寺《こうせんじ》の城へ入れ奉る。

[11]本庄平太《ほんじょうへいた》、平三《へいぞう》、御手《おんて》に属《しょく》して、丹波《たんば》、但馬の両国を打ち随ふるに、靡《なび》かずと云ふ事なし。さらば、やがて播磨国《はりまのくに》を退治せよとて、山陽道《せんようどう》へ御越えありしに、則祐、三千余騎にて、[12]甲山《かぶとやま》の麓《ふもと》に馳《は》せ向《む》かつて相戦ふ。軍《いくさ》未だ決せざるに、宮の一《いっ》騎当千《きとうぜん》と憑《たの》み思《おぼ》し召《め》したりける本庄平太、平三、ともに数ヶ所《すかしょ》の疵《きず》を蒙《こうぶ》つて、兄弟同時に討たれしかば、軍《いくさ》忽ちに破れて、宮

4　先帝(後醍醐)のご無念。
5　後村上帝の即位後。
6　ただちに。
7　北朝の観応三年(一三五二)。
8　円心(則村)の三男。宮方になったことは、第三十巻・4、参照。ただし、正平六年(北朝の観応二年)のこととする。武家方になったことは、第三十一巻・4、参照。
9　囚人。
10　兵庫県丹波市氷上町の弘浪(こうろう)山にある山寺。寺域を城とした。
11　丹波市氷上町に住んだ武士。
12　西宮市甲山町の山。真言宗の神呪寺(かんのうじ)=甲山大師)がある。

は河内国《かわちのくに》へ落ちさせ給ひけり。

その後《のち》も、大将にし奉らんとて、国々よりこの宮を申しけれども、[13]自然《しぜん》の事もあらば、この宮をこそ宮方には大将にもし奉らんずれとて、いづくへも下《くだ》しまゐらせられず、[14]武略《ぶりゃく》のために惜しまれて、[15]吉野の奥に御座ありけり。

今、紀州《きしゅう》の合戦に[16]四条中納言《しじょうちゅうなごん》打ち負け、阿瀬川《あぜがわ》へ落ち給ひぬ。和田《わだ》、楠《くすのき》も津々山《つづやま》の敵陣に詰められて、[17]気疲れぬと見えければ、「今はいつをば期《ご》すべき。しかるべき兵どもを相添《あいそ》へられ候へ。自ら御出《おんい》であつて、合戦を致し候はん」と、(宮)頻《しき》りに仰せられける間、[18]げにもとて、この三、四年、兄弟不和の義あつて吉野殿に参じたりける[19]赤松弾正少弼《あかまつだんじょうのしょうひつ》に、[20]吉野《よしの》十八郷《ごう》の兵どもを差し添へて、宮の御方《おんかた》へぞ奉《まいら》せられける。宮、この勢《せい》を付《つ》け順《したが》へさせ給ひて後《のち》、いかなる物狂《ものぐる》はしき御心《みこころ》や付かせ給ひけん、武家のために忠を致して、吉野十八郷を[21]一円《いちえん》に管領《かんれい》せばやと思

13　万一の事。
14　戦略的に。
15　賀名生（あのう）。奈良県五條市西吉野町。
16　隆俊。隆資の子。
17　気力が衰えた。
18　もっともだ。
19　氏範。則祐の弟。
20　吉野全域の総称。
21　一括して支配したい。

し召しけるこそ、不思議なれ。

ひそかに御使ひを以て、事《こと》の由《よし》を、義詮朝臣《よしあきらあそん》に牒《ちょう》[22]せられて、[23]四月二十五日、宮の御勢《おんぜい》二百余騎、野伏《のぶし》三千人を召し具して、賀名生《あのう》の奥、[24]銀嵩《しろかねがたけ》と云ふ山に打ち上がりて、御旗《みはた》を挙げられ、先の皇居、賀名生の内裏《だいり》を始めとして、その辺の山中に隠れ居たる月卿雲客《げっけいうんかく》の宿所宿所《しゅくしょしゅくしょ》を、一々に焼き払はる。暫《しばら》くが程は、真《まこと》を知りたる人少なければ、「[25]いかさまこれは別段《べつだん》の義あり。[26]大宋《たいそう》の伯顔将軍《はくがんしょうぐん》と云ひし人、わが籠《こ》もりたる城を焼いて、敵を欺《たばか》りし謀《はかりごと》か。また、しからずは、[27]楚《そ》の項羽《こうう》が自ら盧舎《ろしゃ》を焼いて、再び本《もと》の陣《じん》へ帰らじと誓ひし道か」と、様々《さまざま》(に)推量を廻《めぐ》らして、この宮なほも御敵《おんてき》にならせ給ひたりと知る人は、聊《いささ》かもなかりけり。

さる程に、[28]探使《たんし》、度々《どど》馳《は》せ廻《まわ》つて、「宮の御謀叛《ごむほん》、事すでに急なり」と奏聞《そうもん》しければ、やがてその翌日《つぎのひ》、[29]二条前関白殿《にじょうさきのかんぱくどの》を

22 文書で連絡をとって。
23 延文五年(一三六〇)。
24 奈良県五條市西吉野町にある銀峯(ぎんぼう)山。白銀岳(しろがねだけ)とも。
25 きっとこれには格別の作戦があるのだろう。
26 元の世祖に仕え、宋を滅ぼすのに功があった将軍。「大宋の」は誤り。
27 秦と戦う楚の項羽が、兵士に決死の戦いを促すためにとった戦術(史記・項羽本紀)。
28 情勢を探査する使者が、たびたび馬で走り回って。
29 師基。兼基の子。

大将軍として、和泉《いずみ》、大和《やまと》、[30]宇多《うだ》、[31]宇智《うち》の勢《せい》を、千余騎差し向けらる。これを見て、さらば、御謀叛の宮に付き奉るべき様《よう》なしとて、吉野《よしの》十八郷《ごう》の者ども、皆散《ち》り散《ぢ》りに落ち失せける程に、宮の御勢、わづかに五十余騎になりにけり。されども、赤松弾正少弼氏範《あかまつだんじょうしょうひつうじのり》、今更《いまさら》弱きを見て捨つるは、弓矢の道にあらずとて、主従三十六騎、四方に馳《は》せ向《む》かつて、散々《さんざん》に戦ひける程に、寄手《よせて》、[32]左右《そう》なく近づき得ず、一日一夜《いちにちいちや》相戦うて、氏範、数ヶ所《すかしょ》の疵《きず》を蒙《こうぶ》りければ、今は叶《かな》はじとて、宮は[33]南都《なんと》の方《かた》へ落ちさせ給へば、氏範は降人《こうにん》になつて、また本国《ほんごく》の播磨《はりま》へ立ち帰る。不思議なりし御謀叛なり。

　そもそも故尊氏卿《たかうじきょう》、朝敵《ちょうてき》となつて、[34]先帝[35]外都《がいと》にて崩御《ほうぎょ》なり、天下大きに乱れて[36]二十七年、[37]公家被官《くげひかん》の人は悉《ことごと》く[38]道路に袖を弘《ひろ》げ、武家奉公の族《やから》は[39]国郡《こくぐん》に臂《ひじ》を張る事は、何故《なにゆえ》ぞや。ただ[40]尊氏卿、故兵部卿親王《ひょうぶきょうしんのう》を差し殺し奉りしゆゑなり。[41]天以て許し給

30　奈良県宇陀郡。
31　五條市内。
32　たやすく。
33　奈良。
34　後醍醐帝。
35　都の外。吉野。
36　尊氏が建武政権から離反した建武二年（一三三五）から延文五年（南朝の正平十五年〈一三六〇〉）までは、足掛け二十六年。後醍醐帝崩御の延元四年（一三三九）から二十一年。
37　公家の家来。
38　往来で物乞いすること。
39　国や郡を手中にして威張る事。
40　建武二年、尊氏が興良親王の父護良親王を殺害したこと。第十三巻・5。
41　天が興良親王の謀叛を許容するなら。以下、四行余り、底本と流布本にみえる独自文。

はば、天下の将軍として、[42]六十六ヶ国などかこの宮に帰伏《きふく》し奉らざらん。しからば、[43]旧主先皇《きゅうしゅせんおう》も草の陰《かげ》までも喜悦《きえつ》の眉《まゆ》を開かせ給はば、忠孝の御志《おんこころざし》を、[44]天神地祇《てんじんちぎ》もなどか感応《かんのう》の御運を添へさせ給はざらん。しからば、御子孫繁昌《はんじょう》して天下の武将たるべきに、思慮なき御謀叛《ごむほん》起こされて、[45]先皇梁薗《せんおうりょうえん》の御尸《おんかばね》に血を灑《そそ》き給へば、[46]厳親幽霊《げんしんゆうれい》の亡魂《ぼうこん》も、いかにうたてしく思《おぼ》し召《め》すらんと、思ひやらるる草の影、さこそは露《つゆ》も乱るらめと、涙を添へてあはれなり。

曹娥《そうが》の事　11

昔[1]、漢朝《かんちょう》に一人の貧者《ひんじゃ》あり。[2]松門茅屋《しょうもんぼうおく》の内に年を経《へ》ければ、[3]朝気《あさげ》の煙《けぶり》絶《た》え終《は》てて、[4]柴《しば》の庵《いおり》のしばしばも、事問ふ人のなきままに、[5]懸樋《かけひ》の水の浮き節ごとに、堪《た》へて住むべき心地もせず。

42　日本全国。
43　後醍醐帝をさす。
44　天の神と地の神。
45　先帝と皇族(梁薗)。
46　厳父である護良親王の亡魂。

11
1　以下の話は、「後漢書」列女伝、「今昔物語集」巻九等に類話が見える。
2　松を門の代わりにした茅葺きの粗末な家。
3　朝餉。朝食。
4　「柴」の同音で「しばしば」を引きだす序詞。
5　「浮き節」(つらい折)を引きだす序詞。懸樋は、竹

昨日《きのふ》も徒《いたづ》らに暮れぬれば、臥《ふ》して多くの夢を見る、今夜《こよひ》も空《むな》しく明けなんとす、起きて何事をか営まんと、かかる浮世《うきよ》[6]に住みはつべき心《ここち》もなく、万《よろ》づあぢきなく[7]思ひければ、曹娥と云ひける一人の女《むすめ》をもちたり、母には幼くて後《おく》れけり、これを携《たづさ》へ、他国へぞ落ち行きける。

洪河《こうが》[8]と云ふ川を渡らんとするに、折節《おりふし》、水増《ま》さりて、橋もなく、舟もなし。越《こ》し方《かた》も遠くなり、留《と》まるべき里もなし。かくてはいつまであるべき、さらば、自らこの女《むすめ》を負うてこそ渡らめと思ひて、先《ま》づ川の淵瀬《ふちせ》を知らんために、女をばこなたに置き、ただ一人、川の瀬踏《せぶ》[9]みをぞしたりける。かかりける処《ところ》に、大蛇《だいじゃ》浮かび出でて、曹娥が父をくはへて、碧潭《へきたん》[10]の底へぞ入りにける。曹娥、これを見て、天に仰ぎ地に臥《ふ》し、いかがせんと泣き悲しめども、助くる者更《さら》になし。一日二日は、なほもはかなき心にて、もしや流れの末に漲《およ》ぎ出《い》でたると、川に添うて上《のぼ》り

製の樋（いと）。「節」は樋の縁語。

6 つらくはかない世。

7 どうしようもなく。

8 大河。

9 川の瀬の深さを、足を踏み入れて測ること。

10 青い淵。

下《くだ》りに見れども、浮きも出でず。さては、岩のはざまに流れや懸けたると、岸の影、[11]井堰《いせき》の上を望み見れども、散りしく木《こ》の葉《は》ならでは、堰《せ》かれて留《と》まる物もなし。

日暮《く》れ、夜明《あ》くれども、帰るべき心地《ここち》もなかりければ、七日《なぬか》七夜《ななよ》まで、[12]川上《かわかみ》にひれ臥し、天に叫び地に哭《こく》して、「わが父を失ひつる毒蛇《どくじゃ》を、罰して候へ。たとひ[13]空《むな》しき形なりとも、父を今一度《ひとたび》、われに見せしめ給へ」と、[14]梵天《ぼんてん》、帝釈《たいしゃく》、[15]堅牢地神《けんろうじしん》に、肝胆《かんたん》を砕《くだ》いてぞ祈りける。それ叶《かな》はぬものならば、同じ水底《みなそこ》に沈まんと、もだへ焦《こ》がるる志《こころざし》、[16]蒼天《そうてん》にや答へけん、洪河《こうが》の水、忽《たちま》ち血になつて、三日三夜流れけるが、つひに毒蛇、[17]河伯《かはく》の水《すい》神《じん》に罰せられて、曹娥《そうが》が父を呑みながら、その身を[18]つだつだに切《き》り割《さ》かれて、浪の上にぞ浮き出でたる。曹娥、この処《ところ》に空しき骨を収めて、泣く泣く故郷へ帰りにけり。

かの所の人、曹娥が孝行の志《こころざし》を憐《あわれ》みて、ここに墳《つか》を築《つ》き、

11 川の流れをせき止めた所。
12 川のほとり。
13 しかばね。
14 梵天・帝釈ともに、仏法を守る十二天の一。
15 仏教で大地を司る神。
16 天に通じたのか。
17 川の神。
18 ずたずたに。

石を刻んで、碑《ひ》の文《もん》を書いてぞ立てたりける。その銘石《めいせき》、今に残りて、[19]行客《こうかく》涙を落とし、[20]騒人《そうじん》詩を題す。あはれなりし孝行なり。

精衛《せいえい》の事　12

[1]また、[2]発鳩山《はっきゅうさん》に、[3]赤帝《しゃくてい》と申しける人、他国に行きて帰るとて、難風に舟を覆《くつがえ》されて、海中にしてはかなくなりにけり。その子、未だ幼《いとけな》くて故郷に一人ありけるが、父が海に沈める事を悲しんで、その江《え》の辺《ほと》りに行きて、夜昼泣き悲しみけるが、なほも思ひに堪《た》へかねて、つひに蒼海《そうかい》の底に身を投げて死ににけり。

その魂魄《こんぱく》、一つの鳥となつて、浪の上に飛び渡り、「精衛、精衛」と鳴く声、涙を催さずと云ふ事なし。怨念尽《おんねんつ》くる事なけ

19　旅人。
20　風雅の士。詩人。

12
1　以下の話は、「山海経」北山経に基づく。炎帝の娘女娃(あい)が海で溺れ、精衛という鳥となって、木石を運んで大海を埋めようとした話。徒労のたとえ。「太平記」は、それを孝子談に改変する。
2　中国、山西省の山。
3　「山海経」は「炎帝」。

れば、この鳥、自ら大海を埋《うず》めて、平地になさんと思ふ[4]志《こころざし》を挟《さしはさ》んで、毎日に一度、草の葉、木の枝をくはへて、海中に沈めて飛び帰る。[5]尾閭《びりょ》洩《も》らせども乾かず、[6]七旱干《しちかんほ》せどもかつて一滴も減ぜず、[7]不増不減《ふぞうふげん》の大海なれば、いかなる[8]神通《じんずう》を以ても、いかでか埋《うず》みはつべきなれども、父の恩徳《おんとく》を報ぜんために、この鳥、一枝《いっし》を含んで海中にこれを沈むる事は、あはれなりける孝行かな。されば、この精衛《せいえい》を題するに、「[9]人はその功の少《すくな》きを笑ひ、我はその志の多きことを怜《あわ》れむ」と、詩人もこれを賛《ほ》めたり。

君見ずや、精衛は賤《いや》しき鳥なりしかども、親の恩を報じて、大海を埋《うず》めん事を謀《はか》る。曹娥《そうが》は幼《いとけな》き女《むすめ》なり。父のために悲しんで毒蛇《どくじゃ》を害する事を得たり。[10]人として鳥獣《ちょうじゅう》にだに及ばず、男子《なんし》にして女子《にょし》にだも如《し》かずは、何をか異《こと》なりとせんやと、この宮の御謀叛《ごむほん》を、天下の人、敵も御方《みかた》も、これを[11]欺《あざむ》き申さずと云ふ

4 思いをいだいて。
5 大海の底にあり、絶えず水を漏らしていると考えられた大穴。
6 殷の湯王の時代にあったという大干ばつ。
7 増えることも減ることもない。
8 神通力。
9 人はその効果の少ないことを笑うが、私はその志の深さをめでる。「人皆造次を譏り、我独り専精を賞す」(韓愈・諸進士に学び精衛石を銜(わく)へ海を塡(ずう)むことを作る)。
10 人間であるのに鳥や獣にさえ及ばない、男であるのに女にも及ばないなら、何をもって人間の男子であるといえようか。
11 非難する。

者更《さら》になかりけり。

龍泉寺軍《りゅうせんじいくさ》の事 13

1龍泉寺城《りゅうせんじのじょう》には、和田《わだ》、楠《くすのき》等相謀《あいはか》つて、始めは大和《やまと》、河内《かわち》の兵千余人を籠《こ》め置《お》きたりけるが、寄手《よせて》、かつてここをば攻めんともせざりける間「かくては、徒《いたず》らに勢《せい》を置いても何かせん、2打つ散らしてこそ野軍《のいくさ》にせめとて、龍泉の勢をば皆呼《よ》び下《くだ》して、3さしもなき野伏《のぶし》ども百人ばかり、4見《み》せ勢《ぜい》に残し置き、ここの木の梢《こずえ》、かしこの岩のはづれに旗を結《ゆ》ひ付《つ》け、弓を立て置いて、なほも大勢《おおぜい》の籠もりたる体《てい》をぞ見せたりける。

5津々山《つづやま》の寄手、これを見て、「あなおびたたし。6四方の手を立てたる如くなる山に、この大勢の籠もりたらんずるを、いかなる鬼神《きじん》と云へども、攻め落とすべきものにあらず」と、口々

13
1　大阪府富田林市龍泉の嶽山(だけやま)山頂付近にあった城。中腹に真言宗寺院、龍泉寺があった。
2　兵を散開させて山野でのゲリラ戦をしよう。
3　たいしたこともない。
4　見せかけの軍勢。
5　富田林市廿山(つづやま)。畠山道誓の軍勢。
6　四方が手のひらを立てたような険しい山。

に云ひ恐れて、攻めんと云ふ人もなし。ただ徒《いたず》らに旗ばかり見上げて、[7]百五十余日は過ぎにけり。

或る時、[8]土岐《とき》の桔梗一揆《ききょういっき》の中に、少《ち》と[9]なま才覚《さいがく》ありける老武《ろうむ》者《しゃ》、龍泉城《りゅうせんのじょう》をつくづくと[10]まもり居たりけるが、「[11]太公望《たいこうぼう》が兵書の塁虚篇《るいきょへん》に云はく、「その塁上《るいじょう》を望んで、飛鳥《ひちょう》驚かざれば、必ず敵詐《いつわ》つて偶人《ぐうじん》を為《つく》れりと知れ」と云へり。われ、この二、三日相近づいて龍泉城を見れば、天に飛ぶ鳶《とび》、林に帰る鳥どもかつて驚く事なし。[12]いかさまこれは、大勢《おおぜい》の籠《こ》もりたる体《てい》を見せて、旗ばかりここかしこに立て置きたりと覚ゆるぞ。いざや人々、他《た》の勢《せい》を交へず、この一揆ばかり向かつて龍泉を攻め落とし、天下の[13]称嘆《しょうたん》に備ふべし」と申しければ、桔梗一揆の衆五百余騎、皆、「しかるべし」とぞ同《どう》じける。さらば、[14]やがて打つ立てとて、閏《うるう》四月二十九日の暁、桔梗一揆五百余騎、忍びやかに津々山《つづやま》より降《お》り下《くだ》つて、未だ[15]しののめの明けはてぬ霧のま

7　将軍方が津々山に陣をとったのは、二月十三日。本巻・6、参照。龍泉寺合戦の閏四月二十九日までは百日余。

8　美濃守護、土岐直氏配下の武士集団。土岐の家紋の水色桔梗にちなんで水色を旗印にした。

9　こざかしい学問。

10　見まもっていた。

11　周の武王に仕えた軍師、太公望の作とされる兵書「六韜(りくとう)」虎韜・塁虚篇に、「其の塁上を望むに、飛鳥多くして驚かず、上に氛気無きは、必ず敵詐りて偶人を為(つく)れりと知る也」とある。

12　きっと。

13　称賛を受けよう。

14　ただちに。

15　夜明け。

ぎれに、龍泉の一[16]の木戸口《きどぐち》に押し寄せ、同音《どうおん》に時[17]をどつと作る。[18]細川相模守清氏《ほそかわさがみのかみきようじ》、[19]赤松彦五郎《あかまつひこごろう》範実《のりざね》は、役所[20]を並べて居たりけるが、龍泉の時の声を聞いて、「あはや、人に先を懸けられぬるは。但し、城へ切つて入《い》らんずる事は、また[21]一重《いちじゅう》の大事ぞ。それをこそ誠《まこと》の先懸《さきが》けとは云ふべけれ。馬に鞍置け。[22]旗差《はたさし》急げ」と云ふ程こそあれ、相模守と彦五郎と、鎧取つて肩に拋《な》げ懸《か》け、道々[23]高紐《たかひも》を懸け、馬の[24]腹帯《はるび》をしめ、龍泉の西の一の木戸、高櫓《たかやぐら》の下へ懸け上がりたり。

ここにて馬を踏み放ち、後ろをきつと見たれば、赤松が手の者に、[25]田宮弾正忠《たみやだんじょうのちゅう》、木所彦五郎《きどころひこごろう》、高見彦四郎《たかみひこしろう》、三騎続いたり。またその跡を見れば、[26]相州《そうしゅう》の郎従《ろうじゅう》、[27]がけ堀とも云はず、われ先にと馳《は》せ来《き》たる。その旗差、[28]高岸《たかぎし》に馬の鼻を突かせて上がりかねたるを見て、相州、自ら走《はし》り下《お》りて、その旗を取つて、[29]切岸《きりぎし》の上に突き立て、「今日の先懸けは、清氏にあり」と、高声《こうしょう》に

16 第一の城門。
17 関(とき)の声。
18 和氏の子。
19 範資(則祐の兄)の子。
20 将士の詰め所。陣屋。
21 さらに一つまさった。
22 主人の旗を持つ兵。

23 鎧の胴を肩で吊る紐。
24 鞍を固定するため馬の腹にしめる帯。

25 いずれも赤松の家来。
26 相模守細川清氏。
27 底本「懸堀」。神田本「かけほり」。崖・堀か。
28 高い崖。
29 切り立った崖。

名乗り給へば、赤松《あかまつ》(彦《ひこ》)五郎《ごろう》、城へ入り、「先駆《さきが》けは、範実《のりざね》にて候ふぞ。後《のち》の証拠《しょうこ》に立ち給へ」と、声々に名乗つて、屏《へい》の上をぞ越えたりける。

これを見て、桔梗一揆《ききょういっき》の衆に、[30]日吉修理亮《ひよししゅりのすけ》、藤田兵庫助《ふじたひょうごのすけ》、内《うつ》海《み》修理亮《しゅりのすけ》光範《みつのり》、木戸を引き破つて、城の中へこみ入れば、城の兵、暫《しばら》く戦ひけるが、敵の大勢《おおぜい》に御方《みかた》の無勢《ぶぜい》を顧《かえり》みて、叶《かな》はじとや思ひけん、心静かに防き矢射て、[31]赤坂《あかさか》を指してぞ落ち行きける。

暫くありければ、陣々に集まり居たる大勢、「すはや、桔梗一揆龍泉《りゅうせん》へ寄せて攻めけるは。但し、たやすくはよも攻め落とされじ。[32]楯の板しめせ。射手《いて》を先立てよ」と、いと[33]騒がぬ体《てい》に打ち立つて、その勢《せい》たしかに十万余騎、龍泉の麓へ打ち向かひたれば、城は早やすでに攻め落とされて、櫓《やぐら》、楯《たて》に火を懸けたり。数万の軍勢、「[34]安からぬものかな。これ程まで敵小勢《こぜい》なる

30　いずれも土岐一族の武士。

31　大阪府南河内郡千早赤阪村の赤坂城。

32　楯の板を濡らして割れにくくすること。

33　あわてない様子。

34　いまいましいことよ。

べしとは知らで、土岐《とき》、相州《そうしゅう》に高名《こうみょう》せさせつる事よ」と、歯噛《はが》みをせぬ者はなかりけり。

平石城《ひらいわのじょう》合戦《かっせん》の事　14

[1]今川上総介《いまがわかずさのすけ》、[2]佐々木六角判官入道崇永《ささきろっかくほうがんにゅうどうそうえい》、同じき舎弟[3]山内《やまのうち》判官《ほうがん》、龍泉の軍《いくさ》に逢はざりつる事を、[4]安からぬものかなと思はれければ、わざと他《た》の勢を交へずして、同じき日の[5]晩景《ばんけい》に、[6]平石城へ押し寄する。一矢《ひとや》射違ふる程こそあれ、切岸《きりぎし》高ければ、前《さき》なる人の楯を踏まへ、甲《かぶと》の鉢《はち》を[7]足だまりにして、[8]木戸《きど》、[9]逆木《さかもぎ》を切り破り、討たるるをも云はず、[10]手負《ておい》をも顧《かえり》みず、われ先にとこみ入りける間、敵怺《こら》へかねて、夜半《やはん》ばかりに[11]金剛山《こんごうせん》を指して落ちにけり。

二ヶ処の城、たやすく攻め落とされしかば、寄手《よせて》はいよいよ

14
1 範氏。範国の子。駿河守護。
2 俗名氏頼。時信の子。
3 佐々木(山内)信詮。
4 しゃくにさわることよ。
5 夕方。
6 大阪府南河内郡河南町平石(ひらいし)にあった。前出、本巻・5。
7 踏み台。
8 城柵とその門。
9 棘のある木の枝で作った防御の柵。
10 負傷者。
11 大阪府と奈良県境の金剛山地の主峰。

勝《かつ》に乗つて、龍[12]の水を得たるが如く、虎の風に向かへるに似たり。和田《わだ》、楠《くすのき》は気[13]を失つて、魚[14]《うお》の泥に息づくが如し。かくの如くならば、赤坂城《あかさかのじょう》も、幾程《いくほど》か怺《こら》ふべき。暫時《ざんじ》に攻め落として、主上《しゅしょう》を取り奉り、三種[15]《さんじゅ》の神器《じんぎ》を都へ帰し入れまゐらすべしと、諸人[16]、掌[17]《たなごころ》をさす思ひをなす。すはや[18]、天下静まりて武家[19]《ぶけ》一統《いっとう》の世になりぬと、思はぬ人はなかりけり。

和田夜討《わだようち》の事 15

龍泉《りゅうせん》、平石《ひらいわ》二ヶ処の城落ちしかば、八尾城[1]《やおのじょう》も落ちにけり。今は、赤坂城ばかりこそ残りけれ。この城、さまで[2]の要害《ようがい》とも見えず、ただ和田、楠が館《たち》の辺《あた》りを、敵に左右[3]《そう》なく蹴散《けち》らさせじと、俄《にわ》かに構へたる城なれば、暫[4]《しばら》くはよも支へじとて、陣々の寄手《よせて》、一所《いっしょ》に集まつて二十万騎、五月三日の早旦[5]《そうたん》に、赤坂城へ

12 強い者が一層力を得るたとえ。「龍の水をえたるが如く、虎の山に靠(よりかか)るに似たり」(禅林句集)。
13 気勢。
14 泥の中で魚がわずかの水であえぐようだ。力を失ったさまのたとえ。
15 皇位継承のしるしとなる三種の宝器。鏡・剣・玉。
16 将軍方の諸将。
17 きわめてたやすいことのように思った。
18 さあ(これでもう)。
19 武家が天下を統一する世。

15

1 大阪府八尾市にあった城。前出、本巻・5。
2 それほど攻めるのに困難な城とも見えない。
3 たやすく。
4 少しの間も決してもち

押し寄せ、城の西北三十余町[6]が間、一勢《いちぜい》一勢《いちぜい》引き分けて、先《ま》づ[7]向かひ城を構へたる。

　楠は、元来《もとより》思慮深きに似て、急に敵に当たる機[8]の進まざりければ、「この大敵に戦はん事叶《かな》ひ難《がた》し。ただ金剛山《こんごうせん》に引《ひ》き籠《こ》もつて、敵の勢《せい》の透《す》いたる処《ところ》を見て後《のち》に戦はん」と申しけるを、和田は、いつも戦ひを先として謀《はかりごと》を待たぬ者なりければ、すべてこの儀[9]に同ぜず、「軍《いくさ》の習ひ、負くるは常の事なり。ただ戦ふべき処《ところ》を戦はずして、身を慎むを以て(恥)とす。さても、天下を敵に受けたる南方《なんぽう》の者どもが、つひに[10]野臥《のぶし》ばかりにて一《ひと》軍《いくさ》もせずと、日本国の武士どもに笑はれん事こそ口惜《くちお》しけれ。[11]いかさま一度夜討《ようち》して、太刀の柄《つか》の微塵《みじん》に砕《くだ》くる程切り合はんずるに、敵引き退かば、[12]やがて勝《かつ》に乗つて討つべし。叶《かな》はずは、討死《うちじに》するか、腹切るか、なほもそれに叶はずは、その時こそ、金剛山へも引き籠もつて戦はんずれ」とて、夜討に馴れたる兵

こたえまい。
5 早朝。
6 一町は、約一〇九メートル。
7 城攻めの時、敵城に向かい合って築く城。
8 勇気。
9 意見。
10 小人数でのゲリラ戦。
11 何としても。
12 そのまま。

三百人勝《すぐ》りて、「問はば、進むと答へよ」と、約束の言《ことば》を定めつつ、夜の深《ふ》くるをぞ待ちたりける。

五月八日の夜なれば、月は宵《よい》より入りにけり。時刻よくなりぬとて、三百人の兵ども、一陣に進んでぞ見えける結城《ゆうき》[13]が向かひ城へ忍び寄りて、木戸口《きどぐち》[14]にして、時をどつと作る。その声に驚いて、余所《よそ》の陣には騒ぎふためけ[15]ども、結城が陣は、少しも騒がず、鳴りを静めて待ち懸けたり。射手《いて》は元来《もとより》櫓《やぐら》にあれば、差し詰め引き詰め散々《さんざん》に射る。打物《うちもの》[16]の衆は、搔楯《かいだて》[17]、逆木《さかもぎ》を隔《へだ》てて、登れば切つて落とし、越ゆれば突き落とし、ここを先途《せんど》[18]と防きけれども、和田《わだ》和泉守《いずみのかみ》正氏《まさうじ》[19]、「真前《まっさき》懸けて入るぞ。日比《ひごろ》の言《ことば》を忘れず、続けや人々」と呼ばはつて、搔楯を切つて引き破り、一枚楯《いちまいだて》[20]を引《ひ》つ側《そば》めて城の内へ飛び入りければ、相順《あいしたが》ふ兵三百余騎、続いて城へぞこみ入りける。

甲《かぶと》[21]の錣《しころ》を傾《かたぶ》け、鎧[22]の袖を揺り合はせ揺り合はせ切り合うて、

13 結城駿河守(「武家雲箋」大日本史料所引)。
14 城柵の入り口。
15 あわてふためく。
16 太刀で戦う兵。
17 垣のように並べた楯。
18 勝敗の分け目。
19 流布本「正武」。
20 一枚板の軽便な楯を身に引き寄せてかざし。
21 兜をかぶった頭を前傾させる動作。
22 鎧の札(ねさ)の透き間をふさぐ動作。

天地を響《ひび》かし、火を散らす。互ひに喚《おめ》き叫《さけ》んで、[23]半時《はんとき》ばかり切り合うたるに、結城が兵七百人、余りに戦ひ屈して、すでに引き色に見えける処《ところ》へ、細川相模守《ほそかわさがみのかみ》、五百余騎にて敵の後ろへ廻り、「清氏《きようじ》、[24]後詰《ごづ》めするぞ。引くな、引くな」と呼ばはりけるに力を得て、[25]鹿窪十郎《かのくぼのじゅうろう》、富沢兵庫助《とみざわひょうごのすけ》、茂呂勘解由左衛門尉《もろかげゆざえもんのじょう》三人、踏《ふ》み留《とど》まり踏み留まり戦ひけるに、和田が兵数十人討たれ、[26]若干疵《そこばくきず》を蒙《こうぶ》つて、叶《かな》はじとや思ひけん、一方の掻楯《かいだて》踏み破り、一度にばつと引いたりける。

結城が若党《わかとう》に、[27]物部郡司《もののべのぐんじ》とて世に勝《すぐ》れたる兵あり。これに[28]手番《てつが》ふ者三人、かねてより、敵もし夜討せば、敵の引つ帰さんに紛《まぎ》れて赤坂城《あかさかのじょう》へ入り、和田、楠《くすのき》に打ち違へて死ぬるか、しからずは、城に火を懸けて焼き落とすかと、約束したりけるが、少しも違《たが》はず、引いて帰る敵に紛《まぎ》れて、四人ともに赤坂城へぞ入りたりける。

23　約一時間ほど。
24　敵の背後を攻める援軍。
25　いずれも結城の家来の下総の武士。
26　大勢。
27　下総の武士か。
28　いくさで行動をともにする者。

それ夜討、強盗をして帰る時、立《た》ち勝《すぐ》り居《い》勝《すぐ》りと云ふ事あり。[29]これは、約束の声を出だして、諸人同時に、さつと立ちさつと居《い》る。かくて敵の紛《まぎ》れ居《い》たるを、えり出《い》だして知らんためのの謀《はかりごと》なり。和田《わだ》が兵、赤坂城《あかさかのじょう》へ帰つて後《のち》、四方より松明《たいまつ》を出だし、件《くだん》の立ち勝り居勝りをしけるに、繽《まぎ》れて入る四人の兵ども、かつてかやうの事に馴れぬ者どもなれば、紛れもなくえり出だされて、大勢《おおぜい》の中に取《と》り籠《こ》められ、四人ともに討死《うちじに》して、名を留《とど》めけるこそあはれなれ。天下無双《ぶそう》の剛《こう》の者とは、これをぞ誠《まこと》に謂《い》ふべきと、誉めぬ人こそなかりける。

和田が夜討にも、敵陣一処《いっしょ》も退かず、いよいよ気[30]に乗つて見えければ、この城にて敵を支へん事は叶《かな》はじとて、和田も楠ももろともに、その夜の丑刻《うしのこく》[31]ばかりに、赤坂城に火を懸け、金剛《こんごう》山《せん》の奥へ引き退く。

29 陣中に敵が潜入したときに、前もって決めておいた合図に従って立ったり座ったりして、行動の一致しない敵を見つけだす方法。

30 気勢があがって。

31 午前二時頃。

吉野《よしの》御廟神霊《ごびょうしんれい》の事　16

南方《なんぽう》の皇居は、金剛山の奥、[1]観心寺《かんしんじ》と云ふ深山《みやま》なれば、[2]左右《そう》なく敵の近づくべき処《ところ》ならねども、[3]斥候《せっこう》の御警固《ごけいご》に憑《たの》み思《おぼ》し召《め》したる龍泉《りゅうせん》、平石《ひらいわ》、赤坂城《あかさかのじょう》も、攻め落とされぬ。昨日今日まで御方《みかた》なりし兵ども、今は皆、心を替へ申して御敵《おんてき》になりぬと聞こえしかば、「[4]山人《やまうど》、杣人《そまうど》を案内者《あんないしゃ》として、[5]いかさまいづくの山までも、(敵)攻め入らんと申す」と、[6]沙汰《さた》しければ、[7]主《しゅ》上《しょう》を始めまゐらせて、[8]女院《にょういん》、皇后《こうごう》、月卿雲客《げっけいうんかく》には、いかがすべきと、怖《お》ぢ恐《おそ》れさせ給ふ事限りなし。

ここに、[9]二条禅定殿下《にじょうぜんじょうでんか》の[10]候人《こうにん》にてありける[11]上北面《しょうほくめん》、御方の官軍かやうに利を失ひ、城を落とさるる体《てい》を見て、敵のさのみ近づかぬ先に、妻子どもをも京の方《かた》へ送《おく》り遣《つか》はし、わが身も今

16

1 金剛山の西麓(大阪府河内長野市寺元)にある真言宗寺院。前出、本巻・3。
2 たやすく。
3 斥候。前線での防御。
4 猟師や木こりを道案内として。
5 必ず。
6 うわさしたので。
7 後村上帝。
8 院号をもつ皇太后や皇后と、公卿殿上人。
9 師基。兼基の子。禅定は、入道の敬称。
10 家来。
11 院の御所の北面に詰める四位・五位の役人。

は髻《もとどり》切つて、いかなる山林《さんりん》にも世を遁《のが》ればやと思ひて、先《ま》づ吉野《よしの》辺《へん》まで出でたりけるが、さるにても、多年《たねん》の奉公を捨てて、主君に離れまゐらせ、この境ひを立ち去る事の悲しさよ、せめては今一度《ひとたび》、[12]先帝の御廟《ごびょう》に参りて、出家の暇《いとま》をも申さんとて、ただ一人《いちにん》、御廟へ参りたるに、この騒ぎに打《う》ち紛《まぎ》れ、人参り寄るとも覚えずして、[13]荊棘《けいぎょく》道を塞《ふさ》ぎ、[14]葎《むぐら》繁りて[15]旧苔扉《きゅうたいとぼそ》を閉ぢたり。いつの間《ま》にかくは荒れぬらんと、ここかしこを見奉るに、[16]金炉《きんろ》に香絶《こうた》えて、草一叢《いっそう》の煙《けぶり》を残し、[17]玉殿燈《ぎょくでんとぼしび》なくして、蛍五更《ごこう》の夜を照らす。

[18]飛ぶ鳥もあはれを催《もよお》すかと覚え、岩漏《も》る水の流れまでも、悲しみを呑む音なれば、終夜《よもすがら》、円丘《えんきゅう》の前に畏《かしこ》まつて、つくづくと憂き世の中のなり行く様《さま》を案じ続くるに、「そもそも今の世、いかなる世ぞや。[19]「威あつて道なき者は必ず亡《ぼう》ず」と云ひ置きし先賢《せんけん》の言《ことば》にも背《そむ》き、[20]百王《ひゃくおう》を護《まも》らんと誓ひ給ひし神約《しんやく》も誠《まこと》なら

12 後醍醐帝の陵墓。奈良県吉野郡吉野町吉野山の如意輪寺にある塔尾（とうのお）陵。
13 いばら。
14 つる草の雑草。
15 古びた苔。
16 金の香炉に香は焚かれずに、草むらには余煙が漂うのみで。
17 立派な御廟に明かりはなく、ただ蛍が一晩中光っている。
18 飛ぶ鳥も哀れんで鳴くのかと思われ。
19 威勢があっても道に背く者は必ず亡ぶ。第一巻・序、参照。
20 第四巻・3に、「八幡大菩薩と申すは、応神天皇の応化、百王鎮護の御誓ひあらたなれば」とある。
21 前生での十善戒を保った功徳によって、天下を治める尊い天子の位におつき

ず。また、いかなる賤《いや》しき者までも、死しては霊となり、鬼《おに》となりて、かれを是《ぜ》し、これを非《ひ》する理《ことわ》り明らかなり。況《いわ》んや君、すでに[21]十善《じゅうぜん》の戒力《かいりき》によつて、四海《しかい》の尊位《そんい》に居《きょ》し給ひし御事なれば、[22]玉骨《ぎょっこつ》はたとひ[23]郊原《こうげん》の土に朽《く》つるとも、神霊《しんれい》は定めて天地の間に留《とど》まつて、その[24]苗裔《びょうえい》を守り、逆臣《ぎゃくしん》の威《い》をも亡《ほろ》ぼされんずらんとこそ存ずるに、臣君を犯せども、天罰《てんばつ》もなし。子父を殺せども、怒りも未だ見ず。こは何となり行く世の中ぞや」と、泣く泣く天に訴へて、[25]五体《ごたい》を地に投げ、礼をなす。余りに[26]気くたびれければ、首《こうべ》をうなだれ、少しまどろみてある夢の中《うち》に[27]崩御は暦応二年己卯八月十六日、この騒ぎは延文五年庚子五月二日なり。すでに二十二年になりしに、御廟の振動する事やや久し。

暫くあつて、円丘《えんきゅう》の内より、誠《まこと》に気高げなる御声にて、「人や候ふ、人や候ふ」と召されければ、東西の山の峰より、「[28]俊《とし》基《もと》、[29]資朝《すけとも》、これに候ふ」とて参りたり。この人々は、君の御謀《ごむ》叛《ほん》を申し勧めたりし者どもなりとて、去んぬる[30]元徳《げんとく》三年五月二

になられたのですから。
22　帝の遺骨。
23　墓場の野。
24　子孫。
25　両膝、両肘、額を地に付け、神仏に最高の敬意を表す拝礼の作法。五体投地。
26　気力。
27　底本は本文と続け書き。傍注のたぐいが転写時に本文に混入したものか。なお暦応二年は、南朝の延元四年（一三三九）、延文五年は、南朝の正平十五年（一三六〇）。
28　日野俊基。種範の子。後醍醐帝の討幕計画に参加し、元弘二年（一三三二）に鎌倉で斬られた。第二巻・7。
29　日野資朝。俊光の子。元弘二年に佐渡で斬られた。第二巻・6。
30　元徳三年（元弘元年）は、

十九日に、資朝《すけとも》は佐渡国《さどのくに》にて斬られ、俊基《としもと》はその後《のち》、鎌倉の[31]葛原岡《くずはらがおか》にて[32]工藤次郎左衛門尉《くどうじろうざえもんのじょう》に斬られし人々なり。貌《かたち》を見れば、正《まさ》しく昔見たりし体《てい》にてはありながら、面《おもて》には朱を差したるが如く、眼《まなこ》の光《ひか》り耀《かかや》いて、左右の牙《きば》針を立てたるやうに上下に生《お》ひ違《ちが》ひたり。その後《のち》、[33]円丘《えんきゅう》の石の扉を押し開く音しければ、遥《はる》かに見上げたるに、[34]先帝、[35]衮龍《こんりょう》の御衣《ぎょい》を召し、[36]宝剣《ほうけん》を抜いて御手に提《ひっさ》げ、[37]玉扆《ぎょくい》の上に座し給ふ。この御貌《おんかたち》も、昔の[38]龍顔《りょうがん》には替はつて、怒れる御眸《おんまなじり》逆《さかさま》に裂け、御鬢《おんひげ》左右へ分かれて、ただ[39]夜叉《やしゃ》羅刹《らせつ》の如し。誠《まこと》に苦しげなる御息《おんいき》をつかせ給ふ度《たび》ごとに、御口より炎ばつと燃え出でて、黒煙《くろけぶり》天に立ち登る。

暫くあつて、主上《しゅしょう》、俊基、資朝を御前《おんまえ》近く召して、「君を悩まし、世を乱る逆臣どもをば、誰《たれ》にか仰せ付けて罰すべき」と勅問《ちょくもん》ありければ、俊基、資朝、「この事は、すでに[40]摩醯修羅王《まけいしゅらおう》の前に(て)議定《ぎじょう》あつて、討手《うって》を定められ候ふ」。「さて、いかに

元弘二年の誤り。

31 化粧坂(鎌倉の扇ヶ谷と佐助を結ぶ切通し)の坂上の岡。

32 高景。伊豆の豪族で、鎌倉幕府の有力御家人。

33 底本「団丘」を改める。

34 後醍醐帝。

35 天皇の礼服。

36 後醍醐帝が左手に法華経第五巻、右手に剣を持って崩じたことは、第二十一巻・5、参照。

37 玉座。

38 帝の顔。

39 暴悪な鬼や食人鬼。

40 摩醯首羅王は大自在天(宇宙の主宰神、シヴァ神)のこと。しばしば闘争を事とする悪神の阿修羅王や、第六天(他化自在天)の魔王と混同・同一視される。

定めたるぞ」。「先《ま》づ、今南方《なんぽう》の皇居を襲《おそ》はんと仕《つかまつ》り候ふ[41]五畿七道《ごきしちどう》の朝敵どもをば、[42]楠判官正成《くすのきほうがんまさしげ》に申し付けて候へば、今一両日の間に、追つ帰し候はんずるなり。[43]仁木右京大夫義長《にきうきょうのだいぶよしなが》をば、[44]菊池入道寂阿《きくちにゅうどうじゃくあ》に申し付けて候へば、伊勢国《いせのくに》へぞ追《お》つ下《くだ》し候はんずらん。細川相模守清氏《ほそかわさがみのかみきようじ》をば、[45]土居《どい》、得能《とくのう》に申し付けて候へば、四国へ追つ下し、阿波国《あわのくに》にて亡ぼし候はんずらん。東国の大将にて罷《まか》り上《のぼ》つて候ふ畠山入道道誓《はたけやまにゅうどうどうせい》をば、殊更《ことさら》[46]嗔恚《しんい》強盛《ごうせい》の大魔王《だいまおう》、[47]新田《にった》左兵衛《さひょうえの》(佐《すけ》)義興《よしおき》申し請けて、[48]治罰《ちばつ》すべき由申し候へば、たやすかるべきにて候ふ。道誓が郎従《ろうじゅう》をば、所々《しょしょ》にて首を刎《は》ねさせ候はんずるなり。中にも、[49]江戸下野守《えどしもつけのかみ》、同じき遠江守《とおとうみのかみ》二人《ににん》をば、殊更《ことさら》悪《にく》い奴にて候へば、[50]辰《たつ》の口《くち》に引き居《す》ゑて、わが手に懸けて切り候ふべし」と奏し申されければ、主上、誠《まこと》に御快《おんこころよ》げに打ち咲《え》ませ給ひて、「さらば、[51]やがて年号を替へぬ先に、疾《と》く疾く退治せよ」と仰せられて、御廟《ごびょう》の中へ入らせ給

41　畿内五か国と諸国七道で、日本全国。
42　南朝の延元元年(一三三六)五月、戦死。第十六巻・10。
43　頼章(延文四年〈一三五九〉没)の弟。侍所頭人。
44　俗名武時。元弘三年(一三三三)五月、戦死。第十一巻・7。
45　伊予の河野一族。
46　怒り憎む心が激しい。
47　義貞の次男。
48　退治・征罰する。
49　新田義興を矢口の渡で謀殺した。第三十三巻・8。
50　龍の口。鎌倉の西、藤沢市片瀬の龍口寺(りゅうこうじ)付近にあった刑場。
51　このまま年号を替えない前に。延文六年(一三六一)三月に、康安と改元される。

ひぬと見まゐらせて、夢は忽《たちま》ちに醒《さ》めにけり。

上北面《しょうほくめん》、この示現に驚いて、吉野《よしの》よりまた観心寺《かんしんじ》に帰り参り、内々《ないない》人に語りければ、「ただあらまほしき事[52]を、思ひ寝の夢にも見るらん」とて、さして信ずる人もなかりけり。

諸国軍勢京都《しょこくぐんぜいきょうと》へ還《かえ》る事 17

誠《まこと》にその験《しるし》にやありけん、敵寄せば、なほ山深く主上《しゅしょう》をも落とし奉らんと、逃げ方を求めて戦はんとはせざりける観心寺の皇居へは、敵かつて寄せ来たらず。剰《あまっさ》へ[1]さしてし出だしたる事もなきに、南方の退治、今はこれまでぞとて、同じき五月二十一日、寄手《よせて》の惣大将《そうだいしょう》、宰相中将義詮朝臣《さいしょうちゅうじょうよしあきらあそん》、尼崎《あまがさき》より帰洛《きらく》し給へば、畠山《はたけやま》、仁木《にき》、細川《ほそかわ》、土岐《とき》、佐々木《ささき》、宇都宮《うつのみや》以下《いげ》、すべて五畿七道《ごきしちどう》の兵二十万余騎、われ先にと上洛《しょうらく》して、各《おのおの》が国々へ

52 あってほしい事。

17
1 これといった戦いの成果もないのに。

ぞ下《くだ》りける。

さてこそ、上北面が見たりと云ひし霊夢《れいむ》も、げにやと思ひ合はせられて、[2]いかさま仁木、細川、畠山も、亡《ほろ》ぶる事やあらんずらんと、夢を疑ひし人々も、却《かえ》りてこれを憑《たの》みけり。

2　必ずや。

太平記 第三十五巻

第三十五巻　梗概

延文《えんぶん》五年(一三六〇)五月、将軍足利義詮《あしかがよしあきら》は南方退治を終えて帰洛し、京の人々は喜んだ。その頃、畠山道誓《はたけやまどうせい》は、権勢を誇る仁木義長《にきよしなが》の討伐を企て、細川清氏《ほそかわきようじ》・土岐善忠《ときぜんちゅう》・佐々木崇《ささきそう》永《えい》・道誉《どうよ》らの諸大名を味方につけた。折しも、楠・和田が金剛山より打って出たとの知らせに、諸大名は天王寺に下り、京の仁木義長を討つ謀をめぐらした。諸大名に対抗して彼らを討伐する綸旨・御教書を得た仁木は、幕府の執事職についた。七月十八日、天王寺の勢が京に迫り、佐々木道誉はひそかに仁木に取り籠められた将軍義詮のもとに参り、義詮を脱出させた。将軍がいなくなった仁木からは軍勢が離れ、仁木は領国の伊勢へ落ちた。天王寺の勢が京へ引き返したことで、南朝方はまた和泉・河内で蜂起し、和泉守護細川業氏を追い落とした。こうした世の乱れに、京では、混乱の原因を畠山道誓ゆえとする風評がとびかった。京にいづらくなった畠山は、関東へ向かう途中、尾張・三河で挙兵した仁木方の軍勢に行く手を阻まれた。京の混乱に乗じて山名《やまな》時氏《ときうじ》が兵を挙げ、因幡《いなば》・美作《みまさか》の境の赤松方の城を落とした。その頃、北野天満宮に通夜した坂東声の遁世者、儒業の公家、学匠の法師の三人が、元弘以来の世の乱れについて談じ、異国本朝の才学を披瀝し合うということがあった。尾張・三河での仁木方の挙兵はまもなく鎮圧され、九月、近江に進出した石塔頼房《いしどうよりふさ》と仁木義任《にきよしとう》は、佐々木崇永との甲賀《こうか》一帯での激戦のすえに敗退した。

南軍退治《なんぐんたいじ》の将軍已下《しょうぐんいげ》上洛《しょうらく》の事　1

南方《なんぼう》の敵軍、事故《ことゆえ》なく退治しぬとて、義詮卿《よしあきらきょう》帰洛《きらく》し給へば、京中の貴賤《きせん》、悦《よろこ》び合《あ》へる事斜《なの》めならず。[1]君も限りなく叡感《えいかん》ありて、早速《さっそく》の大功《たいこう》、殊《こと》に以て神妙《しんみょう》の由《よし》、勅使《ちょくし》を下されて仰せらる。則ち、「今度、御祈禱《ごきとう》の[2]精誠《せいぜい》を致されつる諸寺の[3]僧綱《そうごう》、諸社の神官に、[4]勧賞《けんじょう》の沙汰あるべし」と、仰せ出だされけれども、[5]闕国《けっこく》も所領もなければ、[6](わづかに)任《にん》官《かん》の功をぞ行はれける。

諸大名《しょだいみょう》仁木《にき》を討《う》たんと擬《ぎ》する事　2

その比《ころ》、[1]畠山入道道誓《はたけやまにゅうどうどうせい》が宿所《しゅくしょ》に、[2]細川相模守《ほそかわさがみのかみ》、[3]土岐《とき》大膳《だいぜんの》

1
1　北朝の後光厳帝。
2　まごころを込めた勤め。
3　僧正・僧都・律師などの僧官。高位の僧。
4　恩賞を与えること。
5　領主がいなくなった国や所領。
6　かろうじて。他本により補う。

2
1　俗名国清。鎌倉公方基氏の執事。一年前(延文四年＝一三五九)に南朝討伐のため関東から上洛。第三十四巻・2。
2　清氏。延文四年に、仁木頼章の死去をうけて将軍義詮の執事となる。
3　善忠。俗名頼康。美濃・尾張守護。幕府の実力者。

大夫《だいぶ》入道《にゅうどう》、[4]佐々木佐渡判官入道《ささきさどのほうがんにゅうどう》以下《いげ》、日々に寄り合ひて、この間の辛苦《しんく》忘れんとて、酒宴、茶の会なんどして、夜昼《よるひる》遊びけるが、[5]互ひに隔心《きゃくしん》なき程を見て後《のち》、畠山入道《はたけやまにゅうどう》、ひそかにその交はりの衆中に囁《ささや》きけるは、「今は何事をか蔵《かく》し申すべき。道《どう》誓《せい》、今度東国より罷《まか》り上《のぼ》りつる事、南方《なんぼう》の御敵《おんてき》退治のためとは申しながら、[6]宗《むね》とは[7]仁木右京大夫義長《にきうきょうのだいぶよしなが》が[8]過分《かぶん》の振る舞ひを徇《しず》めんためにて候ひき。[9]かたがたも、定めてさぞ思《おぼ》し召《め》され候ふらん。かれが心操《こころばせ》、[10]かつて一家《いっか》をも治むべき者とは見えず。しかるに今、その器用にあらずして、[11]四ヶ国の守護職《しゅごしき》を給はり、さしたる忠なくして、数百ヶ処の[12]大庄《たいしょう》を領知《りょうち》す。外には、仏神《ぶつじん》を敬《うやま》はずして、朝夕《ちょうせき》狩り漁《すなど》りを業《ぎょう》とし、内には、将軍の仰せを軽んじて、毎度[13]成敗《せいばい》に拘《かかは》らず。されば、今度南方《なんぼう》退治の時も、敵の勝《かつ》に乗るを見ては喜び、御方《みかた》の利を得るを聞いては悲しむ。これ、そも勇士の本意《ほい》とや申すべき。忠臣の振る舞ひとや申す

4　道誉。摂津・上総などの守護。幕府の実力者。
5　互いに心の隔てがなくなった頃合いをみて。
6　主たることは。
7　義勝の子。頼章の弟。伊勢・志摩・伊賀・三河などの守護。侍所頭人として幕府に重きをなす。
8　分際をわきまえない振る舞い。
9　おのおのがた。
10　まったく(一国の政務を司るどころか)自分の家さえおさめられない者だ。「家斉(ととの)ひて后(のち)国治まる」(大学・章句序)。
11　第三十六巻・2に、「七ヶ国(伊勢・志摩・伊賀・三河・遠江・備後など)の管領」とある。
12　大きな荘園。
13　将軍の命令に服さない。

べき。将軍、尼崎《あまがさき》に御陣を召されて、[14]二百余日に亘《およ》びしに、義長、西宮《にしのみや》に居ながら一度《ひとたび》も出仕《しゅっし》をせず、[15]一献《いっこん》を奉《まいら》する事もなかりしかば、いかでか、かかる[16]不忠不可思議《ふかしぎ》の者に大国を管領《かんれい》せさせ、大庄を塞《ふさ》げさせては、世の治まると云ふ事や候ふべき。ただ、この次《つい》でに仁木を退治せられて、[17]宰相中将殿《さいしょうちゅうじょうどの》の[18]御世務《ごせいむ》を助け申され候はば、[19]故将軍も、草の陰《かげ》にては嬉《うれ》しくこそ思し召され候はんずる。かたがたは、いかが思し召され候ふ」とぞ問はれける。

細川相模守《ほそかわさがみのかみ》は、今度南方の合戦の時に、仁木右京大夫、三河国《みかわのくに》の[20]星野《ほしの》、行明《ぎょうめい》等が[21]守護の手に属《しょく》せずして、相模守の手に付いたる事を怒つて、かれらが跡を[22]闕所《けっしょ》になして家人《けにん》どもに充《あ》て行《おこな》はれたりしを、所存に違《たが》ひて思はれける人なり。土岐大膳大夫《ときだいぜんのだいぶ》入道善忠《にゅうどうぜんちゅう》は、故土岐頼遠《ときよりとお》が子[23]左馬助《さまのすけ》を、仁木、[24]猶子《ゆうし》にして、ややもすれば善忠が所領を取つて左馬助に申し与へんとするを、

14　延文四年(一三五九)十二月から同五年五月まで。
15　酒席でもてなす事。
16　不忠きわまりない者。
17　将軍足利義詮。
18　政務。
19　義詮の父、尊氏。
20　星野は熱田神宮の社家。行明は、愛知県豊川市行明町に住んだ武士。
21　三河守護の仁木義長をさす。
22　領主のいない所領。
23　氏光。頼康の従弟。
24　兄弟・親戚または他人の子を自分の子としたもの。養子。

[25]鬱憤《うっぷん》する時節《おりふし》なり。[26]佐々木六角判官入道崇永《ささきろっかくほうがんにゅうどうそうえい》は、多年御敵《おんてき》なりし[27]高山《たかやま》を討つてその跡を給はりけるを、仁木《にき》、建武《けんむ》の合戦の時、恩賞《おんしょう》に申し給はつたりし処《ところ》なりとて、押さへて知行せんとするを、遺恨に思ふ人なり。佐渡判官入道道誉《さどのほうがんにゅうどうどうよ》は、わが身に取つて仁木にさしたる宿意《しゅくい》はなけれども、余りに傍若無人《ぼうじゃくぶじん》に振る舞ふ事を、[28]狼藉《ろうぜき》なりと目に懸けける時分なり。

　されば、畠山《はたけやま》、土岐《とき》、佐々木まで、義長《よしなが》を憎しと思ふ人なりければ、いづれも異儀《いぎ》に及ばず、ただこの次《つい》でに討つて、世を鎮《しず》むるより外《ほか》の事なしと、面々一同《いちどう》に同《どう》ぜられける。さらば、やがて合戦の評定《ひょうじょう》あるべしとて、[29]人の下人《げにん》どもを遠く除《の》けける処に、[30]推参《すいさん》の[31]遁世者《とんせいしゃ》、[32]田楽童《でんがくわらわ》なんどあまた出《い》で入《い》りける程に、諸人、皆[33]目《め》加《くわ》せして、その日は酒宴にて果てにけり。

25　憤りがつのること。
26　俗名氏頼。佐々木氏惣領の六角時信の子。近江守護。
27　滋賀県甲賀市水口町高山に住んだ佐々木一族。
28　無礼である。
29　面々が召し使う下人ども。
30　身分を超えて出入りを許されること。
31　連歌や茶の会に侍した時衆など。同朋衆。
32　田楽を演じる稚児。
33　目で合図して。

京勢《きょうぜい》重《かさ》ねて天王寺《てんのうじ》に下向《げこう》の事　3

かかる処に、和田《わだ》[1]、楠《くすのき》等《ら》、金剛山《こんごうせん》より打つて出で、渡辺《わたなべ》[2]の橋を切り落とし、誉田城《こんだのじょう》[3]を攻めんとする由《よし》、和泉《いずみ》、河内《かわち》より京中へ早馬頻《はやうましき》りに打つて、「急ぎ後攻《ごづ》[4]めの勢《せい》を下さるべし」と告げたりければ、先日数月《すげつ》の大功、一時《いっし》に空《むな》しくなりぬと、宰相《さいしょう》中将義詮朝臣《ちゅうじょうよしあきらあそん》、周章《しゅうしょう》し給ひけれども、今重《かさ》ねて誰《たれ》を下《くだ》されんと下知《げじ》すとも、下る者あるべからずと、諸人の心を推量し給ひて、ただ大息を突いておはしけるに、聞こゆると均《ひと》しく、畠《はたけ》山入道道誓《やまにゅうどうどうせい》、細川相模守清氏《ほそかわさがみのかみきようじ》、土岐大膳大夫入道善忠《ときだいぜんのだいぶにゅうどうぜんちゅう》、佐々木六角判官入道崇永、今川上総介《いまがわかずさのすけ》[5]、武田弾正少弼《たけだだんじょうのしょうひつ》[6]、舎弟伊予《いよの》[7]守《かみ》、河越弾正少弼《かわごえだんじょうのしょうひつ》[8]、赤松大夫判官光範《あかまつたいふほうがんみつのり》[9]、宇都宮芳賀兵衛入《うつのみやはがひょうえにゅう》[10]道禅可《どうぜんか》以下《いげ》、この間、一揆同心《いっきどうしん》[11]の大名三十余人、その勢《せい》都合七

3
1 和田正氏、楠正儀。
2 摂津国西成郡渡辺(大阪市の淀川河口)にあった橋。
3 羽曳野市誉田にあった城。
4 城攻めの敵を背後から攻める軍勢。
5 範氏。範国の子。駿河守護。
6 直信。信武の子。安芸守護。
7 流布本「今川上総介」の次に「舎弟伊与守」とあるのがよい。範氏の弟貞世。
8 直重。相模守護。
9 範資の子。
10 俗名高名。
11 神に誓約し、心を一つにして結束すること。

千余騎、[12]公方《くぼう》の催促《さいそく》をも相待たず、われ先にと天王寺《てんのうじ》へぞ向かひける。後《のち》に事《こと》の様《よう》を案ずれば、これ全く南方《なんぼう》の蜂起《ほうき》を徇《したが》へんためにてはなかりけり。ただ仁木右京大夫義長《にきうきょうのだいぶよしなが》を殞《ほろ》ぼさんために、勢《せい》を集められける企《くわだ》てなり。

何とは知らず、京よりまた大勢下《おおぜいくだ》りければ、和田《わだ》、楠《くすのき》、渡辺《わたなべ》にても支へず、誉田城《こんだのじょう》をも攻めずして、また金剛山《こんごうせん》の奥へ引《ひ》き籠《こ》もる。京勢《きょうぜい》は、元来《もとより》敵退治のためならねば、楠曳《ひ》けども、連《つ》いても攻めず、勝《かつ》にも乗らず、皆天王寺に[13]鳩居《きゅうきょ》して、頭《こうべ》をさし合はせて、仁木右京大夫を討つべき謀《はかりごと》をぞ廻《めぐ》らしける。

ただ二人《ににん》して言ふ事だに、「[14]天知る、地知る、汝《なんじ》知る、吾知る」と云へり。況《いわ》んや、これ程の大勢が集まつて、云《い》ひ囁《ささや》く事なれば、なじかは隠れあるべき。この事やがて京都へ聞こえてけり。義長、大きに瞋《いか》つて、「こはいかに。某《それがし》が討たるべからん咎《とが》は、そも何事ぞ。ただ道誓《どうせい》、清氏等《きようじら》、この次《つい》でに謀叛《むほん》を起

12 将軍。

13 鳩のように群がり集まること。

14 密事は必ず漏れる意。「天知る、神知る、我知る、子知る、何ぞ知る者無しと謂はん」(後漢書・楊震伝)。

こさんためにぞ、さやうの事をば企《くわだ》つらん。この事、急ぎ将軍に申さでは叶《かな》ふまじ」とて、舎弟[15]式部少輔《しきぶのしょう》ばかりを召し具し、急ぎ[16]中将殿《ちゅうじょうどの》へ参つて、「道誓、清氏等《ら》こそ、義長を討つべしとて、天王寺より二手《ふたて》になつて、打つて上《のぼ》り候ふなれ。これは[17]いかさま、天下を随へんと存ずる者どもと覚え候ふ。御油断《ごゆだん》あるまじきにて候ふ」と申しければ、中将殿、「[18]さる事やあるべき。云ふ者の錯《あやま》りにてぞあるらん。[19]千万《せんまん》もしさる事あらば、ただ義詮《よしあきら》を亡ぼさんとする企てなるべし。われと[20]御辺《ごへん》と、一所《いっしょ》になつて戦はば、誰《たれ》か[21]下剋上《げこくじょう》の者どもに与《くみ》する人あるべき」と宣《のたま》へば、義長、寔《まこと》に悦《よろこ》びて、わが宿所《しゅくしょ》へぞ還《かえ》りける。

義長は、[22]分国《ぶんこく》より召《め》し上《のぼ》せたる兵ども、未だ一人《いちにん》も下《くだ》さで措《お》かれたりければ、天王寺の大勢、すでに二手になつて攻《せ》め上《のぼ》ると告げけれども、あへて物ともせず、「[23]さもあれ、[24]当手《とうて》の軍勢いか程かある。[25]着到《ちゃくとう》を付けて見よ」とて、国々を分けて付けさ

15　他本「中務少輔」。仁木頼夏。
16　将軍義詮。
17　必ずや。
18　そんな事はあるはずがない。
19　万一。
20　そなた。
21　下位の者が上位の者を犯し滅ぼすこと。「太平記」の時代の流行語。前出、第二十七巻・13。
22　領国。
23　敵はどうであれ。
24　味方。
25　軍勢の来着を記す帳簿。

せたるに、手勢《てぜい》三千六百余騎、[26]外様《とざま》の勢《せい》四千余騎と注《しる》せり。

義長《よしなが》、着到《ちゃくとう》を披見《ひけん》して、「[27]あはれ、勢や。義長が手勢三千余騎は、天王寺《てんのうじ》の勢十万騎にも増さるべし。さらば、手分けをして敵を待て」とて、[28]猶子中務少輔頼夏《なかつかさのしょうよりなつ》[29]土岐頼遠が子に千余騎を付けて、[30]四条大宮《しじょうおおみや》にひかへさせ、[31]舎弟弾正少弼頼勝《だんじょうのしょうひつよりかつ》に千余騎を付けて、[32]東寺《とうじ》の辺に陣を張らせ、わが身は、勝《すぐ》れたる兵八百余騎を聚《あつ》めて、宿所の四方《しほう》、[33]四、五町の[34]在家《ざいけ》を焼き払ひ、[35]馬の懸け場を広くなして、未だ[36]帷幕《いばく》の中《うち》に並《な》み居《い》たり。その勢ひ[37]事柄《ことがら》、げにも、寄手《よせて》たとひいかなる大勢《おおぜい》なりとも、この勢に一度二度《ひとたびふたたび》はいかさま懸け散らされぬとぞ見えたりける。

中将殿も讒人《ざんにん》の申す旨に付いて、細川《ほそかわ》、畠山《はたけやま》に御内通《ごないつう》の事ありなば、外様《とざま》の兵[38]いかさま二心《ふたごころ》ありぬと覚ゆれば、[39]いかさま中将殿を取《と》り籠《こ》め奉つて、近習《きんじゅう》の者どもを傍《あた》り近く寄すべからずとて、中務少輔を召し具し、夜に入れば、義長、二百余騎に

26 譜代の家来以外の者。
27 あっぱれ、わが軍勢よ。
28 頼夏は、仁木頼章〈義長の兄、延文四年〈一三五九〉没〉の猶子。
29 「尊卑分脈」では、実父は細川和氏。
30 四条大路と東大宮大路との交点。
31 頼章・義長の弟。
32 京都市南区九条町の教王護国寺。
33 一町は、約一〇九メートル。
34 民家。
35 馬を走らせる場所。
36 陣幕。
37 様子。
38 きっと裏切るにちがいない。
39 なんとしても。
40 まったく。
41 足利一門とそれ以外。
42 帝の発給する文書。

て中将殿へ参じ、四方の門を警固《けいご》して、[40]かつて[41]御内《みうち》、外様の人を近づけず、毎事《まいじ》己れが所存のままに申し行ひければ、天王寺下向《げこう》の官軍どもは、忽《たちま》ちに朝敵の名を蒙《こうぶ》つて、追罰《ついばつ》の[42]綸旨《りんし》、[43]御《み》教書《きょうじょ》をなされ、義長は、則ち[44]武家《ぶけ》執事《しつじ》の職に居《きょ》して、天下の権を司《つかさど》る。ただ[45]五更《ごこう》[46]一盞《いっさん》の九枝《きゅうし》、青油《せいゆ》乾《かわ》いて、[47]燈《ともしび》正《まさ》に尽《つ》きんとする時、光の倍《ま》すに異ならず。

大樹《たいじゅ》逐電《ちくでん》し仁木《にき》没落《ぼつらく》の事 4

さる程に、七月十八日、天王寺の勢七千余騎、先《ま》づ[1]山崎《やまざき》に打ち集まつて、二手《ふたて》に分かつ。一方には、細川相模守《ほそかわさがみのかみ》を大将として六千余騎、[2]鵙目《もずめ》、[3]寺戸《てらど》を打ち通りて、西の[4]七条口《しちじょうぐち》より攻め入らんとす。一方には、畠山入道《はたけやまにゅうどう》、土岐大膳大夫《ときだいぜんのだいぶ》入道善忠《にゅうどうぜんちゅう》、佐々木六角判官入道《ささきろっかくほうがんにゅうどう》を大将にて七千余騎、[5]久我縄手《こがなわて》を経て、東《とう》

43 将軍の発給する文書。
44 将軍補佐の要職。高師直のあと、仁木頼章が執事となり、当時は細川清氏が執事。
45 夜を五等分した最期の約二時間。暁。
46 一盞は、一つの小さな油皿。九枝は、九つに枝分かれした支柱。
47 「油灯滅(き)えん時に臨んで、光明更に盛んなるが如し」(法滅尽経)。

4
1 京都府乙訓郡大山崎町。
2 向日市物集女町。
3 向日市寺戸町。
4 京都七口の一。七条通りの西端。
5 山崎から京都市伏見区久我を経て、作り道(鳥羽と京を南北につなぐ道)へ至る直線路。

寺《じ》より寄すべしと定めける。

今年、南方《なんぽう》すでに静謐《せいひつ》して、御敵《おんてき》今は近国《きんごく》にありとも聞こえねば、京中の貴賤《きせん》、[6]すはや、世の中心安くなりぬと悦《よろこ》び合《あ》へる処《ところ》に、俄《にわ》かにまた、この事出《い》で来《き》にければ、こはいかがすべきと遽《あわ》てて、妻子を持て[7]あつかひ、財宝を蔵《かく》し運《はこ》ぶ事、道をも通り得ぬ程なり。折を得て、[8]疲労《ひろう》の軍勢、猛悪《もうあく》の下部《しもべ》ども、辻々に打ち散つて、[9]是非なく衣裳《いしょう》を奪ひ取り、[10]剝ぎむくりければ、喚《おめ》き叫《さけ》ぶ声、物の音も聞こえず。京中ただ上を下へぞ返しける。

これまでも、なほ宰相中将殿《さいしょうちゅうじょうどの》は、仁木《にき》に取《と》り籠《こ》められておはしけるを、佐々木佐渡判官入道《ささきさどのほうがんにゅうどう》、忍びやかに[11]小門《こもん》より参りて、「いかなる御事《おんこと》にて御座《ござ》候ふぞ。国々の大名、一人《いちにん》も残らず一味同心《いちみどうしん》して、過分《かぶん》の乱臣《らんしん》なれば討たんと謀《はか》り候ふ義長《よしなが》を、[12]御所《ごしょ》御独りして抱《かか》へさせ給ひ候はば、協《かな》ひ候ふべきか。かれが振る舞ひ、仏神《ぶつじん》にも放たれ、人望にも背《そむ》き果《は》てたる者にて候

6　さあ(これでもう)。
7　扱いに困って。もてあまして。
8　飢えた軍勢や、荒々しく残酷な下僕たち。
9　有無をいわさず。
10　剝ぎ取ったので。「むくる」は、むき取る。
11　表の正門に対して小さい裏門。
12　将軍義詮の敬称。

ふとは、御覧ぜられ候はざりけるか。またさりながら、君の[13]御《ご》寵臣《ちょうしん》を[14]時宜《じぎ》をも伺《うかが》はず左右《そう》なく討たんと擬《ぎ》し、忽《たちま》ちに京中に打つて入るかれらが所存をも、[15]一往御怖畏《いちおうごふい》なきにあらず。傍《かたわ》らへ先《ま》づ御忍び候ふべし。道誉《どうよ》、ただ今仁木《にき》に対面仕《つかまつ》つて、軍評《いくさひょう》定《じょう》仕り候はんずる間に、しかるべき[16]近習《きんじゅう》一人召し具せられ、女房の姿に出で立たせ給ひて、北の小門より御出で候へ。御馬《おんうま》を用意仕つて、いづくへも忍ばせ[17]まゐらせ候ふべし」とぞ申したりける。

宰相中将殿、げにもと思《おぼ》しければ、少《ち》と[18]風気《ふうき》の事ありとて、[19]塗籠《ぬりごめ》の内に入《い》り、[20]宿直物《とのいもの》引《ひ》き負《かず》き臥し給へば、仁木も中務《なかつかさの》少輔《しょう》も、[21]遠侍《とおさぶらい》へ出でられぬ。且《しばら》くあれば、かい違ひて、佐々木佐渡判官入道、百騎ばかりにて馳《は》せ来《き》たり、仁木に対面して、軍評定数《す》刻《こく》に及ぶ。

さる程に、夜もいたく深《ふ》けぬ。見咎《みとが》め申す人もなくなりにけ

13　仁木義長をさす。
14　将軍のご意志(時宜)もうかがわす、むやみに討とうと相談し。
15　ひとまず恐れないわけにはいかない。
16　側仕えの従者。
17　忍んでお連れしてさしあげましょう。
18　風邪。
19　寝所。
20　夜着。
21　遠侍(主殿から離れた所にある侍の詰め所)へ出かけてしまった。

れば、宰相中将殿《さいしょうちゅうじょうどの》、女房の姿に出で立ち、[22]紅梅《こうばい》の小袖《こそで》に、[23]柳裏《やなぎうら》の絹《きぬ》打ち負《かず》きて、[24]海老名《えびな》信濃守《しなののかみ》、吹屋《ふきや》清式部丞《せいのしきぶのじょう》、小島次《こじまのじ》郎《ろう》、三人ばかりを召し具し、北の小門《こもん》より出で給へば、築地《ついじ》の影に、用意の馬を手綱《たづな》打ち掛けて曳《ひ》つ立《た》てたり。小島次郎、怪しげなる気色《きしょく》もなく、掻《か》き抱《いだ》き奉つて馬に打ち乗せ奉り、[25]中《ちゅう》間《げん》二《に》人《にん》に口引かせ、装束《しょうぞく》の袋持たせて、四、五町が程はしづしづと馬を歩ませ、京中を過ぐれば、[26]鞭《むち》に鐙《あぶみ》を合はせて、時《とき》の間《ま》に西山《にしやま》の[27]谷堂《たにのどう》へ落ち給ふ。これを夢にも知らざりける、仁木《にき》右《う》京大夫《きょうのだいぶ》義長《よしなが》が運の程こそあさましけれ。

中将殿、今はいづくへも落ち着かせ給ひぬと思ふ程になりにければ、判官入道《ほうがんにゅうどう》も、わが宿所へと返りぬ。その後《のち》、義長、[28]常《つね》の御方《おんかた》へ参りて、「夜明け候はば、定めて寄せつと覚え候ふに、今は、御旗《みはた》をも出だされ候ひて、参りて候ふ軍勢に御対面《ごたいめん》も候へかし。余りに久しく[29]御宿籠《おんとのご》もり候ふ。御風気《ごふうき》はいかにと御座《ござ》

22 紅梅色の小袖(筒袖の着物)。
23 表が白、裏が青の柳がさねの上衣。
24 いずれも義詮の側近。海老名は、相模国高座郡(神奈川県海老名市)の出身。吹屋は、清党の武士か。小島は、不詳。
25 侍と小者の中間の者。
26 馬を全速力で駆ける動作。
27 京都市西京区松室地家山にあった最福寺。
28 将軍の普段の御座所。
29 ご就寝。

候ふやらん」と申しければ、女房達一《いち》、二人《にん》、御寝所《ごしんじょ》へ参りて、この由《よし》を申さんとするに、宿直物《とのいもの》を小袖の上に引っ懸けて措《お》かれたるばかりにて、下に臥したる人はなし。女房達、「こはいかなる御事ぞや」と遽《あわ》て騒《さわ》ぎて、「あな不思議や、上《うえ》[30]にはこれにも御座候はざりけるぞ」と申しければ、義長、大きに怒つて、「女房達、近習者《きんじゅうしゃ》どもの知らぬ事はあるまじきぞ。四方の門を差[31]し、人を出《い》だすな」と騒動す。

中務少輔《なかつかさのしょう》は、余りに腹を立てて、連抜《つらぬき》[32]を帯《は》きながら、召合《めしあわ》[33]せの内へ走り入つて、屏風《びょうぶ》、障子《しょうじ》[34]を踏み破り、「日本一《にっぽんいち》の云《い》[35]ひ甲斐《がい》なしを、憑《たの》みけるこそ口惜《くちお》しけれ。ただ今も軍《いくさ》に打ち勝つ程ならば、またこの人は、われらが方《かた》へ手を摺《す》りてこそ出で給はんずらめ」と、様々《さまざま》の悪口《あっこう》吐き散らして、わが宿所へぞ返りにける。

宰相中将殿の仁木が方《かた》におはしつる程こそ、この人の捨《す》て難《がた》

30　上様（将軍義詮）におかせられては。

31　閉ざし。

32　貫。革製の浅沓（あさぐつ）。口元に紐を貫き通し、足の甲の上で引き締めて結ぶ。

つらぬき

33　二枚仕立ての引き戸や襖障子のこと。

34　引き戸の障子（襖）。

35　ふがいない者。

さに、国々の勢《せい》、外様《とざま》の人々も、あまた義長《よしなが》が手に付《つ》き順《したが》ひつれ。仁木《にき》を討たせんために、中将殿《ちゅうじょうどの》落ち給ひたりと聞こえければ、われもわれもと、百騎、二百騎、打《う》ち列《つ》れ打ち列れ、細《ほそ》川相模守《かわさがみのかみ》、畠山入道《はたけやまにゅうどう》が方へ馳《は》せ付《つ》きける程に、今朝まで七千余騎と注《しる》したりし義長《よしなが》が勢、わづかに三百余騎になりにけり。義長、且《しばら》く[36]はへらぬ体《てい》にて打ち咲《わら》ひ、「[37]よしよし、云《い》ひ甲斐《がい》なからん奴原《やつばら》は、足纏《あしまと》ひになるに、落ちたるこそよけれ」と云はれけるが、随分これこそ、実《まこと》に身に替はり、命に替はらんとする者と恃《たの》み思《おも》はれたる重恩《じゅうおん》の郎従《ろうじゅう》ども、皆落《お》ち失《う》せぬと聞こえければ、早や言《ことば》もなく青ざめて、茫然《ぼうぜん》としたる気色《きしょく》なり。

さる程に、夜も漸《ようや》く深《ふ》け行《ゆ》けば、鵙目《もずめ》、寺戸《てらど》の辺、続松《たいまつ》一、二万燃《とぼ》し列《つ》れて、次第に寄手《よせて》の近づく勢ひ見えければ、義長、かくて叶《かな》はじとや思はれけん、舎弟弾正少弼《だんじょうのしょうひつ》をば、[38]長坂《ながさか》を経て丹後《たんご》へ落とし、猶子《ゆうし》仁木《にき》中務少輔《なかつかさのしょう》をば、[39]唐櫃越《からとごえ》を経て丹波《たんば》

36 平気なふう。
37 ままよ。
38 北区鷹峯（たかがみね）から右京区京北へ抜ける周山街道。京都七口の一。
39 西京区山田南町から亀岡市へ至る山陰道の間道。

へ落とす。わが身は、近江路《おうみじ》へ懸かる由《よし》をして、[40]粟田口《あわたぐち》より引[41]き違《ちが》へ、[42]木津川《こづがわ》に添うて伊賀路《いがじ》を経て、伊勢国《いせのくに》へぞ落ちられける。

和泉河内等《いずみかわちとう》の城落《しろお》つる事　5

義長勢ひ尽《つ》きて都を落ちぬと聞こえしかば、中将殿も、やがて七月十九日、谷堂《たにのどう》より、都へ入《い》り給へり。寄手も、土岐《とき》、佐々木《ささき》、細川《ほそかわ》、畠山《はたけやま》、今川《いまがわ》、宇都宮《うつのみや》、武田《たけだ》、河越《かわごえ》、赤松《あかまつ》も、今度の軍《いくさ》は、定めて手痛からんずらんと[1]あぐんで思ひけるが、案に相違して一軍《ひといくさ》もなかりければ、皆悦《よろこ》び勇《いさ》みて、やがて都へぞ入りにける。

さる程に、京に軍《いくさ》ありて、天王寺《てんのうじ》の寄手引つ返しぬと聞こえしかば、大和《やまと》、河内、和泉、紀伊国《きのくに》の宮方《みやがた》、忽《たちま》ちに時を得て、

40　東山区粟田口。三条大路から東国へ向かう京の出口。京都七口の一。
41　道を変え。
42　鈴鹿盆地に源流を発し、三重県伊賀市、京都府木津川市を経て、八幡市で淀川に合流する川。

5
1　嫌気がさして。

山々嶺々《みねみね》に篝《かがり》を炷《た》き、津々浦々に舟を萃《あつ》む。これを見て、京都より措《お》かれたる兵ども、内々囁《ないないささや》きけるは、「先に、日本国の勢《せい》ども萃《あつ》まつて攻めし時だにも、思ふ程は退治せられぬ和田《わだ》、楠《くすのき》等なり。ましてわれら、わづかなる城に籠《こ》もりて取り巻かれなば、一人も生きて返る者あるべからず」とて、先《ま》づ和泉《いずみ》の守護にて置かれし[2]細川刑部大輔《ほそかわぎょうぶのたいふ》、未だ敵の懸からぬ先に引き退く。

紀伊国《きのくに》の城、[3]湯浅《ゆあさ》の一党も、舟に取り乗つて、兵庫《ひょうご》を指して落ちて行く。河内《かわち》の守護代 [4]杉原周防入道《すぎはらすおうのにゅうどう》は、[5]誉田城《こんだのじょう》を落ちて、[6]水速城《みずはやのじょう》に楯籠《たてご》もる。ここに暫《しばら》く怺《こら》へて、京都の[7]左右《そう》を相待《あいま》ちたんとしけるが、楠、大勢《おおぜい》を以て攻めける間、一日一夜戦うて、[8]南都《なんと》を指して落ちにけり。

[9]根来《ねごろ》の衆徒《しゅと》は、かやうに御方《みかた》の落ち行くをも知らず、与力《よりき》の同心《どうしん》の兵相集まつて三百余人、[10]春日山城《かすがやまのじょう》に楯籠もり、[11]二引両《ふたつひきりょう》

2 業氏。顕氏の猶子(和氏の子)。流布本「兵部大輔」。
3 湯浅一族(和歌山県有田郡湯浅町の豪族)の北朝方にくみした一党。
4 畠山道誓の家来。
5 大阪府羽曳野市誉田。
6 東大阪市水走(みずはい)。
7 指図。
8 奈良。
9 和歌山県岩出市根来にある新義真言宗の総本山、根来寺。
10 紀ノ川市中三谷にあった城。根来寺の東。
11 円に横線を二本引いた足利の紋。

の旗打つ立てて居たりけるを、[12]生地《おうち》、贄川《にえかわ》、二千余騎にて押し寄せ、城の四方を取り巻いて、一人も余さず討つてけり。

紀伊国には、[13]湯川庄司《ゆかわのしょうじ》、将軍方になりて、[14]鹿瀬《ししがせ》、蕪坂《かぶらざか》の後ろに陣を取り、[15]阿瀬川《あぜがわの》入道定仏《にゅうどうじょうぶつ》が城を[16]詰《つ》めんとしけるを、阿瀬川入道、[17]山本判官《やまもとほうがん》、田辺別当《たなべのべっとう》、三千余騎にて押し寄せ、四角八方《しかくはっぽう》へ追つ散らし、三百四十三人が頸《くび》を取つて、田辺の宿《しゅく》にぞ梟《か》けたりける。

「[18]鷸蚌相挟《いつぼうあいさしはさ》んで、烏《からす》その弊《つい》えに乗る」とは、かやうの時をや申すべき。都には、仁木右京大夫《にきうきょうのだいぶ》落ちたりとて、悦《よろこ》ばぬ人もなかりけれども、畿内《きない》、遠国《おんごく》の御敵《おんてき》は、これに時を得て蜂起すと聞こえければ、「[19]すはや、世はまた大乱になりぬ」と、囁《ささや》かぬ人もなかりけり。

12 生地(恩地)は河内、贄川は紀伊の武士。
13 紀伊国牟婁郡湯川荘(和歌山県田辺市中辺路町)の武士。
14 有田郡広川町鹿背。海南市下津町蕪坂。
15 阿瀬川城(有田郡有田川町)にいた湯浅入道定仏(俗名宗藤)。
16 攻めようとしたのを。
17 熊野の武士。田辺別当は、熊野本宮と田辺闘鶏神社を拠点とした熊野別当家。
18 しぎとはまぐりが争いに夢中になっている間に、ともに漁師に捕らえられた故事(戦国策・燕策)。漁夫の利に同じ。
19 それ。

畠山《はたけやま》関東《かんとう》下向《げこう》の事　6

その比《ころ》、いかなる者の態《わざ》にかあるらん、[1]五条橋爪《ごじょうはしづめ》に[2]高札《たかふだ》を立てて、二首の歌をぞ書きつけたる。

[3]御敵《おんてき》の種を蒔《ま》きおく畠山打《う》ち耕《かえ》すべき世とは知らずや

[4]いか程の豆を蒔きてか畠山日本国をば味噌《みそ》になすらむ

これは仁木《にき》を[5]引く人の態かと覚しくて、一首の歌を[6]六角堂《ろっかくどう》の門に書きたりけり。

[7]いしかりし源氏《げんじ》の日記失ひて伊勢物語《いせものがたり》せぬ人ぞなき

畠山入道、その来《ころ》、恒《つね》に狐《きつね》の皮《かわ》の[8]腰当《こしあて》をして人に対面しけるを、憎しと見る人や読みたりけん、

[9]畠山狐の皮の腰当の佐《ば》けぬ程こそあらはれにけれ

また、湯川庄司《ゆかわのしょうじ》が門の前に、作者 [10]芋瀬庄司《いもぜのしょうじ》と書いて、

6

1　京の五条橋のたもと。
2　触れ書きなどを記し、人通りの多い場所に立てた木の札。
3　将軍の敵が興る原因を作った畠山は、畠をすき返すように、もう一度ひっくり返るはずの世の中だということを知らないのか。種を蒔く、畠、耕す(返すを掛ける)は、縁語。
4　どのくらい豆を蒔いて畠山は、日本国を味噌にする(混乱させる)のか。豆、蒔く、畠、味噌は、縁語。
5　ひいきにする人。
6　京都市中京区堂之前町の頂法寺。聖徳太子ゆかりの庶民信仰の寺。
7　立派だった清和源氏の仁木がいなくなり、仁木が引きこもった伊勢国の噂を

[11]宮方《みやがた》の香頭《こうとう》なりし柚《ゆ》の皮《かわ》も都に入りて何の香《か》もせず

今度の世の乱れは、ただ[12]併《しか》しながら畠山入道の所行《しょぎょう》なりと、落書《らくしょ》にし、歌にうたひ、[13]湯《ゆ》屋《や》風《ふ》呂《ろ》の女童部《おんなわらんべ》までも、[14]翫《もてあそ》びあつかひければ、畠山、面目《めんぼく》なくや思ひけん、暫《しばら》く[15]虚病《そらやまい》して居たりけるが、かくては天下の禍《わざわ》ひ、いかさまわが身独《ひと》りにかかりぬと思ひければ、宰相中将殿《さいしょうちゅうじょうどの》に暇《いとま》をも申さで、八月四日の宵《よい》より、ひそかに京を逃げ出でて、関東を指してぞ下りける。

三河国《みかわのくに》には、仁《に》木《き》右京大夫《うきょうのだいぶ》多年管領《かんれい》の国なりければ、[16]吉良《きら》治部大輔《じぶのたいふ》を大将として、守護代[17]西郷弾正右衛門《さいごうだんじょうう　え　もん》、五百余騎にて、[18]矢矧《やはぎ》に出張《でば》りして道を差し塞ぎける間、畠山、[19]かつて通り得ず、路次《ろし》に数日《すじつ》をぞ送りける。かくていつまでか中途に浮かれてあるべき、[20]中山道《なかせんどう》を経てや下る、京へや引つ返すと、案《あん》じ煩《わずら》ひける処《ところ》に、[21]小河中務《おがわなかつかさ》、仁木に同心して、尾張国《おわりのくに》にて旗を揚《あ》ぐる間、関東下向《げこう》の勢《せい》、畠山を始めとして、[22]白旗一揆《しらはたいっき》、[23]平一揆《へいいっき》、

しない者はない。仁木と日記(「源氏の日記」は光源氏が須磨流謫中に書いた日記〈源氏物語・絵合〉)、伊勢に流謫の身の仁木の物語(うわさ話)と「伊勢物語」を掛ける。

8　腰の後ろに当てる皮。

9　いつも狐の皮の腰当をしている畠山は、化けの皮が剝がれたことよ。

10　奈良県吉野郡十津川村五百瀬(いせ)に住んだ武士。

11　宮方で働いた湯川庄司も、将軍方になって何の働きもしない。香頭は、吸物などに入れる柚子(ゆず)の皮などの薬味。湯川と柚の皮を掛ける。

13　銭湯の湯女(ゆな)。　12　すべて。

14　からかって話題にしたので。　15　仮病。

16　満貞。満義の子。

17　愛知県豊橋市西郷町に

[24]佐竹《さたけ》、[25]宇都宮《うつのみや》に至るまで、前後の敵に取り籠《とこ》められて、前へも通らず、跡へも返り得ず、茫然《ぼうぜん》としてぞ居たりける。

山名《やまな》作州《さくしゅう》発向《はっこう》の事　7

[1]山名伊豆守《やまないずのかみ》は、東国勢《とうごくぜい》すでに南方《なんぽう》を退治して都へ返りぬと聞こえし始めは、[2]いかさまこの次《つい》でに、わが方へも寄せられぬと推量して、城を構へ、兵粮《ひょうろう》を萃《あつ》めて、防くべき用意を致しけるが、都に同士軍《どしいくさ》出で来て、仁木右京大夫《にきうきょうのだいぶ》宮方《みやがた》になり、和田《わだ》、楠《くすのき》また打つて出でたりと聞こえければ、山名伊豆守、[3]やがて機に乗つて、その勢《せい》三千余騎を率《そつ》し、二手《ふたて》に分けて、因幡《いなば》、美作《みまさか》両国の間に、[4]赤松筑前入道《あかまつちくぜんのにゅうどう》、同じき[5]師律師則祐《そつのりっしそくゆう》兄弟が勢を分けて置いたる所々《しょしょ》の城を攻めけるに、[6]草木《くさき》、揉尾《もみお》、景石《かげいし》、塔《とう》の尾《お》、新宮《しんぐう》、神楽尾《かぐらお》の城、一怺《ひとこら》へも怺へず、或いは敵になつて却《かえ》

住んだ武士。
18 岡崎市矢作町にあった宿場。　19 まったく。
20 木曾街道。
21 知多郡東浦町緒川に住んだ武士。清和源氏。後出、本巻・9「小河兵部丞」。
22 白旗を旗印とした武蔵・上野の武士団。
23 赤旗を旗印とした坂東平氏の武士団。
24 常陸の清和源氏。
25 芳賀入道禅可(俗名、高名)の一族。第三十四巻・2、参照。

7
1 時氏。南朝方の足利直冬を奉じて京で戦い、敗れて中国へ落ちた(第三十二巻・14)。　2 必ずや。
3 すぐさま機に乗じて。
4 世貞。俗名貞範。円心の次男。　5 円心の三男。

つて御方《みかた》を攻め、或いは行方《ゆくえ》を知らず落ちて行く。「[7]脣竭《くちびるつ》き て歯寒く、魯酒《ろしゅ》薄くして邯鄲《かんたん》囲まる」とは、かやうの事をや申すべきと、思はぬ人もなかりけり。

北野《きたの》参詣人政道雑談《さんけいにんせいどうぞうたん》の事　8

その比《ころ》、宿願《しゅくがん》の事ありけるにや、[1]北野の聖廟《せいびょう》に、人あまた[2]通《つ》夜《や》し侍りしに、秋も半ば過ぎて、杉の梢《こずえ》の風の音も[3]冷《すさま》じくなりぬれば、在明《ありあけ》の月の[4]松より西に傾《かたぶ》いて、[5]閑庭《かんてい》の霜に映《えい》ぜし影、常よりも[6]神冷《かんさ》びて物あはれなるに、或る人、巻き残せる御経を手に持ちながら、燈《ともしび》を背《そむ》けて壁に靠《よりかか》りて、境《おり》に触れたる古歌《こか》なんど詠じつつ[7]嘯《うそぶ》き居《い》たる処《ところ》に、また、これも同じく[8]秋のあはれに催《もよお》されて、月に心のあくがれたる人よと覚しくて、[9]南殿《なんでん》の高《こう》欄《らん》に靠りて、三人並《な》み居《い》たる人あり。

6　草木・揉尾(樅尾)は、鳥取県八頭郡智頭(ちず)町、景石は、鳥取市用瀬(もちがせ)町、塔尾・神楽尾は、岡山県津山市、新宮は、鳥取県岩美郡岩美町にあった城。

7　「脣竭くれば則ち歯寒く、魯酒薄くして邯鄲囲まる」(荘子・胠篋)。「脣竭くれば則ち歯寒く」は、助け合う一方が亡ぶと、他も危ういたとえ。「魯酒薄くして邯鄲囲まる」は、関係ないことが原因で、思いがけぬ災難にあうたとえ(献上された魯の酒が薄かったことを怒って楚王が魯を攻めたのに乗じ、魏が趙に攻めこみ、都の邯鄲を包囲したこと)。

8

1　菅原道真を祭る北野天満宮(京都市上京区)。

いかなる人やらんと見れば、古《いにし》へ関東の[10]頭人《とうにん》、評定衆《ひょうじょうしゅう》に連《つら》なりて、武家の世の治まりたりし事どもをさぞ偲《しの》ぶらんと覚えて、[11]坂東声《ばんどうごえ》なるが、年の程六十余りなる[12]遁世者《とんせいしゃ》なり。一人は、今朝廷に仕《つか》へながら、家貧しく身豊かならず、出仕なんどをもせず、[13]徒《いたず》らなるままにいつとなく学窓《がくそう》の雪に向かひて、[14]外典《げてん》の書に心をぞ慰むらんと覚えて、[15]体《てい》なびやかに、色青ざめたる[16]雲客《うんかく》なり。今一人は、何がしの[17]僧都《そうず》、律師《りっし》なんど云はれて、[18]門跡《もんぜき》辺に祇候《しこう》し、[19]顕密《けんみつ》の法燈《ほっとう》を挑《かか》げんと、稽古《けいこ》の扉《とぼそ》を閉ぢ、[20]玉泉《ぎょくせん》の流れに心を澄ますらんと覚えたるが、細く痩《や》せたる法師なり。

この三人、始めは、「南無《なむ》[21]天満大自在天神《てんまんだいじざいてんじん》」と云ふ文字を、[22]句ごとの始めに置いて連歌《れんが》をしけるが、後《のち》には、[23]世上《せじょう》の物語になりて、げにもと覚ゆる[24]異国本朝の才学《さいがく》に及べり。

先《ま》づ[25]儒業《じゅぎょう》の人かと覚しき雲客《うんかく》、「さても、史書の記《き》する処《ところ》を以て世の治乱《ちらん》を考ふるに、戦国の[26]七雄《しちゆう》も、つひに秦《しん》の政《まつりごと》に并《あわ》

2 夜通し祈願すること。
3 荒涼とした風情。
4 一夜松(ひとよまつ)＝道真の死後に一夜で生えたという松)を祭った社が、本殿の南西にあった。
5 静かな庭の霜に映える月の光。 6 こうごうしく趣き深いときに。
7 口ずさんでいる所に。
8 秋のしみじみとした趣きにさそわれて、月に心ひかれ浮かれ出た人だと思われて。
9 北野社の本殿。高欄は、廊下に取り付けた欄干。
10 頭人は、幕府の引付衆(訴訟審理にあたる)の長官。評定衆は、政務を合議する幕府高官。 11 関東なまり。 12 世捨て人。
13 することもなく暇にまかせて、いつも勉学に励んで。「学窓の雪」は、晋の

せられ、[27]漢楚《かんそ》七十余度の戦ひも、八ヶ年の後、世《よ》漢に定まれり。わが朝にも、[28]貞任《さだとう》、宗任《むねとう》が戦ひ十二年、[29]源氏平家の軍《いくさ》三ヶ年、この外《ほか》も、久しきは十年余り、久しからざるは一月《いちげつ》を過ぎず。そもそも元弘《げんこう》より以来《このかた》、世乱れて、すでに[30]三十余年、天下、一《いち》日《じつ》も未だ静かなる事を得ず。今より後も、いつ徇《しず》まるべき期《ご》ありとも覚えず。これは[31]いかなる故《ゆえ》とか御了簡《ごりょうけん》候ふ」と問へば、[32](坂東声なる)遁世者、[33]数反《すへん》高らかに掐《く》り鳴《な》らし、憚《はばか》る所もなく申しけるは、「[34]世の治まらぬこそ道理にて候へ。異国本朝の事は、[35]御《ご》存知《ぞんち》の前にて候へば、なかなか申すに及ばず候ふと云へども、昔は、[36]問民苦使《もんみんくし》とて、勅使《ちょくし》を国々へ下《くだ》されて、民《たみ》の苦《く》を問ひ給ふ。その故《ゆえ》は、[37]君は民を以て体となし、民は食を以て命となす。それ穀尽《こくつ》きぬれば、民窮《きゅう》し、民窮しぬれば、年貢《みつぎ》を備《そな》ふる事なし。疲れたる馬の鞭《むち》を恐れざるが如く、[38]王化《おうか》をも恐れず、利潤《りじゅん》を先として非法《ひほう》を行ふ。民の誤る処は、[39]吏《り》の科《とが》なり。

孫康が、雪の明かりで書を読んだ故事(蒙求・孫康映雪)。 14 仏典以外の書。漢籍。 15 なよやかで。 16 殿上人。公家。 17 僧都は、僧正に次ぐ僧官。律師は、僧都に次ぐ。 18 皇族等の貴顕が住持となる寺。 19 顕教と密教の教えを広めようと、僧坊に籠もって学問し。 20 天台の法流。玉泉は、中国天台宗の開祖、天台大師智顗(ぎ)が止住した玉泉寺。 21 菅原道真の神号。南無は、神仏への帰依を意味する祈念のことば。 22 いわゆる冠付けの連歌。北野社では連歌がさかんで、連歌会所が存在した。 23 世間のよもやまばなし。 24 中国・インドと日本に関する学識。 25 儒学者。 26 中国、戦国時代の斉・

吏《り》の不善《ふぜん》は、国王に帰す。君、良臣を撰まずして、[40]貪利《どんり》の輩《ともがら》を用ふれば、[41]暴虎《ぼうこ》を恣《ほしいまま》にして、百姓《はくせい》を虐《しえた》げり。[42]民の憂《うれ》へ天に昇つて、災難をなす。災変《さいへん》起これば、国土乱る。これ上慎《かみつつし》まず、下慢《しもおご》るゆゑなり。国土もし乱れば、君、何ぞ安からん。[43]百姓荼《と》毒《どく》して、四海《し》逆浪《かいげきろう》をなす。されば、[44]湯武《とうぶ》は火を投じて、身を桃《とう》林《りん》の社《やしろ》に登せ、[45]太宗《たいそう》は蝗《こう》を呑んで、命を園囿《えんゆう》の間に任《まか》す。己れを責めて、天意《てんい》に叶《かな》ひ、民を[46]撫《ぶ》して、[47]地聖《ちせい》を顧《かえり》み給ふなり。[48]則ち知りぬ、王者の憂楽は衆と同じかりけりと云ふ事を、白楽天《はくらくてん》も云ひ置かれ侍りき。

されば、[49]延喜帝《えんぎのみかど》は、寒夜《かんや》に御衣《ぎょい》を脱《ぬ》がれ、民の苦を愍《あわれ》み給ひしだに、まさに地獄に堕ち給ひけるを、[50]笙《しょう》の岩屋《いわや》の[51]日蔵上人《にちぞうしょうにん》は見給ひけるとこそ承《うけたまわ》れ。かの上人、[52]承平《じょうへい》四年八月一日[53]午時《うまのとき》頓死《とんし》して、十三日ぞおはしましける。その程、夢にもあらず、幻《まぼろし》にもあらず、[54]金剛蔵王《こんごうざおう》の[55]善巧方便《ぜんぎょうほうべん》にて、[56]三界流転《さんがいるてん》の間、[57]六《ろく》

楚・秦・燕・趙・魏・韓。

27 楚の項羽と漢の高祖の戦いが「八歳」「七十余戦」に及んだことは、「史記」項羽本紀。第二十八巻・9、参照。

28 源頼義が、奥州の安倍頼時とその子貞任・宗任の叛乱を鎮圧した前九年の役。戦いが永承六年(一〇五一)から康平五年(一〇六二)まで続いたので、十二年合戦ともいう。

29 平家都落ちの寿永二年(一一八三)から壇ノ浦でほろぶ元暦二年(一一八五)年までの三年。 30 元弘元年(一三三一)から延文五年(一三六〇)まで三十年。

31 どんな理由だとお考えになりますか。 32 他本により補う。 33 数珠を数回音高く鳴らして。

34 以下の遁世者の談話は、

道四生《どうししょう》の棲《すみか》を見給ひけるに、[58]等活地獄《とうかつじごく》の別所、[59]鉄崛苦所《てっくつくしょ》とてあり。火焔渦巻《かえんうずま》き、黒雲空《こくうんそら》に掩《おお》へり。鉄《くろがね》の觜《くちばし》のある鳥飛び来たつて、罪人の眼をつつき抜く。また、鉄の牙《きば》ある犬来たつて、罪人の脳《なずき》を破《やぶ》り噉《くら》へり。[60]獄卒眼《ごくそつまなこ》を怒らかして、声を振るふ事雷《いかずち》の如し。虎狼《ころう》罪人の肉を裂き、[61]利剣《りけん》足の踏み所なし。

その中に、焼炭《やきすみ》の如くなる罪人四人あり。叫喚《きょうかん》する声を聞けば、忝《かたじけな》くも延喜帝の御声にてぞおはしましける。不思議やと思ひて、立ち寄りて事《こと》の様《よう》を問へば、獄卒、答へて曰はく、「一人は延喜帝、残りは臣下なり」とて、鉾《ほこ》に差《さ》し貫《つらぬ》き、焔《ほのお》の中へ投げ入れ奉りける在様《ありさま》、[62]業果法然《ごうかほうねん》の理《ことわ》りとは云ひながら、余りに心憂くぞ覚えける。やや暫《しばら》くありて、上人云はく、「[63]さりとては、延喜の帝に少しの御暇《おんいとま》を宥《なだ》め奉り、今一度[64]龍顔《りょうがん》を拝し奉りて本国へ帰らん」と、泣く泣く宣《のたま》ひければ、一人の獄卒、これを聞いて、痛はしげもなく鉄の鉾に貫いて、焔の中よ

三八〇頁まで続く。
35 よくご承知のことと思いますので。 36 古代律令制下の臨時の官。地方行政を検察し、民の困窮度を視察するために設けられた。
37 「民は君を以て心と為し、君は民を以て体と為す」(礼記・緇衣)。
38 国王の政。 39 官吏の罪。 40 利を貪る者。
41 苛酷な官吏(虎)を野放しにして。「苛政は虎よりも猛し」(礼記・檀弓)。
42 人民の苦しみが天に通じて、災いが起こる。
43 人々は苦しみ、天下は乱れる。
44 殷の初代の王、湯王をさす。湯王が大干ばつに際して桑林(地名。「桃林」は誤り)で自らの身をいためて牲となり、上帝に雨を祈った故事(呂氏春秋・順民)。

り差し出だし、[65]十丈ばかり差し上げて、熱鉄《ねってつ》の地の上へ打ちつけ奉る。焼炭《やきすみ》の如くなる御貌《おんかたち》、散々《さんざん》に打《う》ち砕《くだ》かれて、その御形とも見え給はず。鬼ども、また走り寄つて、足を以て一所《いっしょ》に蹴《け》集《あつ》むるやうにして、「活々《かつかつ》」と云ひければ、帝の御姿顕《あらわ》れ給ふ。

上人《しょうにん》、畏《かしこ》まつて、ただ涙に咽《むせ》び給ふ。帝の宣《のたま》はく、「汝《なんじ》、われを敬《うやま》ふ事なかれ。冥途《めいど》には、罪なきを以て主《あるじ》とす。しかれば、貴《き》賤上下《せんじょうげ》を論ずる事なかれ。われは五種の罪業《ざいごう》によつて、この地獄に落ちたり。一つには、父[66]寛平法皇《かんぴょうほうおう》の御命《ごめい》を背《そむ》き奉り、久しく庭上《ていしょう》に見下ろし奉りし咎《とが》、二つには、[67]讒言《ざんげん》によつて、咎なき才人《さいじん》を流罪したりし報《むく》ひ、三つには、自らの怨敵《おんてき》と称号して、他《た》の衆生《しゅじょう》を損害せしめし咎、四つには、月中《げっちゅう》の[68]斎日《さいじつ》に、本《ほん》尊《ぞん》を開かざる咎、五つには、日本の王法をいみじき事に思ひて、[69]人間《にんげん》に着心《ちゃくしん》の深かりし咎、この五つを根本となし、自余の罪[70]無量《むりょう》なり。ゆゑに、苦《く》を受くること無尽《むじん》なり。願はくは、上

45 唐の第二代皇帝。太宗が、干ばつで発生した蝗(いなご)を呑み、外の園に身を置いて自らの命を天に任せ、蝗の災いを止めた故事(貞観政要・論務農、白居易・蝗〈いなご〉を捕らふ)。

46 いたわって。

47 大地の神。

48 「乃ち知る王者の心、憂楽は衆と同じ」(白居易・雨を賀す)。楽天は、白居易の字。

49 醍醐帝。在位八九七―九三〇年。延喜は、醍醐帝の年号。醍醐帝が寒夜に衣をぬいで民の寒さをしのんだ話(大鏡六・昔物語、続古事談巻一、平家物語巻六・紅葉など)。

50 吉野の奥、大峯の行場。

51 三善清行(きよつら)の弟。地獄へ赴き醍醐帝と会った説話で有名な修験僧(北野天

人、わがために[71]善根《ぜんごん》を修《しゅ》してたび給へ」と宣ふ。修すべき由《よし》、応諾《おうだく》申す。「しからば、[72]諸国七道《しょこくしちどう》に一万本の[73]卒都婆《そとば》を立て、[74]大《だい》極殿《ごくでん》にして、[75]仏名懺悔《ぶつみょうさんげ》の法を修すべし」と、仰せられたりける時、獄卒《ごくそつ》また鋒《ほこ》に差《さ》し貫《つらぬ》き、焔《ほのお》の底へ投《な》げ入《い》る。

上人、泣く泣く帰り給ふ時、金剛蔵王《こんごうざおう》宣《のたま》はく、「汝に六道《ろくどう》を見する事、延喜帝《えんぎのみかど》の有様を知らしめんためなり」とぞ仰せられける。かの帝、随分民を愍《あわれ》み、世を治め給ひしだに地獄に落ち給ふ。まして、それ程の政道もなき世なれば、さこそ地獄へ堕つる人の多かるらめと覚えたり。

また、[76]承久《じょうきゅう》より以来《このかた》、武家代々天下を治めし事は、[77]評定《ひょうじょう》の末座《ばつざ》に列《つら》なりて承《うけたまわ》り置《お》きし事なれば、少々耳に残る事に侍り。そもそも武家の代盛りなりしかば、[78]尺地《せきち》もその有《ゆう》にあらずと云ふ事なし。[79]一家《いっか》もその民にあらずと云ふ事なし。しかれども、武威を専《もっぱ》らにせざるによつて、地頭《じとう》、あへて[80]領家《りょうけ》を蔑《ないがし》ろに

神縁起、扶桑略記、十訓抄など)。第二十六巻・10、参照。　52 九三四年。
53 正午頃。　54 吉野金峯山寺の蔵王堂の本尊。役行者が祈り出したという。
55 衆生を救う巧みな手段。
56 衆生が輪廻する全ての世界。欲界・色界・無色界。
57 衆生が生前の業に応じて赴く六種の世界(地獄・餓鬼・畜生・修羅・人間・天)と、衆生の四分類(胎生・卵生・湿生・化生)。
58 八熱地獄の一。活き返って受苦をくり返す地獄。
59 鉄窟地獄。鉄の刀・玉で罪人を責め苛む鉄の洞穴。
60 地獄の鬼。
61 鋭利な剣。
62 罪業の報いが法にのっとってもたらされる道理。
63 それにしても。
64 帝の尊顔。

せず、守護《しゅご》、かつて[81]検断《けんだん》の外《ほか》に綺《いろ》はず。かかりしかども、なほ[82]成敗《せいばい》を正しうせんために、[83]貞応《じょうおう》に、[84]武蔵前司入道《むさしのぜんじにゅうどう》、日本国の[85]大田《おおた》文《ぶみ》を作りて、庄郷《しょうごう》を分かち、貞永《じょうえい》に、[86]五十一ヶ条の式目《しきもく》を定めて、裁許《さいきょ》に滞《とどこお》らず。されば、上《かみ》あへて法を破らず、下《しも》また禁を犯さず。世治まり、民淳《しず》まりしかども、[87]わが朝《ちょう》神国の権《けん》柄《ぺい》、武士の手に入り、[88]王道仁政《おうどうじんせい》の裁断《さいだん》、[89]夷狄《いてき》の眸《まなじり》に懸かりしをこそ歎《なげ》きしか。

　されども、上代には、世を治めんと思ふ志《こころざし》深かりけるにや。[90]泰時朝臣《やすときあそん》、在京の時、[91]明恵上人《みょうえしょうにん》に[92]相看《しょうかん》して、法談の次《つい》でに仰せられけるは、「いかにしてか、天下を治め、人民を安んじ候ふべき」と申されければ、上人宣《のたま》はく、「良医能《よ》く脈を取りて、その病《やまい》の根源を知つて薬を与へ、灸《きゅう》を加ふれば、病自《おの》づから愈《い》ゆるやうに、国の乱るる源《みなもと》を能《よ》く知つて治め給ふべし。乱世の根源は、ただ欲を本《もと》となす。欲心変じて、一切万般《いっさいばんぱん》の禍《わざわ》ひとな

65　一丈は約三メートル。
66　宇多上皇。在位八八七―八九七年。寛平は、宇多帝の年号。「御命」は、宇多帝が譲位の際、新帝(醍醐)に帝の心得を書き贈った「寛平御遺誡(かんぴょうのごゆいかい)」をさすか。但し、「庭上に見下ろし」た咎は、不詳。
67　藤原時平の讒言により菅原道真を流罪に処したこと。第十二巻・2、参照。
68　精進して戒を守る日。
69　人間界への執着心。
70　無限。
71　善い果報を受ける功徳。
72　日本全土。
73　死者の追善供養のために、経文や戒名を書いて立てる板。
74　大内裏の正殿。
75　仏名会(ぶつみょうえ)。朝廷で毎年十二月に仏名経を誦し、三世諸仏の名号を唱えて罪

る」と宣へば、泰時云はく、「われこの旨《むね》を存ずと雖《いえど》も、人々無欲にならん事難《かた》し」と申す。

上人云《のたま》はく、「[93]太守一人《たいしゅいちにん》無欲になり給へば、それに恥ぢて、万人《ばんにん》自然に欲心薄くなるべし。人の欲心深き訴へ来たらば、わが欲の直《なお》らぬゆゑぞと、われを恥ぢしめ給ふべし。古人云はく、「[94]その身直《すぐ》にして、影曲《ま》がらず、その政《まつりごと》正しくして、国乱る事なし」と云々。また云はく、「[95]君子その室に居《きょ》し、その言《ことば》を出だす事善《ぜん》なる則《とき》は、千里の外皆《みな》これに応ず」と。善と云ふは、無欲なり。伝へ聞く、[96]周《しゅう》の文王《ぶんおう》の時、一国の民畔《くろ》を譲りしも、文王一人《いちにん》の徳、諸国に及びしゆゑ、万人皆《みな》やさしき心になりしなり。畔を譲ると云ふは、わが田の堺《さかい》をば、人の方《かた》へは譲り与ふれども、仮にも人の地を掠《かす》め取《と》る事はなかりけり。今程の人の心には違ひたり。仮にも人の物をば掠め取るとも、わが物を人に遣《や》る事あるべからず。その比《ころ》、他国より、訴訟のため

障消滅を祈る儀式。
76　朝廷が鎌倉幕府と戦って敗れた承久の変(承久三年＝一二二一)をさす。
77　幕府高官が政務を合議する席。
78　わずかの地も武家の所有でないものはない。
79　一つの家(に住む者)も武家の民でないものはない。
80　荘園の持ち主の公家や寺社。
81　謀反人や犯罪人の逮捕と処罰のほかは干渉しなかった。　82　政務。
83　一二二二—二四年。
84　北条泰時。義時の子。第三代執権。
85　国ごとの荘園・国衙領の田地面積・領有関係を記録した土地台帳。
86　貞永元年(一二三二)に泰時が作った「御成敗式目」。

にこの周《しゅう》の国を通るとて、この在様《ありさま》を道の畔《ほとり》にて見て、わが欲の深き事を恥ぢて、道より帰りけり。されば、この文王《ぶんおう》、わが国を収《おさ》むるのみならず、他国まで徳を施《ほどこ》すも、ただこの一人《いちにん》の無欲によつてなり。剰《あまつさ》へ、この徳満ちて天下を統《つづ》め取《と》り、百年の齢《よわい》を持《たも》ちき。太守《たいしゅ》一人小欲《しょうよく》になり給へば、天下の人皆かかるべし」と宣ひければ、泰時《やすとき》、深く信じて、父[97]義時朝臣《よしときあそん》の頓死《とんし》して[98]譲状《ゆずりじょう》のなかりし時、つらつら義時の心を思ふに、「われよりも弟をば[99]鍾愛《しょうあい》せられしかば、父の心には、かやうにぞ取らせたく思ひ給ひて、譲状をばし給はざるらん」と推量して、弟の[100]朝時《ともとき》、[101]重時以下《しげときいげ》に[102]宗徒《むねと》の所領を与へて、泰時は、三、四番の末《ばっ》子《し》の[103]分限《ぶんげん》程少なく取られけれども、今までは聊《いささ》かも不足なる事なし。かくの如く万《よろ》づ小欲に振る舞ふゆゑにや、天下日《ひ》に随つて収まり、諸国年《とし》を逐《お》つて豊かなり。

この太守の前に訴論《そろん》の人来たれば、つくづくと両人の顔をま[104]

87　わが国は神孫たる天皇の治める神国だが、政権は武家の手に入り。
88　王道は、覇道の対。正統な王の徳によって治める仁政。
89　東夷(武家)の監視下に置かれたこと。
90　以下の明恵と北条泰時の対面の話は、「明恵上人伝記」に見える。
91　鎌倉初期の南都仏教の高僧。後鳥羽院から栂尾山高山寺を賜り、華厳宗の興隆につとめた。栄西について禅も学び、法然の浄土宗を批判した。
92　対面(禅語)。
93　国郡の長官。武蔵守泰時をさす。
94　「若し天下を安んぜんとならば、必ず須く先ずその身を正しくすべし。未だ身正しくして影曲がり、上

もりて云はく、「泰時、天下の政《まつりごと》を管《かん》して、人の心に[105]奸曲《かんきょく》なき事を存ず。しかれば、[106]廉直《れんちょく》の中に論なし。一方は、定めて奸曲なるべし。いつの日、両方証文《しょうもん》をもつて来るべし。奸謀《かんぼう》の人に於ては、忽《たちま》ちに罪科《ざいか》を申し行ふべし。奸智《かんち》の者、一人《いちにん》国にあれば、万人《ばんにん》の禍《わざわ》ひとなる。天下の敵、何事かこれに如《し》くべき。帰り給ふべし」とて立たれけり。この体《てい》を見るに、[107]僻事《ひがごと》ありては、やがていかなる目にも合はせらるべしとて、おのおの帰りて後《のち》、両方談合《だんごう》して、或いは和談《わだん》し、或いは僻事の方は、私《わたくし》に負けて[108]論所《ろんしょ》を避《の》き渡《わた》しける。凡《およ》そ無欲なる人を賞し、欲深き者をば恥ぢしめ給ひしかば、人の物を掠《かす》め取《と》らんとする者はなかりけり。

[109]寛喜《かんぎ》元年に、天下飢饉《ききん》の時、[110]借書《しゃくしょ》を調《ととの》へ、判形《はんぎょう》を加へて、富裕の者の米を借《か》るに、泰時、法を置かれける。「来年、世立ち直らば、[111]本物《ほんもつ》ばかりを借《か》り主《ぬし》に返納すべし。[112]利分《りぶん》はわれ添へて

理(おさ)まりて下乱るる者有らざるなり」(貞観政要・論君道)。
95 「君子その室に居し、その言出だし、善なる則(とき)は千里の外これに違はず」(易経・繋辞上)。
96 虞芮(ぐぜい)の訴えの故事。境界を争う虞・芮両国の君が、周の西伯(文王)に調停を依頼に行くと、周の民が互いに田の畦を譲りあうのを見て自らを恥じ、争いをやめた故事(詩経・大雅、史記・周本紀、孔子家語ほか)。
97 北条時政の子。第二代執権。元仁元年(一二二四)没。
98 所領・財産などを譲り渡す旨を記した文書。
99 寵愛。
100 義時の次男。名越の祖。
101 義時の三男。赤橋・常

返すべし」と定められて、面々の状を取り置かれけり。所領をも持ちたる人には、約束の本物《ほんもつ》を返させ、わが方《かた》より利分を添へて、慥《たし》かに遣《つか》はされけり。貧者《ひんじゃ》には皆免《ゆる》して、わが領内の米にてぞ、主《ぬし》には慥《たし》かに返されける。さやうの年は、家中《かちゅう》に毎事《まいじ》倹約《けんやく》を行ふ。一切の[113]着物《きせもの》どもをも古物《こぶつ》を用ゐ、衣裳《いしょう》も新しきをば着《ちゃく》せず、烏帽子《えぼし》だに、古きをつくろはせて着《ちゃく》し給ふ。夜燈《とぼしび》なく、昼一食《いちじき》を止《とど》め、酒宴遊覧《しゅえんゆうらん》の儀なくして、この費《つい》えを補ひ給ひけり。仍《すなわ》ち、[114]一度《ひとたび》食するに士来たれば、終らざるに急ぎこれを聞き、一度髪梳《かみけず》るにも士来たれば、終らざるに先《ま》づこれに遇《あ》ふ。[115]「一休一寝《いっきゅういっしん》なほ安からず、士の愁《うれ》へを懐《いだ》いて待たする事を怖《おそ》る。[116]進んでは万人《ばんにん》を撫《な》でん事を計り、[117]退いては一身《いっしん》に失《しっ》あらん事を恥づ。

しかるに、太守逝去《たいしゅせいきょ》の後、漸《ようや》く父母を背《そむ》き、兄弟を失はんずる訴論出《い》で(来《き》)て、[118]人倫《じんりん》の孝行、日に添ひて衰へ、年に随つて

盤・塩田などの祖。
102 主要な。 103 取り分。
104 見まもって。
105 奸・曲は、ともに邪(よこしま)の意。
106 心が清く正しい者は、争論をしない。
107 不正なこと。
108 訴訟して争う所領。
109 一二二九年。底本「寛平」は誤写。
110 借用書を整え、印判を書き加えて。
111 借りた分の米。元本。
112 利子。 113 衣服。
114 吐哺握髪(とほあくはつ)の故事。周公旦(周の武王の弟。儒教で聖人とされる)は、天下の士を得るため、来客があると、食事中は食べたものを吐き、入浴中は洗いかけの髪を握って出迎えた(史記・魯周公世家)。
115 わずかな休息や睡眠に

ぞ廃《すた》る。[119]一人《いちじん》正しければ、万人[120]分《ぶん》に随ふ事明らかなり。しかる間、「今程、遠国《おんごく》の守護《しゅご》、国司《こくし》、地頭《じとう》、[121]御家人《ごけにん》、いかなる[122]不当猛悪《ふとうもうあく》の者あつて、人の所領を[123]押妨《おうぼう》し、民百姓《たみはくせい》を悩ますらん」とて、「自ら諸国を廻《めぐ》りて、これを聞かでは叶《かな》ふまじ」とて、西明寺《さいみょうじ》の[124]時頼禅門《ときよりぜんもん》は、ひそかに貌《かたち》を窶《やつ》して、[125]六十余州を修行し給ふ。

或る時、[126]難波浦《なにわのうら》に至りぬ。日すでに暮れければ、荒れたる家の垣まばらに軒傾《かたぶ》いて、時雨《しぐれ》も月もさこそ洩《も》るらめと覚えたるに立ち寄りて、宿を借り給ひけるに、内より尼一人《いちにん》出でて、「宿を借し奉るべき事は安けれども、[127]藻塩草《もしおぐさ》ならでは、敷く物もなく、[128]磯菜《いそな》より外《ほか》は、進《まいら》すべき物も侍らねば、なかなか宿を借し奉りても甲斐《かい》なし」と[129]侘《わ》びけるを、「さりとては、日も早や暮れぬ。また問ふべき里も遠ければ、一夜を明かし侍らん」と云ひて留《と》まりぬ。旅寝《たびね》の床《ゆか》に秋深《ふ》けて、浦風《うらかぜ》寒くなりぬれば、

も気をゆるめず。
116　公務に臨んでは万民を慈しむ事を考え。
117　私事においてはわが身に過失がある事を恥じる。
118　人として行うべき孝行の道。　119　為政者。
120　分際。身分や地位に応じた生き方。
121　将軍と主従関係にある武士。
122　道に外れた極悪の者。
123　横領。
124　北条時頼。時氏の子。第五代執権。最明寺道崇と号した。最明寺(西明寺とも)入道の廻国説話は、「増鏡」や謡曲「鉢の木」「藤栄(藤永)」のほか、各地の民話に残る。
125　日本全国。
126　大阪市中央区付近の入り江(いまは陸地)。歌枕。
127　塩をとるために焼く海

[130]折《お》り焚《た》く芦《あし》の通夜《よもすがら》、伏《ふ》し佗《わ》びてこそ明かしけれ。

朝になりぬれば、主《あるじ》の尼公《にこう》、手づから[131]飯貝《いいがい》取る音して、椎の葉折り敷きたる[132]折敷《おしき》に、[133]餉《かれい》盛つて出で来たり。[134]かひがひしくは見えながら、手づからかかる態《わざ》なんどに馴れたる人とも見えねば、[135]おぼつかなく思はれて、「などや、御内《みうち》に召し仕はるる人は候はぬやらん」と問ひ給へば、尼公、泣く泣く、「さ候へばこそ、われは祖《おや》の譲りを得て、年久しくこの処《ところ》の[136]地頭《じとう》の一分《いちぶん》にて候ひしを、夫にも後《おく》れ、子にも別れ候ひて、便りなき身となりはてて候ひし後、[137]惣領某《そうりょうなにがし》と申す者(に)、関東奉公の権威を以て、[138]重代相伝《じゅうだいそうでん》の地頭職《じとうしき》を、押さへて取られて候へども、京鎌倉《かまくら》に参つて訴訟を申すべき代官も候はねば、この二十余年、貧窮孤《びんぐうこ》独《どく》の身となつて、[139]麻の衣のあさましく、松の[140]袖垣《そでがき》かこふ垣尾《かきお》の、[141]柴の庵《いおり》のしばしばも、世に栖《す》むべき心地も侍らねば、袖のみ濡るる[142]露《つゆ》の身の、消えぬ程とて世を渡る。[143]朝気《あさげ》の煙《けぶり》の心

藻。128 食用の海藻。

129 困りきる。

130 薪として蘆を折って夜通し焚いて、寝苦しい一夜を明かした。蘆の節(よ)と夜を掛ける。

131 飯匙。しゃもじ。

132 食膳の盆。 133 干した米飯を湯でもどしたもの。

134 働きぶりはまめまめしく見えても。

135 気がかりに。

136 一分地頭(いちぶじとう)。一族の荘園を分割して相続した小地頭。地頭は、荘園や公領の管理のために幕府が置く御家人。

137 一族の惣領地頭。細分化した一分地頭を支配した。

138 代々相続した。

139 粗末な麻の衣。あさましく(情けなく)の序詞。

140 建物の脇に付けた小さい垣根。垣尾(垣穂)は垣根。

細さ、ただ推し量らせ給ひ候へ」と、精《くわ》しくこれを語つて、涙にのみぞ咽《むせ》びける。[144]斗藪《とそう》の聖《ひじり》、つくづくとこれを聞いて、[145]笈《おい》の中より小硯《こすずり》取り出だして、[146]卓《しょく》の上に立てたる位牌《いはい》の裏に、歌をぞ書き付けける。

[147]難波潟塩干《なにわがたしおひ》に遠き月影《つきかげ》のまた本《もと》の江《え》にすまざらめやは

諸国の斗藪畢《おわ》りて、禅門《ぜんもん》、鎌倉に帰り給ひければ、この位牌を召し出だし、押領せし地頭が所帯を没収《もっしゅ》して、尼公が本領の上に添《そ》へてぞ賜《た》びたりける。

この外《ほか》、至る所ごとに、人の善悪を尋ね聞いて、委《くわ》しく注《しる》し付《つ》けられければ、善き人には賞を与へ、悪しき者には罰を加へられける事、[148]勝計《しょうけい》すべからず。されば、国には、守護《しゅご》、国司《こくし》、[149]所《ところ》には、地頭、領家《りょうけ》、威あれども驕《おご》らず、隠れても僻事《ひがごと》をせず、世[150]淳素《じゅんそ》に帰《き》して、民の家々豊かなり。

[151]一日二日《ひとひふつか》の程なれども、旅に過ぎたるあはれはなし。況《いわ》んや、

141 柴(雑木)で作った粗末な小屋。しばしばを引き出す序詞。
142 露のようにはかない身。
143 朝餉。朝食。
144 廻国行脚の僧。
145 行脚僧が背負う箱形の荷物入れ。
146 流布本・玄玖本「卓(ヨシ)」。神田本「机」。底本「軾」を改める。
147 難波潟の潮が引いて岸から遠くを照らしている月の光が、また潮が満ちても元の入り江を照らさないことがあろうか。澄むと住むを掛け、澄むは月影の縁語。
148 一々数えきれない。
149 庄園。
150 質朴でかざりけのないこと。
151 玄玖本・梁田本・流布本等は、以下の九行の文に変えて、最明寺時頼の先例に倣った話として、久我内

[152]煙霞万里《えんかばんり》の路《みち》、思《おも》ひ遣《や》るだに憂きものを、深き山路《やまじ》に行き暮れて、苔の莚《むしろ》に露《つゆ》を敷き、遠き野原を分《わ》け侘《わ》びては、草[153]の枕に夢を結ぶ。[154]渡江《とこう》に舟を呼びては立ち、[155]山頭《さんとう》に道を失ひては帰る。[156]赤靴烏帽《しゃっかうぼう》、破鞋《はあい》の底、総《すべ》て故郷を思ふに[157]客愁《きゃくしゅう》ならずと云ふ事なし。これ、天下の主《あるじ》として身の富貴《ふっき》に居《きょ》する人、好んで諸国を修行すべしや。ただ身安く、楽しみに誇っては、世の治《おさ》め難《がた》き事を知るゆゑに、三年が間、ただ一人山川斗藪《いちにんさんせんとそう》し給ひける、心の程こそあり難《がた》けれと、感ぜぬ人もなかりけり。

また、[158]報光寺《ほうこうじ》、[159]最勝恩寺《さいしょうおんじ》、二代の相模守《さがみのかみ》に仕へて、[160]引付《ひきつけ》の人《にん》数《じゅ》に列《つら》なりたる[161]青砥左衛門《あおとさえもん》と云ふ者あり。数十ヶ所の所領を知行して、財宝《ざいほう》倉に満ちたりけれども、衣裳には、[162]細美《さいみ》の直垂《ひたたれ》、[163]布《ぬの》の大口《おおぐち》、飯《いい》の菜《さい》には、焼いたる塩、干したる魚《うお》一つより外《ほか》はせざりけり。出仕《しゅっし》の時は、[164]木左右巻《きそうまき》を差し、木太刀《きだち》を持たせけるが、[165]叙爵《じょしゃく》の後《のち》には、この太刀に[166]弦袋《つるぶくろ》をぞ付けたりける。かや

大臣家の窮状を救った最勝園寺貞時（九代執権）の回国話を入れる。神田本は、底本に同じ。
152　雲や霞にけむる遥か遠い道のり。
153　草を枕とする旅寝。
154　舟の渡し場。
155　山のほとり。
156　赤靴は、足があらわな靴か。烏帽は、隠者のかぶる黒い帽子。破鞋は、敗れたわらじ。　157　旅愁。
158　北条時宗。時頼の子。第八代執権。法号、法光寺。
159　北条貞時。時宗の子。第九代執権。高時の父。法号、最勝園寺。
160　引付衆（奉行）。訴訟を審理する幕府の役人。
161　東京都葛飾区青戸に住んだ武士か。
162　細布（さいみ）。織目の粗い麻布で、夏衣などに用いる。

うに、わが身のためには聊《いささ》か(も)[167]過差《かさ》たる事をせずして、[168]公方《くぼう》の事には、千金万玉《せんきんばんぎょく》をも惜しまず。また飢ゑたる[169]乞丐人《こつがいにん》、疲れたる訴訟人《そしょうにん》なんどを見ては、[170]分《ぶん》に随ひ、品《しな》によつて、米銭絹布《べいせんけんぷ》の類《たぐ》ひを与へぬ事はなかりけり。

或る時、[171]徳宗領《とくそうりょう》に[172]沙汰《さた》出で来《き》て、[173]地下《じげ》の公文《くもん》と[174]相模守《さがみのかみ》と、[175]訴《そ》陳《ちん》に番《つが》ふ事あり。[176]理非懸隔《りひけんかく》にして、公文が申す所、道理なりけれども、奉行《ぶぎょう》、頭人《とうにん》、評定衆《ひょうじょうしゅう》、皆徳宗領に憚《はばか》つて、公文を負かしけるを、青砥左衛門ただ一人、権門にも恐れず、[177]理《り》の当たる所を具《つぶ》さに申し立てて、つひに相模守をぞ負かしける。公文、[178]不慮《ふりょ》に得利《とくり》して、所帯に安堵《あんど》したりけるが、その恩を報ぜんとや思ひけん、銭《ぜに》を[179]三百貫《かん》、俵に裹《つつ》みて、後ろの山よりひそかに、青砥左衛門が[180]坪《つぼ》の内へころがしてぞ入れたりける。青砥左衛門、これを見て、「沙汰の理非を申しつるは、相模守を思ひ奉るゆゑなり。全く地下の公文を[181]控《ひ》くにあらず。[182]もし引出物《ひきでもの》を

直垂は、武家の平服。
163 麻の大口袴(裾口の大きい袴)。
164 木鞘巻(きさやまき)。鞘・柄(つか)が木地のままで塗りのない短刀。木太刀も、鞘の塗りのない太刀。
165 従五位下になること。
166 予備の弓弦を入れる袋。従五位下で衛府の官になった者が太刀に付ける。
167 分に過ぎたぜいたく。
168 公務。　169 乞食(こつじき)。
170 分際に従い、身分に応じて。
171 北条嫡流家(得宗)が家督として相続した所領。
172 訴訟。
173 地下(従五位下より下の平民)の荘園の役人。
174 北条得宗家をさす。
175 訴人と論人がたがいに申し立てをすること。
176 言い分の正否がはっき

取るべくは、[183]負け給へる相模殿《さがみどの》こそ給《た》ぶべけれ。その上、公方《くぼう》の御恩を給はつて奉行する上に、また何の賄賂《わいろ》を取るべき。理非あつて沙汰に勝ちたる公文《くもん》が、引出物《ひきでもの》をすべき様《よう》なし」とて、一銭も受け用ゐず、遥《はる》かに遠き田舎まで、持ち送らせてぞ帰しける。

　また、或る時、青砥左衛門尉《あおとさえもんのじょう》、夜に入りて出仕《しゅっし》をしけるに、いつも[184]火打袋《ひうちぶくろ》に持ちける銭《ぜに》を、十文《もん》取りはずして、[185]滑川《なめりがわ》へぞ落としける。少事《しょうじ》の物なれば、[186]よし、さてもあれかしとてこそ、行き過ぐべかりしが、以《もっ》ての外《ほか》に周章《あわ》てて、その辺の[187]町屋《まちや》へ下《げ》人《にん》を走らかし、銭《ぜに》五十を以て続松《たいまつ》を買ひて、つひに十文の銭をぞ求め得たりける。後《のち》に、人これを聞いて、「十文の銭を覓《もと》めんとて、五十にて松明《たいまつ》を買ふ。小利大損《しょうりたいそん》にてあらずや」と咲《わら》ひければ、青砥左衛門、眉《まゆ》を顰《ひそ》めて申しけるは、「さればこそ、[188]御辺達《ごへんたち》は、世の費《つい》えをも知らず、民を恵む心なき人なれ。十

りしており。
177　道理にかなう。
178　思いがけず利を得て。
179　一貫は、一千文。
180　中庭。
181　ひいきする。
182　もし私が贈り物をもらうとしたら。
183　(北条様のためを思って訴訟を負けにしたのだから)お負けになった北条様から贈り物をもらってしかるべきだ。
184　火打ち道具を入れる袋。
185　神奈川県鎌倉市の中央部を流れ、由比ヶ浜に注ぐ川。
186　ままよ。どうにでもなれ。
187　商家。
188　貴殿たち。

文の銭は、ただ今求めずは、滑川の底に沈んで、永く失ふべし。続松を買ひつる五十の銭は、商人《あきうど》の家に留《とど》まつて、失ふべからず。わが損は商人の利なり。かれとわれと、何の差別かある。かれこれ六十の銭、一つをも失はざるは、豈《あ》に天下の利にあらずや」と、[189]爪弾《つまはじ》きをして申しければ、難じて笑ひける傍《かた》への人、[190]舌を振るうてぞ感じける。

かやうに私《わたくし》なき所、神慮《しんりょ》にや通じけん、或る時、相模守《さがみのかみ》、[191]鶴岡《つるがおか》の八幡宮《はちまんぐう》に[192]通夜《つや》し給ひける暁《あかつき》の夢に、衣冠《いかん》正しくしたる老翁《ろうおう》一人《いちにん》、枕に立つて、「政道を正しくして、世を久しく保たんと思はば、心に私なく、理に暗《くら》からざる青砥左衛門を賞翫《しょうかん》すべし」と、慥《たし》かに示さると覚えて、夢想忽《たちま》ちに醒《さ》めにけり。相模守、[193]夙《つと》に帰りて、近国《きんごく》の大庄《たいしょう》八ヶ所、自筆に[194]補任《ふにん》を書きて、青砥左衛門にぞ賜《た》びたりける。青砥左衛門、補任を披《ひら》き見て、「これは今、何事に三万貫に覃《およ》ぶ大庄をば、賜《たまわ》りて候ふやら

189 批判・非難するしぐさ。
190 驚き恐れる様子。
191 鎌倉市雪ノ下にある。源頼義が勧請し、頼朝が現在地に移した。
192 夜通しの祈願。
193 早朝。
194 任命の辞令。

ん」と問ひ奉りければ、「夢想によつて、[195]且《か》つ宛《あ》て行《おこな》ふなり」と答へ給ふ。「さては、一所《いっしょ》をもえこそ給はり候ふまじけれ。[196]その御意《ぎょい》の通り、歎《なげ》き入《い》りて存じ候ふ。[197]物の定相《じょうそう》なき喩へには、『[198]如夢幻泡影《にょむげんほうよう》』とこそ、金剛経《こんごうきょう》にも説かれて候へ。もしそれがしが首を刎《は》ねよと云ふ夢想を御覧ぜられて候はば、咎《とが》なくとも、行はれ候はんずるか。報国《ほうこく》の忠薄くして[199]超涯《ちょうがい》の賞を蒙《こうぶ》らん事、これに過ぎたる[200]国賊《こくぞく》や候ふべき」とて、[201]則ち補任《ふにん》をぞ返しまゐらせける。しかる間、自余《じょ》の奉行《ぶぎょう》どもも、かやうの事を聞いて、己れを羞《は》ぢしめし間、[202]これまでの賢才《けんさい》こそなかりしかども、道理に背《そむ》き、賄賂《わいろ》にめずる事をせず。ここを以て、平氏《へいじ》の相州《そうしゅう》は、[203]八代まで天下を保ちしものなり。

それ政道のために讐《あた》なるものは、無礼《ぶれい》、邪欲《じゃよく》、大酒《おおざけ》、遊宴《ゆうえん》、[204]ばさら、[205]傾城《けいせい》、双六《すごろく》、博奕《ばくえき》、[206]強縁《ごうえん》、さては[207]不直《ふちょく》の奉行《ぶぎょう》なり。治まりし代《よ》には、これを以て誡《いまし》めとせしに、今、二代の[208]武将、[209]執《しっ》

195 ただちに。
196 そのお考えを理解しますに、憂わしく存じます。「通り」は、趣き。
197 物事の定めないたとえ。
198 「金剛般若経」の偈。「夢幻・泡影の如し」。
199 分際を超えた褒賞。
200 国を害する賊。
201 すぐさま。
202 青砥左衛門に比肩するほどの賢人。
203 北条高時は時政から九代目。第一巻・1、第五巻・6、第十巻・2、参照。
204 常軌を逸した華美なふるまい。
205 遊女。
206 縁故を頼って強引に非を通すこと。
207 不正な役人。
208 将軍。
209 将軍補佐の要職。
210 奉行は、訴訟審理にあ

事《じ》の一族等《ら》、奉[210]行、頭人《とうにん》、評定衆《ひょうじょうしゅう》、独《ひと》りとしてこれを好まざる者なし。われ[211]こそあらめ、少《ち》と礼儀をも振《ふ》る舞《ま》ひ、[212]極信《ごくしん》をも立つる人をば、「あら、見られずの[213]延喜式《えんぎしき》や」、「あら、気逼《きづ》まりの[214]色代《しきだい》や」とて、[215]目を引き合ひ、後ろに倒れ立つて笑ひ、軽《きょう》慢《まん》する間、所用を過ぎざるに座敷を立つ。これはただ、一つの[216]直《すぐ》なる猿丸《さるまる》を、鼻闕《はなか》け猿《ざる》見て笑ひける時、逃げ去りけるに異ならず。

次に、仏神《ぶつじん》の領に[217]天役課役《てんやくかやく》を懸けて、神慮冥慮《しんりょみょうりょ》に背《そむ》かん事を痛まず。また、[218]寺道場《てらどうじょう》に要脚《ようきゃく》を懸け、[219]僧物施料《そうもつせりょう》を貪《むさぼ》る事を業《ぎょう》とす。これ[220]併《しか》しながら、上方御存知《うえかたごぞんち》なしと雖《いえど》も、責め[221]一人《いちじん》に帰する謂《い》はれもあるか。かくては、そもそも世の治まると云ふ事候ふべきか。せめては宮方《みやがた》こそ、君も久しく艱苦《かんく》を嘗《な》めて、民の愁《うれ》へを知ろし召し、臣下もさすがに智恵ある人多く候ふなれば、世を治めらるべき[222]器用も御渡り候ふらんと、[223]心にくくこそ存じ

たる引付衆(ひきつけしゅう)。頭人は、引付衆の首席。評定衆は、政務を評議・決定する重職。
211 自分こそそうあるべきなのに。
212 誠実をつらぬく人。
213 延喜五年(九〇五)に編纂された法令集。格式ばった人への揶揄。
214 あいさつ。
215 目くばせして、あおのけに腹をかかえて笑い侮るので、用事が終わらないのに退席する。
216 まともな猿。猿丸は、猿の愛称。「今昔物語集」巻五「舎衛国の鼻欠け猿帝釈を供養する語」にみえる話。
217 お上が課す税。課役は、労役。
218 寺院に税を課し。
219 僧の所持仏や布施。
220 すべて。

候へ」と申せば、[224]鬢帽子《びんぼうし》したる雲客《うんかく》、打《う》ち哺咲《ほほえ》みて、[225]「何をか、心にくく思《おぼ》し召《め》し候ふらん。宮方《みやがた》の政道も、ただこれと[226]重二《じゅうに》、重一《でっち》にて候ふものを。それがしも、今年の春まで南方《なんぽう》に祗候《しこう》して候ひしが、[227]天下を覆《くつがえ》されん事も、[228]守文《しゅぶん》の道にも叶《かな》ふまじき程を至極《しごく》見透《みす》かして、さらば、[229]道広くなりて、遁世《とんせい》をも仕《つかまつ》らばやと存じて、京へ罷《まか》り出《い》でて候ふ間、宮方の心にくき処《ところ》は露《つゆ》ばかりも候はず。

先《ま》づ古《いにし》へを以て思ひ候ふに、[230]昔、周《しゅう》の[231]太王《たいおう》と申しける人、[232]豳《ひん》と云ふ所におはしけるを、隣国の戎《えびす》起こつて、討たんとしける間、太王、犬馬《けんば》珠玉《しゅぎょく》等《とう》の宝を送りて、礼をなしけれども、なほ休《や》まず。早く国を去つて出でずは、大勢《おおぜい》を以て攻むべき由《よし》をぞ申しける。人民[233]百姓《はくせい》、これを怒つて、「その儀ならば、[234]よしや、われらが身命を捨てて防《ふせ》き闘《たたか》はんずる上は、太王、戎に向かつて和を乞《こ》ふ事をばすべからず」と申しけるを、太王、「い

221 上に立つ為政者。
222 有能な人材。
223 心が引かれる。
224 烏帽子の下に着用し、左右の鬢から顔の側面を覆う布。
225 以下の雲客の談話は、三八六頁まで続く。
226 重二は、双六の二つの采の目がともに二になること。重一は、ともに一になること。同じことで大差ないことをたとえていう。
227 武力で天下を取ること。草創。底本「随サレム事」は誤写。
228 (武力で天下を取った後の)文による統治。草創の対。「貞観政要」君道の語。
229 この世で生きる道を別の道に求めて。
230 以下は、「史記」周本紀に見える話。

やいや、われ国を惜しく思ふも、人民を養はんためなり。われ、もしかれと戦はば、[235]若干《そこばく》の人民を殺すべし。渡すべき地を惜しんで、育《やしな》ふべき民を失はん事、何の益かある。また、知らずや、隣国の戎ども、もしわれより政道好《よ》くは、これ、民の悦《よろこ》びたるべし。何ぞ強《あなが》ちに、われを以て主《あるじ》とせんや」とて、太王、豳の地を戎に与へ、[236]岐山《きざん》の麓《ふもと》へ逃げ去つて、悠然として居《い》給ひける。豳の地の人民、「かかるあり難《がた》き賢人を失ひ奉り、豈《あ》に礼をも知らず、仁義もなき戎に順《したが》ふべしや」とて、子弟[237]老弱《ろうじゃく》引き連れて、同じく岐山の麓に来たつて、太王に着《つ》き順《したが》ひしかば、戎は[238]己れと皆亡びはて、太王の子孫、つひに天下の主《あるじ》となり給ふ。周王の末、[239]文王《ぶんおう》、武王《ぶおう》これなり。

また、忠臣の君を諫《いさ》め、世を扶《たす》けんとする振《ふ》る舞《ま》ひを聞くに、皆《みな》今の朝廷の臣に似ず。唐《とう》の[240]玄宗皇帝《げんそうこうてい》に、兄弟二《に》人《にん》おはしましけり。兄の宮をば、[241]寧王《ねいおう》と申し、御弟をば、玄宗とぞ申しける。

231　周の文王の祖父、古公亶父（ここうたんぽ）。
232　陝西省の地。
233　すべての人民。
234　ままよ。
235　多くの。
236　陝西省岐山県の山。
237　老若。
238　ひとりでに。
239　周王朝の太祖。号は西伯（せいはく）。武王（文王の子）は、殷を滅ぼして周王朝を立てた。
240　唐の第六代皇帝。以下は、寿王（玄宗の十八子）の妃だった楊貴妃を玄宗が後宮に迎えたこと（唐書第百七）を改変した話。
241　玄宗の兄。皇太子の地位を玄宗に譲った。

玄宗《げんそう》、位に即《つ》かせ給ひて、色を好む御意《おんこころ》深かりければ、天下に勅《みことのり》を下《くだ》して、容色の妙《たえ》なる美人を求め給ひしに、[242]後宮《こうきゅう》三千の顔色《がんしょく》、われもわれもと[243]金翠《きんすい》を飾りしかども、天子、二度と御《おん》眸《まなじり》を廻《めぐ》らされず。ここに、[244]弘農《こうのう》の楊玄琰《ようげんえん》が娘に、[245]楊妃《ようひ》と云ふ美人あり。[246]養はれて深宮《しんきゅう》にあれば、人未だこれを知らず。天の生《な》せる麗《うるわ》しき貌《かたち》なれば、更《さら》に人間の類《たぐ》ひとは見えざりけり。或る人これを媒《なかだち》して、寧王《ねいおう》の宮へ参らせけるを、玄宗、聞こし召して、[247]高力士《こうりきし》と云ひける将軍を差《さ》し遣《つか》はして、道より奪ひ取つて、後宮へぞ[248]冊《かしず》き入《い》れ奉りける。

寧王、限りなく本意《ほい》なき事に思《おぼ》し召《め》されけれども、御弟ながら、時の天子とて振る舞はせ給ふ事なれば、力及ばせ給はず。寧王も、同じ内裏《だいり》の中《うち》に御座《ぎょざ》ありければ、御遊《ぎょゆう》なんどのある度ごとに、[249]玉の几帳《きちょう》の端《はず》れ、金鶏障《きんけいしょう》の際《きわ》より、楊貴妃《ようきひ》の貌《かたち》を御覧ずるに、一度《ひとたび》笑《え》める眸には、[250]金谷千樹《きんこくせんじゅ》の花、薫《にお》ひを恥ぢて四方《よも》

242 「後宮の佳麗三千人」(長恨歌)。顔色は、容色。
243 黄金と翡翠の玉。「君金翠を見るに顔色なし」(白居易・太行の路、和漢朗詠集・恋)。
244 河南省霊宝県。底本「公農ノ楊玄娗」。後出、第三十七巻・10「弘農の楊玄琰」。
245 楊太真。玄宗に寵愛され、貴妃(恵妃・華妃とともに後宮の三夫人の一)となる。
246 「養はれて深閨に在れば、人未だ識らず」(長恨歌)。
247 玄宗の側近として権勢を得た宦官。
248 「冊」は、皇妃を立てる意。「冊して貴妃と為す」(長恨歌伝)。
249 玉で飾ったとばりの端や、錦鶏(にしきどり)を描いたつ

の嵐《あらし》に誘はれ、ほのかに見えたる顔《かんばせ》には、251銀漢万里《ぎんかんばんり》の月、粧《よそお》ひを妬《ねた》みて252五更《ごこう》の霧に沈みぬべし。253雲居《くもい》遐《はる》かに鳴る神の、中を裂けずは何故《なにゆえ》か、余所《よそ》には人を254水の泡の、あはれと思ひ消ゆべきと、寧王、思ひに堪《た》へかねて、臥《ふ》し沈《しず》み歎《なげ》かせ給ひける、御心《みこころ》の中《うち》こそあはれなれ。

それ天子の傍らには、255太史《たいし》の官とて、八人の臣下、256長時《ちょうじ》に祇《し》候《こう》して、君の御振《おんふ》る舞《ま》ひを善悪に就《つ》けて註《しる》し留《とど》め、官庫に収むる慣《なら》ひなり。この記録をば、天子も御覧ぜられず、傍《かた》への人にも見せず、ただ史書に書き置いて、先王《せんおう》の是非を後王《こうおう》の誡《いまし》めに備ふる物なり。玄宗皇帝、今寧王の夫人を奪ひ取り給へる事、いかさま史書に註されぬと思し召されければ、ひそかに官庫を開かせて、太史の官が註す処《ところ》を御覧ずるに、はたしてこの事ありのままに註し付けたり。玄宗、大きに257逆鱗《げきりん》あつて、この記を引き破つて棄てられ、史官を召し出だして、首をぞ刎《は》ねられけ

いたて(白居易・胡旋の女)。

250　西晋の石崇(せきすう)が建てた別荘、金谷園(河南省洛陽県)に植えられた多くの花木。「その宅を制するや…百木は万株に幾(かち)く」(文選・石崇・思帰引の序)。

251　天の川も万里を照らす月も。

252　夜を五等分した終わりの約二時間。暁。

253　「あふことは雲居遥かになる神の音に聞きつつ恋ひわたるかな」(古今和歌集・紀貫之)。

254　はかなくあきらめることがあろうか。「水の泡の」は、あはれの序詞。泡と消ゆは、縁語。

255　史官(記録を司る官)の長。以下の唐の太史の話は、斉の太史の話をもとにするという(太平記鈔)。斉の棠公(とうこう)の未亡人を手に入れ

る。それより後《のち》、太史《たいし》の官欠けて、この職に居《お》る人なかりければ、天子非《ひ》を侵《おか》させ給へども、あへて憚《はばか》る方《かた》もおはしまさず。

ここに、[258]魯《ろ》国《こく》に一人の才人あり。[259]宮闕《きゅうけつ》に参つて、太史の官を望みける間、則ち左《さ》太史《たいし》になされて、天子の傍らに慎《つつし》み順《したが》ふ。玄宗《げんそう》また、(この)左太史も、楊貴妃《ようきひ》の事をや記し置きたるらんと思《おぼ》し召《め》して、またひそかに官庫を開かせ、記録を御覧ずるに、

[260]天宝《てんぽう》十年三月、弘農の楊玄琰《ようげんえん》が女《むすめ》、寧王《ねいおう》の夫人と為《な》る。天子、容色《ようしょく》の媚《こび》を聞こし召されて、濫《みだ》りに高将軍《こうしょうぐん》を遣《つか》はして、奪つて後宮に容《い》れ奉《まいら》せらる。時に、太史の官、これを記して史書に留《とど》む。史書竊《ひそ》かに天覧に達《いた》るの日、天子、これを怒つて、史官を誅《ちゅう》せられ訖《をわ》んぬ。

とぞ記したりける。玄宗、いよいよ逆鱗《げきりん》あつて、またこの史官を召し出だし、則ち車裂《くるまざ》きにぞせられける。かくて、太史の官になる者あらじと覚えける処《ところ》に、また、魯《ろ》国《こく》より儒者一人《じゅしゃいちにん》来た

た崔杼(さいちょ)が、未亡人と通じた荘公を殺した。斉の太史がそれを記録すると、崔杼は太史を殺し、次にその弟が記録すると弟も殺した。さらにその弟が同様に記録したとき、崔杼はこれを許した(史記・斉太公世家)。

256 不断に側近く仕えて。

257 帝の怒り。

258 魯は、周公旦(周の武王の弟。儒教で聖人とされる)によって建国され、孔子の生国でもある。儒教の聖典(五経)の一つ「春秋」は、魯国の史官の手になる史記を、孔子が編纂したものという。

259 宮中。

260 唐の年号。七五一年。

つて、史官を望みける間、やがて右太史《うたいし》になさる。これが註《しる》す所を、玄宗、また召し出だして御覧ずるに、

天宝の年の末、[261]泰階平《たいかい》らにして、四海無事《しかいぶじ》なり。[262]政行漸《せいこうようや》く懈《おこた》り、[263]遊歓《ゆうかん》益《ますます》甚だし。[264]君王《くんおう》色を重んじて、寧王の夫人を奪ふ。史官これを註して、或いは誅せられ、或いは車裂きにせらる。臣、苟《いやし》くもその非を正しうせん為に、死を以て史職に居《きょ》す。[265]後来《こうらい》、縦《たと》ひ死を賜《たま》ふも、万《まん》を以てこれを続《つ》がん。史官たる者、これを註さずんばあるべからず。

とぞ記したりける。玄宗、この時自らの非を知ろし召し、臣が忠儀を叡感《えいかん》あつて、その後《のち》よりは、史官を誅せられず、却《かえ》つて[266]大禄《たいろく》をぞ賜《たまわ》りける。人として、死を痛まずと云ふ事なけれども、三人の史官、全く誅を愁《うれ》へず。もし[267]天威《てんい》を怖れて君の非を註さずは、叡慮憚《はばか》る方《かた》なくして、いよいよ悪《あ》しき御振《おんふ》る舞《ま》ひありぬと思ひし間、死罪に行はるるをも顧《かえり》みず、これを註《しる》し留《とど》め

261　「泰階平らにして四海無事なり」(陳鴻・長恨歌伝)。泰階は、星の名。これに異常がないと天下が泰平であることから、天下をいう。
262　政務をとり行うこと。
263　遊び楽しむこと。
264　「漢皇色を重んじて傾国を思ふ」(長恨歌)。
265　後に続く者。
266　莫大な俸禄。
267　帝の威光。

ける太史《たいし》の官の心の内、想像《おもいや》るこそあり難《がた》けれ。

[268]国に諫《いさ》むる臣あれば、その国必ず安く、家に諫むる子あれば、その家必ず正し。されば、かくの如く、君も誠《まこと》に天下の人を安からしめんと思《おぼ》し召《め》し、臣も私《わたくし》なく、君の非を諫め申す人あらば、[269]これら程に払ひ捨つるやうなる世を、宮方《みやがた》へ拾うて取らざらんや。かく安き世を取り得ずして、三十余年まで、[270]南山《なんざん》の谷の底に、[271]埋もれ木の花開《さ》く春を知らぬやうにておはするを以て、宮方の政道をば思《おも》ひ遣《や》らせ給へ」と、[272]爪弾《つまはじ》きをしてぞ語りける。げにもと思《おも》ひ居《い》たる処《ところ》に、また、これは[273]内典《ないてん》の学匠《がくしょう》にてぞあらんと見えつる法師、つくづくと聞いて、[274]帽子《ぼうし》打ち除《の》け、[275]菩提《ぼだい》子《じ》の数珠《じゅず》爪揩《つまぐ》りて申しけるは、「[276]天下の乱をつらつら案ずるに、公家の御過《おんあやま》ちとも、武家の[277]僻事《ひがごと》とも申《もう》し難《がた》し。ただ[278]因果《いんが》の感ずる所とこそ存じ候へ。

その故《ゆえ》は、仏に[279]妄語《もうご》なしと申せば、[280]誰《たれ》か信を取らで候ふべき。

268 「孝経」諫争章による句。「国に諫むる臣あれば、その国必ず安く、家に諫むる子あれば、その家必ず正し」(平家物語巻二・烽火の沙汰)。

269 これほどまでに道を失った世を、宮方で拾って取らないということがあろうか。

270 吉野。

271 水底や地中に埋もれた木。「埋もれ木の花さく事もなかりしに身のなる果てぞ悲しかりける」(平家物語巻四・宮御最期)。

272 批判・非難するしぐさ。

273 仏典の学者。学僧。

274 布製のかぶり物。

275 菩提樹(釈迦がその下で悟りを開いた)の実で作った数珠。

276 以下の法師の談話は、三九六頁まで続く。

[281]増一阿含経《ぞういちあごんきょう》に見えて候ふは、昔、[282]天竺《てんじく》に[283]波斯匿王《はしのくおう》と申しける小国《しょうこく》の王、[284]浄飯王《じょうぼんおう》の聟にならんと請《こ》ふ。浄飯王、御心《みこころ》には嫌《きら》はしく思し召しながら、辞するに言《ことば》やなかりけん、召し仕はれける夫人の中に、面貌《みめ》質《かたち》殊《こと》に勝《すぐ》れ、世に類《たぐ》ひなきを撰びて、これを第三の姫宮と名づけて、波斯匿王の后《きさき》にぞなし給ひける。この后の御腹《おんはら》に、一人の皇子出で来たらせ給ふ。これを[285]瑠璃太子《るりたいし》とぞ申しける。太子、七歳にならせ給ひける時、浄飯王の都へおはして遊ばれけるに、浄飯王の同じ床《ゆか》にぞ座《ざ》し給ひける。[286]釈氏《しゃくし》の諸王、大臣、これを見て、「瑠璃太子は、これ誠の浄飯王の御孫にはあらず。何故《なにゆえ》か大王と同位《どうい》に座すべき」とて、則ち玉の床の上より追ひ下ろし奉る。瑠璃太子、幼な心にも安からぬ事に覚《おぼ》しければ、「われ年長《ちょう》ぜば、必ず釈氏を殞《ほろ》ぼして、この恥を洗《すす》ぐべし」と、深く悪念を起こされける。

さて、二十余年を歴《へ》て後《のち》、瑠璃太子長《ひと》となりて、浄飯王も崩《ほう》

277 あやまち。
278 前世の宿縁。
279 うそ、いつわり。
280 誰もが信用しないわけにはいきますまい。
281 「阿含経」の一つで、因果の理法を説く。以下は、「増一阿含経」第二十六にみえる話。
282 インド。
283 憍薩羅(きょうさら)国の王。深く仏教に帰依したが、その第二夫人の子が悪生王(瑠璃王)。
284 迦毘羅衛(かびらえ)国の王。悉達太子(釈迦)の父。
285 波斯匿王の子。王位を奪って父を殺し、釈迦族を殺した(今昔物語集巻二)。
286 釈迦と同族の王たち。

御《ぎょ》なりしかば、瑠璃太子《るりたいし》、三百万騎の勢《せい》を率《そっ》して、[287]摩竭陀国《まかだこく》の都へ寄せ給ふ。摩竭陀国大国《たいこく》たりと雖《いえど》も、俄《にわ》かの事なれば、兵未だ国々より馳《は》せ参《まい》らで、王宮すでに落とされぬべう見えける処《ところ》に、釈氏《しゃくし》の[288]刹利種《せつりしゅ》に、世に超えたる強弓《つよゆみ》ども数百人あつて、十町、二十町を射越しける間、寄手《よせて》、[289]かつて近づかず、山に昇り川を隔《へだ》てて、徒《いたず》らに数日《すじつ》をぞ送りける。

かかる処に、釈氏の中より、時の大臣なりける人一人《いちにん》、寄手の方《かた》へ[290]返り忠をして申しけるは、「釈氏の刹利種は、悉《ことごと》く[291]五戒《ごかい》を持《たも》ちたるゆゑに、かつて人を殺す事をせず。たとひ弓健《つよ》くして、遠矢《とおや》を射るとも、人に射中《いあ》つる事あるべからず。ただ寄せよ」とぞ教へける。寄手、大きに喜びて、今は楯をも突かず、鎧をも着ず、[292]時の声を作り懸けて寄せけるに、釈氏どもの射る矢、[293]更《さら》に人にあたらず。鉾《ほこ》を使ひ、剣を抜いても、人を切る事なかりければ、摩竭陀国の王宮、忽《たちま》ちに攻め落とされて、釈氏

287 中インドにあった大国で、釈迦成道の地。
288 インドの四姓の第二(婆羅門の次)で、王侯および武士身分(クシャトリヤ)。
289 まったく。
290 敵に忠義を尽くすこと。裏切り。
291 不殺生戒・不偸盗戒・不邪淫戒・不妄語戒・不飲酒戒の五つの戒。
292 鬨(とき)の声。
293 けっして。

の刹利種、悉《ことごと》く一日が中《うち》に亡びんとす。

この時、仏弟子[294]目連尊者《もくれんそんじゃ》、釈氏の残る所なく討たれなんとするを悲しんで、[295]釈尊《しゃくそん》の所に参つて、「釈氏すでに瑠璃王のために亡ぼされて、わづかに五百人残れり。何ぞ[296]大神通《だいじんずう》の力を以て、刹利種を助けさせ給はざるや」と申されければ、釈尊、「止《や》みね、止みね、[297]因果の感ずる所は、仏力《ぶつりき》も転《てん》じ難《がた》し」とぞ宣《のたま》ひける。目連、なほも悲しみに堪《た》へず、「たとひ[298]定業《じょうごう》なりとも、神通の力を以てこれを隠さんに、などか助けざらん」と思し召して、鉄鉢《てつばち》の中にこの五百人を隠し入れて、[299]忉利天《とうりてん》にぞ置かれける。摩竭陀国の軍《いくさ》はてて、瑠璃王の兵ども、皆《みな》本国に帰りければ、今は[300]子細《しさい》あらじとて、目連、神力《じんりき》の御手を伸べ給ひて、忉利天に置かれたる鉢を仰《あお》のけて見給へば、五百人の刹利種、一人も残らず死ににけり。

目連、悲しみてその故《ゆえ》を問ひ奉るに、仏、答へて曰《のたま》はく、

294　釈迦十大弟子の一人、目犍連（もくけんれん）。神通第一とされる。
295　釈迦の尊称。
296　偉大な神変自在の力。
297　前世の因果で定められた果報。
298　善悪の果報を受ける時期が定まっていること。
299　欲界六天の第二天。須弥山の頂上にあり、帝釈天が住む。
300　支障あるまい。

「これ、皆過去の因果なり。助かる事を得んや。その故《ゆえ》は、往《おう》昔《せき》に、三年旱《ひでり》して、[301]無熱池《むねっち》の水乾《かわ》けり。この池に、[302]摩竭魚《まかつぎょ》とて、尾頭《おかしら》[303]五十丈の魚《うお》あり。また、[304]多舌魚《たぜつぎょ》とて、人の如く物云ふ魚あり。ここに、数万人の漁捕《すなどり》ども萃《あつ》まつて、水を易《か》へ尽《つ》くして、池を干《ほ》し、魚を取らんとするに、魚更《さら》になし。漁父《ぎょふ》、求むるに力なくして、棄てて帰らんとしける処《ところ》に、多舌魚、岩窟《がんくつ》の中より匐《は》ひ出《い》でて、漁父に向かつて申しけるは、『摩竭魚は、この池の[305]艮《うしとら》の角《すみ》に、大きなる岩窟《がんくつ》に穴を掘つて、水を湛《たた》へて、無量の小魚《しょうぎょ》どもを伴ひて隠れたり。早くその岩を一つ曳《ひ》き除《の》けて、隠れたる摩竭魚を殺すべし。かやうに告げ知らせたる報謝《ほうしゃ》には、汝《なんじ》、わが命を資《たす》けよ』と、委《くわ》しくこれを語りて、多舌魚は、則ち岩穴《がんけつ》の中へぞ入《い》りにける。漁父、大きに悦《よろこ》びて、件《くだん》の岩を掘り起こして見るに、摩竭魚を始めとして、五丈、十丈ある大魚《たいぎょ》ども、その数を知らず集まり居たり。小水《しょうすい》にいきづく魚なれば、

301　阿耨達池（あのくだっち）。大雪山（ヒマラヤ）の北にあり、清涼な水を湛え龍王が住む。
302　摩迦羅魚。海底に住み、舟を呑み込むという仏典中の大魚。「増一阿含経」に、拘璅魚。
303　一丈は、約三メートル。
304　「増一阿含経」に、両舌魚。
305　北東。

いづくへか逃げ去るべきなれば、残らず漁父に殺されて、多舌魚ばかりぞ生きたりける。

その後《のち》、[306]生《しょう》を替へて、この漁父と魚《うお》と、もろともに生まれて、魚は瑠璃太子《るりたいし》(の兵)となり、漁父は釈氏《しゃくし》の刹利種《せつりしゅ》となる。多舌魚は、今、返り忠の大臣となつて、摩竭陀国《まかだこく》をぞ亡ぼしける。われもその時、童子として[307]楉《ずはい》を以て魚を打ちたりしゆゑに、今[308]紫磨金《しまごん》の膚《はだえ》を得と雖《いえど》も、頭痛背痛《ずつうはいつう》[309]労《いたわ》るなり」と云々。

これのみならず、また、[310]舎衛国《しゃえこく》に独《ひと》りの[311]婆羅門《ばらもん》あり。その妻、独りの男《おのこ》を産《う》めり。名をば、梨軍支《りぐんし》とぞ名づけける。貌《かたち》醜く、舌強《こわ》くして、母の乳を呑まする事を得ず。[312]わづかに[313]酥蜜《そみつ》と云ふ物を指に塗り、舐《ねぶ》らしてぞ命を活《い》かしたりける。梨軍支、年《とし》長じて、家貧しく食《じき》に飢えたり。ここに、諸《もろもろ》の仏弟子《ぶつでし》、城に入りて、食を乞ひ給ふが、悉《ことごと》く鉢に満てて帰り給ふを見て、さらば、われも[314]沙門《しゃもん》となつて、食に飽[315]かばやと思ひければ、仏の前

306　生まれ変わって。
307　ずはい(すはえ)は、棘のあるザクロの木。鞭。
308　紫色を帯びた黄金の仏の膚。
309　病む。
310　以下の梨軍支の話も、「増一阿含経」第二十六にみえる。舎衛国は、中インドにあった憍薩羅(きょうさら)国の都、舎衛城。その都城南方に祇園精舎があった。
311　インドの四姓の最高位。悟りを求める僧族。
312　かろうじて。
313　牛・羊の乳を加工した油と蜂蜜で作る。薬用。
314　出家僧。
315　満足したい。

に詣《けい》して、出家の志《こころざし》ある由《よし》を申すに、仏、その志を悦《よろこ》びて、[316]「善来比丘《ぜんらいびく》」と宣《のたま》へば、鬢髪《びんぱつ》自《おの》づから落ちて、沙門《しゃもん》の形になりにけり。かくて精進勤修《しょうじんごんしゅ》せしかば、やがて[317]阿羅漢果《あらかんか》をぞ得たりける。

さても、なほ貧窮《びんぐう》なる事は替はらず。[318]長時《ちょうじ》に鉢を空《むな》しくしければ、自余《じょ》の仏弟子達、これを哀れみて、利軍支《りぐんし》に宣ひけるは、[319]「宝塔《ほうとう》の中《うち》に入りて座せよ。参詣の人の奉らんずる[320]仏供《ぶつぐ》を受けて喰《く》はんに、不足あらじ」とぞ教へける。梨軍支、悦びて塔の中へ入りてぞ眠《ねぶ》り居《い》たる。その間に、参詣の人、仏供を奉りたれども、更《さら》にこれを知らず。時に、[321]舎利弗《しゃりほっ》、五百の弟子を引いて、他邦《たほう》より来たつて、仏塔《ぶっとう》の中を見給ふに、参詣の人の奉りたる仏供あり。これを掃《は》き集《あつ》めて、[322]乞丐人《こつがいにん》に与へ給ふ。その後《のち》、梨軍支、眠り覚めて食せんとするに物なし。[323]足摺《あしず》りをしてぞ悲しみける。

316 「仏本行集経」第三十四に、釈迦が、仏道に入ろうとする者に「善来比丘云々」と唱えると、その者は自然と出家の姿になり具足戒を得たとある。
317 小乗仏教の悟りである声聞(しょうもん)の最高位(阿羅漢)の位を得ること。
318 いつも。
319 仏塔。
320 仏への供物。
321 釈迦十大弟子の一人。智恵第一とされる。
322 乞食(こつじき)。
323 ひどく悲しむ時の動作。

舎利弗、これを見給ひて、「汝《なんじ》[324]、よし、愁《うれ》ふる事なかれ。今日、汝とともに城に入りて、[325]檀那《だんな》の請《しょう》を受くべし」とて、[326]伽耶《かや》城《じょう》に入りて、檀那の請を受け給ふ。二人の沙門、すでに鉢を開《あ》けて、飯《いい》を請《う》けんとする時に、檀那の夫婦、俄《にわ》かに喧《いさか》ひをし出《い》だして打ち合ひける間、心ならず、飯を打《う》ち撲《こぼ》されて、梨軍支、舎利弗、もろともに飢ゑてぞ帰りける。

その翌日《つぎのひ》に、また舎利弗、長者の請《しょう》を得て行き給ひけるが、梨軍支を伴に連れ給ふ。長者、五百の阿羅漢に飯を[327]引きけるが、いかがして見はづしたりけん、梨軍支一人には引かざりけり。梨軍支、鉢を捧げて高声《こうしょう》に告ぐれども、人更《さら》に聞き付けざりければ、その日も飢ゑてぞ帰りける。

[328]阿難尊者《あなんそんじゃ》、この事を愍《あわれ》みて、「今日、われ仏に随ひ奉つて請《しょう》を受けんずるに、必ず汝を伴ひて、飯に飽かしむべし」と約し給ふ。阿難、すでに仏に従ひて出で給ふ時、梨軍支に約しつる

324　わかった。承諾の語。
325　施主の招き。
326　摩竭陀国の都市。
327　施したが。
328　釈迦十大弟子の一人。記憶力第一とされる。

事を忘れて、連れ給はざりければ、今日さへ[329]悄然《しょうぜん》として暮《く》らしける。

第五日に、阿難《あなん》、また昨日梨軍支《りぐんし》を忘れたりし事をあさましく思《おぼ》し召《め》して、これに与へんために、或る家に行きて、飯を乞ひて帰り給ふ。道に、[330]悪狗《あっく》数十疋《びき》走り出でて追ひける間、阿難、鉢を地に棄てて、匐《は》う匐《は》う帰り給ひしかば、その日も梨軍支飢ゑにけり。

第六日に、目連尊者《もくれんそんじゃ》、梨軍支がために食《じき》を乞ひて帰り給ふに、[331]金翅鳥《こんじちょう》空中より飛び下がりて、その鉢を取りて、大海《たいかい》に浮かべければ、その日も飢ゑにけり。

第七日に、舎利弗《しゃりほつ》、食を乞ひて、梨軍支がために持ちて行き給ふに、門戸《もんこ》堅く鎖《とざ》して開かず。舎利弗、神通《じんずう》の力を以て、その門戸を開いて内へ入り給へば、俄《にわ》かに地裂《さ》けて、御鉢、[332]金輪《こんりん》際《ざい》へ落ちにけり。舎利弗、神力《じんりき》の御手を伸べて、鉢を取り上げ、

329　しょんぼりとして。

330　どうもうな犬。

331　迦楼羅（かるら）。龍をとって食べる鳥。八部衆の一。

332　大地の底。

飯を喰《く》はせんとし給ふに、梨軍支が口、俄かに噤《すく》みて、歯を開く事を得ず。とかくする程に、時すでに過ぎければ、この日も喰はで飢ゑけり。

ここに、梨軍支、大きに慚愧《ざんき》[333]して、四衆《ししゅ》[334]の前にして、「これならでは、喰ふべき物なし」とて、沙《いさご》[335]を喫《きっ》し、水を飲みて、即ち涅槃《ねはん》[336]に入りにけるこそあはれなれ。

諸《もろもろ》の比丘《びく》、怪しみて、梨軍支が前世《ぜんせ》の所業《しょぎょう》を仏に問ひ奉る。時に、世尊《せそん》[337]、諸の比丘に告げ給はく、「汝等諦《なんじらあきら》かに聴け、乃往《ないおう》[338]過去《かこ》に、波羅奈国《はらなこく》[339]に一人の長者《ちょうじゃ》ありき。名をば、瞿弥《くみ》と云ふ。仏に供《くう》じ僧に施《せ》する事、日々に止《や》まず。瞿弥すでに死して後《のち》は、その妻、相続《あいつ》いで三宝《さんぼう》[340]に施する事同じ。長者が子怒つて、その母を一室の内に置き、門戸を堅く閉ぢて出入《しゅつにゅう》を許さず。母、泣き悲しむ事七日に、飢ゑて死なんとするに臨《のぞ》んで、母、子に向かつて泣く泣く食を乞ふに、子、瞋《いか》れる眼《まなこ》を以て母を睨《にら》んで曰

333 恥じ入って。
334 四種の信徒。比丘(僧)、比丘尼(尼)、優婆塞(在家の男)、優婆夷(在家の女)。
335 砂を食らい。
336 死ぬこと。
337 釈迦。
338 今よりも昔。
339 中インドのガンジス川流域にあった国。
340 仏・法(経典)・僧で、仏教をさす。

はく、『宝をば施行《せぎょう》にし給はば、何ぞ、沙《いさご》を喰ひ、水を飲みて餓《う》ゑを止《とど》めざらん』と云ひて、つひに食《じき》を与へず。食断《た》ちて七日に当たる時、母はつひに食に飢ゑて死す。

その後《のち》、子、貧窮困苦《びんぐうこんく》の身となつて、死して[341]無間地獄《むけんじごく》に堕《お》ちて、[342]多劫《たごう》の苦《く》を受け終つて、今、人中《にんちゅう》に生まる。この梨軍支《りぐんし》なり。沙門《しゃもん》になり、阿羅漢果《あらかんか》を得《う》る事は、父の長者が三宝《さんぼう》を敬《けい》せしゆゑなり。その身貧《ひん》にして、食に飢ゑて、沙《いさご》を食うて死せる事は、母を餓《かつ》わかし、殺したり(し)その因果によつてなり」と、釈尊《しゃくそん》、具《つぶ》さに梨軍支が過去の所業を説き給ひしかば、阿難《あなん》、目《もく》連《れん》、舎利弗《しゃりほつ》等、礼を作《な》して去り給ふ。

かやうの[343]仏説《ぶっせつ》を以て思ふにも、[344]臣君《きみ》を褊《さみ》し、子父を殺すも、今生一世《こんじょういっせ》の悪にあらず。武士は衣食《いしょく》に飽き、公家は餓死《がし》に及ぶも、皆過去の因果にこそ候ふらめ」と語りければ、三人ともに、からからと笑ひけるが、[345]晨朝《じんじょう》の鐘の鳴りければ、夜もすで

341 八熱地獄の第八。最も苦しい地獄で阿鼻地獄ともいう。

342 無限の時間。四十里の城に芥子粒を満たし、百年に一粒づつ取って全て取り終わっても、一劫はなお終わらない(大智度論)。

343 釈尊の説いたこと。仏典。

344 臣下が君主をないがしろにし。「道徳既に隠れて、礼誼又廃れ、臣その君を弑《い》し、子その父を弑するに至る」(古文孝経・孔安国序)。

345 早朝(午前六時頃)のお勤めを告げる鐘。

に[346]朱《あけ》の瑞籬《みずがき》立ち出でて、おのが様々《さまざま》に帰りにけり。

これを以て案ずるに、かかる乱るる世もまた鎮《しず》まる事もやと、憑《たの》もしくこそ覚えけれ。

尾張小河《おわりのおがわ》土岐《とき》東池田《ひがしいけだ》等《ら》の事　9

さる程に、[1]小河兵部丞《おがわひょうぶのじょう》と[2]土岐東池田と[3]引き合うて、仁木《にき》に[4]同心《どうしん》し、尾張の小河の庄に城を構へて楯籠《たてご》もりたるを、[5]土岐《とき》宮内少輔《くないのしょう》、三千余騎にて押し寄せ、城を七重八重《ななえやえ》に取り巻いて、二十日余り攻めけるが、俄《にわ》かに拵《こしら》へたる城なれば、兵粮《ひょうろう》忽《たちま》ちに尽《つ》きて、小河も東池田も、ともに降人《こうにん》に出でたりけるを、土岐は、日来《ひごろ》の所領を論ずる事ありし[6]宿意《しゅくい》によつて、小河兵部丞をば、[7]即ち首を刎《は》ねて京都へ上《のぼ》せ、東池田をば、一族たるによつて、尾張の[8]番頭崎《はずがさき》の城へぞ送りける。

346　神社の朱塗りの垣根。夜明けと朱を掛ける。

9

1　愛知県知多郡東浦町緒川に住んだ武士。清和源氏。他本「中務丞」。前出、本巻・6「小河中務」。

2　岐阜県多治見市池田町に住んだ土岐一族。揖斐郡池田町に住んだ頼忠(頼清の子)が池田を号したのに対し、東池田を称した。

3　しめし合わせて。

4　味方し。

5　直氏。頼清の子。

6　長年の恨み。

7　ただちに。

8　愛知県知多郡南知多町師崎の羽豆崎。

[9]吉良治部大輔《きらじぶのたいふ》も、仁木《にき》が語らひ[10]を得て、三河《みかわ》の守護代 [11]西郷《さいごう》兵庫助《ひょうごのすけ》と一つになつて、[12]矢矧《やはぎ》の東に陣を張り、海道《かいどう》を差《さ》し塞《ふさ》ぎ、

[13]畠山入道《はたけやまにゅうどう》が下向《げこう》を支へ[14]たりけるが、[15]大島左衛門佐義高《おおしまさえもんのすけよしたか》、当国の守護を給はつて、[16]星野《ほしの》、行明《ぎょうめい》等と引き合ひ、国へ入《い》りける路《ろ》次《し》の[17]大野原《おおのはら》の軍《いくさ》に打ち負けて、西郷伊勢《いせ》へ落ち行きければ、吉良治部大輔は御方《みかた》になつて、都へぞ出でたりける。

仁木三郎江州合戦の事《にきのさぶろうごうしゅうかっせん》 10

これのみならず、[1]石塔刑部卿頼房《いしどうぎょうぶきょうよりふさ》、[2]仁木三郎を大将として、伊賀《いが》、伊勢の兵を起こし、二千余騎にて近江国《おうみのくに》に打ち越え、甲《こう》賀郡《かぐん》 [3]葛木山《かつらぎやま》に陣を取る。

[4]佐々木六角判官入道崇永《ささきろっかくほうがんにゅうどうそうえい》、舎弟 [5]山内判官《やまのうちほうがん》、国中の勢《せい》を集めて[6]飯盛岳《いいもりがたけ》に陣を張り、数日《すじつ》を経る処《ところ》に、九月二十八日早旦《そうたん》

9 満貞。満義の子。前出、本巻・6。 10 誘い。
11 豊橋市西郷町の武士。本巻・6に「西郷弾正右衛門」。
12 岡崎市矢作町を流れる矢作川東岸にあった宿場。
13 道誓。
14 防ぎとめていたが。
15 義政の子。新田一族。
16 星野は熱田神宮の社家。行明は、豊川市行明町の武士。前出、本巻・2。
17 大野原(常滑市大野町)での戦いに、吉良・西郷は敗れて。

10
1 義房の子。南朝方。
2 義任(よしとう)。義勝の弟。
3 滋賀県甲賀市甲南町葛木の北部の山。
4 俗名氏頼。近江守護。
5 信詮。

に、仁木三郎、兵を[7]おきて申しけるは、「当国に打ち越えて、数日合戦に及ばざるは、徒《いたず》らに里民《りみん》を煩《わずら》はす事本意《ほい》にあらざる上、伊勢の[8]京兆《けいちょう》も、[9]定めて未練《みれん》にぞ思ひ給ふらん。今日吉日《きちじつ》なれば、敵を[10]一当《ひとあ》て当て散らすべし。但し、[11]佐々木治部少輔高秀《ささきじぶのしょうたかひで》が手の者を分けて守らするなる[12]市原城《いちはらのじょう》を攻め落とし、敵を一人も跡に残さず、心安く合戦を致すべし」とて、打つ立ちければ、石塔刑部卿も、伊賀《いが》の[13]名張《なばり》の一族、当国の[14]大原《おおはら》、上野《うえの》の者ども付き随ひける間、手勢《てぜい》三百余騎、これも同じく打つ立ちて、旗を靡《なび》け、兵を進めければ、この勢を見て、佐々木六角大夫判官、「すはや、敵こそ陣を去つて[15]色めきたれ。打つ立てや者ども」とて、兵を集めけるに、[16]譜代重恩《ふだいじゅうおん》の若党《わかとう》三百余騎の外《ほか》は、相順《あいしたが》ふ勢もなかりけり。

　敵は、これが[17]天下の要《かな》めなるべし、仁木京兆《にきけいちょう》の恃《たの》まれたる[18]梧《きり》一揆《いっき》を初めとして、[19]宗徒《むねと》の勇士五百余騎に、伊賀の[20]服部《はっとり》、河合《かわい》

6　甲賀市信楽町宮町の東北にある飯道山（はんどうさん）。
7　指図して。
8　京兆は、左右京職（さうきょうしき）の唐名。伊勢守護で右京大夫の仁木義長をさす。
9　さぞかし（われらを）ふがいないとお思いだろう。
10　一度相手に仕掛けてみること。
11　道誉の子。
12　甲賀市甲南町市原にあった城。
13　三重県名張市に住んだ土豪。
14　滋賀県甲賀市甲賀町大原。同上野。
15　浮き足だった。
16　代々主家の恩顧を受けた身分の低い家来。
17　天下のゆくえを決める重要ないくさなのだろう。
18　梧（あおぎり）の紋を旗印にした仁木配下の武士団。梧の

の一族馳《は》せ加《くわ》はつて、[21]回天《かいてん》の勢ひを翔《ふる》ふ。その有様を見るに、五百騎に足らぬ佐々木が勢《せい》、叶《かな》ふべしとは見えざりけり。

されども、佐々木大夫判官《ささきたいふほうがん》、[22]その気勇健《ゆうけん》なる者なりければ、この軍《いくさ》、天下の勝負を計るのみにあらず、今日打ち負くるものならば、弓矢の名を失ふべしとて、わづかの勢を、[23]あまたになしては協《かな》ふまじとて、[24]目賀田《めかだ》、楢崎《ならさき》、儀俄《ぎが》、平井《ひらい》、[25]赤一揆《あかいっき》の旗《はた》頭《がしら》にて、[26]川端《かわばた》に傍《そ》うてひかへたり。[27]青地《あおち》、馬淵《まぶち》、伊庭入道《いばにゅうどう》、[28]黄《き》一揆《いっき》の大将として、[29]妻手《めて》の河原《かわら》に陣を取る。佐々木大夫判官入道は、[30]吉田《よしだ》、黒田《くろだ》、美濃部《みのべ》、鈴村《すずむら》、大原《おおはら》、馬杉《ますぎ》を始めとして、宗徒《むねと》の軍《いくさ》を[31]馬囲《うままわ》りにひかへさせ、敵の真中《まんなか》を破《わ》らんとひかへたり。

[32]尫弱《おうじゃく》の勢《せい》かさを見て、大勢《おおぜい》の敵などか勇《いさ》までであるべき、「三《み》手《て》に作つたる勢を見るに、中なる[33]四目結《よつめゆい》の大旗《おおはた》は、大将佐々木と見ゆるぞ。かれを討ち取つて、勲功《くんこう》に預《あず》かれや」と呼ばはつ

紋は足利一門が用いた。
19 主だった。
20 三重県伊賀市服部町、同川合に住んだ土豪。
21 天下を一変させる勢い。
22 その気質が勇敢で雄々しい者。
23 多くに分散させては。
24 滋賀県愛知（ちえ）郡愛荘町目加田、犬上郡多賀町楢崎、甲賀市水口（みなくち）町嶬峨に住んだ武士。平井は、不詳。
25 赤い旗や赤の笠符を付けた武士団の大将として。
26 野洲川の上流、杣川。
27 草津市青地町、近江八幡市馬淵町、東近江市伊庭町に住んだ武士。
28 黄色の旗や笠符をつけた佐々木配下の武士団。
29 馬手。右側。
30 犬上郡豊郷町吉田、長浜市木之本町黒田、甲賀市

て、[34]長野《ながの》が[35]蝿払《はいはらい》一揆《いっき》、一陣に進んで懸け出でたり。元来《もとより》佐々木は[36]機変磬控《きへんけいこう》心に得て、死を一時《いっし》に定めたる[37]気分なれば、何かは些《ち》とも[38]擬義《ぎぎ》すべき、大勢の真中《まんなか》に懸け入つて、[39]十文字《じゅうもんじ》、巴《ともえ》の字に懸け散らし、[40]羽翼魚鱗《うよくぎょりん》に列《つら》なつて、東西南北に馬の足を揃《そろ》へ、敵の大勢を懸《か》け靡《なび》けて、後ろに[41]小野《おの》のありけるに馬を立て直し、人馬《じんば》に気を継がせければ、朱《あけ》になりたる[42]放れ馬、その数を知らず、蹄《ひづめ》の下に切つて落としたる敵ども、[43]算《さん》を散らして臥したりけり。

これを見て、残る兵、[44]気を失ひて、さしも深き[45]内貴《ないき》の田井《たい》を[46]天満山《てんまやま》へ志《こころざ》し、左になだれて引きける間、機に乗つたる佐々木が若党ども、[47]気をくれず追つ懸けたり。[48]引き立つたる者どもが、難所《なんしょ》に追つ懸けられて、何かはよかるべき、[49]矢野下野守《やのしもつけのかみ》、工藤判官《くどうほうがん》、宇野部《うのべ》、後藤弾正《ごとうだんじょう》、波多野七郎左衛門《はだのしちろうざえもん》、同じき弾正忠《だんじょうのちゅう》、[50]佐脇三河守《さわきみかわのかみ》、高島次郎左衛門《たかしまじろうざえもん》、浅香《あさか》、萩原《はぎわら》、河合《かわい》、服《はっ》

水口町水口、甲賀市甲賀町大原、甲賀市甲南町下馬杉に住んだ武士。鈴村は、不詳。

31　大将の乗馬の周囲。

32　弱々しい軍勢の数。

33　括り染めの目結（めゆい）を四つ並べた佐々木の紋。

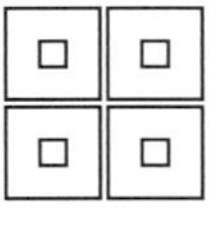

四目結

34　三重県津市美里町に住んだ武士。仁木の配下。

35　払子（ほっす）＝馬・牛の尾の毛を束ねて柄をつけ、煩悩を払う法具として僧が用いる）を旗印とした武士団。

36　臨機応変に馬を自在にあやつること。

37　気合。

38　ためらうこと。

39　十文字や巴模様に馬を

部《とり》、宗徒《むねと》の者ども五十余人、一所《いっしょ》にて皆《みな》討たれにけり。

軍《いくさ》散じければ、同じき十一月一日、かの首どもを取つて都に上《のぼ》せしかば、[51]六条河原《ろくじょうがわら》にぞ梟《か》けられける。これを見ける大名《だいみょう》小名《しょうみょう》、僧俗貴賤《そうぞくきせん》、あはれなるかな、昨日一昨日《きのうおととい》までも、詞《ことば》を通はし、肩を並べて見馴れし朋友《ほうゆう》なれば、涙を拭《のご》うて首を見る、悲しみの思ひ[52]散満《さんまん》たり。

かかりしかば、仁木義長《にきよしなが》も、三千余騎と聞こえし兵ども皆落ち失せて、五百余騎にぞなりにける。[53]結句《けっく》、頼みたる[54]連枝《れんし》の仁《に》木三郎《きのさぶろう》は、今度の軍《いくさ》に打ち負けて、そのまま降参《こうさん》してぞ出でたりける。かやうに、義長微々《びび》になりしかば、やがて攻めよとて、佐々木大夫判官入道崇永《ささきたいふほうがんにゅうどうそうえい》、[55]土岐大膳大夫入道善忠《ときだいぜんのだいぶにゅうどうぜんちゅう》両人、討《う》手《て》を承《うけたまわ》り、七千余騎にて、伊勢国《いせのくに》へ発向す。

義長、さしもの勇士なりしかども、兵減《げん》じ、気疲れしかば、[56]懸け合ひて一度《ひとたび》も軍《いくさ》をせず、[57]長野城《ながののじょう》に楯籠《たてご》もる。[58]要害《ようがい》よければ、

駆けて敵を蹴散らし。
40 羽翼は、翼を広げるように敵を包囲する陣形（鶴翼に同じ）。魚鱗は、先端を細くして敵陣を突破する鱗形の陣形。
41 小さな野原。
42 主を失った馬。
43 算木（さんぎ＝易で使う短い角木）を散らしたように。
44 気勢をなくして。
45 滋賀県甲賀市水口町北内貴。田井（田居）は、たんぼ。
46 不詳。内貴の南、盆天山をさすか。
47 息を休めさせず。
48 浮き足だった。
49 矢野は、伊勢（三重県）一志郡の武士。工藤は、伊勢の長野一族。宇野部・後藤・波多野は、伊勢の武士。
50 佐脇は、愛知県豊川市御津町上佐脇・下佐脇、高

寄手《よせて》あへて近づかず。土岐、佐々木はまた、大勢《おおぜい》なれば、[59]平場《ひらば》に陣を取つたれども、義長、打ち出でて散らすにも及ばず。両陣、五、六里を隔てて、[60]玉笥《たまくしげ》二見《ふたみ》の浦《うら》に二年《ふたとせ》は、徒《いたず》らにのみぞ過ごしける。

島は、滋賀県高島市高島の武士。浅香・萩原は、伊勢の武士、河合・服部は、伊賀の武士。
51　六条大路東端の鴨川の河原。刑場として使われた。
52　一面に満ちているさま。
53　あげくのはて。
54　ここは親族の意。
55　俗名頼康。美濃・尾張守護。
56　正面からぶつかって。
57　三重県津市美里町北長野にあった長野一族の城。
58　敵を防ぐのに都合がよい難所。
59　平地。
60　玉笥(玉手箱)は、蓋(ふた)を、二見に掛ける枕詞。「玉笥二見の浦に」が「二年(ふたとせ)」を引き出す同音の序詞になる。二見の浦(伊勢市二見町)は、伊勢国の有名な歌枕。

太平記　第三十六巻

第三十六巻　梗概

延文《えんぶん》六年(一三六一)三月、康安《こうあん》と改元されたが、京では大火や疫病が続き、また伊勢の仁木義長《にきよしなが》は南朝方となった。六月に大地震があり、八月にも大地震で四天王寺の金堂が倒壊した。南朝では、円海《えんかい》上人に命じて金堂を再建させ、京の内裏(北朝)では、天下の怪異を鎮めるべく最勝講《さいしょうこう》等の法会が行われた。七月、九州では、懐良親王《かねよししんのう》を戴く菊池《きくち》武光《たけみつ》が、少弐《しょうに》・大友軍を敗走させた。山陰の山名《やまな》時氏《ときうじ》は美作《みまさか》に兵を進め、赤松方の城を攻めた。その頃、執事の細川清氏《ほそかわきようじ》は、佐々木《ささき》道誉《どうよ》と領国問題で対立していたが、清氏が二人の子息の元服を石清水八幡宮で行ったことが、将軍義詮《よしあきら》に疑念を抱かせた。また、清氏に祈禱を頼まれた志一《しいち》上人が道誉邸を訪ね、将軍呪詛の願書を見せた。願書の真偽は疑わしかったが、病となった義詮は、道誉の進言で願書を披見した。九月二十一日、清氏が天龍寺に向かうと、義詮は今熊野《いまくまの》に立て籠もった。清氏は将軍との戦いを避けて若狭へ落ち、さらに近江、天王寺へ落ちて、南朝に降参した。二十八日、道誉の嫡孫佐々木《ささき》秀詮《ひであきら》が、神崎の合戦で和田・楠に討たれた。十一月、山名が美作を制圧し、鎌倉からは畠山道誓《はたけやまどうせい》の謀叛の報せがもたらされた。十二月、細川清氏らの南朝軍が京へ進攻した。八日、将軍義詮は近江へ落ちたが、斯波《しば》高経《たかつね》が将軍方に降参し、仁木義長も伊勢を出られないため、山名は伯耆へ兵を引いた。二十四日、将軍は近江から京へ進発し、二十六日、南朝軍は京を落ち、二十九日、将軍は帰洛した。

仁《に》木《き》京兆《けいちょう》南方《なんぽう》に参《まい》る事　1

都には、去年の天災《てんさい》、旱魃《かんばつ》、飢饉《ききん》、大疫癘《だいえきれい》[1]、都鄙《とひ》に起こり、尸骸《しがい》路径《ろけい》に充満《じゅうまん》せし事ただ事ならず、改元《かいげん》あるべしとて、延文《えんぶん》[2]六年三月晦日《つごもり》に、康安《こうあん》元年にぞ改められける。その明《あ》くる夜《よ》しも、四条富小路《しじょうとみのこうじ》[3]より火出《い》でて、四方八十六町[4]まで焼失す。改元の始めに洛中かやうに焼けぬる事、先《ま》づ不吉《ふきつ》なり。その上、去年の疾疫《しつえき》もなほ止まり得ず。また、その春の末、夏の始めには、悪瘡腫物《あくそうはれもの》はやる上、口論喧嘩《こうろんけんか》隙《ひま》なくして、夭死《ようし》[5]する者数《かず》を知らず。「この年号、いかにもなほよからざるか」とぞ、人々申しける。

その比《ころ》、仁木右京大夫《にきうきょうのだいぶ》義長《よしなが》は、三年[6]が間大敵に取り巻かれて、伊勢国《いせのくに》の矢野城《やののじょう》[7]に籠《こ》もりたれば、知行《ちぎょう》の地もなく、兵粮乏《ひょうろうとぼ》

1

1　癘は疫に同じ。流行病。
2　一三六一年。
3　四条大路と富小路(東京極大路の一本西の南北の小路)の交差するあたりで、当時の京都市街の中心部。
4　一町は、大路・小路で区切られる京都市街の一区画。
5　年若くて死ぬこと。
6　前巻末尾に、長野城(三重県津市美里町北長野)に立て籠もって二年が過ぎたとある。
7　流布本「長野城」がよい。矢野城は、仁木方の矢野氏の本拠地(伊勢国一志郡矢野)。

しくなるに付けて、憑《たの》みたる一族郎従《ろうじゅう》[8]漸々《ぜんぜん》に落ち失せて、わづかに三百余騎になりにけり。[9]土岐右馬頭《ときうまのかみ》、[10]戸山《とやま》、[11]今峯《いまみね》兄弟三人は、始め仁木《にき》に属《しょく》して城に籠もりたりけるが、弟の戸山、今峯二人《ににん》は、忽《たちま》ちに翻《ひるがえ》つて寄手《よせて》に加はり、兄の右馬頭を助けばやと思ひて、ひそかに人を遣《つか》はして、「城のさのみ弱り候はぬ前《さき》に、急ぎ御降参《ごこうさん》候へ。[12]将軍の御意《ぎょい》も子細《しさい》なく候へば、[13]御本領《ごほんりょう》なども相違あるまじきにて候ふ」と、申《もう》し遣《つか》はしたりければ、右馬頭、使ひに向かつてとかくの詞《ことば》はなくて、その文を引き返し[14]て、一首の歌を書きてぞ返しける。

[15]連《つら》なりし枝の木《こ》の葉《は》の散《ち》り散《ぢ》りにさそふ嵐《あらし》の音《おと》さへぞうき

戸山、今峯、この返事を見て、「これ程に思ひ切つたる人なれば、[16]語らふとも甲斐《かい》あるまじ。げにも連枝《れんし》の兄弟ちりぢりになりて後《のち》、[17]浮世《うきよ》を秋の霜《しも》の下に朽《く》ちなん名こそ悲しけれ」と、涙ぐみけるこそあはれなれ。

8　だんだんと。
9　氏光。頼遠の子。
10　氏光の弟、光明・直頼が戸山（岐阜県本巣市外山）を名のる。
11　光明の弟、光行。岐阜市今嶺に住んだ。
12　将軍の御意向も問題ありませんので。
13　代々相伝してきた私領で、公式に領有権を認められた土地。
14　裏返して。
15　連なった枝の木の葉が嵐でちりぢりになるように、兄弟をばらばらにする将軍方の誘いさえうとましい。「連なりし枝」は、連枝（兄弟）の意。
16　説得しても無駄だろう。
17　この世を、秋の霜で朽ちる枯葉のように終わらせてしまう、その武名が悲しい。秋の霜は、鋭い刀剣の

日に随ひて勢《せい》の落ち行く気色《きしょく》を見て、わが力にては、つひに叶《かな》ふべしとも思はざりけるにや、義長《よしなが》、ひそかに吉野殿《よしのどの》へ使者を進《まいら》せて、御方《みかた》に参《さん》ずべき由《よし》をぞ申し入れたりける。[18]伝奏《てんそう》[19]吉《よし》田《だ》中納言宗房卿《ちゅうなごんむねふさきょう》、参内《さんだい》して事の由を奏聞《そうもん》せられけるに、諸卿《しょきょう》、異儀《いぎ》多しと雖《いえど》も、義長御方に参りなば、伊賀《いが》、伊勢《いせ》の両国、官軍に属《しょく》すべきのみならず、伊勢の国司[20]顕能朝臣《あきよしあそん》の城も心安くなりぬべしとて、則ち[21]勅免《ちょくめん》の綸旨《りんし》をなされける。

大神宮御託宣《だいじんぐうごたくせん》の事 2

これを承《うけたまわ》つて、[1]武者所《むしゃどころ》に候ひける者どもが囁《ささや》き申《もう》しけるは、「近年、[2]源家《げんけ》の氏族の中に、御方に参ずる人々を見るに、いづれも偽《いつわ》りを以て、君を欺《あざむ》き申《もう》さずと云ふ者なし。先《ま》づ[3]錦小路《にしきのこうじ》恵源禅門《えげんぜんもん》は、相伝譜代《そうでんふだい》の家人《けにん》[4]師直《もろなお》、師泰《もろやす》等が害を遁《のが》れんため

意。「雄剣腰に在り。抜けばすなはち秋の霜三尺」(和漢朗詠集・将軍)。
18 帝への取り次ぎ役。
19 定房の子。
20 北畠親房の三男。顕家・顕信の弟。霧山城(三重県津市美杉町上多気・下多気)を拠点とした。
21 勅命により赦免されること。

2
1 御所を警固する武士の詰め所。
2 足利一門をさす。
3 足利直義。
4 高師直・師泰。観応の擾乱で、足利直義を政権から追放することに成功したが、再起した直義方に滅ぼされた(第二十九巻・12)。

に、御方《みかた》に参じたりしかども、当山の力を仮《か》つて、[5]会稽《かいけい》の恥を雪《きよ》めたりし後《のち》、一日も更《さら》に[6]天恩《てんおん》を重しとせず。その譴《せ》め身に留《とど》まつて、[7]つひに毒害せられにき。その後《のち》また、宰相中将義《さいしょうちゅうじょうよし》詮朝臣《あきらあそん》、御方に参ずべき由《よし》を申して、[8]君臣御合体《ごがってい》の由なりしも、[9]いつしか天下を君の御成敗《ごせいばい》に任《まか》せまゐらせたりし契約忽《けいやくたちま》ちに破れて、義詮、[10]江州《ごうしゅう》を指して落ちたりけるは、その偽《いつわ》りの果たす所にあらずや。[11]左兵衛佐直冬《さひょうえのすけただふゆ》、石塔刑部卿頼房《いしどうぎょうぶきょうよりふさ》、山名伊《やまない》豆守時氏《ずのかみときうじ》等が御方の由なるも、すべて実《まこと》とも覚えず。推し量るに、勅命《ちょくめい》を借《か》つて私《わたくし》の本意《ほい》を達せば、たとひ君をば御位《みくらい》に即《つ》けまゐらするとも、天下をわがままにすべきものをと、[12]心中に挟《さしはさ》む者なり。今また仁木右京大夫義長《にきうきょうのだいぶよしなが》が、大敵に囲まれたるが堪《た》へ難《がた》さに御方に参ずべき由を申すを、諸卿《しょきょう》、許容し給ふこそ心得ね。

　かれが平生《へいぜい》の振る舞ひ、悪として造《つく》らずと云ふ事なし。聊《いささ》か

5　雪辱を果たすこと。会稽山の戦いで呉王夫差に敗れて辱めを受けた越王勾践が、二十余年後に呉を滅ぼした故事による(史記・越王勾践世家、第四巻・5)。

6　朝廷(南朝)から受けた恩。

7　尊氏と和睦した直義が毒殺されたことは、第三十巻・11。

8　足利義詮が南朝と和睦したことは、第三十巻・12。

9　いつのまにか。

10　第三十巻・19、参照。

11　足利直冬と山名時氏が南朝方に帰順したことは、第三十二巻・7。直義党の石堂義房が、直義の死後、子の頼房とともに南朝方となったことは、第三十一巻・1。

12　心に含み持つこと。

も心に逆《さか》ふる時は、咎《とが》なき人を殺して、誤りと思はず。少しも気に合ふ時は、忠なきに賞を与へて、忽《たちま》ちにこれを取り返す。先《ま》づ多年の芳恩《ほうおん》を忘れて、義詮朝臣を背《そむ》く程の者なれば、君の御ためにに深く忠義を存ずべしや。七[13]ヶ国の管領《かんれい》を、なほ飽き足らず思ひし程の心なれば、この方《ほう》の五ヶ所、三ヶ所の恩賞を、不足なしと思ふべしや。もしまたかれが所存の如くに恩賞を行はれれば、日本六十六ヶ国に、一所《いっしょ》も残る所あるべからず。多年旧功《きゅうこう》の官軍ども、いづれの所にか身を置くべき。つらつらこれを思ふに、忠臣《ちゅうしん》にあらず、智臣《ちしん》にあらず、仏神《ぶつじん》に捨てられまゐらせて、人望《じんぼう》に背《そむ》きて自滅《じめつ》せんとする悪人《あくにん》を、御方になされたらば、豈《あ》に聖運《せいうん》の助けとならんや。虎[14]を養ひて自ら患《うれ》ひを招く風情《ふぜい》なるべきものを」と申しければ、また、傍《かたわ》らに仁木を引[15]く者かと覚《おぼ》しくて、申しけるは、「この人悪《わろ》き事はさる事なれども、まただ人とは覚えず。鎌倉に(て)は、鶴岡八幡《16つるがおかはちまん》の児《ちご》を

13　仁木義長は、伊勢・志摩・伊賀・三河・遠江・備後などの守護職を持った。

14　「これ所謂虎を養ひ自ら患ひを遺す也」(史記・項羽本紀)。災いの種を絶たずに将来に禍根を残すこと。

15　ひいきする。

16　神奈川県鎌倉市雪ノ下にある。源頼義が石清水八幡宮を鎌倉由比郷に勧請し、源頼朝が現在地に移した。

切り殺して、神殿《しんでん》に血を淋《そそ》き、[17]八幡《やわた》にては、[18]駒方《こまかた》の神人《じんにん》を殺害して、若干《そこばく》の[19]神訴《じんそ》を負ふ。尋常《よのつね》の人にてこれ程の悪行《あくぎょう》をしたらんに、暫《しばら》くも安穏《あんのん》なる事や候ふべき。[20]仙輿《せんよ》国《こく》の王の五百人を殺し、[21]斑足太子《はんぞくたいし》の一千王を害せしも、皆[22]権者《ごんじゃ》の変とこそ承《うけたまわ》れ。これもただこの人を贔屓《ひいき》して申すにあらず。人の語り申しし事の耳に留《とど》まりて候ふ間、申すにて候ふ。

近年、この人、伊勢国《いせのくに》を管領《かんれい》して在国《ざいこく》したりしに、前々更《さきざきさら》に公家、武家手をささざる[23]神《かみ》三郡に打ち入りて、大神宮領《だいじんぐうりょう》を押《おう》領《りょう》す。これによつて、斎主《さいしゅ》、神主《かんぬし》等、京都に上《のぼ》つて公家に奏聞《そうもん》し、武家に触れ訴ふ。開闢以来《かいびゃくこのかた》、未だかかる不思議やあるとて、[24]厳密《げんみつ》の綸旨《りんし》、御教書《みぎょうじょ》をなされしかども、義長《よしなが》、かつて承引《しょういん》せず。剰《あまつさ》へ、われを訴訟しつるが悪《にく》きとて、[25]五十鈴川《いすずがわ》を堰《せ》いて魚《うお》を取り、[26]神路山《かみじやま》に入りて[27]鷹を仕《つか》ふ。悪行《あくぎょう》[28]日来《ひごろ》に重畳《じゅうじょう》せり。

[29]「よし、さらば、神罰《しんばつ》に任《まか》せて亡びんを待て」とて、五百余

17　石清水八幡宮(京都府八幡市)。

18　駒形。石清水の祭礼で、馬の作り物を身につけて神輿渡御に加わる神人(神社で雑役・神事に奉仕する者)。

19　神輿を押し立てて行う強訴。若干は、甚だしい。

20　古代インド、仙誉国の国王。仏法を誹謗した五百人の婆羅門を殺して地獄に堕ち、悔悟して甘露如来浄土に転生した(涅槃経、等)。

21　天羅国の王。邪教を信じ、神を祀るために千人の王の首を得ようとして、九百九十九人まで捕らえ、千人目の普明王によって教化され、悟りを得て出家した(仁王経・護国品、等)。

22　仏の化身。

23　伊勢神宮領の伊勢国の度会・多気・飯野の三郡。

人の神官等《ら》、榊《さかき》の枝に木綿《しで》[30]を付け、様々《さまざま》の奉幣《ほうへい》[31]を捧げて、「ただ義長を七日が内に蹴殺《けころ》させ給へ」と、異口同音《いくどうおん》にぞ呪咀《しゅそ》しける。七日に当たりける日、十歳ばかりなる女部一人《わらんべいちにん》[32]、俄《にわ》かに物に狂うて、「われに大神宮乗り居させ給へり」とて、詫宣《たくせん》しけるは、「われ、本覚真如《ほんがくしんにょ》[33]の都を出でて、和光同塵《わこうどうじん》[34]の跡を垂れしより以来《このかた》、本高跡下《ほんこうしゃくげ》[35]の秋の月、照らさずと云ふ処《ところ》もなく、化属《けぞく》[36]結縁《けちえん》の春の花、薫《くん》ぜずと云ふ袖もなし。されば、方便《ほうべん》[37]の門には、罪あるをも嫌はず、利物《りもつ》[38]の所には、愚かなるをも捨てず。そもそも義長が悪行を、汝等《なんじら》が天に訴へて呪咀する事こそ心得ね。かれが三生《さんしょう》[39]の前、義長法師《ぎちょうほうし》と云ひし時、五部の大乗経《だいじょうきょう》[40]を書きて、この国に納めたりき。その菩提《ぼだい》[41]、今生《こんじょう》に応《こた》へて、当国を知《ち》行《ぎょう》する事を得たり。かやうの宿善《しゅくぜん》ならずは、かれ豈《あ》に一日も安穏なる事を得んや。嗚呼《ああ》、あたら[42]善根《ぜんごん》や。もし無上菩提《むじょうぼだい》[43]の心に趣《おもむ》きて、この経を書きたりせば、速やかに生死《しょうじ》[44]を離れて、仏《ぶっ》

24　厳重なお咎めの綸旨(帝の命令書)と御教書(将軍の命令書)。
25　伊勢神宮の内宮の境内を流れる川。
26　伊勢神宮の内宮の南の山。
27　鷹狩りをする。
28　普段より倍加した。
29　ままよ(仕方がない)。
30　四手。玉串に付けて垂らす紙。古くは木綿(ゆう)を用いた。
31　神への供え物。
32　他本「童部」。
33　悟りの浄土。
34　仏が衆生を救うため仏徳の光を和らげ、神として世俗に交わること。
35　本地の高上なる仏が神として垂迹すること。「秋の月」は、衆生を救済する光明をたとえる。
36　人を教化し仏縁を結ば

果菩提《かぼだい》に至りなまし。ただ[45]名聞利養《みょうもんりよう》のために修《しゅ》せし所の善根《ぜんごん》なれば、今、身《み》は武名《ぶめい》の家に生まれて、諸国を管領《かんれい》し、[46]眷属《けんぞく》を多くたなびくと云へども、悪行《あくぎょう》心に染《し》みて、乱を好み、人を悩ます。あはれなるかな、過去の業報《ごうほう》この世に答へて、今生《こんじょう》の悪《あく》業《ごう》また来世《らいせ》に酬《むく》はん事を」と、掻《か》き口説《くど》き啼《な》きけるが、暫《しばら》く寝入りたる体《てい》にて、物付《ものつ》きは則ち醒めにけるとなん。かやうの事を以て思ふ時は、義長《よしなが》も[47]故《ゆえ》ある人とこそ覚え候へ」と申しければ、初め譏《そし》りつる者ども、「それは知らず。悪行に於ては、天下第一の僻者《くせもの》ぞ」と、終夜《よもすがら》[48]論《あげつら》ひて、明くれば[49]朝《ちょう》より退《まか》でける。

大地震《だいじしん》并《なら》びに所々《しょしょ》の怪異《けい》、四天王寺《してんのうじ》金堂《こんどう》顚倒《てんとう》の事　3

同じき元年六月十八日の[1]巳刻《みのこく》より、同じき十月比《ころ》に至るまで、

せること。
37 衆生を救う手だて。
38 衆生を利益すること。
39 前世。三生は、前生・現生・後生。
40 天台宗でいう大乗仏教の五つの経典（華厳経・大集経・般若経・法華経・涅槃経）。
41 功徳。
42 惜しい前世の功徳よ。
43 最上の悟り。
44 生死輪廻の煩悩世界を離れて、成仏できるだろうに。
45 名誉や財福を得ること。
46 一族郎党。
47 いわれ（前世の因縁）のある。
48 善悪・理非を議論して。
49 朝廷。

3
1 午前十時頃。

大地おびたたしく動いて、日々夜々《ひびよよ》止《や》む時《とき》なし。山崩れて谷を埋《うず》み、海傾《かたぶ》いて陸地《くがち》となりしかば、神社仏閣《ぶっかく》倒れ破れ、牛馬人民《ぎゅうばじんみん》の死傷する事、幾千万《いくせんまん》と云ふ数を知らず。山川《さんせん》、江河《ごうが》、林野《りんや》、村路《そんろ》、この災《わざわ》ひに逢はずと云ふ処《ところ》なし。

中にも、阿波《あわ》の[2]雪《ゆき》の湊《みなと》と云ふ浦には、俄《にわ》かに太山《たいざん》の如くなる潮漲《しおみなぎ》り来《き》たつて、在家《ざいけ》一千七百余宇、悉《ことごと》く[3]引く塩《しお》に連れて海底に沈みしかば、家々にあらゆる処《ところ》の僧俗《そうぞく》、男女《なんにょ》、牛馬、鶏犬《けいけん》、一つも残らず底の藻屑《もくず》となりにけり。

これをこそ希代《きたい》の不思議と見る処に、同じき六月二十二日に、俄《にわ》かに天掻《か》き曇《くも》り、雪降りて、[4]吹寒《すいかん》の甚だしき事、冬至《とうじ》の前後の如く、酒を飲みて身を暖め、火を焼《た》いて炉を囲む人は、自《おの》づから寒《かん》を防く便りもあり。[5]山路《さんろ》の樵夫《しょうふ》、[6]野径《やけい》の旅人《りょじん》、[7]牧馬《ぼくば》林鹿《りんろく》は悉く氷に閉ぢられ、雪に臥して死する者数《かず》を知らず。

七月二十四日には、摂津国《つのくに》[8]難波《なにわ》の浦《うら》の澳《おき》数百町、[9]半時《はんとき》ばか

2　徳島県海部郡美波町東由岐。
3　津波の時の引き潮。
4　神田本「極寒」、玄玖本「冷寒」、流布本「氷寒」。風が吹いて寒い意か。
5　山道にいるきこり。
6　野道を行く旅人。
7　牧場の馬、林の鹿。
8　大阪市中央区付近の入り江。いまは陸地。
9　約一時間ほど。

り乾《かわ》き上《あ》がりて、無量[10]の魚《うお》ども沙《いさご》の上に吻《いきづ》きける程に、あたりの浦の海人《あま》[11]ども、網を巻き、釣《つり》を棄て、われ劣らじと拾ひける処《ところ》に、また俄《にわ》かに大雪山《だいせっせん》[12]の如くなる潮《しお》満ち来たつて、漫々たる海になりければ、数百人の海人ども、独《ひと》りも生きて帰るはなかりけり。

また、周防《すおう》の鳴戸《なると》[13]、俄《にわ》かに潮去つて陸《くが》となる。高く峙《そばだ》つたる岩の上に、筒《つつ》のまはり二十丈[14]ばかりなる大鼓《たいこ》の、銀《しろかね》の鋲《びょう》をしげく打つて、面《おもて》には巴《ともえ》を書き、台[15]には八龍《はちりゅう》を拏《ひこず》はせたる、顕《あらわ》れ出《い》でたり。暫《しばら》くは、見る人これを懼《おそ》れて近づかず。三、四日を経て後《のち》、近きあたりの浦人《うらびと》ども、数百人集まつて見るに、筒は石にて、面《おもて》をばいかなる物にて張りたりとも見えず、鉄《くろがね》を延べたるが如し。尋常《よのつね》の撥《ばち》にて打たば、よも鳴らじとて、大きなる撞木《しゅもく》を拵《こしら》へて、大鐘《おおがね》を突《つ》くやうにつきたりけるに、この大鼓、天に響《ひび》き、地を動かして、三時《みとき》[16]ばかりぞ鳴りたりける。山頽《くず》れ

10 量り知れないほど量が多いこと。
11 漁民。
12 インド北方の高山。ヒマラヤ。
13 山口県柳井市大畠と屋代島の間の海峡(周防鳴門)。
14 一丈は、約三メートル。
15 台に仏法守護の八大龍王をからめて描いたのが。
16 約六時間ほど。

て谷に答へ、潮涌《わ》いて天に17漲《みなぎ》つてければ、数百人の浦人ども、ただ今大地の底へ引き入れらるる心地して、肝魂《きもたましい》も身に添はず、倒るるともなく走るともなく、18四角八方《しかくはっぽう》へぞ逃げ散りける。この響き、余所《よそ》へなほ動いて、京中まで聞こえ、19左右《そう》なく止《と》まらざりければ、世には、「天の鳴動《めいどう》するか、地の震裂《しんれつ》するか、雷《いかずち》の鳴るか、20将軍塚《しょうぐんがづか》か」など、色々《いろいろ》にぞ申しける。その後《のち》よりは、いよいよ近づく人なかりければ、天にや登りけん、また海中へや涌《わ》き入《い》りけん、潮は本《もと》の如《ごと》くに満ちて、大鼓は見えずなりにけり。

また、八月二十四日の大地震《だいじしん》に、雨荒くふり、風烈《はげ》しく吹いて、虚空暫《こくうしばら》く掻《か》き暮《く》れて見えけるが、難波《なにわ》の浦《うら》の澳《おき》より、大龍《だいりゅう》二つ浮き出でて、21天王寺《てんのうじ》の金堂《こんどう》の中へ入ると見えけるが、雲の中に22鏑矢《かぶらや》鳴り響き、戈《ほこ》の光四方にひらめいて、大龍と23四天《してん》と戦ふ体《てい》にぞ見えたりける。二つの龍去る時、また大地おびたたし

17　天に届くほど高く押し寄せてきたので。
18　四方八方。
19　すぐには。
20　京都市東山区華頂山頂の塚。桓武天皇が平安京鎮護のために八尺の将軍像を埋めたと伝え、天下に異変のあるときしばしば鳴動した。
21　四天王寺。大阪市天王寺区。聖徳太子が建立し、四天王を安置する。
22　蕪(ぶか)の形をした木製の鏃で、中を空洞にして飛ぶときに音を出す矢。
23　四天王。帝釈天に仕えて仏法を守護する持国天・増長天・広目天・多聞天。

く動いて、金堂は微塵《みじん》に砕《くだ》けにけり。されども、四天王は少しも損じさせ給はず。京中、隣国には、天、龍の闘ひとは知らず、また地震とぞ申す。これはいかさま、聖徳太子御《しょうとくたいしご》安置《あんち》の[24]仏舎利《ぶっしゃり》、この堂におはすれば、龍王これを取り奉らんとするを、仏法護持の四天王、惜しませ給ひけるかと覚えたり。

洛中、辺土《へんど》には、傾《かたぶ》かぬ塔の[25]九輪《くりん》もなく、[26]熊野《くまの》参詣《さんけい》の道には、地の裂けぬ所もなかりけり。[27]旧記《きゅうき》に載《の》する所、開闢以来《かいびゃくこのかた》未だかかる不思議なければ、この上に、またいかなる世の乱れか出《い》で来《き》たらんずらんと、怖《お》ぢ恐《おそ》れぬ人は更《さら》になし、

円海上人《えんかいしょうにん》天王寺《てんのうじ》造営《ぞうえい》の事　4

[1]南方《なんぽう》には、この大地震《だいじしん》に[2]諸国七道《しょこくしちどう》の大伽藍《だいがらん》どもの傾《かたぶ》き破《やぶ》れたる体《てい》を聞くに、天王寺《てんのうじ》の金堂《こんどう》程崩れたる堂舎はなく、紀州《きしゅう》の

24 釈迦の遺骨。新羅から渡来した仏舎利を四天王寺に納めたことは、「日本書紀」推古天皇三十一年に記される。
25 塔の最頂部に立てる九重の金具の輪。
26 天王寺から熊野三山へ向かう参詣路。
27 古い記録。

4
1 南朝方では。
2 日本全国。
3 これはよそ事の(南朝と関係のない)不吉の前兆ではない。底本「自ㇾ是ノ」を改める。
4 精進潔斎して。
5 南朝の帝(後村上帝)の

山々ほど裂けたる地なければ、これ[3]外《よそ》の表事《ひょうじ》にてはあらじと、[4]御慎《おんつつし》みあつて、[5]南君《なんくん》の勅裁《ちょくさい》として、様々《さまざま》の(御)祈りどもを始めらる。則ち、[6]般若寺《はんにゃじ》の[7]円海上人、勅を承《うけたまわ》つて天王寺の金堂を作られけるに、[8]希代の奇特《きどく》ども多かりけり。

先《ま》づ[9]大厦高堂《たいかこうどう》の構へなれば、安芸《あき》、周防《すおう》、紀伊国《きのくに》の[10]杣山《そまやま》より大木《たいぼく》を取らしむる事、一、二年の間には道行《ゆ》き難《がた》しと覚えけるに、二人して懐《だ》き余《あま》す程なる檜木《ひのき》の柱、六、七丈なる[11]冠木《かぶき》三百本、いづくより来たるとも知らず、難波《なにわ》の浦《うら》に流れ寄つて、塩の干潟《ひがた》にぞ留《とど》まりける。暫《しばら》くが程は、[12]主《ぬし》ある材木にてぞあるらんと、尋《たず》ね来《く》る人を待ちけれども、求め来る人もなかりければ、さては[13]天龍八部《てんりゅうはちぶ》の、人力《じんりき》を助け給ふにこそあるらんとて、[14]虹《こう》の梁《うつばり》、[15]鳳《ほう》の甍《いらか》、品々《しなじな》にこれをぞ用ひける。

また、[16]柱立《はしらだ》てすでに畢《おわ》つて、[17]棟木《むなぎ》を挙げんとしけるに、[18]掐巻《くるまき》の縄《つな》に[19]信濃皮《しなのかわ》むき千束入《せんぞくい》るべしと、[20]番匠《ばんしょう》、損色《そしき》を出だせり。た

決定で。
6　奈良市般若寺町にある真言律宗寺院。
7　律宗僧だが、不詳。
8　世にもまれな奇跡。
9　大きな高い建物。「厦」は、大きな家屋。
10　材木を伐り出す山。
11　柱と柱をつなぐ横木。
12　持ち主のある。
13　諸天、龍神、夜叉、阿修羅など、仏法を守護する八部衆。
14　虹の形に反った梁(はり)。
15　いらかの美称。
16　初めて柱を立てるときの祝いの儀式。
17　屋根の頂に渡す横木。
18　滑車。
19　落葉高木の科木(しなのき)の皮で作った縄が千束必要だと。
20　大工が見積もり(損色)を出した。

やすく尋ね出だすべき物ならねば、上人《しょうにん》、信濃国《しなののくに》へ下《くだ》つて、[21]便《びん》宜《ぎ》の人に勧進《かんじん》せんと企《くわだ》て給ふ処《ところ》に、難波《なにわ》の堀江の水際《みなぎわ》に、死蛇《しじゃ》の如くなる物流れ寄りたり。何やらんと、近づき見れば、信濃《しなの》皮《かわ》むきにて打ちすました(る)綱《つな》の、太さ二尺、長さ三十丈なるが十二筋《すじ》、水際に連れてぞ寄りたりける。上人《しょうにん》、[22]斜《なの》めならず悦《よろこ》びて、やがて掐巻《くるまき》の縄《つな》に用ゐらる。これ第一の奇特《きどく》なりとて、所用の後は、この縄を宝蔵《ほうぞう》にぞ収め給ひける。

また、三百余人ありける番匠《ばんしょう》の中に、肉食《にくじき》を止《とど》め、酒を飲まぬ番匠あまたあり。上人、怪《あや》しく思ひ給ひて、これがする態《わざ》を見給ふに、一人のする態、余《よ》の番匠十人にも過ぎたり。さればこそ、ただ人にてはなかりけれと、いよいよ危《あや》しく思《おぼ》して、日暮れて帰るを見送り給へば、いづくへ行くとも見えず、搔《か》き消《け》すやうに失せにけり。その数二十八人ありつるは、いかさま[23]千《せん》手観音《じゅかんのん》の御眷属《ごけんぞく》、[24]二十八部衆《ぶしゅう》にてぞおはすらんと、皆人《みなひと》信仰の

21 財のある人に浄財を乞おうと。
22 並み一通りでなく。
23 衆生をさまざまに救済する千の手をもつ観音。眷属は、従者。
24 千手観音の従者で、観音の信者を守護する二十八神。
25 世に隠れた徳行。
26 箱と蓋がぴったり合うように。

5

1 京都市南区九条町の教王護国寺。
2 真言宗の開祖。弘仁十四年(八二三)に東寺を賜り、根本道場とした。
3 南の空。
4 密教と顕教の僧侶に命じて。
5 金光明最勝王経を講じて国家の安泰を祈る法会。

手を合はす。

されば、造営《ぞうえい》日幾程《いくほど》あらずして、奇麗《きれい》金銀を鏤《ちりば》めたり。霊仏《れいぶつ》の威光《いこう》、上人の隠徳《いんとく》[25]、函蓋《かんかい》[26]ともに相応して、奇特なりける事どもなり。

京都御《きょうとご》祈《き》禱《とう》の事　5

天下の怪異《けい》、都鄙《とひ》の不思議多かりし中に、都には、東寺《とうじ》[1]の金《こん》堂《どう》の一尺二寸南へのきて、高祖《こうそ》[2]弘法大師《こうぼうだいし》、南天《なんてん》[3]へ飛び去らせ給ひぬと、寺僧の夢に見えける事、洛中の御慎《おんつつし》みたるべしとて、諸寺諸社に付け、密宗顕宗《みっしゅうけんしゅう》[4]に付けて、種々《しゅじゅ》の御祈禱《ごきとう》あり。中にも、近年絶《た》えてなかりつる最勝講《さいしょうこう》[5]を行はる。

初日には、問者《もんじゃ》[6]に、叡山《えいざん》の尋源《じんげん》、東大寺《とうだいじ》の深恵《じんえ》、講師《こうじ》に、興《こう》福寺《ふくじ》の盛深《じょうじん》、同寺の範忠《はんちゅう》。第二日に、問者は、東大寺の経弁《けいべん》、

毎年五月に清涼殿で五日間行われた。

6　問者は、論議問答の法会で問いを発する僧。講師は、問者に答える僧。証義は、問答の是非を判断する僧。以下の問者・講師・証義の僧名は、「愚管記」康安元年(一三六一)六月二十八日条、「後愚昧記」同年七月二日条の記載にほぼ一致する。

7　天台宗寺門派の総本山、三井寺園城寺(滋賀県大津市園城寺町)。

8　興福寺の門跡寺。

9　比叡山横川にある。

10　講師と問者が朝夕入れ替わり、海のような広大な学識をもとに珠玉のような美しい詞で問答したので。

11　証義は論議問答の是非を判断して、問答の詞に更に華を添える。

同寺の良快《りょうかい》、講師《こうじ》は、興福寺《こうふくじ》の実遍《じっぺん》、山門《さんもん》の慈俊《じしゅん》。第三日に、問者《もんじゃ》は、興福寺の円守《えんしゅ》、山門の円俊《えんしゅん》、講師に、[7]三井寺《みいでら》の経深《きょうじん》、興福寺の覚成《かくせい》。第四日に、問者は、興福寺の孝憲《こうけん》、同寺の覚家《かくげ》、講師は、叡山の良憲《りょうけん》、園城寺《おんじょうじ》の房深《ぼうじん》。結日《けつにち》に、問者は、東大寺《とうだいじ》の義宝《ぎほう》、興福寺の教快《きょうかい》、講師は、山門の良寿《りょうじゅ》、興福寺の実縁《じつえん》、証義《しょうぎ》は、[8]大乗院《だいじょういん》の前大僧正《さきのだいそうじょう》孝覚《こうがく》、[9]尊勝院《そんしょういん》の慈能僧正《じのうそうじょう》にてぞおはしける。[10]講問朝夕《こうもんちょうせき》に座を替へて、学海《がくかい》に珠《たま》を拾へば、[11]証義論《ろん》談《だん》を決択《けったく》して、詞《ことば》の林に花を開く。[12]富楼那《ふるな》の弁説《べんぜつ》、[13]文殊《もんじゅ》の知恵《ちえ》、かくやと覚ゆるばかりなり。

これのみならず、また[14]青蓮院《しょうれんいん》の[15]尊道法親王《そんどうほっしんのう》に仰せられ、[16]伴《ばん》僧《そう》二十口《く》、八月十三日より内裏《だいり》に[17]祗承《ししょう》して、[18]大熾盛光《だいしじょうこう》の法を行はる。大法《だいほう》の中日《ちゅうにち》、十七日[19]戌刻《いぬのこく》より、大風《おおかぜ》吹いて、人屋《じんおく》を覆《くつがえ》し、[20]牆壁《しょうへき》を崩裂《ほうれつ》せしむる上、[21]厳重大法《げんじょうだいほう》の最中《さいちゅう》、燈明《とうみょう》を吹き消し、[22]大幔《だいまん》吹《ふ》き巻《まく》り、[23]炉壇《ろだん》の火も吹き散らす。先代未聞《せんだいみもん》の珍事《ちんじ》、

12　釈迦十大弟子の一人。説法第一とされる。
13　釈迦仏の脇侍。知恵を完備し、仏法を広める菩薩。
14　延暦寺三門跡の一。京都市東山区粟田口にある。
15　後伏見院皇子。第一三五・一三九代天台座主。
16　導師に随う僧二十人。
17　伺候して修法を承る。
18　山門四箇大法の一。金輪仏頂尊(熾盛光如来)を本尊として天下安穏を祈る修法。　19　午後八時頃。
20　塀や壁を崩壊させる。
21　おごそかで重大な修法。
22　大きな幔幕。
23　修法の護摩壇。
24　修法の導師を務める高僧。
25　天台宗寺門派の門跡寺。左京区聖護院中町にある。
26　花園院皇子。園城寺(三井寺)長吏。

殊に24阿闍梨《あじゃり》の御恥《おんはじ》とぞ見えし。また、その風に多くの人民牛馬《じんみんぎゅうば》の損ぜし事員《かず》知らず。

また、25聖護院《しょうごいん》の26覚誉《かくよ》法親王《ほっしんのう》は、27二間《ふたま》に御参りあつて後《のち》、九月八日より、28一七ヶ《いちしちか》日《にち》、29尊星王《そんしょうおう》の大法をぞ修《しゅ》せられける。その後《のち》、30怪瑞《けずい》なほ休《や》まずとて、禁裏《きんり》に31五壇《ごだん》の法《ほう》をぞ行はれける。

山名《やまな》豆州美作《ずしゅうみまさか》の城《しろ》を落《お》とす事 6

かかる処《ところ》に、七月十二日、山名伊豆守時氏《やまないずのかみときうじ》、嫡子1右衛門佐《うえもんのすけ》師氏《もろうじ》、次男中務少輔《なかつかさのしょう》義理《よしただ》、出雲《いずも》、伯耆《ほうき》、因幡《いなば》三ヶ国の勢《せい》三千余騎を率《そっ》して、美作国《みまさかのくに》へ発向《はっこう》す。

当国の守護2赤松筑前入道世貞《あかまつちくぜんのにゅうどうせいてい》、播州《ばんしゅう》にあつて未だ戦はざる前《さき》に、3広戸《ひろと》美作守《みまさかのかみ》が4名木杣《なぎのせ》二ヶ所の城、5飯田《いいだ》の一族が籠《こ》もりたる6篠向城《ささむきのじょう》、7菅家《かんけ》の一族が8大見丈城《たいけんじょうのじょう》、9有元民部大夫《ありもとみんぶのたいふ》入道《にゅうどう》

27　清涼殿の東廂の部屋。夜居の護持僧が伺候する。
28　七日間。
29　尊星王法。北斗七星の本地である妙見菩薩を本尊として祭り、長寿・延命・除災を祈る寺門派の修法。
30　不吉な前兆の怪異。
31　不動明王以下の五大明王を本尊とし、それぞれ壇を設けて同時に行う修法。

6
1　初名師氏。師義と改名。前出、第二十一巻・8。
2　俗名貞範。円心の次男。
3　岡山県勝田郡広戸村(現在、津山市市場)に住んだ武士。
4　奈義能山(なぎのせ)とも。奈木城・能仙城の二つの城。岡山県勝田郡奈義町と鳥取県八頭(やず)郡智頭(ちず)町との境、那岐山(なぎさん)にあった城。

が[10]菩提寺城《ぼだいじのじょう》、[11]小原孫次郎入道《おはらまごじろうにゅうどう》が[12]小原城《おはらのじょう》、[13]大野《おおの》の一族が楯籠《たてご》もる大野城《おおののじょう》、六ヶ所の城は、一矢《ひとや》をも射ずして降参す。[14]林野《はやしの》、[15]妙《みょう》見《けん》二ヶ所の城は、二十日余り協《こら》へたりけるが、山名《やまな》にとかくすかされて、つひにはこれも敵になる。

今は、[16]倉懸城《くらかけのじょう》一つ残りて、[17]佐用美濃守貞久《さよみののかみさだひさ》、有元和泉守佐《ありもといずみのかみすけ》久《ひさ》、わづかに三百余騎にて楯籠《たてご》もりたりけるを、山名伊豆守時《やまないずのかみとき》氏《うじ》、子息中務少輔《なかつかさのしょう》、三千余騎にて押し寄せ、城の四方の峰々《みねみね》二十三ヶ所に陣を取り、[18]鹿垣《ししがき》を二重《ふたえ》三重《みえ》に結《ゆ》ひ廻《まわ》し、逆木《さかもぎ》しげく引つ懸けて、[19]矢懸《やが》かり近く詰《つ》めたりける。

播磨《はりま》と美作《みまさか》との堺には、[20]竹山《たけやま》、[21]千草《ちくさ》、[22]吉野《よしの》、[23]石堂峯《いしどうがみね》、四ヶ所の城を構へて、[24]赤松帥律師則祐《あかまつそつのりっしそくゆう》、百騎づつの勢《せい》を籠《こ》めたりければ、この城を[25]かかへんと、山名が執事《しつじ》[26]小林民部丞《こばやしみんぶのじょう》、二千余騎にて、[27]星祭峠《ほしまつりのとうげ》へ打ち上がり、城を目の下に見くだして、透き間あらば打つて懸からんと、馬の[28]腹帯《はるび》を堅《し》めてひかへたり。

第十六巻・1にも。
5 美作の武士。
6 岡山県真庭市三崎の笹向(ささぶき)山にあった城。
7 美作の菅原姓の一族。
8 那岐山の東南、勝田郡奈義町高円(こうえん)の大別当山にあった城。別名、大別当城。
9 菅家一族の有力武士。
10 勝田郡奈義町高円にある菩提寺の西南にあった城。
11 美作市大原の赤松一族。
12 美作市古(ふる)町にあった山王山(さんのうさん)城。
13 美作市大原の武士。
14 美作市林野にあった林野城。後藤氏の居城。梶並川と吉野川の合流域に面し、梶並川を挟んで三星(みつぼし)城と対する。
15 美作市明見(みょうけん)の梶並川沿いの三星山にあった三星城。
16 美作市田殿の梶並川左

赤松《あかまつ》筑前《ちくぜんの》入道《にゅうどう》世貞《せいてい》、舎弟帥律師則祐、その弟弾正少弼《だんじょうのしょうひつ》氏《うじ》範《のり》、29大夫《たいふ》判官《ほうがん》光範《みつのり》、宮内少輔《くないのしょう》師範《もろのり》、掃部助《かもんのすけ》直頼《ただより》、筑前《ちくぜんの》五郎《ごろう》顕範《あきのり》、佐用《さよ》、30上月《こうづき》、間島《まじま》、柏原《かしわばら》の一族、相集まつて二千余騎、31高倉山《たかくらやま》の麓《ふもと》に陣を取つて、敵倉懸城《くらかけのじょう》を攻めば、32弊《つい》えに乗つて後攻《ごづ》めをせんと企《くわだ》つと聞こえければ、山名《やまな》右衛門佐《うえもんのすけ》師氏《もろうじ》、勝《すぐ》りたる兵八百余騎を率《そっ》して、敵の近づかん処《ところ》へ懸け合はせんと、33浮き勢になりてひかへたり。

赤松は、右衛門佐小勢《こぜい》なりと聞いて、先《ま》づこの敵を打つ散らさんと、打つ立ちける処《ところ》に、34阿保《あぶ》肥前《ひぜんの》入道《にゅうどう》信禅《しんぜん》、俄《にわ》かに敵になつて但馬《たじま》へ馳《は》せ越《こ》え、35長《ちょうの》九郎左衛門《くろうざえもん》と36引き合うて、播磨へ打つて入らんと企てける間、赤松、さらば、東方に城郭《じょうかく》を構へ、路々《みちみち》に警固《けいご》の兵を置けとて、37法花山《ほっけさん》に城を構へ、38大山越《おおやまごえ》の道を切り塞いで、五ヶ所に勢をぞ差し向けける。これによつて、進んで山名に戦はんとするも勢少なく、退いて但馬へ向かはんと

岸にあった鞍掛城。
17 兵庫県佐用郡佐用町の赤松一族。
18 鹿や猪よけの垣を戦場に用いたもの。
19 射た矢が届く距離。
20 岡山県美作市下町の城。吉野川右岸。北に谷を隔てて星祭（ほしまつり）山がある。
21 兵庫県宍粟（しそう）市千種町。底本「千葉」。他本により改める。
22 岡山県美作市豆田の吉野川沿いの地。
23 兵庫県赤穂郡上郡町と岡山県備前市三石の境の石堂丸山。
24 円心の三男。
25 手中にしようと。
26 重長。山名の重臣。
27 岡山県美作市川上の星祭山。
28 鞍を固定するため馬の腹にしめる帯。

するも叶《かな》はず、進退[39]歩みを失ひて、先後(の敵)に迷惑《めいわく》す。

さらば、中国の大将 細川右馬頭《[40]ほそかわうまのかみ》、讃岐国《[41]さぬきのくに》の守護を相論《そうろん》して四国におはするに触れ送りて[42]、その勢《せい》を呼び越し、備前《びぜん》、備中《びっちゅう》、備後《びんご》、当国《[43]とうごく》四ヶ国の勢を以て倉懸城《くらかけのじょう》の後攻《ごづ》めをせよとて、事の子細《しさい》を牒送《ちょうそう》するを、右馬頭、大きに驚いて、九月十日、備前へ押し渡りて、後陣《ごじん》の勢を待ちけるに、相順《あいしたが》ふ四国の兵ども、己《おの》が国々の私戦《わたくしいくさ》を捨てかねて、大将に属《しょく》せず。備前、備後、備中三ヶ国の国勢《くにぜい》は、皆野心《やしん》を含める者どもなれば、憑《たの》むべきにあらずとて、大将、唐河《[44]からかわ》に陣を取りながら、徒《いたず》らに月日をぞ送られける。

さる程に、倉懸城には、人多く兵粮《ひょうろう》少なかりければ、戦ふ度《たび》に軍《いくさ》利ありと云へども、後攻めの憑みもなく、食竭《じきつ》き、矢種《やだね》尽きければ、力なく、十一月四日につひに城を落ちにけり。これより、山名《やまな》、山陰道《[45]せんおんどう》四ヶ国を并《あわ》せて、勢ひいよいよ近国《きんごく》に振る

29 光範・師範・直頼は、範資(円心の長男)の子。顕範は、貞範(法名世貞)の子。
30 上月・柏原は、兵庫県佐用郡佐用町、間島(真島)は、岡山県真庭市落合垂水に住んだ赤松一族。
31 岡山県津山市上高倉の山。
32 城攻めの敵が弱るのに乗じて、その背後から攻めようと。
33 本隊以外の遊軍。
34 俗名忠実。武蔵七党の児玉党の武士。
35 長谷部信連の子孫で但馬の武士。
36 結託して。
37 兵庫県加西市坂本町の法華山一乗寺。
38 兵庫県神崎郡神河町大山。播磨と但馬の国境。
39 進退に途方にくれて、前後の敵に窮した。

ふのみにあらず、[46]諸国の聞こえおびたたしかりければ、世の中いかがあらんずらんと、危ふく思はぬ人ぞなかりける。

菊池《きくち》合戦《かっせん》の事 7

また、筑紫《つくし》には、去んぬる七月の初めに、[1]征西将軍宮《せいせいしょうぐんのみや》、新田《にった》の一族二千余騎、[2]菊池《きくち》肥後守《ひごのかみ》三千余騎、[3]博多《はかた》に打つて出でて、[4]香椎《かしい》に陣を取ると聞こえしかば、勢の付《つ》かぬ前《さき》に追ひ落とせとて、[5]大友刑部大輔《おおともぎょうぶのたいふ》七千余騎、[6]太宰少弐《だざいのしょうに》五千余騎、[7]宗堅大宮司《むなかたのだいぐうじ》八百余騎、[8]紀伊常陸《きいのひたち》三百余騎、都合二万五千余騎の勢一手《ひと》になつて、大手《おおて》へ向かふ。[9]上松浦《かみまつら》、下松浦《しもまつら》が一党、両勢の兵三千余騎は、[10]飯守山《いいもりやま》に打ち上がりて、敵の後ろへぞ廻《まわ》りける。

寄手《よせて》は、目に余る程の大勢《おおぜい》にて、しかも敵を取り巻きたり。宮方《みやがた》は、[11]対揚《たいよう》(する)までもなき小勢《こぜい》にて、しかも[12]平場《ひらば》に陣を取

40　頼之。頼春の子。延文元年(一三五六)に尊氏から中国管領に任じられた。
41　細川一門内での守護職の争論をさす。
42　文書で通達して。
43　播磨。
44　神田本・玄玖本「金河」。流布本、底本に同じ。岡山市北区御津金川。
45　山陰道八か国のうち、伯耆・因幡・但馬・美作の四か国。
46　諸国の呼応する動き。

7

1　懐良親王。後醍醐帝皇子。
2　武光。武時の子。
3　福岡市博多区。
4　福岡市東区香椎。
5　氏時。貞宗の子。
6　少弐頼尚。貞経の子。
7　氏俊。氏範の子。宗像

りたりけれども、菊池《きくち》が気分[13]、元来《もとより》大敵を拉《とりひし》[14]ぐ心根《こころね》なりければ、あへて事ともせざりけり。両陣のあはひ、わづかに二十余[15]町を隔《へだ》てたれば、互ひに馬の腹帯《はるび》を堅《し》め、鎧の高紐《たかひも》[16]をはづさで、懸[17]かりてや攻むる、懸けられてや闘ふと、隙《ひま》を伺《うかが》ひ、気をため[18]ろひて、徒《いたず》らに両月[19]を過ごしける。

菊池が家の子[20]城越前守《じょうのえちぜんのかみ》[21]は、謀《はかりごと》ある者なりければ、山臥《やまぶし》、禅僧《ぜんそう》、遁世者《とんせいしゃ》[22]なんどを、忍び忍びに松浦《まつら》が陣へやりて、その陣の人々の中に、「誰《たれ》がしは、御方《みかた》へ内通《ないつう》の事あり、何がしは、後[23]ろ矢射て、降参《こうさん》すべきの由《よし》を申し候ふぞ。野心《やしん》[24]の者どもに心をくれて、犬死《いぬじに》し給ふな」なんど、様々《さまざま》にぞ申《もう》し遣《つか》はしける。これを聞いて、さる事[25]やあるべきとは思ひながら、今時の人々の心、またあるまじき事にてもなしと、互ひに心を置き合ひて[26]、危ぶまぬ人もなかりけり。その後《のち》、少し程経て、八月六日の暁《あかつき》、城越前守、千余騎の勢《せい》にて飯守山《いいもりやま》に押し寄せ、楯の板を

大社(福岡県宗像市)の大宮司家。
8 冬綱。豊前宇都宮氏の城井(きい)氏。
9 肥前国松浦郡の武士団。上松浦は、佐賀県北部、下松浦は、長崎県の海岸地方。
10 福岡市西区飯盛にある山。
11 匹敵。
12 平地。
13 気性。
14 おしつぶす。
15 一町は、約一〇九メートル。
16 鎧の胴を肩で吊る紐。
17 攻撃を仕掛けて。
18 「ためらふ」に同じ。気を静めて様子をうかがって。
19 七月から八月。
20 一族で家来になった者。
21 熊本県山鹿市に住んだ菊池一族。

敲《たた》いて時[27]をどつと作る。松浦党、元《もと》より大勢《おおぜい》なり、城もよかりければ、この敵に落とさるべき様《よう》はなかりけるを、城の中に敵に内通の者多しと、敵の謀《はか》つて告げたりしを誠《まこと》と心得て、「御方に討たるな。目をくばれ」と、云ふ程こそあれ、われ前《さき》にと落ちける間、寄手《よせて》、勝《かつ》に乗つて、追つ懸け追つ懸けこれを討つ。夜曙《あ》けたりせば、一人《いちにん》も助かるべしとは見えざりける。

敵ながらもこれを手痛[28]からんずると思ひつる松浦党をば、城越前守が謀にて、たやすく攻め落としぬ、少弐《しょうに》、大友《おおとも》を打つ散らさん事は、掌《たなごころ》を指すよりもたやすかるべしとて、菊池、宮の御勢《おんぜい》と一手《ひとて》になつて五千余騎、明くる七日の午刻《うまのこく》[29]に、香椎《かしい》の陣へ押し寄する。松浦党昨日搦手《からめて》の軍《いくさ》に打ち負けぬと聞きしより、あはれ引かばやと思ふ少弐、大友が勢どもなれば、なじかは一《ひと》たまりもたまるべき、鞭《むち》[30]に鐙《あぶみ》を合はせて、われ前《さき》にと落ちて行く。道[31]も去りあへず脱《ぬ》ぎ捨《す》てたる物具《もののぐ》、弓矢に目を懸けず

22 諸芸をもって武家に仕えた時衆の僧。後の同朋衆。
23 裏切って背後から射る矢。
24 裏切り者に気を許して。
25 そんなことがあるはずはない。
26 用心し合って。
27 関(とき)の声。
28 てごわい。
29 正午頃。
30 全速力で馬を駆ける動作。鞭で打ち、鐙で馬をあおって。
31 よけて道を通るのも困難な程数多く脱ぎ捨てた鎧・兜や弓矢に、もし菊池勢が気をとられなかったら。

は、一日路《ひとひじ》余り追はれつる大手《おおて》の寄手《よせて》二万余騎は、半ばも生きて本国へ帰るべしとは見えざりけり。

佐々木《ささき》秀詮《ひであきら》兄弟《きょうだい》討死《うちじに》の事　8

また、同じき年[1]九月二十八日、摂津国《つのくに》に不慮の事出で来て、京勢《きょうぜい》[2]若干《そこばく》討たれにけり。

事の起こりを尋ぬれば、当国の守護職《しゅごしょく》をば、故赤松信濃守範資《あかまつしなののかみのりすけ》[3]、無弐《むに》の忠戦《ちゅうせん》によつて将軍[4]より給はりたりしを、範資死去の後、嫡子大夫判官光範《たいふほうがんみつのり》、相続してこれを拝領す。しかるを、去年[5]、宰相中将義詮朝臣《さいしょうちゅうじょうよしあきらあそん》、五畿七道《ごきしちどう》[6]の勢《せい》を率《そっ》して南方《なんぼう》を攻められし時、光範が軍用《ぐんよう》[7]の沙汰《さた》、毎事《まいじ》不足なりと、将軍近習《きんじゅう》[8]の人々のつぶやきけるを、佐々木佐渡判官入道道誉《ささきさどのほうがんにゅうどうどうよ》、好《よ》き次《つい》でとや思ひけん、南方の軍《いくさ》散じてその後、光範さしたる咎《とが》もなき

8

1 康安元年（一三六一）。
2 大勢。
3 円心の長男。摂津守護。観応二年（一三五一）没。
4 足利尊氏。
5 延文四年（一三五九）十二月から延文五年のこと。
6 畿内五か国と諸国七道。日本全国の意。
7 軍費・兵員の供出が、事ごとに足りない。
8 将軍の側仕えの人々が不平を漏らしたのを。

に、摂津国の守護職を[9]召し放さるべきの由《よし》を申して、則ちわが恩賞《おんしょう》にぞ申し給はりける。光範は、今度の軍用と云ひ、合戦と云ひ、忠烈《ちゅうれつ》人に越えたりと思ひければ、抜群《ばつくん》の恩賞をぞ給はらんと思ひける処《ところ》に、それこそなからめ、結句《けっく》、[10]二代の忠功なきに所《しょ》せられて、多年管領《かんれい》の守護職を改替《かいたい》せられければ、憤《いきどお》りを含み、恨《うら》みを残すと云へども、[11]上裁《じょうさい》なれば力及ばず、謹《つつし》んで訴《そ》訟《しょう》をし居《い》たりける。

[12]和田《わだ》、楠《くすのき》、これを聞き、よき時分《じぶん》なりと思ひければ、五百余騎を率《そっ》して、[13]渡辺《わたなべ》の橋《はし》を打ち渡り、[14]天神《てんじん》の杜《もり》に陣を取る。佐渡判官入道道誉が嫡孫、[15]近江判官秀詮《おうみのほうがんひであきら》、舎弟[16]次郎左衛門《じろうざえもん》、かねて在国《ざいこく》したりければ、千余騎にて馳《は》せ向《む》かひ、[17]神崎《かんざき》の橋《はし》を隔《へだ》てて防き戦はんと議《ぎ》しけるを、守護代[18]吉田肥前房《よしだひぜんぼう》、「さると云ふ事や候ふべき。近年、赤松大夫判官が当国の守護にてありながら、ややもすれば、和田、楠等《ら》に[19]境内《きょうない》を犯し奪はれんとする事、

9　官位・領地などを取り上げること。
10　赤松範資とその子光範の忠功。
11　将軍の決定。
12　和田正氏、楠正儀。
13　大阪市中央区の淀川にかかっていた橋。現在の天満橋付近。
14　大阪市北区天神橋の大阪天満宮。
15　佐々木秀綱の子。父は堅田で戦死(第三十二巻・5)。
16　氏詮。
17　兵庫県尼崎市神埼町の神崎川にかかっていた橋。
18　巌覚。俗名秀仲。滋賀県犬上郡豊郷町吉田に住んだ佐々木一族。
19　領内。

[20]未練《みれん》の至りなりとて、申し給はらせ給ひたる守護職《しゅごしょく》にて候ふに、敵国を退治《たいじ》までこそなからめ、当国に打ち越えたる敵を、一人《いちにん》も生《い》けて帰したらば、赤松《あかまつ》に笑はるるのみにあらず、京都の聞こえもしかるべからず。巌覚《げんかく》、[21]命《いのち》を軽んずる程ならば、一族他門の兵ども、誰《たれ》か見放つ者候ふべき。恩賞欲しくは、続けや人々」と[22]広言《こうげん》吐いて、巌覚、真先《まっさき》に神崎《かんざき》の橋《はし》を打ち渡れば、後陣《ごじん》の勢《せい》千余騎も、続いて川をぞ越したりける。

　ここにて敵の軍勢の[23]分際《ぶんざい》を問へば、「楠《くすのき》は未だ川を超《こ》えず。和田《わだ》が勢ばかり、わづかに五百騎にも足らじと見えて候ふ」と、[24]牛飼童部《うしかいわらんべ》どもの語りければ、吉田肥前房《よしだひぜんぼう》、からからと笑うて、「あはれ、あさましや。敵の種《たね》をばここにて尽《つ》くさすべし。同じくは、楠をも川を越させて打ち殺せ」とて、いと閑《しず》かに[25]馬飼ひて、のさのさとしてぞ居たりける。和田、楠、これを見すまして、川より西へ下部《しもべ》を四、五人遣《つか》はして、「南方《なんぼう》の御敵《おんてき》は、西

20　臆病で未熟この上ない。
21　命をかえりみず戦うならば、佐々木一族やそれ以外の兵たちの誰が見捨てるでしょうか。
22　大言壮語。
23　数量。
24　牛車を扱う童髪の従者。
25　馬に餌を与えて、のんびりとしていた。

より寄せられ候ふぞ。神崎の[26]橋爪《はしづめ》を支へさせ給へ」とぞ呼ばはらせける。佐々木《ささき》判官《ほうがん》、これを聞いて、「敵さては刺し[27]違へて、跡より寄せけり。取つて帰して戦へ」とて、[28]両方深田《ふけだ》なる路《みち》一つを一面に打ち並べて、本《もと》の橋爪へと、馬を[29]西頭《にしがしら》になして歩ませ行く処《ところ》を、楠、[30]足軽《あしがる》の野臥《のぶし》三百人両方の深田へ立ち渡らせ、鏃《やじり》を支《そろ》へて散々に射る。

両方は深田にて、馬の足も立たず、「[31]跡より返して、広みにて戦へ」と、先陣《せんじん》の勢につきたてられて、後陣《ごじん》より返さんとする処に、和田、楠、[32]橋本《はしもと》、福塚《ふくづか》、五百余騎、[33]抜き連れて追つ懸けたり。[34]中津《なかつ》川《がわ》の橋爪にて、[35]白江源次《しらえのげんじ》、六騎踏《ふ》み留《とど》まつて討死《うちじに》しけるに、これぞ[36]案内者《あんないしゃ》なれば、[37]足立ちの善悪をも弁《わきま》へて一《ひと》軍《いくさ》もせんずると、佐々木がかねてより憑《たの》みける[38]国人《くにびと》の[39]中白一揆《なかじろいっき》五百余騎、一戦《ひといくさ》も戦はず、物具《もののぐ》、太刀、刀を取り捨てて、深泥《じんでい》の中へ皆《みな》飛びつかる。始めはさしも[40]義勢《ぎせい》しつる吉田肥前房、真《まっ》

26 橋のたもと。
27 入れ違って、後ろから攻めて来た。
28 両側が深い泥田の道いっぱいに騎馬を並べて。
29 馬を西に向けて。
30 軽装備の歩兵の野伏（武装した農民や山民）。
31 後方から引き返して、広い場所で戦え。
32 橋本は、大阪府貝塚市橋本、福塚は、南河内郡河南町に住んだ武士。
33 いっせいに刀を抜いて。
34 長柄川。淀川の支流。
35 不詳。
36 土地の地理に詳しい者。
37 足場のよしあし。
38 摂津の在地武士。
39 横線を引かない円を旗印にした武士集団。
40 から威張り。

先《さき》に橋を渡つて逃げけるが、続く敵を渡さじとやしたりけん、橋板《はしいた》[41]一間《いっけん》引き落としてければ、跡に渡る御方《みかた》の三百余騎は、皆水に溺れてぞ流れける。

佐々木《ささき》判官《ほうがん》兄弟は、橋の辺まで落ち延びたりけるが、[42]赤田《あかだ》孫《まご》次郎《じろう》が、「橋の落ちて候ふぞ。とても叶《かな》はぬ所なり。返して、討死《うちじに》せさせ給へ。御供《おんとも》申さん」と云ひけるに恥ぢしめられて、兄弟二騎、引つ返して矢庭《やにわ》に討死してけり。

[43]瓜生《うりゅう》次郎左衛門《じろうざえもん》父子兄弟三人も、佐々木判官の討死するを見て、一所に打ち寄らんとしけるが、馬の[44]平首《ひらくび》射られて跳《は》ね落《お》とされければ、田の[45]畔《くろ》の上に三人立ち並びて、敵懸からば、[46]打ち違へて死なんとしけるが、遠矢《とおや》に皆射すくめられて、一所にて皆《みな》討たれにけり。

[47]半時《はんとき》ばかりの軍《いくさ》に、すべて京勢《きょうぜい》の死する者、二百七十三人、この内、敵に討たれて死ぬる兵は、わづかに五、六人に過ぎず。

41 橋柱の間隔一つ分。
42 不詳。他本「県二郎」。
43 滋賀県長浜市瓜生町の武士か。
44 たてがみの下の平らな部分。
45 畦(あぜ)。
46 差し違えて。
47 約一時間ほど。

その外《ほか》二百五十余人は、皆《みな》川に流れてぞ失せにける。楠《くすのき》、情けある者なれば、或いは野伏《のぶし》どもに虜《いけど》られて、[48]面縛《めんばく》せられたる敵をも斬らず、或いは川より引き上げられて、甲斐《かい》なき命生きたる敵をも縛《いまし》め置《お》かず、赤裸《あかはだか》なる者には[49]小袖《こそで》を着せ、手負《てお》ひたる者には薬を与へて、京へぞ返《かえ》し遣《つか》はしける。嬉《うれ》しながらも生ける身の恥の程こそ悲しけれ。

細川清氏《ほそかわきようじ》隠謀《いんぼう》企《くわだ》つる事、并《ならびに》子息《しそく》[1]首服《しゅふく》の事　9

これらをこそ、[2]すはや、大地震《だいじしん》の験《しるし》に国々の乱出で来たりぬるはと驚き聞く処《ところ》に、京都に[3]希代《きたい》の事あつて、将軍の執事《しつじ》[4]細川相模守清氏《ほそかわさがみのかみきようじ》、その弟[5]左馬助《さまのすけ》、猶子《ゆうし》[6]仁木中務少輔《にきなかつかさのしょう》、三人ともに都を落ちて、武家の怨敵《おんてき》となりにけり。事の根元《こんげん》を尋ぬれば、佐々木佐渡判官入道道誉《ささきさどのほうがんにゅうどうどうよ》と、細川相模守清氏と、内々怨《ないないうら》

48　顔を前につき出して両手を後手に縛ること。
49　筒袖の着物。

9
1　元服。
2　それ(心配したとおりだ)。
3　めったにない珍事。
4　和氏の子。延文三年(一三五八)に前任の仁木頼章の没後に執事(将軍補佐の要職)となる。
5　頼和。底本「右馬助」。後出「左馬助」とあり、改める。
6　頼夏。細川和氏の子で、仁木頼章の猶子。

みを含む事ありしによつて、つひに君臣[7]狐狼《ころう》の心を結ぶとぞ聞こえし。

先《ま》づ、加賀国《かがのくに》の守護職《しゅごしょく》は、[8]富樫介《とがしのすけ》、建武《けんむ》の始めより今に至るまで、一度も変ずる事なくして、しかも忠戦《ちゅうせん》他に異《こと》に、[9]成敗《せいばい》暗からざるによつて、[10]恩補《おんぷ》列祖《れっそ》に復せしを、富樫介死去せし刻《きざみ》、その子未だ幼稚《ようち》なりとて、道誉《どうよ》、[11]尾張左衛門佐《おわりさえもんのすけ》を聟に取つて、当国の守護職を申し与へんとす。細川相模守《ほそかわさがみのかみ》、これを聞いて、[12]さる事やあるべきとて、富樫介が子を取り立てて、則ち守護職[13]安堵《あんど》の御教書《みきょうじょ》をぞ申しなしける。これ乃《すなわ》ち、道誉が鬱憤《うっぷん》のその一つなり。

次に、[14]備前国福岡《びぜんのくにふくおか》の庄は、[15]頓宮四郎左衛門《はやみしろうざえもん》が所領なり。しかるを、頓宮が[16]軍忠中絶《ぐんちゅうちゅうぜつ》の刻《きざみ》、[17]赤松帥律師則祐《あかまつそつのりっしそくゆう》、これを申し給はる。後《のち》、頓宮、細川が手に属《しょく》して忠ありしかば、細川、これを贔屓《ひいき》して、安堵の御教書を申し与ふ。しかれども、則祐は道

7 貪欲で人を害する心のたとえ。
8 氏春。高家の子。加賀守護。石川県金沢市富樫に住んだ。
9 政務や訴訟の処置。
10 恩賞としての守護職補任が歴代の先祖と同列になったのに。
11 氏頼。斯波高経の子。
12 そんなことがあっていいはずがない。
13 守護職補任を認める将軍発給の文書。
14 岡山県瀬戸内市長船町福岡。
15 備前の武士。
16 軍功がとだえた時。
17 赤松の総領職を次いだ則祐の正室は、道誉の娘。
18 将軍の決定を佐々木道誉に妨害されて。

誉が聟《むこ》なりければ、国を押さへられ、[18]上裁《じょうさい》を支へられて、頓宮、所領に[19]還住《げんじゅう》せず。これ、清氏《きようじ》が鬱憤のその一つなり。

次に、摂津国《つのくに》の守護職をば、道誉、謂《い》はれなく申し給はつて、孫近江判官秀詮《おうみのほうがんひであきら》に持たせたりけるを、相模守、[20]本主《ほんしゅ》[21]赤松大夫《あかまつたいふ》判官光範《ほうがんみつのり》に安堵せさせんと、[22]よりより意見を献ずる事、憚《はばか》る所なし。これ乃《すなわ》ち、道誉が鬱憤のその二つなり。

次に、今年七夕《たなばた》の夜は、[23]新将軍、相模守が館《たち》へおはして、[24]七十番の歌合《うたあわせ》をして遊ぶべき由《よし》、かねて仰せられければ、相模守、誠《まこと》に興《きょう》じ思《おも》ひて、様々《さまざま》の珍膳《ちんぜん》をこしらへ、歌読みども数十人誘《ゆう》引《いん》して、すでに[25]案内を申しける処《ところ》、道誉また、[26]この日、わが宿所を[27]七所《しちしょ》飾りて、[28]七番菜《しちばんさい》を調《ととの》へ、七百種の[29]課物《かけもの》を積んで、七十服の[30]本非《ほんぴ》の茶を飲むべき由申して、将軍を招請《しょうしょう》し奉りける間、歌の会は、[31]よしや後日《ごじつ》にもありなん、七所の粧《かざ》りは珍しき遊びなるべしとて、[32]兼日《けんじつ》の約束を引き違へ、道誉が方《かた》へおはしけれ

19　元の地に還り住むこと。
20　本来の所有主。
21　範資の子。
22　たびたび。
23　足利義詮。
24　百四十首の和歌を左右に分けて優劣を競う遊び。
25　招待の通知。
26　底本「皆」は「此日」の誤写。
27　七夕にちなんで、会所や書院の七か所を、それぞれ茶器や書画、立花等で飾ること。
28　闘茶で七番にわたって出される菜の膳。
29　闘茶の賭けの景品。
30　本茶(栂尾または宇治の本場の茶)と非茶(栂尾・宇治以外の地方産の茶)を言い当てる闘茶。
31　まあよい。
32　前々からの約束。

ば、相模守《さがみのかみ》が用意調子それて[33]、数奇《すき》[34]の人も空《むな》しく帰りにけり。これまた、清氏《きようじ》が鬱憤《うっぷん》のその二つなり。

かやうの事ども、互ひに憤《いきどお》り深くなりにければ、両人の確執《かくしつ》止《や》む事《こと》を得ずして、上にはさりげなき体《てい》なれども、下には悪心《あくしん》を挟《さしはさ》めり。

この相模守は、気飽《あ》くまで侈《おご》りて、行迹尋常《こうせきよのつね》[35]ならざりけれども、ひとへに仏神《ぶつじん》を敬《うやま》ふ心深かりければ、神に帰服《きふく》[36]して、子孫の冥加《みょうが》[37]を祈らんとや思はれけん、また、世にはわが子の烏帽子《えぼし》[38]親《おや》に取るべき人なしとや思ひけん、九つと八つとになりける二人の子を、八幡《やわた》[39]にて元服せさせ、大菩薩《だいぼさつ》の烏帽子子《えぼしご》になして、兄をば、八幡六郎《はちまんろくろう》、弟をば、八幡八郎《はちまんはちろう》とぞ名づけける。この事、やがて天下の口遊《くちずさ》[40]みとなりければ、宰相中将殿《さいしょうちゅうじょうどの》[41]、これを聞き給ひて、これはただ、当家[42]の累祖伊予守頼義《るいそいよのかみよりよし》、三人の子を八幡、賀茂《かも》、新羅大明神《しんらだいみょうじん》[43]に進《まい》らせて、八幡太郎《はちまんたろう》、賀茂次郎《かもじろう》、新羅三《しんらさぶ》

33　準備がむだになって。
34　風流人。歌よみ。
35　ふるまい。
36　帰依すること。
37　神の加護。
38　元服に際して、烏帽子をかぶせて名を付ける役の仮親。
39　石清水八幡宮（京都府八幡市）。清和源氏の守護神の八幡神を祭る。
40　うわさ。
41　足利義詮。
42　源氏将軍家代々の祖、源頼義が、義家・義綱・義光の三人の子を、それぞれ八幡神・賀茂明神・新羅明神の烏帽子子としたこと。
43　三井寺園城寺の守護神。

郎《ろう》と名づけしに異ならず、心中に[44]いかさま、わが天下を奪はんと思ふ企《くわだ》てあるものなりと、[45]所存《しょぞん》に違《たが》ひてぞ思はれける。

志《し》一上人上洛《いちしょうにんしょうらく》の事　10

佐《さ》渡判官入道道誉《どのほうがんにゅうどうどうよ》、これを聞いて、すはや、悪《にく》しと思ひつる相模守が過失《かしつ》は、一つ出で来にけるはと、独《ひと》り咲《え》みして、[1]藪《やぶ》に晦《めくわ》し居《い》たる処《ところ》に、[2]外《げ》法成就《ほうじょうじゅ》の[3]志一上人、鎌倉《かまくら》より上《のぼ》りて、判官入道のもとへおはしたり。様々《さまざま》の[4]物語りの次《つい》でに、「さて、[5]都は却《かえ》つて旅にて、よろづ便《びん》なき御事にてこそ候ふらめ。誰《たれ》か[6]檀那《だんな》になり奉りて、祈りなんどの事をも申し入れ候ふ」と問はれければ、「何となく古郷《ふるさと》にて候へば、京都もなつかしく候ふ上、[7]畠山《はたけやま》、聊《いささ》か[8]管領《かんれい》に申す事候ひて、そのために上洛(したり)」とぞ申しける。

44　必ずや。
45　不快に。

10

1　陰で目くばせする。事が秘密であることを示す。
2　仏の教えから外れた行法を修行して会得した。
3　足利直義の信任を得た妙吉侍者に外法を伝授した仁和寺の「志一房」(第二十七巻・5)と同一人物か。
4　雑談。
5　都は今ではむしろ旅先で。志一が以前都に住み、今は鎌倉に住んでいることを示す。
6　施主。布施をする人。
7　畠山国清(道誓)。鎌倉公方足利基氏の執事。
8　執事(将軍補佐の要職)細川清氏をさす。

この志一上人《しいちしょうにん》は、元来《もとより》[9]邪天道法成就《じゃてんどうほうじょうじゅ》の人なる上、近比《ちかごろ》、鎌《かま》倉《くら》にて諸人《しょじん》[10]奇特《きどく》の思ひをなし、帰依《きえ》浅からざる上、畠山入道《はたけやまにゅうどう》、諸事深く信仰し憑《たの》み入《い》りて、関東にても不思議ども現じける人なり。よつて、道誉《どうよ》、やがて[11]心速き者にてあやしく思ひて、「さても、いかやうなる[12]題目《だいもく》をか申されつらん」と、色々に気を取りて尋ねけるが、始めは[13]分明《ふんみょう》にその子細《しさい》をば許さざりけるが、いかが思はれけん、[14]一法《いっぽう》成就の人なれば、人々の[15]果報《かほう》をさとり知り、とても武運の傾《かたぶ》き難《がた》く、[16]この人々薄運《はくうん》なる所や見抜かれけん、これ程深く憑《たの》み切《き》られて京まで上《のぼ》せられけるに、この事どもを、[17]浅々《あさあさ》しく次第に述べられけるも不思議なり。

この僧、宣《のたま》ひけるは、「[18]未だかひがひしき知音《ちいん》、檀那《だんな》なども候はで、いつしか在京叶《かな》ひ難《がた》き心地して候ひつるに、相模守殿《さがみのかみどの》よりこそ、この両三日が前に、「一大事の所願《しょがん》候ふ、[19]頓《とみ》に成就あるやうに祈りてたび候へ」とて、[20]願書《がんしょ》を一通封《ふう》して、[21]供具《くぐ》の

9　外法の類だが、不詳。
10　不思議で賞賛の思い。
11　頭の回転の速い者なので。
12　祈願の題目。
13　はっきりとはその事情を話そうとしなかったが。
14　(外法とはいえ)一つの法を成就した人なので。
15　前世で定められた現世での報い。
16　畠山道誓と細川清氏をさす。
17　軽々しく。
18　頼りになる知人や施主。
19　速やかに。
20　神仏への祈願書。
21　神仏への供え物にあてる費用(用途)。

料足《りょうそく》に用途《ようと》[22]一万疋《びき》添へて送られて候ひしか」と語り給ひければ、道誉、「何事の所願にてか候ふらん」と、懇切《こんせつ》に所望《しょもう》せらる。[23]慭《なまじ》ひに語りは出だしつ、余りに惜しむ事も叶《かな》ひ難《がた》ければ、力なくこの願書を取り寄せて、道誉にぞ披見《ひけん》させさせける。

道誉、この願書を内へ持つて入りて、「ただ今、ちと急の事候ふ間、外へ罷《まか》り出《い》で候ふ。この願書は、閑《しず》かに披見候ひて後《のち》に、返しまゐらせ候ふべし。明日、これへ御渡り候へ」とて、[24]後ろの小門《こもん》より出《い》で違《ちが》ひければ、志一上人、重ねて云ひ入るるに言《ことば》なくして、宿所《しゅくしょ》へぞ帰り給ひける。

22　疋は、銭の単位(一疋は、十文)。
23　なまじっか。
24　表門に対する裏口の小さな門。

細川清氏叛逆露顕即ち没落の事《ほそかわきようじほんぎゃくろけんすなわちぼつらくのこと》 11

道誉、その翌日《つぎのひ》、この願書を[1]伊勢入道《いせにゅうどう》がもとへ持つて行きて、「これ見給へ。相模守隠謀《いんぼう》の企《くわだ》てあつて、志一上人に就《つ》きて、

11
1　伊勢貞継。盛継の子。伊勢氏は、足利譜代の臣。

将軍を呪咀《しゅそ》し奉り候ひけるぞや。[2]自筆《じひつ》自判《じはん》の願書《がんしょ》分明《ふんみょう》に候ふ上は、疑ふ所にて候はず。急ぎこれを持参候ひて、ひそかに将軍に見せまゐらせ候へ」とて、[3]爪弾《つまはじ》きをして、懐《ふところ》より取り出だしける。伊勢《いせ》入道《にゅうどう》、不思議の事かなと思ひて、披《ひら》いてこれを見るに、三ヶ条の所願《しょがん》を載せられたり。

敬白　[4]吒祇尼天《だぎにてん》の宝前《ほうぜん》

一　清氏《きょうじ》[5]四海《しかい》を管領《かんれい》し、子孫永く栄花《えいが》に誇るべき事。

一　宰相中将義詮朝臣《さいしょうちゅうじょうよしあきらあそん》、忽《たちま》ちに病患《びょうかん》を受け、死去せらるべき事。

一　[6]左馬頭基氏《さまのかみもとうじ》、武威を失ひ、人望《じんぼう》に背《そむ》き、わが軍門に降《くだ》らるべき事。

右三ヶ条の所願、一々成就《じょうじゅ》せしめば、永くこの尊《そん》の[7]檀度《だんと》と為《な》り、[8]真俗《しんぞく》の繁昌《はんじょう》を専《もっぱ》らにすべし。仍《よ》つて祈願の状件《くだん》の如《ごと》し。

2　本人の署名・花押。

3　非難するしぐさ。

4　吒枳尼天。外法の本尊とされる夜叉神の一種。人の死を六か月前に知り、その心臓を取って食うという。

5　天下を支配し。

6　鎌倉公方、足利基氏。義詮の弟。

7　檀徒。施主となる信徒。

8　僧俗による吒枳尼天信仰の繁栄に専らつとめる。

[9]康安《こうあん》元年九月三日　　相模守清氏《さがみのかみきようじ》

と書き、[10]裏判《うらはん》にこそせられける。

伊勢入道、願書を読《よ》み了《おわ》つて、眉を嚬《ひそ》め、[11]大息《おおいき》を突く事やや久し。手跡《しゅせき》は誰《たれ》とも知らねども、[12]判形《はんぎょう》に於ては疑ひなければ、宰相中将殿の見参《げんざん》にこそ入れんずらめと思ひけるが、これを披《ひ》露《ろう》申しなば、相模殿、忽《たちま》ちに身を失はるべし。その上、かかる事には、[13]謀計《ぼうけい》なんどもあるぞかし。[14]倉卒《そうそつ》にはいかが申し入るべきと[15]斟酌《しんしゃく》して、深く箱の底にぞ収めける。

かかる処《ところ》に、[16]羽林将軍《うりんしょうぐん》、俄《にわ》かに[17]邪気《じゃき》の事あつて、[18]有験《うげん》の高僧[19]加持《かじ》し奉れども止まらず。頭痛《ずつう》日を追つて増さる由《よし》聞こえしかば、道誉《どうよ》、急ぎ参つて、「先日、伊勢入道して進《しん》じ候ひし清氏が願書をば、御覧ぜられ候ひけるやらん」と問ひ奉るに、「未だ披露あらず」と宣《のたま》ふ。「さては、[20]御傷《おんいたわ》りそれゆゑと覚え候ふ」とて、急ぎ伊勢入道を呼び寄せ、件《くだん》の願書を召し出だして、

9　一三六一年。
10　表の文書が真実であることを証するために紙背に書いた署名と花押。
11　ため息。
12　花押。
13　はかりごと。
14　軽率には。
15　あれこれ考慮して。
16　羽林は、近衛府の武官の唐名。近衛中将の義詮をさす。
17　物の怪などが引き起こす病。
18　祈禱の験力のある高僧。
19　密教の祈禱。
20　ご病気。

羽林将軍《うりんしょうぐん》に見せ奉る。その後《のち》、幾程《いくほど》なくして邪気《じゃき》立ち去つて、[21]違例本復《いれいほんぷく》し給ひければ、「道誉《どうよ》が申す処偽《ところいつわ》らで、清氏《きようじ》が呪咀《しゅそ》疑ひなかりけり」と、将軍、これを信じ給ふ。

その後《のち》、また心付きて、[22]「[23]八幡《やわた》に清氏願書《がんしょ》籠《こ》めぬ事あるまじき」とて、内々《ないない》[24]社務《しゃむ》を召して、問はれければ、「さる願書は、封《ふう》して[25]神馬《じんめ》と送られて候ふが、[26]やがて神殿《しんでん》に籠めて候ふ」と申しければ、「それ取り出だして奉るべし。聊《いささ》か不審あり」と仰せありければ、やがて取り出だし、持参しけり。これを披見《ひけん》し給ふにも、[27]大樹《たいじゅ》の命を奪ひ、わが世を取らんとの発願《ほつがん》なり。いよいよ疑ふ所なし。凡《およ》そ志《し》一上人《いちしょうにん》を上《のぼ》せられけるも、[28]畠山《はたけやま》、われ奇特《きどく》の人と思ひ、[29]同心《どうしん》に京、関東を取らんとて、その祈禱のために、畠山の吹挙《すいきょ》にて上《のぼ》られけり。

その後《のち》よりは、と(や)して清氏を討ちやせまし、かくやせましと、道誉一人《いちにん》に談合《だんごう》あつて、案《あん》じ煩《わずら》ひ給ひける処に、道誉、

21 病気が快復されたので。
22 考えついて。
23 石清水八幡宮(京都府八幡市)。
24 神職。
25 神に奉納する馬。
26 そのまま。
27 将軍の別称。
28 畠山道誓は、自分を非凡な者と思い。
29 細川清氏と結託して。
30 兵庫県神戸市北区の有馬温泉。
31 禅宗用語で、参禅。
32 京都市右京区嵯峨にある臨済宗寺院。後醍醐天皇の菩提を弔うために足利尊氏が建立。第二十五巻・2。
33 いつもと違って(参禅が)夜になって。
34 武装した兵。
35 そうであるなら、清氏の方からきっと攻め寄せられてしまうと思われる。

俄《にわ》かに病《やまい》と称して、湯治《とうじ》のために[30]湯山《ゆのやま》へ下《くだ》りぬ。後《のち》四、五日あつて、相模守《さがみのかみ》、[31]普請《ふしん》のためとて[32]天龍寺《てんりゅうじ》へ参じけるが、[33]例ならず夜に入りて、[34]物具《もののぐ》したる兵ども三百余騎召し具したり。将軍、これを聞き給ひ、「さては、道誉と評定《ひょうじょう》せし事、早や清氏に聞こえてけり。[35]さらんに於ては、却《かえ》つていかさま寄せられぬと覚ゆる。京中の戦ひは、小勢《こぜい》にて(は)叶《かな》ふまじ。[36]要害《ようがい》に籠《こ》もつて防くべし」とて、九月二十一日の夜半ばかりに、[37]今熊野《いまくまの》に引き籠もる。やがて、ひそかに内裏《だいり》へも、「急ぎ今熊野に[38]臨幸《りんこう》なるべし」と、[39]三宝院《さんぼういん》を以て申し入《い》る。[40]一の橋引き落として、所々《しょしょ》に[41]掻楯《かいだて》かき、[42]車《くるま》、[43]逆母木《さかもぎ》引き並べて、[44]轅門《えんもん》を堅めて待ち懸け給へば、[45]今川上総介《いまがわかずさのすけ》、舎弟[46]伊予守《いよのかみ》、[47]宇都宮三河入道《うつのみやみかわのにゅうどう》以下《いげ》、われもわれもと馳《は》せ参《まい》る。行幸《ぎょうこう》もその暁《あかつき》なりければ、公家《くげ》の[48]卿相《けいしょう》雲客《うんかく》も、われもわれもと参《さん》ぜらる。

俄《にわ》かの事なれば、何のひしめきと聞き定めたる事はなけれど

36 防御に都合のよい所。
37 東山区今熊野椥ノ森（なぎのもり）町にある新熊野神社。
38 行幸。
39 醍醐寺三宝院の僧、光済か。
40 泉涌寺の境内に発し、今熊野の南を巡る今熊野川（一の橋川）に架けられた橋。
41 垣のように並べた楯。
42 牛車を並べて防御の垣としたもの。
43 棘のある木の枝などで作る防御の柵。
44 軍門。轅（ながえ＝馬車・牛車の前方に突き出た二本の長い棒）を向かい合わせて軍陣の門としたことに由来する。
45 範氏。範国の子。駿河守護。
46 貞世。遠江守護。
47 貞宗。法名道眼。泰宗の子。伊予宇都宮氏。

も、武士東西に馳《は》せ違《ちが》ひければ、相模守《さがみのかみ》の留守より、天龍寺《てんりゅうじ》へこの由《よし》告げたりければ、「何条《なんじょう》[49]今時、京中に何事の騒ぎかあるべき。告げて云ふ者の、誤りにてぞあるらん」とて、騒ぐ気色《きしょく》もなかりけるが、わが身の上と聞き定めてければ、三百余騎にて天龍寺より打ち返り、弟の僧　愈侍者《ゆじしゃ》[50]を、今熊野《いまくまの》へ参らせて、「洛中の騒動、何事とも存知《ぞんち》仕《つかまつ》り候はで、急ぎ馳《は》せ参《まい》つて候へば、清氏《きようじ》討てとの仰せにて候ふなる。罪科《ざいか》何事にて候ふらん。もし無実の讒《ざん》によつて、死罪を行はれ候はば、政道の乱れ、御《おん》[51]敵《てき》の嘲《あざけ》り、これに過ぐる事や候ふべき。暫《しばら》く御糺明《ごきゅうめい》[52]の後《のち》に、罪科の実否《じっぷ》[53]を定めらるべきにて候はば、頸《くび》を延べて、軍門に参じ候ふべし」とぞ申し入れたりける。愈侍者、今熊野に参つて、この趣《おもむき》を申しけれども、清氏が多日《たじつ》の隠謀《いんぼう》、事《こと》すでに露顕《ろけん》の上は、とかくの沙汰《さた》に及ぶべからずとて、使僧《しそう》に対面もなく、一《いち》言《ごん》の返事にも及び給はねば、色[54]を失ひて退出す。

48　公卿・殿上人。
49　どうして。
50　不詳。侍者は、禅寺で長老の側近く仕える僧。
51　南朝方をさす。
52　ご詮議。
53　事実であるか否か。
54　驚きあわてて。

清氏、「この上は、陳じ申すに言《ことば》なし。今は定めて、討手《うって》をぞ向けられん。一矢《ひとや》射て腹切らん」とて、舎弟 左馬助《さまのすけ》[55]、大夫将監《たいふしょうげん》、兵部大輔《ひょうぶのたいふ》、猶子 仁木中務少輔《にきなかつかさのしょう》[56]、いとこの兵部少輔《ひょうぶのしょう》[57]氏春《うじはる》六人、中門《ちゅうもん》[58]にて物具《もののぐ》ひしひしとし堅め、旗竿《はたざお》取り出だし、馬の腹帯《はるび》[59]を堅《し》めさすれば、郎従《ろうじゅう》どもここかしこより馳《は》せ集《あつ》まつて、七百余騎になりにけり。

今熊野には、始め五百余騎馳せ集まつて、あはれ、われ討手を承《うけたまわ》つて向かはばやと、義勢《ぎせい》[60]しける者ども、相模守七百余騎にてひかへたりと聞こえしかば、興醒《きょうざ》め顔《がお》になりて、ここの房《ぼう》[61]中《ちゅう》、かしこの在家《ざいけ》に引き入り引き入り、荒く物をも云はず、ただいづくか落ち場なるらんと、山の方をぞまもりける[62]。

相模守は、今や討手《うって》を給はると、冑《かぶと》の緒《お》をしめて待ちけれども、向かふ敵なかりければ、「同じくは洛中にて兵を集め、戦ひを致さんと用意したるも、且《かつう》[63]は狼藉《ろうぜき》なり。陣を去つて、都を

55 和氏の子、頼和。大夫将監は、家氏。兵部大輔は、将氏。
56 頼夏。
57 師氏(和氏の弟)の子。
58 表門から主殿に至る間の門。
59 鞍を固定するため馬の腹にしめる帯。
60 から威張り。
61 僧坊の中。在家は、民家。
62 見まもっていた。
63 一方では(よく考えてみると)乱暴で無礼なふるまいである。

落ちてこそ、なほも陳《ちん》じ申《もう》さめ」とて、二十三日の[64]早旦《そうたん》に、若《わか》狭《さ》を指して落ちて行く。仁木《にき》中務少輔《なかつかさのしょう》、細川大夫将監《ほそかわたいふしょうげん》二人《ににん》は、京に落《お》ち留《とど》まりぬ。相順《あいしたが》ふ勢《せい》、次第に減じぬと見えけるに、[65]辺都洛外《へんとらくがい》の郎等《ろうどう》ども、少々路《みち》に追つついて、「将軍の御勢《おんぜい》はわづかに五百騎に足らずとこそ承り候ふに、などやこの大勢《おおぜい》にて、都をば落ちさせ給ひ候ふやらん」と申せば、相模守《さがみのかみ》、馬をひかへて、「元来《もとより》、[66](将軍に向かひ奉つて合戦をすべき身にてだにあらば、臆病《おくびょう》第一)の[67]取り集め勢が四、五百騎わななき居たるを、清氏《きようじ》、物の数とや思ふべき。[68]君臣の道死すれども、上に逆《さか》へざる義を思ふゆゑに、一《ひと》まども落ちてや陳じ申さんと存じて、[69]云《い》ひ甲斐《がい》なき体《てい》を人に見えつる悲しさよ。身[70]不肖《ふしょう》なれば、罪なくして討たれまゐらするとも、世のため惜しむべき命にあらず。ただ[71]讒人《ざんにん》事を乱りて、将軍天下を失はせ給はんずるを、亡《な》からん草の陰《かげ》にても見聞《みき》かん事こそ悲しけれ」とて、両眼《りょうがん》に涙を浮

64　早朝。

65　都のほとりや郊外。

66　他本により補う。

67　寄せ集めの勢。

68　君臣上下の道はすたれたが、主君に逆らわない道義を考えるゆえに、ひとまず都落ちして弁明しようと思って。

69　ふがいないさま。

70　未熟者。自分を謙遜していう語。

71　悪口をいって人をおとし入れる者が騒動を起こして。

かべ給へば、相順ふ兵どもも、皆《みな》鎧の袖をぞ濡らしける。
　[72]千本《せんぼん》を打ち過ぎて、[73]長坂《ながさか》へ懸かる処《ところ》にて、舎弟兵部大輔《ひょうぶのたいふ》といとこの兵部少輔《ひょうぶのしょうに》二人《にん》を近づけて、「[74]御辺達《ごへんたち》、兄弟骨肉の義浅からざるによつて、わが[75]案否《あんぴ》を見はてんと、これまで付《つ》き纏《まと》ひ給ふ志《こころざし》、[76]千顆万顆《せんかばんか》の玉よりも重く、[77]一入再入《ひとしおふたしお》の紅《くれない》よりもなほ深し。しかりと雖《いえど》も、清氏、[78]佞人《ねいじん》の讒《ざん》によつて、測《はか》らざる淵《ふち》に沈む上は力なし。御辺達両人は、讒を負ひたる身にもあらず。将軍の御不審《ごふしん》を蒙《こうぶ》りたる事もなき者が、何と云ふ沙汰もなく、われとともに都を落ちて[79]路径《ろけい》に尸《かばね》を曝《さら》さん事、[80]後難《こうなん》なきにあらず。早くこれより将軍へ帰り参つて、清氏が所存《しょぞん》をも申し開き、父祖の跡[81]をも失はぬやうに計らひ給へ。これ、われを助くる謀《はかりごと》、または身を立つる道なるべし」と、涙を流して宣へば、両人押さふる涙に咽《むせ》びて、しばしは返事にも及ばず。やや暫《しばら》くあつて、「心憂き事をも、承《うけたまわ》り候ふものかな。たとひこれより

72　上京区の千本今出川の辺。
73　北区鷹ヶ峯から右京区京北へ抜ける周山街道。京都七口の一。
74　そなたたち。
75　安否に同じ。
76　千個・万個の宝玉。
77　布を染料に一度漬けるのを、「一入（ひとしお）」という。
78　邪（よこしま）な者。
79　道ばた。
80　（私に対する）後日の非難。
81　家名。家督。

罷《まか》り帰《かえ》りて候ふとも、讒人《ざんにん》君の傍《かたわ》らにあつて、[82]憑《たの》む影なき世に立《た》ち紛《まぎ》れ候はば、いつまでの身をか保ち候ふべき。将軍には[83]心を置かれまゐらせ、傍《かた》への人には[84]指を差され候はん事、恥の上の[85]不覚《ふかく》たるべきにて候へば、ただいづくまでも伴ひ奉つて、案《あん》否《ぴ》を見はてまゐらせん事こそ、本意《ほい》にて候へ」と、再三申しけれども、相模守《さがみのかみ》、「[86]さては、われにいよいよ隠謀ありけりと、世の人の思はんずる処《ところ》が悲しく候へば、[87]枉《ま》げてこれより帰られ候ひて、真実の志《こころざし》深くは、後日《ごじつ》にまた[88]音信《いんしん》も候へ」と、手を合はせて止められければ、二人の人々、「さらば、ともかくも先《ま》づ、仰せにこそ随ひ候はめ」とて、泣く泣く千本《せんぼん》より打ち別れて、本《もと》の宿所《しゅくしょ》にぞ帰りにける。

京中にて合戦あらば、在家《ざいけ》は一宇《いちう》も残らじと、上下万民周章《あわ》て騒ぎけるが、相模守[89]事故《ことゆえ》なく都を落ちにければ、二十四日に、将軍、やがて今熊野《いまくまの》より本《もと》の館《たち》へ帰り給ふ。いつしか相模

82 頼る人もいないこの世。
83 警戒心を持たれ。
84 後ろ指をさされる。
85 不名誉な過ちを犯すこと。
86 そのようにしたら。
87 ぜひとも。
88 連絡をとりなさい。
89 何事もなく。
90 家来。
91 昨日までの栄華は夢のようで。

12

1 備前の武士。前出、本巻・9。

守が[90]被官《ひかん》の者ども、宿所を替へ身を隠したる有様、[91]昨日《きのう》は夢にあはれなり。

頓宮《はやみの》四郎《しろう》心替《こころが》はりの事 12

若狭国《わかさのくに》は、相模守近年管領《かんれい》の国にて、[1]頓宮四郎左衛門尉《はやみしろうざえもんのじょう》、かねて在国したりければ、[2]小浜《おばま》に[3]究竟《くっきょう》の城を構へて、兵粮《ひょうろう》[4]数万斛《ごく》積み置いたり。相模守、ここに落ち付いて、城の構へ、勢《せい》の程を見るに、[5]懸け合ひの合戦をするとも、また城に籠《こ》もつて戦ふとも、一年、二年の内には、たやすく落とされじものをと思はれける。

さる程に、[6]尾張左衛門佐《おわりさえもんのすけ》、追手《おって》の大将を承《うけたまわ》つて、北陸道《ほくろくどう》の勢三千余騎を率《そっ》して、越前《えちぜん》より[7]椿峠《つばきとうげ》へ向かふ。[8]仁木三郎《にきのさぶろう》、搦《からめ》手《て》の大将を給はつて、山陰道《せんおんどう》の勢二千余騎を率《そっ》して、丹波《たんば》より

2　福井県小浜市。
3　堅固な城
4　一斛(石)は、十斗(約一八〇リットル)。
5　正面からぶつかり合う戦闘。
6　流布本「尾張左衛門佐氏頼」(斯波高経三男)とあるが(第十五巻・16に前出)、斯波氏頼はこの時点で宮方か(本巻・17、参照)。日本古典文学大系本の注は、尾張三郎石橋左衛門佐和義の誤りとする。和義は、石橋義博(斯波一門)の子で、若狭守護。
7　福井県三方郡美浜町、丹後街道の坂尻と佐柿(さがき)の間の峠。
8　義尹(よしまさ)。頼章の子、頼夏の猶子。丹波守護。第三十五巻・10の「仁木三郎」は、仁木師義の子、義任。

[9]逆谷《さかさまだに》へ向かふと聞こえければ、相模守《さがみのかみ》、大きにあざ笑うて、「あな、あはれの者どもや。これらを敵に請《う》けては、[10]力者《りきしゃ》二、三人に、[11]杉さい棒突かせて差し向けたらんに、[12]不足あるまじ。先《ま》づ、[13]敦賀《つるが》に[14]朝倉《あさくら》が[15]先打《さきう》ちにて陣を取つたんなる、打つ散らせ」とて、[16]中間《ちゅうげん》を八人差《さ》し遣《つか》はさる。

八人の中間ども、敦賀の津へ紛《まぎ》れ入《い》りて、[17]浜面《はまおもて》の在家《ざいけ》十余ヶ所に火を懸けて、時の声をぞ揚げたりける。朝倉が兵三百余騎、時の声に驚き、「すはや、相模守の寄せたるは。定めて大勢《おおぜい》にてぞあるらん。引いて後陣《ごじん》の勢《せい》に加はれ」とて、矢の一つをも射ず、朝倉、敦賀を引きければ、相伴ふ兵三百余騎、馬、物具《もののぐ》を取り捨てて、越前《えちぜん》の国府《こう》へぞ逃げたりける。

「[18]されぱこそ、思ひつる事は」と、人ごとに[19]言《い》ひ弄《もてあそ》ぶと沙汰《さた》せしかば、尾張左衛門佐《おわりさえもんのすけ》、大きに怒つて、[20]やがて大勢を率して、十月二十九日、椿手向《つばきとうげ》へ打ち向かふ。相模守、これを聞いて、

9　福井県大飯郡おおい町川上にある谷。若狭と丹波の国境。
10　公家や武家に仕え、力仕事にたずさわった法師形の(剃髪した)従者。
11　杉の丸太の先に鋲などを打ちつけた武器。
12　十分である。
13　福井県敦賀市。
14　斯波の家来。
15　先陣。
16　身分の低い侍。侍と小者の中間の者。
17　海辺に面した民家。
18　やっぱりだ。思っていたとおりよ。
19　言いあざけるとのうわさが聞こえたので。
20　ただちに。

「今度は、一人《いちにん》も敵と云ふ者を生けてやるまじければ、自身《じしん》向かはで叶《かな》ふまじ」とて、城に頓宮《はやみ》四郎左衛門尉《しろうざえもんのじょう》を残し置き、舎弟[21]左馬助《さまのすけ》相共《あいとも》に、五百余騎にて、追手《おって》の敵に馳《は》せ向《む》かふ。

敵の陣難所《なんしょ》なれば、待つてや戦ふ、ただ懸かりやすると思案して、未だ戦ひを決せざる処《ところ》に、重恩他《じゅうおんた》に異《こと》なれば、これぞ二心《ふたごころ》あるまじき者と憑《たの》まれける頓宮四郎左衛門、俄《にわ》かに心替りして、旗を挙げ、[22]木戸《きど》を打つて、寄手《よせて》の勢《せい》を後ろより城へ引き入れける間、相模守《さがみのかみ》に相順《あいしたが》ふ兵ども、戦ふべき力尽《つ》きはてて、右往左往に落ちて行く。[23]朽ちたる縄を以て六馬《りくば》をば維《つな》ぎ留《と》むるとも、憑《たの》み難《がた》きはこの比《ごろ》の武士の心なり。

清氏南方《きようじなんぽう》に参《まい》る事　13

清氏、さしもの勇士なりしかども、かくては叶はじとや思は

21　細川頼和。

22　城柵を作って。

23　きわめて困難なことのたとえ。「朽ちたる索(なわ)をもて六馬を馭(ぎょ)するが若(ごと)し」(書経・五子之歌)。六馬は、六頭立ての馬車をひく馬。

れけん、舎弟左馬助《さまのすけ》とただ二騎打ち連れて、[1]篠峰越《ささがみねごえ》に忍んで都へ紛《まぎ》れ入《い》る。一夜の程に、洛中には隠《かく》れ難《がた》しと思はれければ、兄弟別々になつて、相模守《さがみのかみ》は、[2]東坂本《ひがしさかもと》へ打ち越え、一日馬の足を休めて、[3]天王寺《てんのうじ》へ落ちければ、左馬助は、夜半《やはん》に京中を打ち通り、[4]大渡《おおわたり》を経て、かねて(の)相図《あいず》に違《たが》へず、天王寺へぞ落ちつきける。

相模守、やがて[5]石塔刑部卿《いしどうぎょうぶきょう》のもとへ使ひを立て、「清氏《きようじ》、すでに讒者《ざんしゃ》の訴《うった》へによつて、罪なきに死罪に行はれんとし候ひつる間、身の置き所なき余りに、[6]天恩《てんおん》を戴《いただ》いて、軍門に降参仕《つかまつ》つて候ふ。[7]旧好《きゅうこう》その故《ゆえ》も候へば、ひたすら貴方《きほう》を憑《たの》み申《もう》して候ふ。ともかくも、しかるべきやうに計らひ候へ」とぞ言《い》ひ遣《つか》はされける。石塔刑部卿、急ぎ使者に対面して、先《ま》づとかくの返事にも及ばず、「こはそも夢か幻《うつつ》か」とて、やや久しく涙を袖に押さへらる。

13

1 滋賀県大津市仰木から篠峰(比叡山の横川〈よかわ〉の北の峰)を越え、京都市左京区八瀬に至る道。
2 比叡山の東麓。大津市坂本。
3 大阪市天王寺区にある四天王寺。
4 京の南、木津川・宇治川・桂川が合流するあたり。
5 頼房。義房の子。直義党。薩埵山合戦(第三十巻・9、10)の後、南朝方となる。
6 帝のご恩をこうむって。
7 古いよしみでもあることですので。
8 すぐに内裏に参上して事情を申し上げると。この頃の皇居は、河内国観心寺(大阪府河内長野市寺元)。第三十四巻・4、参照。

[8]やがて参内《さんだい》して、事の子細《しさい》を奏聞《そうもん》せられけるに、左右大臣《さうだいじん》、相議《あひぎ》して、「敵軍、首《こうべ》を延べて[9]帝徳《ていとく》に降《くだ》る。[10]天恩、何ぞこれを恵まれざらん。早や軍門に慎《つつし》み仕《つか》へて、[11]征伐《せいばつ》の忠を専《もっぱ》らにすべし」と、[12]恩免《おんめん》の綸言《りんげん》を下されしかば、石塔、限りなく悦《よろこ》びて、則ち細川《ほそかわ》に対面し給ふ。互ひに言《ことば》なければ、「世の転変《てんぺん》、今に始めぬ事にて候へども、不慮《ふりょ》の参会《さんかい》こそ、多年《たねん》の本意《ほい》にて候へ」とばかり[13]色代《しきだい》してぞ帰られける。ただ秦《しん》の[14]章邯《しょうかん》、[15]趙高《ちょうこう》が讒《ざん》を恐れて、楚《そ》の項羽《こうう》に降《くだ》りし時、面《おもて》を低《た》れ、涙を流して、言《ことば》には出ださざりしかども、讒者の世を乱る恨みを含みし気色《きしょく》に異ならず。

さる程に、[16]仁木中務少輔《にきなかつかさのしょう》は、京より伊勢《いせ》へ落ちて、相模守に相順《あいしたが》ふと聞こえ、[17]兵部少輔氏春《ひょうぶのしょううじはる》は、京より淡路《あわじ》へ落ちて、国中の勢《せい》を相付け、相模守に力を合はせ、兵船《ひょうせん》をそろへて、[18]堺《さかい》の浜へ着くべしと[19]披露《ひろう》あり。摂津国《つのくに》の源氏[20]松山《まつやま》は、[21]香下《かしたの》

9　帝の徳の前に降参した。
10　天子のご恩。
11　ひたすら敵軍の討伐に励むべし。
12　恩赦の帝のことば。
13　あいさつ。
14　秦の将軍。陳勝の乱を平定したが、楚の項羽と戦って敗れ、権力者の趙高を介して弁明したが容れられずに、項羽に降った(史記・項羽本紀)。
15　秦の宦官。始皇帝の死後、その長子と二世皇帝を殺害して権力を握ったが、三世皇帝に殺された。
16　頼夏。細川和氏の子。仁木頼章の猶子。
17　細川師氏の子。清氏の従弟。
18　大阪府堺市の海岸。
19　知らせがあった。
20　兵庫県三田市に住んだ武士。

城《じょう》を構へて、南方《なんぼう》に[22]牒《ちょう》し合《あ》はせ、播磨路《はりまじ》を差し塞いで人を通さずと聞こえければ、一方《ひとかた》ならぬ蜂起《ほうき》に、京都以《もっ》ての外《ほか》に周章《しゅうしょう》して、すはや、乱出で来《き》ぬと、危ぶまぬ人もなかりけり。

畠山道誓没落《はたけやまどうせいぼつらく》の事 **14**

宰相中将殿《さいしょうちゅうじょうどの》は、畿内《きない》の蜂起を聞いて、近国《きんごく》はたとひ起こるとも、坂東《ばんどう》静かなれば、東《とう》八ヶ国の勢《せい》を[1]召し上げて退治《たいじ》せんに、何《なに》程の事かあるべきとて、強《あなが》ち[2]燥《さわ》ぐ気色《きしょく》もなかりける処《ところ》に、十一月十三日、関東《かんとう》より飛脚《ひきゃく》到来して、「[3]畠山入道道誓《はたけやまにゅうどうどうせい》、舎弟[4]尾張守《おわりのかみ》、御敵《おんてき》になつて、[5]官軍催《もよお》すに応ぜず」とぞ申しける。

その[6]濫觴《らんしょう》何事ぞと尋ぬれば、[7]去々年の冬、畠山入道、南方《なんぼう》退治の大将として上洛《しょうらく》せし時、東八ヶ国の大名小名数を尽《つ》くしてぞ上《のぼ》りける。この軍勢、長途《ちょうど》に疲れ、数月《すげつ》の在陣《ざいじん》にくたびれ

21 三田市香下にあった。
22 連絡をとりあい。

14
1 上洛させて。
2 あわてる様子。
3 鎌倉公方の執事。
4 畠山義深。
5 将軍方の軍勢。
6 事の起こり。
7 延文四年(一三五九)。第三十四巻・2、参照。

て、馬、[8]物具《もののぐ》を売るくらゐになりしかば、こらへかねて、畠山に暇《いとま》をも乞はず、[9]抜け抜けに大略《たいりやく》本国へぞ下りたりける。遥《はる》かに程経て、畠山、関東に下向《げこう》して、かれらが[10]一所懸命《いっしょけんめい》の所領どもを没収《もっしゅ》して、歎《なげ》けども耳に聞き入れず。たまたま[11]披露《ひろう》する奉行《ぎょう》あれば、大きに[12]鼻を突かせて追《お》ひ籠《こ》めける間、訴人徒《そにんいたず》らに群《くん》集《じゅ》して、愁《うれ》へを懐《いだ》かずと云ふ者なし。暫《しばら》くは訴訟を経て廻《まわ》りけるが、[13]余りに事興盛《こうせい》しければ、[14]宗徒《むねと》の者ども千余人、[15]神水《じんすい》を飲んで、詮ずる所、畠山入道を[16]執権《しっけん》に召し仕はれば、毎事御成敗《ごせいばい》に随ふまじき由《よし》を、[17]左馬頭殿《さまのかみどの》へぞ訴へ申しける。

下《しも》として上《かみ》を退くる[18]嗷訴《ごうそ》、[19]下剋上《げこくじょう》の至りかなと、心中に憤《いきどお》り思《おも》はれけれども、この者どもに背《そむ》かれなば、東国《とうごく》一日も[20]無為《ぶい》なるまじと思《おぼ》して、[21]やがて畠山がもとへ使者を立てられ、「去々年上洛の時、[22]南方退治の事は次になりて、専ら[23]仁木《にき》右京大夫《うきょうのだいぶ》を討たんと謀《はか》られ候ひし事、陰謀のその一にてあらずや。その

8 鎧・兜などの武具。
9 ひそかに抜け出すさま。
10 命がけで守る領地。
11 上申する訴訟審理の役人。
12 叱責して追い払ったので。
13 あまりに訴訟の裁定がひどくなったので。
14 有力な武士。
15 神前に供える水。一揆徒党を組むときの誓いのしるしに飲んだ。
16 執事に同じ。
17 鎌倉公方、足利基氏。
18 徒党を組んで強引に訴えること。
19 下位の者が力で上位の者を押しのけ、権勢を振るうこと。
20 平穏。
21 ただちに。
22 二の次にして。
23 義長。

後《のち》、関東に下向して、さしたる罪科《ざいか》なきに諸人の所帯《しょたい》[24]を没収《もっしゅ》せられ候ひける事、ただ世を乱して、基氏《もとうじ》を天下の人に背《そむ》かせんとの企《くわだ》てにて候ふらん。叛逆《ほんぎゃく》[25]かたがた露顕《ろけん》の上は、一日も門下《もんか》[26]に跡を留《とど》めらるべからず。退出遅々《ちち》に及ばば、速やかに討手《うって》を差《さ》し遣《つか》はさるべし」とぞ言ひ送られける。

畠山《はたけやま》は、その比《ころ》鎌倉《かまくら》にありけるが、この上は陳《ちん》じ申《もう》すとも叶《かな》ふまじとて、兄弟郎従《ろうじゅう》引き具して三百余騎、伊豆国《いずのくに》を差して落ちて行く。この勢《せい》、小田原《おだわら》[27]の宿《しゅく》に着きたりける夜《よ》、土肥掃部《とひかもんの》[28]助《すけ》申しけるは、「御敵になつて落つる者に、矢一つ射懸けぬと云ふ事やあるべき」とて、主従ただ八騎にて、小田原《おだわら》の宿《しゅく》へ押し寄せ、風上《かざかみ》より火を懸けて、煙《けぶり》の下より切つて入る。畠山は、敵これ程の小勢《こぜい》とは知らざりけるにや、後陣《ごじん》に防き矢[29]少々射させて、その夜《よ》、小田原の宿を落ちて、伊豆《いず》の修禅寺《しゅぜんじ》[30]に楯籠《たてご》もる。

その後《のち》、畠山が舎弟尾張守義深《おわりのかみよしふか》、信濃《しなの》へ超《こ》えて、諏訪祝部《すわのはふり》[31]と

24　所領や官職。
25　あれこれのことで。
26　わが（鎌倉公方の）配下にあってはならない。
27　神奈川県小田原市の宿場。
28　足柄下郡湯河原町の武士。
29　敵の追撃を防ぐ矢。
30　静岡県伊豆市修善寺。
31　諏訪大社下社の神官。

引[32]き合うて敵になると聞こえしかば、東国《とうごく》、西国《さいごく》、東山道《とうせんどう》、一度に[33]いかさま起こり合ひぬと、洛中の貴賤《きせん》騒ぎ合へり。

細川清氏《ほそかわきようじ》以下《いげ》南方勢《なんぼうぜい》京入《きょうい》りの事　15

[1]相模守《さがみのかみ》は、石塔刑部卿《いしどうぎょうぶきょう》を[2]奏者《そうしゃ》にて、「清氏、不肖《ふしょう》の身にて候へども、御方《みかた》に参るゆゑによつて、西国、東国、山陰《せんおん》、東山、大略[3]義兵《ぎへい》を揚《あ》げ候ふなる。京都は、元来《もとより》はかばかしき兵一人《いちにん》も候はぬ上、[4]細川右馬頭頼之《ほそかわうまのかみよりゆき》、[5]赤松律師則祐《あかまつのりっしそくゆう》は、当時、[6]山名《やまな》伊《い》豆守《ずのかみ》と陣を取り迎へて相戦ふ最中にて候へば、皆《みな》わが国を片時《へんし》も立ち離れ候ふまじ。[7]土岐《とき》、[8]佐々木等《ささきら》は、仁木右京大夫義長《にきうきょうのだいぶよしなが》と戦うて、両陣相支へて候へば、上洛仕《しょうらくつかまつ》る事候ふまじ。防くべき兵もなく、助けの勢《せい》もあるまじき時分にて候へば、急ぎ和《わ》田《だ》、楠《くすのき》已下《いげ》の官軍に力を合はせて、合戦を致せと仰せ下され

32 一味同心して。
33 きっと叛乱が同時に起こるに違いない。

15
1 細川清氏。
2 帝に事を奏上する人。
3 正義の兵。
4 中国管領。阿波・讃岐・伊予・備後守護。
5 赤松の家督を継ぐ。播磨・備前守護。
6 時氏。南朝方。本巻・6、参照。
7 土岐善忠。俗名頼康。
8 佐々木崇永。俗名氏頼。第三十五巻・10、参照。

候はば、清氏《きようじ》、真先《まつさき》を仕《つかまつ》つて、京都を一日が中《うち》に攻め落として、臨幸《りんこう》を正月以前になしまゐらせ候ふべし」とぞ申したりける。

主上《しゆしよう》[9]、げにもと思《おぼ》し召《め》しければ、やがて楠《くすのき》[10]を召されて、「清氏が申す処《ところ》、いかがあるべき」と仰せらる。正儀《まさのり》、暫《しばら》く思案して申しけるは、「故尊氏卿《たかうじきよう》、正月(十)六日の合戦[11]に打ち負けて、筑紫《つくし》へ落ちて候ひしより以来《このかた》、朝敵都を落つる事、すでに五ヶ度[12]に及び候ふ。しかれども、天下の士卒、なほ皇天《こうてん》[13]を戴《いただ》く者少なく候ひし間、官軍、洛中に足を留《とど》むる事を得《え》候はず。今も都を攻め落とし候はんずる事は、清氏が力を借るまでも候ふまじ。正儀一人《いちにん》が勢《せい》を以ても、たやすかるべきにて候へども、また敵に取つて返されて攻められ候はん時、いづれの国か、官軍の助けとなり候ふべき。もし退く事を恥ぢて、洛中にて戦ひ候はば、四国、西国《さいごく》の御敵《おんてき》ども、兵船《ひようせん》を浮かべて跡《あと》[14]を襲ひ、美濃《みの》、尾張《おわり》、越前《えちぜん》、加賀《かが》の朝敵ども、宇治《うじ》[15]、勢田《せた》[16]より押し寄せて戦ひを決し

9 後村上帝。
10 楠正儀。
11 建武三年(一三三六)正月十六日の合戦(第十五巻・6)。
12 建武三年二月、尊氏の筑紫落ち、観応二年(一三五一)一月、尊氏の丹波落ち、同三年閏二月、義詮の近江落ち、文和二年(一三五三)六月、義詮の美濃落ち、同三年十二月、尊氏の近江落ち、以上の五度。
13 天子。
14 軍勢の背後。
15 京都府宇治市の宇治川にかかる橋。
16 琵琶湖の南端、滋賀県大津市瀬田の瀬田川にかかる橋。
17 たやすく事態がそうなることのたとえ。
18 自分の考えを謙遜していったもの。

候はんか。さる程ならば、天下を朝敵《ちょうてき》に奪はれん事、[17]掌《たなごころ》の中《うち》にありぬと覚え候ふ。但し、[18]短才《たんさい》の愚案《ぐあん》にて、[19]公儀《こうぎ》をさみし申すべきに候はねば、ともかくも[20]綸言《りんげん》に順《したが》ひ候ふべし」とぞ申しける。

主上を始めまゐらせて、[21]竹園椒房《ちくえんしょうぼう》、[22]諸司《しょし》諸衛《しょえ》に至るまで、住み馴れし都の恋しさに、後《のち》の難儀《なんぎ》をば顧《かえり》みず、「ただ一夜《ひとよ》の程なりとも、[23]雲居《くもい》の花に旅寝《たびね》してこそ、後《のち》はその夜《よ》の夢をも忍《しの》ばめ」と、[24]もだへあくがれ給ひければ、諸卿《しょきょう》の僉議《せんぎ》一同して、「[25]明年《みょうねん》よりは三年北塞《きたふさ》がりなり。[26]節分《せつぶん》以前に洛中の朝敵を攻め落として、臨幸をなし奉るべし」とて、兵どもをぞ召しける。

公家の大将には、[27]二条殿《にじょうどの》、[28]四条中納言《しじょうちゅうなごん》、武将には、石塔刑部《いしどうぎょうぶ》卿頼房《きょうよりふさ》、細川相模守清氏《ほそかわさがみのかみきようじ》、舎弟[29]左馬助《さまのすけ》、和田《わだ》、楠、[30]湯浅《ゆあさ》、山《やま》本《もと》、生地《おうち》、贄河《にえかわ》、その勢二千余騎にて、十二月三日、住吉《すみよし》、天《てん》王寺《のうじ》に勢揃《せいぞろ》へをすれば、細川兵部少輔氏春《ほそかわひょうぶのしょうゆううじはる》、淡路《あわじ》の勢を率《そっ》し

19 朝廷の決定を軽んじる。
20 帝のおことば。
21 皇族と後宮。
22 文官と武官。
23 都の華やかな宮廷をさす。
24 心底願われたので。
25 明年(正平十七年＝一三六二)は、壬寅(みずのえとら)の年。陰陽道で、寅・卯・辰の年は大将軍(八将軍の一)が北に位置するため、北方の京都攻めは三年の方塞がりになる。
26 年の変わり目である立春の前。
27 師基。または師基の子、教基か。
28 隆俊。隆資の子。
29 頼和。
30 以下は、楠・和田とつねに行動をともにする武士。湯浅・贄河は紀伊、山本は熊野、生地(恩地)は河内の

て、兵船《ひょうせん》八十余艘にて[31]堺《さかい》の浜へ着く。[32]赤松彦五郎範実《あかまつひこごろうのりざね》、摂津国《つのくに》の兵庫《ひょうご》より打つ立ちて、[33]直《すぐ》に山崎《やまざき》へ向かふべしと、[34]相図《あいず》をさす。これを聞いて、京中の貴賤《きせん》、財宝を[35]鞍馬《くらま》、高雄《たかお》へ持ち運び、[36]蔀《しとみ》、遣戸《やりど》を[37]背戸《せど》、大路《おおじ》にこぼち置く。京、[38]白河《しらかわ》の騒動、[39]ただ昼焼亡《しょうもう》の行くに異ならず。

宰相中将殿《さいしょうちゅうじょうどの》は、二日より[40]東寺《とうじ》に陣を取つて、[41]着到《ちゃくとう》を付けられたるに、[42]御内外様《みうちとざま》の勢四千余騎と注《しる》せり。さては、敵の勢よりも御方《みかた》はなほ多かりけり、[43]外都《がいと》に向かつて防くべしとて、時の[44]侍所《さぶらいどころ》なれば、[45]佐々木治部少輔高秀《ささきじぶのしょうたかひで》を、摂津国へ差し下さる。当国は[46]親父道誉《しんぶどうよ》が管領《かんれい》の国なれば、国中の勢を相催《あいもよお》して五百余騎、[47]忍常寺《にんじょうじ》を陣に取つて、敵を目の下に待ち懸けたり。[48]今《いま》川《がわ》伊予守《いよのかみ》には、三河《みかわ》、遠江《とおとうみ》の勢を付けて七百余騎、山崎へ差し向けらる。[49]吉良治部大輔《きらじぶのたいふ》、[50]宇都宮三河三郎《うつのみやみかわのさぶろう》、[51]黒田判官《くろだほうがん》をば、[52]大《おお》渡《わたり》へ向けらる。自余の兵千余騎をば、[53]淀《よど》、鳥羽《とば》、伏見《ふしみ》、竹田《たけだ》に

武士。
31 大阪府堺市の海岸。
32 範資の子。宮方。
33 ただちに山崎へ兵を向けようと。山崎は、山城と摂津の境の要衝(京都府乙訓郡大山崎町)。
34 他の軍勢としめし合わせた。
35 京都市左京区の鞍馬山、右京区の高雄山。
36 裏に板を打ち付けた格子戸。遣戸は、引き戸。
37 家の裏口。
38 京の北東部、鴨川以東の地。
39 ひとえに昼間に火災が起きたのと同じである。
40 教王護国寺。京都市南区九条町。
41 軍勢の来着を記す帳簿。
42 足利一門とそれ以外の武将。
43 都の外。
44 御家人の統率にあたる

ひかへさせ、[54]羽林《うりん》の兵千余騎をば、東寺《とうじ》の内にぞ籠《こ》められける。

同じき七日に、南方《なんぼう》の大将、[55]川を越えて、軍評定《いくさひょうじょう》ありけるに、細川相模守《ほそかわさがみのかみ》、進み出でて申されけるは、「京都の勢の[56]分際《ぶんざい》も、兵の[57]気分《きぶん》も、皆知《し》り透《す》かしたる事にて候へば、この合戦に於ては、[58]枉《ま》げて清氏《きようじ》が申す旨《むね》に任《まか》せられ候へ。先《ま》づ清氏後陣《ごじん》にひかへて、山崎へ打ち通り候はんに、忍常寺に候ふなる佐々木治部少輔、何千騎候ふとも、一矢《ひとや》をも射懸け候はじ。山崎を今川伊予守が堅めて候ふなる、これまた一軍《ひといくさ》までもあるまじき者にて候ふ。洛中の合戦に(なり)候はば、大和《やまと》、河内《かわち》、和泉《いずみ》、紀伊国《きのくに》の官軍は、皆歩立《かちだち》になつて、一面に[59]楯を突きしとみ、楯の影に、鑓《やり》、長刀《なぎなた》の打物《うちもの》の衆を五百余人揃へて、敵懸《か》からば、馬の[60]草脇《くさわき》、太腹《ふとばら》を突いては跳《は》ね落《お》とさせ、一足《ひとあし》も前へは進むとも、一分《いちぶ》も後ろへ引く気色《きしょく》なくは、敵重《かさ》ねて懸け入る者候ふべからず。石塔刑部卿《いしどうぎょうぶきょう》、赤松彦五郎《あかまつひこごろう》、清氏一手《ひとて》になつて、敵の中

侍所の長官(所司)。
45 道誉の三男。
46 道誉は、摂津の守護職。第三十六巻・8。
47 大阪府茨木市の真言宗寺院、忍頂寺。
48 貞世。範国の子。遠江守護。
49 満貞。満義の子。
50 貞宗の子か。
51 高満。宗満の子。佐々木一族。
52 木津川・宇治川・桂川の合流する地点。
53 京都の南部一帯、伏見区の地。伏見区淀、伏見区下鳥羽、伏見区竹田。
54 羽林は、近衛府武官の唐名。近衛中将義詮をさす。
55 淀川。 56 数量。
57 気質。 58 ぜひとも。
59 楯をつき並べて防御の覆いとすること。
60 馬の胸元。草を分けて

を懸け破り、義詮《よしあきら》朝臣《あそん》を目に懸くる程ならば、[61]いづくまでか落としまゐらせ候ふべき。天下の[62]落居《らっきょ》、[63]一時《いっし》が中《うち》に定まり候ふべきものを」と申されければ、この[64]儀《ぎ》、誠《まこと》にしかるべしとて、官軍、[65]中島《なかしま》を打ち越えて、都を差して攻《せ》め上《のぼ》る。

公《く》家《げ》武《ぶ》家《け》没落《ぼつらく》の事　16

げにも相模守《さがみのかみ》の見つるに少しも違《たが》はず、忍常寺《にんじょうじ》の麓《ふもと》を打ち通るに、佐々木治部少輔《ささきじぶのしょう》は、時の侍所《さぶらいどころ》なり、[1]甥《おい》二《に》人《にん》まで当国にて楠《くすのき》に討たれぬ、ここにて、先日の恥を洗《すす》がんと手痛き軍《いくさ》はせんずらんと、[2]思ひまうけて通りけるに、高秀《たかひで》、相模守に[3]機を呑まれて、臆《おく》してやありけん、矢の一つも射懸けず、おめおめとこそ通しけれ。

さては、山崎《やまざき》にてぞ一軍《ひといくさ》あらんずらんと、[4]思ひつくろふ処《ところ》に、

進むことからいう。太腹は、腹。
61 どこまでも逃がすことはない。
62 決着。
63 きわめて短時間。
64 意見。
65 大阪府北区中之島のあたり。

16
1 高秀の兄(秀綱)の子、秀詮と氏詮が神崎で討死したことをさす(本巻・8)。
2 前もって考えておくこと。
3 気勢に圧倒されて。
4 かねて準備すること。
5 鳥羽殿、城南離宮の築山。京都市伏見区中島秋ノ山町。
6 逃げる準備。
7 後光厳帝。
8 五条橋口より東山の清

今川伊予守《いまがわいよのかみ》も、叶《かな》はじとや思ひけん、一戦《ひといくさ》も戦はで、鳥羽《とば》の秋の山へ引き退く。これを見て、ここかしこに陣を取つたる勢《せい》ども、未だ敵も近づかざるに、[6]落《お》ち支度《じたく》をのみしける間、かくては、合戦はかばかしからじ、先《ま》づ都を落ちてこそ、東国《とうごく》、北国《ほっこく》の勢を待たためとて、[7]持明院《じみょういん》の主上《しゅしょう》を警固《けいご》し奉り、同じき八日の暁《あかつき》、宰相中将義詮《さいしょうちゅうじょうよしあきら》、[8]苦集滅道《くずめじ》を経て、勢田《せた》を渡り、近江《おうみ》の[9]武佐寺《むさでら》へ落ち給ふ。「[10]君は船、臣は水、水能《よ》く船を保ち、水また船を覆《くつがえ》すなり。臣能《よ》く君を保ち、臣また君を傾《かたぶ》く」と云へり。[11]去々年の春、清氏《きようじ》、武家の[12]執事《しつじ》として都を落ちしかども、今年はまた、相公《しょうこう》を傾《かたぶ》け奉る。[13]魏徴《ぎちょう》が太宗《たいそう》を諫《いさ》む[14]貞観政要《じょうがんせいよう》の上書《じょうしょ》の文《もん》、げにもと思ひ知られたり。

同じき日の晩景《ばんけい》に、南方《なんぼう》の官軍、都に打ち入つて将軍の屋形を焼き払ふ。思ひの外《ほか》に洛中にて合戦なかりければ、落つる勢も、入《い》る勢も、ともに[15]狼藉《ろうぜき》をせず、京、白川《しらかわ》は[16]なかなかに、こ

閑寺(東山区清閑寺)の南を経て山科へ至る道。渋谷越。京の東の出口。
9　滋賀県近江八幡市長光寺町にある真言宗寺院、長光寺。
10　「君は舟也。庶人は水也。水則ち舟を載せ、水則ち舟を覆す」(荀子・王制)。君と臣の関係を舟と水にたとえて評したもの。類似句が、「貞観政要」政体篇に「古語に云はく」として引かれるが、「太平記」とほぼ一致する文は、「平家物語」巻三「城南の離宮」にみえる。
11　延文四年(一三五九)の春。
12　将軍補佐の要職。管領。清氏は、延文三年十月から康安元年(一三六一)九月まで執事職にあった。
13　唐の太宗(第二代皇帝)

の間よりも閑《しづ》かなり。

佐渡判官入道道誉《さどのほうがんにゅうどうどうよ》は、都を落ちける時、わが宿所《しゅくしょ》へは、定めてさもとある大将ぞ入り替はらんずらん、[17]尋常《じんじょう》に取りしたためて見すべしとて、[18]六間《むま》の会所六所《かいしょろくしょ》に、[19]大文《だいもん》の畳《たたみ》を敷き並べ、[20]本尊《ほんぞん》、脇絵《わきのえ》、花瓶《かびん》、香炉《こうろ》、[21]鑵子《かんす》、[22]建盞《けんさん》に至るまで、一様《いちよう》に皆置《お》き調《ととの》へて、[23]書院には、[24]羲之《ぎし》が草書《そうしょ》の碣《けつ》、[25]韓愈《かんゆ》が文集《ぶんしゅう》、[26]眠蔵《めんぞう》には、[27]沈《じん》の枕に[28]緞子《どんす》の宿直物《とのいもの》、十二間《けん》の[29]遠侍《とおさぶらい》には、鳥、兎《うさぎ》、雉《きじ》、白鳥《くぐい》、[30]三棹《みさお》懸け並べ、[31]三石《ごく》入りばかりなる大筒《おおづつ》に酒を湛《たた》へ、[32]遁《とん》世者《せいしゃ》二人《ににん》留《とど》め置《お》きて、「誰《たれ》にても、この宿所へ入らんずる人に、一献《いっこん》勧めよ」と、申し置きたりける。

楠《くすのき》が一番に打ち入りたりけるに、二人の遁世者、出で向かひて、「誰にても、この弊屋《へいおく》へ御入り候はんずる人に、一献を勧め申せと、道誉禅門《ぜんもん》申し置かれて候ふ」と、[33]色代《しきだい》してぞ出でたりける。道誉は、相模守《さがみのかみ》が当敵《とうてき》なれば、この宿所をば、こぼち

に仕えた賢臣。諫義大夫に任ぜられ、二百余件の直諫を奏した。その諫言は「貞観政要」にみえる。

14 唐の呉兢(ごきょう)撰。太宗と魏徴ら諸臣との問答を記した政道論の書。

15 無法な乱暴。

16 かえって。

17 立派に。

18 柱と柱の間を一間(ひとま)として、間口が六間ある部屋。会所は、茶・連歌等の寄合に用いられた座敷。

19 縁に大きな模様をつけた畳。

20 三幅対、五幅対などの掛け物の、中央に掛ける絵と、その両脇の絵。

21 茶釜。

22 中国福建省の建窯で作られた天目茶碗。

23 客の応対などに用いた居間兼書斎の座敷。

焼くべしと憤《いきどお》りけれども、楠、この情けを感じて、その儀を止めしかば、泉水《せんずい》[34]の木の一本をも損ぜず、畳の一帖《じょう》も取り散らさで、その後《のち》、幾程《いくほど》なくして楠また都を落ちし時も、六所の飾り、遠侍の酒肴《さけさかな》、先のよりも結構[35]し、眠蔵には、秘蔵の鎧に白太刀《しろたち》[36]一振《ひとふり》置いて、郎等《ろうどう》二人留め置き、判官入道道誉に交替してぞ帰りける。

道誉がこの振る舞ひ、情け深く風情《ふぜい》ありと、感ずる人もあり、例の古博奕《ふるばくちう》[37]打ちに出し抜かれて、楠、鎧と太刀とを取られたりと、笑ふ族《やから》も多かりける。

南方勢即《なんぼうぜいすなわ》ち没落《ぼつらく》、越前匠作禅門上洛《えちぜんしょうさくぜんもんしょうらく》の事　17

宮方《みやがた》には、今度、都の敵を追ひ落とす程ならば、元弘《げんこう》の如く、天下の武士皆《みな》こぼれ落ちて、付《つ》き順《したが》ひまゐらんずらんと思はれ

24　王羲之。四世紀の中国東晋の書家。碣は、いしぶみ(その拓本)。
25　中唐の詩文家。唐宋八家の一。
26　禅家の語で、寝所。
27　ジンチョウゲ科の香木の樹脂からとれる香。舶載品。
28　厚くて光沢のある絹織物の夜具。
29　主殿から離れたところにある侍の詰め所。
30　食用の鳥を架け並べた三本のさお。
31　一石は、約一八〇リットル。大筒は、太い竹筒。
32　諸芸をもって武家に仕えた時衆の僧。後の同朋衆。
33　あいさつ。
34　池のある庭。
35　飾り並べて。
36　銀細工で飾った太刀。
37　老練なばくち打ち。

けるに、案に相違して、[1]始めて参《さん》ずる武士こそなからめ、筑紫《つくし》の[2]菊池《きくち》、伊予《いよ》の[3]土居《どい》、得能《とくのう》、周防《すおう》の[4]大内介《おおうちのすけ》、越中《えっちゅう》の[5]桃井《もものい》、[6]新田《にった》武蔵守《むさしのかみ》、同じき[7]左衛門佐《さえもんのすけ》、その外《ほか》の一族[8]ども、国々に多しと雖《いえど》も、或いは敵に道を塞《ふさ》がれ、或いは勢《せい》未だ付かざれば、一人《いちにん》も都へ馳《は》せ参《さん》ぜず。[9]結句《けっく》、伊勢《いせ》の[10]仁木右京大夫《にきうきょうのだいぶ》は、[11]土岐《とき》が向かひ城へ寄せて、打ち負けて城へ引《ひ》き籠《こ》もり、[12]仁木中務少輔《にきなかつかさのしょう》は、丹波《たんば》にて[13]仁木三郎《にきのさぶろう》に打ち負けて、都へ引っ返す。[14]山名伊豆守《やまないずのかみ》は、暫《しばら》く兵の疲れを休めんとて、美作《みまさか》を引いて伯耆《ほうき》へ帰り、[15]赤松彦《あかまつひこ》五郎範実《ごろうのりざね》は、養父則祐《そくゆう》様々《さまざま》こしらへ宥《なだ》めけるによつて、また播磨《はりま》へ下りぬと聞こえければ、国々の将軍方、機を得ずと云ふ者なし。

さらば、やがて都へ攻《せ》め上《のぼ》れとて、[16]越前修理大夫入道《えちぜんしゅりのだいぶにゅうどう》、[17]連々《れんれん》誘《こしら》へられければ、[18]吉野《よしの》より降参治定《じじょう》にして、道朝《どうちょう》の子息[19]左衛《さえ》門佐《もんのすけ》三千余騎、近江《おうみ》の武佐寺《むさでら》へ馳《は》せ参《まい》る。佐々木治部少輔高《ささきじぶのしょうたか》

17

1 この度はじめて味方に参る武士がいないのは仕方がないとしても。
2 武光。
3 ともに河野一族。
4 弘世。弘幸の子。
5 直常。
6 義宗。義貞の子。
7 脇屋義治。義助の子。
8 新田の一族。
9 あげくのはて。
10 義長。
11 土岐善忠(頼康)が城攻めのために向かいあって築いた城。本巻・15、参照。
12 頼夏。細川和氏の子、仁木頼章の猶子。
13 義尹(よしまさ)。頼章の子、頼夏の猶子。
14 時氏。
15 範資の子。則祐の猶子。
16 斯波高経。法名道朝。

秀《ひで》、[20]小原備中守《おはらびっちゅうのかみ》は、白昼《はくちゅう》に京を打ち通りて、道誉《どうよ》に馳《は》せ加《くわ》はる。道誉、その勢を并《あわ》せて七百余騎、[21]野路《のじ》、篠原《しのはら》にて待ち奉る。土岐《とき》の[22]桔梗一揆《ききょういっき》は、伊勢の仁木が向かひ城より引き分けて五百余騎、[23]鈴河山《すずかやま》を打ち越えて、篠原の宿《しゅく》にて追つ付き奉る。

この外《ほか》、[24]佐々木六角入道崇永《ささきろっかくにゅうどうそうえい》、[25]今川伊予守《いまがわいよのかみ》、[26]宇都宮三河入道《うつのみやみかわのにゅうどう》が勢、都合一万二千余騎、十二月二十四日、武佐寺を立つて、同じき二十六日、先陣は勢田《せた》に着きにけり。丹波路《たんばじ》よりは、仁木三郎、山陰道《せんおんどう》の兵七百余騎を率《そっ》して攻め上る。播磨路よりは、[27]赤松筑前入道世貞《あかまつちくぜんのにゅうどうせいてい》、帥律師則祐《そつのりっしそくゆう》、千余騎にて兵庫《ひょうご》に着く。残り五百余騎をば、[28]弾正少弼氏範《だんじょうのしょうひつうじのり》に付けて船に乗せ、堺《さかい》、天王寺《てんのうじ》へ押し寄せて、南方の主上《しゅしょう》を取り奉り、楠《くすのき》が[29]跡を遮《さえぎ》らんと、二手《ふたて》になつてぞ上りける。

宮方《みやがた》の官軍、始めは、[30]都にてともかくもならんと申しけるが、四方の敵の勢、雲霞《うんか》の如しと告げたりければ、[31]これ程によくし

尊氏との確執から南朝方だった(第三十二巻・11)。章題の「匠作」は、修理職の唐名。
17 しきりに説得してなだめられたので。
18 吉野方から将軍方への降参が決まって。
19 氏頼。
20 大原義信。佐々木一族。
21 野路(滋賀県草津市野路町)、篠原(野洲市大篠原)で、将軍の上洛をお待ちした。
22 水色桔梗の紋を旗印とする土岐氏族の武士団。
23 三重県と滋賀県の境にある鈴鹿山。
24 俗名氏頼。近江守護。
25 貞世。遠江守護。
26 貞宗。法名道眼。
27 俗名貞範。則祐の兄。
28 則祐の弟。
29 背後を絶とうと。

寄せたる天下を、一時《いつし》に失ふべきにあらずとて、先《ま》づ南方《なんぼう》へ引つ返して、四国、西国《さいごく》へ大将を分かち遣《つか》はし、越後《えちご》、信濃《しなの》、山《やま》名《な》、仁木《にき》に牒《ちょう》[32]し合《あ》はせて、またこそ都を落とさめとて、同じき二十六日の暁《あかつき》、南方の宮方《みやがた》、宇治《うじ》を経て住吉《すみよし》、天王寺《てんのうじ》へ落ちければ、同じき二十九日、将軍、都へ帰り給ふ。

30 (都に行けるなら)都でどうなってもよい。
31 これ程まで有利にととのえた天下を。
32 しめし合わせて。

付録

清和源氏系図（一）

- 義家
  - 義親—為義—義朝—頼朝
  - 義国
    - 義重（新田氏祖）
    - 義康（足利氏祖）—義兼—義氏
      - 泰氏
        - 頼氏—家時—貞氏
          - 尊氏
            - 竹若
            - 義詮—義満
            - 基氏
            - 直冬
          - 直義
        - 家氏（斯波）
          - 宗家—宗氏
            - 高経（道朝）
              - 家長
              - 氏経
              - 氏頼
              - 義将
            - 家兼
          - 義利（石橋）—義博—和義
        - 義顕（渋川）—義春—貞頼—義季
        - 頼茂（石塔）—義房
          - 頼房—頼世
          - 義基
        - 公深（一色）
          - 範氏
            - 範光—詮範
            - 直氏
          - 頼行
      - 長氏（吉良）
        - 満氏—貞義—満義—満貞
        - 国氏（今川）
          - 基氏
            - 範国
              - 範氏—氏家
              - 貞世
              - 氏兼
            - 頼基—頼貞
          - 経国—玄基—助時

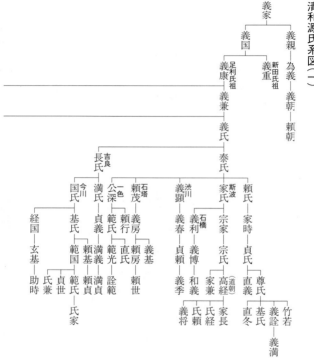

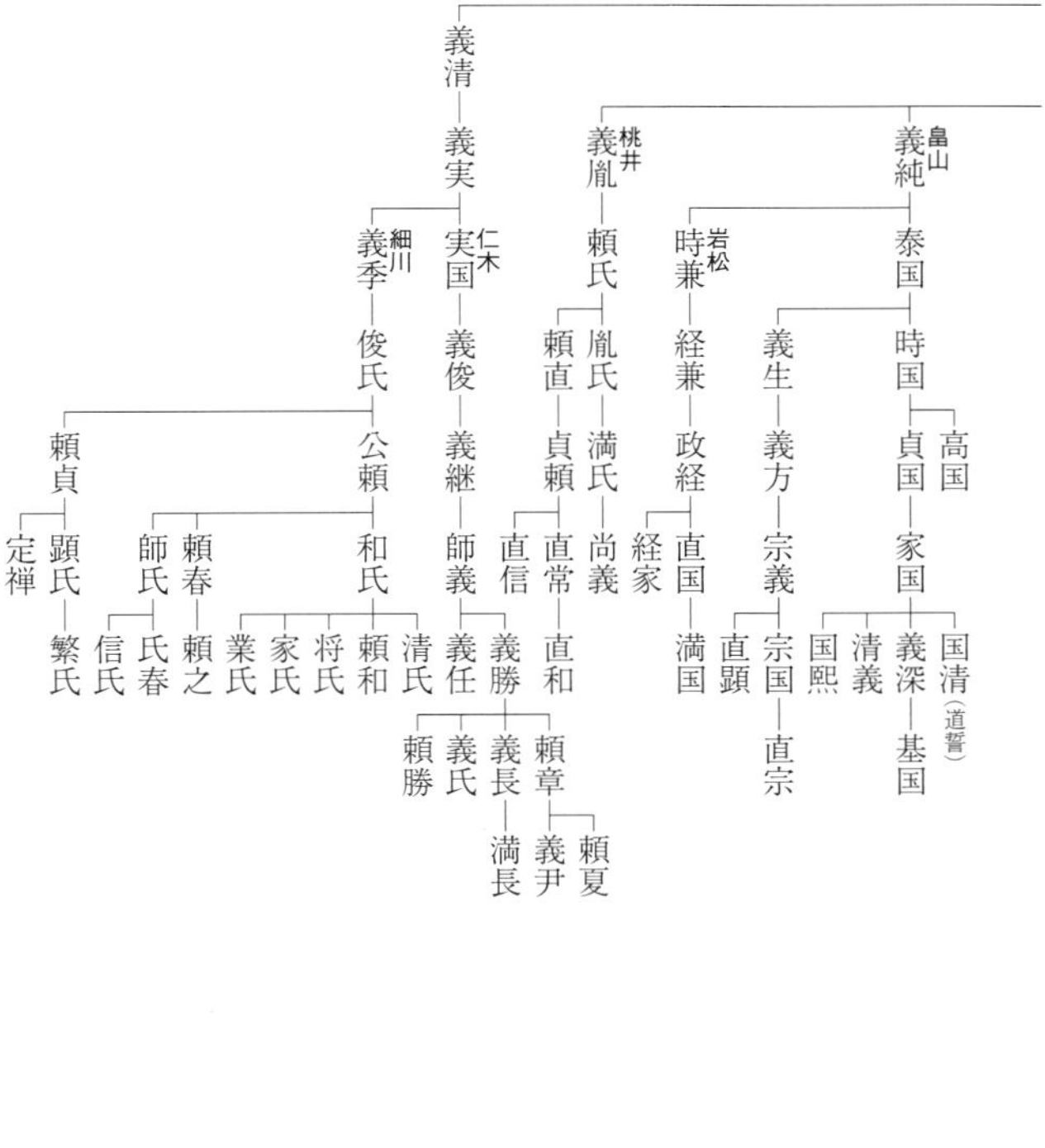
畠山
義純
泰国
時国
高国
貞国
家国
国清（道誓）
義深
基国
清義
国熙
義生
義方
宗義
宗国
直宗
直顕
岩松
時兼
経兼
政経
直国
満国
経家
桃井
義胤
頼氏
胤氏
満氏
尚義
頼直
貞頼
直常
直和
直信
義清
義実
仁木
実国
義俊
義継
師義
義勝
頼章
頼夏
義尹
義長
満長
義氏
頼勝
義任
細川
義季
俊氏
公頼
和氏
清氏
頼和
将氏
家氏
業氏
頼春
頼之
師氏
氏春
信氏
頼貞
顕氏
繁氏
定禅

清和源氏系図(二)

満仲
- 頼光—頼国—国房—光国—光信(土岐)—光基—光衡—光行
  - 光俊(饗庭)—国綱—国純—国長
  - 光定
    - 頼貞
      - 頼直
      - 周済(頼明)
      - 頼清
        - 頼里(悪五郎)
        - 頼康(善忠)
        - 頼雄
        - 頼忠
        - 直氏
      - 頼遠
        - 氏光
        - 光明
        - 光行
        - 直頼
      - 頼基
    - 頼重—頼春
- 頼信—頼義—義家
  - 義親—為義—義朝—頼朝
  - 義国
    - 義康(足利氏祖)
    - 義重(新田氏祖)—義兼—義房—政義
      - 政氏—基氏—朝氏
        - 義貞
          - 義顕
          - 義興
          - 義宗
        - 義助(脇屋)—義治
      - 家氏(大館)—宗氏
        - 氏明—義冬
        - 幸氏
      - 家貞(堀口)
        - 貞義—貞満
          - 義満
          - 貞祐
        - 貞政(一井)
          - 政家
          - 重氏(金谷)—経氏

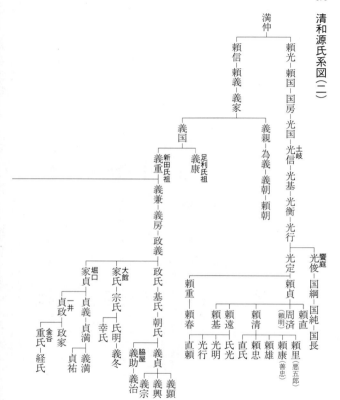

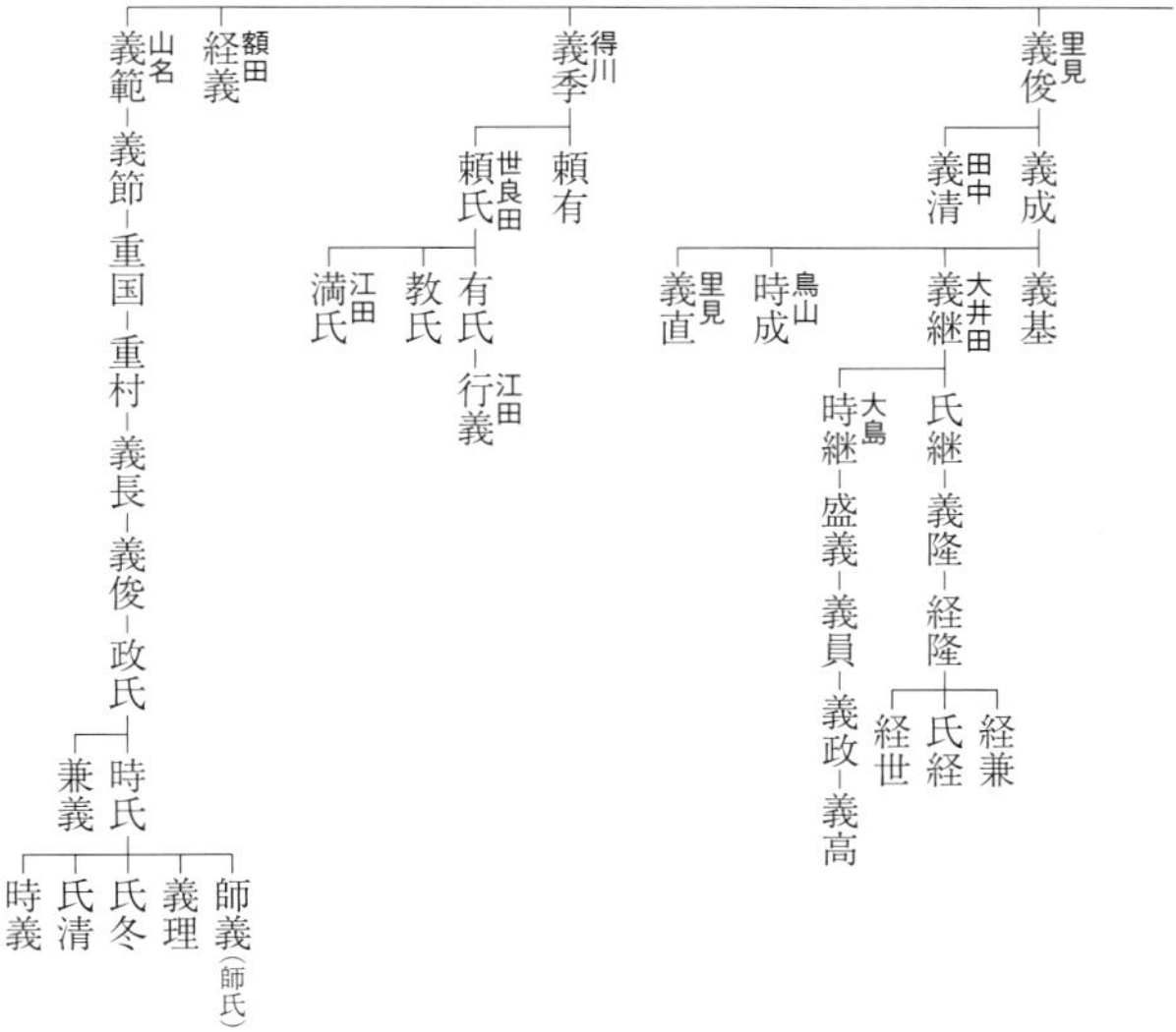

山名 義範
額田 経義
得川 義季
里見 義俊
義節
重国
重村
義長
義俊
政氏
時氏
兼義
師義(師氏)
義理
氏冬
氏清
時義
世良田 頼氏
頼有
有氏
教氏
江田 満氏
江田 行義
田中 義清
義成
義基
大井田 義継
鳥山 時成
里見 義直
氏継
義隆
経隆
経兼
氏経
経世
大島 時継
盛義
義員
義政
義高

『太平記』記事年表5

※『太平記』の記事を、年月順に配列した。記事のあとに、(巻数・章段番号)を付し、史実と年月が大きく相違するものは、(史実は、…)と注記した。また、『太平記』に記されない重要事項は、( )を付けて記載した。

年(西暦 和暦)	月	『太平記』記事
一三五一 観応二(正平六)	二	・二十六日、高師直・師泰らが討たれる。(二十九・12) ・同日、足利直義の長男如意王丸、死去。(三十・1) ・足利尊氏・義詮と恵源(直義)が京で会合する。(三十・1) ・高師直らの葬儀が行われる。(三十・2) ・将軍方の大名、領国へ下って合戦の用意をする。(三十・3) ・赤松則祐、南朝の興良親王(護良親王の子)を奉じて、西国の成敗を司る。(三十・4) ・南家の儒者藤原有範、恵源(直義)に、足利義詮を討つように進言。(三十・6)
	七	・三十日、恵源、石塔義房と桃井直常の勧めで、越前敦賀へ落ちる。

	（三十・5）
八	・十八日、足利尊氏、恵源追討の宣旨を受け、近江へ下る。佐々木道誉・仁木義長・土岐頼康が馳せ参じる。（三十・7）
九	・七日、恵源、石塔義房・畠山国清・桃井直常を大将として近江国八相山に陣をとる。（三十・7） ・同日、下鴨神社の神殿、鳴動する。（三十・7） ・八日、八相山合戦。恵源方、越前へ退却する。（三十・7） ・畠山国清、恵源方から将軍方となる。（三十・8）
十	・八日、恵源、越前を発って、鎌倉へ下る。（三十・8） ・二十三日、足利尊氏、再度、恵源誅罰の宣旨を受け、翌日、鎌倉へ下る。（三十・9） ・足利義詮、南朝と和睦。（三十・12）
十一	（正平の一統。観応の年号を廃して南朝の正平六年に統一。） ・三十日、足利尊氏、駿河国薩埵山に陣を取る。同日、恵源も薩埵山へ向かい、包囲する。（三十・9） ・新田一族の大島某、薩埵山の将軍方の援軍として向かうが、笠懸原で敗れる。（三十・9）
十二	・五日、宇都宮氏綱、将軍方の援軍として宇都宮を発ち、薩埵山へ向かう。（三十・9） ・十九日、那和合戦。宇都宮氏綱、上野国那和で、桃井直常の軍と戦

い撃退する。（三十・9）
・二十七日、薩埵山合戦。宇都宮の後攻めの勢が到着し、恵源方の薩埵山包囲軍敗走する。恵源は伊豆山神社へ、上杉憲顕・長尾景泰は信濃国へ落ちる。（三十・10）
・この頃、北朝の公卿、賀名生に参候。（三十・13）
・阿野廉子（後村上帝の母）に新待賢門院の院号。（三十・14）
・北畠親房に准后の宣旨。（三十・14）
・頼意、東寺長者・醍醐寺座主に補せられる。（三十・14）
・忠雲、梨本・大塔の門跡に補せられる。（三十・14）

一三五二 文和元（正平七）

一
・六日、恵源、降伏し、鎌倉へ入る。（三十・10）

二
・二十六日、恵源、鎌倉で死去。毒殺のうわさ。（三十・11）
・同日、後村上帝、賀名生から河内の東条へ移り、翌日、住吉社へ行幸。（三十・15）
・後村上帝の滞在する住吉社の大松が折れるという凶兆。（三十・16）

閏二
・八日、新田義宗・義興・脇屋義治、上野で挙兵する。（三十一・1）
・十五日、後村上帝、天王寺に行幸。北畠顕能、伊賀・伊勢の勢を率い馳せ参じる。（三十・16）
・十六日、足利尊氏、挙兵した新田軍を迎え討つべく、鎌倉から武蔵へ向かう。（三十一・1）
・石塔義房ら恵源方の諸将、新田方への与力を謀る。（三十一・1）

三

・十九日、後村上帝、石清水八幡宮に行幸。（三十・16）
・二十日、小手指原合戦。足利尊氏、新田軍と武蔵の小手指原で戦って敗れ、石浜に退却する。新田義興と脇屋義治は、畠山・仁木軍に敗れて東へ向かい、新田義宗は、笛吹峠へ退却する。（三十一・1）
・同日、宮方、京に攻め寄せ、細川顕氏の甥、細川八郎討たれる。（三十・17）
・同日、細川頼春、楠・和田軍に討たれる。（三十・18）
・足利義詮、京を脱出して近江に逃れる。（三十・19）
・北畠親房・顕能父子、京で政務を司る。（三十・20）
・二十三日、宮方、北朝の三種の神器を押収する。（三十・20）
・同日、鎌倉合戦。新田義興・脇屋義治、石塔義房らの軍勢を味方に加え、鎌倉の足利基氏と戦う。基氏、石浜へ落ちる。（三十一・2）
・二十五日、足利尊氏、石浜を出て武蔵国府へ。（三十一・3）
・二十七日、北朝の光厳院・光明院・崇光帝・直仁親王ら、京を連れ出され、賀名生へ向かう。（三十・21）
・二十八日、笛吹峠合戦。足利尊氏、笛吹峠の新田義宗軍を攻める。義宗、敗れて越後へ落ちる。（三十一・3）
・梶井宮尊胤法親王、金剛山の麓に幽閉される。（三十・22）
・四日、新田義興と脇屋義治、笛吹峠での新田義宗の敗戦の知らせに、鎌倉を退却して、相模の国府津に籠もる。（三十一・3）

四

・十一日、関東での足利方の勝利の知らせに、近江の四十九院に退去していた足利義詮、京へ向かう。(三十一・4)
・十五日、足利義詮、東山に布陣。宮方の北畠顕能、淀・赤井に布陣。(三十一・4)
・十七日、足利義詮、下京の東寺を本陣とする。北畠顕能の宮方軍、淀を退却して、石清水八幡宮に陣を取る。(三十一・4)
・二十四日、義詮、八幡攻めのため、洞峠に陣を取る。(三十一・4)
・荒坂山の合戦で、足利方の土岐悪五郎頼里、和田五郎に討たれる。(三十一・4)
・二十五日、足利軍、八幡を攻撃する。(三十一・5)
・児島備前入道(高徳)、東国、北国へ下って、宮方の援軍を募る。(三十一・8)
・二十七日、新田義宗、越後を発ち越中の放生津に着く。桃井直常軍が加わる。同日、石塔義房らも駿河を発つ。(三十一・8)

五

・三日、宮方の法性寺康長、足利方の細川の陣営を夜討ちする。(三十一・6)
・宮方、八幡の後攻めとして和田・楠を河内へ遣わす。(三十一・6)
・戦が長引き八幡の城内は兵糧がつき降人する者がふえる。(三十一・6)
・十一日、後村上帝以下の宮方軍、八幡を撤退する。その折、四条隆

		資らが戦死。帝は、法性寺康長の防戦により河内の東条へ落ちる。（三十一・7）
		・同日、新田義宗軍は能登へ発向し、石塔義房らの軍は美濃に到着する。宗良親王は、軍勢を率いて信濃を発ち、伊予の土居・得能も舟で京へ向かうが、八幡が落ちたとの知らせに、それぞれ引き返す。（三十一・8）
	八	・二十六日、山名師氏（師義）、佐々木道誉の非礼に怒り、領国の伯耆へ下り、父時氏とともに謀叛を企てる。（三十二・3） ・二十七日、北朝の後光厳帝、践祚。（三十二・1）（史実は、八月十七日）
	九	・二十七日、観応を文和と改元。（三十二・2）
	十	・後光厳帝の河原の御禊が行われる。（三十二・2）
	十二	・二十八日、国母陽禄門院、死去。（三十二・2）（史実は、十一月）
一三五三　文和二（正平八）	二	・四日、院の御所持明院殿、焼亡。（三十二・2） ・山名時氏・師氏、吉野の南朝と結ぶ。（三十二・3）
	六	・九日、山名軍と宮方軍、京を攻める。将軍方の細川清氏らが奮戦したが、足利義詮は東坂本へ落ちる。（三十二・3） ・高師詮、足利方として京の西山に兵を挙げるが、十二日、山名師氏に攻められて自害。（三十二・4） ・十三日、足利義詮、後光厳帝を奉じて東近江へ落ちる。その途中、

		堀口貞祐の軍に襲われ、佐々木秀綱が戦死。(三十二・5) ・足利義詮と後光厳帝、近江から更に美濃の垂井宿へ落ちる。(三十二・5) ・山名師氏と宮方軍、京を制圧するも、在京に疲れた軍勢が日を追って減少し、やむなく京を落ちる。(三十二・6) ・足利尊氏、関東の新田方反乱を鎮圧し、帰洛する。(三十二・7)
一三五四 文和三 (正平九)	三	(南朝、皇居を賀名生から河内国天野山金剛寺に移す。)
	四	(北畠親房、賀名生で死去。) ・足利義詮、山名討伐のため播磨へ下る。(三十二・7) ・山名時氏、足利直冬を総大将と仰ぎ、南朝から尊氏・義詮追討の綸旨をもらい受ける。(三十二・7) ・遊和軒朴翁、足利直冬に父尊氏を討てとの綸旨が下されたのを批判して、獅子国の太子および虞舜の故事を語る。(三十二・8、9)
	十二	・十三日、山名時氏・師氏、足利直冬を大将として、伯耆を発ち京へ向かう。(三十二・10) ・山名軍、丹波路から京へ向かうが、丹波守護仁木頼章、敵の優勢なのを見て戦わない。(三十二・10)
一三五五 文和四 (正平十)	一	・十二日、足利直冬を大将とする山名軍が京に迫り、尊氏、後光厳帝を奉じて近江へ落ちる。(三十二・10)(史実は、文和三年十二月二十四日)

年	月	記事
		・十三日、足利直冬と山名軍、京へ入る。(三十二・10)(史実は、一月二十二日) ・越中の桃井直常、越前の斯波高経、直冬に呼応して入京。(三十二・10) ・斯波高経が足利直冬に与したのは、新田義貞を討って手に入れた源平累代の名刀、鬼丸・鬼切を、高経が秘匿して足利尊氏に献上せず、そのため尊氏に疎んじられたことが原因だった。(三十二・11)
	二	・四日、尊氏は近江から東坂本へ、義詮は播磨から山崎の西、神南へ着陣する。直冬、東寺を宮方の本丸とする。(三十二・12) ・同日、神南合戦。山名師氏、神南の義詮軍を攻める。山名は優勢だったが、赤松一族などの奮戦により撃退される。師氏は負傷したが、河村弾正の討死によって窮地を脱する。(三十二・12) ・四日(他本は八日)、将軍方の細川清氏、京へ攻め入る。(三十二・13) ・十五日、京一帯で両軍の戦闘。(三十二・13) ・十二日、七条辺で戦闘。那須資藤の戦死。(三十二・13)
	三	・十三日、東西を将軍方に塞がれた京の足利直冬軍、東寺、淀、鳥羽の陣を引く。直冬、石清水八幡で吉凶を占うと、父と戦う不孝を誡める神託が下り、それを聞いた諸将は領国へ帰る。(三十二・14)
一三五六 延文元	一	(斯波高経、幕府に帰順する。)

(正平十一)	十一	(麻生山合戦。懐良親王を擁する菊池武光軍、九州探題一色直氏軍を長門国に退ける。) (この頃、『菟玖波集』成立。二条良基撰。)
一三五七 延文二 (正平十二)	二	・賀名生に幽閉されていた光厳院・光明院・崇光院、帰洛を許される。光厳院・光明院は、出家・隠遁の日々を送る。(三十三・1) ・公家は生活に困窮し、院の御所の役人だったある公家が、都での暮らしに行き詰まり、妻子を連れて丹波に流浪し、川に身を投げるという悲しい出来事があった。(三十三・2) ・暮らしにも事欠く公家に対して、庄園や公領を押領した武家の大名は、闘茶の会などを催し、贅沢豪勢な暮らしに耽った。(三十三・3)
一三五八 延文三 (正平十三)		・春、九州探題一色直氏、菊池武光に敗れ、京に上る。(三十三・6) ・九州の宮方、勢力を増し、将軍方の畠山直顕、日向の六笠城に籠もる。(三十三・6)
	四	・十八日、新待賢門院阿野廉子、死去。(三十三・5)(史実は、延文四年四月二十九日) ・二十九日、足利尊氏、病死。従一位左大臣を追贈される。(三十三・4、三十四・1)
	五	・二日、尊胤法親王、死去。(三十三・5)(史実は、延文四年)

	十一	・十七日、菊池武光、六笠城の畠山直顕を討つため、肥後を発って日向へ向かう。少弐・大友らが、豊後・豊前・筑後の路を塞ぐ。（三十三・7）
	十二	・八日、足利義詮、征夷大将軍となる。佐々木秀詮、叙任の宣旨の受け取り役をつとめる。（三十四・1）
一三五九　延文四（正平十四）	三	・菊池軍、畠山重隆の籠もる三俣城を攻め落とす。（三十三・7） ・少弐頼尚・阿蘇大宮司、南朝を背く。（三十三・7） ・菊池軍、阿蘇大宮司の九か所の城を攻め落とす。（三十三・7）
	六	・細川繁氏、九州の菊池征伐に向かう途中の讃岐で、崇徳院の霊の祟りにより怪死。（三十三・6）
	七	・懐良親王を大将とした菊池軍、太宰府の少弐討伐に向かう。（三十三・7） ・十九日、菊池軍、筑後川を渡り、少弐の陣へ押し寄せる。（三十三・7）
	八	・十六日、菊池軍、川を渡って少弐軍に夜討をかける。（三十三・7） ・十七日、筑後川合戦。筑後川一帯の激戦で、少弐軍太宰府に敗退し、菊池軍も多くの戦死者を出し、肥後へ退く。（三十三・7） ・新田義興、越後から武蔵へ入る。鎌倉の執権畠山道誓、片沢右京亮に命じて義興を討つよう命じる。（三十三・8）
	九	・十三日、義興に取り入った片沢右京亮、月見の宴にことよせて義興

	十	をだまし討ちを企てるが、失敗。（三十三・8） ・八日、畠山道誓、南方征伐と称して、東国の軍勢を率いて入間川の陣所を立つ。（三十四・2） ・十日、片沢右京亮、同族の江戸遠江守らと結託し、多摩川の矢口の渡に義興をおびき出して謀殺。（三十三・8） ・江戸遠江守、義興を討った恩賞として領地をもらうが、その領地へ下る途中、矢口の渡で、義興の怨霊が現れて落馬し、七日間苦しんで死ぬ。里人、義興の亡霊を祀って社を建てる。（三十三・9）（義興殺害の一件は、「神明鏡」や新田神社由緒書は、延文三年とする）
	十一	・二十八日、畠山道誓率いる東国の軍勢、京都に入る。（三十四・2） ・楠正儀・和田正氏、河内国天野山金剛寺の後村上帝の皇居に参り、畠山道誓の東国勢と戦う作戦を述べる。（三十四・3） ・後村上帝、幕府軍の襲来に備え、皇居を天野山金剛寺から観心寺に移す。（三十四・4）
	十二	・二十三日、足利義詮、南方攻めの大手として進発。（三十四・5） ・二十四日、畠山道誓、南方攻めの搦め手として進発。（三十四・5） ・宮方軍、赤坂・平石・八尾・龍泉峯に城を構える。（三十四・5） （『新千載和歌集』成立。後光厳帝下命、二条為定撰。）
一三六〇 延文五（正平十五）	二	・十三日、将軍方の大軍、金剛山の北西、津々山に布陣。（三十四・6）

閏四	四
・二十九日、龍泉寺合戦。龍泉寺城、土岐の桔梗一揆の先駆けによる	・将軍方の軍、兵糧に窮して河内で略奪の狼藉。（三十四・6） ・三日、畠山義深、四条隆俊が籠もる紀伊の最初峯の攻撃に向かい、和佐山に布陣。（三十四・7） ・紀州一度目の合戦。畠山軍、最初峯から龍門山に陣を移した四条隆俊の軍を攻めるが、反撃されて撤退。宮方の塩谷中務、敵を深追いして戦死。（三十四・7） ・十一日、紀州二度目の合戦。畠山義深・芳賀公頼らの将軍方、再度、龍門山に四条隆俊の軍を攻める。芳賀勢の攻撃で、宮方軍、龍門山から阿瀬川に撤退。（三十四・8） ・十二日、住吉大社の楠の大木が折れる。この凶兆に、忠雲僧正の進言で、後村上帝、住吉・日吉の神を勧請し除災を祈る。（三十四・9） ・二十五日、護良親王の子興良親王、龍門山の敗退を受けて、吉野から出陣するも、足利義詮に内通し、赤松氏範と銀嶽で立て籠もって賀名生の内裏を焼く。（三十四・10） ・銀嶽合戦。二条師基、銀嶽を攻め、興良親王は奈良へ落ち、赤松氏範は、降人となり播磨へ帰る。（三十四・10） ・父護良親王の遺志に背く興良親王の謀叛を、天下の人は、精衛、曹娥の故事などを引いて非難する。（三十四・11、12）

五

攻撃で落ちる。城兵は赤坂城へ敗走。(三十四・13)

・同日、平石城合戦。今川範氏・佐々木崇永ら、平石城を攻め落とす。城兵は金剛山へ敗走。(三十四・14)

・三日、龍泉・平石城に続いて八尾城を落とした将軍方、楠・和田が籠もる赤坂城を攻める。(三十四・15)

・八日、和田正氏、寄手の結城勢に夜討ちをしかけるが、敵の気勢が衰えないのをみて、和田・楠、赤坂城に火をかけて金剛山に退く。(三十四・15)

・南朝の上北面の公家某、出家の暇乞いのため先帝(後醍醐)の墓に詣で、世の有様を嘆きながらまどろむと、深夜、先帝が日野俊基・資朝を伴って現れる。俊基・資朝は、仁木義長・細川清氏・畠山道誓らを、楠正成らの宮方怨霊に命じて罰する手配をととのえたと奏上する。(三十四・16)

・二十一日、足利義詮、南方攻めの兵を引く。これも上北面の公家の霊夢のしるしか、宮方の人々は、仁木・細川・畠山らが亡ぶこともあるかと期待する。(三十四・17)

・将軍足利義詮、南方退治を終えて帰洛し、京中の貴賤喜ぶ。(三十五・1)

・畠山道誓、諸大名と謀り、仁木義長を討つ謀をめぐらす。細川清氏・土岐善忠・佐々木(六角)崇永・佐々木(京極)道誉ら同意する。

（三十五・2）

・畠山・細川以下の諸大名、楠・和田が金剛山から打って出たとの知らせに、天王寺へ下る。楠・和田はすぐに撤退したが、諸大名、天王寺で仁木討伐の謀をめぐらす。（三十五・3）

・仁木義長、天王寺下向の諸大名に対抗し、討伐の綸旨・御教書を得て執事（管領）職につく。（三十五・3）

七

・十八日、天王寺の勢、二手に分かれて京に迫る。（三十五・4）

・佐々木道誉、ひそかに仁木に取り籠められた将軍足利義詮のもとに参り、義詮に勧めて京を脱出させる。（三十五・4）

・将軍がいなくなった仁木義長のもとから軍勢が離反し、義長は領国の伊勢へ落ちる。（三十五・4）

・十九日、将軍足利義詮、西山から京へもどり、寄手の諸大名も京へ入る。（三十五・5）

・宮方、天王寺の勢が京へ引き返したことで和泉・河内で蜂起し、守護細川業氏が和泉を退き、河内の誉田城が落ち、紀伊の将軍方の諸将敗れる。（三十五・5）

八

・四日、畠山道誓、この度の世の乱れが畠山ゆえとする都での風評に耐えかね、ひそかに京を出て関東へ下るが、三河の吉良満貞、尾張の小河中務など、仁木方の挙兵で行く手を阻まれる。（三十五・6）

・山名時氏、京の混乱に乗じて兵を挙げ、因幡・美作の境の赤松方の

		城を落とす。（三十五・7） ・北野天満宮に参詣して出会った武家出身の遁世者、儒業の公家、学匠の法師という三人が、元弘以来の三十余年に及ぶ乱世の原因について談じ、異国本朝の才学を披瀝し合う。（三十五・8） ・尾張で仁木方として挙兵した小河中務らは、土岐直氏によって討たれ、また、三河で挙兵した吉良満貞は、大野原の戦いで守護大島義高に敗れて将軍方となる。（三十五・9）
	九	・石塔頼房と仁木三郎義任、伊勢・伊賀から近江に進出し、甲賀郡葛木山に陣を取る。（三十五・10） ・二十八日、江州合戦。佐々木崇永、甲賀一帯の戦いで、仁木・石塔軍を破る。（三十五・10）
	十一	・一日、敗軍の将の首を六条河原にさらす。（三十五・10） ・佐々木崇永・土岐善忠、長野城に籠もる仁木義長を攻めるため伊勢へ発向。両軍、にらみあったまま年を越す。（三十五・10）
一三六一 康安元（正平十六）	三	・三十日、延文を康安と改元。（三十六・1） ・改元の明くる夜、四条富小路辺で大火があり、春から夏には疫病がはやり、康安改元に不吉のきざし。（三十六・1） ・仁木義長、伊勢の長野城にあって窮し、後村上帝に使者を送って宮方となる。（三十六・1） ・南朝の武者所に仕える者、仁木義長の非道を語り、その帰順を許し

た諸卿の決定を批判するが、別の者が仁木を弁護して、伊勢神宮領を押領した仁木が、じつは前世の善根で伊勢守護となったとの大神宮の託宣が下ったという逸話を語る。（三十六・2）

六
・十八日、大地震が起こり、十月頃まで余震が続く。（三十六・3）
・二十二日、京に雪が降り、寒さが続く。（三十六・3）

七
・初旬、懐良親王を大将とした菊池武光軍、博多・香椎に攻め寄せ、大友・少弐・宗堅の軍勢と対峙。（三十六・7）
・十二日、山名時氏・師氏・義理、美作に兵を進め、赤松方の八か所の城を落とし、さらに倉懸城を攻める。赤松世貞・則祐ら、中国管領細川頼之に応援を求める。（三十六・6）
・二十四日、摂津の難波浦で大津波がある。（三十六・3）
・周防の鳴門の海が陸地となり、巨大な大鼓が出現するという怪異。（三十六・3）

八
・六日、菊池軍の城越前守、飯守山の松浦党を攻め落とす。（三十六・7）
・七日、菊池軍、香椎の少弐・大友軍を攻め、敗走させる。（三十六・7）
（懐良親王、太宰府に征西府を置く。）
・天下の怪異をうけ、内裏で最勝講が行われる。（三十六・5）
・十三日、尊道法親王、内裏で大熾盛光法を行う。（三十六・5）

九

・十七日、大風。人家に被害をおよぼし、修法にも障害。（三十六・5）
・二十四日、大地震があり、四天王寺の金堂が倒壊。（三十六・3）
・南朝、地震で倒壊した四天王寺金堂の再建を、般若寺の円海上人に命じる。さまざまな奇瑞があり、たちまち金堂再建が成る。（三十六・4）
・八日、覚誉法親王、内裏で尊星王法を行う。（三十六・5）
・内裏で五壇の法が行われる。（三十六・5）
・十日、細川頼之、山名に攻められた赤松方の倉懸城の加勢に向かうが、兵が集まらず備前の唐河にとどまる。（三十五・6）
・執事細川清氏と佐々木道誉は、加賀守護職、備前福岡庄、摂津守護職などの帰属問題で対立していたが、七夕の宴に清氏の歌会に招かれた将軍が、道誉主催の茶会に出席したことで、両者の関係は険悪化する。また、清氏が、源氏の先祖源頼義をまねて、二人の子を石清水八幡の神前で元服させると、将軍は清氏に謀叛の疑いを抱く。（三十六・9）
・志一上人が畠山道誓から細川清氏への使いで鎌倉から上洛し、佐々木道誉の邸に立ち寄る。志一は道誉に清氏から祈禱の依頼を受けたことを話し、その願書を見せる。（三十六・10）
・佐々木道誉は、将軍足利義詮の側近伊勢貞継に願書を見せる。貞継は願書の真偽を疑うが、義詮が病となり、義詮は道誉の進言で願書を披見する。石清水八幡から清氏の願書を取り寄せると、同じく呪詛の願書だった。義詮は道誉と清氏討伐を謀る。（三十六・11）

・二十一日、細川清氏が天龍寺に参禅すると、足利義詮は、清氏の挙兵を疑って今熊野に立て籠もる。（三十六・11）

・二十三日、清氏、義詮との戦いを避けて若狭へ落ちる。清氏の弟の将氏、いとこの氏春の二人は、説得されて京に戻る。（三十六・11）

・二十四日、足利義詮、将軍御所にもどる。（三十六・11）

・二十八日、和田・楠、摂津に侵攻し、赤松光範から摂津守護職を奪った佐々木道誉の嫡孫秀詮、神崎に陣をとる。和田・楠の奇襲にあい、佐々木秀詮・氏詮兄弟が戦死する。（三十六・8）

・二十九日、清氏、若狭の椿峠で、尾張左衛門佐の追討軍と対陣するが、配下の頓宮四郎左衛門の裏切りで落ちる。（三十六・12）

・天王寺に落ちた清氏、石塔頼房を介して南朝に降伏する。（三十六・13）

十一

・四日、美作の倉懸城が落ち、山陰道を制圧した山名、勢威を振るう。（三十五・6）

・十三日、関東での畠山道誓と弟義深の謀叛の報せが、京にもたらされる。（三十六・14）

十二

・二日、将軍足利義詮、東寺に布陣。（三十六・15）

・三日、石塔頼房・細川清氏らの宮方、住吉・天王寺に布陣。（三十六・15）
・七日、宮方、淀川を越えて攻め上る。（三十六・15）
・八日、将軍足利義詮、後光厳帝を奉じ近江国武佐寺へ落ち、宮方軍、京へ入る。楠正儀は佐々木道誉が見事な調度で飾り立て、酒肴を用意した宿所に入る。（三十六・16）
・この頃、仁木義長は伊勢を出られず、山名時氏は伯耆へ兵を引き、赤松範実は播磨へ戻り、京を制圧した宮方に軍勢が集まらない。さらに斯波高経は将軍方に降参し、その子氏頼も将軍方に馳せ参じる。（三十六・17）
・二十四日、将軍、佐々木道誉・佐々木崇永らの軍を率いて京へ向かう。（三十六・17）
・二十六日、宮方、住吉・天王寺に退却する。（三十六・17）
・二十九日、将軍足利義詮、京へ帰還する。（三十六・17）

［解説5］

『太平記』の時代――バサラと無礼講

はじめに

鎌倉幕府が滅亡した翌年の建武元年（一三三四）八月、京都の二条河原に掲げられた落《らく》書《しょ》（『建武年間記』所収）は、「此比《このころ》都ニハヤル物……」として、建武政権下の世相をつぎのように評している。

此比都ニハヤル物　夜討強盗謀綸旨《にせりんし》
召人《めしうど》早馬虚騒動《そらさわぎ》　生頸還俗《なまくびげんぞく》自由出家
俄《にわか》大名迷者《まよいもの》　安堵恩賞虚軍《そらいくさ》
本領ハナルル訴訟人　文書《もんじょ》入レタル細葛《ほそつづら》

追従《ついしょう》讒人禅律僧　下克上《げこくじょう》スル成出《なりで》者
器用ノ勘否《かんぷ》沙汰モナク　モルル人ナキ決断所
(着)キツケヌ冠上ノキヌ　持《もち》モナラハヌ笏《しゃく》持テ
内裏マジハリ珍シヤ
……(中略)……
京鎌倉ヲコキマゼテ　一座ソロハヌエセ連歌
在々所々ノ歌連歌　点者《てんじゃ》ニナラヌ人ゾナキ
譜《ふ》第《だい》非成《ひじょう》ノ差別ナク　自由狼藉ノ世界也
犬・田楽ハ関東ノ　ホロブル物ト云《いい》ナガラ
田楽ハナホハヤル也
茶・香十炷《じっしゅ》ノ寄合モ　鎌倉釣《づり》ニ有鹿《ありしか》ド
都ハイトド倍増ス
……(以下略)

落書が掲げられた二条河原は、建武政権の政庁が置かれた二条富小路内裏《にじょうとみのこうじだいり》と至近の距離にある。新政に不満をいだく人物が、「京童《きょうわらわ》ノロズサミ」に仮託して書いた時勢批判である。みぎに引いた箇所につづけて、「花山桃林《かざんとうりん》サビシクテ　牛馬華洛ニ遍満ス」とあるのは、『書経』武成篇の、殷の紂王を亡ぼした周の武王が、「偃武《えんぶ》」(戦乱の終わり)の証しとして、軍用の馬を「華山の陽《みなみ》」に帰し、牛を「桃林の野」に放ったという故事をふまえたもの。落書の作者は、漢籍にもつうじた知識人とみられるが、建武政権下の世相をこころよく思わない落書の作者がとくに批判のやり玉にあげるのは、当代における「エセ連歌」「田楽」「茶・香十炷ノ寄合」の流行である。

まず「京鎌倉ヲコキマゼテ　一座ソロハヌエセ連歌」とあるのは、当時最盛期をむかえていた花《はな》の下《もと》の連歌である。地下《じげ》(宮中の昇殿を許されない身分)の連歌師たちが主宰したその公開の連歌会《れんがえ》では、和歌・連歌を家職とする者(「譜第」)も、そうでない者(「非成」)も付け句のよしあしを品評しあう、まさに「点者ニナラヌ人ゾナキ」という「自由狼藉ノ世界」が出現したのだが、そのような連歌会の寄合が「エセ連歌」と評されるわけだ。

「京鎌倉ヲコキマゼ」た乱脈な連歌会の盛行を批判した落書は、つづけて当代における田楽の流行を批判する。この時代の田楽の実態については、『太平記』第二十七巻

で立ちとそのアクロバティックな演技が記される。田楽童や田楽法師たちの猥雑ともいえる華美な出で立ちとそのアクロバティックな演技が記されるが、二条河原の落書に、「犬・田楽ハ関東ノ　ホロブル物ト云《いい》ナガラ」とあるのは、鎌倉幕府滅亡の遠因として、『太平記』が北条高時の田楽狂いと闘犬狂いをあげていることを想起させる（第五巻「相模入道田楽を好む事」「犬の事」）。すでに建武年間の知識人のあいだに、『太平記』と共通する歴史認識が存在したことに注目したい。

田楽童たちの「紅粉《こうふん》を尽くせる容儀」や、田楽法師たちの「金黒《かねぐろ》（注、お歯黒）にて、白金《しろかね》の乱紋打つたる下濃《すそご》の袴」云々といった出で立ちもさることながら（第二十七巻「田楽の事」）、それを見物する桟敷も、まさに「自由狼藉」の「雑居」空間である。『太平記』第二十七巻には、貞和五年（一三四九）六月の四条河原の田楽興行における桟敷の倒壊事件が記される。同巻末尾の「雲景未来記の事」では、田楽の桟敷が倒壊したのは、身分の高下を無視した見物衆の「雑居」に神々が驚き怒ったためとしている。「雲景未来記の事」はまた、当今の「臣君を殺し、子父を殺し、力を以て争ふべき時至る」といった時勢を「下剋上」と評しているが、（注）それは、二条河原の落書が「下克上スル成出《なりで》者」を批判し、芸能的寄合の場を「自由狼藉ノ世界」と評しているのと共通する時勢批判だった。

二条河原の落書は、連歌会と田楽の批判につづけて、「茶・香十炷ノ寄合」を批判している。茶寄合は、いわゆる闘茶であり、茶を飲んでその産地・種別をいいあてる賭けをともなう競技である。香十炷の寄合も、香を十番炷《た》いてその種類をいいあてる賭け事である。とくに「茶寄合」は、建武三年(一三三六)十一月、発足したばかりの足利政権が公布した幕府法『建武式目』に、「或いは茶寄合と号し、或いは連歌会と称して、莫太の賭《かけ》に及ぶ」とあり、「連歌会」とともに「厳制ことに重し」とされる。建武政権下で盛行した茶寄合や連歌会は、初期足利政権(尊氏の弟の直義が行政・司法面を担当した)にとって、社会の良俗を脅かす不穏なものとして「厳制」されたわけだ。

だが、世俗的な序列が無化される茶寄合の非日常空間は、安土桃山期の千利休によって大成されるわび茶へ形をかえて受け継がれてゆく。茶会の席では、世俗的な地位や身分は問われないのが原則であり、その意味では、今日の茶会の席につづく作法は、南北朝期の茶寄合にその母型がもとめられるのだ。この第五分冊「解説」では、現代に引き継がれる(いわゆる日本的な)文化の淵源として、『太平記』の時代に出現した文化的事態と、それをもたらした政治状況について述べてみたい。

（注）「臣君を殺し、子父を殺し」云々は、『太平記』の慣用表現だが、典拠は、『古文孝経』孔安国序の「道徳既に隠れて、礼誼又廃れ、臣その君を弑《しい》し、子その父を弑するに至る」である。また、「下剋上」はこの時代の流行語であり（隋代の陰陽道書『三命通会』が典拠とされる）、『太平記』には「雲景未来記の事」の二か所を含めて、計四か所の用例がある（ほかに第三十五巻・3、第三十六巻・14）。

一　茶寄合の空間

わが国に中国宋代の新しい抹茶法を伝えたのは、鎌倉初期の禅僧、栄西《えいさい》である。栄西の『喫茶養生記《きっさようじょうき》』は、茶を万病をのぞく薬としているが、栄西も強調した茶の消化促進作用は、茶が禅院を出て一般の嗜好品となるにおよんで、享楽的な茶寄合を誘発することになる。

たとえば、『太平記』の登場人物でもある玄恵《げんえ》法印の作と伝える『喫茶往来《きっさおうらい》』は、南北朝期の茶寄合の実態をうかがわせる貴重な資料である。そこには、茶事と酒宴とが一体となった茶寄合の次第が記される。

まず、会所に会衆があつまると、水繊《すいせん》(くずきり)、酒三献《さんこん》、索麺《さくめん》(そうめん)、茶が出され、つぎに「山海の珍物」を並べた飯となる。

食事のあとの菓子を食べ終わると、一時休止となって庭を散策する。この次第は、今日の茶事でいう懐石のあとの中立《なかだち》と同じである。そしてしばしの休息のあと、席を喫茶の亭に移しての茶会となる。二層からなる亭には、本尊として釈迦三尊と観音の絵像が掛けられている。会所の本尊に仏画を掛けるのは、後述する佐々木道誉の会所のしつらいと同じだが、それは南北朝期の茶寄合が、禅院の作法を引き継いでいたことを示している。

本尊の仏画のまわりには、唐絵《からえ》の寒山拾得図《かんざんじっとくず》が掛けられ、障子(襖《ふすま》)に描かれた絵もすべて唐風である。唐物の花瓶にはたくさんの花が活けられ、香炉(もちろん唐物)からは芬郁《ふんいく》たる香の煙がただよっている。そして豹皮を敷いた胡床《こしょう》(いす)に着座した会衆に茶が出され、「四種十服の勝負」となる。四種の茶を十度飲んで、その種別をいいあてる闘茶だが、茶会が終わって日が西に傾いた時分から、酒宴となる。南北朝期の茶寄合では、茶事につづいて、「式《もっ》て歌ひ式《もっ》て舞ひ、一座の興を増す。又絃し又管し、四方の聴《きき》を驚かす」といった酒宴が、夜遅くまで行なわれたのだ。

『喫茶往来』が伝える茶寄合の次第は、茶会が闘茶であること、また茶会のあとに歌舞管絃の酒宴がつづくことをのぞけば、今日の茶事の基本とされる正午の茶会と、ほぼ同様である。懐石―中立―後入り―濃茶とつづく茶会の原型は、南北朝期に成立したのだが、しかし南北朝期の茶寄合を今日の茶会と区別する最大の相違点は、唐物趣味の横溢する茶寄合の空間をおおう非日常的な気分であり、その祝祭的気分が引きおこす無秩序な逸脱行為である。

たとえば、現在知られる最古の闘茶の採点表として、康永二年(一三四三)十二月に行われた「本非十服茶勝負」の記録がある(京都八坂神社蔵『祇園社家記録』紙背文書)。それによれば、茶会に参加した九名の会衆は、実名で呼ばれずに、「唐、大、目、三、信、豊……」などの略号またはあだ名で呼ばれている。また、おなじく闘茶の採点表として、延徳三年(一四九一)正月の「四種十服茶勝負記録」がある(岩国市吉川《きっかわ》史料館蔵『元亨釈書《げんこうしゃくしょ》』紙背文書)。その採点表でも、茶会に参加した十一名は実名では呼ばれず、「花、鳥、風、月、梅、桜、松、竹……」などのあだ名で呼ばれている。

茶寄合の会衆は、身元を一時的に不明化することで、日常の世俗的なしがらみ(地位や身分)から解放されたのだ。そのような非日常の遊びの空間は、おなじく南北朝期に盛行した花の下の連歌にも共通するものだった。二条河原の落書は、「譜第」も「非成」も区別のない地下連歌の乱脈ぶりを「自由狼藉ノ世界」と批判しているが、「自由狼藉」は、芸能的な寄合の場がもつ本質的な特性でもあった（ただし、衣服をやつし、笠着《かさぎ》や作り声をするなど、その場を非日常化＝「無縁」化するための一定のルールが存在した）。

世俗的な秩序の転倒と、それにともなう祝祭的なオルギー空間の現出は、田楽興行における、見物人をも巻き込んだアクロバティックな祝祭空間とも共通する。そして注意したいのは、南北朝期に盛行したそれら芸能的寄合の空間は、たんなる文化現象というにとどまらず、鎌倉末から南北朝にかけての動乱期の政治状況と連動して現れたということだ。

二　無礼講と「飲茶の会」

たとえば、『太平記』第一巻「無礼講の事」は、元亨二年（一三二二）の出来事として、倒幕を企てる後醍醐天皇が「無礼講と云ふ事」をはじめたことを述べ、その乱遊のさまをつぎのように記している。

その交会遊飲の体、見聞耳目《けんぶんじぼく》を驚かせり。献盃の次第、上下を云はず、男は、烏帽子を脱いで髻《もとどり》を放ち、法師は、衣を着《ちゃく》せずして白衣《びゃくえ》なり。年十七、八なる女の、みめ貌好《かたちいつくし》く、膚《はだえ》殊に清らかなるを二十余人に、褊《すずし》の単《ひとえ》ばかりを着せて、酌《しゃく》を取らせたれば、雪の膚《はだえ》透き通つて、太液《たいえき》の芙蓉新たに水を出でたるに異ならず。山海の珍を尽くし、旨酒《ししゅ》泉の如くに湛《たた》へて、遊び戯《たわぶ》れ舞ひ歌ふ。その間には、ただ東夷を亡ぼすべき企ての外《ほか》は、他事なし。

側近の公家のほかに、武士や僧侶が加わり、文字どおり酒池肉林の狼藉ぶりが記される。こうした「無礼講」の寄合の場を設定して、後醍醐天皇は、ふだんは宮中への出入りさえ許されない武士たちとも親しくまじわり、かれらの心底のほどをみずから確かめたという。

後醍醐天皇の「無礼講」がじっさいに行なわれていたことは、たとえば、『花園《はなぞの》院《いん》宸《しん》記《き》』(持明院統の花園院の日記)元亨四年(一三二四)十一月一日条から知られる。

或人の云はく、資朝・俊基等、衆を結び会合して、乱遊す。或いは衣冠を着《ちゃく》せず、ほとんど裸形にして、飲茶の会これ有り。これ学達士の風か。（中略）この衆、数輩有り。世にこれを無礼講或いは破仏講と称すの衆と称す。

「世にこれを無礼講の衆と称す」とあるのは、後醍醐天皇の催す「無礼講」が、当時から「世」のうわさになっていたことを示している。

『花園院宸記』によれば、この「無礼講」は「破仏講」ともよばれ、その「乱遊」のさまは、「衣冠を着せず、ほとんど裸形にして」というものだった。『太平記』のいう「献盃の次第、上下を云はず、男は、烏帽子を脱いで髻《もとどり》を放ち、法師は、衣を着《ちゃく》せずして白衣《びゃくえ》なり」の記述を史料的に裏づけているが、「無礼講」で無化される「礼」とは、君臣上下の礼であり、「衣冠」や「烏帽子」(僧侶は「衣」の色)で標示される世俗的な身分や序列である。

身分や序列が無化される場を設定して、天皇は倒幕の謀議を重ねてゆく。もちろんそれは、たんに人材をもとめる手段というにとどまらない。

「無礼講」の寄合については、『花園院宸記』に「飲茶の会」とある。茶寄合や連歌会の席では、天皇と地下の同席すらありえたのだが、そのような芸能空間の論理が、政治的世界の序列の論理に対置される。天皇が「武臣」北条氏を介さずに「民」とむすびつく政治原理が、世俗的な序列《ヒエラルキー》を無化する芸能的寄合の場にもとめられたのだ。

天皇が直接「民」に君臨する統治形態が、後醍醐天皇の企てた新政の内実である。たとえば、建武政権の発足にさいして、天皇は、執政の臣(摂政・関白)を置かず、また三公(太政大臣・左右大臣)以下の公卿を太政官八省の各長官にわりあてるなどして、みずから行政機構を統括する体制をつくっている。天皇が打ち出した「新儀」は、君と民のあいだに介在する臣下のヒエラルキーを解体すること、その一点に向けられていたといっても過言ではない。そのような後醍醐天皇のめざした政治は、おなじく「公家一統」の政治とはいっても、かれの重臣である北畠親房がイメージした公家政治とはおよそ異なっていた。

たとえば、建武元年(一三三四)秋、後醍醐天皇は、それまで中原氏が世襲してきた東市正《ひがしのいちのかみ》(京都の商業・流通経済をつかさどる長官)の職を中原章香からとりあげ、名和長年にあたえている。建武の功臣名和長年は、もとは「鰯売りなり」(『蔗軒日録』文明十八年〈一四八六〉三月十一日条）とも風聞された人物である。伯耆名和湊を拠点に漁業や海上交易で富をたくわえた武装した商人だったとみられるが、そのような名和長年に、中原氏の累代の家職があたえられたのは、鎌倉期に確立していた官職の世襲制（官司請負制）をまったく無視した人事だった。

おなじ年の六月に行われた除目で、天皇は側近の吉田定房を准大臣に任じている。この人事にかんして、北畠親房は、

先朝後醍醐院の御時、前大納言定房、名家としてこれ（注、准大臣）に任ず。無念といふべし。（『職原抄』上巻）

と述べている。「名家」は大納言を上限とする家格である。「名家」にもかかわらず吉田定房が准大臣（同年九月には内大臣）に抜擢されたことが、「無念」だというのである。

後醍醐天皇が企図した新政は、家格や官位相当規定を無視した人事によって実現する。しかし北畠親房の念頭にあったのは、伝統的な家格や家職の観念に立脚した公家政治である。その意味では、『神皇正統記』や『職原抄』などの著作で親房が展開した政治論

や官職論は、当時の公家一般が共有した政治意識を代弁するものだった。

『神皇正統記』のなかで、親房は、公家政治の規範を、藤原基経が関白となった光孝天皇(在位八八四―八八七年)以後の「中古」にもとめている。「種姓《しゅしょう》」と「譜第」すなわち門閥と家格の序列に根拠をおく政治世界のヒエラルキーは、親房のばあい、「上古におよびがたき」「近代」のすがたとして肯定されるのだ。『神皇正統記』後醍醐天皇条に、つぎのようにある。

寛弘(注、一〇〇四―一〇一二年)よりあなたには、まことに才《ざえ》かしこければ、種姓にかかはらず、将相《しょうじょう》にいたる人もあり。寛弘より以来《このかた》は、譜第をさきとして、その中に才もあり徳もありて、職にかなひぬべき人をぞえらばれける。(中略)あまり譜第をのみとられても、賢才のいでこぬ端《はし》なれば、上古におよびがたきことを恨むるやからもあれど、昔のままにてはいよいよ乱れぬべければ、譜第を重くせられけるもことわり也。

「種姓」や「譜第」に拘らない人材登用法は、「今の世」には通用しない。すなわち、

「昔のまま」ではいよいよ世が乱れるので、「譜第を重く」するのも道理であるという。『神皇正統記』で親房が建武の新政を批判した箇所に、「累家(注、累代の家)もほとほとその名ばかりになりぬるもあり」という一節がある。後醍醐天皇の勅裁政治は、たしかに「累家」の臣のヒエラルキー、その既得権を否定することで実現したのだ。

北畠親房のイメージした「公家一統」政治は、当然のことながら、後醍醐天皇の新政の人事と対立することになる。そして「累家」や「譜第」の臣の立場を代弁する親房の政治思想は、天皇が行政機構を統括して直接(「臣」を介さずに)「民」に君臨する新政(親政)の統治形態を認めないという点で、意外にも足利政権の政治的立場と近似するものだった。

三　『建武式目』と『太平記』

二条河原の落書にいう「譜第」も「非成」も「差別」のない芸能的寄合の原理を、そのまま政治の世界へみちびき入れたのが、後醍醐天皇の新政であったといえようか。

二条河原の落書にいう「キ(着)ツケヌ冠上ノキヌ　持《もち》モナラハヌ笏《しゃく》持テ　内裏マジハリ

珍シヤ」といった事態が、二条富小路の「内裏」に出現したのだが、そのような建武政権は、しかし足利尊氏の離反によって二年あまりで瓦解してしまう。そして建武三年(一三三六)十一月、発足したばかりの足利政権が公布した幕府法、『建武式目』は、その第一条「倹約を行はるべき事」で、つぎのように述べている。

近日婆佐羅《ばさら》と号し、専ら過差《かさ》を好み、綾羅錦繡《りょうらきんしゅう》、精好《せいごう》銀剣、風流《ふりゅう》服飾、目を驚かさざるはなし。頗《すこぶ》る物狂《ぶっきょう》と謂ふべきか。(中略)俗の凋弊《ちょうへい》これより甚だしきはなし。尤《もっと》も厳制あるべきか。

「近日」の「婆佐羅」「過差」の風潮を、すこぶる「物狂」(常軌を逸して正気でない)とし、「尤も厳制あるべきか」とするのだが、つづく第二条「群飲佚遊《いつゆう》を制せらるべき事」では、「好女の色に耽《ふけ》り、博奕《ばくえき》の業」に及ぶ「茶寄合」「連歌会」等の「群飲佚遊」を、やはり「厳制ことに重し」としている。

非日常の芸能空間が世俗の秩序を侵犯したかのような「婆佐羅」「過差」の風潮は、政治世界の序列を転倒させかねない不穏な事態である。また「群飲佚遊」の無礼講は、社会的な地位や身分を無化して、人びとをあらたな社会編制に組み入れる原理ともなるだろう。足利政権はまず、バサラと無礼講の寄合を「厳制」することからその政権基盤を固めなければならず、そこに持ち出されたのが、君臣上下の秩序を倫理的に正当化する儒教的な「礼節」の主張だった。『建武式目』の第十三条「礼節を専らにすべき事」に、つぎのようにある。

国を理《おさ》むるの要、礼を好むに過ぐるなし。君に君礼あるべし、臣に臣礼あるべし。およそ上下おのおの分際を守り、言行必ず礼儀を専らにすべきか。

君と臣が「礼節を専らに」し、それぞれの「分際を守」ることが治国の要めであるという。一見、政道の一般論を述べたに過ぎないような条文だが、しかしこの条文が、初期足利政権においてきわめてアクチュアルな問題意識を反映していたことは、『建武式目』でくり返し言及される「先代」北条氏の先例をみてもよい。すなわち、『建武式目』の跋文に、義時・泰時父子の行状をもつて、近代の師となす。

とあり、総論の「政道の事」には、

まづ武家全盛の跡を逐ひ、もつとも善政を施さるべきか。

とある。北条義時・泰時の「善政」を「武家全盛の跡」とし、武家政治の手本とするのだが、いうまでもなく義時・泰時父子は、承久の乱(一二二一年)で後鳥羽上皇を隠岐へ流し、鎌倉幕府の支配体制を確立した。不徳の帝王を廃して「武家全盛」の基盤を築いたのだが、そのような「義時・泰時父子の行状」を手本とする初期足利政権は、『建武式目』を制定する三か月まえの建武三年(一三三六)八月、後醍醐天皇に対抗して、持明院統の光明天皇を擁立している。足利尊氏・直義兄弟の念頭に、不徳の帝王を廃した北条義時・泰時父子の「善政」がことさら意識される必然性はあったのだ。

承久の乱にさいして鎌倉方の総大将となった北条泰時については、北畠親房の『神皇正統記』も、「上下の礼節を乱らず」「己《おの》が分をはか」った人物として最大級の賛辞を送っている。また後鳥羽上皇については、「徳政」の欠如を指摘し、その倒幕の企てを、「上の御とが」「天のゆるさぬことは疑ひなし」と批判している。君臣上下の「礼節」を自明の枠組みとする親房の名分思想は、臣下の名分を否定する帝王の専制を認めないという点で、たとえば『建武式目』第十三条の「君に君礼あるべし、臣に臣礼あるべし。およそ上下おのおの分際を守り」云々と共通する問題意識を抱えていた。

建武政権下の世相を批判した二条河原の落書は、花の下の連歌の「自由狼藉」の会衆のあり方を批判していた。だが、「譜第」と「非成」を区別しない芸能的寄合は、臣下の序列やその既得権を否定する後醍醐天皇の新政の政治原理でもある。後醍醐天皇の新政(親政)をささえたのは、天皇とまさに「無礼講」的に結びついた中流以下の貴族や武士および僧侶だった。

連歌会や茶寄合の盛行は、建武の新政と不可分に浮上・顕在化した文化的事態である。世俗的な序列を無化する無礼講の寄合は、大乱の予感をはらみつつも、やがては武家や庶民をまき込んだ「群飲佚遊」(『建武式目』)の大流行となってゆく。

ところで、『建武式目』の起草者の一人である玄恵は、今川了俊の『難太平記』によれば、『太平記』の成立に関与した人物とされる(第一分冊「解説」、参照)。玄恵はまた、鎌倉末から南北朝期における宋学流行の立て役者といわれる人物だが(『花園院宸記』『尺素往来』等)、玄恵が成立に関与したとされる『太平記』が、君臣上下の名分思想を叙述の枠組みとしていることはすでに述べた(第三分冊「解説」、参照)。

たとえば、『太平記』の序文は、「天の徳」を体現する「明君」と、「地の道」に則る「良臣」とを、あるべき君臣上下の姿として規定する。そして序文につづく第一巻の冒頭「後醍醐天皇武臣を亡ぼすべき御企ての事」では、後醍醐天皇と「武臣」北条高時を紹介して、「上《かみ》には君の徳に違ひ、下《しも》には臣の礼を失ふ」とし、乱世の原因として、天皇と武臣、君と臣のそれぞれの名分にもとるふるまいを述べ、その結果として、「万民手足を措《お》くに所なし」という事態が出来したとする。

「万民手足を措くに所なし」(すべての人民が安らかに暮らせない)は、『論語』子路《しろ》篇の、「子曰く、必ずや名を正さんか。(中略)名正しからざれば、則ち言順《したが》はず。言順はざれば、則ち事成らず。事成らざれば、則ち礼楽興らず。礼楽興らざれば、則ち刑罰中《あた》らず。刑罰中らざれば、則ち民手足を措くに所なし」を典拠としている。『論語』において「正名」(名分を正す)思想が展開される著名な一節だが、『太平記』では、帝王と臣下のあるべき姿を説くその序文と同様、つづく第一巻の冒頭でも、君臣上下の名分が説かれるのだ。それは『建武式目』第十三条の、「君に君礼あるべし、臣に臣礼あるべし。およそ上下おのおの分際を守り」云々と共通する政治思想だった。

『太平記』第一巻は、後醍醐天皇の「武臣を亡ぼすべき御企て」として、天皇が「無礼講と云ふ事」をはじめたことを記す。そして「見聞耳目《けんぶんじぼく》を驚かせり」といわれる「無礼講」の狼藉ぶりの目撃者として、ほかならぬ玄恵を登場させる。すなわち、後醍醐天皇とその側近たちは、倒幕の謀議が幕府にあやしまれるのを恐れて、寄合の口実として、「才学無双《ぶそう》の聞こえ」のある「玄恵僧都」を招き、漢籍の談義を行わせた（第一巻「無礼講の事」「昌黎文集談義の事」）。しかし玄恵が講じた韓愈（字は退之、号は昌黎。中唐の文人・政治家）の詩文集に、韓愈が皇帝に直言したため左遷された詩篇があり、人々はそれを不吉として、玄恵の談義を中途で打ち切らせた。この一件を語ったあとで、『太平記』は、「誠なるかな、「痴人の面前に夢を説かず」と云ふ事を」と述べている。ここでいわれる「痴人」には、玄恵の談義を打ち切らせた側近たちとともに、後醍醐天皇本人も含まれている。

『太平記』がイメージする「太平」の世は、君臣上下がそれぞれの名分をまっとうすることで維持される秩序社会である。「君」としての後醍醐天皇の評価は、そのような名分思想の枠組みからおのずと決定されている。すでに第一巻の冒頭に、「上には君の徳に違ひ……」(帝におかせられては帝徳に違い……)とあるのだが、しかし『太平記』を考えるうえで注意したいのは、そのような天皇と武臣、君臣上下の二極関係からする歴史叙述の枠組みは、必ずしも『太平記』全体を統括する原理とはなりえていないということだ。

四　戦場という芸能空間

たとえば、『太平記』でもっとも好意的・同情的に描かれる楠正成は、いわゆる「武臣」の範疇には入らない。源平の「武臣」交替史の枠組みからすれば、およそ歴史の表舞台に浮上する余地のない人物である。まさに「無礼講」的に後醍醐天皇の宮廷と結びついた武士の代表格だが、じっさい数百の小勢で鎌倉幕府の大軍を翻弄・撃退する正成の合戦談は、どれも源平合戦のパロディといってよい。

奇策を駆使した正成のアクロバティックな戦闘は、この時代に盛行した田楽のパフォーマンスさえおもわせる。『太平記』の合戦には、多くの見物衆の存在が記されるが、とくに正成の合戦では、城を包囲する寄せ手の軍勢も、「城の四方二、三里が間は、見物相撲の場の如く打ち囲みて、尺地《せきち》をも余さず充満したり」とあり（第七巻「千剣破城《ちはやのじょう》軍の事」）、合戦そのものが趣向をこらしたパフォーマンスとして演じられるのだ。

たとえば、正成の千剣破城攻めへ向かう鎌倉幕府軍のなかでも、とりわけ人目を引いたのは、侍大将長崎高貞の装束である。衆目を集めるべく、わざと他の軍勢から一日遅れて戦場へ向かう長崎の装束は、つぎのように語られる（第六巻「金剛山攻めの事」）。

> 先づ旗指《はたさし》の次に、駄《ふと》く逞《たくま》しき馬に総《ふさ》懸けて、一様に鎧着たる兵八百余騎、二町ばかり先に立てて打たせたり。わが身はその次に、纐纈《こうけつ》の鎧直垂《よろいひたたれ》に、精好《せいごう》の大口《おおぐち》を張らせ、紺下濃《こんすそご》の鎧に、白星《しらほし》の五枚甲《ごまいかぶと》に八龍を金《こがね》にて打つて付けたるを猪頸《いくび》に着なし、銀《しろかね》の磨きつけの臑当《すねあて》に、金作《こがねづく》りの太刀二振《ふたふり》佩《は》いて、一部黒《いちのへぐろ》とて五尺三寸ありける坂東一の名馬に、塩干《しおひ》潟《がた》の捨小《すてお》舟《ぶね》を金貝《かながい》に磨《す》つたる鞍を置き、款冬色《やまぶきいろ》の厚総《あつぶさ》懸けて、三十六差《さ》いたる銀括《しろかねはず》の大中黒《おおなかぐろ》の矢に、本繁籐《もとしげどう》の弓の真中《まんなか》握つて、小路《こうじ》を狭しと歩《あよ》びたり。

長崎の華麗な装束の描写は、『太平記』作者の個人的関心というより、むしろ時代の好尚といってよい。これと類似する装束描写は、第九巻「名越殿討死の事」で、鎌倉方の大将名越高家が赤松討伐に出陣する装束、第十二巻「公家一統政道の事」で、「その行列の行粧、天下の壮観を尽くせり」といわれる護良親王の入京時の装束などがある。また、第三十四巻「畠山道誓禅門上洛の事」で、入京する鎌倉公方配下の軍勢は、京中の貴賤上下が、大路に「桟敷を打ち続け」て見物した。その「金銀を延べ、綾羅を飾」った行列のなかでもひときわ衆目を集めたのは、相模守護の河越直重である。「風情を好む河越は、乗替《のりが》えとして引き連れた三十頭の馬の毛を、「濃紫《こむらさき》、薄紅《うすくれない》、萌黄《もよぎ》、水色、豹文《ひょうもん》、色々に」染めわけて見物衆を驚かしたという。

多くの見物衆が見まもる『太平記』のいくさは、華麗に装われる一種の芸能空間であった。たとえば、見せ物的な関心のとくにいちじるしい合戦談として、第二十九巻「桃井四条河原合戦の事」の、秋山九郎と阿保忠実《あぶただざね》の一騎打ちがある。両人の武装描写と長大な名乗りが語られたあと、その一騎打ちは、両軍の軍勢と数万の見物衆によって観戦される。

両陣の兵は、あれ見よとて、軍《いくさ》を止《や》めて手を拳《にぎ》る。数万の見物衆は、戦場とも云はず走り寄り、堅唾《かたず》を呑んでこれを見るに、寔《まこと》に(今日の)軍《いくさ》の花は、ただこれに如《し》かずとぞ見えたりける。

こうして数万の見物衆が「堅唾を呑んで」見まもるなか、その日の「軍の花」である秋山と阿保の一騎打ちが展開される。その戦いぶりは、「相近《あいちか》になれば、阿保と秋山と、莞《にっこ》と打ち笑うて、弓手《ゆんで》に懸け違へ、馬手《めて》に開き合うて、秋山、はたと打てば、阿保、受け太刀になつて受け流す。阿保、以て開いてしとど切れば、秋山、棒にて打ち背《そむ》く」といった具合である。まさに軍談講釈のような一騎打ちが展開されるのだが、両者引き分けに終わったこの一騎打ちは、フェアーな戦いぶりが都の人びとにもてはやされ、「さればその比《ころ》、霊仏霊社の御手向《おんたむけ》、扇打輪《うちわ》のばさら絵にも、阿保、秋山が河原軍《かわらいくさ》とて、書かせぬ人はなかりけり」とある。

この時代の流行語であるバサラの用語例としても注目される合戦談である。バサラ(婆佐羅)は、梵語 vajra を音訳した語として、金剛(石)と漢訳され、あらゆるものを砕く意から転じて、硬直した規範や制度を逸脱する行為、華美でほしいままのふるまいをさす。『太平記』の時代の気分を象徴するような流行語だが、そのバサラを冠した「ばさら絵」とは、金・銀の箔を散らした極端に派手な色づかいの絵だろう。

命のやりとりをする戦場は、バサラの美意識とも親和的であった、というより、戦場という非日常空間こそが、この時代のバサラの芸能空間をつくりだす動因でもあった。たとえば、千剣破城攻めにさいして、そのバサラの装束が語られた前述の長崎高貞は、「花下《はなのもと》の連歌師ども」を都から呼んで、一万句の連歌を興行している（第七巻「千剣破城軍の事」）。花の下の連歌の芸能空間は、その非日常性において、戦場という（ある意味で祝祭的な）空間と親和的だったのだ。

『建武式目』第一、二条が「厳制」する「婆佐羅」「過差」と、「群飲佚遊」の茶寄合や連歌会は、さきに述べたように、後醍醐天皇の新政とともに浮上・顕在化した文化的事態である。『建武式目』の時勢批判は、『太平記』の時勢批判とその基本的な立場を共有している。たとえば、『太平記』第三十三巻「武家の人富貴の事」では、在京の大名たちが連日のように豪奢な茶寄合にふけり、莫大な浪費をかえりみずに遊び狂うさまが、「前代未聞の曲事《くせごと》」と批判される。

都には、国々の大名、并びに執事、侍所、頭人《とうにん》、評定衆、奉行、寄人《よりうど》以下の公人《くにん》ども、衆を結んで茶の会をしけるに、異国本朝の重宝を集め、百座の粧《かざ》りをして、皆曲録《きょくろく》の上に豹虎の皮を敷いて並《な》み居《い》たれば、ただ百福荘厳《ひゃくふくしょうごん》の床に、千仏の光を並べて座し給へるに異ならず。……(中略)……食後に、旨酒三献《ししゅさんこん》過ぎて、茶の懸物《かけもの》百物、百の外《ほか》に、また前引《まえひき》の置物しけるに、初度の頭人は、奥染物《おくのそめもの》おのおの百づつ、六十三人が前に積む。第二の頭人は、色々の小袖十重《とかさね》づつ置く。第三番の頭人は、沈《じん》のほた百両づつに、麝香《じゃこう》の臍《ほぞ》三つづつ副《そ》へて置く。四番の頭人は、ただ今威《おど》し立《た》てぬる鎧一縮《しゅく》に、梅花皮《かいらぎ》懸けたる白太刀《しろたち》、金作《こがねづく》りの刀に、おのおの虎皮の燧袋《ひうちぶくろ》を下げて、一様にこそ引きたりけれ。以後の頭人二十余人、われ人に増さらんと、様を替へ数を副へて、山の如くに積み重ぬ。

ここに記される茶会は、「曲録(注、椅子)の上に豹虎の皮を敷いて」とあって、立礼の茶会であり、また、酒三献が過ぎたのちに闘茶となるなど、前引の『喫茶往来』に記された茶会と同様である。だが、ここで注目したいのは、「異国本朝の重宝を集め」た「百座の粧り」(百か所の飾り付け)といった豪奢な空間演出であり、また闘茶の折に空尽《くうじん》される莫大な賭け物である。そしてこのような祝祭的な茶寄合の空間は、『太平記』では、バサラ大名の代表格である佐々木道誉の演出する芸能空間として集約的に語られることになる。

五　佐々木道誉のバサラ

佐々木道誉のバサラのふるまいが『太平記』で最初に記されるのは、第二十一巻「道誉妙法院御所を焼く事」である。暦応元年(一三三八)秋、道誉の一族若党どもが、「例のばさらに風流《ふりゅう》を尽くして」紅葉狩りをした帰りに、妙法院(延暦寺三門跡の一つ)の紅葉を折り取り、妙法院に詰めていた山法師(延暦寺僧)らに打擲された。それを聞いて怒った道誉とその子息秀綱は、軍勢を率いて妙法院へ押し寄せ、寺を焼き討ちし、あまつさえ門主の寵愛の若宮を殺害してしまう。

その咎によって、道誉と秀綱は上総の国へ(一時的に)流罪となるが、流罪の道行きは、家来たちに猿の皮の腰当てと靫《うつぼ》(矢を入れる筒状の武具)を着用させ、「道々に、酒肴《さけさかな》を儲《もう》け、傾城《けいせい》を弄《もてあそ》び」というもので、とても「尋常《よのつね》の流人」のようではなかった。猿の皮を腰当てや靫に用いたのは、猿が日吉山王権現（比叡山延暦寺の鎮守神）の使いであるから、まさに「武家の成敗を軽忽《きょうこつ》し、山門の鬱陶を嘲哢した」ふるまいである。

佐々木道誉のこうした傍若無人のふるまいを、『太平記』はもちろん批判的に記すのだが、しかしそれは「美々《びび》しく見えたりける」とも評されている。こうしたアンビヴァレントな道誉の評価は、『太平記』という作品が、その序文等で説かれる儒教的な政道論の一辺倒ではないこと、むしろ「美々しく見えたりける」ということばに、バサラの時代のただ中にあって、時代の空気を敏感に呼吸していた作者の関心のありかがうかがえる。

世俗的な規範や制度を逸脱し、またそうすることで政敵やライバルを追い落としてゆく道誉のバサラのふるまいは、かれが主宰する芸能空間においてぞんぶんに発揮されることになる。

たとえば、第三十二巻「山名右衛門佐敵と為る事」では、山名師氏が戦功の賞を将軍尊氏に取り次いでもらうため、佐々木道誉の宿所を毎日のようにたずねる。しかし道誉は、「今日は、連歌の会、茶の会」「ただ今は、違例の時分」などといって一度も対面しない。それに腹を立てた山名師氏は、文和元年（一三五二）秋、父の時氏とともに南朝方に走ってしまう。

康安元年(一三六一)に細川清氏が没落したきっかけも、佐々木道誉が催した茶会だった(第三十六巻「細川清氏隠謀企つる事」)。すなわち、幕府執事(管領)の細川清氏が、かねて七夕の夜に将軍足利義詮《よしあきら》をむかえて歌会を行おうとした。しかしその当日、道誉は、自分の宿所に「七所の粧《かざ》り」をし、七百種の賭け物を積んで、七十服の本非の茶を飲むという豪勢な闘茶の会を催し、将軍義詮に、細川清氏邸の歌会への出席をとりやめさせてしまう。

そして面目を失った細川清氏は、道誉の讒言によって失脚・没落してゆくのだが、道誉邸で行われた「七所の粧り」とは、前引の『喫茶往来』で述べられたような唐物趣味と、立花《りっか》で飾りたてられた会所と書院の飾りである。「七所の粧りは珍しき遊びなるべし」という将軍義詮のことばは、バサラ趣味の横溢した道誉の空間演出が、当時いかに魅力あるものとして認識されていたかをうかがわせる。

六　芸能空間の媒介者

ところで、佐々木道誉によるバサラの芸能空間の演出は、道誉個人の非凡な資質とともに、かれに仕えた遁世者《とんせいしゃ》の存在も無視できない。連歌会や茶寄合など、芸能的寄合の場をしきるのは遁世者である。前引の第三十三巻「武家の人富貴の事」には、茶寄合に集まる大名たちには「供に連れたる遁世者」がいたとあるが、佐々木道誉に仕えた遁世者の存在が記されるのは、第三十六巻「公家武家没落の事」のエピソードである。

康安元年秋、佐々木道誉と対立して南朝方に下った細川清氏は、十二月に南朝軍を率いて京に進攻した。その折、京を退去する道誉は、「わが宿所へは、定めてさもとある大将ぞ入り替はらんずらん、尋常に取りしたためて見すべし」と述べ、会所や書院を飾り立て、応接役として二人の遁世者をとどめおいた。

六間《むま》の会所《かいしょ》六所に、大文《だいもん》の畳を敷き並べ、本尊、脇絵《わきのえ》、花瓶、香炉、鑵子《かんす》、建盞《けんさん》に至るまで、一様に皆置き調《ととの》へて、書院には、羲之《ぎし》が草書の碣《けつ》、翰愈《かんゆ》が文集、眠蔵《めんぞう》には、沈《じん》の枕に緞子《どんす》の宿直物《とのいもの》、十二間《けん》の遠侍《とおさぶらい》には、鳥、兎、雉、白鳥《くぐい》、三棹《みさお》懸け並べ、三石《ごく》入りばかりなる大筒《おおづつ》に酒を湛《たた》へ、遁世者二人留め置きて、「誰にても、この宿所へ入らんずる人に、一献《いっこん》勧めよ」と、申し置きたりける。

この会所や書院の飾りは、のちに『君台観左右帳記《くんだいかんそうちょうき》』(能阿弥・相阿弥著)に記される足利義政の東山殿の飾りの先駆といわれる(堀口捨己『利休の茶』)。唐物で飾り立てられた佐々木道誉の宿所には、はたして南朝方の一方の大将である楠正儀が入ったが、道誉の配慮に感じ入った楠は、南朝軍が京を退去するときも、宿所を少しも損ずることなく、会所や書院を飾り立て、それのみならず秘蔵の鎧と銀細工の太刀を引き出物として置いて立ち去った。そんな楠の振る舞いに、京の人びとは、「例の古博奕《ふるばくちう》打ちに出し抜かれて、楠、鎧と太刀とを取られたり」と言って笑いあったという。

この話からうかがえるように、会所のしつらいや、そこでの来客の応接にあたるのは遁世者だった。会所は、連歌や和歌の会を催す場として鎌倉期に造られ、南北朝期に定着した建築空間である。身分差をあらわす建築表象をもたない会所は、「無方向なエネルギーの充満するバサラの空間」であり、そのような会所の芸能空間を取りしきるのが、「無縁」の原理を体現する遁世者だった(松岡心平『宴の身体』)。

さきに述べたように、『太平記』第一巻「無礼講の事」は、後醍醐天皇が、「献盃の次第、上下を云はず」という無礼講の場をもうけて倒幕の謀議を行ったことを記していた。

『花園院宸記』によれば、その「無礼講」は「飲茶の会」であり、会衆には、西大寺の律僧智暁が混じっていたという。「朝夕禁裏に寓直《とのい》」したとされる律僧（遁世僧）の智暁が、「無礼講」の寄合の媒介者《メディエーター》だったことはたしかだろう。

智暁（『太平記』は「智教」）は、元弘元年（一三三一）五月に、文観や円観（恵鎮）らとともに倒幕計画に加担したかどで逮捕されている。そのとき六波羅へ召し出された慶円（『太平記』は「教円」）も、唐招提寺の律僧である。また、同年九月の笠置合戦では、般若寺の律僧本性房が、天皇方として奮戦している（第三巻「笠置合戦の事」）。

天皇の倒幕計画には律僧が少なからず関与していたのだ。そして後醍醐天皇に近侍した律僧のなかでも中心的な位置にあったのは、同輩の真言僧から「異人非器の体」（「金剛峯寺衆徒奏状」）と指弾された小野僧正文観である。

真言僧として栄達をきわめる以前の文観が、西大寺の律僧として活動していたことは、岡見正雄の考証がある（角川文庫『太平記（一）』補注）。また、黒板勝美は、観心寺や金剛寺など、楠正成と縁のふかい河内の真言宗系寺院に、はやくから文観の影響力が及んでいたことを指摘し、正成を後醍醐の宮廷に媒介した人物として、文観の役割に注目している（「後醍醐天皇と文観僧正」『虚心文集（二）』）。たしかに文観は、律僧（無縁の遁世僧）という資格を最大限に利用し、はばひろい人脈を「無礼講」的に宮廷に媒介することで、後醍醐天皇の政治的・軍事的な企てに加担していたのだ（網野善彦『異形の王権』）。

七　バサラの時代と文化

初期足利政権が茶寄合や連歌会を「厳制」したにもかかわらず（『建武式目』）、うちつづく動乱の時代にあって、世俗的な秩序を転倒させるバサラの芸能空間は、ますますその規模を拡大させるかたちで展開していた。それは『太平記』の第三部（第二十三―四十巻）に語られるとおりである。北朝方の大名たちが「無礼、邪欲、大酒、遊宴、ばさら、傾城、双六、博奕、強縁《ごうえん》」などをもっぱらとし、それら「政道のために讐《あた》なるもの」を、「独りとしてこれを好まざる者なし」といった事態が展開するのだが（第三十五巻「北野参詣人政道雑談の事」）、そのような『太平記』の第三部世界の中心に位置するのが、佐々木道誉だった。

道誉が演出したバサラの芸能空間がもっとも大規模に展開されるのは、第三十九巻「道誉大原野花会の事」である。

貞治五年（一三六六）三月、管領斯波義将《しばよしまさ》の父であり後見役でもある斯波道朝《どうちょう》（俗名高経《たかつね》）が、将軍足利義詮の御所で花見の遊宴を催すべく、佐々木道誉にも案内を出した。しかしかねて斯波道朝に宿意を抱いていた道誉は、「わざと引き違へ」て、その当日、京中の「道々の物の上手ども」（遁世者である）を一人残らず「皆引き具し」て、大原野で盛大な花見の遊宴を催した。斯波道朝の面目をまるつぶしにしてしまうのだが、かつて後醍醐天皇の「無礼講」においてそうだったように、道誉においても、バサラの芸能空間の演出は、その政治的な力関係の転倒の企てと不可分に行われたのだ。

『太平記』は、大原野を舞台とした道誉の空間演出を、会場へ至る通路からはじめて詳細に記している。圧巻はもちろん、花見の主会場となる勝持寺本堂の庭である。

一歩三歎《いっぽさんたん》して遥かに本堂の庭に躋《のぼ》れば、十囲《じゅうい》の花木《かぼく》四本あり。この本《もと》に、一丈余りの鍮石《ちゅうじゃく》を以て華瓶《かびん》に鋳懸けて、一双の立花《りっか》に作り成し、その間に、両囲の香炉を置いて、一斤《きん》の名香を一度に焼《た》き上《あ》げたれば、香風四方に散じて、皆人浮香世界《ふきょうせかい》に在るが如し。その陰に、幔を引き、曲録《きょくろく》を立て並べて、百味の珍膳を調《ととの》へ、百服の本非を飲みて、懸物山の如くに積み上げたり。

桜の立木に真鍮の花瓶を鋳かけ、立木をそのまま巨大な立花にしたてるというのは、現代の前衛華道をも想わせる趣向である。道誉のバサラの美意識を示す好例として、よく引かれる一節だが、花見の遊宴そのものを一大祝祭空間に仕立てあげたのは、道誉本人であると同時に、かれに仕えた「道々の物の上手ども」である。

道誉に仕えた「道々の物の上手ども」は、のちに同朋衆《どうぼうしゅう》と呼ばれる諸芸諸道に秀でた遁世者である。室町文化の担い手となる同朋衆としては、足利義満に仕えた観阿弥・世阿弥父子が著名であり、また、足利義教や義政に仕えた能阿弥・芸阿弥・相阿弥の親子三代は絵師であり、唐物の鑑定とともに連歌もよくした。あるいは作庭に秀でた善阿弥も、阿弥号をもつ同朋衆である。それら南北朝・室町期の文化を担った遁世者たちを最初に組織的に召し抱えたのは、佐々木道誉だった。

『太平記』が記す大原野の花見は、この時代の諸芸諸道のオルガナイザーとしての道誉の非凡さをうかがわせる。現代に伝わる茶道、華道、香道、能楽、作庭などの諸芸諸道は、その草創期にあって、道誉の関与しなかったものはなかったといっても過言ではない(林屋辰三郎『佐々木道誉』)。

たとえば、能楽(猿楽)や田楽にかんして、道誉が一流の鑑賞眼をもっていたことは、世阿弥の芸談を記した『申楽談儀』や『習道書』が伝えている。当時隆盛をきわめていた連歌においても、道誉は、地下連歌を代表する救済《ぐさい》と、堂上連歌を代表する二条良基をともに後援している。遁世者の救済は、関白二条良基の連歌の師でもある。救済と良基、地下と堂上とをまさに「無礼講」的に結びつけ、『菟玖波集』を後光厳天皇に奏請して准勅撰の連歌集としたのは道誉だった。

『菟玖波集』には、撰者である救済の百二十六句、二条良基の八十三句に次いで、道誉の句は八十一句が入集している。二条良基の連歌論書『十問最秘抄』によれば、道誉の句風は十四世紀なかばの連歌界で一世を風靡したという。和歌よりも価値の低い遊びの芸とみられていた連歌の地位を向上させたのは、道誉の功績だった。そして香、花、各種の座敷飾りをともなう総合芸術としての会所の茶寄合である。千利休が書写したとされる『数奇道大意』には、「京極道誉、群を抽《ぬきんで》て茶・香を賞す」とあり、利休においても、道誉が主催した茶寄合は、斯道の淵源と目されていた。

佐々木道誉の多方面の教養とそのバサラの美意識は、日常的・世俗的な羈絆《きはん》に拘らないという点で、安土桃山期の千利休の茶の湯のあり方にもつうじている。そしてくりかえしいえば、それら南北朝期に出現した文化的事態が、後醍醐天皇の「新政」の企てと不可分に浮上・顕在化したものである以上、今日もっとも「日本的」と考えられている諸芸諸道の文化は、『太平記』の時代のただなかにその淵源をもつのである。

太《たい》平《へい》記《き》（五）〔全6冊〕

2016年4月15日　第1刷発行
2023年12月25日　第5刷発行

校注者　兵藤裕己《ひょうどうひろみ》

発行者　坂本政謙

発行所　株式会社 岩波書店
〒101-8002 東京都千代田区一ツ橋2-5-5

案内 03-5210-4000　営業部 03-5210-4111
文庫編集部 03-5210-4051
https://www.iwanami.co.jp/

印刷 製本・法令印刷　カバー・精興社

ISBN 978-4-00-301435-6　　Printed in Japan

読書子に寄す

——岩波文庫発刊に際して——

岩波茂雄

真理は万人によって求められることを自ら欲し、芸術は万人によって愛されることを自ら望む。かつては民を愚昧ならしめるために学芸が最も狭き堂宇に閉鎖されたことがあった。今や知識と美とを特権階級の独占より奪い返すことはつねに進取的なる民衆の切実なる要求である。岩波文庫はこの要求に応じそれに励まされて生まれた。それは生命ある不朽の書を少数者の書斎と研究室とより解放して街頭にくまなく立たしめ民衆に伍せしめるであろう。近時大量生産予約出版の流行を見る。その広告宣伝の狂態はしばらくおくも、後代にのこすと誇称する全集がその編集に万全の用意をなしたるか。千古の典籍の翻訳企図に敬虔の態度を欠かざりしか。さらに分売を許さず読者を繋縛して数十冊を強うるがごとき、はたしてその揚言する学芸解放のゆえんなりや。吾人は天下の名士の声に和してこれを推挙するに躊躇するものである。このときにあたって、岩波書店は自己の責務のいよいよ重大なるを思い、従来の方針の徹底を期するため、すでに十数年以前より志して来た計画を慎重審議この際断然実行することにした。吾人は範をかのレクラム文庫にとり、古今東西にわたって文芸・哲学・社会科学・自然科学等種類のいかんを問わず、いやしくも万人の必読すべき真に古典的価値ある書をきわめて簡易なる形式において逐次刊行し、あらゆる人間に須要なる生活向上の資料、生活批判の原理を提供せんと欲する。この文庫は予約出版の方法を排したるがゆえに、読者は自己の欲する時に自己の欲する書物を各個に自由に選択することができる。携帯に便にして価格の低きを最主とするがゆえに、外観を顧みざるも内容に至っては厳選最も力を尽くし、従来の岩波出版物の特色をますます発揮せしめようとする。この計画たるや世間の一時の投機的なるものと異なり、永遠の事業として吾人は微力を傾倒し、あらゆる犠牲を忍んで今後永久に継続発展せしめ、もって文庫の使命を遺憾なく果たさしめることを期する。芸術を愛し知識を求むる士の自ら進んでこの挙に参加し、希望と忠言とを寄せられることは吾人の熱望するところである。その性質上経済的には最も困難多きこの事業にあえて当たらんとする吾人の志を諒として、その達成のため世の読書子とのうるわしき共同を期待する。

昭和二年七月

《日本文学(現代)》〔緑〕

- 怪談 牡丹燈籠　三遊亭円朝
- 小説神髄　坪内逍遥
- 当世書生気質　坪内逍遥
- 即興詩人《アンデルセン》 全二冊　森鷗外訳
- ウィタ・セクスアリス　森鷗外
- 青年　森鷗外
- 雁　森鷗外
- 阿部一族 他二篇　森鷗外
- 山椒大夫・高瀬舟 他四篇　森鷗外
- 渋江抽斎　森鷗外
- 舞姫・うたかたの記 他三篇　森鷗外
- 鷗外随筆集　千葉俊二編
- 大塩平八郎 他三篇　森鷗外
- 浮雲　二葉亭四迷 十川信介校注
- 野菊の墓 他四篇　伊藤左千夫
- 吾輩は猫である　夏目漱石

- 坊っちゃん　夏目漱石
- 草枕　夏目漱石
- 虞美人草　夏目漱石
- 三四郎　夏目漱石
- それから　夏目漱石
- 門　夏目漱石
- 彼岸過迄　夏目漱石
- 漱石文芸論集　磯田光一編
- 行人　夏目漱石
- こころ　夏目漱石
- 硝子戸の中　夏目漱石
- 道草　夏目漱石
- 明暗　夏目漱石
- 思い出す事など 他七篇　夏目漱石
- 文学評論 全二冊　夏目漱石
- 夢十夜 他二篇　夏目漱石
- 漱石文明論集　三好行雄編

- 倫敦塔・幻影の盾 他五篇　夏目漱石
- 漱石日記　平岡敏夫編
- 漱石書簡集　三好行雄編
- 漱石俳句集　坪内稔典編
- 漱石・子規往復書簡集　和田茂樹編
- 文学論 全二冊　夏目漱石
- 坑夫　夏目漱石
- 二百十日・野分　夏目漱石
- 五重塔　幸田露伴
- 努力論　幸田露伴
- 一国の首都 他一篇　幸田露伴
- 渋沢栄一伝　幸田露伴
- 飯待つ間 —正岡子規随筆選　正岡子規 阿部昭編
- 子規句集　高浜虚子選
- 病牀六尺　正岡子規
- 子規歌集　土屋文明編
- 墨汁一滴　正岡子規

仰臥漫録　正岡子規
歌よみに与ふる書　正岡子規
獺祭書屋俳話・芭蕉雑談　正岡子規
子規紀行文集　復本一郎編
正岡子規ベースボール文集　復本一郎編
金色夜叉　全二冊　尾崎紅葉
不如帰　徳冨蘆花
武蔵野　国木田独歩
愛弟通信　国木田独歩
蒲団・一兵卒　田山花袋
田舎教師　田山花袋
一兵卒の銃殺　田山花袋
あらくれ・新世帯　徳田秋声
藤村詩抄　島崎藤村自選
破戒　島崎藤村
春　島崎藤村
桜の実の熟する時　島崎藤村

夜明け前　全四冊　島崎藤村
藤村文明論集　十川信介編
生ひ立ちの記　他一篇　島崎藤村
島崎藤村短篇集　大木志門編
にごりえ・たけくらべ　樋口一葉
大つごもり・十三夜　他五篇　樋口一葉
修禅寺物語 正雪の二代目　他四篇　岡本綺堂
高野聖・眉かくしの霊　泉鏡花
歌行燈　泉鏡花
夜叉ケ池・天守物語　泉鏡花
草迷宮　泉鏡花
春昼・春昼後刻　泉鏡花
鏡花短篇集　川村二郎編
外科室・海城発電　他五篇　泉鏡花
鏡花随筆集　吉田昌志編
化鳥・三尺角　他六篇　泉鏡花
鏡花紀行文集　田中励儀編

俳句はかく解しかく味う　高浜虚子
俳句への道　高浜虚子
回想 子規・漱石　高浜虚子
有明詩抄　蒲原有明
上田敏全訳詩集　山内義雄 矢野峰人編
宣言　有島武郎
一房の葡萄　他四篇　有島武郎
寺田寅彦随筆集　全五冊　小宮豊隆編
柿の種　寺田寅彦
与謝野晶子歌集　与謝野晶子自選
与謝野晶子評論集　鹿野政直 香内信子編
私の生い立ち　与謝野晶子
つゆのあとさき　永井荷風
濹東綺譚　永井荷風
荷風随筆集　全二冊　野口冨士男編
摘録 断腸亭日乗　全二冊　永井荷風 磯田光一編
すみだ川・新橋夜話　他一篇　永井荷風

あめりか物語	永井荷風
下谷叢話	永井荷風
ふらんす物語	永井荷風
荷風俳句集	加藤郁乎編
浮沈・踊子 他三篇	永井荷風
花火・来訪者 他十一篇	永井荷風
問はずがたり・吾妻橋 他十六篇	永井荷風
斎藤茂吉歌集	山口茂吉・柴生田稔・佐藤佐太郎編
鈴木三重吉童話集	勝尾金弥編
千鳥 他四篇	鈴木三重吉
小僧の神様 他十篇	志賀直哉
暗夜行路 全二冊	志賀直哉
志賀直哉随筆集	高橋英夫編
高村光太郎詩集	高村光太郎
北原白秋歌集	高野公彦編
北原白秋詩集 全二冊	安藤元雄編
フレップ・トリップ	北原白秋

野上弥生子随筆集	竹西寛子編
野上弥生子短篇集	加賀乙彦編
お目出たき人・世間知らず	武者小路実篤
友情	武者小路実篤
銀の匙	中勘助
若山牧水歌集	伊藤一彦編
新編 みなかみ紀行	若山牧水 池内紀編
新編 啄木歌集	久保田正文編
吉野葛・蘆刈	谷崎潤一郎
卍（まんじ）	谷崎潤一郎
谷崎潤一郎随筆集	篠田一士編
多情仏心 全二冊	里見弴
道元禅師の話	里見弴
今年竹 全二冊	里見弴
萩原朔太郎詩集	三好達治選
郷愁の詩人 与謝蕪村	萩原朔太郎
猫町 他十七篇	萩原朔太郎 清岡卓行編

恋愛名歌集	萩原朔太郎
恩讐の彼方に・忠直卿行状記 他八篇	菊池寛
父帰る・藤十郎の恋 菊池寛戯曲集	石割透編
河明り 老妓抄 他一篇	岡本かの子
春泥・花冷え	久保田万太郎
大寺学校 ゆく年	久保田万太郎
久保田万太郎俳句集	恩田侑布子編
室生犀星詩集	室生犀星自選
犀星王朝小品集	室生犀星
室生犀星俳句集	岸本尚毅編
出家とその弟子	倉田百三
羅生門・鼻・芋粥・偸盗	芥川竜之介
地獄変・邪宗門・好色・藪の中 他七篇	芥川竜之介
河童 他二篇	芥川竜之介
歯車 他二篇	芥川竜之介
蜘蛛の糸・杜子春・トロッコ 他十七篇	芥川竜之介
侏儒の言葉・文芸的な、余りに文芸的な	芥川竜之介

芥川竜之介書簡集	石割透編
芥川竜之介随筆集	石割透編
蜜柑・尾生の信 他十八篇	芥川竜之介
年末の一日・浅草公園 他十七篇	芥川竜之介
芥川竜之介紀行文集	山田俊治編
田園の憂鬱	佐藤春夫
海に生くる人々	葉山嘉樹
葉山嘉樹短篇集	道簱泰三編
日輪・春は馬車に乗って 他八篇	横光利一
宮沢賢治詩集	谷川徹三編
童話集 風の又三郎 他十八篇	宮沢賢治 谷川徹三編
童話集 銀河鉄道の夜 他十四篇	宮沢賢治 谷川徹三編
山椒魚・遙拝隊長 他七篇	井伏鱒二
川釣り	井伏鱒二
井伏鱒二全詩集	井伏鱒二
太陽のない街	徳永直
黒島伝治作品集	紅野謙介編

伊豆の踊子・温泉宿 他四篇	川端康成
雪国	川端康成
山の音	川端康成
川端康成随筆集	川西政明編
三好達治詩集	桑原武夫 大槻鉄男選
詩を読む人のために	三好達治
中野重治詩集	中野重治
夏目漱石 全二冊	小宮豊隆
新編 思い出す人々	内田魯庵 紅野敏郎編
檸檬《レモン》・冬の日 他九篇	梶井基次郎
蟹工船 一九二八・三・一五	小林多喜二
富嶽百景・走れメロス 他八篇	太宰治
斜陽 他一篇	太宰治
人間失格・グッド・バイ 他一篇	太宰治
津軽	太宰治
お伽草紙・新釈諸国噺	太宰治
右大臣実朝 他一篇	太宰治

真空地帯	野間宏
日本唱歌集	堀内敬三 井上武士編
日本童謡集	与田凖一編
森鷗外	石川淳
至福千年	石川淳
小林秀雄初期文芸論集	小林秀雄
近代日本人の発想の諸形式 他四篇	伊藤整
小説の認識	伊藤整
中原中也詩集	大岡昇平編
ランボオ詩集	中原中也訳
晩年の父	小堀杏奴
小熊秀雄詩集	岩田宏編
夕鶴・彦市ばなし 他二篇 —木下順二戯曲選II—	木下順二
元禄忠臣蔵 全二冊	真山青果
随筆滝沢馬琴	真山青果
旧聞日本橋	長谷川時雨
みそっかす	幸田文

- 古句を観る　柴田宵曲
- 俳諧随筆 蕉門の人々　柴田宵曲
- 新編 俳諧博物誌　柴田宵曲　小出昌洋編
- 随筆集 団扇の画　柴田宵曲　小出昌洋編
- 子規居士の周囲　柴田宵曲
- 小説集 夏の花　原民喜
- 原民喜全詩集
- いちご姫・蝴蝶 他二篇　山田美妙　十川信介校訂
- 銀座復興 他三篇　水上滝太郎
- 魔風恋風 全二冊　小杉天外
- 柳橋新誌　成島柳北　塩田良平校訂
- 幕末維新パリ見聞記 —成島柳北「航西日乗」・栗本鋤雲「暁窓追録」—　井田進也校注
- 野火／ハムレット日記　大岡昇平
- 中谷宇吉郎随筆集　樋口敬二編
- 雪　中谷宇吉郎
- 冥途・旅順入城式　内田百閒
- 東京日記 他六篇　内田百閒

- 西脇順三郎詩集　那珂太郎編
- 大手拓次詩集　原子朗編
- 評論集 滅亡について 他三十篇　武田泰淳　川西政明編
- 山岳紀行文集 日本アルプス　小島烏水　近藤信行編
- 雪中梅　末広鉄腸　小林智賀平校訂
- 新編 東京繁昌記　木村荘八　尾崎秀樹編
- 新編 山と渓谷　田部重治　近藤信行編
- 日本児童文学名作集 全二冊　桑原三郎　千葉俊二編
- 山月記・李陵 他九篇　中島敦
- 眼中の人　小島政二郎
- 新選 山のパンセ　串田孫一自選
- 小川未明童話集　桑原三郎編
- 新美南吉童話集　千葉俊二編
- 岸田劉生随筆集　酒井忠康編
- 摘録 劉生日記　岸田劉生　酒井忠康編
- 量子力学と私　朝永振一郎　江沢洋編
- 書物　森銑三　柴田宵曲

- 自註鹿鳴集　会津八一
- 窪田空穂随筆集　大岡信編
- 窪田空穂歌集　大岡信編
- 奴隷 —小説・女工哀史1—　細井和喜蔵
- 工場 —小説・女工哀史2—　細井和喜蔵
- 鷗外の思い出　小金井喜美子
- 森鷗外の系族　小金井喜美子
- 木下利玄全歌集　五島茂編
- 新編 学問の曲り角　河野与一　原二郎編
- 林芙美子紀行集 下駄で歩いた巴里　立松和平編
- 放浪記　林芙美子
- 山の旅 全二冊　近藤信行編
- 酒道楽　村井弦斎
- 文楽の研究 全二冊　三宅周太郎
- 五足の靴　五人づれ
- 尾崎放哉句集　池内紀編
- リルケ詩抄　茅野蕭々訳

ぷえるとりこ日記　有吉佐和子
江戸川乱歩短篇集　千葉俊二編
怪人二十面相・青銅の魔人　江戸川乱歩
少年探偵団・超人ニコラ　江戸川乱歩
江戸川乱歩作品集　全三冊　浜田雄介編
堕落論・日本文化私観　他二十二篇　坂口安吾
桜の森の満開の下・白痴　他十二篇　坂口安吾
風と光と二十の私と・いずこへ　他十六篇　坂口安吾
久生十蘭短篇選　川崎賢子編
墓地展望亭・ハムレット　他六篇　久生十蘭
六白金星・可能性の文学　他十一篇　織田作之助
夫婦善哉　正続　他十二篇　織田作之助
わが町・青春の逆説　織田作之助
歌の話・歌の円寂する時　他一篇　折口信夫
死者の書・口ぶえ　折口信夫
汗血千里の駒　坂本龍馬君之伝　坂崎紫瀾　林原純生校注
日本近代短篇小説選　全六冊　紅野敏郎・紅野謙介・千葉俊二・宗像和重・山田俊治編

自選 谷川俊太郎詩集
訳詩集 白孔雀　西條八十訳
茨木のり子詩集　谷川俊太郎選
大江健三郎自選短篇
M/Tと森のフシギの物語　大江健三郎
キルプの軍団　大江健三郎
石垣りん詩集　伊藤比呂美編
漱石追想　十川信介編
荷風追想　多田蔵人編
鷗外追想　宗像和重編
自選 大岡信詩集
うたげと孤心　大岡信
日本の詩歌　その骨組みと素肌　大岡信
詩人・菅原道真　—うつしの美学　大岡信
日本近代随筆選　全三冊　千葉俊二・長谷川郁夫・宗像和重編
尾崎士郎短篇集　紅野謙介編
山之口貘詩集　高良勉編

原爆詩集　峠三吉
竹久夢二詩画集　石川桂子編
まど・みちお詩集　谷川俊太郎編
山頭火俳句集　夏石番矢編
二十四の瞳　壺井栄
幕末の江戸風俗　塚原渋柿園　菊池眞一編
けものたちは故郷をめざす　安部公房
詩の誕生　大岡信　谷川俊太郎
鹿児島戦争記　—実録　西南戦争　篠田仙果　松本常彦校注
東京百年物語　一八六八〜一九〇九　全三冊　ロバート キャンベル・十重田裕一・宗像和重編
三島由紀夫紀行文集　佐藤秀明編
若人よ蘇れ・黒蜥蜴　他一篇　三島由紀夫
三島由紀夫スポーツ論集　佐藤秀明編
吉野弘詩集　小池昌代編
開高健短篇選　大岡玲編
破れた繭　耳の物語1　開高健
夜と陽炎　耳の物語2　開高健

色ざんげ　宇野千代
老女マノン・脂粉の顔 他四篇　宇野千代／尾形明子編
明智光秀　小泉三申
久米正雄作品集　石割透編
次郎物語 全五冊　下村湖人
まっくら 女坑夫からの聞き書き　森崎和江
北條民雄集　田中裕編
安岡章太郎短篇集　持田叙子編

《歴史・地理》〔青〕

新訂 魏志倭人伝・後漢書倭伝・宋書倭国伝・隋書倭国伝 —中国正史日本伝1 石原道博編訳
新訂 旧唐書倭国日本伝・宋史日本伝・元史日本伝 —中国正史日本伝2 石原道博編訳
ヘロドトス 歴史 全三冊 松平千秋訳
トゥーキュディデース 戦史 全三冊 久保正彰訳
ガリア戦記 カエサル 近山金次訳
ランケ世界史概観 —近世史の諸時代 鈴木成高 相原信作訳
ランケ自伝 林健太郎訳
歴史とは何ぞや ベルンハイム 坂口昂 小野鉄二訳
歴史における個人の役割 プレハーノフ 木原正雄訳
古代への情熱 —シュリーマン自伝 シュリーマン 村田数之亮訳
アーネスト・サトウ 一外交官の見た明治維新 全二冊 坂田精一訳
ベルツの日記 全二冊 トク・ベルツ編 菅沼竜太郎訳
武家の女性 山川菊栄
インディアスの破壊についての簡潔な報告 ラス・カサス 染田秀藤訳
ラス・カサス インディアス史 全七冊 長南実訳 石原保徳編
コロンブス 全航海の報告 林屋永吉訳

戊辰物語 東京日日新聞社会部編
大森貝塚 —付 関連史料 E・S・モース 近藤義郎 佐原真編訳
ナポレオン言行録 オクターヴ・オブリ編 大塚幸男訳
中世的世界の形成 石母田正
日本の古代国家 石母田正
平家物語 他六篇 石母田正 高橋昌明編
クリオの顔 歴史随想集 E・H・ノーマン 大窪愿二編訳
日本における近代国家の成立 E・H・ノーマン 大窪愿二訳
旧事諮問録 —江戸幕府役人の証言 全二冊 旧事諮問会編 進士慶幹校注
朝鮮・琉球航海記 —一八一六年アマースト使節団とともに ベイジル・ホール 春名徹訳
アリランの歌 —ある朝鮮人革命家の生涯 ニム・ウェールズ キム・サン 松平いを子訳
さまよえる湖 全二冊 ヘディン 福田宏年訳
老松堂日本行録 —朝鮮使節の見た中世日本 宋希璟 村井章介校注
十八世紀パリ生活誌 —タブロー・ド・パリ 全二冊 メルシエ 原宏編訳
北槎聞略 —大黒屋光太夫ロシア漂流記 桂川甫周 亀井高孝校訂
ヨーロッパ文化と日本文化 ルイス・フロイス 岡田章雄訳注
ギリシア案内記 全二冊 パウサニアス 馬場恵二訳

西遊草 清河八郎 小山松勝一郎校注
オデュッセウスの世界 フィンリー 下田立行訳
東京に暮す —一九二八〜一九三六 キャサリン・サンソム 大久保美春訳
ミカド —日本の内なる力 W・E・グリフィス 亀井俊介訳
増補 幕末百話 篠田鉱造
幕末明治 女百話 全二冊 篠田鉱造
トゥバ紀行 メンヒェン＝ヘルフェン 田中克彦訳
徳川時代の宗教 R・N・ベラー 池田昭訳
ある出稼石工の回想 マルタン・ナド 喜安朗訳
植物巡礼 —プラント・ハンターの回想 F・キングドン－ウォード 塚谷裕一訳
モンゴルの歴史と文化 ハイシッヒ 田中克彦訳
ダンピア 最新世界周航記 全二冊 平野敬一訳
ローマ建国史 全三冊（既刊上巻） リーウィウス 鈴木一州訳
元治夢物語 —幕末同時代史 馬場文英 徳田武校注
フランス・プロテスタントの反乱 —カミザール戦争の記録 カヴァリエ 二宮フサ訳
ニコライの日記 —ロシア人宣教師が生きた明治日本 全三冊 中村健之介編訳
徳川制度 全三冊・補遺 加藤貴校注

岩波文庫の最新刊

フロイト著／高田珠樹・新宮一成・須藤訓任・道籏泰三訳
精神分析入門講義（下）
精神分析の概要を語る代表的著作。下巻には第三部「神経症総論」を収録。分析療法の根底にある実践的思考を通じて、人間精神の新しい姿を伝える。（全二冊）
〔青六四二-三〕 定価一四三〇円

イリイチ著／玉野井芳郎・栗原彬訳
シャドウ・ワーク
家事などの人間にとって本来的な諸活動を無払いの労働〈シャドウ・ワーク〉へと変質させた、産業社会の矛盾を鋭く分析する。現代文明への挑戦と警告。
〔白二三二-一〕 定価一二一〇円

ロゲルギスト著／松浦壮編
精選 物理の散歩道
談論風発。議論好きな七人の物理仲間が発表した科学エッセイから名作を精選。旺盛な探究心、面白がりな好奇心あふれる一六篇を収録する。
〔青九五六-一〕 定価一二一〇円

川村晃生・柏木由夫・伊倉史人校注
金葉和歌集
天治元年（一一二四）、白河院の院宣による五番目の勅撰和歌集。撰者は源俊頼。歌集の奏上は再度却下され、三度に及んで嘉納された。平安後期の変革時の歌集。改版。
〔黄三〇-一〕 定価一四三〇円

……今月の重版再開……

南波浩校注
紫式部集
—付 大弐三位集・藤原惟規集—
定価八五八円 〔黄一五-八〕

ベーコン著／桂寿一訳
ノヴム・オルガヌム（新機関）
定価一〇七八円 〔青六一七-二〕

定価は消費税10％込です　2023.11

岩波文庫の最新刊

マックス・ウェーバー著／野口雅弘訳
支配について
I 官僚制・家産制・封建制

支配の諸構造を経済との関連で論じたテクスト群。『支配の社会学』として知られてきた部分を全集版より訳出。詳細な訳註や用語解説を付す。(全二冊)
〔白二一〇-一〕 定価一五七三円

網野善彦著
中世荘園の様相

動乱の時代、狭い谷あいに数百年続いた小さな荘園、若狭国太良荘。「名もしれぬ人々」が積み重ねた壮大な歴史を克明に描く、著者の研究の原点。(解説＝清水克行)
〔青N四〇二-二〕 定価一三五三円

J・L・ボルヘス作／内田兆史・鼓直訳
シェイクスピアの記憶

分身、夢、不死、記憶、神の遍在といったテーマが作品間で響き合う、巨匠ボルヘス最後の短篇集。精緻で広大、深遠で清澄な、磨きぬかれた四つの珠玉。
〔赤七九二-一〇〕 定価六九三円

ヘルダー著／嶋田洋一郎訳
人類歴史哲学考 (二)

第二部の第六〜九巻を収録。諸大陸の様々な気候帯と民族文化の関連を俯瞰し、人間に内在する有機的力を軸に、知性や幸福について論じる。(全五冊)
〔青N六〇八-二〕 定価一二七六円

…… 今月の重版再開 ……

有島武郎作
カインの末裔 クララの出家
定価五七二円
〔緑三六-四〕

プルタルコス著／柳沼重剛訳
似て非なる友について 他三篇
定価一〇七八円
〔青六六四-四〕